Widmung

Gewidmet der Magie des Lebens, die gewaltig und überschäumend aufwogt, und gleichsam überaus flüchtig ist.

Carsten Steenbergen

Im Reich des toten Königs

Edition Roter Drache

1. Auflage November 2019

Edition Roter Drache, Holger Kliemannel, Haufeld 1, 07407 Rudolstadt
edition@roterdrache.org; www.roterdrache.org
Buch- und Umschlaggestaltung: Holger Kliemannel
Umschlagbild & Vignette: Holger Much, www.holgermuch.de
Landkarte: Dagmar Lüke, www.dagmar-lueke.de
Lektorat: Stephan Herbst
Hergestellt in der EU

ISBN 978-3-946425-79-3

Untertauchen in einer heruntergekommenen Hafenspelunke – was für eine selten dämliche Idee. Jeder andere Ort in dieser von den Göttern verlassenen Stadt, ja selbst irgendein Loch an der felsigen Küste vor Rosander, wäre besser geeignet. In einer Schänke suchten sie doch zuallererst. Wie viele Idioten auf der Flucht mochten diese Überlegungen nicht gemacht haben und damit genau den Leuten in die Hände geraten sein, denen sie eigentlich aus dem Weg hatten gehen wollen?

Staubner war sich sehr clever vorgekommen, als er sich eben nicht für den *Kaperhaken*, sondern für die Armenmesse direkt daneben entschieden hatte. Nun verwünschte er sich dafür. Er hätte es besser wissen müssen. Nach den Jahren, die er auf den Straßen und Gassen der Provinzen zugebracht hatte, ein unverzeihlicher Anfängerfehler. Benutze Kopf *und* Bauchgefühl, nicht nur eines von beiden.

Unauffällig rutschte Staubner auf der Sitzbank nach links, halb hinter einen der hölzernen Stützpfeiler des gut gefüllten Essraums. So konnte er die vier Neuankömmlinge im Auge behalten, ohne selbst sofort aufzufallen. *Habe lieber die Wand als ein Messer im Rücken*, hatte ihm einmal ein alter Wachmann aus Lohenhoch geraten. Der Spruch hatte etwas für sich, wenn man allein und ohne Kameraden, die einem zur Not die Kehrseite freihielten, unterwegs war. Und auch sonst. Nur nicht heute. Heute schränkte die Wand seine möglichen Fluchtrouten auf zwei ein. Nein, auf eine, da der offizielle Ausgang geradezu von den vier Kämpfern Faustos, dem Söldnerfürsten, versperrt war. Die zweite Fluchtmöglichkeit führte durch eine unscheinbare hölzerne Tür schräg links vor ihm in die angrenzende Küche der Armenmesse. Hoffte er zumindest. Im *Kaperhaken* wäre der Fluchtweg über die schmale Treppe rauf in den ersten Stock gegangen. Dahin, wo die Zimmer für die Seeleute lagen, die ihre Heuer noch nicht vollständig in Alkohol oder Huren gesteckt hatten. Von dort ging es auf die Dächer der anliegenden Häuser, um anschließend in irgendeiner Gasse zu verschwinden. Dort hätte sich Staubner ausgekannt, schließlich streunte er schon seit einigen Wochen in Rosander herum. Hier jedoch, in der ehemaligen, heruntergekommenen Residenz eines Stadtadeligen, dessen Namen er nicht kannte, fehlte ihm die Orientierung. Vielleicht hätte er den Nomaden in den letzten Jahren doch würdigen sollen. Ein kleines Opfer hier und da, das hätte sicher ausgereicht. Staubner brauchte irgendeinen Plan. Wenn er jetzt einfach aufstand und ging, lief er den Söldnern direkt in die Arme. Was also? Was?

Einer der Graukittel steuerte mit ausgebreiteten Armen auf die vier Kämpfer zu. Seine Gestik wirkte ungehalten. Vermutlich versuchte er, sie davon abzuhalten, tiefer in den Speisesaal einzudringen. Satzfetzen drangen an Staubners Ohren, ›Speisung der Bedürftigen‹ und ›keine Befugnis‹. Staubner glaubte nicht, dass sich seine Verfolger davon beeindrucken ließen. Auf seinen Kopf hatte Fausto einen dicken Beutel Giltmark ausgesetzt. Für jeden, der ihm Staubner brachte. Immerhin lebendig, wofür er beinahe dankbar war. Das war Grund genug, sich nicht von einem Graukittel aufhalten zu lassen.

Der Speisesaal der Armen bot in seiner kargen Übersichtlichkeit keinerlei Deckung. Auch das wäre im *Kaperhaken* anders gewesen. Lange Bänke und Tische säumten den freien Mittelgang. Dazwischen stützten Pfeiler aus Bauholz die Decke ab. Durch eine Reihe Fenster fiel das Licht der untergehenden Sonne. Sie lagen so hoch oben, dass sie als Fluchtweg ausschieden, selbst wenn er zu bescheuerten Unterfangen geneigt hätte. Staubner schlug sich seit zehn Jahren durch die Provinzen, ohne Ziel und ohne Zuhause. Seit dem Tag, an dem sein Heimatdorf auf Kusant, der düsteren Insel, aufgehört hatte zu existieren. Und kein einziges Mal hatte es sich ausgezahlt, bescheuert zu sein. Weder damals als Knirps noch jetzt als Wanderer. Helden und Dummköpfe starben recht schnell, besonders, wenn kein Freiherr, ein Provinzregent, für den Schutz sorgte. Er wollte keines von beiden sein.

Überall um ihn herum saßen abgerissene und heruntergekommene Gestalten, die teils schweigsam, teils miteinander flüsternd ihren abendlichen Eintopf in sich hineinlöffelten. Der Gestank von Schweiß und Dreck war ihr Begleiter. Die Ärmsten der Gosse. Die, die nicht einmal mit Diebstahl oder Betrügereien über die Runden kamen. Jeder konzentrierte sich darauf, den Bauch vollzubekommen, bevor es zurück auf die Straße ging, denn satt schlief es sich besser auf den harten Pflastersteinen von Rosander. Beliebt war die Hafenstadt bei den wenigsten, aber Staubner wusste aus eigener Erfahrung, dass es wesentlich schlimmere gab. Westlich von hier gab es nichts mehr. Rosander war der letzte Zipfel Zivilisation. Hinter der Stadt warteten ausschließlich unwegsames Gebirge und die Wispersee mit ihren lauen Winden.

Stück für Stück drückte Staubner sich weiter hinter den Pfeiler. Immer hübsch langsam und bedächtig. Wer sich hier auffällig rührte, der gewann die Aufmerksamkeit des ganzen Saals und obendrauf die der Graukittel, die mit Strenge das Gebot der Stille durchsetzten. Wer Unruhe in die Armenmesse brachte oder laut sprach, der landete schnurstracks vor der Tür. Der Nomade war ein schweigsamer Gott und seine Diener, die das Essen verteilten, hielten sich ebenso wortkarg. So sehr Staubner sich in diesem Moment an einen anderen Ort wünschte, die Graukittel würden ihm nicht dorthin verhelfen. Da konnte er auch gleich nach den Söldnern rufen oder wie ein Irrer wild mit beiden Armen rudern. Was die vier Bewaffneten mit ihm anstellen würden, konnte er sich nur zu gut ausmalen. Fausto legte keinen Wert auf seine *unversehrte* Rückkehr. Es sollte nur genug Leben in ihm sein, damit er sich persönlich für Schmalbrücken revanchieren konnte. Der Söldnerfürst gab Staubner die Schuld an dem Verlust. Dabei war er nicht einmal dort gewesen.

Drei Diener des Nomaden versorgten die Leute an den Tischen, brachten Teller und Schalen oder nahmen sie wieder mit sich. Das Bewirten der Armen gehörte zu den Riten der Graukittel. *Der Nomade gewährt das Leben, der Nomade gewährt den Tod*, hörte Staubner sie in seinem Kopf rezitieren. In der Armenmesse wurde ein Teil der Opfergaben weitergegeben an Menschen, die sie dringend benötigten. Auch die Graukittel waren auf das Wohlwollen ihrer Gottheit angewiesen. Sie hatten dem Besitzer des Hauses bestimmt den Arsch geküsst, um hier sein zu dürfen. Und der hatte sich kaum weniger gefreut, seinem bröckelnden Ansehen etwas Wohltäterglanz zu verleihen.

Heuchler. Allesamt.

Ohne den Blick von den Söldnern abzuwenden, angelte Staubner mit der rechten Hand nach seiner Schale und zog sie zu sich heran. Dann senkte er den Kopf. Seine tiefschwarzen Locken bildeten einen willkommenen Vorhang vor den Augen. Er konzentrierte sich auf die Mahlzeit vor seiner Nase. Leute anstarren war nicht gut. Das blieb genauso wenig unbemerkt wie der leicht muffige Geruch, der von dem Eintopf ausging. Dabei roch er sogar besser, als er schmeckte. Staubner führte den Löffel zum Mund, schluckte und verzog das Gesicht. Was hatten die Graukittel bloß als Fleischeinlage in den Topf geworfen? Kadaver, die irgendein armer Teufel am Hafen unter dem Landungssteg aus dem Wasser gezogen hatte? Ratten? Die Graukittel waren sich selbst die Nächsten. Und das Wohlwollen des Nomaden ließ sich anscheinend auch mit eher symbolischen Taten erhandeln.

Behutsam nahm Staubner die Beobachtung der Söldner wieder auf. Die Gesichter der Männer sagten ihm nichts. Aber die kupfernen Abzeichen an ihren Schwertgurten kannte er nur zu gut. Eine aufrechte Faust. Eisenbrüder. Vermutlich gehörten sie zu der Truppe von Andras von Kranzgilt. Menschenjagd gehörte zu dessen bevorzugten Aufträgen. Ein arrogantes Arschloch, das bekannt war für einen ausgeprägten Hang zur Skrupellosigkeit. Seine Leute standen ihm darin kaum nach. Die Chance, von ihnen nicht erkannt zu werden, ging gegen null. Sie wussten, nach wem sie Ausschau halten mussten. Staubner schnaubte freudlos und schaufelte sich einen weiteren Löffel voll Eintopf in den Mund. Immerhin machte er satt.

Eine Messerklinge schob sich über den Rand seiner Schale und wanderte langsam, aber zielstrebig auf Staubners Kehle zu. Sofort stellte er jegliche Bewegung ein. Die Schneide zwickte ihn in die Haut und ließ ihn zusammenzucken. Er glaubte zu spüren, wie ein Tropfen warme Flüssigkeit die Kühle des Metalls verdrängte.

»Rückst du mir noch mehr auf die Pelle, Schattenhaut, dann lernst du den schneidigen Freund Ozias hier besser kennen, als es dir lieb ist. Begriffen? Also schön wieder zurückrutschen.« Die Stimme war kratzig und bleiern, mit einem seltsamen Akzent versehen, den Staubner keiner Provinz zuordnen konnte. Doch die Drohung war deutlich.

Staubner verabscheute Gewalt. Jede erdenkliche Form davon. Besonders, wenn er involviert war. *Tu etwas. Reagiere. Du bist viel zu jung, um über einem Teller Fraß zu krepieren.* Er zog den Löffel aus dem Mund und legte ihn betont sorgfältig neben seiner Schale ab. Die Portion Eintopf rutschte deutlich hörbar abwärts in Richtung Magen. Vorsichtig drehte er den Kopf zur Seite.

Ein Paar stechende Augen, die unter buschigen Brauen tief in ihren Höhlen lagen, fixierten ihn. In ihrem Blick lag eine kalte Gewissheit. Die Schläfen des Mannes waren kahl rasiert. Die blassbraunen Haare oben auf dem Schädel, nur wenig kürzer als ein kleiner Finger, standen ab wie struppiges Fell. Seine Kleidung unterschied sich nicht wesentlich von der, die die übrigen Anwesenden trugen. Schäbig, schmutzig, eben heruntergekommen. Trotzdem stimmte etwas nicht an dem Kerl und das lag nicht allein an der Klinge an Staubners Kehle. Er hatte ein Auge für Unstimmigkeiten, und dieser Mann gehörte nicht hierher. Ebenso wenig wie er selbst und die Söldner. Und vermutlich besaß er genauso wenig Humor wie die vier Eisenbrüder.

»Verzeihung, ich wollte nur –«, setzte Staubner an.

»Ist mir egal, was du wolltest. Letzte Warnung.«

Der Mann verstärkte den Druck auf die Klinge. Nun war Staubner sich sicher, dass Blut floss. Es kroch abwärts, bis es vom Kragen seines Hemdes aufgesogen wurde. Nur mühsam widerstand Staubner dem Drang, mit der Hand an die Stelle zu fassen.

»Jetzt kapiert, Kusanter?«

Irgendjemand neben ihm begann, eine Melodie zu summen. Der Messermann warf Staubner einen irritierten Blick zu. Verdammt, was sollte das jetzt? Wer bitte sang da auf einmal? Staubner kannte das Lied von irgendwoher, wagte aber nicht, den Kopf zu drehen. Erst das Messer loswerden. Staubner senkte die Lider als stumme Bestätigung. Das Messer verschwand und fand seinen Weg zurück unter die Jacke.

Staubner bewegte sich Zentimeter für Zentimeter zurück. Als er gut eine Armlänge zwischen sich und den Messermann gebracht hatte, zog er die Eintopfschale zu sich. Es passte ihm überhaupt nicht, wieder ins Blickfeld der Söldner gerutscht zu sein. Seine Haut war viel dunkler als die der übrigen Bettler, selbst für jemanden, der wie er von Kusant stammte. Staubner musste den Söldnern einfach ins Auge fallen.

»Jetzt wirst du die nächsten Minuten schön den Fraß vor dir betrachten. Nichts anderes. Guckst du hoch, war es das. Und hör endlich mit dem Scheiß auf.«

Staubner konnte sich zwar keinen Reim darauf machen, was der Mann meinte, doch er sah nach unten, tunkte den Löffel ein und führte ihn zum Mund. Der Eintopf überschwemmte seine Geschmacksnerven mit dem schalen Geschmack. Das Summen der Melodie wurde dumpfer und hörte auf, als sich neben ihm etwas bewegte. Der Messermann war aufgestanden. Aus zusammengekniffenen Augen beobachtete Staubner, wie er in den Gang zwischen den Tischen trat und auf den Ausgang hinter der Söldnergruppe zuhielt, die noch immer mit dem Priester diskutierten. Währenddessen eilte einer der Graukittel zu Staubners Tisch, um die Schale seines ehemaligen Banknachbarn abzuräumen.

Er musste etwas unternehmen. Jetzt. Eine bessere Gelegenheit würde es vermutlich nicht geben. Und selbst diese war mieser, als er sich erhofft hatte.

Ich muss in die Küche kommen.

Staubner hustete gequält auf, als der Priester neben ihm hantierte, und versuchte, ein möglichst jämmerliches Gesicht zu machen. »Bitte … mir geht es nicht gut … das Essen.«

»Was ist damit, Reisender?«

»Es scheint nicht … in Ordnung zu sein, ehrwürdiger Bruder. Ein Becher Wasser … bitte.«

Der Graukittel sah Staubner misstrauisch an, während er nach der leeren Schale griff. Dann wies er mit dem Daumen über die Schulter auf das Fass nahe dem Eingang. »Das Wasser für die Reisenden findest du dort. Nimm dir einen Becher und bediene dich selbst.«

»Die abgestandene Brühe? Ich fürchte, wenn ich den Geruch in die Nase bekomme, werde ich mich gleich dorthinein übergeben«, jammerte Staubner.

»Dir bekommt der Eintopf nicht und das Wasser, das uns der Nomade in seiner Güte gespendet hat, willst du auch nicht haben? Dann scher dich raus, Reisender, und suche dir einen anderen Ort, an dem deine Not gelindert wird. Der Nomade gewährt das Leben, der Nomade gewährt den Tod. Möge er dich auf deinen bevorstehenden Wegen in seine Obhut nehmen.«

Der Graukittel trat beiseite, um Staubner Platz zu machen, doch der dachte gar nicht daran, der Aufforderung Folge zu leisten. Stattdessen schnappte er sich seinen Beutel, der bislang zwischen den Füßen unter der Bank gelegen hatte, umrundete den Tisch und baute sich genau vor dem Tempeldiener auf. Ohne auf seinen Protest zu achten, der die Essenden um sie herum veranlasste aufzublicken, griff Staubner nach dessen Gewand und drehte ihn mit drängender Bestimmtheit vor sich und die Söldner. Die Eisenbrüder durften ihn ruhig so spät wie möglich sehen. Am besten gar nicht.

Momentan bedachten sie den Messermann, der gerade an den Söldnern vorbeiging, mit prüfenden Blicken und wogen wohl ab, ihn anzuhalten. Angestrengt überlegte Staubner. Konnte er etwas tun, damit sie genau das taten? Ohne die Aufmerksamkeit auf sich selbst zu richten? Es würde ihm Zeit geben, unauffällig das Weite zu suchen.

»Nimm sofort deine Hände von mir, Reisender. Es ist nicht erlaubt, einen Diener des Nomaden anzufassen. Andernfalls muss ich die Wachen rufen«, schimpfte der Graukittel.

»Nur einen Schluck von dem guten Wasser aus der Küche, ehrwürdiger Bruder. Bitte. Dann verschwinde ich, bei der Güte des Nomaden.«

Staubner legte beinahe vertraulich den rechten Arm an die Schulter des Tempeldieners und begann, diesen in Richtung Küchentür zu schieben – stets darauf bedacht, ihn zwischen sich und den Eisenbrüdern zu halten. Die Strategie funktionierte hervorragend bei überraschten Menschen. Und bei einfältigen. Der Diener des Nomaden gehörte weder zu der einen noch der anderen Gruppe. Nach nicht einmal einem Meter setzte sich der Mann zur Wehr.

»Loslassen, auf der Stelle!«

Staubner erhielt einen heftigen Stoß, der ihn gegen einen der Tische stolpern ließ. Schüsseln wackelten und verteilten den übelriechenden Inhalt auf ihre Besitzer. Sofort brach lautstarker Protest los. Während Staubner um sein Gleichgewicht kämpfte, sah er, wie die Köpfe der Söldner zu ihm herum ruckten. Verdammt, das lief vollkommen anders als angedacht. Wie von selbst zogen sich die Schwerter der Söldner aus ihren Scheiden, als sie ihn erkannten.

»Da ist er«, stellte der vorderste von ihnen fest und deutete mit der Klinge auf Staubner. Seine Nase zeigte in einem ungesunden Winkel nach links. Er musste sie mehr als einmal gebrochen bekommen und darauf verzichtet haben, einen Heiler aufzusuchen. »Schnappt ihn!«

Wie ein Rudel Wölfe eilten die Söldner vorwärts und versuchten, im beengten Raum des Ganges ihre Beute einzukreisen. »Perfekt, einfach nur perfekt«, murmelte Staubner.

»Keine Gewalt in der Armenmesse! Der Nomade verbietet es! Tempelwachen! Tempelwachen!«, brüllte der Graukittel entsetzt, bevor er von den Eisenbrüdern rüde beiseitegestoßen wurde und zu Boden stürzte. Auf der gegenüberliegenden Seite sprang die Tür zum Speisesaal auf. Zwei Wächter traten ein. Normalerweise verrichteten sie stoisch ihren Dienst, als Abschreckung für Übermütige. Vorn am Portal hatten wenigstens vier von ihnen gestanden, meinte Staubner sich zu erinnern.

In der Annahme, der Warnruf hatte den Söldnern gegolten, richteten die Wächter ihre Schwertlanzen auf die Bewaffneten und stürmten auf sie zu. Gleichzeitig sprangen die übrigen Anwesenden von ihren Sitzen auf und suchten ihr Heil in der Flucht. Dabei stiegen die meisten über die Bänke und Tische, um den Bewaffneten nicht in die Quere zu kommen. Da hatte Staubner seine Ablenkung, wenn auch anders, als er sie sich vorgestellt hatte.

Als der erste Tisch kippte, drückte er sich seinen Beutel gegen die Brust und wich mit einer bogenförmigen Bewegung des Oberkörpers den Händen des Tempeldieners aus. Dann zog er den Kopf ein und machte einen Satz seitwärts, zwischen den Beinen der anderen Flüchtenden hindurch. Wenn er nicht umgehend aus dem Speisesaal abhaute, würde er dafür keine weitere Gelegenheit bekommen. Zwei lange Schritte brachten ihn über eine Bank mitten auf die nächste Tischplatte. Zu seinem Glück wollten die Söldner ihn lebend haben, sonst hätte er auch noch auf Wurfmesser und ähnliche Spielzeuge achtgeben müssen. Beim Losspurten trat er eine Schüssel um, Eintopf spritzte über die Tischplatte und ließ sie glatt und schlüpfrig werden. *Dieses verdammte Dreckszeug.*

Prompt strauchelte Staubner. Mit beiden Armen wedelnd kämpfte er darum, nicht zu stürzen, stolperte bis zur Kante des Tisches, dann verlor er den Kontakt zum rutschigen Holz. Seine Schultern krachten auf die Kante, der Rest seines Körpers verpasste den Tisch und landete auf dem Steinboden. Der Atem wurde Staubner aus den Lungen gepresst, als ihn der Schmerz des Aufpralls einholte.

Als er die Augen wieder öffnete, entdeckte er die Küchentür direkt vor seiner Nase. Der Sturz hatte ihn zwei, vielleicht drei Sekunden gekostet. In solchen Zeiten musste man mit dem zufrieden sein, was der Nomade einem bot. Ächzend stemmte er sich auf die Beine. Sein linkes Knie überlegte noch, ob es wegen Taubheit oder doch lieber aufgrund von Qual den Dienst versagen sollte. Die eine Hälfte der Söldner hatte seinen Richtungswechsel mitgemacht, während sich die andere der Wachen annahm. Staubner riss die Tür auf und humpelte eilig durch die Öffnung.

Die Küche war bis auf einen vor sich hin blubbernden Kessel verwaist. Kein Koch, kein Gehilfe. Umso besser. Die Tür hinter sich zu verbarrikadieren war sinnlos, sie ging nach außen auf. Staubner griff nach dem Regal neben der Türöffnung und zog daran. Das Regal ächzte, die Tongefäße und Beutel fielen heraus, bevor es schließlich mit einem Krachen auf dem Steinboden landete. Ein hübsches Hindernis. *Jetzt raus hier.*

Direkt hinter der Küche eine Treppe aufwärts. Zu seiner Rechten öffnete sich ein Gang, parallel zum Speisesaal. In dieser Richtung lag auch der Haupteingang des Tempels. Noch während Staubner seine Möglichkeiten durchdachte, tauchten am Ende des Ganges zwei der Söldner aus dem Speisesaal auf. Gleich hinter ihnen folgten zwei Wachen. Offenbar hatte man das Missverständnis ausgeräumt und machte sich nun gemeinsam an die Verfolgung.

Also dann. Fluchtweg Nummer zwei.

Mit jedem Satz nahm er drei der Stufen. Eine gesummte Melodie schwebte Staubner hinterher, während er versuchte, sein Knie zu ignorieren. Er hörte die Söldner hinter sich, die Geräusche ihrer genagelten Stiefel, ihr Keuchen. Sie klebten ihm im Nacken, keine vier, fünf Meter hinter ihm. Ihn trieb die Hoffnung voran, schneller zu sein als die Verfolger, trotz seines angeschlagenen Zustands. Immerhin trug er nur leichtes Gepäck. Kein Lederzeug und keine Rüstung, und Waffen erst recht nicht. Selbst wenn er ein Schwert besessen hätte, gegen die routinierten Kämpfer hätte es ihm sowieso nichts genutzt. Staubner war kein Kämpfer. Dafür hatte er ein besonderes Gespür für Gelegenheiten – auch wenn es ihn gerade ziemlich im Stich ließ.

Mit einem kurzen Moment der Erleichterung erreichte Staubner die letzte Stufe. Vielleicht gelang es ihm jetzt, etwas Abstand zwischen sich und seine Verfolger zu bringen. Nach ein paar Metern entpuppte sich die obere Etage als ein türloser Gang, auf dessen rechter Seite sich der Blick auf einen offenen Saal öffnete. Das schien der fürstliche

Empfangsraum des ehemaligen Besitzers gewesen zu sein. Staubner rannte auf einer Balustrade. Ein etwa hüfthohes Mäuerchen, das wie die Balustrade selbst einmal rund um den Saal führte, schützte vor dem Herunterfallen. Irgendwo auf der anderen Seite des Saales musste eine Treppe sein, die ihn wieder nach unten brachte. Innerlich jubelte Staubner auf. Er schien endlich wieder mehr Glück als Verstand zu haben. Der Gedanke ließ ihn das schmerzende Knie für einen Moment vergessen.

Unter ihm erhob sich die Statue des Nomaden. Eine in eine Kutte gehüllte Gestalt von gut zehn Meter Höhe, kunstvoll aus grauem Serpentin gemeißelt. Entweder hatte der Adelige selbst oder die Graukittel beschlossen, dass eine Statue im Empfangssaal des alten Anwesens den Nomaden erfreuen würde.

Das Gesicht lag unter einer Kapuze verborgen. Die linke Hand hielt einen Wanderstab, dem die Schwertlanzen der Wachen nachempfunden waren, obwohl dieser keine Klinge trug. Die rechte umfasste den Strang einer Kette, deren Ende fast den Boden erreichte.

Mit der Symbolik konnte Staubner nichts anfangen. Unter anderen Umständen hätte er die Graukittel danach gefragt. Mitunter unterschied sich die Darstellung des Nomaden von Provinz zu Provinz. Oft sogar von Stadt zu Stadt. Hier in Rosander, am Ende der Welt, hielt er eben eine verdammte Kette.

»Bleib stehen, du wertloses Stück Kusanterscheiße. Wir kriegen dich ja doch!«, brüllte einer der Eisenbrüder. Staubner dachte gar nicht daran, der Anweisung Folge zu leisten. Gut die Hälfte der Balustrade lag bereits hinter ihm. Jetzt anzuhalten ersparte ihm höchstens ein paar zusätzliche Schläge. Ein Blick über die Schulter zeigte ihm, dass es Schiefnase war. Der Söldner hatte sich an die Spitze der Verfolgergruppe gesetzt. Sein Gesicht war nass von Schweiß, die Zähne angestrengt gebleckt. Übellaunig sah er aus, genau wie die übrigen drei Eisenbrüder hinter ihm. Wo waren die Tempelwachen abgeblieben?

Staubners Schulter touchierte die Wand. Der Stoff der Jacke ratschte über den Stein und riss den Ärmel an, der Stoß zwang seinem

Oberkörper eine Vierteldrehung auf. *Bloß nicht anhalten*, feuerte er sich in Gedanken an. *Nur noch ein paar Meter, dann bist du am Ausgang.*

Als sich Staubner wieder nach vorn drehte, prallte sein Gesicht unsanft gegen ein Hindernis. Eine Eruption von Schmerz breitete sich hinter seine Nase aus, Tränen stiegen ihm in die Augen und nur durch einen Schleier erkannte er die gekreuzten Stiele zweier Schwertlanzen, die genau vor ihm aufragten. *Verdammt, da sind sie.* Die Wachen stießen ihn von sich und sein Hinterteil schloss Bekanntschaft mit dem Boden der Balustrade.

Hinter ihm die Söldner, vor ihm die Tempelwachen. Sie hatten ihn erfolgreich in die Zange genommen. Frustriert hielt er sich die pochende Stelle in seinem Gesicht. Blut suchte sich seinen Weg nach unten. Mit zwei Fingern presste Staubner vorsichtig die Nasenlöcher zusammen. Ein derber Tritt in die Rippen trieb ihn seitwärts und ließ ihn aufstöhnen. Noch mehr Schmerzen. Und das war erst der Anfang. Die Eisenbrüder würden ihren Spaß mit ihm haben wollen, bevor sie ihn bei ihrem Fürsten ablieferten. Besonders, da er ihnen die Mühe gemacht hatte, hinter ihm herrennen zu müssen. Er fühlte die niedrige Mauer in seiner Rückseite und lehnte sich dagegen.

Das Gesicht von Schiefnase tauchte mit einem breiten Grinsen direkt in seinem Blickfeld auf. »Ich habe es dir ja gesagt, Kusanterscheiße. Bleib besser stehen. Wirklich zu dumm, dass du nicht dazulernst. Los, hoch mit dir, Abschaum.«

Schiefnase verpasste Staubner einen weiteren Tritt, dieses Mal gegen das lädierte Knie. Er schrie auf, presste aber schnell die Lippen aufeinander. So schwer es ihm auch fiel, gönnte er seinem Gegenüber die Genugtuung nicht. Zumindest nicht gleich am Anfang. Schiefnase lachte dreckig und die übrigen Eisenbrüder fielen mit ein. Kerle wie diese mochten es, wenn ihre Spielzeuge litten und es zeigten.

»Ich sagte, hoch mit dir!«

Ächzend stemmte sich Staubner auf die Füße, das Becken gegen das Mäuerchen gelehnt. Das Bein mit dem verletzten Knie entlastete er, so gut es ging. »Ich hatte es eilig. Vielleicht …«

Ein Schlag traf ihn in der Magengrube.

Staubner keuchte und klappte in der Körpermitte zusammen. Verdammt, tat das weh.

»Fausto hat es auch eilig. Er kann es kaum erwarten, dir die Eier abzuschneiden.« Schiefnase richtete ihn grob wieder auf.

»Vielleicht … können wir ein … Geschäft …«, hustete Staubner.

Die Schwertklinge in Schiefnases Hand ruckte hoch und drückte sich unangenehm gegen die Haut unter dem Kinn. Staubner sparte sich den Protest. Es war momentan besser, den Mund zu halten.

»Was könntest du uns schon bieten, was wir nicht sowieso bekommen? Fürst Fausto hat jedem eine beträchtliche Belohnung in Aussicht gestellt, der dich schnappt. Es langt, um wenigstens zwei Monate in einem guten Hurenhaus zuzubringen. Er will dich unbedingt lebend. Aber er hat nichts davon gesagt, dass du in einem Stück abgeliefert werden sollst.« Schiefnase lachte gehässig und entblößte dabei einen abgebrochenen Schneidezahn, dessen Bruchkante schwärzlich schimmerte. Offensichtlich war die Nase nicht der einzige Körperteil des Söldners, der durch sein Handwerk in Mitleidenschaft gezogen worden war. »Ich habe große Lust, ein bisschen was von dir abzuschneiden. Nur ein wenig. Als Entschädigung für meine Mühen. Was meinst du dazu?«

»Herr, in diesem Haus ist keine Gewalt erlaubt«, mischte sich eine der Wachen ein. »Es ist bereits zu viel Blut geflossen.«

»Schnauze!«, blaffte Schiefnase ihn an. »Zahlst du unseren Sold? Nein? Dann hast du uns nichts vorzuschreiben. Wir entscheiden selbst, was wir dürfen und was nicht.«

»Die Vorschriften gelten auch für euch. Es gibt keine Ausnahmen.« Kleine Schweißperlen bildeten sich auf der Stirn des Wächters und Staubner meinte, in der Stimme des Mannes eine Spur Unsicherheit herauszuhören. Mit Söldnern, egal, unter welchem Fürsten sie dienten, legte sich niemand in den Provinzen an, ohne es auf die eine oder andere Art zu bereuen. Im Stillen beglückwünschte Staubner den

Wächter für seine Überzeugung. Ein Mann mit Prinzipien. Er konnte nur hoffen, dass sein Kamerad es genauso hielt.

»Willst du wahrhaftig darauf bestehen?«, knurrte Schiefnase. Das Schwert wanderte von Staubners Hals zum Wächter.

»Ich muss, Herr. Und ich werde.«

Der Tempelwächter gab ein Zeichen und die Schwertlanze des anderen ruckte herab. Ihre Klingen deuteten nun ausnahmslos auf die Söldner, die ihrerseits die Waffen blankzogen und sich bemühten, eine vorteilhafte Position einzunehmen. Die Anspannung beherrschte den Raum. Ohne Verletzungen oder Tote ging der Streit mit Sicherheit nicht aus. Auch wenn die Söldner eine handfeste Auseinandersetzung vermutlich nicht riskieren würden, kam Staubner die Ablenkung durchaus entgegen. Unauffällig suchte er nach einem Ausweg.

Zurück und vorwärts war unmöglich. Mitten durch die Schwerter und Lanzen? Selbstmord. Er würde keine zwei Schritte weit kommen, bevor sie ihn erneut einkassierten, und Schiefnase hatte klargemacht, dass es ihm nicht drauf ankam, ihn unverletzt zu lassen. Was also dann? Verzweifelt drehte Staubner den Kopf hin und her. Die Kapuze der Nomadenstatue ragte unter ihm auf. Über ihm hing die Kuppel des Tempels, doch fürs Fliegen fehlten im definitiv die Flügel. Moment, *zurück* war vielleicht doch ein Weg.

Vorsichtig und überaus langsam drückte sich Staubner an dem Mäuerchen hoch, bis er sein Gesäß obendrauf absetzen konnte. Dabei ließ er die Söldner nicht eine Sekunde aus den Augen, die sich konzentriert im gegenseitigen Anstieren mit den Wachen maßen. Also, jetzt oder nie. Er zog die Beine an, drehte sich um und sprang hinab in den Gebetsraum.

Der Wind strich an diesem Tag leise seewärts, viel stärker, als er es normalerweise tat. Die Seelenhörner summten einen schauerlichen Klageton, ohne dass einer der Priester hineinblies. In voller Lautstärke war es weitaus unerträglicher. Die Bronze der hornartig gebogenen Trompeten gleißte im Sonnenlicht. Hoch ragten sie über der Prozession, glotzten aus schauerlichen Fratzen, in denen sie mündeten, auf die Anwesenden. Er kannte den Anblick von Kindesbeinen an. Trotzdem knetete Andacht beide Unterarme in den Ärmeln der Kutte. Immer wieder wanderten seine Augen zum Himmel, hoch zum Antlitz Sulas. Er spürte ihre Strahlen auf der Haut. So musste er nicht die fünf Unberührbaren betrachten, die vor ihm in der Prozession liefen. An die Vollstreckung der Urteile würde er sich vermutlich nie gewöhnen. Dennoch sprach er unentwegt die Erlösungsworte über die Verurteilten. Wenn auch weniger inbrünstig als die anderen Angehörigen seiner Kaste.

An der Spitze stoppten sie plötzlich. Andacht bemerkte es erst, als er beinahe in die Gefangene vor ihm gelaufen war. Gleichzeitig eilte die hintere Abteilung Adlerkrieger vorwärts, quetschte sich an den Zuschauern in der Gasse vorbei. Einer der Gerüsteten streifte ihn und drückte ihn gegen die Frau. Sofort wich Andacht zurück, doch seine Reaktion kam viel zu spät. Er hatte sie berührt. »Nein, nein, nein«, murmelte er. Hitze breitete sich in seinen Wangen aus. Er fühlte Schweißtropfen auf seiner Stirn hervorquellen. Jetzt musste er sich im Tempel dem Reinigungsritual unterziehen. Eigentlich auf der Stelle, nur durfte er seine Aufgabe nicht vernachlässigen. Erst nach der Hinrichtung war es ihm gestattet, sich zu entfernen. Es glich einem Wunder, wenn er das rechtzeitig vor der Ratssitzung schaffte.

Warum konnte es da vorne nicht einfach weitergehen? Andacht lugte zwischen den Köpfen hindurch. Mechanisch setzte er wieder in die Litanei der anderen Priester ein. In der Gasse und auf dem Platz dahinter hatten sich die Menschen der niederen Kasten versammelt. Es waren mehr gekommen als gewöhnlich. Die Obersten öffneten dafür ausnahmsweise die Tore zu den Vierteln. Vermutlich war der Zugang zur Richtstätte deshalb völlig verstopft. Trotzdem versuchten die Adlerkrieger, mit der Autorität der Waffen den Weg freizumachen. Sie drängten die Menge zur Seite, Stück für Stück, und schafften so einen Durchgang zum Wolkenrand.

Endlich schwankten die Seelenhörner vorwärts, und die Sänfte des Beleuchteten folgte ihnen. Die Krieger, die zur Bewachung eingeteilt waren, trieben die Gefangenen weiter. Auch Andachts Gruppe aus Priestern setzte sich in Bewegung. *Ein Glück, dass es nur Unberührbare sind*, dachte er. Für Verurteilte der anderen Kasten hätten sie den Toten König vorweggetragen. Zusammen mit dessen Gefolge wäre die Prozession auf das Doppelte angewachsen.

Die Gefangenen erreichten die Richtstätte. Andacht hatte Mühe, nicht erneut mit ihnen in Berührung zu kommen. Es war weitaus enger auf dem Platz als in der Gasse. Die Menschen standen dicht an dicht, nur von einer dünnen Linie aus Adlerkriegern von den Gefangenen und den Priestern getrennt. Überall lag Gemurmel in der Luft. Warum waren es heute nur so viele? Im Vorbeigehen betrachtete Andacht die Gesichter. Sie zeigten kaum eine Anteilnahme mit den Unberührbaren. Über diese sprach man nicht und schließlich gehörten sie keiner Kaste an. Das schützte sie jedoch nicht vor Sulas Rechtsprechung. Trotzdem krallte sich ein ungutes Gefühl in seine Brust. Er wusste nicht einmal, wofür die Leute bestraft wurden.

Die Seelenhörner teilten sich zu beiden Seiten, als die Sänfte den Wolkenrand erreichte. Die Priester bliesen die Instrumente und ein Geräusch rollte über den Platz, das einem Todesschrei aus unzähligen Kehlen glich. Als es verklang, herrschte Stille. Selbst die Erlösungsworte waren verstummt. Die Adlerkrieger geleiteten die Gefangenen zum Rand und Andachts Gruppe folgte ihnen. Den Rücken zum

Himmel hinter dem Abgrund gewandt warteten sie, Schulter neben Schulter aufgereiht.

Niemand sprach ein Wort, kein Richter erklärte ihr Vergehen. Die Unberührbaren hatten keinen Obersten, der sie vor dem Antlitz der Göttin vertrat. Deshalb hatte die Sänfte des Beleuchteten auch nur symbolischen Charakter. Sie war leer. Niemand würde ihr entsteigen, um den Verurteilten in ihren letzten Momenten Trost zu spenden. Niemand bat für sie um Sulas Segen oder berichtete davon, dass ihre Sünden vergeben würden. Die Unberührbaren wussten das, Andacht las es in ihren Mienen. Da war Ergebenheit. Und … Frieden. Zwei Steinkrähen segelten über ihren Köpfen vorbei. Sie drehten ab und flogen zum Tempel zurück, zur riesigen Stufenpyramide, die sich in der Mitte der Stadt erhob. Das weiß-gelbe Gefieder leuchtete in der Sonne, ebenso wie der goldene Ring, der die Spitzen der Windtürme auf dem Heiligtum verband. Sula gab ihre Zustimmung. Die Vögel würden die Seelen der Verurteilten zu der Göttin geleiten.

»Möge Sula euch mit offenen Armen empfangen«, murmelte er. Dann kippte der erste der Verurteilten nach hinten und stürzte lautlos in die Wolke. Den Tod der anderen sah Andacht nicht. Er hob das Gesicht zu Sula und schloss die Augen.

Hinter der Tür der Ratskammer glaubte Andacht, das Geräusch von über den Steinboden schabenden Stuhlbeinen zu hören. Es weckte ihn aus seinen Träumereien von einer Welt jenseits des Plateaus. Die Versammlung des Tempelrats schien nach den vielen Stunden, die er gewartet hatte, endlich zu einem Ende gekommen zu sein. Vermutlich war das Ergebnis der Beratung wieder einmal nicht im Sinne seiner Mentorin ausgefallen. Das tat es seit einigen Wochen nicht und Andacht konnte sich nicht daran erinnern, wann sie zuletzt ausgeglichen oder gar zufrieden auf ihn gewirkt hatte. Zudem beide Gemütszustände ohnehin eher selten an ihr zu beobachten waren.

Hastig streckte er die steif gewordenen Glieder und stand von der Bank auf, auf der er die letzte Stunde gewartet hatte. Wie fast alles Mobiliar innerhalb des Tempels bestand die Bank aus behauenem oder gegossenem Stein, glatt geschliffen, grau, mit weißen und ockerfarbenen Einschlüssen. Holz befand sich nach Andachts Kenntnis ausschließlich im Ratssaal und in dem Raum, in welchem der Beleuchtete zu raren Privataudienzen empfing. In den Vierteln der Stadt bekam man Holz fast nie zu Gesicht. Manchmal dachte Andacht, dass die meisten der unteren Kasten nicht einmal wussten, was das für ein Material war. Wie sollten sie auch? Selbst in den Gärten der reichsten Bürger blieb ein Baum eine seltene Kostbarkeit.

Mit den Handflächen versuchte Andacht, die Falten aus dem cremefarbenen, knöchellangen Obergewand zu glätten, bis es ihm einigermaßen vorzeigbar erschien. Aus einer Angewohnheit heraus strich er sich anschließend über die rasierte Kopfhaut. Vereinzelte Haarstoppeln kitzelten auf der Haut. Nachlässig rasiert. Schon wieder. Seine Mentorin achtete sehr genau auf solche Einzelheiten und sie scheute sich nicht, ihn immer wieder mit erhobenem Zeigefinger oder unangenehmen Strafarbeiten darauf hinzuweisen. *Ein Priester der*

Sula muss sich ihre Gnade in jedem Augenblick seines Dienstes vergegenwärtigen, hörte er ihre mahnende Stimme in Gedanken. *Für sich und für diejenigen, denen man ihre Weisheit näherzubringen trachtet. Das heilige Licht und seine Segnung gewährt sie nicht für Nachlässigkeit.*

Die gemurmelten Worte hinter der Tür verklangen und das vertraute Tock Tock war zu hören. Die Tür wurde von innen zur Seite geschoben und entließ die acht Ratspriester in den schmucklosen Flur, in welchem Andacht gespannt wartete. Allen voran schritt seine Mentorin, schwer auf den Gehstock in ihrer Linken gestützt. Sie trug ein weißes Obergewand wie auch die übrigen Ratsmitglieder. Den verkniffenen Ausdruck in ihrem Gesicht zeigte sie den größten Teil des Tages, selbst im Schlaf legte sie ihn nicht ab. Eine Mischung aus körperlichem Schmerz und Ernsthaftigkeit. Sie erduldete beides mit unerschütterlicher Fassung und Andacht bewunderte sie dafür. Ihr Gang war schwerfällig, unbeholfen, für das befremdete Auge beinahe absurd. Andacht kannte es nicht anders. Sie war seit Kindesbeinen an so gewesen, hatte sie ihm einmal erzählt, als sie ihn vor etlichen Jahren unter ihre Fittiche genommen hatte. Für Andacht war ihr ungewöhnlicher Gang ein untrüglicher Beweis ihrer Zielstrebigkeit, für die seine Mentorin im ganzen Tempel bekannt und gefürchtet war. Diese Eigenschaft hatte sie letztlich bis in den Priesterrat gebracht, unbeachtet ihrer körperlichen Einschränkungen. Und wie üblich wagte es niemand, sich ungeduldig an ihr vorbeizudrücken, auch die Ratspriester nicht.

Auf ihrer Glatze glänzte der Schweiß, mehr, als es bei den übrigen der Fall war. Er ließ die lange, wulstige Narbe, die von ihrem Hals bis zur rechten Schläfe reichte, stärker hervortreten. Die Diskussion im Rat musste hitzig gewesen sein. Die Oberste Segen trat an das schmale Fenster neben der Bank und sah hinaus. Unter ihr erstreckten sich die Viertel der verschiedenen Kasten, jedes mit einer Mauer von den danebenliegenden getrennt. Linker Hand lag der verlassene Königspalast, an das sich das Viertel der Handwerker anschloss. Gleich darauf folgte das Viertel der Diener, neben dem man ein Stück des Bauernviertels erkennen konnte, wenn man sich aus dem Fenster lehnte. Von der vierten Ebene der gewaltigen Stufenpyramide aus, die das Zuhause der Priesterkaste war, ließ sich das alles hervorragend überschauen. Einen besseren Ausblick gab es nur vom Heiligtum an der Spitze der Pyramide, hoch oben im Zentrum des Stadtstaats des Toten Königs. Dort sah man sogar bis hin zu den Steinbrüchen im Süden. Doch Andacht wusste das alles, ohne sich neben seine Mentorin stellen zu müssen.

Das helle, orangefarbene Licht der Nachmittagssonne legte einen ungewohnt sanften Farbschimmer auf Segens von Sorge durchfurchte Haut. Es hob die senkrechten, vom Alter verblassten Tätowierungen der Kastenzugehörigkeit auf ihren Wangen deutlicher hervor. Ein heimlicher Trost, den die Göttin Sula ihr spendete. Segen ließ beide Hände auf dem Knauf ihres Gehstockes ruhen und die übrigen Ratsmitglieder ohne ein Wort vorbeieilen. Die Priester waren Andacht alle bekannt, und das nicht erst, seit er seine Mentorin bei der Arbeit unterstützte. Jeder kannte die obersten Priester, sowohl im Tempel als auch in der Stadt. Sie vertraten die verschiedenen Kasten im Stadtstaat des Toten Königs. Da war die hagere Wille, die für die Kaste der Wasserernter sprach, und Entschlossen für die Adlerkrieger, dessen schlanke Jahre schon ewig zurücklagen. Hingabe sprach für die Bauern, sie galt als trocken und unbeweglich in ihrer Entscheidung. Der humorvolle Wohlbefinden vertrat die Diener, der Oberste Friede die Handwerker, Trost mit den starken Händen die Beamten und Adeligen. Für die Kaste der Priester sprach Last, der älteste der Obersten und der Vertraute des Beleuchteten. Segen stand als zweite Oberste unter dem Sprecher der Priester. Nur die Unberührbaren hatten keinen Fürsprecher. Andacht hatte bisher nie gewagt, nach dem Grund zu fragen. Niemand sprach über die Unberührbaren. In der Stadt des ewigen Himmels existierten sie einfach nicht.

Erst als der Oberste Last Segen mit einem missmutigen Blick bedacht hatte und in der nächsten Abzweigung des Ganges verschwunden war, drehte sich seine Mentorin zu Andacht um. Sie musterte ihren hageren Adlatus von unten herauf aus eisgrauen Augen. Wie immer konnte er sich des Gefühls nicht erwehren, die Priesterin sehe ihm bis in seine Seele hinein. Schließlich schüttelte Segen den Kopf.

»Andacht, wann hört das endlich auf? Du hast dich wieder deinen nutzlosen Träumen hingegeben, nicht wahr?«

»Ja, Oberste Segen«, antwortete Andacht wahrheitsgemäß. Schuldbewusst senkte er den Kopf und betrachtete seine Zehen, die vorn aus den ledernen Sandalen herausschauten. Zugleich fühlte er eine peinliche Hitze in die Wangen steigen. Es beschämte ihn auch jetzt noch, gut acht Jahre, nachdem sie ihn zu ihrem persönlichen Gehilfen auserkoren hatte. *Ich muss mich mehr anstrengen und meine Gedanken nutzbringend fokussieren*, rief er sich selbst zur Ordnung. *Ich darf sie nicht immer enttäuschen.* »Es wird nicht wieder vorkommen. Bitte verzeih, Oberste Segen.«

»Doch, wird es«, widersprach Segen. »Verschwende nicht meine Zeit mit deinen haltlosen Versprechungen, Andacht. Damit entehrst du das Vertrauen, das Sula und ich in dich setzen«. Die Oberste seufzte. »Du kamst nicht rechtzeitig. Ich hatte dich vor Beginn der Ratssitzung erwartet. Vor der Tür des Saals nutzt du mir nichts.«

»Ich diente bei der Hinrichtung am Wolkenrand. Ich berührte versehentlich eine von ... Die Reinigungszeremonie hat mich aufgehalten.«

»Ich werde mir ernsthaft Gedanken machen müssen, ob ich mich in dir getäuscht habe. Und ob Schweigen nicht ein würdigerer Gehilfe ist, so wie Last es mir damals ans Herz gelegt hatte. Geh und hole meine Schriftstücke aus dem Ratssaal. Und trödel nicht, unser Tagewerk ist noch längst nicht beendet.«

»Sofort, Oberste Segen.«

Andacht eilte in den angrenzenden Raum. Er hatte gelernt, Segens Anweisungen umgehend und ohne Widerspruch auszuführen. Auch wenn ihre Drohung, ihn gegen Schweigen auszutauschen, dem üblichen Geplänkel entsprach, so war es besser, Segen nicht weiter zu verärgern. Abgesehen davon war Schweigen tumb und schwerfällig. Keiner der Priester würde ihn freiwillig zu einem Adlatus machen.

Nicht einmal der Oberste Last, der gelegentlich zu seltsam grausamen Scherzen neigte. Andacht widmete dem runden Holztisch mit unzähligen Kratzern und Malen der vergangenen Jahrhunderte nur einen flüchtigen Blick. Der Tisch stammte aus alter Zeit und hätte gewiss viel zu erzählen, wenn er denn eine Stimme besäße. Wie vielen Ratssitzungen das Möbelstück wohl gelauscht haben mochte? Sicher mehr, als selbst Segen an Jahre zählte.

Ein kunstvolles Relief zeigte Sula und war über dem thronähnlichen Sitz des Beleuchteten, dem Oberhaupt der Priesterkaste, in die Wand geschlagen. Andacht hielt inne, hob die Fingerspitzen über seinen Kopf und murmelte die Rogation, so wie es die Statuten vorsahen. Mahnend sah die Göttin aus ihrer goldenen Sonnenscheibe auf ihn und die leeren Stühle hinab. Ihr, die allem das Leben gewährte, war der riesige Tempel im Zentrum der Stadt des ewigen Himmels gewidmet. Ihr Antlitz war überall zu sehen, in den Gängen, den Gebetsräumen, dem offenen Altar und sogar in den kleinsten Vorratskammern. Ihrem Bruder Lugo, dem Mondgott, begegnete man dagegen eher selten. Er fand bei den niederen Kasten weit mehr Anklang als die strahlende Sula, obwohl die Menschen ihr alles verdankten. Die Geschichten um den launenhaften Gott seien für die einfachen Gemüter unterhaltsamer, hatte ihm Segen während einer der vielen Lehrstunden erläutert. Insgeheim hatte Andacht dem Volk damals zugestimmt.

Als er das kurze Gebet beendet hatte, fuhr er mit den Zeigefingern gedankenversunken über die Tätowierungen, die seine eigenen Wangen zierten. Die Tinte in der Haut war erst wenige Jahre alt. Das Schwarz hatte noch nichts von der Intensität verloren. Andacht zuckte zusammen, als er Segens Stock draußen auf den Flurboden klopfen hörte. Sie ahnte sicher, dass er sich wieder ablenken ließ. Eilig klaubte er die Dokumente auf, die vor Segens Platz direkt neben dem Sitz des Beleuchteten auf dem Tisch lagen. Alles in allem ergaben sie einen beträchtlichen Stapel, der ihm bereits früher einige Mühe gemacht hatte. Andacht umklammerte die Dokumente mit beiden Armen. Die Oberste Segen verabscheute Zeitverschwendung fast ebenso so sehr wie Unordnung. Eigentlich gab es kaum etwas, an dem sie nichts auszusetzen hatte. Zügig kehrte Andacht auf den Flur zurück. Dort stieß Segen ihren Stock ungeduldig auf den Steinboden. Tock. Tock.

»Noch etwas länger, und ich wäre an Altersschwäche gestorben«, sagte Segen. »Wenigstens verlöre der Oberste Last dann seine schwerste Sorge. Hatte ich dich nicht ermahnt, mich nicht warten zu lassen?«

»Das hattest du, Oberste Segen«, sagte Andacht entschuldigend. »Ich hatte Schwierigkeiten mit dem Stapel der Dokumente. Es werden von Sitzung zu Sitzung mehr. Sie sind kaum noch zu handhaben.«

»So wie die Lage innerhalb der Stadt. Willst du den Menschen in den Kastenvierteln erklären, dass sie ihre notwendigen Rationen nicht erhalten, weil dir Dokumente aus den Händen fielen?«

»Nein, Oberste Segen.«

»Natürlich nicht, Andacht. Andererseits vermag keines dieser Blätter wirklich die Probleme zu beseitigen, die dem Beleuchteten eigentlich Sorgen bereiten sollten. Du kannst sie genauso gut gleich hier aus dem Fenster werfen. Es wäre kein allzu großer Verlust.« Segen sah Andacht derart ernst an, dass er kurz versucht war nachzufragen, ob er ihrem Vorschlag tatsächlich nachkommen sollte.

»Die Kasten werden immer unzufriedener«, fuhr Segen fort. »Und das zu Recht. Die Versorgung ihrer Angehörigen wird täglich schwieriger und es ist kaum noch zu verbergen, dass es so nicht ewig weitergehen kann. Währenddessen ergeht sich der Beleuchtete in Zwiegesprächen mit dem Toten König, aus denen sinnlose Anweisungen für die Stadt und den Tempel folgen.«

»Der Beleuchtete hat sich der Ratssitzung heute angeschlossen?«, fragte Andacht erstaunt.

»Nur für wenige Minuten. Es wäre besser gewesen, er hätte selbst das unterlassen«, sagte Segen abfällig. »Als ob die Listen und Zahlen, die die Obersten beibringen, nicht ausreichten, um Verwirrung zu stiften. Der ständige Streit darüber, welcher Weg einzuschlagen ist und welcher nicht, beraubt den Rat nachhaltig seiner Entscheidungsfähigkeit.

Es ist, als sehe man einem Tauben dabei zu, wie er sich dem Abgrund nähert und nicht auf die Warnungen achtet, die ihm von allen Seiten zugerufen werden. Es ist schier zum Verzweifeln. Selbst der Oberste Last verschließt seine Augen darüber.«

Wie zur Bekräftigung ihrer Worte ließ die Oberste Segen ihren Stock ein weiteres Mal auf den Steinboden knallen. Tock.

»Komm, Andacht. Schaffen wir das Zeug in mein Arbeitszimmer und verschwenden keine weitere Zeit.«

Segen wandte sich ab und humpelte den Gang hinab, ohne dem Ratssaal oder der Aussicht nach draußen einen weiteren Blick zu gönnen. Sie wirkte müde und erschöpft und Andacht beeilte sich, um mit ihr Schritt zu halten.

Es waren vielleicht zwei Meter Distanz bis zum Kopf der Statue. Wenig genug, um sich bei der Landung nicht zu verletzen. Trotzdem war der Schmerz unbeschreiblich. Staubner stöhnte auf, als das lädierte Knie unter ihm nachgab. Ohne eine Chance, sich abzufangen, fiel er auf die Seite und rutschte ab. Die Oberfläche der Statue war glatter als vermutet. Hektisch suchten Staubners Finger nach einem Halt. Die Falten im steinernen Stoff reichten nicht aus, um den Absturz zu verhindern. Vielmehr schrappten sie schmerzhaft über seine Rippen. Der Plan, nach der Landung über die Kette hinabzusteigen, war dahin. Sein Körper kippte auf den linken Arm der Statue zu. Staubner versuchte, das positiv zu sehen. Es hätte ihn auch gleich über die Kante der Kapuze tragen können. Von dort aus wäre er einfach nur zehn Meter tief abgestürzt. Direkt vor die Füße der Nomadenstatue. Um dort mit gebrochenem Hals liegen zu bleiben. Oder mit weniger Glück, nur mit gebrochenen Beinen.

Mit den Händen voran landete er auf der Schulter der Statue und rollte sich unbeholfen ab. Sein eigenes Gewicht zog ihn weiter abwärts, bis er rittlings den Ärmel hinabrutschte. Ein kurzer, panischer Schrei jagte aus seiner Kehle und mit aller Kraft klammerte er sich an den bearbeiteten Stein, bis er gegen den Stab des Nomaden knallte. Dort gönnte das Schicksal Staubner einen flüchtigen Halt. Er schnaufte angestrengt, als er sich behutsam aufsetzte.

Über ihm, auf der Balustrade, war sein Verschwinden bemerkt worden. Staubner sah das wütende Gesicht von Schiefnase, daneben zeigte sich der Wächter, der dem Söldner die Stirn geboten hatte. Ihren Disput hatten sie offensichtlich auf später verschoben. Jetzt hatte seine Ergreifung Vorrang. Schiefnase schüttelte eine Faust in Staubners Richtung, dann verschwanden die Köpfe. Er hörte kurze Befehle, Fußgetrappel. Die Atempause war vorüber.

Wie tief war es wohl noch bis zum Boden? Sechs Meter? Etwas mehr? Zu viel, um zu springen, vor allem mit seiner Verletzung. Dann also auf die altmodische Art. Staubner schlang die Arme und Beine um den Stab der Statue. Sie reichten nicht gänzlich herum, aber es genügte. Stöhnend ließ er sich abwärtsgleiten. Auf den ersten beiden Metern funktionierte das ausgezeichnet, sofern er den Schmerz wegatmete. Angestrengt grinste Staubner über seinen eigenen schlechten Scherz. Schmerzen wegatmen, das hatte er einmal bei einem Straßentheater aufgeschnappt. Irgendeine völlig verrückte Komödie über die Besiedelung des Kontinents Brinne. Bei ihm hatte das noch nie funktioniert.

Sein verletztes Knie schlitterte über eine Einkerbung. Der unerwartete Anstieg des Schmerzpegels löste die Umklammerung der Beine. Hektisch versuchte Staubner nachzufassen, doch nur das rechte Bein spielte mit. Das andere hing nutzlos und lahm vor Schmerz von der Hüfte herab. Seine Arme trugen das Gewicht für ein paar Sekunden, dann verloren auch sie den Halt. Er raspelte mit dem Gesicht über den bearbeiteten Stein, bis er die verbliebenen vier Meter im freien Fall hinabstürzte. Doch statt auf dem steinernen Podest der Statue aufzuschlagen, landete er auf einem Knäuel aus Körper, Armen und Beinen. Staubner rollte unkontrolliert vorwärts, der eigene Schwung trug ihn über die Kante der Erhöhung und er war fast dankbar, dass er nur einen Meter tief.

Röchelnd blieb er vor den Füßen des Nomaden liegen. Hatte ihn gerade jemand aufgefangen? Und wenn ja, wer? Er drehte den Kopf zurück und entdeckte eine regungslose Gestalt, die halb hinter dem Stab der Statue ruhte, das Gesicht abgewandt. Nur die struppigen, blassbraunen Haare und eine rasierte Schläfe waren zu sehen. *Der Messermann aus dem Speisesaal.* Der hatte ihn retten wollen? Irgendwie klang das selbst in seinen Ohren absurd.

»Hab ich dich endlich. Ich habe mich schon gefragt, wie lange du meine Geduld auf die Probe stellen willst. Und da purzelst du mir einfach so vor die Füße. Muss dein Glückstag sein.«

»Ja, na klar. Glückstag.« Staubners Antwort troff vor Ironie und Selbstmitleid. Sie hatten ihn. Die Flucht, die Schmerzen – alles umsonst. Er mochte sich gar nicht ausdenken, wie Schiefnase ihn dafür bezahlen lassen würde. Mit schmerzverzerrtem Gesicht zog Staubner das verletzte Bein an den Körper und setzte sich auf. »Ich laufe nicht weg. Du hast gewonnen.«

»Hervorragend. Ich habe einen engen Zeitplan und die Karawane kann nicht ewig warten. Nicht mal auf einen wie dich. Du wirst erwartet.«

»Karawane?«

Erst in diesem Moment fiel Staubner auf, dass die Stimme nicht zu Schiefnase gehörte. Sie war tiefer, mit deutlich mehr Bass. Er sah hoch. Über ihm ragte ein riesiger Mann auf, die gewaltigen Arme in die Hüften gestemmt. Ein dichter, anthrazitfarbener Vollbart rahmte die untere Hälfte des Gesichtes ein und ließ es düster und gebieterisch wirken. Der breite Säbel an seinem Gürtel vervollständigte diesen Eindruck. Kein Söldner, jedenfalls keiner, den Staubner kannte. Und auch kein Wächter.

»Dann wollen wir mal. Helft ihm hoch und nichts wie raus hier.«

Irgendwer stülpte Staubner einen Leinensack über den Kopf. Dann wurde er links und rechts gepackt, an den Armen hochgehievt und vorwärtsgezogen. Seine Beine schleiften über den Boden. Dass er eigenständig lief, schien nicht Teil des Plans zu sein.

Schnaufend erklomm die Oberste Segen die Stufen, die einst zu Ehren der Sonnengöttin Sula angelegt worden waren. Zehn Stufen, in jeder der sieben Treppen, die zum Heiligtum führten. Einst hatte es einen Bittruf gegeben, der beim Betreten der Stufen zu zitieren gewesen war. Doch diese Zeiten waren längst vergangen. Segen war überaus dankbar dafür. Sie brauchte ihren Atem. Der Weg war zu anstrengend, um auch noch dabei zu sprechen. Auf jedem Stockwerk legte sie eine dringend notwendige Pause ein. Auch wenn ihr ein derber Fluch auf den Lippen lag, sprach sie ihn nicht aus. Es ergab schließlich Sinn, dass das Heiligtum einer Sonnenreligion hoch oben erbaut worden war. Der Beleuchtete bewältigte diese Distanz ebenfalls, wenn er auch oft für eine lange Zeit nicht wieder hinabstieg. Die Priester, die ihn mit allen Annehmlichkeiten versorgten und mehrfach am Tag rauf- und runtereilen mussten, beneidete Segen nicht.

Trotzdem befürchtete die Oberste, dass sie die Treppen umsonst auf sich nahm. Wacht, die rechte Hand des Beleuchteten, hatte ihr mitgeteilt, dass sich das Oberhaupt der Kriegerkaste seit der letzten Ratssitzung im Heiligtum aufhielt und Segen etwas Zeit für eine Unterredung einräumen würde. Doch nachdem sie miterlebt hatte, wie unergiebig die Zusammenkunft des Rates gewesen war, rechnete Segen eher mit nichts. Nicht eine maßgebliche Entscheidung war gefällt worden. Für alle drängenden Fragen hatte sich der Beleuchtete Bedenkzeit ausgebeten. Zeit für ein Zwiegespräch mit dem Toten König und der Sonnengöttin Sula. So lief es bereits seit Wochen, wenn nicht Monaten. Die Stadt des ewigen Himmels erstickte in Problemen. Zu wenig Nahrung, gerade genug Wasser, um das Notwendigste anzubauen, fehlende Rohstoffe und eine in Armut lebende Bevölkerung, die nur mit der ständigen Präsenz der Adlerkrieger auf den

Viertelmauern im Zaum gehalten wurde. Lange ging das nicht mehr gut. Der Beleuchtete musste endlich handeln.

Segen ließ die letzte Treppe hinter sich, verschnaufte kurz und ging dann zum prächtigen Doppelflügelportal, das den Eingang zum Heiligtum verschloss. Die Priesterin Wacht saß an ihrem Tisch, vertieft in ihre Arbeit. Der Obersten widmete sie nur einen kurzen Blick und ein höfliches Nicken. Eine goldene Sonnenscheibe mit Sulas Antlitz hatten die Handwerker längst vergangener Generationen kunstvoll auf die Doppelflügel gegossen. Ein überaus beeindruckendes Kunstwerk. Ebenso wie die Mechanik, die das tonnenschwere Portal mit dem Gewicht einer Feder öffnete. Das Innere des Heiligtums stand dem in nichts nach. Die Wände des viereckigen Raumes waren mit ziselierten Fresken verziert. Goldene, silberne und kupferfarbene Ornamente erfüllten die Bilder mit Wärme. Lichtreflexe tanzten über die Oberflächen, als seien sie genau dafür geschaffen worden. Inmitten des Heiligtums erhob sich ein kantiger Block aus Marmor, so hoch wie zwei Männer. Sulas Sonnenstrahl, der durch eine Öffnung im Dach fiel, beleuchtete das, was oben drauf stand. Der Tote König. Eine Figurine, welche die Mumie des letzten Königs enthielt. Huld war vor über siebzig Jahren der Herrscher des Plateaus gewesen. Jetzt saß er da, mit verschränkten Beinen, geradem Rücken, den Kopf erhoben, die Hände ruhten auf den Knien. Den tönernen Körper hatten die Priester in wertvolle Stoffe gehüllt, sein Haupt zierte eine Krone mit einem ausschweifenden Federkranz. Anstelle eines Gesichts trug die Figurine eine Totenmaske, mit leeren Augenhöhlen und dem ewigen Grinsen des Todes. Die Insignien der Herrschaft, ein kurzes Obsidianschwert und ein Seelenhorn, ruhten in seinen Händen.

Ergeben senkte Segen ihr Haupt. Das Ritual der Ehrerbietung sah eigentlich ein Niederknien vor. Doch ihre Behinderung vereitelte das. Welche Göttin und welcher König würde sich ein derart unwürdiges Schauspiel gönnen, einer verkrüppelten Frau dabei zuzusehen, wie sie sich zurück auf die Füße kämpfte? Sicher keiner von beiden, solange sie gütig und weise waren. Der Platz vor der Figurine war leer. Eine bequeme Sitzmatte diente dem Beleuchteten als Unterlage, wenn er seine Versenkung ausübte. Es überraschte Segen nicht sonderlich, die Stelle ungenutzt vorzufinden. Die Versenkung fand zu den Zeiten statt, die dem Beleuchteten passend erschienen. Wann das der Fall war, das wussten weder sie noch der Oberste Last. Offiziell widmete sich das Oberhaupt der Priesterkaste unablässig dem Zwiegespräch mit Sula und dem Toten König. Aber es war naheliegend, dass dies nicht der Wahrheit entsprach. Ihr Oberhaupt widmete sich vielen Dingen. Das Wohl der Stadt des ewigen Himmels gehörte jedoch nicht zwangsläufig dazu.

Die beiden Rauchschalen, deren Fassungen die vier Himmelsrichtungen symbolisierten, enthielten noch etwas Asche. Doch die Glut war erloschen. Trotzdem hing der Geruch des Rauches in der Luft. Erst wenn der Beleuchtete die Versenkung ausübte, wurde sie entzündet und das Kraut verbrannt, dass ihm zum Zwiegespräch mit dem Toten König geleiten würde. Die Rauchschwaden trugen eine bewusstseinserweiternde Wirkung mit sich, die sich nur mit Feuer entfachen ließ. Sie unterstützte die Bemühungen des Beleuchteten, der Stimme Sulas zu lauschen, die durch den Toten König sprach. Die exakte Mischung herzustellen lag in der Verantwortung des Nächsten in der Rangfolge. Innerhalb der Priesterkaste war das der Oberste Last. Ihm oblag es zudem, über die gesundheitliche Unversehrtheit des Beleuchteten zu wachen. Segen, die Last unterstellt war, wusste, dass das mitunter eine heikle Angelegenheit war. Viele verschiedene Voraussetzungen bestimmten, wie ein Mensch reagierte, der den Rauch einatmete. Nicht nur die Kraft der Kräuter, auch profanere Dinge wie Körpergewicht oder geistige Verfassung entschieden über die Wirkung. Über die stets wiederkehrende Schwermut des Beleuchteten und wie anfällig er für die Halluzinogene war, wusste nur der engste Kreis der Obersten Bescheid. Segen gehörte dazu, obwohl sie nur die Zweite nach Last war.

Zu beiden Seiten des Hauptraums war eine Tür eingelassen. Die linke führte zu einem Privatgemach des Oberhaupts der Priesterkaste.

Dort hielt sich der Beleuchtete auf, wenn er ihm Heiligtum verblieb und nicht zu seinen anderen Räumlichkeiten zurückkehrte. Die rechte Tür dagegen verschloss ein üppiges Beratungszimmer, das in seiner Pracht selbst einem König genügte. Eine Glocke aus Gold, kaum größer als eine Faust, war seitlich daneben angebracht. Segen wandte sich dorthin, der Gehstock pochte mit jedem ihrer Schritte auf dem Steinboden. Tock Tock. Mit dem Griff schlug sie gegen die Glocke. Ein heller Ton erklang. Sobald der Beleuchtete bereit war, würde er die Tür öffnen und sie empfangen. Meist dauerte das eine Weile. Doch dieses Mal wurde die Tür bereits nach wenigen Augenblicken aufgeschoben und eine Priesternovizin huschte heraus. Das Gesicht gerötet und gesenkt, drängte sie sich an der Obersten mit einem verschüchterten Gruß vorbei. Dass ihre Kutte unordentlich saß, entging Segen nicht. Sie seufzte und trat ein. Das kannte sie bereits.

Der Beleuchtete, ein dicklicher Mann mit altersssträhnig abstehendem, hellem Haar, wischte sich gerade mit einem Tuch über das verschwitzte Gesicht. Gleichzeitig bemühte er sich nur beiläufig um eine Haltung, die seine Anschwellung zwischen den Lenden irgendwie vor der Obersten verbarg. Segen quittierte den halbherzigen Versuch mit einem unumwundenen Blick auf den Schoß des Beleuchteten. *Allein das sollte seine Lust recht schnell vergehen lassen*, dachte sie zufrieden. Der Anblick ihres strengen, zerfurchten Gesichts und des verkrüppelten Leibes ernüchterte jeden Mann. Für eine körperliche Anziehung war sie nicht anziehend genug. Tatsächlich gab der Beleuchtete sein Vorhaben auf und richtete einfach den Stoff der Kutte über seinen Schoß. Scham sah Segen nicht in seinem Gesicht. Zugegeben, für einen Mann seines Alters war die vorhandene Manneskraft durchaus lobenswert. Doch Novizinnen, die mehr Kind als Frau waren und dem Beleuchteten damit zur Hand gingen, das hielt sie für unangemessen. Sogar mehr als das. Als Leitbild ihres Glaubens empfand sie sein Verhalten als überaus unanständig.

Der Beleuchtete bewertete das offensichtlich völlig anders. Er strahlte Segen mit einem breiten, zufriedenen Lächeln an.

»Oberste Segen, das wohlwollende Antlitz Sulas möge ewig auf dir ruhen. Ich habe dich erst später erwartet.«

»So soll es auch dich bedenken, Beleuchteter. Ich kam zur üblichen Zeit. Mir scheint, du warst … abgelenkt und hast mein Eintreffen nicht bedacht.«

Der Beleuchtete winkte leutselig ab. »Eine junge Novizin, die der besonderen Fürsorge bedurfte. Die Jugend und ihre Fragen und Sorgen. Sie sind ebenso unendlich wie Sulas strahlende Helligkeit. Du weißt, mir liegt die nächste Generation am Herzen. Sie ist die Zukunft der Priesterkaste.«

»Besonders die weibliche, die mehr Bewunderung für den Beleuchteten in ihren Herzen trägt als Glauben an unsere Göttin«, spöttelte Segen mit freundlichem Ton.

Zu sagen, sie würde die spezielle Betreuung des Beleuchteten auch nur im Geringsten gutheißen, käme der schlimmsten Lüge gleich, die jemals vor Sulas Angesicht ausgesprochen worden wäre. Doch der Beleuchtete war das Oberhaupt der Priesterkaste und das Sprachrohr des Toten Königs. Er musste schon Sula selbst öffentlich abschwören oder aufs übelste freveln, um seines Amtes enthoben zu werden. Ein Vorkommnis, das es seit dem Tod König Hulds nicht gegeben hatte.

»Besonders diese müssen mit Inbrunst auf den rechten Pfad unserer allseits geliebten Göttin Sula geleitet werden«, fuhr der Beleuchtete gut gelaunt fort. Den Spott nahm er nicht einmal wahr. »Was kann ich für meine zweitgeschätzte Oberste heute tun?«

Segen verbeugte sich, um dem Beleuchteten nicht den Unmut auf ihrem Gesicht zu zeigen. Als sie sich wieder im Griff hatte, hob sie den Kopf.

»Du kennst mein Anliegen. Ich habe in der Ratssitzung auf die vielen Probleme hingewiesen, um die wir uns kümmern müssen.«

»All diese Zahlen. Mir schwirrt der Kopf davon.« Der Beleuchtete hob melodramatisch eine Hand an seine Stirn. Dort tat er so, als fühle er nach einer erhöhten Temperatur, die ihm zu schaffen machte.

»Wofür sind die Obersten denn gut, wenn sie mir nicht einmal diese Bürde abnehmen?«

»Beleuchteter, wir bemühen uns nach Kräften, dir deine Mühsal erträglich zu machen. Dennoch, es fehlt überall. An allem. Wir müssen unsere Bestände weiter rationieren. Der Ertrag in diesem Jahr reicht nicht aus, um mehr als ein paar Wochen sorgenlos zu überstehen. Der Unmut in der Bevölkerung erreicht bereits ein Ausmaß, dem nur mit Waffengewalt Einhalt geboten werden kann. Aufstände drohen, wenn nichts unternommen wird. Es müssen Entscheidungen getroffen werden. Dringend.«

»Kann das nicht warten?« Der Beleuchtete fächelte sich mit beiden Händen Luft zu. »Das Huldfest steht bevor. Die wichtigste Feierlichkeit zu Ehren der Göttin. Unser König unterwirft sich ihrer Gnade und ich preise sie für unsere Errettung. Bis dahin und bis zur Prozession am Huldtag fordert der Tote König meine volle Aufmerksamkeit. Sein Wort duldet keinen Aufschub und ich bin der Einzige, dem er seine Stimme schenkt.«

»Ich fürchte, es kann eben nicht warten. Nicht einmal für das Huldfest sind ausreichende Vorräte vorhanden. Wie sollen wir feiern, wenn die Bevölkerung hungernd danebensteht? Hat unser König dafür eine Antwort?«

Der Beleuchtete lehnte sich ungehalten vor. Das Lächeln in seinem Gesicht war schlagartig verschwunden.

»Oberste Segen, du vergisst dich. Der Tote König wird den Willen unserer Göttin Sula mitteilen, sobald er dazu bereit ist. Erst dann kann es Entscheidungen geben. Alles andere kommt einem Frevel gleich.«

»Verzeih, Beleuchteter, du hast recht. Die Anstrengungen der letzten Tage sind schuld an meiner Respektlosigkeit. Ich danke dir für deine Zeit. Ich ziehe mich zurück. Sulas Segen ruhe auf dir.«

Segen verbeugte sich, während der Beleuchtete missbilligend die Mundwinkel verzog. Sie hatte ihn verstimmt, das war nicht zu übersehen. So endeten die persönlichen Unterredungen zwischen dem Beleuchteten und ihr in aller Regelmäßigkeit. Doch auch wenn es keine Überraschung war, der Ausgang ihres Gesprächs verärgerte Segen. Sie bedrängte ihn mit ihren Anliegen und er wies sie ab. Derweil stürmte das Schicksal der Stadt weiterhin dem Abgrund entgegen. Segen durchquerte das Heiligtum und durchschritt das Portal. Erneut legte sie eine Verschnaufpause ein, bevor sie sich daranmachte, die vielen Treppen nach unten auf sich zu nehmen. Sie hatte Vorkehrungen getroffen. Wenn der Beleuchtete nicht willens war, zum Wohl des Plateaus beizutragen, musste sie es eben selbst in die Hand nehmen. Was nutzte der Stadt und ihren Bewohnern ein göttliches Sprachrohr, wenn sich dieses erst zum Huldfest gewogen zeigte? Segen hatte einen Handel geschlossen, der ihr helfen würde, das Richtige zu tun. Schon bald war es soweit. Im Grunde rechnete sie stündlich mit einer Nachricht.

Das nervtötende Geschrei eines Esels veranlasste Staubner, die Augen zu öffnen. Er benötigte dafür mehr Versuche als üblich. Seine Lider fühlten sich schwer und klebrig an. Als er sich über das Gesicht rieb, blieb eingetrocknetes Sekret an den Fingernägeln hängen. Es dauerte einen Moment, bis er das unscharfe Halbdunkel um sich herum richtig einsortiert hatte. Und das Gewackel der Holzbohlen unter seinem Hintern.

Sie hatten ihn in einen geschlossenen Karren oder Wagen verfrachtet, in eine Lücke zwischen Kisten und Stoffballen gelegt. Ein Baldachin aus grobem Leinenstoff spannte sich über ihm. So wie der Wagen schwankte, fuhr er nicht über eine der gut ausgebauten Straßen von Rosander. Vermutlich auch nicht über die weniger guten. Hatten sie ihn bereits aus der Stadt geschafft? Und wann war er eigentlich betäubt worden? Staubner hatte keine Ahnung, wie lange er weggetreten war. Die nächste Ortschaft von der Hafenstadt aus war Kiewacht, einmal quer rüber über die Bucht. Hatte er etwa die Überfahrt komplett verschlafen? Das wären mindestens drei Tage. Also eigentlich unmöglich.

Ihm schwindelte, als er sich aufsetzte. Keine Fesseln. Das war anscheinend die gute Neuigkeit. Dass man nicht davon ausging, er könne abhauen, war wohl die schlechte. Beim nächsten Stoß des Wagens kämpfte er mühsam einen Brechreiz nieder. *Beim Nomaden*, fluchte er in Gedanken, *das fehlt mir noch. Vollgekotzte Hosen. Was für ein Zeug haben die mir eingeflößt?* Staubner wartete, bis sich sein Magen einigermaßen beruhigt hatte, dann zog er testweise die Beine an. Das linke Knie war steif und schmerzte. Es sandte einen scharfen Stich aufwärts zur Hüfte, als er es belastete. Dieses Problem hatte sich also nicht von allein erledigt. Selbiges galt für die übrigen Blessuren. *Was für eine Flucht vor den Söldnern. Nahezu legendär.*

Eine Hand schob den Stoff neben seinem Kopf auseinander. Graues Tageslicht warf eine Bahn in das Innere des Wagens. Ein Mann lugte kurz herein, dann zog sich die Hand zurück und der Stoff fiel in die ursprüngliche Position. Jetzt wussten sie, dass er wach war.

Was sollte er nun tun? Den Besinnungslosen mimen, in der Hoffnung auf eine Fluchtgelegenheit? Überraschend durch den Spalt im Stoff springen und zusehen, wie weit er zu humpeln vermochte in einer Gegend, über die er rein gar nichts wusste? Den Wagen vollkotzen und eine ansteckende Krankheit simulieren? Letzteres erschien Staubner als die bequemste Variante aller irrsinnigen Ideen, die ihm durch den Kopf schossen. Übel genug war ihm. Doch letztendlich entschied er sich, einfach hocken zu bleiben und abzuwarten, was passierte. Er spürte eine Gelegenheit, wenn sich ihm eine bot, und in diesem Fall gab es keine.

Irgendwo, ein ganzes Stück vor dem Wagen, ertönte ein Ruf. Den Wortlaut verstand Staubner nicht, aber er konnte sich die Bedeutung zusammenreimen, als das Gefährt ruckartig anhielt. Keine Minute später wurde die Stoffplane beiseite geschlagen und das Erste, was Staubner zu Gesicht bekam, war das gelangweilte Antlitz eines Maultieres. Das Tier schnaubte, senkte den Kopf und begann an einem einsamen Grasbüschel zu zupfen. Die Last auf seinem Rücken störte es nicht.

Gleich daneben stand der Riese aus dem Tempel des Nomaden und musterte Staubner erwartungsvoll. Ein breites, selbstsicheres Lächeln lag auf seinem Gesicht. Der Säbel baumelte an der Hüfte. Der Mann hatte im Tageslicht nichts von seiner beeindruckenden Ausstrahlung eingebüßt. Dennoch, es wäre fatal, ihn für einen Freund zu halten.

»Ausgeschlafen, wie ich sehe.« Der Riese machte eine auffordernde Geste, die keinen Widerspruch duldete. »Raus mit dir, damit wir uns unterhalten können.«

Staubner nickte wortlos und kletterte ächzend hinaus. Als er vor dem Riesen stand, spürte er Schweiß auf seiner Stirn. Der Verschlag des Wagens in seinem Rücken gab ihm ein seltsam sicheres Gefühl.

»Hast ein bisschen was abbekommen bei deiner Kletterei. Na, das wird schon wieder. Und die Übelkeit, die lässt auch bald nach. Du steckst das weg.«

»Das wäre durchaus angenehm.«

Der Riese nahm den größten Teil von Staubners Sichtfeld ein. So war es ihm weder möglich abzuschätzen, wie viele Männer den Wagen begleiteten, noch wo er sich befand. Wahrscheinlich war das genau so beabsichtigt. Die einzigen Dinge, die er neben dem großen Mann ausmachte, waren das vollbepackte Maultier und eine beeindruckende Gebirgskette um sie herum. Die Luft roch nach Feuchtigkeit, Gestein und Salz. Der Geschmack von Meer. Das war nicht die Gegend um Kiewacht oder irgendeiner anderen Stadt, wie er erwartet hatte. In der Provinz Claishall gab es keine Gebirge. War er immer noch auf der Halbinsel?

»Wo sind wir? Ich meine, romantische Spazierfahrten sind traumhaft, aber –«

Der Riese schlug Staubner mit der Hand kameradschaftlich auf die Schulter. Dabei lachte er dröhnend. Der Hieb ließ Staubner halb in die Knie sacken.

»Du gefällst mir. Ha, ha! Humor ist eine überaus unterschätzte Charaktereigenschaft. Dabei ist sie die, die dem Leben am nächsten kommt.« Der Riese machte eine ausschweifende Armbewegung. »Diese Gebirgskette trägt keinerlei Namen. Wenigstens keinen, der in den letzten dreihundert Jahren benutzt geworden wäre. Du musst nur wissen, dass wir auf der richtigen Route sind.«

»Route wohin?«

»Dorthin, wo du gebraucht wirst. Du bist ein sehr gefragter Mann, wie mir scheint. Und eine gute Wahl für deine kommenden Aufgaben.«

Staubner schwieg und musterte den Riesen. Die seltsamen Andeutungen des Bärtigen irritierten ihn. Überhaupt war alles an dieser Situation höchst eigenartig, ja nahezu irrsinnig.

»Wo sind nur meine Manieren geblieben?«, entschuldigte sich der Riese. »Von den vielen Fragen, die ich in deinen Augen lese, werde ich dir trotzdem keine einzige beantworten. Schluck sie also runter, bis du jemand findest, der es tut. Aber zumindest sollst du wissen, dass der Führer dieser *romantischen Spazierfahrt* Grimo ist. Und Grimo, das bin ich.«

»Freut mich, dich kennenzulernen«, sagte Staubner. »Ich heiße –«

»Das wiederum muss *ich* nicht wissen«, unterbrach ihn Grimo rüde. Das Lachen verschwand schlagartig aus seinem Gesicht. Der Riese trat einen Schritt auf ihn zu und brachte den Kopf ganz nah an den Staubners. Wo Grimos Stimme eben noch laut und dröhnend gewesen war, wurde sie jetzt zu einem eindringlichen Flüstern. »Es gibt Regeln, die du kennen solltest. Die wichtigste zuerst: Du tust, was ich dir sage und wann ich es dir sage. Ohne Ausnahme. Ich dulde nämlich keine. Soweit verstanden?«

Staubner beeilte sich zu nicken. »Ich denke, schon.«

Grimo warf ihm einen langen, prüfenden Blick zu, als wollte er in Staubners Augen dessen Aufrichtigkeit erkennen. Offenbar zufrieden mit dem, was er sah, nahm der Karawanenführer seine vorherige Position wieder ein und fand zu dem gewinnenden Lachen zurück. »Sehr gut. Für eine Weile darfst du dich frei bewegen. Dich umsehen. Aber sei so gut und bleib bei der Karawane. Du willst bestimmt nicht den Zwillingsstachlern als Brutstätte für ihre Eier dienen, oder? Ha, ha, ha! Sie sind um diese Jahreszeit besonders angriffslustig.«

»Skorpione?«

»Natürlich, wir sind in den Bergen. Hier wimmelt es nur so von ihnen. Und es gibt noch andere Viecher, die garantiert auch nicht deine besten Freunde werden wollen.« Grimo grinste. »Hast du Hunger? Bestimmt. Und Durst. Ich lasse dir gleich etwas bringen. Es ist nichts Großartiges, aber es wird dir besser schmecken als das Zeug in der Armenmesse.«

Wie aufs Stichwort fing Staubners Magen zu knurren an, als hätte er seit Tagen nichts mehr gegessen. Womöglich entsprach das sogar den Tatsachen. »Danke.«

»Noch etwas. Übermorgen gegen Mittag erreichen wir eine Gegend, die dich nichts angeht. Es liegt an dir, ob ich dich dann erneut schlafen schicke oder ob du mir vertrauenswürdig genug erscheinst, damit ich dir nur die Augen verbinde. Überzeuge mich. Und jetzt kletterst du wieder auf den Wagen. Dein Knie sieht nicht danach aus, als ob es schon eine längere Wanderung durchsteht.« Damit wandte sich Grimo ab und umrundete den Wagen in Richtung Spitze der Karawane.

Kurz darauf hörte Staubner ihn einen Befehl rufen. Der Wagen setzte sich ruckartig in Bewegung und er beeilte sich, auf seinen Platz zu gelangen.

In der ersten halben Stunde nach dem Gespräch mit dem Karawanenführer versuchte Staubner, einen Hinweis darauf zu finden, was der Riese mit ihm vorhatte. Grimo hatte ihm etwas zu Essen bringen lassen. Ein großzügiges Stück Käse, etwas Brot und einen kleinen Krug Gewürzwein. Die Mahlzeit vertrieb die Übelkeit. Auch ein Tiegel mit Salbe war dabei. Der Mann, der sie ihm gebracht hatte, sprach nicht mit ihm, deutete aber mit Handzeichen an, dass er die Salbe auf sein Knie reiben solle. Staubner folgte der Anweisung und nach einiger Zeit meinte er, eine Verbesserung zu spüren. Die Schmerzen ließen nach und die Bewegungseinschränkung im Bein verringerte sich.

Die Zeit nach dem Essen verbrachte Staubner damit, über das Gehörte nachzudenken. Noch immer konnte er sich keinen Reim darauf machen, von welchem Auftrag Grimo gesprochen hatte. Offensichtlich lag hier eine Verwechslung vor. Der Karawanenführer hielt ihn für eine gänzlich andere Person. Für jemanden, der im Tempel auf ihn gewartet hatte und den er an einen geheimen Ort irgendwo in den Bergen bringen sollte. Zu welchem Zweck und in wessen Weisung auch immer. Staubner hatte nicht vor, Grimo über seinen Irrtum aufzuklären, denn die Reaktion des Riesen war leicht vorherzusagen. Für einen Betrüger gab es weder Platz noch Verständnis in einer geheimen Karawane. Allein die Tatsache, mit wie wenigen Männern Grimo seine Unternehmung in diesem unwegsamen Gelände führte, zeigte, dass der Karawanenführer den Kreis der Mitwisser bewusst sehr klein hielt. Einen weiteren, der nicht der war, den er erwartete, würde der Riese garantiert nicht dulden. Fortstehlen schied auch aus. Nicht mit dem lädierten Knie. Zudem gab es genügend andere Orte auf der Welt, die höhere Chancen zu überleben boten als der schmale Pfad in der Gebirgseinöde um ihn herum. Nein, Staubner würde das Spiel so lange mitspielen müssen, bis sich ihm ein Ausweg bot. Oder er blieb in diesem namenlosen Gebirge. Vermutlich für immer.

Die Handvoll Männer unter Grimos Führung arbeitete sich unermüdlich bergauf. Sie alle schienen harte, wortkarge Leute des Gebirges zu sein. Sie schwitzten und stanken nach Tier und dem Rauch der Lagerfeuer der vergangenen Tage. Den Geruch vertrieb auch der unveränderliche Wind nicht, der typisch für diese Berglandschaft war. Die Karawane bestand überwiegend aus Maultieren. Wagen gab es nur zwei. Den, in dem Staubner saß, und einen weiteren, der am Ende der Kolonne fuhr. Staubner vermutete, dass die Lasttiere die bessere Wahl waren, um in dem unwegsamen Gelände etwas zu transportieren. Alles, was Räder besaß, musste früher oder später an seine Grenzen gelangen.

Trotzdem, ewig konnte diese Reise nicht andauern. Ein paar Tage vielleicht, nicht mehr. Die Karawane war nicht für eine mehrwöchige Expedition ausgerüstet. Die Maultiere waren bis an die Belastungsgrenze beladen, mit Ballen, Kisten und sogar Fässern. Was sich darin befand, hatte Staubner nicht herausfinden können, aber es sah nach einer Sammlung verschiedener Waren aus. Belieferte die Karawane einen versteckten Posten in den Bergen? Eine Festung? Ein Dorf womöglich? Trieb Grimo dort Handel oder lieferte bestellte Waren ab? Das waren vermutlich die Fragen, die der Karawanenführer gemeint hatte. Auf keine davon würde Staubner eine vernünftige Antwort erhalten, bevor sie an ihrem Zielort ankamen.

Er gähnte herzhaft. Die Müdigkeit ließ sich nicht länger ignorieren. Vorsichtig rutschte er in eine leidlich bequeme Position und schloss die Augen. Das Bein und ein Großteil der Muskeln schmerzten noch immer. Vielleicht sollte er die Salbe ein weiteres Mal auftragen. Sobald er kurz ausgeruht hatte.

»Wir sind da. Auf die Füße mit dir.«

Die Stimme Grimos riss Staubner aus einem unruhigen Schlummer. Für einen Moment hatte er Schwierigkeiten, sich zu orientieren, doch dann war alles wieder an seinem Platz. Die Flucht, das Gebirge, der Karawanenführer.

Es war der dritte Tag ihrer Reise, die ziemlich ereignislos vonstattengegangen war. Alle paar Stunden hatte es eine Pause gegeben und meistens hatte Grimo ihn in dieser Zeit für ein kurzes Gespräch aufgesucht. Obwohl der Karawanenführer stets freundlich, nahezu kameradschaftlich blieb und nur selten die strenge Unnahbarkeit des Anführers zeigte, wurde Staubner nicht schlau aus dem Riesen. Der Mann wahrte eine seltsame Distanz zu seinen Männern, die ihn in dieser verlassenen Gegend irgendwie entrückt wirken ließ. Als gehöre er nicht hierher, ja nicht einmal zu einer der Provinzen und ihren Bewohnern. Staubner war sich sicher, dass *entrückt* die passende Bezeichnung war, auch wenn er das Gefühl nicht recht festmachen konnte. Er krächzte ein Geräusch der Zustimmung und rappelte sich hoch. Ein weiteres Mal kletterte er steif aus dem Karren.

»Zeit für eine Entscheidung, mein Bester«, sagte Grimo. »Was soll es sein? Soll ich dich für die nächsten Stunden kaltstellen oder versuchen wir es mit Vertrauen?«

Staubner sah sich um. Die Karawane hatte in einem kleinen Talkessel angehalten. Die Berge um sie herum ragten nicht allzu hoch auf, den Blick auf ihre Umgebung verbargen sie dennoch. Staubner hatte den Eindruck, als stünden sie in einem ausgetrockneten Gebirgsfluss. Ein Pfad ging hinein, einer wieder hinaus. Keine Abzweigungen. Die Luft hatte an Kälte dazugewonnen, als seien sie nach und nach weiter aufwärtsgestiegen, dem Himmel entgegen. Die Männer der Karawane waren damit beschäftigt, den Karren und den Wagen abzuladen. Sie verteilten die Pakete und Ballen auf die Maultiere, die unter der neuen Last protestierend schrien. Die beiden Fahrzeuge blieben also hier.

»Das Gefühl, sich ständig übergeben zu müssen, war für eine Weile ja recht amüsant, aber ich habe trotzdem die Nase voll davon. Vertrauen klingt sehr gut in meinen Ohren«, antwortete Staubner schließlich.

»Das dachte ich mir.« Grimo grinste breit und strich sich dabei mit der Hand durch seinen Bart. »Wir werden einen neuen Platz für dich finden. Einen, auf dem ich dich im Auge behalten kann. Vertrauen ist gut, Kontrolle ist besser.« Der Karawanenführer warf einen prüfenden Blick auf Staubners Füße. »Der Rest des Weges wird anstrengend. Was macht das Bein?«

Staubner belastete es mit etwas Gewicht. Es stach unangenehm im Oberschenkel, aber es hielt stand. Für eine Weile würde es gehen.

»Es scheint vorerst mitmachen zu wollen«, antwortete er vorsichtig.

»Gut.« Grimo schien zufrieden mit der Antwort. »Die Maultiere haben genug zu schleppen. Dich werde ich ihnen nicht zusätzlich zumuten. Sieh also zu, dass du laufen kannst. Und dass es so bleibt.« Grimos Augenbrauen formten einen ernsten Bogen über der Nase.

Staubner verstand, was passieren würde, wenn das Bein ihn nicht mehr tragen wollte. Zurücklassen würde ihn der Karawanenführer nicht. Nicht lebend.

»Du sagtest, wir sind da, aber wir sind nicht am Ende unserer Reise. Wenigstens sehe ich keinen, der den Eindruck macht, dein und mein Auftraggeber zu sein. Wie weit ist es noch?«

»Hast du schon genug von unserer Spazierfahrt? Ha, ha. Es ist noch eine gute Tagesreise über einen versteckten Pass, der hinter diesem Tal beginnt.« Grimo wies mit dem ausgestreckten Arm auf die gegenüberliegende Seite, wo eine scharfe Kerbe den Ausgang des Tals markierte. »Ab hier werde nur ich noch sehen. Der Weg ist nur mir bekannt, und so soll es auch bleiben. Damit keiner abstürzt, werdet ihr mit Seilen gesichert. Einer an den anderen. Maultiere wie Männer. Sobald das erledigt ist, werde ich allen die Augen verbinden. Du kommst mit zu mir an die Spitze. So weit reicht das Vertrauen nicht, dass ich dich irgendwo außerhalb meiner Reichweite lasse. Ich mag dich, Bursche, aber deshalb vergesse ich nicht meine Prinzipien.«

»Verstehe.« Staubner erwischte sich dabei, wie er mehrfach nickte. Vielleicht sollte er sich das abgewöhnen, damit Grimo ihn nicht für einen albernen Vogel hielt.

»Gut. Sehr gut. Wenn wir den Pass hinter uns gelassen haben, halten wir wieder an. Vorher gibt es keine Gelegenheit für eine Rast. Dann warten wir, bis wir abgeholt werden. Ich werde dir sagen, wann du die Augenbinde abnehmen darfst. Beherzige das besser. In dieser Sache versteht niemand sonderlich Spaß.«

»Du machst es wirklich spannend. Das muss man dir lassen, Grimo.«

»Ha, ha, ha, du wirst einem alten Kerl wie mir bestimmt etwas Vergnügen gönnen. Ab und zu ein bis zwei Ränkespiele, das hält jung. Das und die gute Bergluft.« Grimo grinste breit, bis sein Blick auf die Wolkenfront am Horizont fiel. Schlagartig verfinsterten sich die Züge. »Spürst du es?«

»Ja. Es ist verflucht kalt«, antwortete Staubner.

»Das auch, aber das meine ich nicht. Die Welt ist in Bewegung. Vergiss den Unsinn mit Schicksal oder der richtigen Sternenkonstellation. Das ist das Geschwätz von alten Weibern und blinden Greisen. Wenn man mit dem Herzen hört, dann spürt man, dass sich etwas tut.«

»Und das tut es gerade? Ich merke nur, wie ich friere.« Mit einem Anflug von Mystizismus hatte Staubner bei dem Karawanenführer als Letztes gerechnet.

»Du wirst es begreifen. Bald. Ganz sicher. So, und nun sieh zu, dass du an die Spitze der Karawane kommst. Warte da.« Grimo wandte sich zu dem nächststehenden Mann um und ließ Staubner stehen, wo er war.

Das abrupte Beenden ihrer Gespräche war Staubner mittlerweile gewohnt. Schulterzuckend langte er ins Innere des Wagens und klaubte seine Jacke heraus, zog sie über und verschloss sie vor der Brust. Die niedrige Temperatur, die in diesem Talkessel herrschte, wurde zunehmend unangenehm. Wie würde es bloß oben auf dem Pass werden?

Das vorderste Maultier, eine hellgraue Stute mit struppigen Flanken, schnaufte rasselnd, als Staubner ihr mit der flachen Hand über den Hals strich. Das Tier machte einen robusten Eindruck und schien die Reise bereits einige Male hinter sich gebracht zu haben. Obwohl es wie die übrigen Maultiere bis zur Belastungsgrenze bepackt war, blieb es ruhig und nahezu stoisch. *Nicht die schlechtesten Eigenschaften für ein Leittier*, dachte Staubner. Er drehte sich zum Rest der Karawane um und beobachtete, wie Grimo das Aneinanderbinden der Mulis beaufsichtigte. Den Männern legte der Karawanenführer eigenhändig einem nach dem anderen die Gurte an, die er mit jeweils einem der Tiere verkoppelte. Er überzeugte sich mehrfach, dass sie straff und unverrückbar saßen. Erst danach zog Grimo aus einem Beutel ein paar sonderbare Augenbinden. Nachdem er sie den Männern aufgesetzt hatte, senkten diese die Köpfe. Erstaunt stellte Staubner fest, dass sie die Augen der Männer nicht komplett bedeckten, sondern lediglich das Sichtfeld einschränkten, ähnlich wie Scheuklappen. Natürlich, vollkommen blind über einen Gebirgspass zu wandern, war nicht besonders sinnvoll. Ein unerwartetes Stolpern und man brachte womöglich die gesamte Karawane in Gefahr.

»Jetzt zu dir, Bursche«, sagte Grimo, als er auf Staubner zutrat. »Um das Gurtzeug kommst auch du nicht herum. Das alte Mädchen hier ist viel schlauer als wir alle zusammen und die Gurte sorgen dafür, dass du ihrer Obhut nicht entkommst. Vergiss unsere Vereinbarung nicht. Vertrauen. Nicht die schlechteste Lektion für dich heute.« Grimo stimmte ein tiefes, erheiterndes Lachen an, während er ihm die Gurte anlegte. Sorgfältig überprüfte er anschließend den Sitz der Augenbinde. Staubner ließ es widerspruchslos geschehen.

Die Augenbinde drückte etwas an den Schläfen. Aber er widerstand dem Impuls, den Sitz zu korrigieren. Er wollte dem Karawanenführer nicht bei erster Gelegenheit Grund zum Misstrauen geben.

Die Binde erlaubte den Blick auf die eigenen Füße und auf vielleicht dreißig Zentimeter Boden davor. Unwillkürlich senkte auch er den Kopf. So fiel es ihm leichter, sich auf seine Schritte zu konzentrieren. *Immer einen Fuß vor den anderen*, wiederholte er monoton in Gedanken. *Immer einen vor den anderen.*

»Es geht los!«, brüllte Grimo und Staubner zuckte erschrocken zusammen. »Ihr kennt die Regeln. Bleibt schön neben den Tieren und lasst die Augen da, wo sie hingehören. Hejaa!«

Staubner fühlte den Zug in den Gurten, als das Maultier losschritt. Zu seiner eigenen Beruhigung legte er die rechte Hand auf den Hals des Tieres. Die Finger gruben sich in das raue Fell. Erst nach einigen Metern ließ die Nervosität nach und er genehmigte sich einen etwas lockeren Griff. Dass sie hier am Anfang des Tals den Weg angingen, zeugte von Grimos Umsicht. Männer wie Tiere hatten ausreichend Zeit, sich an die neue Aufstellung und das eingeschränkte Sehvermögen zu gewöhnen. Der Pass würde um einiges beschwerlicher werden.

Wie angekündigt legten sie keinerlei Rast ein, während sie sich über den Bergpass arbeiteten. Staubners Kehle war bald staubtrocken und er fror. Seine Hände hatte er unter die Jacke geschoben, als sie nach und nach das Gefühl verloren. Wie viele Stunden waren sie bereits auf dem Pass? Dass in der Hafenstadt Rosander Hochsommer herrschte, schien hier oben im Gebirge keine Rolle zu spielen. Der Wind biss ihm von der Seite ins Gesicht. Vorhin hatte er dort einen kolossalen Abgrund neben dem schmalen Pfad ausgemacht und er war seitdem froh darüber, nicht mehr von seiner Umgebung zu sehen. Höhe lag ihm nicht sonderlich. Egal ob in einem Gebirge oder anderswo. Innerlich beglückwünschte er sich dazu, von Schnee und Graupel verschont zu werden. Das Maultier trottete unbeeindruckt neben ihm.

Die Beinverletzung hatte sich zunächst kaum bemerkbar gemacht, doch nach und nach hatte ein Pochen eingesetzt, das sich mittlerweile zu einem äußerst unangenehmen Ziehen gesteigert hatte. Er keuchte bei jedem Schritt. Wie lange würde er noch aushalten müssen? Es gab keinerlei Möglichkeit, das Bein zu entlasten. Und um eine Pause wagte er den Karawanenführer nicht zu bitten. Grimo hatte sein Anliegen deutlich gemacht: Sie hielten erst an, wenn der Pass bezwungen war. Keine Sekunde eher. Staubners Zähne knirschten leise, als er die Kiefer fest aufeinanderpresste. Durchhalten. Einfach nur durchhalten. Und den Schweiß auf dem Rücken ignorieren.

Ein gutturales Brüllen riss ihn aus seinen Gedanken. Die Stute neben ihm stoppte und rührte sich nicht mehr. Sie hielten? Irritiert drehte Staubner den Kopf hin und her, ohne wirklich etwas zu erkennen. Was passierte gerade? Er zog reflexartig seine Hände unter der Jacke hervor und streckte sie abwehrbereit vor sich. Auch wenn der Drang, die Scheuklappen anzuheben, nahezu übermenschlich war, beherrschte sich Staubner. Stattdessen versuchte er angestrengt, die Atmung unter Kontrolle zu bekommen, sich auf das Gehör zu konzentrieren. Ruppig stapfte Grimo an ihm vorbei, drückte ihn dabei mit seinem Leib an das Maultier, doch das Tier blieb unbeweglich stehen. Staubner war ihm unendlich dankbar. *Dafür gebe ich dir eine zusätzliche Rübe. Oder was immer du willst, sobald wir hier raus sind.* Der Wind wehte kräftiger. Zwischen den Böen glaubte Staubner, eine Melodie zu vernehmen, die ihm überaus vertraut war. *Wer verdammt noch mal hat ausgerechnet jetzt den Schneid zu singen? Sind denn alle in diesem Gebirge verrückt geworden?*

Das wütende Schnauben des Karawanenführers ließ nichts Gutes erahnen. Eine Klinge surrte mit einem satten Geräusch aus ihrer Scheide heraus. Grimo hatte offenbar den Dolch gezogen. Die kräftigen, zielgerichteten Schritte beunruhigten die Maultiere ebenso wie die Männer neben ihnen. Staubner vernahm ihre erschrockenen Laute, als Grimo an den anderen vorbeipreschte. Wussten sie mehr als er?

»Was fällt dir ein?«, brüllte Grimo.

Staubner schätzte, dass der Karawanenführer ungefähr bis zum hinteren Drittel vorgedrungen war. »So vergiltst du mir also mein Vertrauen? Du elender Betrüger.«

Ein dumpfer Schlag erklang, gefolgt von einem Schrei, kurz und abgehackt. Hatte Grimo den Mann etwa einfach erstochen?

»Ich werde dich lehren, was es bedeutet, mich zu hintergehen!«, brüllte der Karawanenführer. »Runter mit den Gurten! Auf der Stelle!«

»Ja, Herr.« Die Antwort des Mannes klang angsterfüllt, während er offenkundig der Anweisung folgte.

»Du willst unbedingt sehen, wo wir uns befinden, du Schweinehund? Du konntest deine Neugier nicht unterdrücken, nicht wahr?«

Wenn Staubner sich nicht täuschte, wuchs die Wut in Grimo mit jedem Wort. Er war sehr froh, nicht das Ziel dieses Ausbruchs zu sein. »Bezahlt dich etwa jemand für deinen Verrat? Wer ist es?«

»Niemand, Herr. Ich schwöre es.«

»Du leugnest es also? Dann behalte es meinetwegen für dich. Den Lohn erhältst du trotzdem von mir. Ich will dir zu einem wahrlich unvergesslichen Ausblick verhelfen. Gib mir die Augenbinde.«

Für ein paar wenige Sekunden glaubte Staubner, nur das Atmen des Windes und das gelegentliche Stampfen eines Maultiers zu vernehmen. Gespannt lauschte er auf jede Regung um ihn herum. Niemand schritt ein oder versuchte, Grimo zu beruhigen oder sonst irgendetwas zu tun. Die Seelen auf diesem verdammten Pass schienen auf das Unvermeidliche zu warten. Dann verschaffte ein lang gezogener Schrei Staubner die Erkenntnis, von der er sehnlichst gehofft hatte, dass sie ausblieb. Anfangs laut und schrill, dann stetig leiser werdend, verstummte der Jammerlaut des Mannes schließlich irgendwo unter ihnen im Abgrund des Gebirgspasses.

Der Schmerz in Staubners ramponiertem Bein wirkte mit einem Mal überaus nichtig. Die Frage nach dem Durchhalten war wie weggewischt. Er wohnte nicht zum ersten Mal dem Tod eines Menschen bei. Da war dieser Schausteller in Schmalbrücken gewesen, dem ein aufgebrachter Zuschauer den Schädel an einer Hausecke zertrümmert hatte. Und das Mädchen, das vor zwei Jahren mitten im Markttreiben unter die Räder eines Fuhrwerks geraten war. Beides hatte ihn tagelang mit üblen Träumen gequält. Aber die unbändige Wut und die gnadenlose Tat des Karawanenführers machten Staubner fassungslos. Er presste sich kraftlos an die Flanke des Maultieres, als Grimo aufgebracht schnaufend an die Spitze der Karawane zurückkehrte. Er würdigte Staubner keines Wortes und auch sonst niemanden.

Das Maultier schritt plötzlich wieder los und der Ruck im Gurtzeug zog Staubner vorwärts. Die Karawane nahm den Rest des Passes in Angriff.

Mit einem Arm voller neuer Pergamente betrat Andacht das Arbeitszimmer der Obersten Segen. Vorsichtig legte er die Dokumente auf eine Ablage direkt neben dem überfüllten Arbeitstisch ab. Ein zusätzlicher Stapel in einem Gebirge aus Papier. Es war nicht leicht, einen freien Platz zu finden. *Wie behält sie bloß den Überblick?*

»Weitere Zahlen und Berichte zur Durchsicht, Oberste Segen«, sagte er. »Mit einem Gruß vom Obersten Last.«

Mit einem genervten Ausdruck sah Segen von ihrer Arbeit auf. Sie saß bereits seit den frühen Morgenstunden daran und die Plackerei schien kein Ende zu nehmen. Ihre Augenringe bezeugten die Anstrengung. Der Gehstock lehnte an ihrer Seite, die Hand ruhte auf dem Knauf.

»Schließ die Tür, Andacht.« Sie atmete erschöpft einige Male ein und aus.

Andacht eilte zum Eingang und schob ihn zu. Wie alle Türen im Tempel bestand diese aus gegossenem Steinmehl und ließ sich trotz ihres Gewichts problemlos über eine Schiene seitwärts bewegen. Die Häuser in den Bezirken der Kasten konnten sich diesen Luxus nicht leisten. Dort spannten sich wollene oder lederne Tücher vor den Öffnungen.

Kaum hatte er die Tür geschlossen, klopfte es dagegen.

»Und vorbei ist es mit dem Moment der Ruhe«, seufzte Segen. »Sieh nach, wer es ist.«

Gehorsam schob Andacht die Tür einen Spalt weit auf. Vor ihm stand eine junge Frau aus der Dienerkaste. Sie senkte den Kopf tief zu Boden und reckte ihm beide Hände entgegen. Ein Bogen Pergament lag darin.

»Was möchtest du?«, fragte Andacht freundlich. Die unterwürfige Geste der Dienerin übersah er geflissentlich.

»Eine Nachricht, Geweihter.«

»Ich danke dir.« Andacht nahm das Schriftstück an und verbeugte sich ebenfalls. »Sula beleuchte deinen Weg.«

Es schien, als senkte die Dienerin ihren Kopf noch ein ganzes Stück tiefer, bevor sie sich rückwärtsgehend entfernte. Andacht schloss die Tür zum zweiten Mal. Anschließend übergab er die Nachricht an Segen, die sie auseinanderfaltete und aufmerksam las. Als sie wieder aufsah, hatte er den Eindruck, dass die Schatten unter ihren Augen um eine Handvoll Nuancen dunkler geworden waren. Und doch wirkte sie irgendwie anders. Zufriedener.

»Wenn du möchtest, kümmere ich mich darum, dass dir etwas zu essen gebracht wird«, bot Andacht besorgt an. »Und Wein. Eine Stärkung wird dir guttun. Deine Medizin entfaltet ihre Wirkung leichter, wenn du gegessen hast.« Andacht wusste, dass die Oberste oft bis spät in die Nacht in ihrem Arbeitszimmer saß, besonders wenn ein Tag mit einer Ratssitzung begonnen hatte. Meistens vergaß sie darüber, sich selbst Ruhe zu gönnen. Andacht hatte es sich angewöhnt, an ihrer Stelle darauf zu achten.

»Tu das, aber nicht für mich. Dafür ist später noch ausreichend Zeit. Lass ein ordentliches Mahl in der Halle des Aufstiegs anrichten. Und die Diener sollen den Tisch aus dem Ratssaal holen. Ja, das scheint mir angemessen. Wir wollen unseren Gast ja nicht nur mit Sulas Herrlichkeit beeindrucken«, sprach Segen mit einem schalkhaften Glitzern in den Augen.

Für ein paar Sekunden wusste Andacht nicht, ob die Anweisung ein Scherz war. Er kannte den Hang seiner Mentorin zum beißenden Spott, aber das hier war irgendwie anders. Segen wirkte plötzlich ausgelassen und seltsam ausgeglichen. Aber ein Essen? Ausgerechnet in der Halle des Aufstiegs? Die Halle lag in einem Bereich der Tempelanlage, der nur noch selten benutzt wurde. Novizen wurden im Rahmen ihres Aufnahmeritus dorthin geführt und verbrachten mehrere Stunden im stillen Gebet. Auch Andacht hatte an seinem ersten Tag dort ausgeharrt, von Sonnenaufgang bis Sonnenuntergang.

Die Erinnerung daran erfüllte ihn mit Unbehagen. Die Novizen, die gemeinsam mit Sula angerufen hatten, waren so hingebungsvoll, so vertieft gewesen, während er … gehadert hatte. Das war einem Priester der Sula einfach nicht würdig. *Er* war nicht würdig. Auch deshalb hatte er die Halle seitdem gemieden.

»Gibt es etwas an meiner Anweisung auszusetzen, Andacht?«, fragte Segen ungeduldig. »Oder habe ich sie nicht deutlich genug formuliert?«

»Ich … nein … also ja. Schon.«

»Unterlass bitte das Gestottere.«

»Du … du hast bisher nichts von einem Gast erwähnt. Wenn ich früher davon gewusst hätte, dann hätte ich mich bereits kümmern können.«

»Es vergehen noch ein paar Stunden, bis er eintrifft. Du hast ausreichend Zeit. Es scheint mir jedoch sinnvoll, dass du dich schon jetzt der Sache annimmst. Ich komme so lange allein zurecht.«

»Darf ich wissen, warum ausgerechnet in der Halle des Aufstiegs?«, wagte Andacht zu fragen. Er hoffte, sie würde ein wenig mehr preisgeben. Vor allem über den geheimnisvollen Gast. Aber das tat sie nicht.

»Das sagte ich bereits. Die Halle ist überaus geeignet für meine Zwecke. Und nun setze dich in Bewegung.«

Andacht trat unsicher von einem Fuß auf den anderen.

»Ist noch etwas, Andacht?«

Andacht sah betreten beiseite.

»Raus damit«, forderte Segen ungeduldig. »Sofort. Es sei denn, du möchtest für den Rest der Woche zusätzlich zu deinen üblichen Aufgaben die Flurböden des Tempels schrubben. Und zwar sämtliche.«

»Ich … Was stand in der Nachricht, Oberste Segen?«

»Ah, die Neugierde also. Wieso überrascht mich das nicht? Gut, ich verrate es dir. Die Nachricht besagt: Der Stein ruft.«

»Das ist alles? Und was bedeutet das?«

»Das wirst du zu einem anderen Zeitpunkt erfahren. Falls es erforderlich ist. Und jetzt kümmere dich um das, worum ich dich gebeten habe.«

»Sofort, Oberste Segen.« Andacht ersparte sich ein weiteres Nachfragen, verbeugte sich und verließ das Arbeitszimmer.

Mit verkniffenem Gesicht schritt er in Richtung Küche aus. Die Diener würden ausreichend Arbeit haben, um das geforderte Mahl zuzubereiten, und er damit, sie zu beaufsichtigen. Er konnte sich des Eindrucks nicht erwehren, dass die Oberste ihn loswerden wollte. Aber warum? Und was hatte das zu bedeuten? Der Stein ruft. War das eine Art Code? Und warum erfreute es Segen derart? In seinen Ohren klang der Satz nahezu albern. Fast schon grotesk. Er wollte wirklich wissen, wer eine solche Nachricht verschickte.

Oberste Segen wartete, bis Andachts Schritte auf dem Gang verklungen waren. Dann erhob sich die Sula-Priesterin ächzend von ihrem Hocker und ging auf einen Durchlass in ihrem Arbeitszimmer zu. Dahinter befand sich ein schmal geschnittenes Ruhezimmer. In der einen Ecke stand ein steinerner Schlafplatz und in der anderen ein Vorratsregal. Beides benutzte sie eher selten, aber Andacht kümmerte sich sorgfältig darum, dass alles ordentlich und ausreichend gefüllt blieb. Für die wenigen Stunden Schlaf, die sich Segen gönnte, wenn es gar nicht mehr anders ging, gab es ein eigenes, komfortables Zimmer gleich den Gang hinunter. Die Mahlzeiten nahm sie, sofern es möglich war, mit den anderen Priestern im Speisesaal ein. Sie wollte keine bevorzugte Behandlung, nur weil der Körper ihr den Dienst versagte. Noch weniger wollte sie die mitleidigen Blicke, die ihr zumeist hinter ihrem Rücken zugeworfen wurden.

Segen nahm sich einen Becher aus dem Regal und füllte ihn mit Wasser aus einem bauchigen Krug. Mit tiefen Zügen trank sie, bis die kühle Flüssigkeit das durstige Gefühl hinweggespült hatte. Anschließend biss sie gegen den restlichen Hunger in etwas Trockenfleisch. Das salzige Aroma entfachte ihren Wunsch nach mehr Wasser. Zwei Stücke Gebäck steckte sie für den Weg ein. Neben ihrer Bettstatt fand sich eine geschwungene Handlampe samt einem zusätzlichen Vorrat an Öl. Für das, was sie vorhatte, würde sie es brauchen. Sie hatte vor einiger Zeit zwei Dinge geordert, von denen sonst niemand wusste. Beides schien nun endlich eingetroffen zu sein und wartete darauf, von ihr in Empfang genommen zu werden.

Selbst wenn es niemand wagte, ihr neugierige Fragen zu stellen, hielten die anderen Oberen Priester ihre Ohren und Augen nie gänzlich verschlossen. Segen verfügte ebenfalls über ein gut strukturiertes Informationsnetz, innerhalb wie außerhalb des Tempels. Information war die härteste und wertvollste Währung. Vermutlich war ihr das von allen auf dem Plateau am meisten bewusst. Daher fand sich so mancher, der für die Oberen arbeitete, auch auf ihrer Gehaltsliste, was ihr so einige Vorteile in der Vergangenheit eingebracht hatte. Das Hindernis aber, dem sie sich momentan gegenübersah, ließ sich damit nicht überwinden.

Es war höchste Zeit für einen Umbruch, sollten das Plateau und seine Bewohner vor dem drohenden Untergang bewahrt werden. Außer ihr erkannte niemand die Dringlichkeit oder wollte wahrhaben, wie nah sie dem Abgrund schon gekommen waren. Zu sehr beschäftigten sie sich mit ihren eigenen Befindlichkeiten, ihren Machtspielen. Allen voran der Oberste Last. Blinde Narren, allesamt. Nicht einmal der Beleuchtete, den Segen normalerweise problemlos überzeugen konnte, öffnete die Augen für die Wahrheit. Und der Tote König schwieg, wie er es in den letzten Jahrzehnten stets gehalten hatte. Ein Herrscher ohne Stimme. Nein, wenn sie das Plateau retten wollte, musste sie es allein tun. Und die Nachricht, die sie erhalten hatte, läutete diese Rettung ein.

Die Liste mit den Rädelsführern, die ihr vor einigen Wochen zugetragen worden war, bestätigte die Dringlichkeit. Die niederen Kasten hatten angefangen, Allianzen zu schmieden. Noch waren sie sich uneins und verunsichert. Noch waren nicht alle von einer Revolte überzeugt. Das war nur eine Frage der Zeit. Es kristallisierte sich zunehmend ein Wortführer heraus, der die Haderer zu einem Bündnis vereinigen mochte. Deshalb hatte Segen sich zu dem Schritt entschieden, der nun seinen Anfang nahm. Der Stein hatte gerufen. Jemand hatte den Fuß des Plateaus erreicht.

Bei diesem Gedanken meldete sich der Schmerz in ihren Beinen und in der Seite zurück. Er stach und zerrte in den beanspruchten Muskeln. Selbst die Narbe am Hals pulsierte. Die Schläfe pochte und erinnerte sie daran, ihre Medizin nicht zu vernachlässigen. Wann hatte sie zuletzt einen Schluck aus der kleinen Ampulle genommen? Gestern? Heute Morgen? Erschöpft strich sie sich über die schweißnasse

Glatze, bevor sie mit zittrigen Fingern in die verborgene Tasche in ihrem Oberkleid griff und den Behälter hervorzog.

Als sie den Korken herauszog, stieg ihr der bittere Geruch des Herbstwindsuds in die Nase. Das Zeug war Segnung und Fluch zugleich. Kurz schwappte in ihr der Gedanke hoch, die Ampulle zurückzustecken und den Schmerzen nachzugeben. Sich hinzulegen und einfach abzuwarten, bis es vorbei war. Anderen das Ruder überlassen … *Runter damit*, dachte sie verdrossen. Sie setzte die Ampulle an die Lippen und nahm einen Zug. Der Sud, den die Priester aus der Gebirgspflanze mit Namen Herbstwind gewannen, umspülte die Zunge und legte einen brennenden Film auf ihren Rachen. Mühsam unterdrückte Segen den Impuls, angeekelt das Gesicht zu verziehen. *Ich behalte die Kontrolle.* Als das Brennen schließlich abebbte, gab auch das Pochen in der Schläfe und den Beinen nach. Es verschwand in den Hintergrund, bereit, zurück an die Oberfläche zu springen, sobald die Wirkung der Medizin nachließ. Es behagte ihr keineswegs, von der Medizin derart abhängig zu sein. Sie hielt sie am Leben und tötete sie zugleich, wie ein hinterhältiges Gift. Doch wenn Segen sie nicht zu sich nahm, zeigte sich der Tod unausweichlich.

Ihre Hand legte sich fest um den Griff des Gehstocks, als sie die Tür des Arbeitszimmers hinter sich zuschob. Der Gang war menschenleer. Segen gönnte sich einen einsamen, tiefen Atemzug mit geschlossenen Augen, bevor sie sich umdrehte. Der erste humpelnde Schritt und das charakteristische Geräusch des Gehstocks hallten dumpf von den Wänden zurück. Tock Tock. *Wie die Ankündigung eines Omens*, dachte sie belustigt, nur dass Sula niemals Vorzeichen sandte. Die Sonnengöttin zeigte dem Plateau tagein, tagaus ihr brennendes Antlitz, unbarmherzig und verlässlich. Omen, besonders die Düsteren, gehörten vielmehr zum Repertoire ihres Bruders, dem Mondgott Lugo. *Nun, das ist auch passender*, stellte Segen schweigend fest. *Auf diesem Weg begleitet mich der Possenreißer. So sei es denn.*

Zielsicher lenkte sie ihre Schritte zu dem Gebäudeflügel des Tempels, in dem die Halle des Aufstiegs lag. Sie wusste nur zu gut um das

Unbehagen ihres Adlatus. Andacht hatte es nie ausgesprochen, aber sie sah die Selbstzweifel in seinen Augen, auch jetzt noch, nach all den Jahren. Dort und in seinen zitternden Händen, sobald es Zeit für die Huldigung war. Er wähnte sich nicht stark genug im Glauben an Sula. Vermutlich stimmte das. Sie hatte ihm nie verraten, dass genau diese Eigenschaft der Grund gewesen war, ihn unter den vielen Priesteranwärtern als ihren Adlatus auszuwählen. Das und sein blühender Eifer, mit dem er den Makel versuchte wettzumachen. Segen schätzte den Zweifel. Er half, den Verstand wachzuhalten. Das bedingungslose Dienen zu hinterfragen. Wie wichtig das war, wusste sie aus eigener, schmerzlicher Erfahrung. Entweder fraß einen der Zweifel auf, mit Haut und Haaren, oder man machte ihn sich zunutze. Segen hatte Letzteres getan. Nur Sula ahnte, wie schwer ihr diese Entscheidung damals gefallen war.

Es begegneten ihr nur wenige Menschen, zumeist Bedienstete, die mit tiefen Verbeugungen an ihr vorbeieilten. Zwei davon gehörten zu ihrem Informantengeflecht, machten es aber mit keiner Geste kenntlich. Andere waren Priester der unteren und mittleren Stufe. Niemand, um den sie sich sorgen müsste. So oder so würde ihr Arrangement in der Halle des Aufstiegs zu Getuschel führen. Segen war gespannt, wie lange es dauern würde, bis man sie darauf ansprach. Der Oberste Last hielt sich sicher nicht mit Fragen zurück. Er verabscheute es, wenn er den Sinn hinter Dingen nicht verstand.

Segen ließ die Halle des Aufstiegs unbeachtet. Die Diener aus der Küche kämen erst später hierher, vielleicht in ein paar Stunden. Auch Andacht würde die Halle meiden, bis zum letztmöglichen Zeitpunkt. Im Augenblick war dieser Bereich des Tempels verwaist. Daher folgte die Sula-Priesterin unbeobachtet der verschachtelten Anordnung der Gänge. Aus einer verstaubten Chronik der Sula hatte Segen vor vielen Jahren erfahren, was sich im ältesten Areal des Tempels befand. Die Abschnitte stammten aus den längst vergessenen Anfängen der Besiedelung, von der nur ausgewählte Priester Kenntnis hatten. Den Weg, den Segen beschritt, kannte außer ihr niemand mehr. Sie nahm eine Abzweigung hier, eine Gabelung dort, folgte mehreren Fluren, bis sie schwer atmend vor einer verschlossenen Tür in einer Sackgasse anhielt. Tock.

Ihre Beine waren müde. Sie fühlte sich über die Maßen erschöpft. Dabei markierte die Tür gerade mal den Anfang des Marsches, der einige Stunden in Anspruch nehmen würde. Es war eine Herausforderung, rechtzeitig zur Halle des Aufstiegs zu gelangen. Doch sie würde nicht allein zurückkehren. Über dem Türsturz grinste ihr das verwegene Gesicht Lugos entgegen. Die seitlichen Reliefs stellten die vier Winde dar, die Gehilfen des Mondgottes. Fast kam es ihr vor, als amüsierte sich Lugo königlich über ihre Bemühungen, die oberen Symbole zu erreichen. Der erste Wind rastete mit einem Klicken ein, als Segen darauf drückte, dann der zweite. Sie komplettierte die Abfolge mit den beiden übrigen Windabbildungen.

Für einen Moment tat sich nichts. Dann knirschte es irgendwo in der Wand vor ihr und die Tür schob sich wie von allein auf. Dahinter lag eine winzige, viereckige Kammer, kaum je zwei Schritte tief und breit. Segen ging ohne Zögern hinein und drehte sich um. Vor ihr erstreckte sich der menschenleere Gang. Neben ihr ragte ein Hebel aus der Wand, glattgeschliffen und hart wie Fels. Das Material gehörte nicht zu den üblichen Werkstoffen, die auf dem Plateau verwendet wurden, und war ihr gänzlich unbekannt. In der Chronik hatte nichts darüber gestanden. Ihre Hand schloss sich um den Hebel und sie zog daran, bis er hörbar einrastete. Ein mahlendes Knirschen folgte, die Tür schob sich vor ihr zu. Schlagartig wurde es dunkel. Die Lampe. Segen fluchte leise. Sie hatte vergessen, die Lampe zu entzünden. Fieberhaft suchten ihre Finger nach dem Zunder, dann, als sie ihn gefunden hatten, holte sie die Handlampe hervor. Sekunden später tauchte eine Flamme die Kammer in ein orangefarbenes Licht. Erleichtert atmete Segen ein. Im gleichen Moment ruckte der Boden unter ihren Füßen. Die Kammer senkte sich herab und führte die Sula-Priesterin in ein verstecktes System aus Gängen und weiteren Kammern wie dieser, die sie nach und nach an den Fuß des Plateaus bringen würden.

Müde ließ sich Staubner auf den felsigen Untergrund fallen und schloss die Augen. Sein linkes Bein fühlte sich vom Knie bis zur Hüfte taub und in der anderen Richtung noch schlimmer an. Er verzog die Mundwinkel, während er die Glieder streckte. Ihm war beschissen kalt. Hatte er einen Teil seiner Zehen an den Gebirgsfrost verloren? Den halben Fuß? Mehr? Vielleicht war es gut, dass die Taubheit da und er zu erschöpft war, um nachzusehen. Die letzte Stunde des Weges waren sie durch dichten Nebel gewandert, langsam und vorsichtig. Staubners Kleidung war kalt und klamm und weigerte sich, ihm Wärme zu spenden. Widerwillig öffnete er die Augen.

Grimo beobachtete ihn. Vermutlich tat er das schon eine ganze Weile. Staubner hatte nicht mitbekommen, wann er seinen Posten am Eingang der Höhle und das Betrachten des Nebels davor aufgegeben hatte. Regungslos lehnte der Karawanenführer am Felsen und zeigte dieses verdammte, selbstsichere Grinsen. Schließlich warf er Staubner den Wasserschlauch zu, aus dem er gerade getrunken hatte. Schwer und satt landete der Schlauch in seinem Schoß.

»Nimm einen Schluck. Du wirst ihn brauchen. Hast dich besser behauptet, als ich erwartet hatte. Um ehrlich zu sein, hatte ich eine Wette laufen, dass du mitten auf dem Pass aufgibst und verreckst.«

Oder von dir umgebracht werde, dachte Staubner. »Wer hat dagegengehalten?«, fragte er, während seine verfrorenen Finger versuchten, den Stöpsel aus der Schlauchöffnung zu ziehen.

»Das war ich selbst«, lachte Grimo. »Irgendwie muss man sich doch auf diesem langweiligen Pass unterhalten.«

Staubner runzelte die Stirn. »Wo ist da der Sinn? Du verlierst und gewinnst, egal wie es ausgeht.«

»Genau darum geht es. Doppelter Spaß.« Grimo verfiel in ein dröhnendes Lachen, das die Höhle, die sie am Ende des Passes vorgefunden hatten, ausfüllte.

»Verstehe ich nicht.« Mit einem Plopp löste sich der Stöpsel und Staubner hob die Öffnung mit zitternden Händen an den Mund. Das Wasser war kalt und hart. Es rann in winzigen Eissplittern die Kehle hinab und erfrischte ihn. Er schluckte und stöhnte auf, als das Eis seinen Magen erreichte. »Und wie geht es jetzt weiter? Wir hocken in einem nassen Loch mitten in einer verdammten Wolke. Wo bleiben der Wein, die Weiber und der Gesang? Etwas trostlos für das, was du mir versprochen hast.« Staubner wies mit dem Wasserschlauch in die Höhle, in der sie lagerten.

Die Männer hatten die Maultiere an ein paar eisernen Ringen in der Felswand angebunden und ihnen Heu ausgestreut. Eiskristalle hatten sich in dem kurzen Fell der Tiere gebildet, die nun langsam tauten und im Schein der Fackeln glitzerten. Die Kisten und Ballen hatten Grimos Männer abgeladen und in der Nähe gestapelt. Sie warteten genau wie er auf die versprochene Abholung. Die Männer hockten in einer Gruppe zusammen an der hinteren Wand der Höhle und tranken eine Art Tee. Der Duft wehte zu Staubner herüber und löste eine Welle der Übelkeit in ihm aus. Niemand unterhielt sich.

»Der Tee ist nicht schlecht, wenn man mit der Höhe Schwierigkeiten hat«, erklärte Grimo. »Sofern man den Geschmack ertragen kann. Vielleicht solltest du ihn probieren? Du siehst blass um die Nase aus.«

»Das hättest du mir auch etwas früher verraten können, meinst du nicht?« Staubner schluckte mühsam das widerwärtige Gefühl in seiner Kehle hinunter. Er ließ einen Atemzug folgen, der in der Lunge schmerzte. Trotzdem fühlte er sich ein wenig besser.

»Ja, das hätte ich vielleicht«, sagte Grimo. Das Grinsen in seinem Gesicht ließ nicht eine Sekunde nach.

»Aber? Ah, ich verstehe schon. Doppelter Spaß.« Staubner schüttelte den Kopf. Der Humor des Karawanenführers erschloss sich ihm nicht. »Also, was ist jetzt?«

»Du willst Unterhaltung? Los, Leute, packt die Instrumente aus und singt unserem Gast etwas vor.«

Niemand rührte sich.

»Was ist los mit euch? Ach, faules Pack. Ich werde mir für die nächste Tour ein paar fröhlichere Gesellen einstellen. Das ist ja ein Trauerspiel.« Er wandte sich wieder an Staubner. »Tja, sieht aus, als müsstest du vorerst darauf verzichten.«

»Schon in Ordnung, Grimo.« Staubner winkte ab. »Was passiert jetzt?«

»Wir warten ein wenig«, erklärte Grimo. »Ich habe unser Eintreffen gemeldet. Der Weg hierher nimmt eine Weile in Anspruch. Es ist weit. Nur Geduld.«

Du hast es gemeldet? Staubner wunderte sich. *Wie? Es war doch kein Mensch hier.* Während die Männer und er die Mulis abgeladen hatten, war Grimo scheinbar ziellos in der Höhle herumgelaufen. Dann hatte er sich breitbeinig auf einen flachen Stein gestellt und laut juchzend mit ihm gewippt. Der Stein hatte einen dumpfen Schlag von sich gegeben, wann immer er mit der Kante auf den Untergrund stieß. Am seltsamen Gehabe des Karawanenführers nahm niemand seiner Leute Anstoß und auch Staubner hatte nichts dazu gesagt. Einen Irren wies man besser nicht darauf hin, dass der Nomade ihm nicht mehr den richtigen Weg leuchtete.

»Wir sind tagelang unterwegs gewesen, um hierher zu kommen«, murmelte Staubner leise vor sich hin. »*Das* war weit. Sehr weit. Und jetzt sitzen wir hier mitten im Nirgendwo eines beschissenen namenlosen Gebirges, frieren und warten. Großartig. Ganz großartig.« Insgeheim bereute er, sich in Rosander nicht den Söldnern ergeben zu haben.

»Nicht namenlos«, sagte Grimo nachdenklich. »Nur vergessen. Die Menschen vergessen sehr schnell. Namen, Wohltäter, ihre Herkunft, ihre Heimat. Eine Schande ist das.« Grimo räusperte sich, bevor er mit klarer Stimme weitersprach. »Was hast du gesehen, als wir hier eintrafen?«

»Was ich gesehen habe? Nichts. Es war ja nichts zu erkennen in dieser Suppe, die da draußen herrscht.«

»Und trotzdem war da etwas«, erwiderte Grimo.

»Wo denn, beim Nomaden?«, fragte Staubner ungeduldig.

»Da oben.« Grimo deutete grinsend mit den Fingern aufwärts, der Höhlendecke entgegen. »Gut sechshundert Meter in dieser Richtung liegt die Heimat unseres Auftraggebers. Gut versteckt hinter einer ebenso dicken Wolke.«

»Jetzt erzähl mir bitte nicht, dein Auftraggeber ist ein riesiger Vogel, der in einem gigantischen Nest sein einziges Ei bewacht und Freude an menschlichem Tand hat«, sagte Staubner leicht genervt. »Das wäre grotesk.«

»Ha, ha, ha, das wäre es wirklich«, sagte Grimo. »Du liegst vollkommen daneben. Aber solltest du dem Reich des Toten Königs jemals den Rücken kehren, komm zu mir. In meiner Karawane ist stets Platz für einen Burschen mit deinem Humor. Die Bezahlung ist gut. Versprochen.«

»Und du meinst, ein toter König auf einem Berg über den Wolken ist weniger absonderlich als ein großer Vogel?«

»Du wirst schon sehen«, sagte Grimo geheimnisvoll. »Eventuell wirst du feststellen, dass nicht alles so ist, wie du im ersten Augenblick denkst. Die große Wolke versteckt so einige Geheimnisse. Ha, ha.«

Was soll das denn jetzt wieder heißen? Grimo hatte offenbar zwischen hier und Rosander seinen Verstand verloren. Nachhaltig.

»Genug geschwatzt. Du hast Glück«, sagte Grimo. »Die Wartezeit ist vorbei, dein Geleit ist da. Früher, als ich erwartet hatte. Diese Reise bietet doch immer etwas an Überraschung. Selbst für mich alten Knochen.«

»Was?«

Grimo deutete zum Eingang der Höhle. Staubner ließ seinen Blick dem ausgestreckten Arm folgen. Erst tat sich nichts in dem nebligen Dunst, der vor dem Höhleneingang waberte. Dann glaubte er, einen klumpigen Schatten auszumachen, der sich hin- und herbewegte. Nach und nach schälte sich eine Gestalt heraus. Zwei Beine, Arme und ein Kopf. Kein riesiger Vogel und auch kein toter König.

Tock. Das Ende des Gehstocks prallte auf den Steinboden und das Geräusch rollte durch den Raum. Die Augenbinde, die Staubner erneut hatte anlegen müssen, ließ nur bedingt einen Blick auf die Umgebung zu. So wie auf dem Pass. Im Grunde wusste er nur, dass sie durch die klamme Feuchtigkeit der Wolke und dann eine Weile durch eine Art Höhlensystem gelaufen waren. Der Fels, der sie umgab, hatte die Laute ihres Marsches zurückgeworfen, sofern sie gingen, und verschluckt, sobald sie stehen blieben. Zwischendurch hatte er das Gefühl gehabt, der Raum um sie herum bewege sich. Aber war das überhaupt möglich?

Die Alte aus dem Nebel hatte ihm nicht erlaubt, sich umzusehen, sondern ihn am Ärmel hinter sich hergezogen oder an einen Platz bugsiert, wie es ihr gerade passte. Gesprochen hatte sie seit ihrem Aufbruch nicht. Bestenfalls vor sich hin gemurmelt und geschnaubt. Der Weg musste also ein Geheimnis sein, ähnlich wie der Pass durch das Gebirge. Oder sie wollte einfach nur sichergehen, dass er den Rückweg nicht allein fand. Wie hatte sich Grimo noch gleich ausgedrückt? Solltest du dem Plateau des Toten Königs jemals den Rücken kehren … Jemals. Ja, vermutlich traf es genau das.

»Endlich«, sagte die Priesterin, die sich in der Höhle mit *Oberste Segen* vorgestellt hatte.

Ihre verdrehte Statur und die große Narbe hatten Staubner im ersten Moment genauso sehr irritiert wie die seltsame Kutte, die Glatze und die Tätowierungen im Gesicht der Frau. Staubner war weit herumgekommen, hatte fast alle Provinzen von Brinne gesehen, aber eine derartige Aufmachung war ihm bisher nicht begegnet. Sie war definitiv keine Priesterin des Nomaden. Doch was dann? Eine Erklärung hatte er weder von Grimo noch von ihr selbst erhalten. Und die Frage danach mochte er nicht stellen, bevor er nicht wusste, was sie eigentlich von ihm wollte.

»Du kannst die Augenbinde nun abnehmen«, sagte sie. Er vermochte nicht zu sagen, ob sie zufrieden oder angesäuert klang. »Wir sind angekommen.«

»Diesen Satz habe ich in den vergangenen Tagen ziemlich oft gehört«, erwiderte Staubner, während er Grimos Scheuklappen absetzte und in der Tasche verschwinden ließ. Vermutlich war es nicht das letzte Mal, dass er das Ding tragen musste. In seiner Stimme lag mehr Unzufriedenheit, als er eigentlich zum Ausdruck bringen wollte. »Und jedes Mal war das irgendwie nur die halbe Wahrheit.«

Sie standen vor einer schmucklosen Flügeltür in einem fensterlosen Gang. Alle paar Meter waren Halterungen für Lampen angebracht. Mehr gab es nicht zu sehen. Der Ort, zu dem die Priesterin ihn führte, lag also hinter dieser Tür. Immerhin wirkte er bereits jetzt zivilisierter, als es der Gebirgspass gewesen war. Staubner lauschte angestrengt, vernahm aber keinerlei Geräusche. Was wollte sie nur von ihm? Dass sie ihm schaden wollte, hatte er bereits in der ersten halben Stunde ihres Weges verworfen. Niemand betrieb so viel Aufwand, um einen Fremden einer ihm unbekannten Gottheit zu opfern. Oder ihn zu foltern, zu vierteilen, hinzurichten. Einen Pass hinabzuwerfen.

»Oh. Ich bin überrascht.« Die Oberste Segen klang erstaunt. »Man hatte mir versichert, dass du mit derlei Vorgehensweise keine Schwierigkeiten hättest. Keine Fragen, keine Einzelheiten. Ein Hang zu wenigen Worten. Unter anderem habe ich deiner Beauftragung deshalb trotz einiger Bedenken zugestimmt. Auch scheinst du mir wesentlich jünger, als man es mir beschrieb. Deine Haut ist von Sula gesegnet. Auch das habe ich nicht erwartet. Hat man mich also getäuscht?« Die Oberste Segen zog eine Augenbraue nach oben, während sie ihn skeptisch musterte.

Staubner spürte, wie sich einzelne Schweißperlen in den Poren auf seiner Stirn und an den Schläfen sammelten, bereit loszurollen, ihn zu verraten. Trotzdem widerstand er dem Drang, sich mit der Hand über den Kopf zu fahren. Wusste sie, dass er nicht derjenige war, den Grimo eigentlich hatte abliefern sollen? Sie hatte ihn doch mitgenommen. Den ganzen verdammten Weg.

»Ich ... gebe nichts darauf, was man über mich erzählt.« Staubner deutete eine vorsichtige Verbeugung an. Höflichkeit zu demonstrieren war nie verkehrt. Es entspannte die Menschen. Auf Segen schien es jedoch keinen Eindruck zu machen. Ihr Gesichtsausdruck blieb unverändert ernst.

»Wenn Grimo etwas gesagt hat«, fügte er hastig hinzu, »wäre ich skeptisch. Auf mich hat er gewirkt, als sei er ziemlich durcheinander.« In seinem Zeigefinger juckte es, ihn kreisend vor die Schläfe zu führen. Er verzichtete darauf, da sie ihn auch so verstand.

»Grimo hat seine Eigenheiten. Dennoch ist er auf seine Art und Weise durchaus vertrauenswürdig. Das ist etwas, was du dir erst verdienen müssen wirst.« Segen pochte mit dem Gehstock auf den Boden, verlieh ihren Worten damit mehr Gewicht.

»Er hat mit keiner Silbe angedeutet, was ich hier tun soll. Daher wäre es –«

»Später«, unterbrach ihn Segen rüde. »Eines nach dem anderen.«

Die Priesterin wandte sich von ihm ab und drehte sich zu der Flügeltür um. Ihre Hände legte sie in Vertiefungen, die ungefähr in ihrer Brusthöhe angebracht waren. Dann schob sie die beiden Flügel in einer dramatisch fließenden Bewegung nach innen. Er glaubte, ihren Atem dabei rasseln zu hören.

»Folge mir. Ich habe eine bescheidene Mahlzeit für dich vorbereiten lassen. Du wirst hungrig sein.«

Vor Staubner offenbarte sich ein kreisrunder, beinahe leerer Saal. Ein fürwahr beeindruckender Raum, dem man sein Alter durchaus ansah. Im Boden war ein detailliertes Mosaik eingesetzt. Das Gesicht einer Frau, das von goldenen Strahlen eingerahmt wurde. Es wirkte majestätisch und gleichsam streng, wenn es auch kaum an die Ernsthaftigkeit der Priesterin heranreichte. Staunend betrachtete Staubner die kunstvollen Wandbilder, die rundherum an den Wänden angebracht waren. Sie zeigten Situationen, ja erzählten von Begebenheiten, die die Frau, deren Antlitz im Mosaik dargestellt war, erlebt hatte. *Ich bin in einem Tempel gelandet*, stöhnte Staubner in Gedanken. *Dem einer Göttin. Ich hätte es mir denken können.* Die Priester, denen er in den letzten Jahren begegnet war, hatten zumeist ausdrücklich ihr glühendes Bekenntnis vor sich hergetragen. Einerlei, ob es aus tiefster Überzeugung geschah oder geheuchelt war – Staubner mochte es nicht. *Hoffentlich ist das Essen besser als in der Armenmesse.*

Ein junger Mann wieselte hinter einem reich gedeckten Tisch hervor, der mitten im Raum stand. Ein monströses Teil aus tiefbraunem Holz, das vor Speisen nur so strotzte. Der Duft von Braten, Soßen und schwerem Wein zog zu Staubner herüber. Umgehend meldete sich sein Magen mit einem tiefen, ausdauernden Knurren. Er hatte wahrhaftig Hunger, ermahnte sich aber selbst zur Zurückhaltung.

Die Miene des heraneilenden Priesters erschien gleichsam besorgt wie erfreut. Er trug eine ähnliche Tracht wie die Oberste, nur dass seine cremefarben war und nicht weiß. Das Gesicht wies die gleichen Tätowierungen auf. Auffallend war die dunklere Hautfarbe des Mannes, die nahezu bronzeartig wirkte. Ganz anders als die der meisten Provinzbewohner, sah er von den Menschen aus Kusant und von ihm selbst einmal ab. Bei der Obersten Segen war ihm das nicht so sehr ins Auge gefallen, doch jetzt bemerkte Staubner die ähnliche Tönung ihrer Haut. Nur eben überlagert von einem kränklichen Grau.

»Oberste Segen, geht es dir gut?«, fragte der Priester besorgt. Die Haltung deutete Staubner als respektvoll, wenn nicht sogar unterwürfig. Die Anrede *Oberste* war also nicht nur ein leerer Titel. »Nachdem ich dich nicht in deinem Arbeitszimmer fand, und ebenso sonst nirgendwo, habe ich mir ernsthaft Sorgen gemacht. Du schienst wie vom Erdboden verschluckt.«

»Es wäre angemessen, zunächst unseren Gast zu begrüßen, Andacht«, wies Segen den Priester zurecht. »Auch wenn wir nur selten jemanden von außerhalb zu Besuch bekommen, sollten wir die Regeln der Höflichkeit nicht vergessen.«

»Von außerhalb?« Jegliche Farbe wich aus dem Gesicht des jungen Mannes, der schon vorher nicht sonderlich gefasst gewirkt hatte. »Aber wie -«

»Das ist Meister Ozias.« Segen deutete beiläufig auf Staubner, ohne ihren Adlatus aus dem Blick zu verlieren. »Er ist hier, um uns bei einigen dringenden Aufgaben zu unterstützen. Doch bevor wir die Einzelheiten besprechen, sollten wir der Gastfreundschaft Genüge tun. Wie ich sehe, hast du reichlich auftischen lassen.«

»Ja, Oberste Segen. Ich musste einen harten Kampf mit dem Küchenmeister ausfechten. Der Mann bewacht die Vorratskammern wie ein alter, grimmiger Adler sein Nest. Es hat ihm überhaupt nicht gefallen, dass ich ihm die letzten Gaumenfreuden abnötigte. Er sorgt sich um den Nachschub.«

»Ich werde den Küchenmeister ausreichend für seine Großzügigkeit entschädigen, sobald wir diese Angelegenheit hier zu Ende gebracht haben. Bitte, Ozias, setz dich und greif zu.«

Staubner wagte kaum, sich zu rühren. Ozias. Das war also der Name des Mannes, dessen Platz er in der Karawane eingenommen hatte. Unten in der Höhle hatte sie nur gefragt: Ist er das? Und Grimo hatte es bejaht. Mehr nicht. Ganz tief in Staubners Erinnerung rührte sich etwas, aber es war zu weit weg, um danach zu greifen. Er hatte das Gefühl, diesen Namen schon einmal gehört zu haben. Sacht und durchscheinend wie ein Nebelfetzen. Je mehr er überlegte, desto weiter trieb es weg. Besorgt wägte er seine momentanen Möglichkeiten ab. Sollte er beichten, dass er nicht Ozias war? Was würde Oberste Segen dann mit ihm anstellen? Er wusste nicht, wie die Dinge hier liefen. Das war keine der Provinzen mit ihren Freiherren. Und wenn er von hier abhauen wollte, bevor die Situation brenzlig wurde, brauchte er Hilfe. Er kannte den Rückweg nicht, ahnte nicht einmal, wo er war. Also vorerst mitspielen. Wenn jemand schon Segen oder Andacht hieß, konnte es so schlimm ja nicht werden.

Der Stuhl knarzte, als Staubner ihn zurückzog und darauf Platz nahm. Der Priester namens Andacht setzte sich ihm gegenüber, die

Oberste Segen beanspruchte das Kopfende des Tisches für sich. Er ließ den Blick über die angerichteten Köstlichkeiten schweifen, dann sah er erst den Priester und schließlich die Oberste an.

»Nur zu.« Segen nickte ihm auffordernd zu. »Für dich wurde es aufgetischt.«

Staubner ließ sich nicht weiter bitten. Ohne auf die Gabel zu achten, griff er nach einem Stück Braten, das zu verführerisch aussah, um es liegen zu lassen, schaufelte eine Art gekochtes Getreide vor sich auf den Teller und füllte den Becher mit tiefrotem Wein aus einer Karaffe. Der erste Bissen war köstlich. Der Bratensaft lief ihm über das Kinn und es störte Staubner kein bisschen. Sein Hunger wischte jede Zurückhaltung beiseite. Es war viel besser als bei der Armenspeisung. Sehr viel besser. Als die Soße schließlich von seinem Kinn und den Händen auf den Tisch tropfte, bemerkte er, wie Andacht ihn anstarrte.

»Er hat keine Tätowierung im Gesicht«, stellte der Priester mit einem halben Seitenblick zur Obersten Segen fest. »Sein Gesicht ist so – dunkel. Wie ist das möglich? Ist er einer der Unberührbaren? Ich habe gehört, dass sie ihre Neugeborenen nicht immer zeichnen.« Er stockte, hob beide Hände hoch und wedelte hektisch in Staubners Richtung. »Nein, nein, nein, er beschmutzt unseren einzigartigen Ratstisch. Bitte, Meister Ozias, der Tisch ist überaus alt und kostbar.«

Staubner hörte mit dem Kauen auf und runzelte die Stirn. »Verzeihung, was?« Er hatte kaum ein Wort von dem verstanden, was Andacht gesagt hatte. Unberührbare, gezeichnete Neugeborene? Ohne darüber nachzudenken wischte er mit dem Ärmel über den Soßenfleck auf der Tischplatte und verteilte ihn ausladend. Der Priester keuchte auf und sah abwechselnd auf den schlecht verriebenen Fleck und die Soßentropfen auf Staubners Händen, die unaufhaltsam abwärts wanderten.

»Nein, er ist kein Unberührbarer«, antwortete Segen amüsiert über Andachts Bestürzung. »Und der Tisch ist nur ein Tisch. Unwichtig, dass er aus Holz ist.«

»Aber … er muss es sein. Die Tätowierung ist eine heilige Pflicht.«

»Das sagte ich dir bereits, Andacht. Ozias stammt nicht aus der Stadt des ewigen Himmels.«

»Das widerspricht allen Lehren, die wir seit unserer Geburt zu hören bekommen. Die strahlende Sula brachte uns hierher, weil ihr segenspendender Schein nur auf dem Plateau Lugos Schande Einhalt gebietet. Das ist der Grund, warum es nicht möglich ist, dass Ozias aus der Verheerung stammt –«

Segen kicherte unerwartet erheitert in die Ausführung ihres Adlatus hinein. »Ich hatte dich für klüger gehalten, Andacht. Hast du denn in den letzten Jahren nichts bei mir gelernt?«

»Doch, natürlich. Du weißt, dass ich … was … was meinst du damit?«

»Bitte gib dir vor unserem Gast nicht die Blöße, es dir erklären zu müssen.«

»Aber es ist unmöglich!« Andachts Gesicht hatte eine blassweiße Farbe angenommen, die seine Erschütterung deutlich machte. Ein Moment peinlicher Stille entstand, in dem Staubner nicht wagte, sein Kauen wiederaufzunehmen. Der Priester glaubte also, dass niemand außerhalb des Plateaus lebte. Der Tempel lag weitab jeder Siedlung, weitab jeder anderen menschlichen Behausung. Das hatte Staubner schon auf dem Weg durch das Gebirge begriffen. Aber wie naiv konnte man sein, davon auszugehen, im einzig bewohnbaren Areal eines riesigen Kontinents zu leben?

»Vor dir sitzt der Gegenbeweis«, erwiderte die Oberste Segen schließlich mit hörbarer Zufriedenheit in ihrer Stimme. Sie deutete auf das Hemd, das Staubner trug. »Wir werden später darüber sprechen. Wie du bemerkt hast, entspricht die Kleidung unseres Gastes nicht der geläufigen Mode. Ich will, dass er nicht gleich auffällt, also bitte, Andacht, besorge Ozias ein paar passende Kleidungsstücke. Und bring ein Obergewand für Priester mit. Und Farbe, ja, Farbe auch. Wir werden ihm die heiligen Zeichen der Sula auf sein Gesicht malen. Ein wenig Blässe dürfte auch nicht schaden.«

Andacht schnappte nach Luft. Offensichtlich wollte er etwas entgegnen, brachte aber kein Wort hervor. Stattdessen stemmte er sich von seinem Sitz hoch. Ein schwerfälliges Nicken folgte, dann verließ er eilig den Saal. Staubner wartete ab, bis die Türen geschlossen waren.

»Du willst mich tätowieren lassen?«, fragte Staubner mit vollem Mund und wies mit dem Finger zum Ausgang, durch den Andacht verschwunden war. »Er scheint damit nicht ganz einverstanden zu sein.«

»Natürlich ist er das nicht«, antwortete die Oberste Segen mit einem Lächeln. »Die Zeichen der Priesterschaft dürfen ausschließlich von den Geweihten getragen werden. Ein Gebot, das zu brechen mit dem Sturz über den Wolkenrand bestraft wird. Du kannst dir vorstellen, wie lang der Fall andauert, bis man unten aufschlägt. Oder was von einem übrigbleibt.«

Segen schwieg kurz, um ihren Worten mehr Nachdruck zu verleihen. Es funktionierte. Nur schwer ließ sich der Impuls unterbrechen, mit dem Staubner den durchgekauten Bissen in seinem Mund herunterschlucken wollte.

»Wir werden bei dir aber eine Ausnahme machen«, fuhr Segen fast fröhlich fort. »Achte nur darauf, dass du dich niemandem offenbarst. Bisher wissen nur ich und mein Adlatus von dir. Und das soll auch so bleiben. Sonst kann ich deinen Frevel, dich als Priester auszugeben, nicht ungesühnt lassen.« Segen beugte sich scheinbar vertraulich nach vorn. »Keine Sorge, es wird keine echte Tätowierung werden. Nur ein wenig Malerei auf der Haut.«

»Wofür wird das gut sein?«, fragte Staubner.

»Du sollst dich ungehindert durch die Viertel der Kasten bewegen können«, erklärte die Oberste Segen. »Als Priester wird dir das keine Schwierigkeiten bereiten. Aber selbstverständlich ist das nur eine von vielen Möglichkeiten. Ich überlasse dir vertrauensvoll die Wahl der Kleidung, sobald du dich mit der Stadt und ihren Eigenarten vertraut gemacht hast. Immerhin bist du der Experte, für den ich bezahle, nicht wahr? Du wirst mich zufriedenstellen.«

Fast wagte es Staubner nicht, die nächste Frage zu stellen. Todesstrafe, heilige Zeichen, Kasten … In was war er da nur hineingeraten? Er lauschte seinem Herzschlag für zwei, drei Sekunden, der einen viel zu schnellen Takt anschlug. Seine Nervosität bekam er damit nicht in den Griff.

»Und womit kann ich dich zufriedenstellen, Oberste Segen?« Den Blick fixierte er auf das Stück angebissenen Bratens in seiner Hand. Bloß nicht die Priesterin ansehen. Bloß nicht aufschauen und seine Nervosität verraten. Nicht die schicksalhafte Hand des Nomaden herausfordern. In seinen Ohren glomm eine vertraute Melodie, leise gebrummt und fast zu laut, um sie zu ignorieren.

»Du wirst das tun, was du am besten kannst«, antwortete die Oberste seelenruhig. »Jemanden unauffällig, aber nachhaltig beseitigen.«

Wann das Gerücht zum ersten Mal unter ihresgleichen geflüstert worden war, wusste Tau nicht. Sie selbst hatte es vor einigen Tagen vernommen und es war nur eines von vielen. Es ging um eine Bestie, die im Dunst jagt. Einen Schattenjäger. So etwas Lächerliches. Davor war es ein rachsüchtiger Windgeist gewesen, der unvorsichtige Männer und Frauen in den Tod der Tiefe lockte. Und demnächst würde vermutlich die Göttin Sula höchstpersönlich verantwortlich sein. Dabei war Lugo, der Mondbruder, der ungenannte Gott der Wasserernter. Er würde nicht zulassen, dass eine bösartige Kreatur die Seelen raubte, die ihm versprochen waren. Wer in der Wolke starb, war sein. Tau schnaubte und schüttelte missbilligend den Kopf, während sie einen neuen Wasserfaden ins Netz einwebte. Ihre braunen, zum hochgesteckten Zopf gebundenen Haare wippten wie zur Bestätigung. Schauermärchen, die den Anfängern Furcht einflößen sollten. Nichts sonst. Der Sinn dahinter erschloss sich Tau nicht, es schien eine grausame Art der Unterhaltung zu sein.

Das Eisengestell, auf das die junge Frau geklettert war, schwang unter ihrer Bewegung hin und her. Es war alt und musste bald ausgetauscht werden. *Noch hält es der Rost zusammen*, scherzte sie in Gedanken. Vorsichtshalber würde sie es dennoch zur Reparatur melden. Die Nebeltropfen auf den Fäden zittern leicht. Ein paar von ihnen fielen herab und sammelten sich in der Auffangschlaufe unter dem Netz. Weitere folgten, als Tau sich am Gestell ein Stück hocharbeitete und den Faden in die nächste Reihe brachte. Jemand anderes würde später das Wasser einsammeln und in die Bottiche schaffen. Nicht sie. Tau hielt lediglich die Wassernetze instand. Das war ihre Aufgabe und darin war sie gut.

Sie war erschöpft von der andauernden Anspannung. Taus kräftige Muskeln in den Beinen und Armen schmerzten. Das bedeutete, dass ihre Schicht sich langsam dem Ende zuneigte. Länger zu verweilen und die Arbeit trotzdem fortzuführen war dumm. Und sie war lange genug dabei, um nicht dumm zu sein. Auf dem Wolkenfeld zu ernten, war eine gefährliche Pflicht. Die Feuchtigkeit machte das Eisen rutschig und die Hände klamm.

Unter Tau, jenseits der letzten Gestellebene gab es keinen Boden. Nur weitere Wolken. Die sechste Ebene markierte die Grenzlinie. Wer unvorsichtig war und abrutschte, der fiel in Lugos Abgrund. Davor warnten die Regeln, die jeder Wasserernter auswendig lernen musste, bevor er in die Netze steigen durfte. Trotzdem kamen nicht immer alle aus dem Wolkenfeld zurück. Nicht die jungen Dummen und nicht die dummen Alten. Dann gab es noch die, welche die Aufregung nicht kontrollieren konnten. Den Rausch der Höhe. Tau hatte definitiv vor, es nicht so weit kommen zu lassen.

Sie zog gerade den Wasserfaden in den nächsten Halteknoten ein, als eine plötzliche Erschütterung ihr Gestell in Schwingung versetzte. Ihre Füße rutschen ab und ihr Körper stürzte hinterher. Sie stöhnte auf, als ihr ganzes Gewicht ruckartig an der Armbeuge zerrte, die sie zur Sicherung um eine Querstrebe gelegt hatte. Die freie Hand schnellte zu der anderen, die Finger verschränkten sich ineinander. Es tat weh. *Nicht loslassen. Ruhig bleiben und nicht hinunterfallen.* Die Beine pendelten hin und her. Tau versuchte, den Schwung zu nutzen, um die Füße zurück auf die Streben zu bekommen. Erst beim dritten Versuch klappte es, nachdem sie die Schwingung des Gestells einschätzen konnte. Schwer atmend zog sie sich hoch und klammerte sich mehrere Minuten lang an dem Metall fest. Es beruhigte sich langsam, kam zu einem zittrigen Stillstand. *Das war verdammt knapp. Was in Lugos Namen ist das gewesen?*

Etwas war gegen die Gestelle gestoßen. Auf Bises Ebene vielleicht. Der Wasserernter, der mit ihr die Schicht teilte, arbeitete irgendwo unter ihr. Er war erst einige Wochen im Wolkenfeld und hatte nicht sehr viel Respekt vor der Gefahr. Warum sonst band er nie sein Haar zusammen, wie es Vorschrift war? Er glaubte, es besser zu wissen. Sie versuchte, den Dunst des Wolkenfeldes zu durchdringen. Heute war ein guter Tag für die Ernte. Das Feld war grau, schwer und nass. Doch selbst an einem schlechten Tag, wenn die Welt um sie herum weiß wie Watte war, konnte man kaum mehr als Schemen erkennen.

»Bise! Ist alles in Ordnung?«

Taus Ruf wurde sofort verschluckt. Sie lauschte angestrengt. Geräusche trugen hier nicht sehr weit, trotzdem hoffte sie auf einen Laut, der nicht kam. Sie versuchte es erneut, aber wieder blieb die Antwort aus. Tau fühlte nach einer Vibration in den Streben, doch die hatten sich beruhigt. Nur die leise Bewegung, die die Luftströmungen verursachte, war zu spüren. Sie wartete, dann rief sie ein weiteres Mal nach Bise. Das Wolkenfeld waberte still. Sie hoffte, dass der Wasserernter sich unter ihr aus dem Dunst schälen würde, sobald sie ihren Fuß vom Gestell runterbewegte. Als sie es tat, tauchte Bise nicht auf. Die Vorschriften gaben für diesen Fall klare Anweisungen. *Ich gehe nachsehen.*

Vorsichtig arbeitete sie sich abwärts. Das Erntegestell maß gute fünf Meter in der Höhe, acht in der Breite. Auf ihrer Ebene standen 46 weitere Gestelle, die, tagein, tagaus, die Feuchtigkeit aus dem Wolkenfeld fingen und in den Schlaufen sammelten. Jede Ebene hatte ihre eigene Anzahl Gestelle, mal mehr, mal weniger als auf ihrer. Sie hatte vergessen, wie viele es unter und über ihr gab. Tau konzentrierte sich allein auf ihre Ebene, auf ihren Abschnitt. Und dass sie nicht abstürzte. Alles andere war unwichtig. Abgesehen von dem gesammelten Wasser natürlich, welches unermesslich wichtig für das Fortbestehen des Plateaus war. Es war seine Lebensader. Ohne die Arbeit ihrer Kaste war die Stadt, die über ihr thronte, dem sengenden Licht Sulas ausgesetzt. Verdammt dazu, zu verdursten und zu vertrocknen.

Dass Tau die Stadt und das Sonnenlicht selbst überaus selten zu Gesicht bekam, war ein geringer Preis für das, was sie hier leistete. Die Wasserernter arbeiteten im Wolkenfeld, sie lebten und starben hier. In der ewigen Feuchtigkeit, der klammen Kälte und dem allgegenwärtigen Moder, der sich in allem festsetzte. Die Wolke blieb, wo sie war. Das hatte sie schon immer getan.

Tau erreichte den schmalen Verbindungssteg zum nächsten Gestell. Wie üblich waren alle mit einem ungefähren Abstand von gut zehn Metern voneinander aufgestellt worden, um das Gewicht auf der Konstruktion möglichst gleichmäßig zu verteilen. Die Ernteebenen hatte man vor unzähligen Generationen gebaut. Es war länger her, als sich überhaupt jemand erinnern konnte. Die Anweisungen, nach denen sie gewartet wurden, standen ihnen altersmäßig in nichts nach. Sie wurden von den Alten an die Jungen mündlich weitergegeben, denn Papier oder Pergament hielten sich im Wolkenfeld nicht lange genug. Taus Vater hatte ihr einmal erzählt, dass es eine Abschrift in den Kellern des Tempels im Zentrum der Stadt gab, damit sie nicht verloren gingen. Aber gesehen hatte Tau sie nie. Die Angehörigen einer Kaste verließen ihr Viertel nicht. Die Genehmigung dafür wurde nur sehr selten erteilt.

An zwei weiteren Gestellen musste Tau vorbeiklettern, bis sie zum Kreuzungssteg gelangte. Eine breite Strebe sicherte die Konstruktion und führte in Richtung Felswand. Dorthin, wo die meisten Behausungen der Wasserernter am Stein angebracht waren. Einkerbungen in einer senkrechten Strebe ermöglichten den Abstieg in darunterliegende Ebenen. Andere dienten als Stufen für den Weg nach oben.

Sie ließ sich behutsam auf die Knie sinken, drehte ihren Körper ein Stück zur Seite und tastete mit den Füßen nach den fußbreiten Löchern. Eine tägliche Routine, mehr nicht. Mit ihnen begann und endete ihre Schicht. Die Vorsicht lag ihr mittlerweile im Blut. Sie atmete ruhig und gleichmäßig, bis sie den Verbindungssteg der untersten Ebene erreichte.

Bis wohin hatte sich Bise heute vorgearbeitet? Sollte sie sich nach links oder nach rechts wenden? In welche Richtung sollte sie zuerst gehen? Sie rief erneut nach ihm. Aber auch dieses Mal blieb eine Antwort aus. Die Erschütterung war ziemlich nah an ihrem Gestell gewesen. Ihrem Gefühl nach direkt unter ihr. Also entschied Tau sich für den rechten Steg.

Das vierte Erntegestell, das schließlich aus dem Dunst hervortrat, hatte einen merkwürdig unförmigen Umriss. Tau trat näher heran und erkannte, dass gut ein Drittel davon verschwunden war. Die meisten Wasserfäden hingen abgerissen herab und dort, wo das Eisen des Gestells fehlte, platzte der Rost in großen Schuppen unter ihren Fingern ab. Bises Arbeitstasche baumelte aufgerissen an einer der Streben. Ein Teil der Ausrüstung lugte aus dem Loch hervor. Bise selbst war weg.

Tau schnaufte missmutig. Es sah so aus, als wäre er abgestürzt, hinab in Lugos Abgrund. Die Unvorsichtigkeit und das marode Erntegestell hatten Bise getötet. Tau sandte ein stilles Gebet an Lugo und die Altvorderen ihrer Kaste. Sie hatte ihn nicht sehr gut gekannt, aber er war ein Wasserernter gewesen. So wie sie. Sie klaubte die zerrissene Tasche von der Strebe und machte sich auf den Rückweg. Ihre Schicht war mit diesem Vorfall zu Ende. Sie musste dem Viertelvorsteher von dem Verlust berichten. So war es Vorschrift. Die Trauer blieb den Angehörigen überlassen. Gab es keine, übernahm die Kaste die Pflicht. Taus Vater, einer der wenigen Veteranen ihrer Zunft, kümmerte sich darum. Sie beschloss, es ihm zu erzählen, sobald sie daheim war. Sollte es wider Erwarten falsch sein und Bise wohlbehalten auftauchen, umso besser. Aber sie glaubte nicht so recht daran. Vorsichtig bewegte sich Tau zur Aufstiegsstrebe zurück.

Das ist das tiefste Brackloch, in welchem du jemals gesteckt hast. Staubner rieb sich die Rippen unter dem groben Stoff der Kutte. Es juckte an den Stellen, wo sie mit der Haut in Berührung kam, und an allen anderen Stellen auch. Sogar am Kopf, direkt unter der Kapuze.

An der Seite des Priesters Andacht, der stoisch geradeaus blickte, schritt er einen Weg aus kleinen, weißen Kieseln entlang. Hinter ihnen erhob sich der Tempel der Sula in seiner monumentalen Pracht. Eine Stufenpyramide mit vier hoch aufragenden Säulen, umrahmt von einem strahlend blauen, wolkenfreien Himmel. Staubner drehte sich zum dritten Mal zu ihm um, denn er konnte noch immer nicht so recht glauben, wo er sich befand. Das war keine der bekannten Provinzen oder die Freiheit der Handelswege zwischen ihnen. Schon gar nicht der erhoffte Ort, an dem er sich vor dem Söldnerfürsten Fausto verstecken wollte. Das war ein verdammtes Sumpfloch, das nicht einmal einen Grund besaß. Nur, dass die Luft wesentlich dünner war, als er es gewohnt war. Die Farbe auf seinem Gesicht und die auf den Händen war unangenehm. Seine Finger zuckten aufwärts, um da zu kratzen, wo die angebliche Tätowierung angebracht worden war, doch Andacht hielt ihn davon ab.

»Nicht. Ich habe lange genug gebraucht, um sie korrekt aufzumalen. Bitte, nicht ruinieren.«

»Entschuldigung. Es ist nur so, dass –«

»Das war nicht meine Idee«, unterbrach ihn Andacht brüsk. Dann schwieg er wieder und beschleunigte seine Schritte. Die Kiesel unter seinen Füßen knirschten. Die Pläne der Obersten hatte Andacht wohl noch nicht verdaut. Die Abneigung seines Stadtführers war schon in der Kammer des Tempels, die sie ihm zugeteilt hatten, überaus spürbar gewesen; die Anprobe der Kleidung und das Aufmalen der Priesterzeichen verliefen kaum weniger befremdlich. Nicht nur für den

Priester, so viel stand fest. Als Andacht ihn dann in Segens Begleitung zu einem Raum geführt hatte, der mit seltsamen Hieb- und Stichwaffen mit schwarzen Klingen gefüllt war, war die zurückhaltende Höflichkeit einem brütenden Schweigen gewichen. Kurz glaubte Staubner, einen erschrockenen Ausdruck in dessen Gesicht aufblitzen gesehen zu haben. Segen dagegen hatte ihn mit einem Lächeln aufgefordert, sich an allem zu bedienen und zu ersetzen, was er auf der Reise zum Plateau verloren hatte.

In seinem Leben hatte Staubner nie mehr als ein kurzes Messer besessen. Ein Messer, um Brot und Käse zu schneiden. Gern auch den einen oder anderen Braten. Vielleicht einen Ast, um sich damit eine Angel anzufertigen. Aber sicher nichts, um einen Menschen umzubringen. Er konnte doch nicht einmal kämpfen. Was sollte er da mit Waffen? Unschlüssig und nach langem Zögern hatte er sich zwei schmale Dolche mit Obsidianklingen gegriffen; zwei Scheiden und ein paar Gurte, die so aussahen, als gehörten sie dazu.

Segen hatte zustimmend genickt und ihren Adlatus mit irgendeinem Auftrag weggeschickt. Dann hatte sie ihm sein erstes Ziel und den Weg zu dessen Haus beschrieben. Staubner hatte erschüttert zugehört und versucht, sich irgendetwas von den ganzen Einzelheiten zu merken. Er wollte niemanden töten. Nicht einmal verletzen. Aber genau das war es, was die Oberste von ihm verlangte. In der Waffenkammer hatte Staubner den letzten Moment verpasst, in welchem er die Verwechslung mit dem echten Meuchelmörder hätte aufklären können. Jetzt musste er mitspielen, bis er einen Weg fand, sich aus der Affäre zu ziehen, ohne dabei draufzugehen. Wie die Priester mit ihren Übeltätern umgingen, hatte die Oberste deutlich genug gemacht. Er musste das Plateau verlassen, und zwar so schnell wie möglich. Nur wie?

»Vermeide unbedingt, dass dein Gesicht feucht wird. Die Farbe der Tätowierung verträgt nicht allzu viel davon. Daher ist es vernünftig, wenn dein … Vorhaben in der Wolke so kurz wie möglich dauert.« Andacht drückte Staubner im Gehen ein paar bronzene Scheiben in die Hand. Auf ihnen war das Symbol einer Sonne geprägt. »Hier. Das soll ich dir von der Obersten Segen geben. Falls du es benötigst.«

»Was ist das?«, fragte Staubner erstaunt.

»Das sind Sula-Thaler. Münzen. Ihr kennt doch Münzen in der Verheerung? Also dort, wo du herkommst?«

»Natürlich. Sie sehen nur anders aus. Sehr anders.« Er betrachtete die metallenen Scheiben mit unverhohlener Neugier, dann steckte er sie unter der Kutte in die Hosentasche. Seine Hand streifte dabei einen der Dolchgriffe. Erschrocken zuckte er zurück, als habe er ein giftiges Tier berührt.

»Wir sind gleich am Tor. Ich bringe dich hindurch.« Der Priester betonte die Worte mit Kühle und wenig Interesse, die so gar nicht zu der fehlenden Beherrschung passten, die er bisher gezeigt hatte. »Bei deiner Rückkehr werde ich dich dort erwarten, um dich in deine Kammer zurückbringen. Sieh nur zu, dass du es vor der Dämmerung schaffst. Das Tor … alle Tore werden nachts verriegelt. Es würde zu viel Aufsehen erregen, dich um diese Tageszeit hindurchzubringen. Du kennst den Weg?«

»Ja, danke. Geht ja nur geradeaus.«

Andacht warf ihm einen seltsam prüfenden Blick zu, als habe er eine andere Antwort erwartet. *Dummkopf*, schalt Staubner sich selbst in Gedanken. Wenn er weiter so unbedacht dahersprach, brauchte er niemandem mehr erzählen, dass er nicht Ozias war, denn das würde dieser Priester mit Freuden erledigen.

»Die Straße des Sonnenuntergangs führt geradewegs durch das Viertel der hohen Kasten«, fügte er hinzu und versuchte, einen Tonfall zu imitieren, den er bei einem selbstsicheren Auftragsmörder erwarten würde. »Anschließend gelangt man zu dem Viertel der Bauern und Diener. Dahinter, nach dem letzten Tor, liegt das Viertel der niederen Kasten. Ab dort halte ich mich an die Wegbeschreibung der Obersten Segen. Alles wie besprochen.«

Andacht zuckte mit dem Kopf, als habe er einen Schlag in den Nacken bekommen. Das Gesicht des Priesters lief rot an. Er drehte sich weg und flüsterte etwas, das Staubner nicht verstand. Unbedacht hatte er wohl einen Treffer gelandet. So recht behagte ihm das nicht. Mochte Andacht den Gedanken an einen Mord ebenso wenig wie er?

Das Tor bestand aus zwei verschlossenen, steinernen Flügeln, in deren Oberfläche bronzene Sonnenscheiben eingelassen waren. Riegel, ebenfalls aus Stein und ausladend wie Männerschultern, ruhten direkt daneben an der Mauerwand auf einem Walzensystem. Man musste sie lediglich seitwärts verschieben, doch dessen ungeachtet wirkte die Konstruktion wenig leichtgängig. Staubner fragte sich, ob alle Tore so aussahen, die die Zugänge zu den einzelnen Stadtvierteln abriegelten. Die Mauer, in die dieses hier eingelassen war, umgab den gesamten Tempelbezirk. Das hatte er aus einem der Tempelfenster gesehen. Allein das war beeindruckend.

Vor und auf dem Torbogen patrouillierten bewaffnete Männer und Frauen. Im Gegensatz zu den Priestern trugen sie gepolsterte Koller und Lederbänder um ihre Oberarme. Vorn auf der Brust des mit Lake gehärteten Gewebes prangte ein Paar gemalter Schwingen. Adlerflügel sollten das wohl darstellen, vermutete Staubner. Während die einen schwere Lanzen mit schwarzglänzender Spitze trugen, hielten die anderen runde Schilde aus geflochtenen Fasern in ihren Händen. Kurze Obsidianschwerter baumelten an den Hüften. Von Metallklingen hielten die Soldaten hier offensichtlich nicht allzu viel. Ihre Helme erinnerten an einen wütend verzerrten Adlerschädel, dessen Schnabel eindrucksvoll über die Stirn ragte. *Beim Nomaden, diese Leute lieben Symbolik über alles.* Gleichzeitig stellte Staubner fest, dass er, seit er sich auf der Flucht befand, ziemlich häufig den Namen des Gottes verwendete, an den er eigentlich nicht glaubte.

Eine Kriegerin trat ihnen in den Weg. Ihre Rüstung wies Verzierungen in einem Fertigungsgrad auf, die den der anderen weit in den Schatten stellte. Das musste die Befehlshabende des Tores sein. Während der Koller bei ihren Untergebenen nur die Schwingen zeigte, so war der ihre über und über mit bronzefarbenen Linien, Perlen, Schuppen und Symbolen versehen. Ebenso die Armschienen.

Staubner wusste kaum, wo er zuerst hinschauen sollte. Der Helm war mit schwarzen Adlerfedern kreisförmig über dem Schnabel ausstaffiert, so dass sie weitaus großgewachsener wirkte, als sie es tatsächlich war. Im Kampf war sie so sicher nicht zu übersehen. Es brauchte die Gesichtstätowierung nicht mehr, um sie als eine beeindruckende Kriegerin zu sehen. Mit einer Verbeugung und einem Lächeln begrüßte sie die beiden Männer.

»Gesegnete, das wohlwollende Antlitz Sulas möge ewig auf euch ruhen.«

»So soll es auch dich bedenken«, erwiderte Andacht und neigte ebenfalls den Kopf. Staubner folgte seinem Beispiel hastig. Er war jetzt ein Priester. Dann sollte er sich auch so verhalten.

»Schickt euch der Beleuchtete mit einem Auftrag in die Viertel, Gesegneter Andacht? Soll ich für euch öffnen lassen?«

»Das Öffnen des Tores, Torwächterin Binder, wäre sehr hilfreich. Vielen Dank. Wir sind in Eile.«

»Öffnet das Tor!« Der Befehl der Torwächterin hallte lautstark wider und drei ihrer Untergebenen beeilten sich, diesem nachzukommen. Der linke Flügel mahlte in seinen Angeln, als er aufgeschoben wurde. Die Adlerkrieger stöhnten und schwitzten nicht, aber an ihren verkniffenen Augen erkannte Staubner, dass es alles andere als eine leichte Arbeit war.

Die Torwächterin betrachtete Staubner interessiert. »Dein Gesicht kenne ich nicht, Gesegneter. Es ließ sich nicht übersehen, dass du humpelst. Ist es etwas Schlimmes?«

Staubner schüttelte den Kopf und setzte zu einer Antwort an, doch Andacht war schneller.

»Nur die Folgen eines Sturzes. Er ist neu im Tempel und kennt die schmalen Stufen dort noch nicht sehr gut. Kein Grund zur Sorge, Torwächterin.«

Die Lüge kam ziemlich hastig heraus, dachte Staubner. *Ob der Tempel für Schwindeleien auch eine Strafe parat hat?*

»Andacht, auf einen Moment.« Sie winkte den Priester mit einem Seitenblick auf Staubner beiseite. Die beiden kannten sich offensichtlich und unterhielten sich nicht zum ersten Mal. Das freundliche Lächeln im Gesicht der Torwächterin verschwand von einem Augenblick auf den anderen und machte einem grimmigen Ausdruck Platz. Ihre Worte waren leise, aber für Staubner dennoch ganz gut zu verstehen.

»Wann schickt die Oberste Segen endlich die versprochenen Rationen? Die Angehörigen meiner Kaste schauen täglich in fast leere Speisekammern. Wie sollen sie hungrig ihren Dienst versehen?«

»Sie gab ihr Wort, das bald alles geliefert wird«, entschuldigte sich Andacht.

»Das hast du schon gesagt, als ich dich das letzte Mal danach fragte.«

»Das weiß ich. Ich werde sie daran erinnern, sobald ich aus den Vierteln zurück bin«, versuchte Andacht, die Torwächterin zu beschwichtigen. »Sie hat wirklich viel zu tun.«

»Sie ist die Einzige, die etwas ändern kann. Ich setze sehr viel Hoffnung in sie, in Sulas Namen. Unseren Befehlshaber jedenfalls, das Auge des Adlers, interessiert es nicht im Geringsten, was wir essen.«

Andacht sog erschrocken den Atem ein und sofort sah er sich um, ob noch jemand die Worte Binders mitbekommen hatte. Für eine Sekunde ruhte sein Blick auch auf Staubner. Doch der beobachtete überaus konzentriert das Öffnen des Tores, während er auf die Fortführung der Unterhaltung wartete. Andacht ließ ihn nicht sehr lange ausharren.

»Das solltest du nicht sagen, Binder. Das Auge des Adlers ist vom Toten König ernannt worden. Das ist eine hohe Auszeichnung. Dessen Wahl darf nicht in Zweifel gezogen werden, das weißt du. Das Auge des Adlers obliegt die Befehlsgewalt über die Kriegerkaste. Das ist eine schwere Verantwortung, die er mit dem Obersten Entschlossen teilt. Beide sorgen sie um die Nöte der Kriegerkaste, doch der Obersten Segen steht es nicht zu, dem Auge des Adlers Anweisungen zu erteilen.«

»Davon werden wir aber weder satt noch wird unsere Ausrüstung ersetzt. Es muss sich endlich –«

Mit einem abschließenden Rumpeln kam der linke Flügel zum Halten. Einer der drei Adlerkrieger unterbrach das leise geführte Gespräch und meldete das erfolgreiche Öffnen des Tores.

»Wir reden ein anderes Mal weiter, Binder. Der Segen Sulas folge deinen Schritten.«

Die Torwächterin presste die Lippen aufeinander, verbeugte sich dann aber nachgebend. »Ich danke dir, Gesegneter Andacht. Ihr Segen auch für dich.«

Nachdem sich die Torwächterin verabschiedet hatte, kehrte Andacht grübelnd zu Staubner zurück. Die Unterhaltung hatte ihn sichtlich mitgenommen. Sie zeigte, dass auf dem Plateau bei Weitem nicht alles rund lief – und dabei ließ Staubner das Anheuern eines Meuchelmörders noch außer Acht.

Beiläufig nickte Andacht, ohne ihn anzusehen. »Du darfst jetzt passieren. Die Oberste Segen hat mir untersagt, dich weiter zu begleiten. Sie sagte, es würde dich in deiner Konzentration stören. Was auch immer du …« Er unterbrach sich und seufzte unglücklich. »Ich werde hier warten.«

Staubner wusste nicht, was er entgegnen sollte, also sagte er nichts. Er trat durch das Tor, und kaum hatte er es passiert, bellte hinter ihm ein neuer Befehl der Torwächterin. Kurz darauf knirschte der Torflügel erneut und mit einem dumpfen Dröhnen ruckte es zurück in seine ursprüngliche, geschlossene Position.

Staubner drehte sich nicht um. Er blieb kurz stehen, atmete tief ein und aus. Dann setzte er einen vorsichtigen Schritt vor den anderen und folgte der Straße des Sonnenuntergangs Richtung Westen. Dorthin, wo ihn zwei weitere Mauern und zwei weitere Tore erwarteten. Und dahinter ein Mann namens Rinne, den er töten sollte.

»Du bist dir sicher, dass er abgestürzt ist?«

Geste, der Vorsteher des Wassererntenviertels, ein Sula-Priester mit kantigen Schultern und schlabberigem Obergewand, sah nicht einmal auf, während er sich Notizen zu dem Unglück machte. Tau hatte das Wolkenfeld gleich nach ihrer Entdeckung verlassen und ihr Weg hatte sie zu den wenigen Gebäuden am Rand des Viertels geführt, die nicht von dem Dunst der Wolke umhüllt waren. Im Haus des Vorstehers hatte sie Bises Tod gemeldet.

Sie nickte und mit der Bewegung stieg ihr der Geruch nach Feuchtigkeit und dem Moder in ihrer Kleidung in die Nase. In der Wolke roch alles danach. Sie nahm es sonst nicht einmal mehr wahr, aber hier, außerhalb des Dunstens, fiel ihr auf, wie stark der Geruch an ihr haftete.

»So sicher, wie man auf den Ebenen sein kann, Vorsteher.«

Sie bemühte bewusst die Redewendung, die jeder gebrauchte, wenn es etwas Ungewisses zu bestätigen gab. Es gab keinen Beweis für das Unglück. Nur handfeste Hinweise darauf, dass Bise fort war: Seine Schicht war längst beendet und er hatte sich nicht beim Vorsteher zurückgemeldet, obwohl die Regeln jeden verpflichteten, die Erledigung der Tagesaufgaben zu vermelden. Der Vorsteher erstellte daraufhin den Arbeitsplan für den kommenden Tag. Wie sicher sollte sie also sein? Bise war tot. Abgestürzt. Flügel hatte er bestimmt nicht bekommen.

»Gut. Informiere bitte deinen Vater über den Vorfall. Bise hatte keine Verwandten, daher wird er die Trauerriten übernehmen. Sie sollen spätestens in drei Tagen erfolgt sein. Du kannst gehen.« Für den Vorsteher war die Angelegenheit damit erledigt. Seine Aufgabe bestand nun nur noch darin, einen Ersatz für Bise zu bestimmen.

»Vielen Dank, Vorsteher.«

Tau drehte sich um und verließ das Gebäude. Es war jedes Mal seltsam, festen Boden unter den Füßen zu spüren. Ihr Gleichgewichtssinn brauchte stets eine kleine Weile, um sich daran zu gewöhnen. Wenn sie nicht in den Ernteebenen war, setzte sie ihre Schritte stets ein wenig breiter, um das Trudeln ihres Oberkörpers auszugleichen. Alles draußen im Wolkenfeld schwankte leicht, umso mehr, je weiter man sich in die äußeren Bereiche bewegte. Angeblich gab es auch dort Gebäude – so weit vom Felsen entfernt, dass Tau bisher nur von ihnen gehört hatte. Ihr eigenes Haus, in dem sie mit ihrem Vater lebte, hing nahe am Plateaurand im Wolkenfeld.

Der Übergang zurück in den Dunst der Wolke erfolgte ebenso abrupt wie der Abgrund selbst. Ihr letzter Schritt auf natürlichem Grund brachte sie auf die Ebenen und die metallenen Streben. Die Feuchtigkeit umarmte sie sorgsam wie eine alte Amme, die stets um einen herum war, stets darauf bedacht, nie den Blick von ihren Kindern zu nehmen. *Wie fürsorglich die Wolke doch ist*, dachte Tau spöttisch. Sie führte ihre Hand an dem Strick entlang, der in Hüfthöhe über der Strebe angebracht war. Eigentlich brauchte sie den zusätzlichen Halt nicht. Ihre Füße wussten mit der wässrig rutschigen Oberfläche der Streben zurechtzukommen.

Tau ging an den ersten vier Gebäuden vorbei, dann wechselte sie an einer Verbindungsstrebe eine Ebene nach unten. Das Haus ihres Vaters war eines der ältesten Gebäude, wie alle anderen gedrungen und klein. Soweit sie sich zurückerinnern konnte, war es immer schon instandgehalten worden. Trotzdem gab es zu viele Risse und Spalten, durch die die Wolke eindrang. Aber es bot ihnen allen Platz, den sie brauchten: zwei Bettstellen zum Schlafen, eine Ecke für ihre Ausrüstung. Andere Häuser gleicher Größe beherbergten dagegen ganze Familien. Tau wünschte sich zuweilen, dass es die Feuchtigkeit besser draußen halten würde. Ihrem Vater setzte sie mehr zu, als er zugab. Seine Lunge fiepte, wenn er vergaß, darauf zu achten, es vor ihr zu verbergen. Sie hatte beim Vorsteher bereits um ein Quartier außerhalb der Wolke gebeten. Der Vorsteher allein entschied, ob und wann sie umziehen durften. Von den Quartieren der Wasserernter *auf* dem Felsen gab es eben nur sehr wenige.

Tau schob gerade die Eingangstür auf, da spürte sie zum zweiten Mal am heutigen Tag eine Erschütterung. Diese war beinahe sachte, sodass Tau versucht war zu glauben, sie hätte sie sich nur eingebildet. Ein Zittern, erst an der Haustür unter ihrer Handfläche, dann auch auf der Strebe, auf der sie stand. Es endete ebenso schnell, wie es gekommen war. Tau hielt inne, fühlte der Erschütterung nach, wartete, ob sie sich wiederholen würde. Die Streben bewegten sich, das war nichts Ungewöhnliches. Manchmal gab es das eben.

Der nächste Stoß war um ein Vielfaches heftiger als der vorangegangene und warf sie von den Beinen. Rücklings krachte sie auf die Strebe, ihr Hinterkopf schlug auf. Der Schmerz brachte winzige Sterne vor ihren Augen zum Tanzen. Benommen rappelte sie sich auf, versuchte, das Gleichgewicht zurückzuerlangen, auf die Füße zu kommen. Was bei Lugos Nacht war das? Sie musste ihren Vater warnen. Die Erschütterung ebbte ab, die Strebe beruhigte das aber nur wenig. Tau stolperte gegen die halb aufgeschobene Tür, drückte sie vollends auf und hielt sich erschrocken am Rahmen fest. Steinbrocken fielen dort herab, wo einmal die andere Hälfte des Hauses gewesen war. Ein Stück Boden brach vor ihren Augen weg. Es sackte geräuschlos in den Abgrund. Das Gesicht ihres Vaters zeigte blankes Entsetzen, als er mit hinabgerissen wurde.

»Neeein!«

Tau stolperte auf das Loch zu, klammerte sich an die Bruchkante einer Wand. Unter ihr wogte das Grau des Wolkenfeldes und gab nichts von dem preis, was in ihm geschah. Ihr Vater! In Lugos Abgrund gestürzt! Wie war das nur möglich? Ein Haus brach nicht einfach so auseinander. Nicht so!

Eine Bewegung in ihrem Augenwinkel veranlasste Tau aufzuschauen. Wie konnte sie nur derart dumm sein? Sie war keineswegs in Sicherheit. Was, wenn der Rest des Gebäudes auch einstürzte? Tau drehte sich um und suchte den sichersten Fluchtweg. Eine Melodie wehte leise zu ihr herüber. Wo kam sie her? Da blieb ihr Blick an dem Priester hängen, der ihr gegenüber auf der Strebe stehen blieb und sie ansah. Sein Gesicht sagte ihr nichts. Es war dunkler, als sie es je bei einem Angehörigen ihrer Kaste gesehen hatte. Doch die zwei Dolche in seinen Händen ließen für Tau nur einen Schluss zu: Der fremde Priester wusste mehr über den Tod ihres Vaters.

Staubner bewegte sich mit einer Geschwindigkeit, die irgendwo zwischen offensichtlichem Trödeln und unauffälligem Vorwärtsstreben lag. Wie jemand, der ein Ziel hatte, dort aber nicht unbedingt erwartet wurde. Es drängte ihn nicht, zu dem von der Obersten Segen beschriebenen Haus zu gelangen. Er wusste nicht einmal, was er dort tun sollte. Diesen Rinne umzubringen, kam nicht infrage. Weder wollte noch konnte er das. In jeder anderen Stadt hätte er sich in eine kleine Gasse geschlagen, wäre auf einem großen Platz in der Menge verschwunden und an irgendeinem bewohnten Ort wieder aufgetaucht. Doch vom Plateau führte für ihn kein Weg hinab. Es sei denn, die Oberste Segen gestattete es ihm.

Statt freier Flächen und Gartenanlagen wie rund um den Tempel, bot sich Staubner gleich hinter der Mauer ein völlig anderes Bild. Im Viertel der Beamten und Adeligen reihten sich prächtige Häuser, beinahe Paläste aneinander, denen man den Reichtum ihrer Bewohner schon von Weitem ansah. Unzählige Terrassen, Skulpturen, Säulen, aus Stein oder Metall, oftmals unanständig reich verziert, ergänzten den prunkvollen Anblick. Mehr Raum zum Wohnen, als Menschen mit Verstand benötigten. An jedem Platz stand ein aufmerksamer Wächter, ähnlich denen, wie sie am Tempeltor Dienst taten. Sie behielten das Viertel und ihre Einwohner gelassen im Blick. Auch wenn sie Staubner keine besondere Beachtung schenkten, der Eindruck, beobachtet zu werden, verstärkte sich mit jedem Schritt. Die erhabene Ruhe, die über dem Viertel lag, machte ihn nervös. Obgleich Andacht im Tempelbezirk zurückgeblieben war, folgten ihm bestimmt andere an seiner Stelle. Derart naiv war er schließlich auch nicht. Für die Oberste Segen stand womöglich viel auf dem Spiel. Sie mochte ihm augenscheinlich ihr Vertrauen schenken, aber Staubner war sich sicher, dass das nur Fassade war. Also blieb er erst einmal auf dem vorgegebenen Weg.

Noch zweimal ließ er die Prozedur des Toröffnens über sich ergehen. Jedes Mal benutzte er die Grußformel, die er bei Andacht gehört hatte. Wie schon an der Tempelmauer versuchten die Torwächter, mehr über seinen Auftrag zu erfahren. Nicht aus Misstrauen, sondern aus Neugier. Dennoch schwieg er, anstatt von irgendeiner gewichtigen Pflicht zu lügen, und die Priesterkleidung schützte ihn vor unangenehmen Nachfragen. Die Angehörigen des Tempels genossen offensichtlich ein gewisses Ansehen. Ein Ansehen, das den Bewohnern der anderen Viertel nicht gegeben war.

An jedem Tor erhöhte sich die Anzahl der Wächter. Am dritten Durchgang standen weitere Wachen auf den Mauern, den Blick auf die sichtlich heruntergekommene Straße und die einfachen Hütten gerichtet. Staubner gegenüber blieben sie stets freundlich, doch bei anderen, die mit ihm das Tor passierten, ließ diese Freundlichkeit merklich nach. Die Wächter hielten ihre Waffen fest in den Händen. Alles, vom Passierschein bis hin zur Kleidung am Leib der Menschen, wurde einer gewissenhaften Untersuchung unterzogen.

Im letzten Viertel, das Staubner betrat, wurde es bedrückend. Eine junge Frau ging einige Meter entfernt an ihm vorüber, ohne auch nur aufzusehen. Er war sich nicht einmal sicher, ob sie ihn überhaupt bemerkt hatte. Über ihre Schulter hingen zwei Taschen, eine davon sah ziemlich zerrissen aus. Sonst sah er niemanden auf der Straße. Das Viertel wirkte wie ausgestorben, die Behausungen elend. Jedoch zweifelte er keine Sekunde daran, dass hier ebenfalls Menschen wohnten. Sie zeigten sich nur nicht. Staubner fühlte die Blicke der Wächter von der Mauer weit hinter ihm auf sich ruhen. Das Gefühl, verfolgt zu werden, verstärkte sich. Vielleicht war er einfach nur paranoid.

Als Staubner vor der Wolkenwand stand, stockten ihm die Füße. Die Erinnerung an den beschwerlichen Weg über den Pass stieg in ihm auf. Er hatte den feuchten Dunst um sich herum ebenso wie die Kälte und den Schmerz in seinem Bein verabscheut. Jetzt musste er erneut dort hinein. Immerhin würde die Wolke es den Verfolgern deutlich erschweren, an ihm dranzubleiben – auch wenn sie sein Ziel mit Sicherheit kannten. Er grunzte widerwillig.

Die Streben, die nun den Weg aus Stein ersetzten, waren von einem glitschigen Film aus Feuchtigkeit überzogen. Gleich auf dem ersten Meter rutschte er aus. Wild mit den Armen rudernd langte er nach dem Strick, der als Handlauf diente, und bekam ihn zu fassen, als seine Füße schon beinahe über dem Abgrund baumelten. *Was für eine verrückte, kranke Welt*, dachte er, während seine Lunge hektisch klamme Luft in ihn hineinpumpte. Die nächsten Schritte schob er die Fußsohlen vorsichtig über das Metall. Bloß nicht anheben. Was hatte Grimo gesagt? Sechshundert Meter. So tief würde der Sturz sein. Bis er zu einer Strebe kam, die ihn eine Ebene hinabführte, behielt er den Strick fest in seinem Griff.

Vor Rinnes Haus verharrte er eine gefühlte Ewigkeit. Ohne Sonne ließ sich die vergangene Zeit nicht einschätzen. Er starrte die Eingangstür an, bis er das Gefühl hatte, zu lange gewartet zu haben. Wann würden ihn seine Verfolger einholen, sofern es tatsächlich welche gab? War Rinne denn zuhause? Was, wenn nicht? Durfte er dann einfach umkehren und der Obersten berichten, dass er kein Glück gehabt hatte?

Das wird niemals funktionieren, du Trottel.

Wie arbeitete eigentlich ein Meuchelmörder? Und was erwartete die Priesterin von ihm? Segen hielt ihn für einen Profi. Profis brachten Dinge zu Ende. Nie zuvor in seinem Leben hatte ihm derart deutlich vor Augen gestanden, dass er aus gänzlich anderem Holz geschnitzt war. Er brauchte irgendeine Lösung, einen Weg aus der Zwickmühle. Während er darüber grübelte, öffnete sich die Tür des Haues und ein Mann trat heraus. Sein linker Arm endete kurz unter dem Ellenbogen. Der Stumpf war mit braunfleckigen Bandagen umwickelt, deren Farbe auf ihr Alter schließen ließen. So selbstverständlich er mit dem halben Arm gestikulierte, schien die Verstümmelung bereits einige Jahre zurückliegen. Der Mann verabschiedete sich von einer Person, die im Hauseingang stand, und ging schließlich über eine Strebe davon. Anschließend schloss sich die Tür wieder.

Reden. Er konnte mit Rinne reden. Ihm von dem Mordauftrag berichten und ihn so überzeugen unterzutauchen, sich zu verstecken. Wenigstens eine Weile. Segen hatte keinen ausdrücklichen Beweis für Rinnes Tod verlangt. Staubners Wort würde genügen. Es musste einfach funktionieren. Da war er also, sein Ausweg. Nicht sonderlich grandios, aber der einzige, der ihm einfiel. Staubner gab sich einen Ruck und trat auf die Tür zu. Zitternd schwebte seine Faust vor der steinernen Platte, dann klopfte er dreimal dagegen. Er lauschte auf das Rauschen in seinen Ohren und auf die Geräusche im Inneren des Hauses.

Schließlich öffnete ihm der Mann von kurz vorher. Die sechzig Jahre musste er bereits überschritten haben. Das weiße Haar, das vom Stirnansatz zurückgewichen war, lag platt auf dem Schädel und war im Nacken zusammengebunden. Die Augen wirkten trübe, aber ohne das Feuer im Alter verloren zu haben. Vor Staubner stand eine Person, der der eigene Kampfgeist überaus bewusst war. War es das, was Rinne für die Oberste so gefährlich machte, dass sie ihn tot sehen wollte?

»Ja?«

»Das wohlwollende Antlitz Sulas möge ewig auf dir ruhen.« Staubner rang sich ein Lächeln ab, doch sein Gegenüber sah ihn nur abweisend an. »Du bist Rinne, richtig?«

»Der bin ich. Was willst du?«

»Mit dir reden. Über eine überaus wichtige Sache.«

»Ich kenne dich nicht, Gesegneter.«

»Das weiß ich. Trotzdem wäre es besser, wenn wir hineingehen könnten.« Staubner deutete zaghaft über Rinnes Schulter auf das Innere des Hauses. »Bitte.«

»Hm.«

Rinne brummte, wich dann aber zur Seite, um ihn hereinzulassen. Die Einrichtung war karger als im Tempel. Reichtum gab es hier keinen. In Anbetracht des Zustands der äußeren Viertel wäre das auch ziemlich überraschend gewesen. Rinne bot ihm den Platz auf einer steinernen Bank an. Er selbst blieb mit verschränkten Armen auf der anderen Seite des Raumes stehen, ein Tisch zwischen ihnen. Staubner hatte nicht erwartet, dass es einfach werden würde, aber das Schweigen des Wasserernters machte ihn zunehmend unruhig.

»Ich weiß nicht so recht, wo ich anfangen soll …«, begann Staubner.

Rinne schwieg.

»Die Sache ist kompliziert.«

»Wenn du es nicht weißt, dann geh und komme wieder, sobald du dir sicher bist. Meine Zeit ist kostbar.« Staubner las keine Regung in Rinnes Gesicht.

»Das geht nicht, weil … weil …«

»Du findest den Weg nach draußen.«

Rinne wandte sich einem Regal hinter ihm zu, das mit irgendwelchem Werkzeug gefüllt war oder mit etwas, was Staubner dafür hielt. Einige der Stücke wirkten auf den ersten Blick ramponiert, gebraucht, manche gar schadhaft. Rinne nahm sich eines, bearbeitete es mit einem fleckigen Lumpen, bis er zufrieden war. Der Wasserernter setzte sich an den steinernen Tisch und begann, es auseinanderzunehmen.

»Die Priester wollen dich umbringen lassen«, platzte es aus Staubner heraus. »Deshalb bin ich hergekommen.«

Rinne fuhr unbeeindruckt mit seiner Arbeit fort. »Das überrascht mich nicht. Ich habe das längst erwartet.«

»Warum bist du dann noch hier? Du musst untertauchen. Jetzt sofort. Geh irgendwo hin, am besten unbeobachtet. Niemand darf davon wissen.« Staubner nestelte den Beutel hervor, in dem er die Sula-Thaler aufbewahrte, und zeigte ihn dem Wasserernter. »Ich kann dir Münzen geben. Genug für eine Weile.«

»Wieso sollte ich das tun?« Rinne schnaufte verächtlich. »Ausgerechnet auf das Wort eines Sula-Dieners hin. Es ist doch der Tempel, der dich schickt.«

»Ja, das ist richtig. Aber … weil …« Staubner ging auf, wie seltsam seine Erklärung wirken musste. Auf diese Art würde er den Mann niemals überzeugen.

»Du stammelst, bringst kaum einen geraden Satz heraus«, sagte Rinne sichtlich gereizt. »Die Zeiten, in denen der Tempel die Elite des Plateaus stellte, sind wohl lange vorbei.«

Staubner schüttelte unruhig den Kopf hin und her, während er nach Worten rang. Dann antwortete er schnell, bevor der Gedanke sich wieder verflüchtigte.

»Weil ich es bin, der dich umbringen soll. Siehst du?«

Er zog die beiden Dolche unter dem Priestergewand hervor und hielt sie in Rinnes Richtung. Es schien die Wirkung nicht zu verfehlen. Der Wasserernter unterbrach seine Arbeit und drehte sich zu Staubner um. Sein Blick hatte sich schlagartig verfinstert.

»Das ist lächerlich. Ich muss dich bloß den richtigen Adlerkriegern melden.«

Eine Vibration, so sachte, dass Staubner sie fast nicht bemerkte, ließ den Alten stocken. Auch er hatte es gespürt. Sein Gesicht nahm kurz einen alarmierten Ausdruck an. Er wartete, lauschte irgendwo nach draußen, doch als nichts weiter passierte, kehrte sein Blick zu Staubner zurück.

»Nicht jeder steht im Lohn des Tempels, vergessen? Dafür zu sorgen, dass du dich für immer unter die Wolke verpisst, ist ein Leichtes.«

Von einem Augenblick auf den anderen verschwand die Seitenwand des Hauses mit einem heftigen Ruck. Staubner wurde vorwärts von der Bank geworfen, knallte mit den Knien und den Ellbogen auf den bockenden Stein. Sein Kiefer steckte nur einen Moment darauf einen derben Treffer ein. Schnaufend vor Schmerz blieb er bäuchlings auf dem Fußboden liegen. Rinne blieb aufrecht, obwohl hinter ihm das Dach und ein weiterer Teil der Wand abrissen. Das Regal mit dem Werkzeug sackte ab und war weg. Der Wasserernter schwankte wie in einem ungemütlichen Sturm auf dem Deck eines Segelschiffes. Die Wolke, nun nicht mehr ausgesperrt, wirbelte ihr düsteres Grau um ihn herum. Ein Schatten erwuchs hinter dem Wasserernter – klobig, ledern, fliegend – und ein Grollen wehte über sie hinweg. Dann tauchte der Schatten ab und verschwand im Dunst.

Ich muss hier sofort raus.

Hastig rappelte Staubner sich auf. Dort, wo bis eben noch ein Stück Gebäude gestanden hatte, führten zwei Streben in die Wolke hinein. Sie mussten den Boden des Hauses gestützt haben. Staub und Schutt häuften sich darauf. Staubner hastete durch das Loch in der Wand, über die Bruchstücke hinweg und fand sich gleich darauf schwer atmend und rutschend in einem sicheren Abstand zum Gebäude wieder. Die Strebe unter seinen Füßen erzitterte.

Rinne. Er hatte den Wasserernter vollkommen vergessen. Staubner drehte sich um und sah zurück. Der Dunst der Wolke waberte zwischen ihm und der Ruine des Hauses. Was sollte er tun? Zurücklaufen und dem Mann helfen? Abhauen und ihn seinem Schicksal überlassen? Er wollte nicht dort hinein, um keinen Preis der Welt. Da war ein … Ding gewesen. In der Wolke. Alles in ihm drängte danach, das Viertel so schnell wie möglich zu verlassen. Der Tempel und seine Annehmlichkeiten erschienen mit einem Mal sehr viel attraktiver, selbst mit einer ungehaltenen Segen darin.

Staubners Füße bewegten sich vorwärts, vorsichtig und unwillig. Erstaunt stellte er fest, dass er nicht fortlief. Was, wenn der alte Mann es nicht rechtzeitig rausschaffte? Die Ruine schälte sich deutlicher aus dem Dunst, je näher er kam. Schließlich erblickte er das Loch, durch das er geflohen war. Dahinter stand der Wasserernter, direkt am Abgrund. Eine zweite Person drückte sich auf der anderen Seite durch die Tür, sah zu Rinne herüber – und im gleichen Moment brach der Fußboden weg. Rinne verschwand. Kein Laut der Angst. Einfach weg, als hätte es ihn nie gegeben.

Ein Schrei erklang, angefüllt mit Unglauben und Bestürzung. Staubner begriff, dass der von der Person stammen musste, die das Haus betreten hatte. Gleichzeitig vernahm er eine vertraute Melodie.

Jemand ganz in der Nähe summte. Fassungslos schüttelte Staubner den Kopf. Nur Verrückte lebten auf dem Plateau, nur Verrückte.

Die Bewegung schreckte sein Gegenüber auf und ein ausgestreckter Arm hob sich anklagend in Staubners Richtung. Das Gesicht dahinter war zu einer Grimasse aus verschmiertem Staub und Wut verzerrt. Staubner hob in einer entschuldigenden Geste seine Hände. Er hatte das nicht verursacht. Niemand war dafür verantwortlich, nicht für den Einsturz, nicht für Rinnes Tod. Außer vielleicht dieser Schatten in der Wolke. Erst jetzt fiel Staubner auf, dass er immer noch die Dolche festhielt. Er wirbelte herum und lief über die Strebe davon, so schnell es auf dem rutschigen Untergrund möglich war.

Mit zusammengepressten Lippen starrte Andacht auf das Tor. Die Adlerkrieger brachten die Flügel zusammen, dann schoben sich auf Befehl von Torwächterin Binder die Riegel mahlend über das Walzensystem. Prunk und Armut wurden vor seinen Augen verborgen, ebenso der Meuchelmörder der Obersten. Andacht wusste nicht zu sagen, was ihn mehr erschütterte: die Skrupellosigkeit, mit der Segen die Auslöschung von Leben angeordnet hatte, oder die Tatsache, dass Meister Ozias aus der Verheerung stammen sollte. Beides schien gleichsam gespenstisch und unwirklich und widersprach allem, an was er seit Jahren so mühsam geglaubt hatte.

Dass die Priesterkaste im Rahmen des Gesetzes über Leben und Tod entschied, war nicht außergewöhnlich. Gesetzesbrecher wurden hart bestraft. Die Obersten bildeten die Stimme des Toten Königs und sprachen in seinem Namen Recht. Und das seit über achtzig Jahren. Allen voran führte der Beleuchtete diese Aufgabe aus, für die bedeutenden Fragen, die, deren Antworten ihm vom Toten König übermittelt wurden. Mit ihnen lenkte er das Geschick der Stadt im Himmel und seiner Bewohner. An der Zeremonie dafür hatte Andacht bislang nie teilgenommen. Es stand der einfachen Priesterschaft nicht zu, ohne die Weihe der Aufgestiegenen empfangen zu haben. Das war Teil ihres Glaubensbekenntnisses. Anhand vager Andeutungen seiner Mentorin hatte er sich den Ablauf längst einigermaßen zusammengereimt. Jedoch brach die Oberste Segen das Gebot Sulas, Leben zu bewahren und zu beschützen. Über die Zielperson des Meuchelmörders hatte der Tote König kein Recht gesprochen. Daran gab es in seinen Augen keinen Zweifel.

Ebenso enthielt Sulas Lehre die unumstößliche Sicherheit, dass die Menschen auf dem Plateau die einzig Gesegneten waren. Sie und ihr Götterbruder Lugo hatten die Vorfahren einst auf das Plateau geführt, als das Leben aufgrund der Verheerung überall zu erlöschen begann. Sula gründete den Stadtstaat, schuf das Kastenwesen und behütete die Menschen seitdem. Niemand verließ das Plateau, weil die Welt nirgends sonst bewohnbar war. Andacht konnte sich nicht vorstellen, dass überhaupt irgendjemand so einen Wunsch hegte. Vollkommen unmöglich war es, dass jemand von dort hierhergekommen sein konnte. Sulas Schutz wirkte nur hier. Und doch hatte er Ozias gesehen und mit ihm gesprochen. Ihm sogar die heilige Tätowierung der Priesterkaste auf das überaus dunkle Gesicht gemalt. Allein das war ein Frevel, für den man ihn hinrichten würde. Nicht nur Ozias, auch ihn.

»Es kann nicht«, flüsterte er vor sich hin. »Es kann einfach nicht sein.« Unsicher trat er von einem Fuß auf den anderen. Ob er mit Torwächterin Binder über seine Zweifel sprechen sollte? Außerhalb des Tempels war sie die einzige Person, zu der er eine Art Vertrauen verspürte. Sie würde ihn gewiss verstehen. Andererseits gehörte sie der Kaste der Krieger an. Glaubensfragen gehörten nicht zu ihren Aufgaben. Krieger beschützten und gehorchten. Würde sie ihm überhaupt einen Rat geben können? Und müsste sie ihn für seinen Frevel nicht sogar umgehend verhaften und der Obersten überstellen? Was Segen dazu sagen würde, wenn sie von seinem Verrat erfuhr, musste er sich nicht einmal ausmalen.

Andacht hatte Ozias zugesagt, am Tor auf ihn zu warten, bis er seinen Auftrag ausgeführt hatte und zurückgekehrt war. So hatte auch die Anweisung der Obersten gelautet. Doch wann würde das sein? Wie lange brauchte man für einen Mord, wenn man ein Fremder in der Stadt des ewigen Himmels war? Seine Gelenke knackten, als er unbewusst begann, die Finger zu kneten. Er nahm den Laut zum Entschluss, über ausreichend Zeit zu verfügen. Der Meuchelmörder würde auch ohne seine Hilfe den Tempelbereich betreten. Binder würde ihn einlassen, hielt sie ihn doch für einen Angehörigen der Priesterkaste. Seine Zweifel aber duldeten keinen Aufschub, nicht für ihn jedenfalls. Er würde sofort die Person aufsuchen, die für sein Dilemma verantwortlich war. Andacht warf einen letzten Blick auf das verschlossene

Tor und seine Wächterin, die sich bereits neuen Aufgaben zugewandt hatte. Dann drehte er sich auf dem Absatz um und kehrte zum Tempel zurück.

Die Flure des Verwaltungstrakts waren ihm seit Jahren vertraut und er folgte ihnen, ohne darüber nachzudenken. Als er schließlich vor ihrem Arbeitszimmer stand, zögerte er anzuklopfen. Die Hand schwebte zitternd vor dem Türblatt. Andachts Mund fühlte sich wie ausgedörrt an. Es schien schier unmöglich zu schlucken. Selbst die Worte, die er sich auf dem Weg hierher mühsam zurechtgelegt hatte, waren aus seinem Kopf verschwunden.

Das ist eine dumme Idee, schalt er sich in Gedanken. *Sie wird es nicht gutheißen. Niemals.* Drinnen, im Arbeitszimmer, schlug der Stock der Obersten auf den Steinboden. Tock. Ein einziges Mal. Wie so oft, wenn das Geräusch ihn dazu ermahnte, nicht zu trödeln. Trotzdem zuckte Andacht zusammen. Sie wusste, dass er vor der Tür stand und haderte. Wusste es längst. Es gab keinen Grund, es länger aufzuschieben. Vorsichtig führte er die Bewegung seiner Hand zu Ende, klopfte und trat ein.

»Ich habe mich schon gefragt, wann du endlich auftauchst, Andacht. Es hat länger gedauert, als ich annahm.«

Die Oberste saß an ihrem Arbeitstisch, das Gesicht der Tür zugewandt. So, als ob sie ihn tatsächlich erwartet hatte. Ihre Hände ruhten auf dem Knauf ihres Gehstocks. Sie lächelte ihn wissend an.

»Nun?«

»Die Göttin Sula, sie …«

»Ja?«

»Leben zu bewahren ist die oberste Aufgabe der Priesterkaste«, setzte Andacht erneut an. »Ozias tut das Gegenteil. Er mordet …«

»Nur weiter«, forderte sie Andacht auf. Sie ließ ihn nicht aus den Augen, während er im Arbeitszimmer ruhelos auf- und ablief.

»Er kann einfach nicht …«

»Er kann nicht was? Existieren? Weil Sula ausschließlich uns gewogen ist?« Segen kicherte heiser.

»Außerhalb der Stadt des ewigen Himmels … außerhalb des Plateaus«, berichtigte Andacht sich selbst, »kann nichts leben und gedeihen. Das lehrt uns die Göttin Sula seit Anbeginn der Zeit. Er trägt keine heiligen Zeichen im Gesicht. Ozias muss ein Unberührbarer sein. Es gibt keine andere Begründung.«

Die Oberste schüttelte den Kopf. Dann wies sie mit dem Ende ihrer Gehhilfe in seine Richtung. »Und wie erklärst du dir die Existenz meines Stockes?«

Andacht blieb stehen und starrte ihn an. Der Stock war Segens Begleiter, seit er sie das erste Mal gesehen hatte. Er kannte sie nicht ohne. Vermutlich tat das niemand. »Er stammt aus der alten Zeit, so wie der Tisch im Ratssaal.«

»Dann müssten beide viele Jahrhunderte alt sein. Holz wird irgendwann brüchig. Glaubst du wirklich, er hätte derart lang überdauert, obwohl ich ihn nicht einmal besonders zimperlich verwende?« Sie stieß die Spitze mit Wucht auf den Steinboden. Andacht glaubte, die Erschütterung bis in seinem Magen zu spüren. Kalt krampfte die Erkenntnis sich dort zu einem festen Klumpen zusammen.

»Wenn du hinsiehst, entdeckst du überall im Tempel Dinge, die es hier eigentlich nicht geben dürfte. Dinge des Alltags. In der Küche, bei den Dienern, selbst an unserer Kleidung. Das Plateau kann nicht alles produzieren, was die Menschen benötigen. Das konnte es noch nie.«

»Dann … dann …«, stotterte Andacht fassungslos.

»Dann stammt es aus der Verheerung, ja«, bestätigte die Oberste seine unausgesprochene Schlussfolgerung.

»Aber das bedeutet, alles ist eine Lüge«, presste er mühsam hervor. »Wir belügen alle, die hier leben und ausharren.«

»Mir ist durchaus bewusst, wie schwer es für dich sein muss, das zu akzeptieren. *Gerade* für dich, nachdem du die vergangenen Jahre so angestrengt versucht hast den Glauben zu finden. Keine Sorge, das wird vorübergehen. Mir ging es kaum anders, als ich es erfuhr. Mein Mentor war damals nicht besonders einfühlsam.« Die Oberste schwieg, dann kicherte sie erneut. Womöglich hatte sie eben an ihre eigene Lehrzeit gedacht.

»Manchmal ist ein Schock die beste Behandlung, das war sein Leitspruch. Diesem Ansatz stimme ich mittlerweile vollkommen zu.«

»Aber ein Mord. Wie soll der irgendetwas verbessern, wenn selbst Sula eine solche Tat verabscheut? Wie?«

»Du hast es selbst gesagt. Leben zu bewahren ist die oberste Weisung. Sie durchdringt all unser Streben, unser Wirken. Was würde passieren, wenn wir zuließen, dass Unzufriedenheit sich ausbreitet? Wenn die Kasten offen aufbegehren? Wir ihnen gar den Weg in eine Welt zeigen, die nicht für sie gemacht ist?«

Andacht presste die Kiefer aufeinander, bis seine Zähne laut knirschten. Das war alles so falsch. All die Jahre hatte er sich selbst für unwürdig empfunden, der Göttin zu dienen, weil sein Glaube nicht unerschütterlich genug war. Sulas Lehre war ein Lügengespinst, mit der die Bewohner der Stadt des ewigen Himmels seit Jahrhunderten hinters Licht geführt wurden. Er verstand allerdings immer noch nicht, wozu. Für einen Moment fragte er sich, welche Geheimnisse die Oberste noch vor ihm verbarg. Und ob er von diesen tatsächlich erfahren wollte.

»Ein Ausbruch von Gewalt wäre unvermeidlich. Kaste würde gegen Kaste kämpfen«, erklärte Segen erbarmungslos. »Hunderte würden sterben. Tausende. Die Stadt des ewigen Himmels wäre verloren. Schon oft standen wir an diesem Punkt und schon oft mussten harte Entscheidungen getroffen werden. Zum Wohle aller. Die Chroniken belegen das. Was wiegt schon der Tod einzelner, wenn man alle anderen damit zu retten vermag?«

»Was meinst du damit?« Andacht rang erstickt nach Luft. Er konnte kaum glauben, was er da hörte.

»Ich habe Meister Ozias natürlich nicht nur für einen einzigen Auftrag kommen lassen. Das wäre gegen jede Vernunft und rechtfertigt keineswegs das Risiko, welches seine Anwesenheit mit sich bringt.«

Segen wedelte die Worte mit ihrer Hand beiseite, als seien sie in ihrer vorgebrachten Selbstverständlichkeit keinen weiteren Atemzug wert. Sie drehte sich zur Seite, zog einen Bogen Papier aus einem Stapel von Unterlagen hervor und hielt ihn ihrem Adlatus entgegen.

»Andacht, die Kasten sind unsere Arme, unsere Beine, unser Herz. Die Stadt ist an vielen Stellen am Geschwür des Aufruhrs erkrankt. Der Aufstand wächst in den niederen Vierteln. Um den Körper zu retten, muss brandiges Fleisch herausgeschnitten werden. Verstehst du das?«

Sie sah Andacht an und wartete. Doch er fühlte sich nicht in der Lage, darauf zu antworten. Ihm schwindelte. Fahrig strich er sich über das Gesicht. Seine Haut fühlte sich ungesund kalt an, so kalt. Sein Zögern blieb vor der Obersten nicht verborgen, das wusste er genauso gut wie sie. Ihre Stimme gewann die Strenge zurück, die er von ihr kannte.

»Wir werden einige Aufrührer in Sulas Gerechtigkeit übergeben müssen, bevor unsere Arbeit getan ist. Auf dieser Liste stehen die Namen. Und du wirst dich zusammen mit Ozias darum kümmern.«

»Ich? Ich … kann das nicht«, stammelte er. Unwillkürlich wich er einen Schritt zurück und hob abwehrend die Hände. »Bitte, ich bin der Falsche für diese Aufgabe, Oberste.«

Tock. Der Stock krachte auf den Steinboden wie eine Spitzhacke auf einen Granitfelsen.

»Du bist der Einzige, dem ich sie anvertraue, Andacht. Enttäusche mich nicht. Das Privileg, mein Adlatus zu sein, gibt es nicht umsonst, das müsstest du längst wissen. Von meinem Nachfolger erwarte ich Gehorsam und die Fähigkeit, dessen Notwendigkeit anzuerkennen.«

»Dein … Nachfolger?«

Die Frage war derart überflüssig, dass nicht einmal er darauf reagiert hätte, säße er an ihrer Stelle. Dafür also war die viele Arbeit, waren die unzähligen Stunden ohne Ruhepause gewesen. Es beschämte ihn, dass ihm das erst jetzt aufging. Segen sah ihn unentwegt an und hielt ihm die Liste entgegen.

Das war definitiv nicht die Strebe, auf der er hergekommen war. Staubner sah sich hektisch nach etwas um, das ihm bekannt vorkam. Wenigstens irgendwie vage vertraut. Doch in der Wolke herrschte überall nur trübe Sicht. Dort, wo der Dunst kurzzeitig durch Luftströmungen verwirbelt wurde, ließen sich vielleicht vier oder fünf Meter in dem Grau um ihn herum ausmachen. Das bedeutete, vor und hinter ihm die Strebe, über die er eilte, links und rechts von ihm weiterer Nebel. Von unten und oben ganz zu schweigen. Dazu das elende Schwingen des Metalls. Fast, als stünde man an Deck eines Schiffes. In welche Richtung er sich wenden sollte, war nicht einmal eine ernstgemeinte Frage. Es ging sowieso nur vorwärts. Hinter sich hörte er die Schritte seines Verfolgers. Das Geräusch drängte ihn weiter. Sicher war nur, dass er wieder nach oben musste, um zurück auf festen Boden zu gelangen. Dahin, wo die Häuser, die Mauer und die Soldaten warteten. Seine Priesterkleidung brachte ihn in das anliegende Viertel und in Sicherheit, wohin ihm der andere ohne Erlaubnis nicht würde folgen können. Hoch und raus aus der verfluchten Wolke, aber wo? Auf dem Hinweg war er ein kurzes Stück auf den Streben abwärts geklettert. Aber das lag irgendwo auf der anderen Seite, hinter dem Haus Rinnes, das nur noch eine Ruine war.

Staubner hatte längst die Orientierung verloren. Deshalb konzentrierte er sich auf seine Füße und den rutschigen Untergrund. Dass seine Sohlen denkbar ungeeignet für die allgegenwärtige Feuchtigkeit waren, hatte er schon auf dem Hinweg bemerkt. Sie waren viel zu glatt. Schon mehrmals war er weggerutscht, einmal hatte er sich erst in letzter Sekunde an einem der Leitseile festhalten können. Dass sein lädiertes Knie das nicht besonders mochte, überraschte Staubner nicht. Sollte er erneut hierherkommen müssen, würde er sich vorher anderes Schuhwerk besorgen. Dennoch, dieser Ort war vielleicht der letzte, an den er freiwillig zurückkehren wollte. Die Priesterkleidung hatte den Dunst in der Luft aufgesogen wie ein Schwamm. Der Stoff klebte ihm unangenehm kalt am Körper und juckte noch mehr als vorher. Wie konnte man hier nur freiwillig arbeiten, gar leben? Staubner konnte das nicht fassen. Feucht und modrig. Das hielt doch niemand lange aus, ohne den Verstand zu verlieren. Zwischen den keuchenden Atemzügen glaubte er plötzlich, Stimmen zu hören. Die Wolke verlieh ihnen etwas Geisterhaftes. Staubner hoffte einfach, dass er keinem Streich seiner Nerven aufsaß. Zwei Gestalten zeichneten sich vor ihm aus der grauen Wand ab, die sich zu ihm umdrehten, als er näherkam. Das Glück schien tatsächlich auf seiner Seite. Unter ihren Füßen kreuzte eine Strebe den Weg, eine andere führte hinter den beiden Erscheinungen aufwärts.

»Gesegneter, das wohlwollende Antlitz Sulas möge ewig auf dir ruhen.«

Erst jetzt erkannte er, dass vor ihm zwei Frauen standen. Die freundlichen Grußworte täuschten nicht über den verwunderten Ausdruck in ihren Gesichtern hinweg. Mit einem Priester innerhalb der Wolke hatten sie wohl nicht gerechnet. Trotzdem sparte Staubner sich die übliche Antwort. Er hätte eh kaum Luft dafür übriggehabt. Zudem wollte er nicht an dieser Stelle verweilen, bis ihn die Person aus dem eingestürzten Haus eingeholt hatte.

»Zum Viertel. Fester Boden«, keuchte er.

Die rechte der beiden Frauen zeigte hinter sich, zur aufsteigenden Strebe. »Dort hoch, Gesegneter. Danach musst du dich links halten. Soll ich dich …«

»Nein, nein.«

Staubner zwängte sich behutsam zwischen den beiden Frauen hindurch und hastete weiter. Eilig kletterte er die Steigeisen hinauf und vergaß beinahe wieder, dass auch sie überaus schlüpfrig waren. Wie eben alles hier. Oben angekommen rutschte er den ersten Meter auf Knien vorwärts. *Hoch mit dir, und weiter*, ermahnte er sich selbst. Er griff nach dem Halteseil und zog sich auf die Füße. Genau diesen

Moment suchte sich sein Knie aus, um sich vermehrt mit Schmerz zurückzumelden. Staubner sog die feuchte Luft in seine Lungen. Das Stechen versuchte er, so gut es ging auszublenden. Links halten, hatte die Wasserernterin gesagt. Er folgte der Strebe und tatsächlich, nach ein paar weiteren, schlidderigen Metern erreichte er das Ende der Strebenkonstruktion.

Aus dem Dunst herauszutreten glich beinahe einer Wohltat. Dabei fühlte er die Feuchtigkeit weiterhin auf der Haut. Er schwitzte. Seine Kleidung fühlte sich klamm an. Unwillkürlich musste Staubner grinsen. Aber endlich wieder frei atmen. Er genoss den Widerstand des Felsens unter sich, auch wenn sein Knie diesen Wiederstand im Moment noch weniger vertrug als den schwankenden der Strebe. So musste Boden sein, so, und nicht anders. Ein wütender Schrei in der Wolke brachte ihn zur Besinnung. Was zum Henker tat er da eigentlich? Der Verfolger hatte längst nicht aufgegeben. Die Häuser um ihn herum waren Staubner völlig fremd. Dicht an dicht standen die einfachen Hütten am Abgrund und anstatt fester Wege gab es nur Lücken zwischen den Bauten. Wo lag die Straße des Sonnenuntergangs? Wenn er sich von der Priesterin doch nur eine Karte hätte geben lassen. Von dieser Stelle aus sah er nicht einmal die Viertelmauer.

Staubner rannte aufs Geratewohl los. Jede Richtung war besser als die, aus der er gekommen war. Wenn er eine Hoffnung hegen durfte, seinen Jäger abzuschütteln, dann vielleicht zwischen den Hütten. Haken schlagend arbeitete er sich vorwärts. Schweiß tropfte von seiner Stirn. Menschen sah er kaum welche und wenn, dann beachteten sie ihn kaum. Niemand hielt ihn an. Trotzdem hörte er den anderen ständig hinter sich. Anstatt Abstand zu gewinnen, kam der ihm immer näher. Natürlich, es ist sein Viertel, ging Staubner keuchend auf. Der andere kannte sich aus. Besser als er jedenfalls, was keine große Kunst war. Staubner hetzte um eine weitere Ecke herum, entdeckte eine Türöffnung und schlüpfte hinein, ohne groß nachzudenken. Dahinter hielt er den Atem an und kniff die Augenlider zusammen. Jetzt bloß kein Geräusch machen. Stumm flehte er den Nomaden um eine Winzigkeit

Glück an, während er ausharrte. Anscheinend erhörte ihn der Gott, an den er nicht glaubte. Der andere eilte vorbei. Zwei Sekunden später war Staubner wieder heraus, nur dass er nun die entgegengesetzte Richtung nahm. Vielleicht hatte er ihn so abgehängt.

Hinter der nächsten Hausecke endete sein Weg abrupt. Vor ihm gähnte ein Abgrund. Nur knapp kam Staubner zum Stehen, ein Fuß schwebte schon über dem Nichts. Schwer atmend presste er sich mit dem Rücken gegen die Hütte. *Das muss man doch absichern*, schimpfte er in Gedanken. *Bevor da jemand reinfällt.* Die Spalte zog sich an die fünfzig Meter durch den Grund. Bis zur gegenüberliegenden Seite waren es mindestens acht. Zu weit, um zu springen, und eine Brücke gab es nicht. Drüben standen Häuser, die sich in einem deutlich besseren Zustand befanden. Das musste das Dienerviertel sein. Staubner hatte es auf seinem Herweg durchquert. Einen Vorteil hatte die Spalte jedenfalls: Er konnte endlich die Viertelmauer sehen. Allzu weit war es nicht mehr. Das konnte er schaffen. Stück für Stück schob er sich die Hauswand entlang, den Abgrund kurz vor seinen Schuhspitzen. Er hatte die nächste Gasse schon beinahe erreicht. Dann noch ein kurzes Stück und er war in Sicherheit.

»Bleib stehen, Mörder!«

Staubners Kopf ruckte herum. Dort, wo er eben beinahe abgestürzt war, stand nun sein Verfolger. Wie selbstverständlich war er davon ausgegangen, dass es ein Mann sein würde, der einen vermeintlichen Mörder verfolgte. Stattdessen sah er in das Gesicht einer wütend schnaufenden, jungen Frau, die sich anschickte, ihm auf seiner Strecke nachzukommen. Sie hatte ihn eingeholt.

»So war es nicht«, presste er heraus, während er sich von der Frau entfernte. Er reckte ihr abwehrend eine Hand entgegen. »Ich habe Rinne nicht getötet.«

»Lügner! Du warst da!«

»Ich würde nie …«

Staubner schüttelte den Kopf. Es war sinnlos, der Frau die Sache zu erklären. Sie würde ihm noch weniger zuhören, als es der Wasserernter getan hatte. Endlich erreichte er das Ende der Hüttenwand. Staubner presste sich um die letzte Ecke herum und lief. Er musste das Viertel so schnell wie möglich verlassen. Kaum war er in Sichtweite, wurde die Mauerbesatzung auf ihn aufmerksam. Eine Signalpfeife ertönte, eine Gruppe von vier Adlerkrieger postierte sich vor dem geschlossenen Tor. Der diensthabende Torwächter mit der beeindruckend verzierten Rüstung war einer von ihnen. Staubner kannte ihn vom Hinweg. Hege, oder so ähnlich war sein Name gewesen. Weitere Krieger erschienen oben auf der Mauerkrone.

»Öffnet das … verdammte Tor!«, rief Staubner, bevor er herangekommen war. »Ich … muss … hindurch!«

Der Torwächter trat ihm in den Weg und deutete eine Verbeugung an. Die Adlerfedern auf seinem Helm wippten leise nach. Dabei blieb die linke Hand auf dem Knauf seines Obsidianschwerts liegen. Auf seinem Koller waren keine Adlerschwingen aufgemalt, sondern die Klauen des Greifvogels. Anscheinend gehörte Hege einer anderen Einheit der Adlerkrieger an. Alles in allem stand die Rüstung in Sachen Verzierungen der von Torwächterin Binder in nichts nach. Seine restliche Haltung und auch sein Gesicht drückte Skepsis aus. Widerwillig hielt Staubner an und grüßte.

»Gesegneter, das wohlwollende Antlitz Sulas möge ewig auf dir ruhen. Du bist eiliger unterwegs als bei deinem letzten Besuch.«

»Ich bin … im dringenden Auftrag des Tempels … unterwegs. Man erwartet mich dort. Wenn ihr mich dann also …«

»Mörder!«

Der Ruf der Wassererntерin gellte über den leeren Torplatz. Außer den Adlerkriegern hielt sich niemand an diesem Ort auf. Die Bewohner des Viertels mieden den Platz, so schien es. Dann kam sie in Sicht. Ihr Blick fixierte ausnahmslos Staubner, während sie auf ihn zustürmte. Die Krieger um ihn herum ignorierte sie. Auf ein Zeichen des Torwächters zogen diese ihre Waffen und stellten sich beschützend zwischen Staubner und die Wassererntерin.

»Er ist ein Mörder! Er hat meinen Vater getötet!«

Ihren was? Staubner schluckte schwer und er spürte noch mehr Hitze auf seinen Wangen hochsteigen. Rinne war der Vater dieser Wassererntern gewesen? Er trat einen Schritt zurück, dann noch einen.

»Ich … ich habe niemanden …«, stammelte er, doch niemand hörte ihm zu. Das war es. Sie hatten ihn. Sie würden die unechte Tätowierung entdecken und ihn hinrichten lassen. Von der Kante des Plateaus werfen, so wie Grimo es mit dem Mann auf dem Pass getan hatte.

Der Befehl des Torwächters ertönte ohne weitere Erklärung. »Sofort verhaften! In die Zelle mit ihr!«

Die Adlerkrieger preschten vorwärts, warfen die Wasserernterin zu Boden, die sich mit aller Kraft wehrte, und fesselten ihre Hände. Einer verpasste ihr einen Schlag an den Kopf, der ihr die Besinnung raubte. Dann hoben zwei Mann sie auf die Füße und schleiften sie weg. Staubner sah starr und mit aufgerissenen Augen dabei zu, bis der Torwächter an ihn herantrat.

»Verzeih, Gesegneter. Die niederen Kasten sind ein dreistes Pack. Ich hätte dir den Vorfall gern erspart, wenn es möglich gewesen wäre. Meine Ehrerbietung an den Tempel.« Torwächter Hege verbeugte sich erneut. »Öffnet das Tor!«

»Vielen Dank«, antwortete Staubner mit betretener Stimme. Er wagte es nicht, Hege in die Augen zu sehen.

Etwas pikte unangenehm in Taus Nasenloch. Sie schnaubte und zog den Kopf zurück, was sofort mit einer Welle aus Schmerz hinter der Stirn belohnt wurde. Sie fühlte kalten Stein in ihrem Rücken, dann das Stroh in ihrem Gesicht. Stöhnend öffnete sie die Augen und richtete sich auf. Mit Schwindel im Blick sah sie sich um. Vor und neben ihr Gitterstäbe, hinter ihr eine gemauerte Steinwand. Es stank fürchterlich nach Ausscheidungen, ein paar Öllampen auf dem Gang warfen ihr unstetes Licht.

Was machte sie hier? Tau hatte eben noch den Mörder ihres Vaters verfolgt, ihn sogar an der Viertelmauer gestellt. Ihr fiel das ungewöhnlich dunkle Gesicht des Priesters wieder ein. Seine Beteuerungen, unschuldig zu sein. Dabei hatte sie ihn direkt bei seiner Tat erwischt. Sofort kochte die Wut wieder in ihr hoch. Doch anstelle des Mörders waren die Adlerkrieger auf sie losgegangen. Und dann setzte die Erinnerung bei Tau aus. Jetzt hockte sie auf dem Boden einer Gefängniszelle. Es war das erste Mal, dass sie eine von innen zu Gesicht bekam. Vor Jahren hatte sie ihren Vater begleitet, der als Sprecher der Wasserernter zu einem Häftling aus der Kaste gerufen worden war. Sie gehörte hier nicht her. Das hatte Rinne ihr damals sehr eindringlich klargemacht und für Tau war es damals zu einem Grundsatz geworden. Sie hatte bisher nie Scherereien mit den Adlerkriegern gehabt. Tau hielt sich an die Regeln. Es gab schließlich gute Gründe, warum man diese aufgestellt hatte.

»Dass du mal hier landest. Hätte ich wirklich nicht erwartet. Die ehrenwerte, gehorsame Tau.« Jemand lachte heiser und trunken. Die Worte waren von einer schweren Zunge ausgesprochen und überaus zäh zu ihr herübergeschwappt.

Tau wandte den Kopf und suchte angestrengt in den Schatten. Ein Mann trat in den Lampenschein, streckte von der Nachbarzelle aus seine Hände durch das Gitter und stützte sich auf die Unterarme. Seine Stirn lehnte er matt gegen die Stangen. Das Gesicht war von struppigen, ungewaschenen Haaren verdeckt. Nur seine Augen funkelten durch das Gewirr hindurch. Trotzdem erkannte sie ihn im gleichen Augenblick. Das hätte jeder aus ihrem Viertel.

»Du bist Fluter. Sie haben dich mal wieder verhaftet. Wegen Trunkenheit, oder?« Taus Abscheu war deutlich herauszuhören, selbst für Fluter. Mühsam schüttelte der den Kopf, wobei seine Stirn nicht den Kontakt zum Gitter verlor.

»Das bisschen. Die verdammten Gesegneten gönnen einem nicht das kleinste Schlückchen Stachelmoosschnaps. Das ist doch bloß ein wenig Entspannung. Für einen hart arbeitenden Mann.«

»Als ob man dich noch auf die Streben ließe. Deinetwegen sind gute Leute gestorben. Weil du die Finger nicht vom gebrannten Wasser lassen kannst.«

»Ein Unfall, bloß ein unglücklicher Unfall«, verteidigte sich Fluter. »Ich war das nicht.«

Taus Vater hatte ihr den Hergang dieses *Unfalls* damals etwas anders erzählt. Und auch bei den anderen Wassererntern gab es keine Zweifel, was die wirkliche Ursache gewesen war. Obwohl man Fluter gemeldet und verhaftet hatte, war es zu keiner Verurteilung gekommen. »Auf dich wartete eine Hinrichtung, sagte man.«

»Das habe ich auch gehört.«

»Warum bist du noch nicht …« Sie unterbrach sich, weil sie sich plötzlich scheute, den Satz zu beenden. Fluter mochte Anteilnahme aus ihren Worten lesen, wo es keine gab. Ein Sturz in die Wolke wäre Gerechtigkeit für seine Vergehen, mehr nicht.

»Warum man mich noch nicht von der Kante geworfen hat? Keine Ahnung. Vermutlich sollte ich mich glücklich schätzen, was meinst du?«, lachte Fluter ungeniert.

Er verschluckte sich, hustete und spuckte. Ein Klumpen Speichel traf die Gitterstäbe, floss abwärts und tropfte auf Fluters nackten Fuß. Der Mann merkte es nicht einmal. Bei Tau brach die letzte

Zurückhaltung weg, die Wut bahnte sich einen Weg nach draußen. Sie sprang auf und schüttelte die Faust in Fluters Richtung.

»Du hast der Kaste Schande bereitet«, schimpfte sie. »Bestohlen hast du uns. Uns alle. Vater hat dich mehr als nur einmal in Schutz für deine Untaten genommen. Sieh dich nur an. Und du hast nicht einmal Schuldgefühle deswegen.«

Fluter starrte sie durch das Gitter unentwegt an. Dann zog er weiteren Rotz hoch und zuckte mit den Achseln.

»Du bist ein Dieb, ein Trunkenbold und du verdienst die Hinrichtung«, wetterte sie weiter.

Ihre Stimme war stetig lauter geworden und mittlerweile schrie sie den Gefangenen an. Empörung und Trauer über den Mord an ihrem Vater vermischten sich in ihrer Brust zu einem heißen Gewittersturm, der ungebremst aus ihr hervorbrach. Tränen rannen ihr über die Wangen.

»Ich würde dich persönlich zur Kante bringen.«

Fluter schwieg. Er schwankte unsicher, korrigierte seinen Stand und nahm dann die Stirn von der Stange, gegen die sie lehnte. Seinen Blick wanderte nach unten, auf seine Füße.

»Dein Vater sieht das nicht so. Das weiß ich, das weiß ich«, flüsterte er als Antwort. »Er hat mich nie geächtet. Dich wird er auch nicht verurteilen. Die eigene Tochter in einer Zelle. Was immer du dafür angestellt hast. Ganz sicher.«

»Mein Vater ist tot! Tot, verstehst du? Ermordet von einem Priester!«

Tau stolperte zurück, bis ihre Schulter die Wand berührte, dann sackte sie daran abwärts auf den Boden. Sie vergrub ihr Gesicht in den Armen und schluchzte ungehemmt.

»Verflucht. War ein guter Mann. Der Beste.« Fluter spuckte ein weiteres Mal. »Nimmst du jetzt seinen Platz ein? Als Anführerin der Revolte? Das ist … ausgerechnet du?« Der Wasserernter lachte ungläubig.

Taus Kopf ruckte hoch. Sie schämte sich nicht ihrer Tränen, aber was Fluter da gesagt hatte, war einfach ungeheuerlich.

»Bist du verrückt geworden? Eine Revolte gegen wen denn? Und mein Vater würde nie … Er war ein ehrenwerter Mann, ein Diener der Kaste. Kein Abschaum wie du. Wieso erzählst du solche Lügen?«

»Keine Lügen, unschuldige Tau. Keine Lügen. Sie werden dich erwarten. In der alten Gruft, ja, genau da. In der Gruft.« Fluter zog die Arme aus dem Gitter und zog sich in den Schatten seiner Zelle zurück. »Pass auf den Kettenkriecher auf, wenn du dahin gehst«, warnte er lachend. »Das Monster ist zurück und auf der Jagd. Wer weiß, ob Lugo einen aufnimmt, wenn man durch den Kettenkriecher stirbt.«

Die alte Grabstätte. In längst vergangenen Zeiten hatten die Wasserernter dort ihre Toten bestattet, sofern diese nicht in der Wolke verschollen waren. Die Gruft lag irgendwo hinter dem Ende der dritten Ebene. Ein Bereich, der längst nicht mehr gewartet wurde. Ihr Vater hatte Tau irgendwann davon erzählt, als sie noch ein Mädchen gewesen war. Besucht hatte sie den Ort jedoch nie. Und sie hatte nicht vor, das zu ändern. Erst recht nicht aufgrund der Behauptungen eines betrunkenen Übeltäters.

Eine Tür öffnete sich und zwei Adlerkrieger betraten den Zellenraum. Der größere der beiden entriegelte Taus Zelle und winkte sie heraus. »Der Gesegnete ist da. Du wirst jetzt verhört.«

Tau stand auf, wischte sich mit dem Ärmel über ihr Gesicht, um die Tränen wegzuwischen. Dann warf sie einen skeptischen letzten Blick auf Fluter und folgte ihren Bewachern gehorsam nach draußen.

Andacht und die Oberste Segen hatten noch eine ganze Weile über den Attentäter und die Liste mit den weiteren Zielen gesprochen. Viel länger, als es ihm recht gewesen war. Am liebsten hätte er sich in seine Kammer zurückgezogen, um dort die nächsten Wochen allein zu verbringen. Er wollte niemanden sehen, niemanden sprechen. Doch letztendlich, egal, welche Argumente er sich in Gedanken zurechtgelegt hatte, keines davon hätte Segen umgestimmt.

Ozias war nun sein persönliches Problem. Ein weiteres, das er zu den vorhandenen nun noch zusätzlich zu bewältigen hatte. Wie sollte er die anderen Priester anblicken, ohne dass man ihm das große Geheimnis von seinem Antlitz würde ablesen können? Wie konnte er jedem Menschen, den er traf, weiter die Ammenmärchen von Sulas Lehre auftischen? Lügen von einer Göttin, die vermutlich alles andere tat, als ausgerechnet über sie alle zu wachen. Die Priester waren keine Gesegneten. Auch nicht der Beleuchtete oder der Tote König. Sie waren alle Betrüger, und der Großteil von ihnen wusste es nicht einmal.

Andacht blieb direkt vor dem Arbeitszimmer der Obersten im Flur stehen, nachdem er es verlassen hatte. Er schlug die Hände vor das Gesicht und atmete tief ein und aus. Es gab niemanden, mit dem er reden durfte. Tat er es doch, würde genau das passieren, was Segen zu verhindern suchte: Die niederen Kasten rebellierten. Die Wahrheit war einfach zu ungeheuerlich, als dass ihre Verbreitung folgenlos bliebe. Womöglich schlossen sich die hohen Kasten der Revolte an, wenn sie davon erfuhren. Er musste schweigen und gehorchen oder das Blut, das während eines Aufstandes vergossen wurde, den er zu verschulden hatte, würde ihn das Wohlwollen Sulas kosten. Segen hatte das bedacht, bevor sie ihn mit diesem Geheimnis an sich gebunden hatte. Die Fesseln wogen schwer genug, sodass sie ihn mit einer weiteren Untat betraute. Während sie ihm ihre Weisungen auftrug, war eine Nachricht für Segen eingetroffen. Der Attentäter hatte Rinne liquidiert, seine Leiche war in der Wolke verschwunden. Allerdings gab es eine Zeugin der Tat, die nun in einer Zelle unter der Viertelmauer der armen Kasten auf ihr Verhör wartete, während sich Ozias anscheinend auf dem Rückweg zum Tempel befand.

Trotzdem war die Oberste zufrieden gewesen. Der erste Name auf der Liste konnte durchgestrichen werden. Zudem sah es danach aus, als sei Rinne ein Opfer seines eigenen, baufälligen Hauses geworden. Segen mochte dieses Detail. Sie hatte Andacht den Auftrag gegeben, die eingesperrte Wassererntérin herauszuholen, bevor der Torwächter oder der zuständige Priester sie zu ihrer Anschuldigung befragte. Anschließend sollte er die Frau an Ozias übergeben, bevor sich der Attentäter für eine Weile aus der Öffentlichkeit zurückzog. Die Zeugin musste verschwinden. Sofern Gerede aufkam, war es sinnvoll, dieses erst einmal abklingen zu lassen. Sie wollte die anderen Aufrührer nicht zu misstrauisch wissen, um ihrem Auftragsmörder die kommenden Aufgaben nicht unnötig zu erschweren.

Ein weiterer Mord also. Einer, bei dem er selbst mithelfen musste, wollte er das Geheimnis bewahren. Zugleich war es vollkommen unmöglich, das in die Tat umzusetzen. Was, nur was sollte er tun? Seufzend rieb sich Andacht über Augen und Wangen. Er sah einfach keine Lösung, wie sehr er sich auch anstrengte. Hinter der Tür des Arbeitszimmers hörte er Segens Gehstock. Sie ging hin und her. Selbst jetzt ruhte sie nicht. Das Geräusch mahnte ihn wie immer zur Eile. Die Zeit rann ihm davon und er stand hier herum und haderte. Ozias durfte nicht enttarnt werden. Andacht öffnete die Augen und eilte los. Vielleicht fiel ihm auf dem Weg etwas ein. Andacht musste sich ranhalten, wollte er den Attentäter abpassen und rechtzeitig bei der Viertelmauer eintreffen.

Die beiden Adlerkrieger geleiteten Tau aus dem Zellenbereich hinaus. Gemeinsam stiegen sie eine kurze Treppe hoch, die bei den Unterkünften der Mauerbesatzung endete. Von dort aus ging es weiter, einen langen Gang hinab. Die Zimmer waren zumeist leer, wenigstens die, in die sie hineinsehen konnte. Sie fragte die Adlerkrieger nicht danach, was sich hinter den Verschlossenen verbarg. Immerhin war sie eine Gefangene und nicht auf einer Führung durch die Viertelmauer. Sie würde tun, was man ihr auftrug und die Regeln befolgen. Jeder hatte seine Aufgaben, seine Stellung. Sie würde daran nicht rütteln, egal, was Fluter ihr versucht hatte weiszumachen. Der Mann war ein Trunkenbold.

Schließlich machten die Adlerkrieger vor einem der vielen Räume halt und befahlen ihr, ebenfalls stehen zu bleiben. Wieder war es der größere der beiden, der die Tür öffnete. Er ging hinein und meldete sie an, während der andere mit ihr draußen wartete. Er hielt Tau am Arm fest, sie ließ es schweigend zu. Es gehörte wohl zur üblichen Vorgehensweise. Natürlich würde sie keinen Fluchtversuch starten, allein der Gedanke schien ihr abwegig. Davon gingen sicherlich auch die Adlerkrieger aus, immerhin hatte man ihr nicht die Hände aneinander gekettet. Kurz darauf kam der größere wieder heraus und Tau wurde hineingeschickt. Ihre Bewacher blieben auf dem Gang stehen und folgten ihr nicht.

Das Zimmer war kärglich eingerichtet, so, wie es im Viertel der niederen Kasten üblich war. Ein kurzer Tisch, eine Sitzbank, ebenfalls aus gegossenem Stein, und eine Ablage mit wenigstens 20 Fächern an der Wand. Durch ein vergittertes Fenster fielen Sonnenstrahlen. Das Licht brachte die goldene Sula-Scheibe, die von der Decke herabhing, zum Leuchten. Einen anderen Ausgang als den, durch den sie gekommen war, gab es nicht. Vor ihr saß ein Priester und sah sie wenig erwartungsvoll an. Der Gesegnete würde darüber urteilen, ob sie sich eines Vergehens schuldig gemacht hatte oder nicht. Das Strafmaß bestimmte er auch. Ein Stapel Unterlagen war vor ihm auf dem Tisch aufgeschichtet. Das musste der Bericht über den Vorfall an der Mauer sein, vermutete sie. Lesen konnte sie ihn nicht, das hatte sie nie gelernt. Auch wenn die Blätter ordentlich zusammengelegt waren, wusste sie, dass der Priester sie bereits sorgfältig studiert hatte.

»Vorsteher Geste, ich grüße dich.«

Tau blieb vor dem Tisch stehen und verbeugte sich höflich. Sie bemühte sich, ruhig und ausgeglichen zu wirken, auch wenn dem Gesegneten die Spuren ihrer Tränen mit ziemlicher Sicherheit nicht entgangen waren. Geste hob beide Hände zur Sonnenscheibe und schloss die Augen.

»Göttin Sula, in deinem Namen richte ich über diese Dienerin. Leite mich und erfülle mich mit deiner Weisheit.« Er senkte die Arme, sah Tau mehrere Sekunden ernst und streng an und nickte schließlich. »Tau.«

Der Viertelvorsteher zog den Bericht näher zu sich heran. Ein Blatt nach dem anderen nahm er hoch, las es und legte es dann zur Seite. Tau wartete schweigend, bis er damit fertig war. Vor ihm lag erneut ein sauber geordneter Stapel. Geste faltete die Finger ineinander und hob den Blick.

»Torwächter Hege hat dich festnehmen lassen, weil du die öffentliche Ordnung gestört hast. Darüber hinaus verfolgtest du einen Gesegneten in ungebührlicher Weise und hast dich deiner Verhaftung widersetzt. Man beschrieb mir dein Verhalten als zügellos. Entspricht das den Tatsachen?«

»Das mag auf den Torwächter so gewirkt haben, Vorsteher«, antwortete Tau bemüht bedächtig. »Allerdings gab es dafür einen Grund. Ja, ich habe den Mann verfolgt. Allerdings -«

»Gut, mit deiner Aufrichtigkeit in dieser Angelegenheit habe ich gerechnet«, unterbrach Geste sie ungerührt. »Dann können wir so das weitere Prozedere abkürzen.«

Unbeirrt schüttelte Tau den Kopf. »Allerdings glaube ich nicht, dass er ein Gesegneter ist. Er hat meinen Vater ermordet.«

»Von diesem absurden Vorwurf habe ich gelesen. Das ist natürlich Unsinn. Die Angehörigen der Priesterkaste tragen niemals Waffen. Dafür gibt es die Adlerkrieger. Und Mord? Das scheint jenseits aller Vorstellungskraft.«

»Vorsteher, du scheinst mir nicht zuzuhören. Er ist kein Priester«, versuchte Tau es erneut. Doch Geste war nicht gewillt, auf ihre Einwendung einzugehen.

»Mach dich nicht lächerlich. Was soll er denn sonst gewesen sein, Tau? Ich gewinne zunehmend den Eindruck, dass du am Wolkenkoller leidest. Das würde dein seltsames Verhalten jedenfalls erklären. Ich werde die Heiler im Tempel informieren, den Passierschein für die Tore stelle ich dir aus. Du kannst ihn dir am Abend abholen.«

Geste nahm eine Liste aus einem der Ablagefächer, legte sie vor sich, strich mit einer Schreibfeder eine Zeile durch und füllte eine leere darunter mit schnellen Zügen aus. »Du wirst für die nächsten beiden Schichten von deinem Dienst auf den Streben befreit.«

»Ich leide mit Sicherheit nicht am Wolkenkoller. Das habe ich noch nie«, protestierte sie. Es fiel ihr zunehmend schwer, nicht die Gelassenheit zu verlieren.

»Es gibt immer ein erstes Mal«, entgegnete Geste ungerührt. »Ich belasse es bei einer Verwarnung, was den Vorfall an der Mauer betrifft. Das hast du deinem tadellosen Wandel zu verdanken. Immer pünktlich, fleißig und ohne jedes Vergehen. Das wird natürlich honoriert.«

»Bitte, Vorsteher, ich war dabei, als es passierte. Bei der allmächtigen Sula, die Hälfte unseres Hauses ist in die Wolke gestürzt.«

»Du darfst jetzt gehen.« Geste deutete mit der freien Hand auf die Tür hinter Tau. »Melde dich zu Beginn der 3. Schicht. Sofern es dir besser geht.«

Tau presste die Lippen zusammen und starrte den Viertelvorsteher an. Der widmete sich mittlerweile einem anderen Bericht, ohne ihr weiter Beachtung zu schenken. Wenn nicht einmal Geste bereit war, ihr zuzuhören, an wen konnte sie sich dann noch wenden? Der Mörder ihres Vaters durfte doch nicht einfach davonkommen. Ihre Augen füllten sich mit Tränen, in der Kehle baute sich ein unangenehmer Druck auf. Sie musste hier heraus. Raus aus der Mauer, weg vom freien Himmel und von den Blicken der Priester. Sie wollte zurück nach Hause, in die Sicherheit der Wolke.

Staubner hatte sich wirklich Mühe gegeben, das offene Tor zu durchqueren, ohne seine Unsicherheit zu offen zu zeigen. Gelungen war ihm das nach eigener Überzeugung nur unzureichend. Seine Knie hatten sich wie Butter angefühlt, die deutlich zu lange in der warmen Sonne gelegen hatte. Ohne weiter darüber nachzudenken wischte er sich mit dem Ärmel den Schweiß vom Gesicht. Seine Lippen waren so trocken wie seine Kehle. Was verspürte er plötzlich nur für einen Durst?

Auf den ersten Metern hinter der Mauer konnte er kaum einen klaren Gedanken fassen. Die Befürchtung, die Soldaten stürmten jeden Moment hinter ihm her, um ihn doch noch festzunehmen, bohrte sich in seinen Hinterkopf. Irgendwie widerstand er dem Drang, hinter sich zu blicken. Das hätte ihn erst recht verdächtig gemacht. Die Soldaten behielten stets beide Seiten der Mauer im Visier. Erst als Staubner die Straße des Sonnenuntergangs verließ und sich in eine der Seitengassen schlug, atmete er auf. Auch wenn er gern irgendwo verschnauft hätte, um sein trommelndes Herz zur Ruhe kommen zu lassen, blieb er in Bewegung. Ohne ein bestimmtes Ziel anzusteuern mischte er sich unter die Angehörigen der Dienerkaste, die geschäftig durch das Viertel eilten.

Wieder einmal war er davongekommen. Staubner hatte keinen Schimmer, warum, aber das war er. Für ihn kam es einem Wunder gleich, dass der Torwächter nicht misstrauisch geworden war oder auf die Anschuldigungen der Wasserernterin gehört hatte. Er hätte sich sofort selbst verhaftet und in Gewahrsam genommen. In den meisten Provinzen landete man für wesentlich weniger im Kerker. In Kranzgilt, der Hauptstadt von Dahre, reichte es aus, zum falschen Zeitpunkt am falschen Ort zu sein, um eine kurzweilige Bekanntschaft mit dem Henker zu schließen. Das war eine Erfahrung, auf die er dort wie hier sehr gern verzichtete. Er fühlte den imaginären Strick, der sich um seinen Hals zuzog.

Etwas zu trinken spülte die Vorstellung sicherlich weg. Die Münzen, die Andacht ihm gegeben hatte, fielen ihm ein. Ihren Wert konnte er nicht einschätzen, aber die Summe reichte bestimmt aus, um sich ein wenig Erholung zu gönnen. Staubner sah sich unauffällig um. Kein Gasthaus, keine Schänke. Bloß schlichte, gepflegte Häuser, die sich aneinanderreihten. Das war ihm schon auf der Straße des Sonnenuntergangs aufgefallen. Gab es in dieser Stadt überhaupt nichts, um sich zu amüsieren? Kurzentschlossen sprach er einen älteren, graubärtigen Mann an, der etwas weniger pflichteifrig als alle übrigen in einem Hauseingang stand. Freundschaftlich berührte er ihn am Arm.

»Freund, sag, wo kann man hier einen guten Schluck bekommen? Oder etwas Schmackhaftes für den Magen?«

Der Mann erkannte Staubner umgehend als Priester und verbeugte sich so tief, dass seine Nase fast auf Höhe des Bauchnabels hing. Dort verharrte sie.

»Gesegneter, das wohlwollende Antlitz Sulas möge ewig auf dir ruhen.«

»So soll es auch dich bedenken«, antwortete Staubner mechanisch auf die Grußformel. Seine Kehle kratzte unangenehm und das Gefühl löste einen kurzen Hustenanfall bei ihm aus. Mit aufgerissenen Augenlidern richtete sich der Diener auf, um dann in weiteren Verbeugungen seine Ergebenheit zu bezeugen. Dann deutete der Mann hastig auf die Tür hinter seinem Rücken.

»Gesegneter, verzeih meinen Fehler. Ich werde sofort loseilen und dir einen Becher bringen, um deinen Durst zu stillen.« Die Hand schon an der Klinke, verharrte er plötzlich, als ob er kurz über etwas nachdenken müsste. Schließlich drehte er sich nahezu bedächtig um, kniff die Augenlider zusammen und musterte Staubner misstrauisch.

»Wie war gleich dein Name, Gesegneter?«

Sein Name. Die Oberste hatte nie mit ihm über seinen Namen gesprochen. Ihr Gehilfe Andacht ebenso wenig. Sie hatten sicher gedacht, dass ihn danach niemand fragen würde. Priester waren in der Stadt irgendwie unantastbar. Sollte er sich Ozias nennen? Aber die Leute hier hatten alle so seltsam bildhafte Namen, eben wie Segen oder Rinne. Da würde der des Attentäters niemals funktionieren. Sein Blick fand den des Mannes und aus seinem Mund sprudelte das Erstbeste heraus, das ihm einfiel.

»Regen. Mein Name ist Regen.«

Schon an der Art, wie der Alte ihn nun ansah, wusste Staubner, dass er danebengegriffen hatte.

»Das glaube ich dir nicht.«

So viel Anklage in nur fünf Wörter zu legen, hatte Staubner dem Mann nicht zugetraut. Eiskalt spürte er den Schweiß zwischen den Schulterblättern und auf der Stirn. Beunruhigt suchte er nach einer Erklärung. Nach irgendetwas, das ihm aus der Situation half. Doch da war nichts. Gar nichts.

»Ein Unberührbarer!«, brüllte der Mann plötzlich los. Der ausgestreckte Zeigefinger wies Staubner als den Übeltäter aus. Erschrocken stolperte er drei Schritte rückwärts, bevor er beschwichtigend die Arme hob.

»Bitte, kein Grund, gleich so zu schreien.«

»Ein Unberührbarer! Er frevelt Sula! Holt die Adlerkrieger!«

Andere nahmen seinen Ruf auf, zeigten auf Staubner, der händeringend einen Ausweg suchte. Als schließlich der Ton einer Pfeife erscholl, der sich fast wie der Schrei eines Sterbenden anhörte und ihm einen weiteren, unheilvollen Schauer über den Rücken jagte, lief er los. Mehr Aufforderung brauchte er wirklich nicht. Er musste weg von den Menschen, die der Wache den Weg weisen konnten. Nach Möglichkeit galt es, unsichtbar zu werden. Aus den Blicken aller zu verschwinden. Aber wo? Vor allem, wie?

Mit rasenden Gedanken sprintete Staubner in eine Gasse, die so eng war, dass es ihm augenblicklich wie ein unverzeihlicher Fehler vorkam. Wenn sie ihn von beiden Seiten umstellten, gab es für ihn kein Entkommen. Wie von selbst beschleunigte er seinen Lauf. *Raus hier.* Die Gasse machte eine Biegung, dahinter mündete sie in drei Abzweigungen. Staubner stoppte keuchend. Nach links und nach rechts führte je eine weitere Gasse, beide kaum breiter als die, durch die er gekommen war. Immerhin wirkten sie wie ausgestorben, was ihm im Moment überaus willkommen erschien. Hinter ihm erschollen abermals Signalpfeifen. Viel näher als beim letzten Mal und es waren weitere hinzugekommen.

Das tote Ende ihm direkt gegenüber fiel als Alternative aus. Diese Abzweigung endete an einer Felswand mit einem vergitterten, halbrunden Durchlass darin, der ihm kaum bis zur Hüfte reichte. Unschlüssig flog Staubners Blick zwischen den anderen Gassen hin und her. Rechts oder links? Welche sollte er nehmen? Da fiel ihm der flache, steinerne Graben ins Auge, den alle Wege in ihrer Mitte führten. In der Kreuzung trafen sie sich, um dann geradewegs auf den Durchlass zuzusteuern. Das war ein Abwasserlauf. Oder eine Regenrinne, wenn auch gerade auffallend trocken. Regen gab es auf dem Plateau wohl nicht sehr viel. *Wirklich clevere Namenswahl, Hohlbirne.* Er überlegte nicht weiter, hastete vorwärts in die Sackgasse und zog am Gitter. Innerlich jubelte Staubner auf. Es war unverschlossen und ohne jegliches Geräusch ließ es sich aufziehen. *Dienerkaste. Selbst beim Ölen von Gittertüren sind sie sorgfältig,* dachte Staubner anerkennend.

Er schlüpfte in die graue Dunkelheit und zog das Gatter sorgfältig hinter sich wieder zu. Wenn ihm wenigstens jetzt das Glück hold war, würde hier niemand nach ihm suchen. Eine schwache Hoffnung, aber was hatte er sonst für Möglichkeiten? Weiter kopflos durch das Viertel zu fliehen war jedenfalls kaum Erfolg versprechender. Trotzdem war es klüger, nicht direkt hinter dem Gatter zu verharren. Man würde ihn sehen. Er brauchte ein Plätzchen, an dem er warten konnte, bis sich draußen alles beruhigt hatte. Kurz vor Sonnenuntergang würde er dann sein Glück an der Viertelmauer versuchen, um zum Tempel zurückzukehren. Mit den Händen tastete er sich am Felsen entlang. Abwärts wies der enge Stollen, jedoch nicht sonderlich steil.

Ein Luftzug strich ihm über das Gesicht. Er roch modrig. Nach sehr alter Feuchtigkeit. Dann gesellte sich plötzlich wieder Helligkeit dazu. Das Ende des Stollens war erreicht. Vor Staubner öffnete sich ein Loch in der Wand, dass ihm die Sicht auf einen bodenlosen Abgrund vor seinen Füßen und einer steil abfallenden Felswand auf der anderen Seite gewährte. Er stöhnte. Das war die Spalte, in die er beinahe auf der Flucht vor der Wassererntrein gelaufen war. Mit einem Stoßseufzer ließ er sich auf den Boden nieder und lehnte sich mit dem Rücken gegen den Stein. Die Flucht hatte ihn erschöpft. Staubner stieß ein herzhaftes Gähnen aus. Die Kühle drängte sich durch seine Robe, sie ließ den Schweiß noch einmal unangenehm präsent werden. Er ruckte hin und her, dann hatte er eine einigermaßen bequeme Haltung gefunden. Es war alles andere als komfortabel, aber er hatte schon an übleren Plätzen ausgeharrt. Der hier war bei Weitem nicht der schlimmste.

Die tappenden Schritte, die durch den Stollen herankamen, bemerkte Staubner nicht. Als eine Person plötzlich direkt vor ihm stand, sprang er erschrocken auf, stieß sich den Schädel schmerzhaft an der felsigen Decke und taumelte ein, zwei Schritte in Richtung Abgrund. Wild ruderte er mit den Armen und suchte nach seinem Gleichgewicht. Eine Hand krallte sich um den Stoff an seiner Brust und zog ihn zurück in den Stollen.

»Hab ich dich endlich gefunden.«

Staubner hatte wirklich mit einem Adlerkrieger gerechnet, der ihn festzunehmen gedachte. Doch das dämmerige Licht aus der Spalte erhellte eine Priesterrobe. Eine, die Andacht gehörte. Der Priester zeigte einen Gesichtsausdruck, der gleichsam Aufatmen und Missbilligung ausdrückte.

»Du glaubst nicht, wie froh ich bin, dich zu sehen, Andacht.« Staubner klopfte dem Priester erleichtert auf die Schulter. »Du kannst dir nicht vorstellen, was ich –«

»Doch, kann ich«, unterbrach ihn Andacht. »Dafür hast du ausreichend Aufruhr verursacht. Ganze zwei Einheiten durchkämmen das

Viertel nach dem Unberührbaren, der es wagte, die heiligen Zeichen der Kasten zu entweihen. Bis sie aufgeben, wird es eine ganze Weile dauern.«

»Das war nicht meine Schuld«, versuchte Staubner, sich herauszureden. »Diese Wassererntérin hat mich verfolgt. Sie hält mich für den Mörder von Rinne.«

»Der du offensichtlich auch bist.« Andachts Stimme nahm einen eisigen Tonfall an. »Die Zeichen in deinem Gesicht sind vollständig verwischt. Sie müssen erneuert werden, bevor du dich blicken lassen kannst. Wenn ich dich nicht hinter dem Gitter hätte verschwinden sehen, wer weiß, was dann passiert wäre. Ich hatte dir geraten, sie nicht feucht werden zu lassen.«

Staubner schluckte. Das hatte der Priester tatsächlich. Und seine Oberste ebenfalls.

»Deine Wassererntérin wurde verhaftet. Sie muss aus der Zelle raus sein, bevor sie verhört werden und ihre Anschuldigungen wiederholen kann. Ich kann nur hoffen, dass ich rechtzeitig eintreffe. Danach wirst du dich um sie kümmern müssen.«

»Um sie kümmern?«

Staubner hatte mit dieser Mitteilung wirklich nicht gerechnet. Er war doch keine Amme. Warum konnte sie nicht einfach dort bleiben, wo sie war? Oder zurück in ihr Viertel gehen und tun, was man da eben so tat? Dann begriff er schlagartig, was Andacht tatsächlich gemeint hatte.

»Oh.«

»Ja. Oh. So, wie du es vermutlich direkt hättest tun sollen. Sei versichert, die Oberste Segen weiß um deine Nachlässigkeit. Du wirst hier warten, bis ich zurückkomme. Wenn du gefasst wirst, kann selbst die Oberste nichts mehr für dich tun.«

Damit drehte sich Andacht um und folgte dem Stollen zurück zum Durchlassgatter. Staubner sah ihm wie vom Schlag getroffen hinterher und fragte sich zum wiederholten Male, wie er nur in diese missliche Lage geraten konnte.

»Was heißt das: Sie ist weg?«

Torwächter Hege verschränkte die Arme vor der Brust und füllte so den Türrahmen der Offiziersstube nahezu komplett aus. »Genau das, was ich bereits sagte, Gesegneter. Der Viertelvorsteher hat den Vorfall untersucht, die Gefangene verhört und mit einer Verwarnung entlassen.«

Andacht konnte kaum glauben, was er da hörte. Durch den Zwischenfall mit dem Attentäter Ozias hatte er viel zu spät die Mauer erreicht. Die Wassererntein befand sich nicht mehr in der Obhut des Torwächters. Das war eine Katastrophe. Wie sollte er das nur der Obersten erklären?

»Und wo ist sie hin?«

»Sie ist in ihr Viertel zurückgekehrt. Wo sonst hätte sie hingehen sollen?« Hege hob verwundert die Augenbrauen.

Damit hatte er logischerweise recht. Um in die anderen Vierteln zu gelangen, brauchte es einen gewichtigen Grund: einen Botengang, eine Warenlieferung, die tägliche Arbeit, die die Anwesenheit in einem anderen Viertel erforderlich machte. Oder um eben einer Hinrichtung beizuwohnen, wie es das Gesetz vorschrieb. Eine Angehörige der niederen Kasten, die erst kurz zuvor aufgrund eines Vorfalls vernommen worden war, stand unter besonderer Beobachtung. Kein Torwächter oder Priester erteilte dann eine Erlaubnis. Wo sollte sie also hingegangen sein außer in ihr angestammtes Viertel?

»Ist der Gesegnete Geste noch zugegen? Und ist er zu sprechen?«, versuchte es Andacht ein weiteres Mal.

Es widerstrebte ihm, einfach aufzugeben. Segen würde ihm das nicht durchgehen lassen, wenn er es täte. Viel versprach er sich trotzdem nicht davon, selbst wenn Geste bereit war, mit ihm über den Vorfall zu sprechen. Der Priester stand als Viertelvorsteher im Rang über Andacht. Selbst der Umstand, Adlatus der Obersten Segen zu sein, würde das nicht ändern. Es wäre reine Höflichkeit, würde er ihn über die Einzelheiten seiner Untersuchung in Kenntnis setzen. Dazu kannte er Geste zu genüge aus diversen Beratungen. Der Mann war nicht gerade für seine Schwatzhaftigkeit verschrien. Vermutlich gelang es ihm nicht einmal, dem Priester auch nur ein Wort zu entlocken. Selbst der Torwächter gab nur die nötigste Information heraus, und er wurde zunehmend ungehalten. Andacht hielt ihn von seinen Pflichten ab.

»Der Viertelvorsteher ist ebenfalls in das Viertel zurückgekehrt. In seine Schreibstube. Dort wirst du ihn bestimmt antreffen.«

»Verstehe, Torwächter. Wo sonst hätte er auch hingehen sollen.«

Andacht konnte seinen Unmut kaum noch unterdrücken. Dem Torwächter entging das nicht. Hege überlegte kurz, öffnete die verschränkten Arme und nickte dann.

»Wenn du Tau suchen willst, Gesegneter, würde ich es an deiner Stelle in ihrem Zuhause versuchen. Es ist eine kleine Hütte auf den Streben. Zweite Ebene, kurz hinter dem Aufgang.«

»Danke, ich weiß, wo es ist«, knurrte Andacht frustriert. Erschrocken sog er gleich darauf Atemluft ein. Gab er sich zu auffällig? Besser, er verabschiedete sich, bevor er noch Argwohn beim Torwächter verursachte. Selbst Priester waren nicht über jeden Zweifel erhaben. Das hatte die Entdeckung von Ozias falscher Tätowierung bezeugt.

»Ich danke dir für deine Hilfe, Hege. Möge der Segen Sulas auf dir ruhen.«

Andacht verbeugte sich. Kurz darauf stand er auf dem Vorplatz der Viertelmauer, vor dem verschlossenen Tor der Dienerkaste. Was sollte er jetzt nur tun? Er konnte doch nicht einfach der Wassererntérin bis zu ihrem Zuhause folgen. Andererseits waren die Anweisungen Segens ziemlich eindeutig gewesen. Die Frau musste daran gehindert werden, über das zu sprechen, was sie gesehen hatte. Segen wollte sie verschwunden wissen. Fern von jeglicher Möglichkeit, die anderen Aufrührer zu warnen. Sie erwartete einen Mord. Etwas, das ihm weiterhin einfach unmöglich erschien. Andacht brauchte einen Rat. Einen Rat von jemandem, der sich mit solchen Situationen auskannte. Oder sich wenigstens den Anschein gab. Zu Segen konnte er damit nicht gehen. Sie hatte die Verantwortung in seine Hände gelegt. Damit blieb nur eine Person in der gesamten Stadt des ewigen Himmels übrig, an den er sich wenden konnte. Der Widerwillen, den diese Vorstellung auslöste, schüttelte ihn innerlich durch. So oder so musste er zu Ozias. Wenn er ihn irgendwann in den Tempel zurückbringen wollte, musste die Tätowierung erneuert werden. Und sollten sie zusammen das Viertel der Wasserernter betreten wollen, ebenso.

Es war ein Tempeldienst, an dem die übrige Bevölkerung nicht teilnahm. Ausschließlich Priester der oberen Riege hatten sich auf den Stufen des Heiligtums eingefunden, um pünktlich zur Mittagszeit der Göttin Sula zu huldigen. Soeben hatte sich die Sonnenscheibe exakt über dem silbernen Ring positioniert, der die Steinsäulen, welche die vier Stürme symbolisierten, an ihren Spitzen miteinander verband. Sula erreichte damit am Firmament ihren Höchststand. Ab diesem Zeitpunkt wanderte sie weiter Richtung Horizont, um die Vorherrschaft des Himmels an ihren Bruder Lugo, den Mond, abzugeben. Segen saß neben den anderen Obersten auf den Steinbänken am Fuß der nördlichsten Säule. Ihre Hände bearbeiteten den Knauf ihres Gehstocks. Die meisten Priester folgten mit mehr oder weniger großem Interesse den rituellen Handlungen, für die Last an diesem Tag zuständig war. Der Oberste verrichtete seinen Dienst mit der ihm eigenen Langweiligkeit.

Neben Segen hockte Entschlossen mit gesenkten Lidern. Sein Atem ging regelmäßig und tief, das Kinn war auf seine fleischige Brust gesunken. Der Wind trug einen leichten Alkoholatem in ihre Richtung. Missbilligend verzog Segen die Lippen. Die Arbeit, die er als Sprecher der Kriegerkaste zu bewältigen hatte, war nicht der Grund für Entschlossens Müdigkeit. Segen wusste, dass er sich recht wenig um seine eigentliche Aufgabe kümmerte. Stattdessen widmete er sich intensiv den jüngsten Anwärtern, von denen der ein oder andere mit großen, erwartungsvollen Augen in seinem Schlafgemach verschwand, um erst Stunden später trunken und verheult herauszukommen. Entschlossen berührte die Jungen nicht unsittlich oder lag ihnen bei. Doch was er tat, war kaum weniger grausam. Der Oberste war nur ein weiteres Beispiel für die Nutzlosigkeit der Ratsmitglieder. Kaum einer widmete sich seinen Obliegenheiten mit der erforderlichen Opferbereitschaft.

Der Oberste Last begann die entscheidende Rezitation, als die Sonnenstrahlen die goldene Darstellung Sulas im Boden des Heiligtums zum Leuchten brachte. Vier nach innen gewölbte Metallspiegel, die rundherum um das Bildnis im Stein eingelassen waren, bündelten das Licht und warfen es zurück auf die Spitzen der Säulen, um sie in gleißende Helligkeit zu tauchen. Sula verkündete so ihr Wohlwollen, sichtbar für die ganze Stadt des ewigen Himmels. Das Heiligtum auf der flachen Stufenpyramide bildete den höchsten Punkt des Plateaus, seine Säulen waren von jedem Ort auszumachen. Jeder Mensch in der Stadt hielt nun inne und wandte sein Haupt zur Tempelspitze. Einzige Ausnahme war die Wolke. Hielt man sich dort auf, blieb einem die Herrlichkeit Sulas verborgen. Dort gab es ausschließlich Nebel um einen herum.

Segen blickte hinüber zu der östlichen Säule, zum Alkoven, der für den Toten König reserviert war. Ein Windstoß ließ die verdeckenden Tücher flattern. Durch einen Spalt im Stoff zeigte sich die gähnende Leere. Nur bei den heiligsten Festivitäten zu Ehren der Göttin trug man ihn in einer Sänfte aus seinem dämmrigen Gemach. Er wurde Wind und Sonne möglichst selten ausgesetzt. Der Beleuchtete fehlte ebenfalls. Sein Platz neben den anderen Obersten blieb wie so häufig unbesetzt. Ungehalten klopfte Segen mit ihrem Stock auf den Steinboden. Tock. Das Geräusch riss Entschlossen aus seinem Schlummer, der umgehend in die Rezitation mit einfiel. Dass Sula den Obersten nicht längst für seine Missachtung gestraft hatte, war ein weiterer Beweis für sie, dass die Göttin ihre eigene Gunst nicht allzu wichtig nahm.

Ein Tempeldiener eilte zum Verschlag der Steinkrähen an der südlichen Säule und nahm einen der weiß-gelb gefiederten Vögel heraus. Sie galten als Sendboten Sulas. Der Diener trug sie zum Wasserbecken, wo Last bereits auf ihn wartete. Mit einer Verbeugung hielt er dem Obersten den zirpenden Vogel entgegen. Last tauchte seine Finger in das Wasserbecken und ließ ein paar Tropfen auf dessen Kopf und Schnabel rieseln. Als würde der Vogel in seinem ganz eigenen Sinne darauf antworten, schüttelte er sich. Einige Tropfen spritzten beiseite und benetzten die Ordenskutte des Dieners.

»Oh Sula, wir danken dir für deinen ewigen Schutz. Gesegnet sind wir, die wir dein Geschenk des Lebens erhielten.«

Last nahm dem Tempeldiener die Steinkrähe ab und barg sie in seinen Händen. Dann reckte er sie dem Himmel entgegen. Noch bevor er die Abschlussformel aufsagen konnte, erzitterte der Boden. Segen spürte es unter ihren Füßen. Es war nicht das erste Mal und würde auch nicht das letzte Mal bleiben. Die Beben kamen mittlerweile häufiger, mit weniger Abstand zwischen ihnen. Das beunruhigte Segen. Was die Ursache für die Erschütterung war, blieb ihr bislang verborgen, aber das Gefühl, dass es überaus wichtig war, es herauszufinden, das drängte in ihr. Keiner ihrer Informanten war bis jetzt eine Hilfe bei diesem Umstand gewesen.

Auch Last hatte es bemerkt. Segen sah ihn zusammenzucken und es dauerte einen Moment, bis er die Fassung zurückgewann. Eine schnelle Vergewisserung in die Runde bestätigte, dass kaum einer der Anwesenden über die Erschütterung sonderlich verwundert war. Endlich beendete Last die Anrufung und warf die Steinkrähe nach oben. Der Vogel flatterte zirpend aufwärts und verschwand jenseits der Turmspitzen. Die Priester auf den Bänken und den Stufen standen auf, verbeugten sich und verließen murmelnd und schwatzend das Heiligtum, um wieder ihren Aufgaben nachzugehen. Segen brauchte länger, um auf die Beine zu kommen. Ächzend stemmte sie sich hoch, einen unausgesprochenen Fluch an die nachlassende Wirkung des Herbstwindsuds auf ihren Lippen. Ein Schatten verdeckte plötzlich die Sonnenscheibe über ihr.

»Auf ein Wort, Segen.«

Last stand vor ihr und sah mit strengen Augen auf sie herab.

»Eine angemessene Predigt, Last«, entgegnete Segen unverfroren. Der Oberste schlich seit Tagen um sie herum und bislang hatte sie ein Gespräch zwischen ihnen vermieden. Dieses Mal war sie einfach zu langsam gewesen. Was er mit ihr besprechen wollte, lag für sie klar auf der Hand. »Etwas trocken und langatmig, aber angemessen. Kaum einer der Priesterschaft ist dem Schlummer erlegen. Wenn man Entschlossen nicht mitzählt.«

Last verzog missbilligend die Mundwinkel, ohne auf den Hieb einzugehen. »Du hast ein Festmahl auftischen lassen, in der Halle des Aufstiegs. In Zeiten der Knappheit, in denen wir uns momentan behaupten müssen, ist eine solche Verschwendung von Lebensmitteln mit dem Rat abzustimmen und eine entsprechende Begründung vorzutragen. Beides hast du unterlassen.«

»Das ist korrekt.«

Segen stützte sich mit beiden Händen auf ihren Gehstock und sah den Obersten direkt in die Augen. Sie wartete einfach ab. Weder im Rat noch hier hatte sie vor, sich vor ihm zu rechtfertigen. Dass er keine direkte Frage wagte, sprach allerdings Bände. Lasts Gesicht gewann zunehmend an Farbe. Rötliche Flecken bildeten sich auf seinen Wangen, nur mühsam unterdrückte er seinen aufkeimenden Zorn.

»Es geht das Gerücht um, dass du die geheime Passage und die Lieferungen für deine eigenen Zwecke missbrauchst. Falls das zutrifft, wäre es eine Ungeheuerlichkeit, von der der Beleuchtete erfahren muss.«

»Ist das wahrlich ein Gerücht? Oder vielmehr deine eigene Vermutung, Last?« Segen lächelte sanft, im Wissen, dass das den Priester nur noch mehr in Rage brachte. »Mir scheint, deine Quellen haben an Zuverlässigkeit eingebüßt. Eine Schande, wenn du mich fragst.«

Sie wusste schon länger von seinen Bemühungen, ein enges Verhältnis zum Beleuchteten aufrechtzuerhalten. Irgendwann würde er einen Nachfolger benennen müssen und Last unternahm alles, um sicher zu gehen, dass allein sein Name fiel. Der Oberste kam einen Schritt näher an sie heran, Segen wich unbeeindruckt seitlich entlang der Bänke aus.

»Du führst etwas im Schilde, Segen, das weiß ich. Doch vergiss darüber nicht deine Position. Die zweite Oberste der Priesterkaste ist kein Titel, der unumstößlich ist. Noch habe ich den Beleuchteten nicht darüber informiert. Noch nicht. Wenn es nach mir ginge, muss es auch nicht dazu kommen. Es wäre wesentlich zielführender, wenn du, wie wir alle, dem Willen des Beleuchteten folgen und zum Wohle des Plateaus handeln würdest. Du hast von den Redereien um ein Monster, den Kettenkriecher, der die Angehörigen der niederen Kasten jagt und sie verschlingt, sicher gehört.«

Segen lachte leise. »Das sind nur Hirngespinste. Du solltest ihnen nicht mehr Bedeutung zugestehen als notwendig.«

»Hirngespinste, ja, das sind sie. Trotzdem sollten wir unbedingt verhindern, dass sie sich weiter festsetzen. Rädelsführer wurden auserkoren. Sie planen eine Zusammenkunft. Bald, sehr bald. Ich weiß nur noch nicht, wo. Ich habe das Auge des Adlers bereits informiert, dass seine Krieger besonders aufmerksam jegliche Unruhe genau beobachten und mir melden sollen. Die Patrouillen durch die Viertel wurden durch das Auge des Adlers bereits verdoppelt. Nur durch unermüdliche Beständigkeit lässt sich unser Leben auf dem Plateau erhalten. So wie Sula es vorgesehen hat.«

Last starrte sie noch einige Sekunden an und Segen hielt seinem Blick stand. Als er ging, verfolgte sie seinen Abgang, bis er außer Sicht war. Sie selbst wandte sich nach links. Dass Last vor ihr von einer Versammlung der Aufständischen erfahren hatte, ärgerte sie. Er durfte ihr keinesfalls zuvorkommen, deshalb wählte sie den kürzesten Weg zu ihrem Arbeitszimmer. An der östlichen Säule fiel ihr ein seltsamer Schatten auf, der sich von der Gesteinsfärbung um ihn herum deutlich abhob. Mit dem Finger fuhr sie über die Oberfläche. Ein Riss verlief diagonal durch die Säule. Der Stein war an dieser Stelle geborsten. *War das eine Auswirkung der Beben? Waren sie stärker, als sie bisher angenommen hatte? Was, wenn diese noch an Stärke zunahmen, bis man sie nicht mehr zu ignorieren vermochte?* Es war unerlässlich, dass sie sofort mit ihren Informanten sprach. Irgendwer musste doch die Ursache für die Erschütterungen in Erfahrung gebracht haben.

24

Tau hatte keine Ahnung, wie viel Zeit sie auf dem verbliebenen Boden ihrer Hütte hockend und starrend auf das riesige Loch in der Wand verbracht hatte. Genug jedenfalls, dass ihr die Beine eingeschlafen waren. Den Passierschein, um sich bei den Heilern im Tempel zu melden, hatte sie nicht abgeholt. Was sie gesehen hatte, hatte ihr kein Wolkenkoller vorgegaukelt. Der Dunst waberte ungehindert im Zimmer umher und ließ die Bruchkante irgendwie unwirklich erscheinen. Aber sie wusste, dass sie real war. Sie wusste, dass sie allein war, ohne ihren Vater. Ihre Mutter war in der Wolke geblieben, als sie ein kleines Kind gewesen war, und Vater hatte danach nie eine neue Frau ins Haus geholt. Ausgelaugt rieb sie die Muskulatur, bis das Kribbeln einsetzte.

Geste hatte ihr nicht geglaubt. Hatte sie nicht einmal zu Wort kommen lassen. Ihr Vater hatte innerhalb der Kaste das meiste Ansehen genossen. Selbst der Priester hatte ihn respektiert. Doch der Viertelvorsteher hatte nicht einmal jemanden geschickt, der die Ruine ihres Zuhauses untersuchte. Da fiel ihr wieder ein, was Fluter in der Zelle erzählt hatte. Die Versammlung in der alten Gruft. Und dass ihr Vater der Anführer einer Revolte gewesen sein sollte. Tau erhob sich, stampfte vorsichtig mit den Füßen auf, bis das Gefühl vollständig zurückgekehrt war. Für einen Moment überlegte sie, ob es sich lohnen würde, seine Habseligkeiten nach Hinweisen zu durchwühlen. Nach irgendetwas, das die Zweifel in ihr zum Schweigen brachte. Tau entschied sich dagegen. Es würde sich wie eine Entehrung seines Andenkens anfühlen, wenn sie auf diese Weise Fluters Lügen nachgab. Das Andenken an ihren Vater. Allein dieser Gedanke fühlte sich vollkommen befremdlich für sie an. Vor wenigen Stunden hatte er noch gelebt, gearbeitet. Geatmet. Und sie in den Arm genommen, bevor sie ihre Schicht begann. Sie liebevoll auf die Stirn geküsst. So sehr sich alles in ihr dagegen wehrte, dass in Fluters Geschichte auch nur ein Funken

Wahrheit steckte, wenn sie Antworten bekommen wollte, gab es nur einen Ort, an den sie gehen konnte. Ohne dem Loch in der Wand einen weiteren Blick zu schenken hängte sie ihre Werkzeugtasche um und verließ die Hütte.

Die alte Grabstätte. Der Weg dorthin hatte länger gedauert als erwartet. Besonders das Ende der dritten Ebene zeigte deutliche Spuren des Verfalls und Tau hatte sich vorsichtig vorwärts arbeiten müssen. Manche Stellen an den Streben wirkten im ersten Augenblick unpassierbar. Teilweise hatte der Rost dem Metall derart zugesetzt, dass sie es nicht wagte, einen Fuß darauf zu setzen. An anderen Stellen ließ sich nur anhand von Bruchstellen noch erkennen, dass dort einmal ein Teil der Strebe existiert haben musste. Bisweilen musste sie suchen, bis sich schließlich doch irgendeine Möglichkeit zeigte, die Hindernisse zu umgehen. *Für einen geheimen Versammlungsort gab es keine bessere Tarnung*, dachte Tau. Außer Wassererntern fand niemand den Weg hierher. Und kaum ein Außenstehender wusste davon. Selbst der Eingang war nicht mehr als eine gezackte Öffnung im Felsen, die man erst sah, wenn man nahe herangegangen war. Breit genug, um zwei Menschen nebeneinander Platz zu bieten. Nichts deutete darauf hin, dass jemand regelmäßig herkam. Die letzte Bestattung in der Gruft hatte weit vor ihrer Geburt stattgefunden. Was also erwartete sie, hier vorzufinden?

Tau setzte einen Fuß auf den Stein und verließ die Strebe. Ihre Knie zitterten, die Beine fühlten sich kraftlos und erschöpft an. Dazu das miese Gefühl, das tief in ihrer Brust rumorte. Nie hatte sie sich so unsicher gefühlt. So allein. In einem Anflug von Trotz schüttelte sie den Kopf. Ihr Leben folgte Regeln, die ihr Halt gaben und die es zudem seit Jahrhunderten gab. Sie würde sie nicht wegen eines schwachen Moments und irgendwelcher Leute in Frage stellen, die den Weg aus den Augen verloren hatten. Sie war eine Wassererntерin und Lugo wachte über sie.

In der vordersten Kammer gab es keine Nischen, in denen uralte Leichname zur letzten Ruhe gebettet waren. Vermutlich war sie eine

Art Vorraum, in dem man alles verstaut hatte, was man für das Begräbnis benötigte. Tau durchschritt sie, bis sie die ersten benutzten Alkoven zu beiden Seiten erahnen konnte. Der Schein ihrer Arbeitslampe erhellte den Bereich dahinter. Eine zweite Kammer, von der weitere Gänge abzweigten, und die deutlich größer wirkte als der Vorraum. In der Wand waren zahlreiche Vertiefungen eingelassen. Bündel und Knochen lagen darin aufgebahrt. Aufgereiht im Zentrum standen acht Sarkophage, deren Verzierungen darauf hindeuteten, wie besonders die Verstorbenen für die Vorfahren gewesen sein mussten.

Im Alkoven auf der gegenüberliegenden Seite der Kammer hatte man einen niedrigen Altar für Lugo aufgestellt. Sieben Frauen und Männer saßen um ihn herum und studierten versunken im Schein von Laternen Dokumente und anscheinend eine Karte, die die Viertel der Stadt zeigten. Mehrere Straßen darin waren miteinander in einer eckigen Linie verbunden. Sie führte vom Tempel der Sula bis zum alten Palast, um dann über die Straße des Sonnenuntergangs wieder Richtung Tempel abzubiegen. Der Prozessionsweg, erkannte sie. Verwundert sah sie sich ein weiteres Mal in der Kammer um. Sieben Personen und acht besondere Sarkophage. Mit ihrem Vater war die Anzahl vollständig. Sofern das eine wichtige Symbolik darstellen sollte, so erschloss sie sich Tau nicht. Alle Köpfe ruckten alarmiert zu ihr herum, als sie zwischen sie trat. Doch als sie die Tochter Rinnes erkannten, zeigte sich auf ihren Gesichtern plötzlich gespannte Erwartung. Sie nickte grüßend, sagte aber nichts. Jeden der Anwesenden hatte sie im Viertel mehr als nur einmal gesehen, jedoch kannte sie nur zwei von ihnen näher. Eine ältere Frau mit zusammengebundenen grauen Haaren namens Ache, und neben ihr, ihr Mann und ein Freund von Taus Vater. Seine bullige Statur war ihr von den vielen Besuchen bei ihnen zuhause vertraut, ebenso der linke Arm, der kurz unter dem Ellenbogen endete. Schwinde stand sofort auf und kam mit einer willkommen heißenden Geste auf sie zu. Sein Gesicht drückte Trauer aus.

»Es tut mir so leid, Tau«, sagte Schwinde, als er ihre Hand in seine nahm. Tau ließ es zu. »Der Tod deines Vaters kam für uns alle sehr unerwartet. Er hinterlässt eine überaus große Lücke.«

»Ihr wisst es also bereits?«

Sie unterdrückte die Tränen, die ihr in die Augen stiegen. Sie wollte vor diesen Leuten nicht weinen, die der Stadt des ewigen Himmels den Untergang wünschten, wenn das, was sie in der Zelle hatte hören müssen, der Wahrheit entsprach.

»Ja. Natürlich. Schlechte Neuigkeiten verbreiten sich schnell.«

Schwinde führte sie an den Altar und deutete ihr, sich zu setzen. Der Wasserernter blieb neben seiner Frau stehen, die einen Arm um seine Hüfte legte.

»Seit die Zustände in den Vierteln der niederen Kasten unerträglich wurden, standen wir im ständigen Kontakt«, erklärte er. »Ich war bei euch zuhause. Was ist bloß mit eurem Heim passiert?«

Tau ignorierte die Frage ebenso wie die gespannten Blicke der anderen. Sie war nicht hergekommen, um irgendetwas zu erzählen. Sie hatte Fragen. Und sie würde nicht eher gehen, bevor sie die Antworten darauf erhalten hatte.

»Man erzählte mir von einem Aufstand. Und mein Vater soll der Anführer gewesen sein. Stimmt das?« Tau war erstaunt über sich selbst, wie tonlos und gepresst ihre Worte klangen.

Ache strich sich eine Strähne aus dem Gesicht. »Dein Vater wollte dich heraushalten. Obwohl Schwinde ihn unzählige Male dazu drängte, dich einzuweihen.«

»Es war ihm immer wichtig, deine Sichtweise zu respektieren. Trotzdem hatte er allein das Wohl aller im Blick. Auch deines, ob du es nun wolltest oder nicht. Es gibt dennoch Dinge, die er dir nicht hätte verschweigen dürfen«, sagte der Wasserernter bestimmt.

»Es ist also wahr.«

Tau schloss erschüttert die Augen. Das konnte nicht sein. Das durfte einfach nicht sein. Schlagartig wurde ihr klar, dass sie sich am falschen Ort befand. Sie hatte mit der Revolte nichts zu tun. Nichts mit diesen

Leuten, schon gar nichts mit dem geheimen Leben ihres Vaters, das er so lange vor ihr versteckt hatte. Jeder Gedanke in ihr drängte sie dazu, sich aus dem Staub zu machen. Sie sprang auf, doch Schwinde trat ihr in den Weg. Grob packte er sie am Oberarm und hielt sie fest.

»Kannst du mir sagen, wie es passiert ist? Was ist Rinne zugestoßen? Ich muss es wissen«, drängte er.

»Gib ihr etwas Zeit, es zu verdauen, Schwinde«, mischte sich Ache sanft ein. Beschwichtigend legte sie ihre Hand an die Hüfte ihres Mannes. »Ihr Vater ist gerade erst gestorben. Das ist sicher alles viel.«

»Es wurde bereits genug Zeit vergeudet. Wir brauchen einen neuen Anführer. Mehr noch, wir benötigen eine Leitfigur, mehr denn je, wenn unsere Sache Erfolg haben soll. Rinne war so jemand. Auf ihn hätten die anderen Kasten gehört. Tau muss seinen Platz einnehmen.«

»Natürlich, Schwinde, wir wollen überleben. Aber …«

Der Wasserernter unterbrach seine Frau und wandte sich wieder an Tau. Er redete sich zusehends in Rage.

»Sieh hin, es fehlt an allem. In den Aufzeichnungen steht alles schwarz auf weiß. Die niederen Kasten verhungern. Wir hausen in Hütten, die diesen Namen nicht verdienen. Krankheiten verbreiten sich, um die sich niemand kümmert. Wer weiß, wie lange die Streben noch halten. Kinder und Alte sterben, von Tag zu Tag mehr. Menschen verschwinden spurlos. Es gibt Gerüchte von Monstern in der Wolke, die Jagd auf uns machen. Und wir arbeiten uns weiter die Rücken krumm für die Priester und die Oberen, die für unsere Probleme kein Ohr haben. Keiner kommt, um uns zu helfen. Es muss sich etwas ändern! Sonst sterben wir alle.«

»Hör auf«, flüsterte Tau. »Ich will das nicht hören.«

»Wir brauchen einen Anführer«, sagte Ache sanft. »Jemanden, der die anderen Kasten davon überzeugt, dass wir zusammenstehen müssen. Und wir wollen, dass du den Platz deines Vaters einnimmst. Sobald du bereit bist. Es gibt sonst niemanden.«

Tau entwand sich aus Schwindes Griff und wich vom Altar zurück. Sie zitterte vor Wut. »Ihr seid verrückt. Alle, die ihr da sitzt und den

Untergang unserer Heimat plant. Mein Vater hätte niemals bei eurem Wahnsinn mitgemacht, das weiß ich. Wegen eurer Pläne wurde er umgebracht. Es ist eure Schuld. Ganz allein.«

Jetzt stand auch Ache auf und machte einen Schritt auf Tau zu. »Du trauerst, das verstehe ich. Aber du darfst die Augen nicht vor der Wahrheit verschließen. Wir brauchen dich.«

Plötzlich gab der Fels um sie herum ein mahlendes Geräusch von sich. Die Kammer begann zu vibrieren, die Sarkophage bewegten sich. Staub und Steinchen tanzten über den Boden. Aus einer der Grabnischen rutschte ein Skelett heraus und zerbrach klappernd. Der Boden bockte wie eine wildgewordene Ziege. Überrascht von der Erschütterung wankte Tau unkontrolliert gegen den Altar. Sie sah hilfesuchend zu Ache, dann zu der steinernen Decke über ihr. Es knackte ohrenbetäubend, ein Riss bildete sich. Dann löste sich ein gewaltiger Steinbrocken und begrub die Wassererntерin und einen Teil des Steintisches unter sich. Jemand kreischte. Andere brüllten Unverständliches und trugen so ihren Teil bei zum Lärm und dem Chaos um sie herum. Ungläubig betrachtete Tau den Arm, der als einziger Körperteil Aches sichtbar geblieben war. Blut rann unter dem Stein hervor. Es tanzte wie das leblose Fleisch mit der Vibration. Keuchend stieß sich Tau vom Altarrest ab. Sie rannte, bis der Dunst der Wolke sie umfing.

Er hatte tatsächlich geschlafen. Staubner öffnete die Augen und gähnte herzhaft. Wie viel Zeit war vergangen, seit der Diener die Wache alarmiert hatte? Stunden? Weniger? Es war kalt geworden. Und feucht. Er beugte sich vor, ignorierte die Verspannungen in Schulter und Rücken, die sich aufgrund seiner unbequemen Position gebildet hatten, und lugte nach draußen. Das fahle Licht innerhalb der Spalte bot wenig Aufschluss über die Tageszeit. Nur dass die Sonne noch nicht untergegangen war, das war offensichtlich.

Niemand hatte ihn gefunden und in eine Zelle geworfen. Staubner hatte also mal wieder mehr Glück gehabt, als ihm eigentlich zustand. Aber er würde der Letzte sein, der sich darüber beschwerte. Sich reckend stemmte er sich auf die Füße. Andacht war noch nicht wieder aufgetaucht. Ohne den Priester würde es schwer werden, zurück zum Tempel zu gelangen. Die Wachen an den Toren hielten Ausschau nach einem Mann mit falscher Tätowierung. Ein Blick in sein Gesicht würde sein Missgeschick offenbaren und Staubner glaubte nicht, dass sich die Bemalung während seines Schlummers von allein verbessert hatte. Beim Nomaden, so viel Glück besaß selbst er nicht.

Mit Bedacht kehrte Staubner zum Durchlassgitter zurück. Er achtete darauf, im Schatten zu bleiben, während er die Straße beobachtete. Wirklich viel Leben zeigte sich nicht in der Gassenkreuzung. Es blieb weitgehend ruhig. Jedenfalls soweit, wie er die Gasse einsehen konnte. Ab und zu eilte ein Angehöriger der Dienerkaste vorbei. Manchmal ließen sich andere anhand ihrer Kleidung ebenfalls einer bestimmten Aufgabe zuordnen. Die Tätowierung im Gesicht war nicht das einzige Unterscheidungsmerkmal der Kasten, stellte Staubner fest. Im Grunde war das egal, solange ihn keine Adlerkrieger entdeckten. Sicher vom Plateau herunterzukommen war im Augenblick sein dringendster

Wunsch. Aber bitte nicht auf dem Weg, den ihm die Oberste in Aussicht gestellt hatte. Von der Kante im freien Fall nach unten.

Endlich tauchte der junge Priester an der Kreuzung auf. Er nestelte eine Weile an seiner Robe herum, korrigierte ihren Sitz, bis sie endlich ordentlich liegen musste. Dann betrachtete er die Dächer und Firste der umliegenden Häuser, als duldete eine Inspektion der Fassaden im Augenblick keinerlei Aufschub. Dabei sah er sich heimlich um und versuchte festzustellen, ob er beobachtet wurde. Auffälliger konnte man sich nicht verhalten. Staubner verdrehte missbilligend die Augen nach oben. Brachte man den Anwärtern im Tempel denn gar nichts Vernünftiges bei? Augenscheinlich war die Gasse nun bis auf Andacht für einen Atemzug lang leer. Der Priester ging langsam rückwärts, den Kopf immer noch zu den Dächern erhoben, und näherte sich dem Gitter. Als er schließlich mit dem Rücken dagegen stieß, konnte Staubner nicht länger widerstehen.

»Buh.«

Grinsend registrierte er, wie der Priester zusammenzuckte. Andacht suchte hektisch nach dem Riegel, öffnete den Durchlass und drängte in das Dämmerlicht dahinter. Staubner ließ ihn vorbei.

»Überaus geistreich. Wirklich. Ist das der übliche Humor in der Verhee …« Er suchte nach der richtigen Bezeichnung und entschied sich dann für das wohl Offensichtliche. »… deinem Land?«

»Dürfen Priester bei euch keinen Humor haben?«, erwiderte Staubner amüsiert. In ihm hatte sich in den letzten Stunden einiges an Langeweile und Frust aufgestaut. Beides bohrte sich jetzt an die Oberfläche und Staubner gab dem Bedürfnis einfach nach. Fast schämte er sich, den Priester derart in Bedrängnis zu bringen. »Ist das eine Grundvoraussetzung für die Aufnahme im Tempel? Oder hat eure Göttin diese Eigenschaft untersagt? Sie scheint eine ernste Persönlichkeit zu sein. Zugegeben, im Tempel habe ich keine Abbildung gesehen, auf der sie lächelt.«

»Was weißt du schon von Sula«, blaffte Andacht ihn an. »Sie ist unsere Erlöserin, sie bewahrt das Leben. Unser Volk hat sie selbstlos aus der schwarzen Seuche Lugos geführt. Ohne sie wären wir alle nicht …«

Der Priester stockte. Im Schatten des Durchlasses glaubte Staubner, ihn erbleichen zu sehen. Eine überraschend heftige Reaktion auf seinen eigenen Glauben. War er ihm doch zu nahe getreten? Hatte Andacht beinahe etwas gesagt, das zu äußern er nicht mit sich vereinbaren mochte? Die Beklemmung und der harsche Tonfall des Priesters passten jedenfalls nicht zusammen. Die Erheiterung, die Staubner eben noch verspürt hatte, war schlagartig verschwunden.

»Wären wir alle nicht was?«

Andacht schüttelte den Kopf, presste die Lippen aufeinander und wich Staubners Blick aus. Den Priester beschäftigte etwas, das war offensichtlich. Und es hatte nicht zwangsläufig mit seiner Anwesenheit auf dem Plateau zu tun. Auch nicht mit dem Auftrag, den die Oberste ihm aufgedrängt hatte. Andacht griff in eine verborgene Tasche seiner Kutte und zog ein Stoffsäckchen heraus.

»Ich habe die Farbe mitgebracht«, antwortete der Priester knapp, während er ihn in den niedrigen Tunnel schob. »Die Tätowierung muss erneuert werden, solange wir noch Licht dafür zur Verfügung haben. Es dämmert bald.«

»Weil wir noch durch das Tor müssen. Eine gute Idee. Ich sterbe vor Hunger.«

Das Geräusch der Priestersandalen endete abrupt. Staubner drehte sich zu dem Umriss des Adlatus um, der unbewegt vor dem Hintergrund aus vergittertem Tageslicht stand. Den verärgerten Gesichtsausdruck Andachts dachte er sich unweigerlich dazu.

»Weil sie die Mauer schließen. Nachts. Das hast du gesagt«, fügte Staubner hastig als Erklärung an. »Als du mich zur Mauer begleitet hast.«

»Priester dürfen jederzeit hindurch. Adlerkrieger ebenfalls. Wie sonst sollen wir unsere Pflichten erfüllen? Das wurde vom Toten König verfügt und der Beleuchtete hat es verkündet.«

Vom Toten König. Was für ein Unsinn, zum Nomaden, soll das jetzt wieder sein? Ein Toter bestimmt, welche Regeln gelten? Er schluckte die bissige

Bemerkung herunter, die ihm auf der Zunge lag, und versuchte es mit etwas mehr Zurückhaltung.

»Und die anderen?«

»Bleiben zu ihrer eigenen Sicherheit in den Vierteln. Das gilt für die oberen wie die unteren Kasten.«

»Verstehe. Die einen schützt es vor den anderen, nehme ich an. Kenne ich. Das ist hier wie überall.«

»Du verstehst gar nichts«, fauchte Andacht ihn gereizt an. »Nichts von Sula und nichts von meinem Leben. Du kommst hier her, von da *draußen* irgendwo und bringst alles durcheinander.«

Andacht fuchtelte mit den Armen in der Luft, ballte die Hände zu Fäusten und rang sichtlich nach Worten. Staubner schwieg lieber. Er wusste so oder so nicht, was er darauf entgegnen sollte. Sie gingen wortlos zur Spalte und er war beinahe dankbar darüber. Das Licht war eine Spur grauer geworden. Er hoffte, dass es ausreichte, um dem Priester eine zufriedenstellende Bemalung zu ermöglichen. Im Grunde blieb Staubner nichts anderes übrig, als darauf zu vertrauen. Blindes Vertrauen war das Einzige, das ihm in dieser Stadt zur Verfügung stand. Und das behagte ihm überhaupt nicht. *Elender Grimo. Verflucht sei der Moment, in dem du mich in diese Sache reingezogen hast.* Je eher er vom Plateau verschwand, desto besser.

»Setz dich und halte still. Es ist bei dem wenigen Licht schwer genug, die Linien sauber zu malen. Dass deine Haut so dunkel ist, macht es nicht einfacher.«

Staubner gehorchte. Er lehnte Rücken und Kopf gegen den Stein und beobachte Andacht dabei, wie dieser das Päckchen auswickelte und Farbe und Pinsel bereitlegte. Mit der eingetunkten Spitze näherte er sich Staubners Gesicht, stoppte aber, bevor sie ihn berührte.

»Du müsstest vorher noch …« Andacht deutete eine wischende Bewegung an.

»Oh. Ja.«

Staubner hob den Ärmel seiner Kutte, um sich damit über das Gesicht zu reiben, entschied sich dann jedoch anders. Man würde die Farbspuren auf dem Stoff nicht übersehen. Besser, er nahm die Innenseite vom Saum. Er trug die alte Bemalung ab, bis Andacht irgendwann signalisierte, dass es genug war. In diesem Moment fiel ihm wieder ein, wozu der Priester ihn vor seinem Weggehen gesucht hatte. Unruhig rutschte er hin und her. Wenig begeistert unterbrach Andacht die Bemalung und verzog ungehalten die Mundwinkel.

»Gibt es ein Problem?«

»Die Frau. Die in der Zelle. Warst du rechtzeitig dort, um das Verhör noch zu verhindern?«

»Ich hatte dich gebeten, stillzuhalten. Die heiligen Linien sind seit Jahrhunderten unverändert. Ein Fehler wird nicht unbemerkt bleiben.«

»Entschuldige.«

Staubner atmete ein und aus und bemühte sich, vollkommen ruhig sitzen zu bleiben. Die Pinselspitze kehrte zurück auf seine Haut und zog die nächsten Linien. Seine Besorgnis vertrieb das nicht.

»Warst du?«

Nochmals hielt Andacht inne. »Nein. Ich kam zu spät.«

»Aber wo ist sie dann jetzt?«

»Der Viertelvorsteher hat sie freigelassen, nachdem er sie zu der Anklage befragt hat. Sie ist in ihr Viertel zurückgekehrt. Ich weiß nicht, was sie alles ausgesagt hat. Über den Tod von Rinne. Über dich. Wir werden sie dort suchen müssen, um deinen Auftrag zu Ende bringen. Weil du sie zuvor nicht …« Wieder unterbrach Andacht sich, bevor er in betretenem Ton weitersprach. »Du weißt schon.«

»Du willst dabei sein?«, fragte Staubner fassungslos.

»Wollen? Nein. Ganz sicher nicht. Aber die Anweisungen der Obersten Segen war ziemlich eindeutig. Deine Fehlleistung muss korrigiert werden. Ich glaube nicht, dass sie dir eine weitere durchgehen lässt.« Andacht seufzte. »Mir sicher auch nicht. Jetzt sei bitte still, ich muss achtsam sein.«

Staubner schloss die Augen und sagte nichts mehr. Er konnte die heiße Woge der Scham nicht unterdrücken, die ihm über den Nacken und die Wangen schwappte. Seine kopflose Flucht hatte nicht nur ihn in Bedrängnis gebracht, sondern auch den Priester. Aber es war ein Ding der Unmöglichkeit, dass er die Frau umbrachte. Schon gar nicht im Beisein anderer Menschen. Das konnte er einfach nicht. Der innere Aufruhr, den er verspürte, steigerte sich ins beinahe Unerträgliche. Doch an einen Ausweg war nicht zu denken. Er steckte in einer Sackgasse, die keinen Ausgang besaß. Eine vertraute Melodie summte durch den Gang, doch Staubner wunderte sich nur über den seltsamen Blick, den ihm der Priester zuwarf.

Quälende Minuten vergingen, bis Andacht schließlich signalisierte, die gefälschte Tätowierung vollendet zu haben. Erneut wortlos erhoben sie sich und kehrten zum Gatter des Durchlasses zurück. Was, wenn er loslief und Andacht an Ort und Stelle zurückließ? Was, wenn er sich in der Wolke versteckte, bis die Stadt und ihre wunderlichen Bewohner ihn vollständig vergessen hatten? Oder er blieb einfach in dem Durchlass. Für immer. Natürlich wusste er, dass diese Überlegungen vollkommen unsinnig waren, aber sie klangen allemal besser, als dem Priester hinterher zu trotten, bis sie vor der Tochter Rinnes standen. Andacht spähte durch das Gatter, bevor er es zur Hälfte aufschob.

»Ich glaube, die Luft ist rein. Niemand zu sehen.« Er zupfte seine Ordenskutte zurecht, bis er zufrieden war. *Das scheint eine Marotte von ihm zu sein, ein Ordnungsfimmel*, dachte Staubner.

»Wenn wir Adlerkriegern begegnen, überlässt du mir das Reden. Halte dich im Hintergrund«, wies Andacht ihn an.

Die Stimmung des Priesters hatte sich nicht gebessert. Vermutlich war er noch wegen der Sticheleien über seine Göttin Sula angefressen. Andacht trat nach draußen und drehte sich dann nach Staubner um.

»Wir gehen die linke Gasse entlang. Das bringt uns zum Tor, ohne dass wir uns auf der Hauptstraße blicken lassen müssen. Das wird vermutlich das Beste sein.«

»In Ordnung. Was du sagst. Du kennst dich hier besser aus als ich«, stellte Staubner missmutig fest.

Auch er griff nach dem Gatter, in der Absicht, Andacht zu folgen. Doch das Metall gab ohne Vorwarnung einen singenden Ton von sich. Es zitterte und wackelte schließlich deutlich sichtbar in der Halterung. Staub rieselte von oben herab, Stein knirschte. Der Boden erzitterte, grollte. Im Gassenboden zeichnete sich ein Riss ab, der gezackt wie ein Blitz zwischen ihren Füßen hindurch auf den Durchlass und die Spalte dahinter zuraste. Einige Dachschindeln zerbrachen in der Gasse. Staubner wankte seitwärts und stützte sich am Stein ab. Mühevoll zog er sich durch die Öffnung nach draußen. Auch Andacht suchte nach einem Halt in dem verzweifelten Vorhaben, nicht zu stürzen. Ihre Hände fanden die Kutte des anderen, krallten sich aneinander, während die Welt um sie herum auf und ab sprang. Hinter ihnen, dort wo die Spalte lag, polterte Gestein herab und zerbarst irgendwo am Grund. Staubner hatte keinen Zweifel, dass es gewaltige Felsbrocken gewesen sein mussten. Was sonst mochte so einen Lärm verursachen? Nach für Staubner gefühlt endlosen Momenten ließ das Zittern der Erde endlich nach, das Beben versiegte. Mit wackeligen Gliedmaßen sanken der Priester und er auf den Grund der Gasse.

»Was zum Nomaden war das?«, rang Staubner nach Atem. »Warum hat mir keiner gesagt, dass es hier Erdbeben gibt? Wir hätten sterben können!«

»Die gibt es sonst auch nicht. Nicht in dieser Stärke. Das Plateau ist ein ungefährlicher Ort«, antwortete Andacht mit Verlegenheit in der Stimme. »Ich kann mir das auch nicht erklären. Komm, wir sollten uns beeilen.« Damit ließ er Staubner los, stand auf, eilte aus der kurzen Gasse und wandte sich zielstrebig nach rechts. Verdattert folgte Staubner ihm.

»Wolltest du nicht links entlang? Zur Wolke? Die Frau … du weißt schon?«, fragte er, als er zum Priester aufgeschlossen hatte.

»Dafür ist jetzt keine Zeit«, antwortete Andacht, ohne anzuhalten. »Die Oberste muss unverzüglich über das Beben unterrichtet werden.«

»Und du meinst, sie hat es nicht längst mitbekommen? Das bezweifle ich. Ernsthaft.« Es drängte ihn nicht besonders, Segen so schnell unter die Augen zu treten. Aber die Alternative, um die er soeben herumkam, war wesentlich weniger erstrebenswert.

»Sie ist nicht hier.«

Andachts ungläubige Feststellung hing in der Luft des unwiderlegbar leeren Arbeitszimmers der Obersten. Er hatte erfolglos die hintere Kammer untersucht und schob nun die Tür zum Gang zu. Für Staubner klang der Satz beinahe wie ein Vorwurf. *Als ob es etwas Ungewöhnliches wäre, einmal nicht zu arbeiten*, dachte er. Auch oberste Priester mussten einmal schlafen, essen oder zum Abort. So wie jeder andere Mensch. Abgesehen davon war er recht froh, Segen nicht in ihrem Arbeitszimmer vorzufinden. Er konnte sich nur zu gut vorstellen, was sie davon hielt, dass die Wassererntein verhört worden und noch am Leben war.

»Vielleicht vertritt sie sich irgendwo die Beine.«

»Die Oberste vertritt sich nicht einfach irgendwo die Beine«, gab Andacht zurück. Akribisch untersuchte er einen Arbeitstisch, der von Schriftrollen, Folianten und losen Pergamenten derart überhäuft war, dass sich Staubner wunderte, wie sich die Türme daraus überhaupt auf der Tischplatte hielten. Genauso wie die etwa hüfthohen Stapel neben dem Tisch.

»Sie nimmt sich niemals auch nur die kleinste Auszeit. Immer ist sie unermüdlich dabei, für das Wohl der Stadt zu sorgen.«

»Zum Beispiel, indem sie Meuchelmörder anheuert«, murmelte Staubner zu sich selbst und zog die Augenbrauen nach oben. Das Loblied auf seine Mentorin stimmte Andacht nicht zum ersten Mal an, seit sie von der Gassenkreuzung aufgebrochen waren. Vermutlich auch nicht zum letzten Mal. Ihr Weg durch die verschiedenen Vierteltore bis hin zum Tempel war für ihn überraschend ereignislos verlaufen. Im Schlepptau des Priesters bedachte ihn kein Krieger mit einem zweiten Blick oder hatte verlangt, die Tätowierung zu begutachten. Je weiter die Dämmerung vorangeschritten war, desto zügiger waren sie durchgewunken worden. Es gab Wichtigeres zu tun, vermutete er. Zudem war der junge Priester bei den zentrumsnahen Garnisonen beileibe kein Unbekannter. Seine Stellung im Tempel schien jedenfalls kein Geheimnis. Auch wenn er selbst den ihm gezollten Respekt nicht wahrnahm.

»Sie würde nicht einmal essen oder schlafen, wenn ich sie nicht regelmäßig daran erinnern würde.«

»Und ihr Haar kämmst du einhundert Mal am Morgen und einhundert Mal am Abend«, zitierte Staubner aus einem zotigen Märchen über eine Prinzessin und ihre Dienerin, das er vor ein paar Wochen in einer Kneipe in Kiewacht gehört hatte. Andacht fuhr herum und funkelte ihn wortlos an. Staub und Schweiß hatten sich auf der geschorenen Kopfhaut des Priesters zu einem graubraunen Schlierenmuster verwoben, und Staubner starrte es fasziniert an, bis ihm aufging, dass er den letzten Satz doch lauter von sich gegeben hatte, als beabsichtigt. Und dass auch die Oberste allenfalls Stoppeln auf dem Kopf trug, so wie alle im Tempel.

»Verzeihung.« Entschuldigend verzog er die Mundwinkel nach unten und nickte dann zum Arbeitstisch herüber. »Was suchst du eigentlich?«

Andacht kehrte ihm erneut den Rücken zu und nahm seine Untersuchung wieder auf.

»Es gehört zu meinen Aufgaben, Ozias, ihr täglich eine Auflistung der bevorstehenden Zusammenkünfte und Sitzungen zu erstellen.«

»Woran du sie dann ebenfalls erinnerst.«

»Ja, natürlich. Ich bin ihre rechte Hand.« Andacht sagte das mit einer Selbstverständlichkeit, als sei keine weitere Erklärung notwendig. »Sie muss hier irgendwo liegen. Wenn ich sie finde, weiß ich, wo wir hingehen müssen.«

»Dann will ich dich bei deiner Suche nicht weiter stören. Das wird sicher eine Weile dauern. Wenn du gestattest, ziehe ich mich währenddessen in meine Kammer zurück.«

»Da ist sie.«

Andacht zog ein zerknittertes Pergament hervor, dass seine besseren Zeiten schon sehr lange hinter sich hatte. Murmelnd strich er es auf einem Folianten als Unterlage glatt, ging seine eigenen Aufzeichnungen durch, bis er an die richtige Stelle kam. Lautlos atmete Staubner tief ein und aus. Nur zu gern würde er ein paar Stunden auf die ganzen Verrückten vom Plateau verzichten und fast wünschte er sich in den kalten, klammen Durchlauf zurück, in dem er den vergangenen Nachmittag verbracht hatte. Da war er wenigstens allein gewesen.

»Das ist eigenartig.«

»Was?«, fragte Staubner ohne besondere Neugier. In diesem Augenblick begann sein Magen zu knurren und mahnte ihn daran, dass er die letzte Mahlzeit vor diversen Stunden zu sich genommen hatte. Was würde er jetzt für ein Stück Braten geben. Braten und dazu eine Schüssel mit Soße. Oder Brot. Einfaches Brot mit etwas Käse, das würde ihm schon genügen.

»Die letzten drei Sitzungen sind durchgestrichen. Eine davon ist eine wichtige Ratssitzung. Aber ich glaube nicht, dass sie dort ist.«

Staubner verwarf die Überlegungen zum Essen und trat neben den Priester an den Arbeitstisch. Ruhe würde er jetzt sowieso keine bekommen.

»Ja, und?«

»Sie nimmt sich niemals …«

»Auch nur die kleinste Auszeit«, fiel Staubner ihm ins Wort. »Habe ich begriffen. Wo ist sie dann?«

Andacht ignorierte seine Frechheit. »Das weiß ich eben nicht. Wir werden sie suchen müssen. Beim Ratssaal können wir unmöglich auftauchen. Naja, du jedenfalls nicht. Die Obersten kennen dich nicht und Segen wird ihnen auch nicht von dir erzählt haben. Vielleicht ist es besser, wenn wir hier auf sie warten.«

Unerwartet klopfte jemand an die Tür. Andacht legte einen Finger an die Lippen und stopfte eilig das Pergament unter einen Folianten. Dann drängte er Staubner in die Ecke neben dem Eingang. Schweigend ließ der es geschehen, allerdings nicht, ohne die Mundwinkel und Augenbrauen fragend zu verziehen. In der Begleitung des Priesters hatte bisher keiner seine Anwesenheit hinterfragt. Warum also jetzt? Doch der Priester ignorierte seinen unausgesprochenen Protest. Also fügte er sich. Andacht ließ noch einige Sekunden verstreichen, in denen er die unverzichtbaren Glättungsversuche seiner Kutte vornahm, und schob dann die Tür seitlich auf. Jedoch blieb er so vor dem Eingang stehen, dass niemand eintreten oder das Innere des Arbeitszimmers überblicken konnte.

»Oberster Last. Das wohlwollende Antlitz Sulas möge ewig auf dir ruhen.« Der Priester deutete eine Verbeugung an. Sein Gegenüber reagierte jedoch nicht auf die höfliche Grußformel.

»Andacht«, hörte er die schnarrende Stimme des Obersten. Allein vom Klang her entschied Staubner, diesem Mann nicht begegnen zu wollen, solange es vermeidbar war.

»Die Oberste Segen wurde bei der Ratssitzung schmerzlich vermisst. Niemand unterrichtete uns davon, dass sie fernbleiben würde. Da du ihr Adlatus bist, ist das nicht deine Aufgabe?«

»Ich muss dafür um Verzeihung bitten, Oberster Last. Du hast vollkommen recht. Dringliche Aufgaben hielten mich davon ab, meine Pflicht zu erfüllen.«

»Dringliche Aufgaben, so, so. Wo ist sie? Ist sie zu sprechen? Die Sitzung hat einige Problemstellungen aufgeworfen, zu denen ihre Beurteilung von größter Wichtigkeit wäre.«

Andacht bewegte sich nach links und wieder nach rechts. Augenscheinlich versperrte er dem Obersten den Weg hinein, der seinen vergeblichen Versuch, das Arbeitszimmer zu betreten, mit einem entrüsteten Schnauben kommentierte.

»Die Oberste Segen benötigt im Augenblick absolute Ruhe«, erklärte Andacht. »Sie fühlt sich nicht wohl. Ihr Leiden, Oberster Last. Sie bittet nachdrücklich um Verständnis. Sobald es ihr möglich ist, wird sie dir eine Nachricht schicken.«

»Ich hoffe, das wird bald der Fall sein. Sehr bald.«

Staubner hörte Schritte, die sich entfernten. Last schien aufgegeben zu haben. Mit sichtlicher Erleichterung schob Andacht die Tür wieder zu und lehnte die Stirn dagegen.

»Ich dachte schon, er würde sich nicht abwimmeln lassen.«

»War das euer Oberhaupt? Also der vom Tempel?«

»Nein. Der Oberste Last dient wie die Oberste Segen für die Kaste der Priester.«

»Sympathischer Kerl.« Die Ironie in Staubners Stimme war kaum zu überhören. »Dennoch, das war sehr gut. Die Flunkereien kommen dir mittlerweile recht leicht über die Lippen.«

Das war nicht als Vorwurf gemeint und Andacht schien es zum Glück auch nicht als einen solchen aufzunehmen. Trotzdem schloss der Priester für ein paar Sekunden die Augen. Der Seufzer, den er ausstieß, kam aus tiefster Seele.

»Bis zu deiner Ankunft gab es nur eine. Eine einzige. Wenigstens fühlte es sich wie nur eine an. Aber seit du hier bist, vermehren sie sich wie ein Schwarm Heuschrecken«, murmelte er vor sich hin, aber Staubner verstand es dennoch.

»Nicht, dass das zu einer Gewohnheit wird«, sagte Staubner, bevor er über den Satz wirklich nachgedacht hatte.

Andacht richtete sich ruckartig auf und sah ihn an. Verständnislos schüttelte er mit dem Kopf. »Du weißt echt nicht, wann es zu viel ist, oder?« Dann drehte er sich um und kehrte zum Arbeitstisch zurück. Vor dem Folianten lauschte er kurz, ob er Geräusche vor der Kammer wahrnahm. Als er endlich beruhigt war, zog er das Pergament hervor. Staubner ließ sich schwer auf Segens Sitz fallen und kreuzte die Arme hinter dem Kopf.

»Ehrlich, ich verstehe die Heimlichkeit nicht. Ist es ein Geheimnis innerhalb des Tempels, wer mit wem eine Ratssitzung abhält? Dieser Last sollte es doch wissen.«

»Das tun viele. Zum Beispiel Priester wie ich, die den Obersten unterstehen. Aber es ist dennoch seltsam, dass Segen die Einträge durchgestrichen hat. Ich bin es, der die Liste führt und ich vermerke alles Wichtige. Es hat etwas zu bedeuten, ganz sicher.«

Staubner bog den Oberkörper vor und tippte mit dem Finger auf eine Stelle des Pergaments, an der zwei winzige Wörter hinzugefügt worden waren. Die Sprache war ihm fremd, daher konnte er sich keinen Reim auf ihre Bedeutung machen. Aber manche der Buchstaben wirkten merkwürdigerweise vertraut, wenn auch gleichsam antiquiert. Wie die geritzten Steine, die man Besuchern des Schönsees, oben im Norden, als Reiseandenken verkaufte und die so gar nichts mit der allgemeinen Sprache zu tun hatten. Das war ebenfalls etwas, was von der Welt außerhalb des Plateaus unbeeinflusst geblieben war.

»Was heißt das da?«

»Lugos Zeit. Aber das stammt auch nicht von mir«, wunderte sich der Priester.

»Von mir ist es ganz sicher nicht«, wehrte Staubner ab. »Wer ist dieser Lugo? Noch ein Oberster? Oder ein Anführer des Aufstands?«

Andacht lachte auf. »Nein, ganz sicher nicht. Lugo ist der Bruder unserer Göttin Sula. Und der Herr der vier Winde. Wenn nachts der Mond am Firmament steht, ist er gegenwärtig. Doch er findet in der Stadt des ewigen Himmels nicht mehr so viel Beachtung, wie es einst war. Die niederen Kasten verehren ihn manchmal noch. Sein Spott gegenüber den Mächtigen und seine Schelmenstücke sind eben recht unterhaltsam. Als Kind habe ich die Geschichten über ihn geliebt. Meine Mutter erzählte sie mir.«

»Dann geht es also darum, darauf zu warten, dass der Mond aufgeht«, stellte Staubner fest, dessen leerer Magen sich erneut mit einem deutlich hörbaren Knurren meldete. »Sie hätte gern die Stunde dazu schreiben dürfen. Damit wir die Zeit dahin mit etwas Sinnvollem füllen. Essen zum Beispiel.«

»Aber das ergibt keinen Sinn.« Andacht begann, im Arbeitszimmer der Obersten umherzugehen. Die Hände hatte er dabei hinter dem Rücken verschränkt. Es verlieh ihm das Aussehen einer alten Eule, die auf einem Ast hin und her wanderte.

»Na, doch«, widersprach er dem Priester. »Lugos Zeit. Mondgott. Der Mond scheint nachts. Ich hätte nicht gedacht, dass ich das einem Priester, der ihm Dienst einer Sonnengöttin steht, erklären muss. Die Frage ist nur, wann er endlich aufgeht.«

»Welche Stunde, welche Stunde«, brummelte Andacht vor sich hin. Dann blieb er am Arbeitstisch stehen und hieb mit der flachen Hand auf den Einband eines Folianten. Die Unterlagentürme wankten bedenklich von der Erschütterung.

»Nein, das ist es nicht. Keine Zeit, sondern ein Ort! Einer, der nicht mehr in Benutzung ist. Die meisten haben ihn nie zu Gesicht bekommen, weil das Betreten des alten Trakts nicht gestattet ist, solange ich denken kann. Aber ich war schon einmal da. Weil die Oberste Segen ihn mir dennoch gezeigt hat. Sie muss sich dort irgendwo aufhalten.«

»Ein alter, vergessener Trakt, den niemand kennt. Deine Oberste spielt anscheinend schon länger nach ihren eigenen Regeln. Irgendwie ist das keine Überraschung.«

Wie in ihrem Arbeitszimmer stapelte sich vor Segen auch in der vergessenen Bibliothek eine Ansammlung aus Folianten. Die Werke aus der Feder von längst vergangenen Priestern hatten mehr Generationen in die Hand genommen, als sie der Tote König an der Macht verbracht hatte. Warum die Sammlung in Vergessenheit geraten war, blieb ihr ein Rätsel. So viel Wissen, so viele Geheimnisse, die in den vier großen Kammern verborgen lagen und die niemandem dienten. Verdammt dazu, langsam zu verrotten und ungenutzt zu vergehen.

Ohne jemanden zu informieren, war sie den Besprechungen des Nachmittages ferngeblieben. Man würde sie vermissen, sicherlich auch suchen. Von Last war das insbesondere vorherzusehen. Nicht, weil er sich um sie sorgte. Das tat er nicht, weder um ihre Gesundheit noch um die Erfüllung ihrer Pflichten. Wenn sich der Beleuchtete allein Lasts Wunsch fügen würde, dann hätte man sie längst aus Sulas Diensten entlassen. Mit einer überschaubaren Vergütung an einen Platz abgeschoben, wo sie ihm nicht mehr in die Quere kommen konnte. Nein, Last ging es allein darum, sie im Blick zu behalten. Daher erfüllte sie es mit Genugtuung, ihn ab und zu über ihren Aufenthaltsort im Unklaren zu lassen. Ein Lächeln stahl sich auf ihre Züge, als sie daran dachte, und kaschierte für einen Moment die Erschöpfung, die sich in ihrem Körper eingenistet hatte und nicht mehr weichen wollte. Die vielen schlaflosen Nächte forderten ihren Tribut. Selbst die Wirkung des Herbstwindsuds, ihre unverzichtbare Medizin, hielt mittlerweile nicht mehr sehr lang an. Der Tag, an der Sud wirkungslos würde, rückte näher.

Ihre Anwesenheit in der vergessenen Bibliothek verfolgte noch einen weiteren, weitaus belangvolleren Zweck. Dass Last bereits Maßnahmen getroffen und mit der Kriegerkaste festgelegt hatte, schmeckte ihr nicht. Unbedingt galt es zu verhindern, dass er ihren Plänen die

Wirksamkeit entrang. Ihn im Glauben zu lassen, er sei derjenige, der nach dem Beleuchteten die Geschicke der Stadt des ewigen Himmels leitete, war Teil ihrer Strategie. Und das funktionierte gut, solange sie wachsam blieb. Aber im Grunde war das unwichtig im Vergleich zu dem Problem, für das sie immer noch keine Ursache ausgemacht hatte. Etwas ging auf dem Plateau vor sich. Sorge bereitete ihr nicht nur der Aufstand. Der war in den Griff zu bekommen, wenn die Rädchen endlich so ineinandergriffen, wie sie es vorgesehen hatte. Dass Ozias eine derartige Enttäuschung sein würde, hatte sie nicht vorhersehen können. Aber das ließ sich womöglich mit einem unmissverständlichen Ansporn korrigieren.

Die Beben jedoch, die das Plateau erschütterten und zunehmend an Intensität gewannen, die waren eine ganz andere Sache. Sie hatte ihre Spione angehalten, jeden Winkel der Stadt zu durchsuchen, sogar jeden, der sich verdächtig verhielt, an sie zu melden. Egal mit was, und sei es noch so unbedeutend. Die Ergebnisse blieben ernüchternd. Nichts. Nicht einmal der kleinste, brauchbare Hinweis war ihr bislang zugetragen worden. Sogar in die alten Höhlen unter dem Tempel hatte sie jemanden geschickt. Nur in den Teil, der ohne die geheimen Wege zu erreichen war. Zurückgekehrt war der Mann bislang nicht. Segen hatte sich eingestehen müssen, dass sie nicht einmal bruchstückhaft darüber im Bilde war, was die Erschütterungen auslöste und ob sie irgendwann enden würden. Ob sie überhaupt endeten, bevor Schlimmeres passierte.

An diesem Punkt war ihr die Bibliothek eingefallen. Wenn sie irgendwo weitere Hinweise fand, dann vielleicht hier. Über die vier Räume randvoll mit Folianten aus der alten Zeit war sie eher zufällig gestolpert. Mit der Erinnerung an ihre damalige Entdeckung kehrte auch ein Anflug von Wertlosigkeit und Schmerz zurück, der sich nur schwer zurückdrängen ließ. Penetrant zog er sich von der Narbe am Hals bis runter zu ihrem Bein, grub sich durch ihr Innerstes wie ein schädlicher Wurm. Viele andere Gefühlsregungen hatte sie so tief in sich selbst vergraben, dass sie sogar vor sich selbst leugnete, sie jemals gefühlt zu haben.

Den Mann, der dafür verantwortlich gewesen war, hatte die Priesterschaft vor über zwanzig Jahren in Sulas Obhut überstellt. Noch vor seiner Ernennung zum Beleuchteten war der Oberste Ablass elendig an der eigenen Schwäche verreckt. Ohne dass er jemals zur Rechenschaft für seine Taten gezogen worden wäre. Leid tat es Segen bis zu diesem Tag nicht. So wie es ihrem Mentor nicht leidgetan hatte, sie blutend und zerbrochen in ihrer Kammer liegen zu lassen. Möge Sula seine Seele für immer in der ewigen Leere festhalten. Als Segen sich wieder hatte bewegen können, war sie geflohen. Blind vor Tränen war sie durch die nächtlichen Gänge gewankt, manchmal sogar auf allen vieren gekrochen, wenn sie anders nicht mehr weiterkam. Weiter, immer weiter, bis sie nicht mehr gewusst hatte, wo sie sich befand. Das Geräusch herannahender Schritte hatte sie verängstigt eine Tür öffnen lassen. Hinter der Schwelle hatte sie sich zusammengerollt und kaum gewagt zu atmen. Schließlich war sie in ihrem Versteck eingeschlafen.

Kälte und die schmerzenden Glieder hatten sie am nächsten Morgen geweckt. Durch die verkrusteten Augenlider hatte sie als Erstes ein Abbild von Lugo gesehen, das über dem Türsturz angebracht war. Der Gott hatte sie angelächelt, wissend und schalkhaft zugleich. Aus einem Grund, der sich ihrer Deutung bis zu diesem Tage entzog, hatte sie sich geborgen gefühlt. Fast schon beschützt, als ob sein Blick ihr helfen würde, alles zu ertragen, was noch vor ihr lag. Erst dann hatte sie die Regale mit den Folianten entdeckt. Der Staub hatte sich beinahe fingerdick auf den Einbänden und auch auf dem Boden niedergelassen. Das hatte ihr gezeigt, dass sich in diesen Räumen schon lange niemand mehr aufgehalten hatte. Die Bibliothek war ein Zufluchtsort für sie. Einer, an dem Ablass sie nicht finden würde.

Lugo hing immer noch über dem Türsturz und lächelte sie an, während sie die Folianten nach einem Hinweis durchsuchte. Gefunden hatte sie bisher nichts. Auf die Hilfe des trügerischen Gottes konnte sie wie stets nicht zählen. Sie schlug den Folianten vor ihr zu und griff nach dem nächsten. War es völlig umsonst, was sie hier tat? Verschwendete sie kostbare Zeit? Doch der Riss in der Säule des östlichen Windes war nicht zu leugnen. Noch nie in den Jahrhunderten seines Bestehens war der Tempel beschädigt worden. Da all ihre anderen Quellen versagten, wusste sie ausnahmsweise einfach nicht, wie sie stattdessen vorgehen sollte. Die Obersten aller Kasten aufscheuchen, mit nichts in der Hand als einer tiefen Sorge um ihre Heimat? Das verband mehr oder weniger alle Priester, die Sulas Regeln noch nicht aus ihren Herzen verbannt hatten. Ohne Beweise jedoch würde Last sich sprichwörtlich auf sie stürzen und auseinandernehmen. Mit dieser Blöße wäre es zu leicht, den Beleuchteten endlich vom Ende ihrer Nützlichkeit zu überzeugen. Nein, sie benötigte etwas Handfestes, etwas, das nicht einmal Last leugnen konnte.

Der nächste Foliant enthielt eine Art Bestiarium. Beschreibungen und Abbilder von verschiedenen Tierarten, überaus kunstvoll auf Pergament gebannt. Viele davon waren ihr vertraut. Ziegen, Truthühner und Meerschweine wurden seit den ersten Tagen der Stadt des ewigen Himmels gehalten. Ihr Fleisch, zusammen mit dem Ackerbau, hielt das Plateau am Leben. Andere Arten, wie der Karakara, ein räuberischer Geierfalke, lebten frei im angrenzenden Gebirge oder gehörten zu Gattungen, wie sie vor ihrer Reise zum Plateau auf dem Kontinent existiert haben mussten. Immer wieder zeigten die Seiten jedoch auch mystische Wesen, deren Existenz Segen schlichtweg anzweifelte. Der Chimaera waren erstaunliche sechs Seiten gewidmet. Die Kreatur wandelte ihre Form scheinbar ganz nach Belieben. Mal besaß sie Flossen, mal einen kräftigen Leib mit Hörnern und Klauen. Andere Abbildungen zeigten sie mit zwei Flügelpaaren. Wesen, die einst auf dem Plateau gelebt haben sollten. Sehr hübsch anzusehen, aber unnütz. Der Foliant landete mit einem satten Geräusch auf dem Stapel der bereits durchgesehenen.

Ein kurzer Pfeifton warnte Segen, dass sich jemand der Bibliothek näherte. Die Vorrichtung dafür hatte sie vor vielen Jahren als reine Vorsichtsmaßnahme angebracht. Der Tritt auf eine der Bodenfliesen löste sie aus. Sie mochte in ihrem Zufluchtsort nicht überrascht werden. Die Oberste griff nach ihrem Gehstock, stemmte sich ächzend hoch und öffnete die Tür. Bemüht, den Stock möglichst leise aufzusetzen, folgte sie dem Gang bis zu nächsten Biegung. Vorsichtig lugte sie um die Ecke. Zwei Priester näherten sich. Der eine trug eine Öllampe, mit der er das dämmrige Licht vertrieb. Ihre Stimmen erkannte Segen sofort, auch wenn sie sich gewünscht hätte, Andacht würde sich leiser verhalten. Er hatte den Hinweis also entdeckt und goldrichtig verstanden. Erleichtert trat sie ihnen entgegen.

»Hier entlang«, winkte sie ihren Adlatus und den Meuchelmörder Ozias heran.

Die beiden Männer unterbrachen ihre Unterhaltung. Wenigstens Andacht wirkte derart überrascht über ihr unvermitteltes Auftauchen, dass er ein Stottern kaum zu unterdrücken vermochte.

»Oberste Segen, wo-wo … woher weißt du, also … dass wir …«

Segen zwinkerte verschmitzt. »Lass einer alten Frau ihre Geheimnisse. Sie sind für mich wie ein Lebenselixier.«

»Ja, natürlich.« Andachts Antwort sprudelte hastig heraus. Seine Aufregung war nicht zu übersehen. »Gut, dass wir dich gefunden haben. Ich muss dir unbedingt …«

»Später«, unterbrach sie ihn, bevor er nicht mehr aufzuhalten war. »Ihr wart bereits laut genug, um dem halben Tempel eure Anwesenheit zu verraten. Da müssen wir all den neugierigen Ohren nicht noch mehr auf dem Silbertablett servieren.«

Auch wenn sich üblicherweise niemand sonst in den alten Trakt verirrte, der Gang war nicht der richtige Ort für ein solches Gespräch. Daher drehte sie sich ohne weitere Erklärung um und kehrte zur Bibliothek zurück. Andacht und Ozias folgten ihr schweigend, bis sie die Tür hinter ihnen zugeschoben hatte.

»Jetzt höre ich gern zu.«

»Eine Bibliothek«, staunte Andacht. »Davon hast du mir nie erzählt.«

Während sich ihr Adlatus mit großen Augen umsah, schwieg Ozias. Der Meuchelmörder zeigte recht wenig Interesse an der Foliantensammlung. Sie gewann vielmehr den Eindruck, als wäre er am liebsten woanders. Egal wo, Hauptsache, nicht in ihrer Nähe. Das war erstaunlich unprofessionell. Andererseits konnte sie es ihm auch nicht verdenken. Er rechnete sich vermutlich aus, dass sie mit seiner *Heldentat* nicht sonderlich zufrieden war.

»Ja, eine Bibliothek. Nur wenige erhielten je das Privileg, sie zu Gesicht zu bekommen. Daher hatte ich gehofft, du kämst ohne Begleitung.« Sie unterdrückte die Versuchung, Ozias einen Seitenblick zuzuwerfen. Stattdessen beobachtete sie lächelnd Andacht bei seinem Rundgang. »Immerhin erspart es mir etwas Lauferei, wo er schon mal da ist.«

Segen nahm Platz, behielt aber den Stock bei sich und legte beide Hände auf dem Knauf ab. »Dass du so zügig zurückgekehrt bist, kann nur zweierlei bedeuten. Entweder du hast erledigt, was ich dir auftrug, oder … du hast es nicht. Allerdings stellt sich mir dann die Frage, warum du hier bist. Ich hatte mich sehr deutlich ausgedrückt, was meine Erwartungen sind.«

Ihre Worte klangen selbst in ihren eigenen Ohren ungehalten, dabei hatte sie sich fest vorgenommen, sich nichts davon anmerken zu lassen. Andacht unterbrach seinen Rundgang und blieb neben einer Säule stehen. Er verschränkte die Arme hinter dem Rücken, die Augen suchten die Spitzen seiner Sandalen. Alles in seinem Blick drückte das schlechte Gewissen aus, das ihn plagte. Er wagte nicht einmal, ihr zu widersprechen. Im Grunde hatte sie es gewusst. Ihr Adlatus war noch nicht so weit. Sie hatte ihn rücksichtlos in eine bestimmte Richtung gedrückt, weil sie ihn genau dort brauchte. So, wie es auch Ablass mit ihr oft genug getan hatte. Leider fehlte ihr die Zeit, um auf seine Befindlichkeiten zu reagieren, obwohl sie durchaus Bedauern darüber empfand.

»Das hast du, Oberste Segen.«

»Und? Ist die Wassererntenerin noch am Leben?«

Andacht sah auf. In seinen Augen blitzte plötzlich Widerstand auf. Seine unumstößliche Überzeugung, richtig gehandelt zu haben, stand greifbar zwischen ihnen.

»Es gab wieder ein Erdbeben. So stark, dass es zu Beschädigungen in den niederen Vierteln kam. Ich hielt es für zwingend geboten, dir umgehend davon zu berichten.«

»Du glaubst, ich wüsste nicht davon? Deshalb widersetzt du dich meinen Anweisungen?« Die Fragen schossen scharf und hart aus Segens Mund. Sie schloss für einen Moment die Augen und atmete tief ein, bevor sie nüchtern fortfuhr. »Sie lebt also noch.«

Tock. Ihre Finger drückten den Knauf, dass die Knöchel weiß unter der runzeligen Haut hervortraten.

»Ich bin enttäuscht, Andacht. Die Erschütterungen waren bis zum Tempel zu spüren. Selbst dem Obersten Last sind sie während der Messfeier aufgefallen. Zum Glück niemandem sonst dort.«

Andacht ließ sich von ihrer Maßregelung nicht wirklich beeindrucken. Trotzdem trat in diesem Moment der Meuchelmörder an die Seite ihres Adlatus. Von so viel Solidarität war Segen tatsächlich überrascht. Hatten sie die beiden etwa angefreundet? Das wäre überaus unerfreulich. Segen nahm sich vor, das bald zu unterbinden. Bevor Andacht auf dumme Ideen kam.

»Wir waren bei der Spalte«, sagte Ozias mit unruhiger Stimme. »Am Rand der niederen Viertel. Es hat sich angehört, als wären große Teile davon eingebrochen.«

Tatsächlich wirkte er etwas mitgenommen von dem Erlebnis. Unwillkürlich tat Andacht einen Schritt seitwärts, als der dunkelhäutige Mann neben ihm auftauchte. Also doch keine Freunde, stellte Segen zufrieden fest. Das war beruhigend. Ozias sollte nicht den Eindruck bekommen, nun Teil ihrer Pläne zu sein. Gar in der Stadt des ewigen Himmels willkommen zu sein. Sie brauchte ihn, um ihre Ziele zu erreichen. Danach war seine Anwesenheit entbehrlich. Deshalb ignorierte sie schlicht die Einmischung des Meuchelmörders zu diesem Zeitpunkt.

»Wo befindet sich die Wassererntern in diesem Moment?«

»In der Wolke«, antwortete Andacht. »Sie wurde verhört, jedoch ohne Auswirkung, wie es scheint. Sie wird bald wieder ihren normalen Dienst aufnehmen. Denke ich.«

»So, denkst du.«

Tock. Das Geräusch des Gehstocks, mit dem dieser auf den Steinboden pochte, rollte ein weiteres Mal durch die Räume der Bibliothek. Einen Moment ließ sie ihren Blick auf Andacht ruhen. Schließlich stieß sie einen tiefen Seufzer aus.

»Gut. Ich bin mir sicher, dass man mir auch davon noch berichtet hätte, aber ich muss zugeben, dass du richtig gehandelt hast. Nach dem Aufruhr mit dem falschen Priester«, sie nickte in Ozias Richtung, der bei der Bewegung merklich zusammenzuckte, »werden wir das Vorgehen ein wenig anpassen. Bald findet das Huldfest statt. Wir nutzen unseren bedeutendsten Festtag.«

Andacht entspannte sich sichtlich. Er legte eine Hand auf dem Arbeitstisch und stütze sich darauf ab. Seine ungezwungene Haltung hätte sie ihm für gewöhnlich nicht durchgehen lassen. Doch heute machte sie eine Ausnahme. Ihr Lob hatte die beabsichtigte Wirkung erzielt.

»Seit Wochen laufen die Vorbereitungen für die Königsprozession und die Feierlichkeiten«, bestätigte Andacht. »Allein die Blumengebilde über den ganzen Mittagsweg anzubringen, bis hin zum alten Palast, benötigt volle vier Tage.«

»Ein Fest? In dieser Stadt?«, polterte Ozias einen respektlosen Kommentar heraus. »Ich hoffe, ihr haltet die zu erwartende Zügellosigkeit unter Kontrolle. Oder bleiben die Viertel beim Feiern lieber für sich?«

Der Meuchelmörder konzentrierte sich auf das Abbild Lugos über dem Türsturz, aber Segen sah, wie er sich selbst auf die Lippen biss. Sie beschloss, nicht darauf einzugehen. Es war wichtiger, Andacht erneut an sich zu binden. Sie brauchte ihn. Das rechtfertigte sogar die nun auszusprechende Lüge.

»Wie mir zu Ohren kam, plant der Widerstand einen Anschlag auf die Prozession. Auf den Toten König höchstpersönlich. Leider ist immer noch nicht bekannt, wo sie sich verstecken. Daher werden wir ohne Vorwarnung eine Durchsuchung in den niederen Vierteln durchführen. Du, Andacht, wirst zusammen mit Befehlshaber Cassia die Umsetzung ausarbeiten und mir anschließend Bericht erstatten. Verhaftet zwei, drei Unberührbare. Das sollte ausreichen. Eine Hinrichtung zu Beginn des Festes hält den Frieden aufrecht. Ozias, du wirst den Befehlshaber begleiten und das nächste Ziel eliminieren. Eine Frau namens Krönel. Sie findest du im Handwerkerviertel. Und ohne Aufsehen dieses Mal. Sieh zu, dass man die Tote den Unberührbaren zu Last legt. Und anschließend schaffst du die entlaufene Wassererernterin aus der Welt. Ich dulde kein weiteres Versagen.«

Aus Andachts Gesicht verschwand jegliche Farbe. Schweiß trat auf seine kalkweiße Stirn. »Aber … diese Unberührbaren sind doch unschuldig. Wie kannst du da eine Hinrichtung anordnen?«

»Unberührbare sind nicht unschuldig. Sie unterwerfen sich nicht Sulas Gesetz und sie tragen nicht dazu bei, unser aller Überleben zu sichern. Das allein reicht schon aus, um sie zur Verantwortung zu ziehen. So erfüllen sie zumindest *einen* guten Zweck.«

»Du benutzt sie als Bauernopfer.« Andacht rang mit seiner Fassung, als ihm einfiel, was sich vor ein paar Tagen am Wolkenrand zugetragen hatte. Bevor sein bisheriges Leben ins Wanken geraten war. »Die Verurteilten, die ich begleitete, waren sie ebenfalls …?« Er stockte und schlug die Hand vor den Mund.

Segen blieb regungslos und beobachtete die Reaktion ihres Adlatus mit Adleraugen. »Sie waren Unberührbare. Die in Sulas Obhut aufgenommen wurden und ihren Frieden fanden. Ein besseres Schicksal ist ihnen nicht vergönnt. Sie können sich glücklich schätzen. Brennen dir noch weitere Fragen auf der Zunge?«

Andacht schwieg und schüttelte lediglich den Kopf. Es war ihm anzusehen, dass er mit dem Gehörten in keiner Weise einverstanden war. Aber es musste sein. Ihm blieb keine Wahl, als sich in ihrem

Auftrag die Hände schmutzig zu machen, mehr noch als zuvor. Zum Wohle der Stadt des ewigen Himmels.

»Wirst du dann jetzt gehorchen und tun, was ich dir auftrug? Oder bleibst du dort stehen, bis Sula persönlich herabsteigt und dir die Fersen verbrennt?«

»Ich gehorche, Oberste Segen.«

Ihre Muskeln schmerzten vor Anstrengung, als Tau ihre klammen Glieder von dem Gestell löste. Das Beben war abgeklungen, lange bevor sie es gewagt hatte, die Augen wieder zu öffnen. Ihre Angst vor einem Absturz zu überwinden, das war der schwierige Teil gewesen. Was, wenn es wiederkam, sobald sie losließ? Doch kein Zittern rollte durch die Streben, kein Bersten des schlüpfrigen Metallgrunds. Vorsichtig setzte sie erst einen, dann den anderen Fuß auf die Strebe. Das sichere Gefühl in den Beinen kehrte nur sehr zögerlich zurück. Dabei war sie schlüpfrigen Boden von klein auf gewöhnt. In der Wolke gab es nur wenig, das nicht irgendwann in Schwingung geriet oder dem feuchten Zerfall nachgab.

Das Beben war anders als eine der üblichen Bewegungen der Streben gewesen. Sie hatte Todesangst verspürt, kaum war es wie eine Urgewalt losgebrochen. Kopflos war sie in den Dunst gerannt, war der erstbesten Strebe gefolgt, ohne sich abzusichern, und hatte sich dann irgendwo einfach festgeklammert. Wo genau war sie eigentlich? Die Wolke zeigte sich undurchdringlich wie eh und je. Die Gestelloberfläche war stark verwittert. Rost hatte sich durch das Metall gefressen. Die eingestanzte Positionsnummer war nicht mehr zu entziffern. Es glich einem Wunder, dass der Schrotthaufen ihrem Gewicht standgehalten hatte. Gewartet hatte ihn seit einer Ewigkeit niemand mehr. Sie brachte schnell zwei, drei Schritte Distanz zwischen sich und das Gestell. Nur für den Fall, dass es doch noch abstürzte. Sie musste immer noch in der Nähe der Begräbnishöhle sein. Der Zustand des Erntegestells ließ daran keinen Zweifel. Das hier war ein aufgegebener Teil der Streben.

Das Bild der toten Ache sprang Tau vor das innere Auge. Bestürzt schlug sie die Hände vor das Gesicht. Aches Arm und das Blut. Ohne dass sie es selbst registrierte, rollten ihr Tränen über die Wangen und malten winzige Flussbetten auf ihre feuchtstaubige Haut. So einen Tod hatte Ache nicht verdient gehabt. Bei Lugo, selbst der schalkhafte Mondgott musste das doch so sehen. Die Wolke verhüllte den letzten Weg des Lebens mit ihrer Gnade, wenn man von den Streben herabstürzte. Sie verschluckte alles. Der Fels, der Ache erschlagen hatte, hatte kein Erbarmen gezeigt. Den Tod einer Vertrauten so nahe mitzuerleben war fürchterlich für Tau. Ob die anderen überlebt hatten? Was war mit Schwinde geschehen? Jemand musste ihnen doch helfen. Unbewusst bewegte sie sich vorwärts, doch dann zitterten ihre Knie. Die Beine versagten den Gehorsam. Sie wollte nicht dorthin zurück. Sie konnte es einfach nicht.

Es sind Aufrührer, sagte sie zu sich selbst, als würde diese Ausflucht helfen. Alle, wie sie da versammelt gewesen waren. Leute, die der Stadt des ewigen Himmels schaden wollten und sogar bereits Pläne dafür geschmiedet hatten. Tau wischte sich mit dem Ärmel ihrer Jacke über das Gesicht und zog schniefend die Nase hoch. Sie musste das melden, damit sich jemand dieser Angelegenheit annahm. Den Verrat untersuchte. Sie war nicht die richtige Person, um in eine eingestürzte Höhle zu kriechen und verletzte Verbrecher zu bergen. Diese Leute mussten verhaftet und zur Rechenschaft gezogen werden. Der Viertelvorsteher hatte ihr zwar beim Verhör in der Mauer nicht zugehört. Aber dieses Mal hatte Geste wohl keine Wahl. Das durfte selbst er nicht ignorieren.

Tau verlief sich ganze zwei Mal, bevor sie die Strebe erreichte, die aus der Wolke herausführte. Der feste Boden des Plateaus gab ihr dieses Mal kein sicheres Gefühl. Sie blinzelte, als das ungewohnte Sonnenlicht sie blendete. Mit der Hand über den Augen ging sie vorwärts. Von der Wolke bis zum Haus des Vorstehers war es nur ein kurzes Stück. Dennoch kam ihr die Strecke viel länger vor als üblich. Das Haus des Viertelvorstehers lag still vor ihr. Geste suchten die Wasserernter meist zu Beginn und zum Ende der Arbeitsschicht auf. Den Tag über verbrachten sie in der Wolke und Geste arbeitete solange ungestört. Daher war es nicht verwunderlich, dass sie niemand anderem begegnete. Tau lauschte kurz, bevor sie sich mit einem Klopfen ankündigte. Der Viertelvorsteher würde sie nicht erwarten, aber sie war sicher, dass er hinter seinem Schreibtisch saß und Arbeitspläne aufstellte. Sie glaubte, hinter der Tür eine Bewegung zu hören. Geste arbeitete also.

Ein Schrei zerriss die Stille. So viel Todesangst lag darin, dass Tau, ohne zu überlegen, in die Schreibstube platzte. Die Sitzbank am Arbeitstisch war leer. Niemand hielt sich in dem Raum auf. Aber sie hatte sich doch nicht verhört. Geste musste hier sein. Ein seltsamer Geruch hing in der Kammer. Feuchtes Leder und etwas, das an Metall erinnerte. Beinahe süßlich schmeckte es bei jedem Atemzug. Am offenen Fenster bewegte sich der Vorhang. An der einen Seite hing er herab, als wäre er beinahe abgerissen worden. Etwas knirschte. Andere, seltsame Laute drangen an ihr Ohr, die sie nicht einordnen konnte. Dann ruckte etwas Schlaffes hin und her. Vorsichtig trat sie näher an den Tisch heran.

»Geste?«, fragte sie unsicher, während sie sich reckte, um über das Hindernis hinwegzusehen.

Auf dem Boden hockte eine unförmige Gestalt. Graumelierte Haut glänzte ledrig und bedeckte den Körper wie ein ausgebreiteter Mantel. Etwas Dreieckiges, das Tau für einen Schädel hielt, ruckte in rhythmischen Schüben. Zerrte an etwas, kaute, schluckte, hielt inne. Violette Reptilienaugen weiteten sich, eine durchsichtige Haut schob sich blinzelnd über die Pupillen. Dann fixierten die Augen Tau. Der Blick war von einer solch erschreckenden Intelligenz erfüllt, so dass sie rückwärts taumelte. Erstickt rang sie nach Luft. Eine solche Kreatur hatte sie noch nie in ihrem Leben gesehen. Das war eine Bestie, ein Monster. Der Kettenkriecher.

Der Schädel hob sich über den Tisch und wandte sich ihr zu. Ein Grollen ließ die Haut unter dem Kiefer erzittern. Fast schon gemächlich folgten die Reptilienaugen Taus Bewegung. Unmittelbar hielt sie den Atem an. Keinen Finger wagte sie zu rühren. Selbst wenn sie es gewollt hätte, sie hätte sich vor Angst nicht mehr bewegen können.

Blutiger Geifer zog Fäden von den Fängen herab, die aus den Kiefern wie winzige Dolche herausstanden. Dazwischen hing ein Stück Stoff. Der Teil einer Kutte, wie sie die Priester trugen. Gestes Kutte. Langsam richtete sich die Bestie auf und schob Stück für Stück den Leib auf den Arbeitstisch. Der Schwanz vollführte eine fegende Bewegung. Der Rest davon, was einmal der Viertelvorsteher gewesen war, rutsche hinter dem Tisch hervor und stoppte mit einem satten Geräusch an der Wand. Flügel wurden geschüttelt und angelegt. Das Echsenwesen fauchte in Taus Richtung, drehte sich dann in Richtung Fensteröffnung und kletterte schließlich in aller Ruhe hinaus. Als Letztes verschwand der lange, glatte Schwanz, dessen Spitze in einer Schwinge endete.

Tau sog tief den Atem ein. Erst als sie sich so gut wie sicher war, dass die Bestie nicht zurückkehrte, lösten sich die Hände, die sich zu Fäusten geballt hatten. Ihr Puls raste jedoch weiterhin. Geste war tot. Umgebracht von diesem … Ding. Nein, schüttelte sie den Kopf. Geste war nicht einfach umgebracht worden. Es hatte ihn gefressen. Als wäre er ein Stück Fleisch gewesen. Beute. Und sie, sie lebte. Ihr Verstand verweigerte jeden Erklärungsversuch, warum die Bestie sie verschont hatte. Sie machte einen Schritt in Richtung der Leiche, dann noch einen. Blutgeruch stieg ihr in die Nase. Tau würgte lautlos. Geste war fürchterlich zugerichtet. Die linke Hälfte des Oberkörpers sowie der Arm fehlten. Biss- und Krallenspuren hatten die Haut zerfetzt. Weiße Knochenstücke leuchteten in all dem Rot und Grau. Tau starrte die Leiche an und vermochte nicht den Blick abzuwenden. Dass zwei Adlerkrieger das Arbeitszimmer hinter ihr betreten hatten, bekam sie nicht mit.

»Was ist hier los?«

Die unerwartete Stimme jagte Tau einen solchen Schrecken ein, dass sie aufschrie. Sie kreiselte herum und stierte die beiden Adlerkrieger mit aufgerissenen Augen an.

»Wo ist der Viertelvorsteher? Ist er hier?«

»Ich … er …«, antwortete Tau erstickt. Sie wusste nicht, wie sie auf diese Fragen reagieren sollte. Das Gesicht des Wortführers war ihr fremd, aber den zweiten Krieger erkannte sie. Er hatte sie zum Verhörraum eskortiert, bevor Geste sie befragt hatte. In seinem Blick las sie, dass auch er sie erkannt hatte.

Der erste Adlerkrieger zog misstrauisch die Augenbrauen zusammen. Dann sah er an Tau vorbei. Er gab dem zweiten ein Handzeichen. Der drängte an Tau vorbei, hockte sich vor die Leiche und untersuchte sie.

»Der Viertelvorsteher ist tot. Umgebracht«, meldete er zurück, ohne Tau eines Blickes zu würdigen.

»Du wirst dich dafür verantworten müssen. Wie ist dein Name?«, fragte der erste wieder.

Tau schüttelte entgeistert den Kopf. Sie trug keine Schuld an Gestes Tod. Nicht sie hatte ihn umgebracht, sondern diese geflügelte Bestie. Die Adlerkrieger durften sie nicht dafür verhaften. Trotzdem bekam sie kein einziges Wort heraus.

»Sie heißt Tau«, antwortete der zweite Krieger an ihrer Stelle. »Der Viertelvorsteher hat sie erst vor Kurzem verhört. Wegen Aufruhrs und weil sie einen Priester des Mordes bezichtigt hat.«

»Das erklärt wohl alles. Du hast dich an Geste gerächt. Du bist hiermit verhaftet. Nimm sie fest, Krieger.«

Der zweite Adlerkrieger erhob sich und kam auf Tau zu. Sie wich langsam rückwärts zur Wand der Schreibstube. Abwehrend hob sie die Hände. Dann sprudelten endlich Worte aus Taus Mund.

»Ich bin das nicht gewesen«, beteuerte sie. »Das war ein Monster. Eine Bestie mit Flügeln.«

Tau konnte sehen, dass die beiden ihr nicht glaubten. Doch noch einmal ging sie nicht in diese Zelle. Sie wusste, was danach kam. Mord an einem Priester vergab die obere Kaste nicht. Sie konnte sich nicht für ein Verbrechen hinrichten lassen, dass sie nicht begangen hatte. Seit sie den Mörder ihres Vaters ertappt hatte, fiel ihr Leben Stück für Stück von der Strebe. Dabei wünschte sie sich einfach nur, wieder nach Hause zu gehen. Aber das schien unmöglich. Und Lugo bot ihr allein die Flucht als Ausweg. Schalkhafter Gott. Tau stieß sie sich von der Wand ab. Sie schlug einen Haken und war an dem Adlerkrieger vorbei, bevor dieser nach ihr greifen konnte. Kopflos rannte sie aus dem Gebäude, vorwärts zum Rand, bis die Wolke sie umfing und sie vor den suchenden Blicken der Adlerkrieger beschützte. Tau achtete nicht auf den Weg, den sie auf den Streben nahm. Sie wollte einfach nur fort. Fort von den Kriegern, fort von dem getöteten Geste und fort von dem Ding, das ihn umgebracht hatte.

Die Kutte des Priesters hatten sie ihm abgenommen. Lange bevor er in Begleitung des Befehlshabers der Adlerkrieger, Cassia, in das Viertel der Handwerker aufgebrochen war. Unzufrieden zupfte Staubner an der Jacke herum. Immerhin fühlte sie sich zusammen mit dem Beinkleid für ihn vertrauter an. Fast so wie in der Zeit, bevor er diese unglückselige Stadt betreten hatte. Obwohl ihm die Luftigkeit unter der Kutte nicht unangenehm gewesen war, stellte er grinsend fest. Vielleicht ein bisschen frisch in der kalten Bergluft, aber zu großen *Taten* war er unter dem strengen Blick der Obersten bisher sowieso nicht gekommen. Sofort erlosch die gute Laune in seinem Gesicht. Die Oberste Segen. Noch ein Mord also, das war es, was ihr vorschwebte. Dabei hatte er den ersten schon nicht durchführen wollen. Aber da war er wenigstens allein gewesen. Dieses Mal hatte sie ihn unter besondere Beobachtung gestellt. *Unschuldige opfern für einen höheren Zweck*, schimpfte Staubner in Gedanken. Segen glaubte vermutlich sogar daran. Dabei machte Gewalt nie etwas besser. Nur übler. Elende Priester. Alle gleich, egal wo sie sich herumtrieben. Und er saß in dieser Stadt fest, nur weil Segen ihre Ränkespiele genoss.

Während die Adlerkrieger mit mehreren Abteilungen in den anderen niederen Vierteln einmarschiert waren, hatten Andacht und der Befehlshaber sich auf Drängen der Obersten beim Handwerkerviertel für eine andere Vorgehensweise entschieden. Kein Soldat brüllte Befehle oder trat eine Tür ein. Keine zerschlagenen Möbel landeten auf der Suche nach Verstecken oder Beweisen in der Gasse. Nein, Segen hatte eine Inszenierung befohlen. Mehr ein Gauklerstück als ein verdecktes Unterfangen. Deshalb auch der Tausch seiner Kutte gegen die Kleidung eines Dieners. Der Befehlshaber hatte seine geschmückte Rüstung und den Helm mit den Adlerfedern für das Gewand eines Adeligen abgelegt, der einen Steinmetz für den Ausbau seines Anwesens verdingen und sich deshalb persönlich von der besten Handwerkskunst überzeugen wollte. Eine Lüge, die vorab mit einer Nachricht und vielen Gerüchten ins Handwerkerviertel gebracht worden war. In Wirklichkeit hatte Cassia sich einfach nicht davon abbringen lassen, die Durchführung einem Untergebenen anzuvertrauen. Damit niemand Verdacht schöpfte, ließ er sich in einer Sänfte durch die Gassen tragen, an deren Seite Staubner mitlief. Die Träger bestanden ausschließlich aus Adlerkriegern, ebenso das weitere Gefolge. Waffen waren keine zu sehen, aber Staubner war überzeugt, dass sie sie irgendwo versteckt hielten. Nichts sollte dem Zufall überlassen werden. Insgeheim fragte er sich, wie weit alle eingeweiht waren.

Staubners Knie meldete sich mit einem leise stechenden Schmerz zurück. Dabei hatte er gehofft, es endlich auskuriert zu haben. Das war wohl zu früh gewesen. Die Dolchscheiden unter der Jacke drückten ihn beim Laufen unangenehm in die Seiten. Sie im Tempel zu lassen hätte Fragen aufgeworfen. Immerhin hielten ihn alle, die davon wussten, für einen Meuchelmörder. Dabei hasste er die Klingen bereits jetzt mehr als alles, was er in seinem Leben verabscheut hatte. Warum durfte er eigentlich nicht mit in der Sänfte sitzen? Und warum war er vorher nicht noch zum Abort gegangen?

Natürlich hatte Andacht nicht vergessen, ihm ein weiteres Mal mit Farbe im Gesicht herumzufuchteln. *Die Symbole der Dienerschaft, jaja.* Besonders sanft war der Priester nicht vorgegangen. Er hatte auch nicht sonderlich zufrieden dabei ausgesehen. Nach der Unterredung in der vergessenen Bibliothek war das kein Wunder. Hätte Staubner sich an irgendeinem anderen Ort der Provinzen aufgehalten, wäre das Gespräch allein Grund genug gewesen, um schleunigst zu verschwinden. Wo Andacht gerade steckte, das hatte ihm niemand verraten. Vermutlich schlich er irgendwo mit eingezogenem Kopf um seine Oberste herum. Wie gern würde Staubner sich jetzt die Bemalung aus dem Gesicht wischen. Der Vorhang an der Sänfte rückte ein Stück zur Seite und eine beringte Hand winkte ihn heran.

»Du, Ozias, komm her.« Die Stimme des Befehlshabers war leise, aber blieb dennoch überaus ehrfurchteinflößend. Staubner schnaufte, gehorchte aber. Es war besser, es sich nicht mit Menschen seiner Art zu verscherzen. Cassia zeigte sein Gesicht nicht, sondern blieb in der Sänfte verborgen.

»Weißt du noch, was deine Aufgabe ist, oder muss ich deine Erinnerung auffrischen?«

»Ja, ich weiß es noch.«

»Du weißt es noch *was*?« Befehlshaber Cassia klang ungehalten. Staubner war sich nicht sicher, aber er hatte das unbestimmte Gefühl, dass die Oberste ihre Bedenken zu seiner Person mit dem Befehlshaber der Adlerkrieger geteilt hatte. Das würde durchaus erklären, warum sie ihn nicht allein losgeschickt hatte. Oder warum die Oberste ihn ausgerechnet dem Befehlshaber als Diener zugeteilt hatte.

»Ich weiß es noch, ehrwürdiges *Auge des Adlers*. Ich war anwesend bei der kleinen, gemütlichen Unterhaltung kurz vor unserem Aufbruch. Herr.«

Staubner bemühte sich, freundlich und ruhig zu klingen. In seinem Inneren tobte sich die Nervosität aus. Er würde auffliegen. Sobald sie bei den Steinmetzen eintrafen. Cassia würde ihn verhaften, Segen ihn verurteilen und irgendwer schubste ihn dann vom Rand des Plateaus. Wie verlockend wirkte auf einmal der dunkle, kalte Durchgang am Rande der Spalte.

»Hör auf damit«, befahl Cassia hinter dem Vorhang. »Ich dulde keine Respektlosigkeit.«

Eine Melodie brach ab, irgendwo neben der Sänfte. Dabei hatte Staubner überhaupt nicht mitbekommen, dass jemand gesungen hatte. Irritiert sah er sich um.

»Womit aufhören, Herr?«

Ein Adlerkrieger ohne Rüstung eilte heran und drängte Staubner kurzerhand beiseite. Der Mann verbeugte sich in Richtung des Vorhangs. »Wir haben den Platz gleich erreicht, Herr.«

»Gut. Sorge dafür, dass die Sänfte am Rand des Zunftplatzes abgesetzt wird. Genau gegenüber der Werkstatt der Steinmetze. Sichert unauffällig zu allen Seiten. Die Träger und mein Diener warten draußen. Alle anderen folgen mir in die Werkstatt. Ich möchte dabei möglichst viel Aufsehen erregen, verstanden?«

»Gewiss, Herr.«

Der Adlerkrieger ließ die Sänfte hinter sich, gab dem vorderen Träger eine Anweisung und schon schwenkte der gesamte Tross nach rechts weg. Dort öffnete sich die Gasse zum alten Zunftplatz. Es warteten bereits Menschen auf ihre Ankunft. So viele, dass Staubner sich durch die Menge drücken musste, um den Anschluss nicht zu verlieren. An bunten Marktbuden priesen Handwerker laut ihre Kunstfertigkeit anhand der verschiedensten Arbeiten an. Staubner erkannte neben den Steinmetzen, die versammelt vor der Werkstatt auf den hohen Besuch warteten, Seiler, Pergamenthersteller, Töpfer und Weber, die ihre Stoffe hochhielten. Kaum hielt die Sänfte an, bildeten die verkleideten Adlerkrieger einen Kokon aus Leibern, so dass Cassia mit einer großen Geste aussteigen konnte. Der Befehlshaber lächelte jovial und winkte in die Menge. Seine Statur passte nicht so recht zu dem Bild des Adeligen. Dafür war er zu groß und zu muskulös, seine Gesichtszüge zu hager. Zudem bewegte er sich mit der Sicherheit eines geübten Kämpfers, fand Staubner. Zu seiner Verwunderung schien das niemand auf dem Zunftplatz zu bemerken. Wie ein Pfau seine Weibchen lockte er die Menschen hinter sich her, warf dort eine Münze in die Menge oder bewunderte eine Arbeit, die ihm entgegengereckt wurde. Schließlich betrat er die Werkstatt der Steinmetze am anderen Ende des Platzes. Die Menge folgte ihm, soweit es ging. Der Rest scharte sich um den Eingang der Werkstatt.

»Los jetzt.«

Der Krieger von eben tauchte neben Staubner auf. Mit dem Kopf deutete er ein Stück den Platz herunter. Seinen Namen kannte Staubner nicht. Niemand hatte es für nötig befunden, ihm die Namen von irgendwem mitzuteilen. Umgekehrt war das sicher nicht der Fall. Zwei der vier Träger hatten sich dem Krieger angeschlossen. Die beiden anderen blieben an der Sänfte stehen und wirkten auf ihn auffällig unbeteiligt. So, als hätten sie eine Aufgabe, von der Staubner auch nicht unterrichtet worden war. Irgendwie gefiel ihm das ganz und gar nicht. Hatte Segen ihm eine Falle gestellt? Wollte sie ihn als Sündenbock hinstellen, für eine Sache, die so überhaupt nicht seine war? Er war schließlich für den feigen Mord an einer Aufständischen hier. Eine Tat, die einem dieser Unberührbaren zur Last gelegt werden sollte. Das war seine Aufgabe, ohne dass sie ihm erklärt hatte, wie er das bewerkstelligen sollte. Er kannte doch keinen von denen. Nicht einmal, wie ein Unberührbarer überhaupt aussah, wusste er. Mit einem unguten Gefühl in der Magengegend folgte Staubner den drei Adlerkriegern. Weit gingen sie nicht. Nach vielleicht zehn Metern traten sie durch einen schmalen Torbogen, als sie sicher waren, dass sie niemand dabei beobachtete. Staubner tat es ihnen nach. Was blieb ihm auch sonst übrig?

Vor der heruntergekommenen Werkstatt hatte jemand Figuren und Standbilder aufgereiht, so dass kaum Platz für etwas anderes blieb. Die Arbeit einer Bildhauerin, einer guten sogar, meinte Staubner. Das Geschäft schien allerdings nicht besonders erfolgreich zu laufen. Die Fassade der Werkstatt wirkte brüchig, das Dach war mehrfach ausgebessert worden. Und es standen viel zu viele Statuen herum. Menschen hatten schon für weniger eine Revolte begonnen. Der Krieger wies die beiden anderen an, neben der Tür stehen zu bleiben und aufzupassen, dass niemand sonst hinzukam. Was nun passieren sollte, wusste Staubner nur zu gut. Es graute ihm seit Stunden vor diesem Moment. Krönel, das war der Name der Bildhauerin, die er töten sollte. Ungeduldig deutete der Adlerkrieger ihm, endlich zu beginnen. Er selbst betrat die Werkstatt, als sei er ein regulärer Kunde.

Staubner sah sich um. Er wusste genau, welchen Grundriss das Haus hatte, wo die Ein- und Ausgänge lagen, wie viele Räume es gab. Das war Teil der Planung gewesen. Er hatte sich interessiert gegeben und versucht, seiner Rolle gerecht zu werden. So langsam schien es im beinahe richtiger, einfach die Wahrheit zu sagen und darauf zu hoffen, dass Segen ihn gehen ließ. Auch wenn es naiv war, sich das zu wünschen. Unter den wachsamen Augen der beiden Adlerkrieger kletterte er auf eine etwa schulterhohe Mauer. Deren Krone führte ihn zum Dach. Es war flach, leicht schräg, diente aber offensichtlich nicht dazu, Regen abzuhalten. Auf dem Plateau regnete es nie, so viel hatte Staubner begriffen. Das war vermutlich auch der Grund, warum nirgends Schindeln zu sehen waren. Einen Rauchabzug gab es dennoch. Vorsichtig bewegte sich Staubner darauf zu. Direkt dahinter gab es einen Abstieg nach unten, in den hinteren Innenhof. Der Platz war quadratisch, mit Steinquadern unterschiedlicher Größen und halbfertigen Arbeiten angefüllt. Bemüht, keinen Laut zu verursachen, ließ sich Staubner herab. Er kauerte sich hinter eine Darstellung der Sula, deren Körper ab der Hüfte abwärts noch im Stein steckte. Weitere Personen hielten sich nicht in der Werkstatt der Bildhauerin auf. Krönel lebte allein. Ohne Familie, ohne Gehilfen. Was machte sie derart gefährlich, dass Segen sie tot sehen wollte?

Von seiner Position aus konnte er in den vorderen Teil der Werkstatt blicken, ohne selbst entdeckt zu werden. Der Krieger stand dort mit einer Frau im Arbeitskittel und unterhielt sich. Es schien, als verhandelten sie über etwas. Das musste Krönel sein. Mit der flachen Hand rieb sich Staubner über den Mund. Ein Schluck Wasser würde den trockenen Geschmack vertreiben. Warum hatte eigentlich niemand an Verpflegung gedacht? Seine Aufgabe war es, die Bildhauerin zu erdolchen, während der Adlerkrieger sie ablenkte. Feige von hinten. Staubner wollte das nicht einmal von vorne tun. Eigentlich wollte er das überhaupt nicht machen. Er konnte es nicht, selbst, wenn er musste. Eine Melodie stieg in sein Ohr, so vertraut, so irritierend vertraut und sehr nah. Nahm denn niemand in dieser Welt Rücksicht? Hektisch sah Staubner sich um, aber im Innenhof war niemand zu entdecken. Wenn das nicht aufhörte, war es vorbei mit der Heimlichkeit.

Krönel drehte sich um. Sie hatte die Töne ebenfalls vernommen. Die Verwunderung in ihrem Blick war nicht zu übersehen. Instinktiv duckte sich Staubner noch tiefer hinter die Statue. Die Bildhauerin bemerkte ihn nicht, er dagegen sehr wohl die Bewegung des Adlerkriegers. Ein Dolch blitzte auf, wo immer er diesen auch versteckt gehalten hatte. Krönel riss den Mund weit auf, stöhnte und zuckte. Dann brach sie erst auf das linke Knie, dann auf das rechte. Schließlich kippte sie zur Seite. Ihre Augen starrten unablässig in Staubners Richtung. Er starrte zurück. Erst der ungehaltene Ruf des Kriegers löste seine Bewegungslosigkeit.

»Ozias. Hierher.«

Staubner erhob sich und ging unsicheren Schritts vorwärts und an der Leiche Krönels vorbei. Der Adlerkrieger hatte nicht auf ihn gewartet, sondern den Männern am Eingang einen Befehl gegeben. Was sie taten, bekam er nicht mit. Stattdessen kehrte er in die Werkstatt zurück und begann, eins der Regale umzustürzen. Kleinere Figuren fielen herab und zerbrachen auf den Steinboden. Der Plan. Es sollte wie ein Überfall aussehen. Wie eine Rachetat. Mechanisch umfasste er den Kopf einer Sula-Statue und warf sie um. Mit einem dumpfen Laut schlug sie auf, blieb aber nahezu unbeschädigt. Er hatte sich an einem Mord beteiligt. Noch immer konnte er es nicht wirklich begreifen. Mehr noch, er hätte ihn begehen sollen, nicht der Adlerkrieger. Befehlshaber Cassia würde davon erfahren. Und dann die Oberste. Sie hatte ihn an seinen Juwelen. Endgültig. Das würde Segen ihm niemals durchgehen lassen.

Die beiden anderen Krieger betraten die Werkstatt. Zusammen schleiften sie einen Mann herein, der sich nicht mit eigener Kraft auf den Beinen hielt. Das Haar hing vor seinem Gesicht, die Kleidung bestand aus kaum mehr als Lumpen. *Woher hatten sie den denn plötzlich*, fragte Staubner sich fassungslos. War das ein Gefangener aus einem Mauerverlies? Ein Unberührbarer? Aber wann war der festgenommen worden?

»Bringt ihn her«, befahl der Krieger. Er unterbrach sein Zerstörungswerk und holte einen winzigen Flakon unter seinem Gürtel hervor. Hart griff er nach dem Kiefer des Besinnungslosen und zwang ihn auf. Dann kippte er das, was in dem Flakon enthalten war, in den Mund des Mannes. Anschließend ging er zu der Leiche Krönels und zog den Dolch aus ihrem Rücken. Mit einem schmatzenden Laut löste sich die Klinge aus dem toten Fleisch.

»Ihr wisst, was zu tun ist.«

Die blutverschmierte Klinge wischte er über die Lumpen des Mannes. Dann drückte er dem Gefangenen die Waffe in die Hand, worauf ihn die beiden Adlerkrieger zurück zum Tor brachten. Dort stießen sie ihn auf den Zunftplatz. Der Mann stolperte vorwärts, hielt sich aber aufrecht, blieb stehen, schüttelte den Kopf, als käme er endlich zur Besinnung. Sie hatten ihm etwas eingeflößt, das die Betäubung aufhob, erkannte Staubner plötzlich. Fahrig strich sich der Gefangene mit der freien Hand das Haar nach hinten. Sonnenlicht fiel auf die Klinge des Dolches und warf eine Reflexion auf sein Gesicht. Verwirrt hob der Gefangene seine Hand, in der die Klinge ruhte. Verständnislos betrachtete er die Waffe. Noch immer schien er nicht zu begreifen, was man mit ihm gemacht hatte.

Obwohl er es versuchte, Staubner vermochte nicht den Blick von der Szenerie abzuwenden. *Lauf!* Der Ruf hallte durch seine Kopf, drang aber nicht über seine Lippen. *Lauf weg und verwinde von hier!* Er brachte keinen einzigen Ton hervor. Dieses Problem hatten die Adlerkrieger, die sich im Schatten des Eingangs verborgen hielten, nicht. Gellend brüllten sie los und schlugen Alarm.

»Mörder! Jemand hat Krönel hinterrücks erstochen! Mörder! Holt die Adlerkrieger!«

Die ersten Köpfe vor der Werkstatt der Steinmetze, aufgescheucht von dem Gebrüll, ruckten herum. Auch der Gefangene sah sich um. Er starrte mit offenem Mund in die Richtung, aus der die Rufe kamen. Ohne zu überlegen wich Staubner einen Schritt zurück. Er ertrug den Blick des Gefangenen nicht. Trotzdem sah er nicht weg. Die Pupillen des Gefangenen weiteten sich vor Schreck, als ihm aufging, wer soeben des Mordes bezichtigt wurde. Er selbst und niemand anderer. Klappernd traf der Dolch auf dem Boden auf, schlug ein, zwei Kapriolen und lag dann still.

Einer der Adlerkrieger stieß gegen Staubners Schulter, als er sich an ihm vorbeidrückte. Auch die anderen drei kamen nun aus der Deckung. Sie trugen die Leiche Krönels auf den Platz und legten sie sichtbar für alle ab. Krönels Kopf lag verdreht zur Seite, die leblosen Augen starrten in Staubners Richtung. Die Menge, die vor wenigen Augenblicken noch versucht hatte, alles mitzubekommen, was in der Werkstatt der Steinmetze vor sich ging, bildete einen Halbkreis um den Gefangenen. Der stand immer noch wie vom Blitz getroffen auf dem Platz und bewegte sich nicht. Jemand drängte sich von hinten durch die Leute, schob Männer und Frauen beiseite, bis er frei vor allen stehen blieb. Der Befehlshaber Cassia. *Immer noch in seiner Rolle als großzügiger Wohltäter*, dachte Staubner. In seiner Kehle bildete sich ein Klumpen, der sich nicht herunterschlucken ließ.

Cassia wies anklagend auf den Gefangenen. »Das ist ein Unberührbarer«, rief er mit donnernder Stimme. »Er hat eine der Unseren ermordet!«

Der Ruf wirkte wie ein Signal für die Menge. Erst eilten vereinzelte, dann immer weitere Menschen auf den Unglückseligen zu, umringten, schlugen, traten ihn, bis er vor lauter Leibern nicht mehr zu sehen war. Staubner hörte, wie die Schläge auf den Körper einprasselten, genauso, wie er die Schmerzensschreie zwischen all den wütenden Rufen zu vernehmen glaubte. Die unterdrückte Wut der niederen Kaste entlud sich in Gewalt. Erst als Cassia sicher schien, dass der Mund des Geschundenen kein sinnvolles Wort mehr hervorbringen würde, versuchte er, die Meute zur Vernunft zu bringen.

»Aufhören! Sula soll über ihn richten. Das ist nicht des Menschen Aufgabe. Hört ihr nicht? Lasst ihn am Leben!«

Cassia gab den Adlerkriegern ein Zeichen. Sofort eilten sie herbei und zerrten einen nach dem anderen unsanft aus dem Pulk. Auch Cassia beteiligte sich daran. Nur Staubner blieb, wo er war. Erst schien es, als zeige der Einsatz der Krieger keine Wirkung. Doch als eine

Abteilung Adlerkrieger auf den Platz trat und ein Seelenhorn seinen unheimlichen Ruf von sich gab, machte die aufgebrachte Menge den Weg frei. Zurück blieb der Gefangene, der zusammengekrümmt wie eine zerbrochene Puppe auf dem Boden lag. Das Gesicht war kaum noch zu erkennen. Ab und zu zuckte der Leib zusammen und bewies, dass der Mann noch lebte. Das war sie also, die große Inszenierung der Obersten. Ihr Plan war voll und ganz aufgegangen. Eine Anführerin der Revolte war tot, ein Unschuldiger war als Sündenbock präsentiert. Und er, Staubner, hatte ein weiteres Mal bewiesen, dass er als Meuchelmörder nichts taugte.

Ozias zog geräuschvoll hoch und spuckte auf einen Stein mit spärlich gewachsenen, gelben Flechten. Dass an diesem Ort überhaupt etwas gedieh, wunderte ihn. Unzufrieden kratzte er sich über die blassbraunen Stoppel auf seiner Schläfe.

»Das ist es also?«

Sein Blick folgte dem Fluss des Speichels, als sei dieser bedeutsamer als der Söldnerfürst Fausto, neben dem er stand. Eine kahle Höhle mitten in einem nomadenverlassenen Gebirgszug. Er hätte keine einzige Giltmark darauf verwettet, dass nördlich von Rosander ein Ort existierte, an dem sich Menschen freiwillig niederließen. Doch auch so beschloss er, der Geschichte erst Glauben zu schenken, wenn er es mit seinen eigenen Augen gesehen hatte. Der Weg über den Pass war schon arschkalt gewesen und bis auf den Umstand, dass der Wind nicht in alle Ecken dieses Loches reichte, war die Temperatur hier drinnen kaum einen Deut besser. Lederrüstung und der dünne Sarrock hatten die frostige Temperatur nur dürftig ferngehalten. Ozias wäre womöglich nicht hergekommen, wenn der Söldnerfürst sich nicht bereit erklärt hätte, ihn mitzunehmen. Oder wenn das miese Stück Kusanterdreck sich irgendeinen anderen Ort auf dem Kontinent ausgesucht hätte, um sich zu verstecken. Offene Rechnungen waren Ozias ein Gräuel. Er war festen Willens, auch diese zu begleichen. Samt einer Genugtuung für seine Schmach. Vermutlich war es das dann wert, sich diesen Strapazen auszusetzen.

»Der verrückte Riese hat die Route sehr ausführlich beschrieben. Es schien ihm ein wichtiges Anliegen, uns hierherzulocken. Genug ins Zeug gelegt hat er sich unzweifelhaft dafür. Und wie du siehst, belogen hat er uns nicht.« Fausto fand kein Interesse an laufender Spucke, sondern betrachtete den Meuchelmörder mit einer Selbstzufriedenheit, die Ozias nicht zum ersten Mal nervte.

»Er hätte ruhig etwas deutlich werden können, was das Wetter betrifft«, knurrte er. Es ärgerte Ozias maßlos, dass er selbst nicht ausreichend vorgesorgt hatte. Die Wut auf die Schattenhaut war größer als die Vernunft gewesen. Etwas, das ganz und gar nicht seine Art war.

»Den Gebirgspass hat er erwähnt. Du hast ihn gehört. Der kluge Soldat sorgt vor, Ozias«, lachte Fausto mit seiner kräftigen Stimme. Der Söldnerfürst ging an ihm vorbei und setzte sich auf einen klobigen Vorsprung in der Felswand. Die Ellbogen stützte er auf den Knien auf und legte die Hände ineinander. Die für ihn bereitgelegten Decken und Felle ignorierte er. »Ich hatte dich für aufmerksamer gehalten. Allerdings bist du kein Soldat. Oder bist du mal einer gewesen? Das wäre eine ehrlichere Arbeit. Was hat dich dazu gebracht, andere meuchlings umzubringen?«

Die Kälte schien dem letzten lebenden Hauptmann der Eisenbrüder nichts auszumachen. Das hatte Ozias bereits auf dem Pass mit Missgunst festgestellt. Fausto hatte ein Alter erreicht, das einem Söldner durchaus zur Ehre gereichte. Nur wenige hielten solange durch. Ruhestand war den wenigsten vergönnt. Dafür musste man aus besonders hartem Holz geschnitzt sein, dachte er. Alle anderen folgten mit ihren toten Augen längst dem Weg des Nomaden. Fausto nicht. Aber das war vermutlich einer der Gründe, warum seine Männer ihn achteten. Die großzügige Entlohnung für ihre Dienste mochte es jedenfalls nicht sein, wenn er den Gerüchten Glauben schenkte.

»Ich war jung und brauchte die Giltmark«, gab Ozias als Antwort. Sich zu rechtfertigen gehörte nicht zu seinen Vorlieben. Fürst hin oder her, er war nicht hier, um dem Söldnerfürsten Rede und Antwort zu stehen. »Tod gegen Lohn. Am Ende gehören sie alle dem Nomaden.«

Fausto lachte. »Waren wir das nicht alle irgendwann? Jung und hungrig nach Gold?«

Unter seinem metallenen Schuppenpanzer trug der Söldnerfürst ein dick gewebtes Hemd, unter dem sich eine massige Statur abzeichnete. Ein Umhang aus schwarzgefärbter Wolle war über seine Schultern geworfen. Fausto zu unterschätzen kam einem Todesurteil gleich.

Er war ein zäher wie gnadenloser Kämpfer, das hatte einer der Männer in der Kompanie dem Meuchelmörder erzählt, der es am eigenen Leib erfahren hatte. Ozias war geneigt, das vorbehaltlos für wahr zu halten. Silbergraue, kurze Haare zierten Faustos Kopf. Über dem einen Lid zog sich eine alte Axtwunde von der Nase bis über die Stirn, die ihm einmal beinahe sein Augenlicht gekostet hatte. Das Schwert an seiner Hüfte hatte er, seit sie aufgebrochen waren, nicht abgelegt. Am Gurt zeigte der Söldnerfürst eine aufrecht stehende Faust aus Silber, das Abzeichen der Eisenbrüder.

Um sie herum trugen bewaffnete Männer Vorräte, Waffen und Kisten herein, soweit sie dafür ein freies Fleckchen fanden. Der größte Teil ihrer Karawane belegte den Pass und jeden Grund, der für ein Lager geeignet war. Nun, der verrückte Riese hatte es eine Karawane genannt, was viel zu niedrig gegriffen war. Es war ein Heereszug. Der Söldnerfürst hatte fast seine ganze verdammte Streitmacht in das Gebirge geschickt. Ein paar Kompanien hielten sich noch in anderen Provinzen auf und fochten Schlachten für diejenigen, die es sich leisten konnten. Sie kamen nach, sobald ihre Verträge erfüllt waren. Ozias versuchte ein weiteres Mal, auf die Flechte zu spucken. Doch mehr als ein trockenes Geräusch brachte er nicht zuwege. Verflucht, er brauchte etwas zu trinken.

Mit zwei Fingern seiner linken Hand gab Fausto seinem Mundschenk einen Wink. Eilig kam der glatzköpfige Stumme mit Namen Roger heran und reichte seinem Herrn einen Becher. Aus einem Krug füllte er rotgoldenen Wein aus der sonnigen Provinz Timper hinein. Anschließend zog er sich in den Hintergrund zurück, um auf weitere Anweisungen zu warten. Der Söldnerfürst hob den Becher an die Lippen und nahm einen tiefen Zug. Wie Ozias gehört hatte, trank er keinen anderen Wein als diesen. So wie Fausto bei allem anderen stets auf die Dinge bestand, die sich in seinen Augen und auf seinem Gaumen bewährt hatten. Der Mann, der sich problemlos wie jemand von Stand gab, pflegte eine tief verwurzelte Furcht, vergiftet zu werden. Ein solches Gerücht zugetragen zu bekommen, war für einen

Meuchelmörder ein Leichtes. Für einen Söldnerfürsten von Faustos Kaliber mutete das etwas wahnhaft an, auch wenn Männer seiner Profession mehr Feinde besaßen, als es für die Gesundheit förderlich war. Doch brauchte es einiges mehr an Anstrengungen, um jemanden wie den Söldnerfürsten zu töten. Fausto deutete mit dem Becher in seine Richtung.

»Du auch?«

Das war ein Angebot, welches Ozias den ungewöhnlichen Umständen zuschrieb. Der Söldnerfürst teilte nicht gern. Daher hielt sich Ozias mit einer Entgegnung zurück.

»Nur keine Scheu. Ein besonderer Tropfen für eine besondere Gelegenheit. Du bist mein Gast. Auf Empfehlung des verrückten Riesen. Ohne dich wären wir nicht hier.«

Dieses Mal forderte der Söldnerfürst den Mundschenk nicht auf. Roger war stumm, aber nicht taub. Kurz darauf hielt der Meuchelmörder einen vollen Becher in der Hand. Der Wein schmeckte nach süßer Traube und Zimt und lag dennoch schwer auf der Zunge. Ozias bevorzugte herbere Getränke. Wenigstens vertrieb der Wein die Kälte in den Gliedern. *Riese* war als Bezeichnung selbst aus Faustos Blickwinkel berechtigt, obwohl der Söldnerfürst durchaus als hochgewachsen durchging. Der Säbelmann hatte ihn dennoch um mindestens einen halben Kopf überragt.

Ozias schnaufte ungnädig. »Erinnere mich bloß nicht daran.«

Er hatte sich in Rosander für einen fragwürdigen Auftrag breitschlagen lassen. Obwohl er vorab keine Einzelheiten erfahren sollte, bevor er nicht am verabredeten Ort eingetroffen war. Die Nachricht war ihm von einem Straßenjungen übergeben worden. Normalerweise ignorierte er solche Angebote. Zu gefährlich. Zu verrückt. Gerade als Meuchelmörder war es überlebenswichtig, die Risiken abzuwägen, bevor man unversehens in einem dreckigen Kerker landete und auf den Henker wartete. Doch in diesem Fall war das versprochene Blutgeld verlockender gewesen, als dass er es hätte ablehnen können. Da waren noch die Schulden gewesen, die er einem Giftmischer für ein besonderes, seltenes Öl schuldete und der sich bereits mehr als ungeduldig zeigte. Also hatte er sich auf den Weg gemacht. Am vereinbarten Treffpunkt neben den Füßen einer Nomadenstatue war er dann von der Schattenhaut niedergeschlagen worden. Und Ozias hatte das nicht kommen sehen, was ihn am meisten an der Sache wurmte. Sobald er die Augen geöffnet und den Aufruhr um ihn gesehen hatte, war klar gewesen, dass sein Auftrag geplatzt war. Mehrere Tage hatte er jeden Winkel in Rosander durchsucht, um den Kusanterabschaum zu finden. Erfolglos. Dann war der Bärtige mit dem Säbel aufgetaucht und hatte eine Unterredung mit dem Söldnerfürsten Fausto arrangiert. Mit ihnen beiden hatte der Riese vertrauliche Gespräche geführt und sie von der Zusammenarbeit überzeugt. Klar war nur, er hatte ihnen das versprochen, was sie ersehnten. Nein, schüttelte Ozias in Gedanken den Kopf, nicht wegen ihm waren sie hier gelandet. Das war allein die Schuld des Säbelmannes und seiner seltsamen Verhandlung. Er schnaufte und nahm einen weiteren tiefen Zug.

»Wie geht es jetzt weiter?«, fragte Ozias, nachdem er den Becher vollständig geleert hatte.

»Wir werden erwartet. Es wird jemand kommen, der uns den weiteren Weg zeigen wird. So hat es der Riese zugesagt.«

»Ich nehme an, derjenige wird etwas überrascht davon sein, wie viele Söldner du mitgebracht hast.«

Fausto verzog die Mundwinkel und zuckte überheblich mit den Achseln.

»Zwei Kompanien wurden angefordert, für einen mehr als fürstlichen Lohn. Es wäre eine Unverfrorenheit, dann wirklich nur mit so einer mickrigen Anzahl Bewaffneter aufzutauchen. Außerdem ziehe ich es vor – wenn ich mich schon auf unbekanntes Gebiet begebe –, über ausreichend Rückendeckung zu verfügen.«

»Das klingt nicht danach, als wolltest du anschließend wieder zurück.«

»Das, was der Riese von diesem Ort erzählt hat, dürfte einen zweiten Blick wert sein. Vielleicht eignet er sich tatsächlich für meine

Zwecke. Und wenn nicht, finden sich dort immer noch ausreichend Gold und Reichtümer, um diese Unternehmung zu einem gewinnbringenden Ende zu führen.«

»Du hast große Pläne. Hoffst auf einen Ersatz für Schmalbrücken, hm? Hab davon gehört. Ich für meinen Teil erledige, was ich zu erledigen habe, und dann verschwinde ich wieder. Ich habe jetzt schon die Nase voll von diesem Ort.«

»Vielleicht bleibst du auch. Gute Männer kann ich immer gebrauchen. Das heißt, solltest du dich bewähren.«

»Überaus großzügig, mein Fürst.« Ozias betonte *Fürst* in einer Art, dass Fausto gleichwohl Spott als auch Respekt heraushören würde. Der Söldnerfürst prostete ihm wissend grinsend zu. »Aber ich arbeite grundsätzlich allein. Bleibe unabhängig. Das ist mein persönlicher Grundpfeiler.«

»Wie du meinst. Das Angebot steht.«

Vom Höhleneingang schob sich ein Söldner an den Kisten schleppenden Kämpfern vorbei, dessen schulterlanges, blondes Haar keinen Zweifel daran ließ, wer sich ihnen näherte. Andras von Kranzgilt, einer der Offiziere Faustos. Ein selbstgefälliger, arroganter Hundesohn, der sich für etwas Besseres hielt, nur weil er mit dem Freiherrn von Dahre über drei Ecken verwandt war. Der zweite Sohn der Schwester eines Onkels mütterlicherseits oder etwas in der Richtung. Ozias hatte es sich nicht wirklich gemerkt. Der Mann war hochmütig und gefährlich. Das reichte ihm als Anlass, um Andras möglichst aus dem Weg zu gehen. Zumindest in ihrer gegenseitigen Abneigung blieben sie sich einig. Der Offizier blieb vor Fausto stehen, ignorierte Ozias vollständig und deutete eine Verbeugung in Richtung des Söldnerfürsten an.

»Die Kompanien sind jetzt vollständig eingetroffen. Die Männer lagern auf dem Pass, die Wagen verbleiben weiterhin auf der letzten Hochebene. Eine Einheit bewacht sie dort, bis wir sie nachholen können.«

»Den Zeitplan haben wir damit ziemlich genau eingehalten. Wir sind zum verabredeten Moment eingetroffen. Sehr gut. Stelle Posten an jedes noch so mickrige Loch in der Felswand, an jede Stelle, die nach einem Weg aussieht. Wer nicht zu uns gehört, wird ergriffen und mir vorgeführt, ist das klar? Die Verhöre werden von mir persönlich durchgeführt.«

»Verstanden, mein Fürst.«

Andras verbeugte sich erneut und verließ die Höhle. Eigentlich hatte Ozias eine abfällige Bemerkung seitens des Offiziers erwartet, wie auch sonst üblich, aber in der Gegenwart des Söldnerfürsten hielt sich Andras wohl zurück.

»Du erwartest mehr als nur einen harmlosen Führer zum Plateau, Fausto?«

»Ich erwarte erst einmal alles und nichts. Jedoch, vor allem anderen mag ich besonders keine Überraschungen. Weder die guten noch die schlechten. Der oder diejenigen werden mir zunächst Rede und Antwort stehen. Blindlings folge ich niemandem.«

Fausto wirkte besonnen, aber trotzdem bekam Ozias den Eindruck, dass der Fürst in seinem Inneren nicht gänzlich entspannt war. Irgendetwas nagte an ihm. War der Söldnerfürst womöglich doch nicht so freiwillig hier, wie er vorgab.

»Du folgst niemandem, außer den Anweisungen des Verrückten, der uns hierhergeschickt hat«, bemerkte Ozias treffend.

»Ich erkenne eine lohnenswerte Gelegenheit. Immer. Nicht nur, wenn sie mir direkt vor die Nase springt. Es wäre Verschwendung, sie zu ignorieren und mir nicht zu nehmen, was ich haben will.«

»Scheint, als würden wir *beide* unsere Grundsätze für ein paar vielversprechende Aussichten vergessen. Wir sind nicht so verschieden, du und ich. Auch du tötest für Geld. Nicht unbedingt für die Ehre.«

Der Söldnerfürst sprang auf, sein Gesichtsausdruck hatte die kleinste Andeutung von Lächeln verloren. *Treffer*, dachte Ozias mit Genugtuung. Auch wenn ein Teil seines Verstandes sich sorgte, zu weit gegangen zu sein. Auch Ozias erhob sich, allerdings weitaus gemächlicher. Seine Hand wanderte langsam zu dem Dolch an der Hüfte, doch Fausto drehte sich weg und steuerte den hinteren Teil der Höhle an. Vor einem breiten, flachen Gesteinsbrocken blieb er stehen. Ozias folgte ihm. Zwei der Kämpfer rief er zu sich. Die Männer legten die Kisten ab, die sie hereingetragen hatten, und gehorchten.

»Du und du, stellt euch da rauf. Jeder auf eine Seite.«

»Was wird das?«, fragte Ozias. Er fand das Gebaren des Söldnerfürsten irritierend, wenn nicht sogar absurd. Als hätte der Wahnsinn des Riesen auf Fausto abgefärbt.

»Wir kündigen uns an«, erklärte der Söldnerfürst ernst. »Auch wenn ich davon ausgehe, dass unsere Ankunft längst gemeldet wurde. Halte dich bereit. In Kürze geht der ganze Zauber los.«

»Das bedeutet genau was?«, fragte Ozias, doch Fausto grinste bloß breit und antwortete nicht.

Kaum hatte Andacht den alten Trakt des Tempels erreicht, lehnte er sich mit der Stirn gegen eine Wand. Kurz lauschte er, ob wirklich niemand mehr in der Nähe war. Der Gedanke, dass ihn jemand so sah, fühlte sich überaus unangenehm an. Dann schloss er die Augen. Die Kühle des Steins drang durch seine Haut. In den letzten Stunden hatten seine Wangen nicht mehr aufgehört zu glühen. Die Dinge, die Segen von ihm verlangte, hatten ihn aufgewühlt. Mehr, als er sich jemals hätte vorstellen können. All diese Geheimnisse, diese Falschheiten. Die geheimen Besprechungen mit dem Auge des Adlers und der Obersten hatten kaum ein Ende gefunden. Auch in diesem Moment war Andacht auf dem Weg zur vergessenen Bibliothek, um Segen über die derzeitigen Ereignisse zu unterrichten.

Bisher hatte Andacht nicht viele Berührungspunkte mit dem Auge des Adlers gehabt. Er schien ein angesehener Bürger und erfahrener Anführer der Kriegerkaste zu sein. Doch jetzt, wo er ihn kennenlernte, besser kennenlernte, wandelte sich sein flüchtiger Eindruck hin zu einer tiefen Abneigung. Cassia ging in seiner Position auf, davon überzeugt, der einzig geeignete Mann für diese Aufgabe zu sein. Doch er handelte ohne den unbändigen Willen, das Richtige für die Stadt des ewigen Himmels zu tun. Er gehorchte Segen, weil es ihm zum Vorteil gereichte, die einflussreiche Oberste auf seiner Seite zu wissen. Aber handelte Andacht selbst überhaupt noch aus den richtigen Motiven? War das, was er im Auftrag Segens tat, das Beste für die Stadt des ewigen Himmels? Er wusste es einfach nicht mehr. Wie angenehm wäre es jetzt, das Gesicht gegen die kühle Wand zu drücken. Erst die eine, dann die andere Seite, bis die Hitze auf ein erträgliches Maß gesunken war. Als ob das helfen würde, die Scham, die in seinem Inneren brannte, zu löschen.

Das vertraute Geräusch des Gehstocks ließ ihn die Augen öffnen. Die Oberste hatte die vergessene Bibliothek verlassen. Sofort richtete sich Andacht auf und zupfte seine Kutte zurecht. Segen mochte keine Unordentlichkeit. Durchatmen, Andacht, mahnte er sich selbst. Zeig ihr nicht, wie enttäuscht du bist. Sollte er ihr entgegengehen? Warten, bis sie ihn erreichte? Als er sich endlich dazu durchgerungen hatte, so zu tun, als habe er sie nicht gehört, bemerkte er, dass das Tock Tock sich von ihm entfernte. Wohin führte der Weg der Priesterin? Andacht war sich sicher, dass hinter der Bibliothek nur unbenutzte Kammern und ein totes Ende warteten. Nicht einmal ein Abort war dort zu finden. Also ein erneutes Geheimnis. Segen verbarg vor ihm mehr Wissen, als sie bislang offenbart hatte. Daran gab es für Andacht keinen Zweifel. Nicht einmal auf ihrem Totenbett würde die alte Oberste den Rest aller Antworten preisgeben.

Es waren ihre Worte gewesen, dass sie ihn zu ihrem Nachfolger ausbilden wollte. Nun, wenn sie ihn schon auf ihre Art zum Mitwisser machte, dann war es sicherlich auch in ihrem Interesse, wenn er sich ein paar eigene Geheimnisse zulegte. Es würde guttun, mehr zu wissen, als sie ahnte. Andacht straffte die Schultern und atmete durch. Behutsam ging er los, konzentriert lauschend auf das Geräusch des Gehstocks. Erst da fiel ihm auf, dass seine Schritte ein Schleifen verursachten. Dass ihm das nicht vorher aufgefallen war. Heimlichkeit lag ihm einfach nicht im Blut. Andacht schlüpfte aus den Sandalen, stopfte sie in die Kutte und schlich weiter.

Der Eingang zur vergessenen Bibliothek kam in sein Blickfeld. Segen war den Gang hinuntergegangen und stand nun vor einer verschlossenen Tür. Nacheinander drückte sie auf verschiedene Stellen des Rahmens, bis sich knirschend eine Öffnung aufschob. Über dem Sturz grinste das Gesicht Lugos auf die Oberste herab. Der Gott der Schelmenstreiche schien überall dort zu sein, wo er gebraucht wurde. Segen verschwand in dem Gang dahinter, und kaum war sie nicht mehr zu sehen, verschloss sich der Zugang wieder. Ein verborgener Weg. Das hätte er sich eigentlich denken können. Der alte Bereich des

Tempels verbarg weit mehr Überraschungen als nur die vergessene Bibliothek. Andacht wartete, bis er sicher sein zu glaubte, den verborgenen Gang ebenfalls betreten zu können. Dann drückte er die Stellen am Türsturz, so wie er es bei seiner Mentorin beobachtet hatte.

Andacht folgte dem schummrigen Weg, bis irgendwann vor ihm ein Spalt Tageslicht aufleuchtete. Auch hier gab es eine Tür, die von Segen nicht gänzlich geschlossen worden war. Entweder fürchtete sie die zufällige Entdeckung nicht oder sie beabsichtigte, nicht allzu lange zu verweilen. Entschlossen schob Andacht sich durch die Öffnung. Direkt vor ihm wuchsen Sträucher mit dichtem Blattwerk und blassrosa eingefärbten Beeren. Das bedeutete, dass er an einem Ort sein musste, wo die aufwendige Pflege solcher Pflanzen möglich war. Über ihm ragte die Mauer empor, die die Grenze des Tempelbezirks markierte. Er hatte es nach draußen geschafft, ohne durch eines der Vierteltore gehen zu müssen, stellte Andacht mit offenem Mund fest. Behutsam bog er einige Zweige des Strauches beiseite und lugte hindurch. Vor ihm breitete sich ein Teil eines Gartens aus, der mit größter Sorgfalt und Präzision angelegt worden war. Steine, Säulen, gar Statuen wechselten sich mit in Form geschnittenen Büschen und Bäumen ab. Dazwischen wanden sich bemooste und steinerne Wege. Vögel zwitscherten in den Ästen und ein lauer Wind trieb den Duft von unzähligen Blumen vor sich her. Ihm gegenüber erhob sich ein enger Kuppelbau, dafür gedacht, geschützt vor Sonne und neugierigen Blicken zu verweilen. Mit schlafwandlerischer Sicherheit wusste Andacht, wo die Oberste sich in diesem Moment aufhielt. Um das kleine Gebäude herum lag grober Kies gestreut. Die Kanten drückten in seine Fußsohlen und Andacht wünschte, er hätte sich die Sandalen wieder angezogen. Das Gesagte drang leicht gedämpft an sein Ohr, war aber dennoch gut zu verstehen. Andacht hoffte nur, dass er nicht von irgendwem entdeckt wurde.

»… bleiben tatsächlich ungestört?«

Das war die Oberste Segen. Den energischen Unterton in ihren Worten würde er unter Tausenden heraushören. Die andere Stimme dagegen kam ihm nur vage bekannt vor. Eine Frau, die das Gebieten gewohnt war, das stand außer Zweifel. Das und die Tatsache, sich in einem großzügigen wie gepflegten Garten aufzuhalten, belegte, dass Andacht sich im Viertel der hohen Kaste befand. Hier wohnten die Beamten und die Vornehmen, die Begüterten und die Verwandten der Priesterkaste, die selbst keine Sula-Weihe empfangen hatten.

»Ich wies meine Diener an, den Garten nicht zu betreten, bis ich zurückkomme. Sie wissen, dass ich ab und zu ungestört sein will.«

»Wenn nur alle, die einem zur Obhut gegeben wurden, eine solche Fügsamkeit an den Tag legen würden, nicht wahr?«

Andacht atmete auf. Für den Moment war er sicher. Er sah das Gesicht der Obersten vor seinem geistigen Auge, wie sie ihn prüfend ansah und dabei ihre Mundwinkel zu einem wissenden Lächeln verzog. Sie hatte ihn gemeint mit diesen Worten. Ganz sicher.

»Ein Paradies auf Erden«, entgegnete die andere Frau. »Leider ist es uns Unwürdigen nicht vergönnt, all die so erstrebenswerten Wünsche bedingungslos erfüllt zu bekommen.« Die Frau machte eine Pause und Andacht erhielt den Eindruck, sie zog den Moment des Schweigens absichtlich in die Länge, bevor sie weitersprach.

»Ich hörte, du hast meinen Gemahl für eine besondere Mission ins Vertrauen gezogen?«

Jetzt war es Segen, die für einen Moment schwieg.

»Er bot mir in einer kleinen, unbedeutenden Angelegenheit seine Unterstützung an«, gab sie zu. »Etwas, das er im Zuge seiner Aufgaben nebenbei erfüllen mochte, Eibisch.«

Die Gemahlin des Auges. Das war die Frau, mit der sich Segen hier heimlich traf. Und es war ihr Garten, ihr Anwesen. Es zählte zu den ältesten und bedeutendsten Gebäuden der Stadt. Kein Wunder also, dass zu diesem ein geheimer Weg aus dem Tempel führte. Cassia, ihr Gemahl, war der Befehlshaber der Adlerkrieger. Das Auges des Adlers.

»Für mich klang es nicht so unbedeutend. Ich hörte von der Durchsuchung der niederen Viertel. War sie von Erfolg gekrönt?«

»Ein paar Verhaftungen, wie üblich. Die Schuldigen werden nach Sulas Gesetz gerichtet. Und, sofern es erforderlich ist, in die Obhut der Göttin überstellt. Aber das ist bestimmt nicht der Grund, warum du mich sprechen wolltest.«

Andacht hörte, wie Eibisch begann, auf- und abzugehen. Die Oberste dagegen blieb, wo sie war. Vermutlich hatte sie auf einer Bank Platz genommen, wie sie es ohne Zweifel im Inneren des Kuppelbaus gab.

»Dir kann man nichts vormachen. Das konnte man noch nie. Du weißt um meine Ambitionen.«

Das war eine Feststellung und keine Frage Eibischs, wie Andacht erstaunt feststellte.

»Natürlich«, bestätigte Segen seelenruhig. »Aber ich weiß auch, dass du selbst keinen Anspruch auf die Königswürde besitzt. Den hätte allein Cassia als letzter, direkter Nachfahre unseres Toten Königs. Das allein macht ihn nicht zu einem geeigneten Herrscher. Oder dich zu einer Herrscherin. Und da Huld immer noch sein Amt bekleidet, so wie er es seit vielen Dekaden tut, wird sich daran auch nichts ändern. Das Leben in der Stadt des ewigen Himmels ist beschwerlich genug. Da braucht es nicht noch eine ambitionierte Frau, die allein auf ihren eigenen Vorteil bedacht ist.«

Eibisch schnaufte unterdrückt. »Vor über achtzig Jahren hat die Priesterkaste die Macht an sich genommen. Hulds Tochter, Cassias' Vorfahrin, wurde dabei übergangen. Möchtest du mir wirklich eine Predigt über den eigenen Vorteil halten?«

»Wenn ich die Chronik zitieren darf: Sie war zum Zeitpunkt des Todes unseres Königs drei Jahre alt. Zudem stellte sich heraus, dass sie auch später keineswegs in der Lage gewesen wäre, das Fortbestehen der Stadt zu sichern. Miterleben zu müssen, wie ihr Vater starb, war wohl zu viel für ihren mädchenhaften Verstand. Sie hat sich nie richtig davon erholt. Es war die heilige Pflicht unserer Kaste, für das Wohl unseres Volkes zu sorgen. Niemand sonst wäre dazu in der Lage gewesen.« Segens Stimme blieb auch jetzt noch ruhig. Sie sprach mit Eibisch so nachsichtig wie mit einem aufgebrachten Kind.

»Es wäre eure Pflicht gewesen, die Macht an die nächsten Nachkommen zu übertragen. Das habt ihr unglücklicherweise versäumt«, ätzte Eibisch zurück. »Immer und immer wieder, nicht wahr?« Sie holte tief Luft und blieb stehen.

Andacht wusste, dass die Gemahlin des Auges mit Anklagen bei Segen nicht sehr weit kam. Die Oberste war Schlimmeres gewohnt, um sich davon beeindrucken zu lassen. Die Kiesel drückten sich mittlerweile sehr tief in seine Fußsohlen. Noch waren die Schmerzen auszuhalten, aber Andacht wagte dennoch nicht, sich zu rühren. Auf keinen Fall wollte er sich durch eine unbedachte Bewegung verraten.

Eibisch räusperte sich nachdenklich. »Nun, das sind alles alte Geschichten. Mich interessiert das künftige Wohl unseres Volkes. Nicht weniger als die Priesterkaste. Daher möchte ich dir ein Geschäft vorschlagen. Bevor die Unruhen in den niederen Kasten überhandnehmen. Und das werden sie.«

Eibisch hatte die Taktik gewechselt und zwang sich zu souveräner Gelassenheit. Das war sicherlich vielversprechender, nur, was mochte sie der Obersten anbieten? Unwillkürlich rückte Andacht näher an den Eingang des Kuppelbaus heran. Der Kies unter seinen Füßen knirschte leise und ein weiteres Mal wünschte er sich inständig, wieder in die Sandalen geschlüpft zu sein.

»Ist das etwas, was Cassia dir gesagt hat? Die Unruhen sind unbedeutend«, winkte Segen ab. »So etwas kommt hin und wieder vor. Warum sollte mich das beunruhigen? Solche Probleme erledigen sich in der Regel von selbst.«

»Oh. Und ich dachte, es wäre ein Erdbeben gewesen, das dir die Sorge darum abgenommen und eine längst vergessene Grabkammer verschüttet hat. Mitsamt aller Anstifter deiner unbedeutenden Unruhen. Doch es finden sich bereits neue, die das Werk der Vorherigen fortführen werden. Es gibt durchaus Vorteile, die Gemahlin des Auges zu sein, weißt du?«

Segen stieß mit dem Gehstock auf den Boden. Tock. »Ich fürchte, ich habe hier meine Zeit verschwendet. Wenn du erlaubst, werde ich mich nun wieder meinen Aufgaben widmen. Die Stadt benötigt jede Minute meiner Aufmerksamkeit.«

Andacht zuckte zusammen. Er hatte nicht erwartet, dass das Gespräch so abrupt enden würde. Die Oberste war bestimmt bereits aufgestanden. Er musste zurück in den geheimen Weg, bevor sie ihn noch zu Gesicht bekam. Seine Zehen drückten sich in die Kiesel und der Schmerz in seinen Fußsohlen verstärkte sich. Schweiß trat auf seine Stirn, doch er wischte ihn nicht weg.

»Warte.«

Das war wieder die Stimme Eibischs. Schneidend und berechnend. Andacht hielt den Atem an. Keine Gliedmaße, keinen Muskel bewegte er, so angespannt war er. Die Stille innerhalb des Kuppelbaus war plötzlich zu erdrückend. Sie würden ihn unweigerlich bemerken, rannte er nun los.

»Vielleicht möchtest du ja etwas über *deine* Ambitionen hören«, sagte Eibisch mit einer freundlichen wie eisigen Stimme.

Die Oberste blieb stehen. Davon ging Andacht zumindest aus, da er keine Schritte oder das Geräusch des Gehstockes vernahm.

»Meine Ambitionen gehen nur mich etwas an, Eibisch.« Das Lächeln war aus den Worten Segens verschwunden.

»Ob der Oberste Last das genauso sehen wird, wenn er davon erfährt, wage ich zu bezweifeln, Segen. Deine Pläne dürften seine empfindlich beschneiden. Pflegt er immer noch ein so enges Verhältnis zum Beleuchteten? Er sieht sich bereits als seinen Nachfolger, wie man mir zutrug.«

»Du bist gut unterrichtet, Eibisch. Das muss ich zugeben.«

»Das bin ich wirklich.« Eibisch klang nun äußerst zufrieden. »Auch im Tempel gibt es Ohren, die dem einen oder anderen Vorteil nicht abgeneigt sind. Aber das weißt du sicherlich besser als ich. Ich war allerdings etwas sprachlos zu erfahren, dass du den Beleuchteten … ersetzen willst.«

Eibisch spielte die Entrüstete, aber die Genugtuung war nicht zu leugnen. Sie hatte Segen endlich da, wo sie sie hatte haben wollen. Andacht glaubte, seinen Ohren nicht zu trauen. Was hatte Eibisch da gesagt? Die Oberste beabsichtigte, den Beleuchteten zu ersetzen? Das Amt wurde von der Göttin selbst verliehen, in einem mehrere Tage andauernden Ritual. Das durfte kein Mensch, nicht einmal ein Priester für sich allein entscheiden.

»Der Beleuchtete ist alt geworden. Er bedarf der Ruhe von seinen anstrengenden Aufgaben, die Stadt des ewigen Himmels zu schützen. Das sieht Last nicht anders als ich, möchte ich meinen.«

»Ruhe. So, so.« Eibisch tat so, als überlege sie angestrengt. »Ich hörte etwas anderes. Wie war das noch gleich? Beschützen? Nein. Aber so ähnlich. Ah, beseitigen. Das war die Äußerung, die man mir zutrug. Durch einen Meuchelmörder von außerhalb. Ja, ich weiß davon. Meine Familie hat so manche Geheimnisse unserer Stadt bewahrt. Das Oberhaupt eurer Kaste, Segen, also wirklich. Wenn man nicht einmal mehr euch Priestern vertrauen kann, wer bleibt denn da noch? Das ist nicht nur Hochverrat, das ist ein Frevel an Sula selbst.«

Andacht war es mit einem Mal derart kalt, dass er zu zittern begann. Der Beleuchtete sollte ermordet werden und Segen beabsichtigte, seinen Platz einzunehmen. Hatte sie Ozias auch dafür auf das Plateau geholt? Dass er das Oberhaupt der Priesterkaste ermordete, so, wie er es auch mit den Anführern der Revolte tat?

»Du nennst es Verrat, ich Dienst an unserem Volk. Ich bin mehr als bereit, mein Leben für die Stadt des ewigen Himmels zu geben. Ihrem Wohl widmete ich alle Jahre, die ich zu geben vermochte.«

»Du leugnest es nicht. Gut. Wir kommen voran.«

»Was willst du, Eibisch? Nur mal angenommen, es stimmt, was du glaubst.«

»Was ich will? Eine Veränderung. Es wird endlich Zeit dafür.«

»Und was genau schwebt dir für diese *Veränderung* vor?«

»Eine direkte Frage verdient eine direkte Antwort. Der Beleuchtete und unser geliebter Toter König Huld danken ab. Mit Hilfe des

Meuchelmörders, der anschließend verschwindet, oder eben auf anderen Wegen. Das überlasse ich dir. Cassia wird sein rechtmäßiger Nachfolger, du wirst zur neuen Beleuchteten ernannt. Zusammen dienen wir dann dem Plateau und führen es zu neuer Größe. Seite an Seite. Dafür vergesse ich, dass du *eventuell* mit dem bevorstehenden Ableben des Beleuchteten etwas zu tun hast.«

»Ein hübscher Plan. Du hoffst darauf, dass die Kriegerkaste deinem Gemahl gehorchen wird, um diesen Anspruch zu unterstreichen. Und dass man dir glauben wird. Da muss ich dich enttäuschen. An jeder wichtigen Position sitzen Oberste meiner Kaste. Ihr Wort gilt, denn es wurde von Sula und unserem König weitergegeben.«

»So naiv bin ich nicht, Segen. Das solltest du wissen. Ich habe mich zusätzlich abgesichert. Du wirst sicher etwas Zeit brauchen, um das zu verarbeiten. Ich bin kein Unmensch. Schlafe einmal drüber. Sofern du noch Ruhe findest. Morgen darfst du mir deine Entscheidung mitteilen. Es läuft entweder mit dir an meiner Seite oder ohne dich. Bedenke, eine Allianz wäre für uns beide von Vorteil.«

Segen stieß mit ihrem Gehstock auf. Das Geräusch kam für Andacht derart unerwartet, dass er zusammenschrak und über den Kies stolperte. Der Schmerzlaut rutschte über seine Lippen, bevor er ihn unterdrücken konnte.

»Sagtest du nicht, wir wären ungestört?«, fragte Segen im Inneren des Kuppelbaus.

»Das habe ich. Warte hier. Ich finde heraus, wer es wagt, uns zu belauschen.«

Schritte näherten sich. Andacht musste weg. Sofort. Bevor Eibisch ihn zu Gesicht bekam. Er eilte humpelnd los, zurück zu der verborgenen Tür. Gleichzeitig zog er die Sandalen aus der Kutte hervor. Er würde sie überziehen, sobald er den Garten verlassen hatte. Der Beleuchtete musste gewarnt werden.

»He, bleib stehen, Priester! Ich habe dich gesehen!«

Andacht wagte es nicht, sich umzudrehen und sich davon zu überzeugen, ob sie ihn verfolgte. So schnell es ihm möglich war, rannte er. Kaum hatte er den Strauch mit den Beeren hinter sich gelassen, warf er sich in den geheimen Gang und zog die Tür hinter sich zu. Japsend holte er Luft. Da ging ihm auf, dass Segen wissen würde, wer sie belauscht hatte. Eibisch hatte einen Priester wegrennen sehen. Die Oberste hatte selbst gesagt, dass kaum noch jemand die alten Flure kannte. Im Grunde niemand mehr außer ihr. Und ihrem Adlatus.

Blindlings hastete Tau vorwärts. Die Streben waren besonders rutschig und mehrere Male glitt sie auf dem Metallgrund aus. Irgendwo hinter ihr, im Dunst der Wolke, hörte sie die Rufe der Adlerkrieger. Vielleicht auch neben ihr. Es waren weitere hinzugekommen. Deutlich mehr als die zwei, die sie in Gestes Arbeitszimmer angetroffen hatten. Die Adlerkrieger suchten sie. Wegen Mordes am Viertelvorsteher, den sie nicht zu verantworten hatte. Das war dieses Ding gewesen, dieses Monster. Die Adlerkrieger hatten es nicht zu Gesicht bekommen. Aber ihr zitterten immer noch die Knie von seinem Anblick. Den mörderischen Augen, die sie angesehen hatten und denen eine unheimliche Schläue innewohnte. Tau stieß ein kurzes Gebet an den Mondbruder Lugo aus, dass er sie beschützen möge.

Sie passierte ein Erntegestell, zu hastig, um die Positionsnummer zu erkennen. Dahinter endete die Strebe im Nichts. Eine Sackgasse. Bei Lugos Heimtücke. Sie musste zurück. Bevor die Adlerkrieger sie erreichten. Tau stoppte schlitternd, drehte sich um ihre eigene Achse und machte kehrt. Da hinten war eine Kreuzung gewesen. Irgendwann vor ein paar Momenten hatte sie doch einen Abstieg gesehen und ignoriert. Wie konnte sie nur ihren einzigen Vorteil so kopflos verspielen? Sie kannte die Streben. Die Adlerkrieger nicht. Nur mit purem Glück oder ausreichend Kriegern vermochten sie eine Flüchtige in der Wolke zu finden. Dumm nur, dass sie selbst überhaupt nicht mehr wusste, wo sie sich befand. Dumpf röhrten Signalhörner, erst eins, zwei, dann ein drittes. Tau stöhnte. Die Adlerkrieger hatten keine Zeit vergeudet und riefen jeden verfügbaren Bewaffneten heran. Eigentlich hätte sie sich das denken können. Der Mord an einem Priester war ein Verbrechen, das jeglichen Einsatz, den Täter zu fassen, rechtfertigte. Über die Strafe dafür wollte sie nicht einmal nachdenken.

Da, die Kreuzungstrebe. Sie konnte den Abstieg bereits ausmachen. Nur noch ein paar Meter. Eine Gestalt tauchte unerwartet vor ihr auf. Ein Adlerkrieger. Der Mann war solcherweise überrascht, dass er zu spät reagierte, um sie zu fassen. Nur einen Warnruf stieß er aus, der von anderen seiner Kaste erwidert wurde. Dennoch kam sie nicht einfach ungehindert an ihm vorbei. Taus Schulter prallte mit der linken Seite gegen seinen Lederharnisch. Der Stoß brachte sie aus dem Gleichgewicht und zu nah an den Rand der Strebe. Mit deutlicher Schieflage jagte sie weiter, balancierte mit rudernden Armen an der Kante entlang. Nach ein paar Metern begann sie, in Richtung Abgrund zu kippen. *Nein, nein, nein, nicht da runter!* Eine Querstrebe kam unter ihr in Sicht und voller Verzweiflung nutzte Tau den letzten sicheren Tritt – und sprang.

Viel zu schnell raste ihr das Metall entgegen. Fast glaubte sie, die Strebe doch noch zu verfehlen. Dann setzten die Füße auf. Mit der Wucht des Aufpralls versagten ihre Beine den Gehorsam. Hart krachten ihre Kniescheiben auf den Grund. Tau schrie gellend und landete auf der Seite. Genau über ihr wischten die ausgestreckten Arme eines weiteren Adlerkriegers vorbei, der unangekündigt aus dem Wolkendunst auftauchte. Ihr Sturz hatte verhindert, dass er sie in seine Gewalt bekam. Mit beiden Armen und Beinen strampelte sie, um Abstand zwischen ihnen zu gewinnen. *Hoch mit dir*, trieb Tau sich an. *Wenn du dich nicht aufrappelst, haben sie dich.* Sie warf sich herum, stieß sich ab, rutschte mit den Füßen ab und spürte doch endlich Widerstand. Auf allen vieren krabbelte sie vorwärts. Eine Hand zerrte an ihrer Jacke. Der unerwartete Halt half ihr zurück auf die Füße und sich loszureißen. Weiter, nicht stehen bleiben!

Tau schaffte zwei weitere Schritte, dann stieß etwas hartes, unnachgiebiges gegen ihre Beine und fegte sie um. Der Rand der Strebe hieb ihr in die Rippen und presste schmerzhaft jegliche Atemluft auf ihren Lungenflügeln. Ein keuchender Laut drückte sich zwischen ihren Lippen hervor. Erst als der Wind plötzlich mit ihren braunen Haaren spielte, erkannte sie, dass sie fiel. Nicht auf die Strebe, wie zuvor. Nein, dieses Mal hatte sie das Metall verfehlt. Wild ruderte sie mit den Armen, bekam irgendetwas zu fassen, rutschte ab, fiel weiter. Mit dem Rücken prallte sie auf einen weiteren, harten Untergrund, wurde abgeworfen und zur Seite geschleudert. In ihrem Kopf drehte sich alles. Vor Orientierungslosigkeit und Schmerz. Sie würde sterben. Schlagartig war ihr das klar. Sie stürzte von den Streben. Haltlos und ohne Hoffnung auf Rettung. Lugos Abgrund erwartete sie, wie so viele Unglückliche vor ihr. Wasserernter, die die Gefahr der Streben unterschätzt oder einfach nur Pech gehabt hatten. In Taus Ohren dröhnte das amüsierte Lachen des schalkhaften Gottes. Er rief sie zu sich. Ihr Fall schien endlos zu dauern. Der nächste Aufprall tilgte ihr Bewusstsein.

Die Gemahlin des Auges folgte der Obersten nach draußen. Wie auch Segen sah sie den Mann mit der Priesterkutte davonhumpeln, bevor er hinter den opulenten Gartenanlagen verschwand.

»Das ist unerfreulich«, sagte die Oberste, ohne Eibisch anzusehen. Sie blieb stehen und lehnte sich auf ihren Gehstock. »Dein Garten ist wohl nicht so verlassen, wie du gedacht hast.« Segen wippte nickend mit dem Kopf, als bestätigte sie ihre Worte für sich selbst.

Eibisch blieb im Rücken der alten Priesterin stehen. So vermochte Segen nicht zu erkennen, wie sehr sie aufgebracht war. Das hätte niemals passieren dürfen. Mühsam fasste sich Eibisch, bevor sie mit gleicher Münze konterte.

»*Deine* Geheimnisse, oh Gesegnete, scheinen nicht länger nur dir zu gehören. Schon wieder. Du solltest wirklich umsichtiger sein.«

»Ich werde das klären«, antwortete Segen seelenruhig.

»Dann hoffe ich sehr«, schob Eibisch hinterher. »Falls nicht, dürfte das für unser beider Pläne sehr hinderlich werden.«

Segen stieß ihren Gehstock auf den Boden, bevor sie sich zu Eibisch umdrehte. Ihre Brauen zogen sich über den Augen deutlich zusammen. Es hatte sie eindeutig getroffen. Noch nie war die Oberste in ihrer Nähe derart unbeherrscht gewesen.

»Ich sagte doch, ich kläre das. Möchtest du nicht deine Wachen rufen? Damit sie dein Anwesen auf weitere Eindringlinge durchsuchen?«

Eibisch lächelte gönnerhaft. »Selbstverständlich. Solltest du später weiterhin eine gute Verbündete sein und dich nicht vor Sulas höchster Instanz verantworten müssen, schicke mir eine Nachricht.«

»Keine Sorge, so oder so wirst du davon erfahren.«

»Das werde ich, ja.«

Eibisch wartete, bis die Oberste in der gleichen Richtung wie der ungebetene Lauscher verschwunden war, dann kehrte sie zum engen Kuppelbau zurück. Sie musste Segen nicht verfolgen. Den verborgenen Eingang kannte sie längst. Aber sie nahm sich vor, diesen endgültig verschließen zu lassen, bevor ihn andere für sich entdeckten. Sie betrat das niedrige Gebäude, blieb aber am Eingang stehen.

»Du kannst jetzt herunterkommen. Sie ist fort.«

Über ihr, im abgehängten Teil des Kuppeldaches, knirschte es. Eine Steinplatte wurde beiseitegeschoben. Dann erschienen ein, zwei Füße in der Öffnung, schoben sich weiter, bis daraus Beine geworden waren, und schließlich sprang ein Mann vor Eibisch herab. Ungehalten klopfte sich Befehlshaber Cassia den Staub von der Kleidung.

»War das wirklich nötig, dass ich da oben herumhocken musste? Ich bin das Auge des Adlers. Mich wie ein Dieb zu verstecken ist nicht angebracht für meine Position.«

Eibisch umarmte ihn zärtlich und gab ihm einen Kuss auf die Wange. Dann nahm sie das Gesicht ihres Gemahls in beide Hände.

»Das war es, mein Liebster. Die Oberste Segen muss nicht alles erfahren.« Eibisch küsste ihn erneut, dieses Mal mit Nachdruck auf seine Lippen, als wolle sie ihn damit zum Verstummen bringen. »Du bist so viel mehr als nur das Auge des Adlers. Sie wird dich auf den Thron heben. Ob sie will oder nicht.«

»Wozu soll ich mir auf einem Thron das Gesäß plattsitzen? Ich bin ein Krieger, kein König«, brummte Cassia.

»Dieser Platz steht dir zu, mein Liebster. Es ist dein Erbrecht. Dein Ahne, König Huld, hat für dieses Recht gekämpft und gearbeitet, sein Leben lang.«

Cassia löste sich aus ihrer Umarmung. Für einen Augenblick versuchte Eibisch, ihn festzuhalten, doch dann gab sie schließlich nach. Ihre Arme schwebten kurz in der Luft, dann verschränkte sie sie betont gelassen hinter ihrem Rücken.

»Reicht es nicht, dass ich der Befehlshaber der Adlerkrieger bin? Mir untersteht eine ganze Kaste. Wenn ich es befehle, gehorcht mir die Stadt des ewigen Himmels. Auch ohne Königswürde«, sagte Cassia unzufrieden, während er in dem Kuppelbau auf- und abging.

»Die Stadt gehorcht den Priestern«, versuchte sie, ihren Mann zu beschwichtigen. Eibisch begriff seinen Widerstand nicht, hatte es von Anfang an nicht, seit sie ihm ihren Plan offenbart hatte. Er war und blieb der rechtmäßige König des Plateaus. Und sie war seine Königin, dazu bestimmt, an seiner Seite zu herrschen. Sie hatte Mühe, in ihrem Inneren ruhig zu bleiben, wenn sie die Ausflüchte Cassias' hörte. Warum sah er nicht, was sie sah?

»Keiner deiner Krieger wird sich dem Gesetz Sulas widersetzen, selbst wenn du es ihnen befiehlst.«

Cassia schüttelte verständnislos den Kopf. »Warum auch sollten sie sich gegen die Priester erheben? Sula, und König Huld durch sie, leitet die Geschicke der Stadt. Das tut sie seit ewigen Zeiten. Die Menschen wissen, was die Göttin für sie getan hat.«

»Das glaubst du doch nicht wirklich, Cassia. Öffne deine Augen! Sieh hin. Sieh, wer die wahren Herren sind! Wer uns in den Abgrund treibt. Du hast es doch erfahren. Das Volk ist unruhig. Sie leiden unter den Missständen. Wie lange wird es dauern, bis sie sich erheben und alles zerstören, was uns gehört? Die Priester unternehmen nichts, um das zu verhindern. Aber du, du als ihr König, du könntest es«, beschwor sie ihn erneut.

»Lächerlich. Diese Unruhen sind nichts«, wiegelte Cassia ab. »Nichts, was die Kriegerkaste nicht unter Kontrolle halten kann. Ich werde jede Hysterie niederschlagen.«

Eibisch schüttelte den Kopf. »Dieses Mal nicht. Etwas ist anders. Ich erahne das Unheil, das bereits über uns hängt.«

»Deine Ahnungen.« Cassia schnaufte verächtlich. »Das ist deine Rechtfertigung für Hochverrat und Gotteslästerung?«

Eibisch ignorierte seine Herablassung. Es verletzte sie nicht einmal mehr. Nicht mehr so wie früher. Es war müßig, Cassia alles im Einzelnen zu erklären. Sein Blick war zu eingeschränkt für das, was die Zukunft für sie beide bereithielt.

»Du wirst deine Feinde beseitigen müssen. Alle, die dir im Weg stehen. Schon bald. Dein Glück, dass du so eine findige Gemahlin an deiner Seite hast, mein Liebster. Ich werde dich rechtzeitig warnen. Dich anleiten.«

Cassia lachte trocken auf. »Wie ich dich kenne, hast du bereits alle Notwendigkeiten bedacht. Eines scheint dir jedoch entgangen zu sein. Wenn die Adlerkrieger meinem Befehl nicht gehorchen, wer soll es dann tun? Ohne Kämpfer ist eine Stadt nicht zu erobern. Ich kann es wohl kaum mit deinen Ahnungen als Druckmittel probieren.«

»Da hast du vollkommen recht, mein Liebster. Deswegen habe ich Vorkehrungen getroffen. Du wirst deine Kämpfer erhalten. Kämpfer, die deinem Wort ohne einen Widerspruch folgen.«

Eibisch lächelte ihren Gemahl an, warf ihm eine Kusshand zu und verließ den Kuppelbau. Die Stadt stand bald unter ihrer Kontrolle. Sobald der Tote König seinen Schrein verließ, so wie es vorgesehen war. Im Grunde war es nur noch eine Frage von Stunden.

Seine nackten Fußsohlen verursachten klatschende Geräusche auf dem steinernen Boden des alten Ganges. Auch als er die Sandalen endlich übergestreift hatte, wurde es eher lauter als leiser. Doch Andacht wusste, dass in diesem Moment Heimlichkeit keine wirkliche Wahl war. Wie viel Zeit würde ihm wohl verbleiben, bis Segen nach ihm suchen ließ? Wie viel, bis er festgenommen wurde? Angestrengt lauschte er hinter sich, ob man ihm bereits auf den Fersen war. Noch vernahm er nichts, außer seine eigenen Schritte. Immerhin bestand die Möglichkeit, dass seine Mentorin den geheimen Zugang zu Eibischs Garten nicht offenbaren wollte. Andacht hatte die Tür bei seiner Flucht hinter sich zugeworfen. Ohne Kenntnis der genauen Position war es unmöglich, sie zu entdecken. Zu hoffen, die Oberste verzieh ihm sein Lauschen oder verschonte sein Leben, war naiv. So leichtgläubig war Andacht nicht. Nicht mehr. Segen plante, den Beleuchteten zu ermorden. Das hatte Eibisch ihr auf den Kopf zugesagt und sie hatte es widerspruchslos hingenommen. Was also würde mit demjenigen geschehen, der ohne ihr Zutun von diesen Absichten erfuhr und nicht ihrer Meinung war? Für Andacht war das kein großes Rätsel.

Während er rannte, überlegte Andacht fieberhaft, was er nun tun sollte. Die Oberste anzuklagen, ohne jeglichen Beweis, das war sinnlos. Wer würde ihm das schon glauben? Da war es leichter, sich selbst von der Kante des Plateaus zu stürzen. Sula, so sie denn existierte, würde ihm weitaus mehr Vergebung gönnen. Konnte er Segen davon abbringen, das Ungeheuerliche zu tun? Sie war so sehr davon überzeugt, zum Wohle der Stadt des ewigen Himmels zu handeln. Mord schien ihr ein annehmbares Mittel. Das hatte ihr Vorgehen gegen die Anführer der Revolte gezeigt. Und auf seine Bedenken hatte sie da schon nicht gehört. Nein, es musste einen anderen Weg geben. Nur welchen? Alles in Andacht drängte ihn dazu, sich irgendwo zu verstecken und erst wieder herauszukommen, wenn alles vorbei war. Doch Flucht bedeutete gleichzeitig, den Tod des Beleuchteten hinzunehmen. Sein eigenes Wohl dem des Oberhauptes der Priesterkaste vorzuziehen. Nur leben würde er damit niemals können.

Als Andacht den belebteren Bereich des Tempels erreichte, verlangsamte er sofort seine Schritte. Das Keuchen ließ sich dagegen nicht so einfach unterdrücken. Auch für sein verschwitztes Gesicht erntete er seltsame Blicke von denen, die ihm auf seinem Weg begegneten. Innerhalb des Tempels rannte man nicht. Übermäßige Eile galt als Missachtung der Göttlichkeit Sulas. Junge Novizen lernten das sehr schnell, wenn sie dabei erwischt wurden. Andacht hatte als Strafe viele Stunden in der Einsamkeit einer kargen Zelle zugebracht. Zur Meditation und Fokussierung auf den Willen Sulas. Doch in diesem Augenblick war ihm das völlig egal. Aber jetzt aufzufallen war das Letzte, was er gebrauchen konnte. Er musste den Beleuchteten retten. Wenn dafür Geduld hilfreicher war als die eigentlich notwendige Hast, dann ließ sich das nicht ändern.

Den Weg zum Domizil des Beleuchteten war Andacht noch nicht sehr häufig gegangen. Die Räume lagen in kurzer Distanz zum Heiligtum, der offenen Plattform zwischen den vier Säulen. Aber wie allen Anwärtern und Priestern war er ihm überaus vertraut. Den einen, weil es ihnen verboten war, ihn zu betreten, den anderen, weil sie ihn im Zuge ihres Aufstiegs kennenlernen durften. Andacht gehörte zu der ersten Gruppe. Das Oberhaupt der Priesterkaste war niemals in den Gängen des Tempels anzutreffen. Selbst für die Ratssitzungen benutzte er eigene Wege. Der Beleuchtete umsorgte den Toten König. Wo dieser war, fand sich auch der höchste Priester. Nur zu besonderen Festumzügen oder seltenen Ritualen verließen beide die heiligen Gemächer.

Nahe am Heiligtum bog Andacht in den Gang ein, der zu den Räumen des Sprachrohrs der Göttin und auch zum Schrein des Toten Königs führte. Die Räumlichkeiten lagen direkt beieinander.

Die beiden Wächter am Eingang erwiderten sein Nicken, hielten ihn jedoch nicht auf. Andacht schickte ein dankbares Stoßgebet an Sula. An den Wänden hatten kunstfertige Bildhauer die Legenden der Göttin festgehalten. Jeder Zentimeter war mit Gravuren bedeckt. Sulas Geburt, ihre Verkündung an die Vorfahren, die Errettung und Heilsbringung. Sogar über die siegreichen Schlachten gegen andere, finstere Götter berichteten die Bildnisse. Entgegen den Abbildungen in der Halle des Aufstiegs, die ausschließlich von der Herrlichkeit ihrer Beschützerin kündeten, zeigten diese auch morbide, düstere Botschaften. Andacht war das nie so sehr aufgefallen wie seit diesem einen Moment, da er begonnen hatte, am Segen der Göttin zu zweifeln. Fast kam es ihm wie ein Omen vor.

Die nächsten beiden Wächter ließen ihn passieren, weil sie seiner Flunkerei glauben schenkten, er bringe eine Botschaft zum Beleuchteten. Ozias war das bereits aufgefallen. Wie leicht ihm das Lügen mittlerweile fiel. Am letzten Posten scheiterte er. Die Priesterin Wacht zählte weniger an Jahren als Andacht. Ihre magere Statur und ihre Wesen, dem jeglicher Humor fremd zu sein schien, ließen sie jedoch wie eine der ältesten Priester im Tempel wirken. Ihre einzige Aufgabe war es, den Beleuchteten zu umsorgen. Das betraf die körperlichen Bedürfnisse ebenso wie die Organisation seines Tagesablaufes. Wacht versah ihren Dienst mit einer stoischen Genauigkeit, die einem uralten Gebirge alle Ehre machte. Vor dieser Begegnung hatte Andacht sich Sorgen gemacht. Wacht saß mit gradem Rücken hinter einem Schreibtisch und sah ihn ohne sichtbares Interesse an. Hinter ihr erhob sich das verriegelte Tor, hinter dem zwei weitere Wächter warteten. Nur auf ihren Wunsch hin oder dem eines Obersten würden diese den Eingang von innen heraus freigeben.

»Was kann ich für dich tun?«

Die Frage kam trocken und freudlos daher. Andacht konnte die Unmöglichkeit seiner Hoffnung bereits wie bittere Galle auf der Zunge spüren.

»Ich muss den Beleuchteten in einer dringenden Angelegenheit sprechen. Persönlich.«

»Wurde diese Zusammenkunft vorab vereinbart? Mir ist nicht bekannt, dass es so wäre.«

»Wurde sie nicht, nein. Trotzdem ist es unbedingt erforderlich, dass ich vorgelassen werde.«

»Du ahnst vermutlich, wie oft ich das zu hören bekomme. Es ist immer dringlich. Höchst notwendig. Unvermeidlich. Es geht um Leben und Tod.«

Bei jedem anderen Menschen wäre zumindest die Vermutung aufgekommen, der letzte Satz sei sarkastisch gemeint. Bei Wacht war das ausgeschlossen. Trotzdem wurde es Andacht heiß und kalt zugleich. Der Schweiß auf seinem Gesicht, der endlich angetrocknet war, brach wieder aus. Was, wenn er es sagte? Alles auf eine Karte setzte? Vielleicht brachte ihn die Wahrheit durch die letzte Tür hindurch.

»Es geht wirklich um Leben und Tod«, flüsterte er beinahe tonlos. Wacht hörte es dennoch.

»Natürlich tut es das. Aber ohne eine vereinbarte Zusammenkunft kann und werde ich dich nicht vorlassen. Schon gar nicht zu dieser Stunde. Der Beleuchtete befindet sich in seiner täglichen Meditation. Eine Störung ist nicht vorgesehen. Vereinbare eine Zusammenkunft oder versuche es an einem anderen Tag erneut.«

»Sogar wenn der Beleuchtete selbst in Gefahr ist?«

»Selbst dann brauchst du eine vereinbarte Zusammenkunft.« Wacht gab sich unerbittlich.

Andacht ballte seine Hände zu Fäusten und trat von einen auf den anderen Fuß. Er rang mit sich und wusste nicht, was er tun sollte. Wenn nur lautes Rufen und Gegen-das-Tor-Hämmern eine Möglichkeit wäre. Schließlich setzte er alles auf einen letzten, verzweifelten Versuch.

»Hör zu, Wacht. Jemand plant, seine Heiligkeit, den Beleuchteten zu ermorden. Ich muss ihn unbedingt warnen. Sofort. Lass bitte das Tor öffnen.«

Wacht legte den Kopf schief und bedachte Andacht mit einem seltsamen Blick. Dann faltete sie die Finger ineinander und legte die Hände vor sich auf dem Schreibtisch ab.

»Dir scheint es wirklich ernst zu sein.«

»Ja! Ja, das ist es. Es ist dringlich. So sehr, dass es keinen Aufschub geben darf.«

»Gut.« Wachts Gesicht blieb unbewegt, während sie über Andachts Worte nachdachte. »Ich werde den Beleuchteten unterrichten. Bei nächster Gelegenheit. Sobald er Zeit erübrigen kann, wird es dir verkündet.«

»Wann wird das sein?«

»In ein paar Tagen, denke ich. Nach dem Huldfest.«

Andacht blieb der Atem weg. Hatte er sich gerade verhört?

»In ein paar Tagen? Hast du verstanden, was ich dir eben gesagt habe?« Andacht konnte nicht verhindern, dass seine Stimme lauter wurde. »Jemand will den Beleuchteten töten! Umbringen!«

»Das sagtest du bereits. Und ich sagte dir, dass der Beleuchtete nicht zu sprechen ist. Du wirst dich gedulden müssen. Und nun bitte ich dich, dich deinen Aufgaben zu widmen. Sulas Segen beleuchte deinen Weg.«

»Aber …« Andacht brach seine Erwiderung fassungslos ab, denn Wacht hatte den Blick gesenkt und beachtete ihn nicht weiter. Sie würde ihn nicht zum Beleuchteten vorlassen, egal, was er als Grund anführte. Und Gewalt würde die letzte Tür nicht öffnen. Es war zum Verzweifeln. Andacht versuchte, das Richtige zu tun, und Sula, ihrer aller Göttin, half ihm nicht einmal dabei. Erschüttert macht er kehrt. Bis zur nächsten Ratssitzung konnte Andacht nicht warten. Zudem wusste niemand vorab, ob der Beleuchtete teilnahm. Nur eines war sicher: Segen würde ebenfalls da sein. Er musste einen anderen Weg finden. Wenn Wacht ihn nicht hineinließ, dann jemand anderer. Ein Oberster, dessen Wort etwas galt. Andacht passierte die vordersten Wächter, eilte um eine Ecke und kollidierte beinahe mit Last, der zusammen mit seinem Adlatus Lob in die Richtung unterwegs war, aus der Andacht soeben kam. Lob rutsche vor Schreck ein Foliant vom getragenen Stapel. Mit einem dumpfen Laut schlug das Werk auf dem Flurboden auf.

»Pass gefälligst auf, bei Sula«, schimpfte der Oberste Last.

Kurz war Andacht sich unsicher, ob der Priester ihn oder seinen Adlatus meinte. Und eigentlich war Last nicht gerade derjenige, dem er just in diesem Moment begegnen wollte.

»Wohin so eilig unterwegs, Andacht?«, fragte Last streng.

»Verzeihung, Oberster, ich habe dich nicht gesehen.«

»Sula verachtet Unaufmerksamkeit. Genau wie unangemessenes Laufen im Tempel. Hat dir das deine Oberste nicht beigebracht, Andacht?«

»Doch, Oberster, es ist nur …«

»Sieh genau hin, Lob«, unterbrach ihn Last ungerührt. »Das passiert, wenn man an den falschen Mentor gerät. Als Novize war Andacht äußerst vielversprechend. Doch jetzt, nachdem Segen ihn zu lange mit ihren falschen Ideen gefüttert hat, ist davon nichts mehr übriggeblieben. Du kannst dich glücklich schätzen, dass ich dich unter meine Fittiche genommen habe.«

»Ja, Oberster Last«, beeilte sich Lob, zustimmend zu nicken. Er hockte sich hin, um den heruntergefallenen Folianten aufzuheben und zurück auf seinem Arm zu bugsieren. Dabei schwankte der Turm bedrohlich hin und her.

Last sah sich um, als suche er jemanden. »Wo treibt sich Segen eigentlich gerade herum? Ihr Fernbleiben bei den letzten Ratssitzungen empfindet der Beleuchtete als Missachtung. Ein solches Verhalten ist ungehörig für eine Oberste.«

»Sie ist beschäftigt«, bot Andacht als Begründung an. Im Vergleich zum Gespräch mit Wacht haderte er deutlich mehr damit, Last von den üblen Plänen seiner Mentorin zu erzählen. Er erinnerte sich nur zu gut an die Situation vor Segens Arbeitszimmer. Da hatte er sich respektlos gegenüber dem Obersten verhalten. Zudem war er davon überzeugt, dass Last es ebenso tat. Der Oberste verabscheute ihn, ebenso, wie er es mit Segen tat. Last würde nicht zögern, ihn ebenso zur Verantwortung zu ziehen. Immerhin wusste Andacht genug, um nicht unschuldig zu sein.

»Man trug mir zu, dass sie mehr über den Vorfall mit dem falschen Sula-Priester im niederen Viertel weiß«, stellte Last ungnädig fest. »Dass sie sogar daran beteiligt ist. Ich habe hierzu einige Fragen, die sie mir zu beantworten hat. Richte ihr das aus. Ich erwarte, dass sie mich sehr schnell aufsucht. Und Segen sollte das überaus ernst nehmen. Andernfalls wird der Beleuchtete davon erfahren. Das wird Konsequenzen für deine Mentorin haben. Und für dich.«

»Ich werde es ihr ausrichten.« Andacht starrte den Obersten an, dann dessen Adlatus. Er konnte sich nicht dazu durchringen, Last von dem geplanten Mord zu erzählen. Aber davonlaufen, das wollte er ebenso wenig. Diese Wahlmöglichkeiten zerrieben ihn wie zwei Mühlräder, zwischen denen er feststeckte.

»Gibt es noch etwas, Andacht?« Last war ungeduldig. »Ich bin auf dem Weg zu einer wichtigen Besprechung.«

»Ich … beim Beleuchteten?«, fragte Andacht erstickt.

»Das geht dich nun wirklich nichts an«, mischte sich Lob ein. Der Kommentar handelte ihm einen strengen Blick Lasts ein, der den Adlatus sofort verstummen ließ.

»Was soll die Frage, Andacht?«

»Es ist nur … also, ich …«

Zuerst glaubte Andacht nur, Segens Gehstock im Flur hinter dem Heiligtum zu vernehmen. Ein Hirngespinst, das ihm die Befürchtung, gefasst zu werden, vorgaukelte. Und die, bei der Rettung des Beleuchteten zu scheitern. Schließlich war das Geräusch auch für Last zu hören. Die Oberste näherte sich und das ziemlich schleunig. Als sie in Begleitung von zwei Kriegern um die Ecke bog, spürte Andacht, wie ihm das Blut aus dem Gesicht wich. Er wartete nicht ab, dass Segen den Bewaffneten Anweisung gab, ihn zu fassen. Ohne Last eine weitere Erklärung zu geben, drehte er sich um und floh. Er musste aus dem Tempel verschwinden, bevor ihm das nicht mehr möglich war.

Am besten wäre dafür ein geheimer Weg. Einer wie der, dessen Ausgang in Eibischs Garten führte. Es musste mehr als nur diesen einen geben. Andacht war bereit, Sulas Segen darauf zu verwetten, selbst, wenn er dafür vor seinem Verschwinden ein untragbares Risiko eingehen musste.

35

Etwas ruckte an ihrem Arm herum. Ruppig genug, um sie aus der tiefschwarzen Nacht zu wecken, die sie umgab. Aber bei weitem nicht ausreichend, dass Tau die Augen aufbekam. Jemand sprach. Vielleicht zu ihr, vielleicht zu jemand anderem. Wenn sie nur Worte heraushören könnte, irgendetwas, was sie verstand. Tau schwankte zwischen dem Wunsch angestrengt mehr Konzentration aufzubringen oder dem Verlangen, sich einfach nur den endgültigen Frieden des Todes zu wünschen, hin und her. War es nur Einbildung? Der Trug eines sterbenden Körpers? Erlaubte Lugo sich gar einen Scherz mit ihr? Sie war doch bereits aus der Welt geschieden. Wann endlich würde das Elend ihres Daseins aufhören?

Ihr Arm ruckte ein letztes Mal, verlor seinen Halt und knallte auf etwas Hartes. Schmerz meldete sich in ihrer Elle, unbeugsam und stechend. Tau stöhnte. Das Rucken an ihrem Körper wanderte weiter, tiefer, unbeeindruckt von ihrer Lautäußerung, und ließ ihr linkes Bein zappeln. Auch die Worte hatten ihre Position verändert, sie kamen jetzt mehr seitlich. Aus dem undeutlichen Sprechen formte sich eine Melodie. Gesang. Jemand sang ein Lied. Eines, das ihr irgendwie vertraut war. Sie kam nicht drauf, woher sie … doch, jetzt, ja. Ein altes Ernterlied! Ihr Vater hatte es früher immer gesungen, wenn er in die Streben aufbrach. Es handelte von Mut und Fleiß, von Hoffnung auf ein besseres Leben. Unsicher summte Tau mit. Die Töne traf sie kaum, und wenn, nur undeutlich. Ihre Kehle wollte nicht so mitspielen, wie sie sich an das Lied erinnerte. Aber es half Tau, sich aus der Dunkelheit heraus zu kämpfen.

Das erste Auge, das sie aufbekam, blickte in ein wirbelndes Grau. Keine Nacht, dazu war es zu hell. Tau stöhnte enttäuscht. In Lugos Reich sah es genauso aus wie in der Wolke. Sie schloss das Lid wieder und sammelte erneut Kraft. Die Dunkelheit war tröstlicher gewesen.

Das Rucken stoppte. Tastende Berührungen erkundeten ihr Gesicht, fanden ihre Augen und zwangen das geschlossene Lid unsanft wieder auf. Dann widmeten sie sich ihrem anderen Auge und gingen dort ebenso derb vor.

»Bleib ruhig wach, Mädchen, ruhig wach. Wach ist nicht so schlimm«, murmelte die Stimme, die sich als unscharfer Umriss entpuppte und dann ihr Blickfeld freigab. »Schlimmeres als das ist unterwegs. Wirst schon sehen.«

Das Rucken an ihrem Bein begann von vorne. Langsam gewann ihre Umgebung an Schärfe, die Helligkeit ließ ihre Augen tränen. Der befreite Arm schien ihr unendlich schwer. Trotzdem schaffte sie es, sich damit über das Gesicht zu wischen. Erschöpft ließ sie ihn zur Seite rutschen. Danach wurde ihre Sicht deutlich besser. Tau drehte den Kopf. Die Bewegung wurde mit Schwindel und einem Anflug von Übelkeit belohnt, der sich aber schnell legte. Erst jetzt ging ihr auf, dass die Schwaden sie nicht vollständig umgaben. Allein über ihr zeigte sich die Wolke in ihrer gewohnten Gestalt. Das musste eine Täuschung sein. Unter den Streben gab es nur den Tod, sonst nichts. Hektisch versuchte Tau, sich aufzurichten, doch ihr kompletter Körper reagierte nicht, wie er sollte. Etwas hielt sie so fest, dass sie sich kaum regen konnte. Jeder Versuch, sich zu befreien, führte dazu, dass die Umklammerung sich nur noch enger zog.

»Nicht.«

Die Stimme sprach ruhig, mit rauer Tiefe, gedankenverloren sogar, als richte sie sich nicht wirklich an Tau.

»Machst es nur misslicher, Mädchen, misslicher. Schwer genug, das Netz aufzutrennen. Besser ist es, ruhig zu bleiben. Ruhig ist gut.«

Vermutlich hatte die Stimme recht. Tau atmete mehrfach tief ein, um sich zu entspannen. Dann sah sie an sich herab. Ihr Körper hatte sich in einem aufgespannten Netz verfangen und sie vollständig eingewickelt. Allein würde sie sich niemals daraus befreien. Selbst wenn sie an ihr eigenes Werkzeug herankäme, Tau war auf das fingerlange Messer in der Hand der seltsamen Gestalt neben ihr angewiesen.

Emsig trennte die Klinge Fäden und Maschen auf. Graue, verfilzte Haare ergossen sich über die Schultern und das Antlitz ihres Retters. Der Körper steckte in einem zusammengeflickten Leibchen und einer Jacke, die vor Urzeiten bessere Tage gesehen hatte. Die Hände, die das Messer hielten, wirkten rau und schmutzig. Arbeitshände, wie sie die Wasserernter nach vielen Jahren auf den Streben aufwiesen.

»Wo bin ich?«

Ohne darüber nachzudenken versuchte Tau erneut, sich aufzurichten. Natürlich war das vergeblich. Sie stöhnte, als ihr Oberkörper an den Maschen zerrte. Noch nie hatte sie sich so hilflos gefühlt.

»Bleib hängen, Mädchen, ja? Bist bald frei. Bald. Lass mich erst machen.«

Die Gestalt sah Tau nicht an, sondern befasste sich unermüdlich damit, sie aus dem Netz zu schneiden. Nachdem das Bein befreit war, folgte ein Teil des Unterkörpers, anschließend ging es zum anderen Bein. Ungeduldig verfolgte Tau die Bemühungen, sie zu erlösen. Der letzte haltgebende Faden zerriss und sie plumpste hart auf. Für einen Moment füllten Tränen ihre Augen. Die Landung hatte den Körper an die Prellungen und Stöße ihres Sturzes erinnert. Dennoch fühlte sie den Untergrund, das kalte, vertraute Metall, das mit unzähligen Buckeln aus Rost übersät war. Aber sie war doch abgestürzt ins Nichts. Warum gab es hier eine Strebe? Sie wälzte sich vorsichtig auf die Seite und blickte über die Kante. Kein waberndes Grau, kein Nichts starrte zurück. Stattdessen zeigte sich Weiß, Grau, etwas Braun und ab und zu sogar Grün. Die Gebirgslandschaft lag tief unter ihr. So tief, dass ein Sturz deutlich länger gedauert hätte, als es ihrer gewesen war. Ungläubig drehte sie den Kopf nach oben. Da war die Wolke. Sie verdeckte den Himmel vollständig.

»Das kann es nicht geben«, stieß sie hervor.

»Aufstehen? Ja?« Die Gestalt war neben sie getreten und hatte die Hände in die Hüften gestemmt. Anstalten, ihr aufzuhelfen, machte sie nicht. Die Frage lenkte Tau ausreichend ab.

»Werde dich nicht tragen. Oder mitschleifen. Musst schon selbst laufen, Mädchen.«

Tau schloss die Augen. Sie wollte nicht, dass man sie irgendwo hinschleppte. Auch wenn sie für ein weiches Lager gerade sonst etwas tun würde. Aber am liebsten auf eigenen Füßen. Sie rollte sich zusammen und brachte schnaufend Arme und Beine unter ihren Oberkörper. Mühsam stemmte sie sich hoch. Das dauerte länger, als sie erwartet hatte. Zu ihrer Überraschung stand sie nun allein auf der Strebe. Die Gestalt war dem Lauf des rostigen Metalls gefolgt und hatte sie zurückgelassen. Fassungslos sah sie ihr hinterher, bis sie sich endlich dazu entschloss, ihr zu folgen.

Die Behausung, zu dem sie Tau führte, verbarg sich unter einer dichten Schicht aus Netzen. Ihre Maschen spannten sich nicht nur darüber, sondern auch daneben und sogar darunter. Ein Kokon aus tausenden von Fäden, der zwischen zwei Streben hing. Tau konnte sich des Eindrucks nicht erwehren, dass sich ihr Retter hier eine Burg gebaut hatte. Ein Heim, das ihn schützte. Nur, wovor? Das Innere strotzte vor Gerümpel. Überall roch es nach dem vertrauten modrigen Geruch, nur intensiver und irgendwie älter. Kleidungs- und Stoffhaufen lagen wild verteilt und Tau war sich nicht sicher, ob sie auch als Schlafstelle dienten. Immer wieder türmten sich kleine Berge aus Werkzeugen, verbogenem Metall und anderem Schrott auf. Selbst Steine hatte der Besitzer der eigenartigen Sammlung angehäuft. Ungelenk zog sich die Gestalt die Jacke aus, warf sie achtlos auf einen Haufen. Sie drehte sich herum, als suche sie etwas und offenbarte dabei, dass vor Tau beileibe kein Mann, sondern eine Frau stand. Endlich grunzte die Alte zufrieden und zog ein Sicherheitsleder irgendwo heraus. So etwas hatte Tau selbst in ihrer Werkzeugtasche und benutzte es, um sich an den Erntegestellen festzumachen. Erschöpft setzte sie sich auf einen der Stoffstapel.

»Danke, dass du mich befreit hast. Ohne deine Hilfe wäre ich wohl ewig da hängen geblieben. Ich heiße Tau.« Sie blickte die alte Frau erwartungsvoll an, doch die drehte interessiert das Sicherheitsleder in ihren Händen herum.

»Reparieren, ja, morgen«, murmelte sie vor sich hin. »Das Netz muss repariert werden. Wenn wieder etwas fällt, dann ist es bereit.«

»Wenn *was* fällt?«, fragte Tau erstaunt. Die Antwort gab sie sich im gleichen Moment selbst. Etwas wie sie. Andere, die von den Streben stürzten. Oder ihre Taschen und andere Dinge verloren.

»Lebst du hier unten? Allein?«

Jetzt hatte sie plötzlich die Aufmerksamkeit der alten Frau. »Ich lebe nicht unten. Unter der Wolke, ja, Mädchen, da ist mein Heim. Aber nicht unten.« Sie deutete mit dem Finger auf den Boden unter ihren Füßen. »Unten ist zu weit weg.«

»Das habe ich gesehen«, antwortete Tau resigniert.

Also war es wahr. Dabei hatte sie geglaubt, dass es unter der sechsten Ebene keine weiteren Streben mehr gab. Das hatte man ihr so von klein auf eingetrichtert. Vielleicht war diese Version der Wahrheit für die Priester einfacher gewesen, als noch weitere aufgegebene Ebenen in den Köpfen der unternehmungslustigen Jugend herumspuken zu lassen. Trotzdem war Tau erschrocken darüber, wie leicht Lügen Bestandteil ihres Lebens gewesen waren. Was von dem, was sie zu wissen glaubte, war ebenso unwahr? So wie die Sicherheit, dass unter der Wolke Lugos Reich des Todes wartete? Dass Tau nicht gestorben war, daran hatte sie nun keinen Zweifel mehr.

»Kluft, das war einmal mein Name«, sagte die Frau. Sie strich sich die langen, grauen Strähnen aus dem Gesicht. »Unwichtig ist er geworden, Mädchen. Schon längst.« Kluft klang müde und erschöpft.

»Ich glaube, ich brauche etwas zu trinken. Kannst du einen Schluck Wasser für mich erübrigen?«

»Da hinten, Mädchen, hinter dir. Wasser gibt es genug. Genug. Ich ernte es.« Kluft deutete an eine der Wände.

Tau stand auf, umrundete humpelnd mehrere Haufen und fand in einem halb zerbrochenen Regal drei gesprungene Becher und darunter ein Fass. Sie wählte die beiden aus, die ihr am wenigsten schadhaft erschienen, tauchte sie in das Fass und reichte einen der Becher schließlich an Kluft weiter. Von den Gegenständen in der Behausung war keiner intakt. Der Grund lag auf der Hand. Die alte Frau sammelte ein, was sich in ihren Netzen verfing. Und das war alles, was unabsichtlich oder eben mit Vorsatz vom Plateau herunterfiel. Sie selbst hatte schon Dinge in der Wolke verschwinden lassen, die nicht mehr zu retten gewesen waren. Das taten viele Menschen der Stadt des ewigen Himmels. Auch wenn Tau sich nur schwer vorstellen konnte, wie man allein und mit dem Müll der Stadt überlebte, Kluft hatte genau das getan.

Das Wasser schien die Lebensgeister der alten Frau zu wecken. Ihr Blick wirkte wesentlich klarer als zuvor. »Tau heißt du also. Von oben kommst du. Hast viel Glück, nicht wie die anderen, die fallen.«

»Lugo hielt wohl seine schützende Hand über mich.«

»Den wirst du hier nicht finden.«

Beide verfielen in ein kurzes, unangenehmes Schweigen, bis Tau es nicht länger aushielt.

»Wieso bist du nie … zurückgegangen? Oder gibt es keinen Weg von hier hoch in die Stadt?«

Kluft brütete lange über ihre Antwort und als sie endlich sprach, klang ihr Unwillen deutlich heraus.

»Willst du nach oben?«

Die Frage überraschte Tau. Wenn sie jetzt darüber nachdachte, wusste sie es nicht zu sagen. In der Stadt und auf den Streben suchte man sie, weil man sie für eine Mörderin hielt. Ihre Schuld an der Tat stand wohl bereits fest. Und wie auch sollte Tau beweisen, dass sie nichts mit dem Tod Gestes zu tun hatte? Man hatte ihr schon beim Mord an ihrem Vater nicht zugehört. Warum dann jetzt?

»Bist eine Ausgestoßene, wie ich. Deshalb bist du hier«, stellte Kluft fest. Die alte Frau nahm einen tiefen Zug, leerte den Becher komplett und hielt ihn Tau entgegen.

»Mach nochmal voll.«

Tau erfüllte ihre Bitte. Natürlich, Kluft hatte recht. Auch sie war eine Ausgestoßene. Aber eine Alternative sah sie nicht. Sie musste eben einen Beweis vorlegen, über den selbst die Priester nicht hinwegsehen durften. Da fiel ihr ein, was Kluft auf der Strebe gesagt hatte.

»Da draußen, da hast du gesagt, etwas Schlimmeres sei unterwegs. Was meintest du damit?«

Ein Anflug von Schrecken zog über das Gesicht der alten Frau. Sie wich zurück, stolperte und landete schließlich rückwärts auf einem der Kleiderhaufen. Mit aufgerissenen Augen starrte sie Tau an.

»Sie kommen nicht hierher. In den Netzen ist es sicher. Sie hassen die Netze.«

»Wer, Kluft? Wer?«

»Die geflügelten Bestien. Sie jagen. In der Wolke und darunter. Sie stehlen, was mir zusteht. Aber in meinem Haus kriegen sie mich nicht.«

Taus Verstand weigerte sich, ihr im Detail auszumalen, was genau Kluft damit meinte. Was sie gehört hatte war schon übel genug, aber die Erkenntnis, die in den Worten der alten Frau lag, übertraf das bei Weitem.

»Es gibt noch mehr von ihnen?«, fragte sie mit erstickter Stimme.

Tau schüttelte sich bei der Erinnerung an die kalten, intelligenten Augen. Violett waren sie gewesen. Sie hatten ihr einen tiefen Schrecken eingejagt. Eine Bestie war schlimm genug, doch weitere davon waren eine ernsthafte Bedrohung. Die vielen verschwundenen Wasserernter sprangen in ihr Gedächtnis. Bise hatte es erwischt. Und den Viertelvorsteher. Die Geschichten über den Kettenkriecher waren Unsinn. Nicht irgendeine Schreckensgestalt war verantwortlich, sondern reale Wesen. Bislang hatte das niemand erkannt. Die Priester mussten sofort informiert werden, ebenso die Adlerkrieger. Nur sie vermochten etwas zu unternehmen und das Viertel der Wasserernter vor den geflügelten Bestien zu beschützen. Aber allein dem Wort einer Ausgestoßenen würde niemand Glauben schenken. Sie brauchte mehr, mehr Wissen. Tau ging auf die alte Frau zu, bis sie direkt über ihr stand.

»Wie viele sind es?«

»Viele. Sehr viele«, sagte Kluft tonlos.

»Weißt du, woher sie kommen? Wenn du mir etwas sagen kannst, dann tu das bitte. Ich muss es erfahren.«

»Wozu? Sie bringen Tod. Einen grausamen.«

»Ich muss unsere Kaste warnen. Sonst sterben noch weitere unserer Leute. Du bist immer noch eine von uns.«

»Nein, bin ich nicht. Schon lange nicht.«

Tau ließ nicht locker. »Woher kommen sie, Kluft? Sag es mir. Bitte!«

Kluft wedelte abwehrend mit den Händen. »Weiß ich nicht, Mädchen. Weiter als bis zum Rand meiner Netze gehe ich nicht. Zu gefährlich.«

»Aber wer dann? Wer kann helfen?«, drängte Tau weiter.

Kluft seufzte schwer und rang sichtlich mit sich selbst.

»Du wirst bei dem Versuch sterben. Ihr Hunger ist groß.« Kluft schwieg einen Moment, als überlege sie, was sie antworten wollte. »Die Unberührbaren. Sie wissen alles, was sie da oben in der Stadt nicht kennen. Ich handele mit ihnen. Bringe ihnen Dinge, die sie gebrauchen können. Aus den Netzen.«

Tau straffte die Schultern, was umgehend mit Schmerzen in ihren geschundenen Muskeln quittiert wurde. Die Unberührbaren besaßen die Information, die sie benötigte. Vielleicht sogar einen Beweis für die Existenz der Bestien. Damit würde sie ihre Unschuld beweisen und ihre Kaste retten. Schwerfällig humpelte sie zum Ausgang des Kokons, unterdrückte dabei mehr als einmal ein Stöhnen. Dann fiel ihr ein, dass sie gar nicht wusste, wie sie die Unberührbaren finden sollte. Tau drehte sie sich um und sah Kluft an.

»Zeigst du mir dann den Weg?«

Kluft schlug erschrocken die zitternden Hände vor das Gesicht. Ihr Becher fiel herunter und kollerte beiseite, bis er schließlich irgendwo liegen blieb. Sie schnaufte mehrmals laut, als sögen ihre Lungen nicht ausreichend Sauerstoff in ihren Körper.

»Allein werde ich die Unberührbaren nicht finden«, fügte Tau mit einem drängenden Ton hinzu und winkte auffordernd mit der Hand.

Kluft starrte sie an und gab keinen Ton mehr von sich. Blass leuchtete ihr Gesicht. Schließlich nickte die Einsiedlerin ergeben.

Es war nicht die erste Gefängniszelle, in der Staubner sich wiederfand. Ganz sicher war es nicht die schlechteste. Im Vergleich mit der in dem winzigen Dorf bei Dreistadt, die ein Verschlag für Schweine gewesen war, erfüllte die Einrichtung dieses Zimmers beinahe den Maßstab für eine einfache Herberge. Sah man einmal davon ab, dass die Tür hinter ihm trotzdem verschlossen worden war. Auch wenn der Schweinestall schlimmer gerochen hatte und der Matsch kalt und widerlich gewesen war, so hatte das Dorfleben um ihn herum wesentlich mehr Unterhaltungswert bewiesen. Um ihn herum passierte nichts außer gähnender Langeweile. Das vergitterte Fenster wies auf einen unbenutzten Teil eines Hofes hinaus und zeigte ausschließlich eine Wand aus groben Ziegeln. Die ersten Stunden hatte Staubner damit zugebracht, hin- und herzugehen. Ohne einen auch nur ansatzweise hilfreichen Plan hatte er sich dann schließlich auf das Bett gelegt und gewartet. Darauf, dass man ihn holen kam. Nicht zum letzten Mal wünschte sich Staubner inständig, nie die Armenmesse in Rosander betreten zu haben.

Hier, in dieser verfluchten Stadt, in der es nie regnete, endete es also. Eingesperrt, weil er eine Frau, die er nicht kannte, eben *nicht* umgebracht hatte. Was Segen mit ihm tun würde, sobald sie davon erfuhr, das musste Staubner sich nicht ausmalen. Er war nun mal kein Meuchelmörder, auch wenn ihn alle dafür hielten. Gut, Staubner musste vor sich selbst einräumen, dass er daran nicht ganz unbeteiligt gewesen war. Den Zeitpunkt, die Verwechslung unter der Statue des Nomadengottes zu beichten, hatte er mehrfach verpasst. Jetzt war es dafür zu spät. Bei alldem rechtfertigte es dennoch keine Hinrichtung. Wenigstens in seinen Augen nicht.

Der Adlerkrieger aus der Werkstatt der ermordeten Bildhauerin hatte dem Befehlshaber Cassia umgehend nach der Gefangennahme des zusammengeschlagenen Sündenbocks berichtet, wie Staubner beinahe den Plan zunichtegemacht hatte. Verrat hatte er es genannt. Dabei hatte sich Staubner nichts zu Schulden kommen lassen. Er war doch wie vorgesehen in den Hof der Bildhauerin gestiegen. Dass er den Mord nicht verüben wollte, das hatte bis dahin niemand gewusst. War es da seine Schuld, dass irgendein verhinderter Sänger im Hof die Aufmerksamkeit Krönels auf sich gezogen hatte? Sicher nicht. Er hatte drüber nachgedacht, wer für ihn sprechen würde. Eingefallen war ihm niemand. Es würde ein sehr kurzer Prozess werden, sofern man für ihn überhaupt einen abhielt. Staubner vernahm plötzlich Schritte und die Stimmen zweier Personen, die sich seiner Zelle näherten. Der Wächter vor seiner Tür entfernte sich, nachdem er den Befehl dazu erhielt. Kurz darauf wurde die Tür entriegelt und geöffnet. Zu seiner Überraschung trat Andacht ein. An seiner Seite stand der Adlerkrieger, der ihn bei Cassia verpfiffen hatte. Der Priester warf nur einen kurzen, gleichgültigen Blick auf Staubner, dann wandte er sich an den Krieger, der ihn begleitete.

»Lass ihm Handfesseln anlegen, Fehde. Ich nehme ihn dann mit.«

»Mir wurde kein solcher Befehl seitens des Auges des Adlers vermeldet«, stellte der Adlerkrieger fest. »Der Torwächter befindet sich momentan ebenfalls nicht hier, um dein Vorhaben zu billigen.« Fehdes Blick war ernst, beinahe schon ungehalten, wie Staubner fand. Aber waren das Soldaten nicht immer? Schlecht gelaunt und verdrossen? Er wäre es jedenfalls, wenn er sich den ganzen Tag mit dem Töten von Menschen beschäftigen müsste. Oder wenn er einen solch schrägen Namen besäße. »Eine Überstellung an den Tempel ohne eine bewaffnete Eskorte ist unüblich. Der Mann ist ein Verbrecher.«

»Das mag sein. Aber darf ich dich daran erinnern, dass die Umstände ebenfalls unüblich sind? Verschwiegenheit ist das oberste Gebot, wenn man Dinge tut, von denen die Öffentlichkeit nichts erfahren soll. Darüber hat dich der Befehlshaber sicherlich unterrichtet.«

Andacht trug seine Worte mit einer Bestimmtheit vor, die Staubner bei ihm überraschte. Trotzdem hielt er es für besser, wenn er sich zurückhielt und sich nicht einmischte. Ärger hatte er wahrlich bereits genug am Hals. Andacht hatte seiner Abneigung ihm gegenüber oft genug Ausdruck verliehen.

»Ich nehme an, dass das Auge des Adlers mit anderen Dingen beschäftigt ist und dich informieren wird, sobald er dafür Zeit findet, Fehde.«

»Der Befehlshaber war in seinen Anweisungen sehr deutlich, was den Gefangenen betrifft. Er wird niemals …«

»Möchtest du deinen Widerstand mit der Obersten Segen besprechen? Sie war es, die mir den Auftrag erteilte, den Verräter zum Tempel zu schaffen. Er wird sich dort vor der Göttin Sula für seine Verbrechen verantworten.«

»Der Oberste Entschlossen ist die Stimme der Kriegerkaste, nicht Segen«, versuchte der Adlerkrieger erneut zu protestieren.

Andacht verlor für einen Moment die Gewissheit in seinen Augen, das konnte Staubner ohne Zweifel erkennen. Doch der Priester fing sich schnell und trat auf den Adlerkrieger zu, bis dessen Nase beinahe die seines Gegenübers berührte.

»Und hast du den Obersten Entschlossen bei den Unterredungen gesehen, die das Auge des Adlers mit mir und der Obersten Segen geführt hat? Oder hat er sich sonst auf irgendeine Weise eingebracht, die dir zu Ohren gekommen wäre?«

»Nein«, bestätigte der Krieger.

»Maßt du dir also an, über die Angelegenheiten des Tempels und die Anweisungen unseres Toten Königs zu urteilen?«

Andacht fuhr mächtig Fracht auf, wie es sonst nur Kaufleute taten, die einem fadenscheinige Waren für einen möglichst hohen Preis anzudrehen versuchten. Skeptisch lauschte Staubner der Unterhaltung. Es war nun wesentlich schwieriger, ungerührt zu wirken. Der Priester hatte doch etwas vor, das spürte er.

Der Adlerkrieger presste die Lippen hart aufeinander, dann schüttelte er den Kopf. »Verzeih, Gesegneter. Ich versuche bloß zu dienen. Die Handfesseln werde ich sogleich bringen.«

»Ich danke dir. Der Segen Sulas wird dir zuteilwerden.«

Der Krieger nickte knapp, verließ die Zelle und verschloss die Tür hinter sich. Staubner hörte, wie er davonging und der bisherige Wächter auf seinen Posten zurückkehrte. Entgegen seiner Erwartung drehte sich Andacht nicht zu ihm um, sondern brütete stumm vor sich hin. Den Kopf hielt der Priester gesenkt, so, als bete er. Irgendwann hielt Staubner die Stille nicht mehr aus. Neugierig setzte er sich auf.

»Sulas Gerechtigkeit also, hm? Oder gesteht mir deine Oberste die nicht mehr zu, weil ich nicht das tat, was ihr von mir verlangt habt? Zum zweiten, nein, dritten Mal. Ist Sula überhaupt Fremden gegenüber so großzügig? Ich meine, ich stamme schließlich nicht aus der überaus friedlichen Stadt des ewigen Himmels. Wie handhabt eure Göttin das? Ist das vielleicht Auslegungssache des – wie nanntest du ihn noch gleich – eurer Leuchte? Oder …«

Andacht fuhr herum. »Kannst du nicht ein einziges Mal deine Torheit für dich behalten?«

Wenn den Augen des Priesters göttliche Macht innewohnen würde, dann wäre von mir jetzt nicht mehr als ein Häufchen Asche übrig, dachte Staubner beunruhigt. Zum Glück war Andacht nur ein Mensch und kein Gott.

»Ich hab doch nur gedacht«, antwortete er kleinlaut.

»Genau das ist das Problem. Du glaubst nur, dass du denkst. In Wahrheit bist du eine Plage.«

Andacht schüttelte fassungslos den Kopf. Derart aufgewühlt wirkte der Priester auf ihn, dass Staubner sich darüber mehr Sorgen machte als über dessen heftige Reaktion.

»Was mache ich hier nur?«

Jetzt führte er sogar Selbstgespräche, wendete dabei aber nicht den Blick von Staubner ab. Das fühlte sich überaus seltsam an. Dass man ihn übersah, das war eigentlich nichts Außergewöhnliches für ihn. Manchmal legte Staubner es sogar absichtlich darauf an, um in Ruhe seiner Wege gehen zu können. Aber allein mit jemandem, den er kannte, der über ihn hinweg sprach und sich im gleichen Raum aufhielt, das war tatsächlich eine neue Erfahrung.

»Lugo führt mich an der Nase herum«, lamentierte Andacht weiter. »Das wird es sein. Wie konnte ich nur auf die aberwitzige Idee kommen, ausgerechnet *er* könne mir eine Hilfe sein?« Der Priester warf die Arme in einer hilflosen Geste nach oben, stemmte dann eine Hand in die Hüfte, während die andere nach der Stirn fühlte, als leide er unter Fieber.

»Ich muss verrückt geworden sein.«

Staubner räusperte sich vorsichtig, in der Hoffnung, nicht noch mehr Verärgerung auszulösen, aber dennoch nicht weiter ignoriert zu werden. »Du brauchst meine Hilfe wofür?«

Da Staubner in einer Zelle saß, hatte er angenommen, dass er vielmehr auf die Hilfe Andachts angewiesen war. Nicht umgekehrt. Der Priester seufzte gereizt. Seine Brauen zogen sich zusammen. Es ließ sich nicht übersehen, wie es in dem Priester arbeitete. Und wie er sich schließlich zu einer Antwort durchrang.

»Die Oberste Segen plant, den Beleuchteten in Sulas Gnade zu übergeben.«

»Ist das etwas Gutes?« Erst als er Andachts ungläubigen Gesichtsausdruck sah, begriff Staubner, um was es wirklich ging. »Beim Nomaden, sie hat vor, ihn über die Klinge springen zu lassen? Also in eurem Fall über die Klippe?«

»Ich muss das verhindern«, sprudelte es plötzlich aus dem Priester hervor. Er trat auf Staubner zu, fasste ihn an den Oberarmen und schüttelte ihn. »Aber allein schaffe ich das nicht. Du weißt, was man tun muss. Ich schlage dir ein Geschäft vor. Du hilfst mir, den Beleuchteten zu retten. Du erhältst das Gold, das dir Segen versprach. Wenn du dann gehen willst, werde ich dafür sorgen, dass man dich aus der Stadt führt. Zurück dahin, wo du herkommst. In die Verheerung. Andernfalls …«

»Andernfalls?«

»… drehe ich mich um, verlasse diese Zelle und überlasse dich der Gnade Sulas oder die der Obersten Segen oder wer sonst ein Interesse daran hat, dich zum Schweigen zu bringen. Du weißt, wie es dann läuft. Der Tod ist dein Geschäft, so sagt man doch. Du bist schließlich ein …« Andacht stockte, sah auf seine Hände und ließ Staubner wieder los.

»Ein was?«, fragte Staubner für einen Moment irritiert. Dann fiel es ihm ebenfalls ein. »Ach ja. Ein Meuchelmörder. Ich fürchte, ich muss dich enttäuschen. Für Rettungsaktionen bin ich wirklich ungeeignet. Warum sonst sollte ich wohl in einer Zelle wie dieser sitzen?« Er überlegte einen Moment und holte schließlich tief Luft. Irgendwann kam es ja doch heraus, dass man den Falschen auf das Plateau geholt hatte. Warum also nicht jetzt?

»Es gibt da etwas, was du über mich wissen solltest.«

»Das muss warten«, wiegelte Andacht eilig ab. »Fehde kehrt jeden Augenblick zurück. Wie ist deine Antwort?«

Tatsächlich rührte sich der Wachmann vor der Tür, was auf die Ankunft des Kriegers hindeutete. Nervös überlegte Staubner. Er war in den letzten Tagen mehr als nur einmal in einen Misthaufen getreten. Machte da ein weiteres Mal wirklich einen Unterschied? Schlimmer als jetzt konnte es wohl kaum noch werden. Immerhin bot sich ihm mit Andacht wenigstens ein Mensch in dieser verfluchten Stadt an, ihm den Heimweg zu ermöglichen. Sterben wollte er ganz sicher nicht.

»Ich bin dein Mann.«

Andacht nickte ihm zu, dann öffnete sich die Zellentür und der befehlshabende Adlerkrieger trat ein.

»Die Handfesseln, Gesegneter.« Fehde blieb stehen, machte aber keine Anstalten näher zu kommen. Mehr und mehr überkam Staubner das Gefühl, dass der Mann Zeit schindete. Hatte er nicht viel zu lange benötigt, um ein paar simple Handfesseln zu holen?

»Beeilung«, raunte er dem Priester eindringlich zu, ohne die Lippen zu bewegen. »Sonst bleiben wir beide hier drin.« Staubner wusste nicht genau, ob Andacht ihn verstanden hatte. Er hoffte es inständig.

»Soll ich dem Verräter die Fesseln etwa selbst anlegen?«, wies dieser den Krieger sogleich zurecht.

Staubner stand auf, streckte dem Adlerkrieger die Arme entgegen, bis die Fesseln endlich um seine Handgelenke schnappten. Die zwei massiven Metallriegel, miteinander durch ein Scharnier verbunden, wogen schwerer, als er es erwartet hatte. Ketten oder Stricke waren deutlich leichter und handlicher. Ein seltsames Volk, diese Plateaumenschen. Sie übertrieben gern. Der Adlerkrieger kehrte zur Zellentür und wartete dort. Seine Miene blieb unbewegt.

»Vorwärts mit dir, Verräter.« Andacht gab den Unbeugsamen. Er schob Staubner an sich vorbei und gab ihm einen Stoß Richtung Tür. Draußen wurde er von der Wache erwartet. Der Priester jedoch blieb vor Fehde stehen und hielt auffordernd die Hand auf.

»Der Schlüssel!«

Der Adlerkrieger gab ihm das Verlangte, wenn auch nur widerwillig. Der Priester steckte den Schlüssel in seine Kutte, verließ die Zelle und führte seinen Gefangenen schließlich zielstrebig aus dem Gebäude. Andachts Hand krallte sich regelrecht in seinen Oberarm, doch Staubner protestierte nicht. Der Adlatus der Obersten Segen hatte ihm längst nicht alles verraten. Das war offensichtlich. Daher war es wohl besser, wenn er das Theater mitspielte, solange es notwendig war.

»Du hast was?« Staubner musste sich einfach verhört haben.

»Ich bin mir sicher, du hast schon richtig verstanden«, entgegnete Andacht. Das schiefe Grinsen in seinem Gesicht verpasste dem Priester etwas Spitzbübisches. Ein wirklich überraschender Anblick, kaum verrückter als das, was Staubner eben erst alles offenbart bekommen hatte.

»Du hast deine Oberste bestohlen?«, staunte er. »Während sie im gesamten Tempel nach dir sucht? Das nenne ich mal einen tolldreisten Handstreich.«

»Na ja, sie bewahrt all die wirklich wichtigen Dokumente in einem versteckten Fach unter ihrer Bettstelle auf. Also die, von deren Inhalt niemand sonst erfahren darf. Ich habe das einmal aus purem Zufall entdeckt, ohne dass sie davon etwas mitbekam. Es war einen Versuch wert, dachte ich. Sulas Segen hatte ich wohl dafür.«

Im Schnelldurchlauf hatte der Priester berichtet, wie er Segen und die Gemahlin des Auges belauscht hatte, von dem Versuch, den Beleuchteten zu sprechen, bis hin zu seinem Erscheinen in der Arrestzelle. Was er in dem Versteck der Obersten gefunden hatte, war ebenso erstaunlich wie der plötzliche Schneid, den Andacht an den Tag legte.

»Sie wird ihren Gehstock ganz schön traktieren, wenn sie es herausfindet«, griente Andacht.

»Nicht, dass sie ihn noch zerbricht«, nickte Staubner anerkennend. Er sah die Oberste vor seinem geistigen Auge wütend den Stock auf den Boden hämmern. »Sie kann einem damit ziemlich Furcht einflößen. Es wäre schade, wenn sie darauf verzichten müsste.«

»Allein das Geräusch. Tock. Tock.« Andacht ahmte treffend den Laut nach, der so charakteristisch für die Oberste war.

»Brr. Genau so hört es sich an.« Staubner schüttelte sich theatralisch. »Also, wie willst du den Licht …«

»Den Beleuchteten?«, half der Priester aus. Schlagartig verlor er seine Erheiterung, als würde ihm wieder bewusst, in welcher Lage sie beide steckten.

»… den Beleuchteten vor dem Attentat warnen? Schickst du ihm eine Nachricht? Weder du noch ich werden jetzt einfach in deinen Tempel spazieren können. Vermutlich halten ihre Leute längst in der ganzen Stadt Ausschau nach dem verschwundenen Adlatus der Obersten. Irgendwann wird sie uns in diesem alten Kasten aufspüren. Also was genau hast du vor?«

Nachdem der Priester Staubner aus der Zelle befreit hatte, waren sie zunächst in Richtung Tempel gezogen. Zielstrebig, aber nicht gehetzt, damit niemand misstrauisch wurde. Irgendwann waren sie abgebogen, durch einen nur notdürftig verschlossenen Eingang getreten und hatten Unterschlupf in dem heruntergekommenen Gebäude gefunden, das Andacht als den alten Palast bezeichnet hatte. Es wunderte Staubner sehr, dass dieser nicht mehr benutzt wurde. Geldsäcke liebten doch protzige Häuser, selbst wenn sie kaum bewohnbar waren. Der Raum, in dem sie sich gerade aufhielten, war genau das. Es gab weder Möbel noch Zierrat. Nur Schmutz. Und davon so viel, dass es für ein ganzes Leben ausreichte. Notdürftig hatte Staubner den Dreck mit den Füßen beiseite gescharrt, bevor sie sich auf dem Boden niedergelassen hatten.

Andacht zupfte an seiner Kutte herum. »Wir sind hier vorerst ungestört. Der alte Palast darf von niemandem betreten werden. Es ist das Gesetz Sulas.«

»Das wir gebrochen haben«, warf Staubner ein. »Wird uns Sula dafür nicht maßregeln? Sie scheint mir recht wankelmütig mit ihrem Segen zu sein. Abgesehen davon sind deiner Obersten die Gesetze auch so ziemlich egal. Oder täusche ich mich?«

Andacht schien die Fragen überhören zu wollen. Jedenfalls ging er überhaupt nicht darauf ein. Vielmehr zogen in seine Miene noch düstere Gewitterwolken auf als bereits zuvor.

»Viel wichtiger ist die Frage, wann die Oberste ihren Plan in die Tat umsetzen wird. Wie viel Zeit bleibt uns, den Beleuchteten zu retten? Was denkst du, Ozias?«

»Ich kenne mich mit solchen Dingen nicht aus«, gab Staubner unbedacht zu und betrachtete die Staubschlieren zwischen seinen Füßen. Der fremde Name irritierte ihn immer noch. Vermutlich würde er sich nie daran gewöhnen, so genannt zu werden. Er sah Andacht an und der verwunderte Blick des Priesters trieb ihm ein siedend heißes Gefühl in die Ohren. Mal wieder hatte er vergessen, dass Ozias nicht der war, für den Andacht ihn hielt. Aber das jetzt zu beichten schien ihm ein ungeeigneter Moment. »Wir müssen so schnell wie möglich handeln«, ergänzte er hastig.

»Du meinst, solange sie nicht damit rechnet, dass wir zum Tempel zurückkehren. Wenn wir doch nur Verbündete hätten, die uns helfen«, überlegte Andacht und legte eine Hand an sein Kinn. »Dann wäre es einfacher.«

»Oder etwas zu essen.« Obwohl Staubner in der Zelle Brot und Wasser erhalten hatte, schien das bereits eine halbe Ewigkeit her zu sein. Sein Magen fühlte sich leer an. Mal wieder. »Denkst du wirklich, sie rechnet nicht damit? Dass du versuchen wirst, sie aufzuhalten?«

Andacht nickte. »Doch, vermutlich wird sie das. Aber noch weiß sie hoffentlich nicht, dass ich das hier habe.«

Der Priester griff unter seine Kutte und zog ein zusammengefaltetes Pergament hervor. Vorsichtig breitete er es zwischen ihnen auf dem Boden aus und strich es glatt. Das Schriftstück wies Linien und Markierungen auf, die Staubner an das Innere eines Termitenbaus erinnerte. Ab und an waren Bezeichnungen in der Sprache des Plateaus eingetragen, die er nicht zu entziffern vermochte. Die Zeichnung war zwar alt, aber nicht vergilbt. Eine persönliche Anfertigung der Obersten, vermutete Staubner.

Andacht deutete nacheinander auf verschiedene Stellen des Pergaments. »Das ist der alte Palast, in dem wir gerade sind, dort der Tempel und dazwischen die Mauern. Und das hier sind die verborgenen

Passagen, die anscheinend alles auf dem Plateau miteinander verbinden. Einen solchen Weg bin ich gegangen, als ich Segen verfolgt habe. Wir müssen nicht einmal irgendwo einen Eingang suchen. An dieser Stelle des Palastes ist einer. Unten, in den Kellern.«

»Das sind sie immer. Im Keller. Deshalb hast du uns also hergebracht. Sehr schlau.«

Staubner beugte sich über das Pergament und verfolgte mit dem Zeigefinger den Weg von ihrem Standort aus bis zum Tempel. Die Linien formten sich mittendrin zu mehreren, großzügigen Ausbuchtungen.

»Was ist das dort?«

»Das sind Höhlen«, erklärte Andacht. »Das nehme ich wenigstens an. Es gibt mehr von ihnen, als ich erwartet hatte. Die Unberührbaren wohnen in einer. Aber die befindet sich am Rand des Plateaus. Auf der Ostseite. Das müsste diese dort und vielleicht sogar noch die daneben sein. Aber diese Bereiche liegen nicht auf unserem Weg. Zum Glück.«

Staubner fiel ein, dass Segen ihn bei seiner Ankunft vom Pass mitten durch den Berg bis hoch auf das Plateau geführt hatte. Mit den Scheuklappen Grimos vor den Augen, weswegen er nicht wirklich etwas gesehen hatte. Aber es gab einen Weg zurück. Er verwettete seine nächste Spende an den Nomaden darauf, dass sich dieser ebenfalls in den Linien und Strichen auf dem Pergament verbarg. Andacht vermochte sie zu entziffern, also würde er Staubner zum Gebirgspass hinabführen, sofern sich alles zum Besten wendete. Trotzdem stutzte er.

»Zum Glück? Wir könnten etwas Hilfe gut gebrauchen.«

»Die werden wir von denen nicht erhalten. Eher das Gegenteil. Es sind Unberührbare«, antwortete Andacht mit dem Brustton der Überzeugung, als wäre damit alles gesagt.

Staubner seufzte. »In Ordnung. Erkläre es doch mal so, als wäre ich nicht von hier.«

»Du hast es doch selbst erlebt«, schüttelte der Priester verständnislos den Kopf. »Sie sind Ausgestoßene, die als Sündenböcke missbraucht werden. Wie werden sie wohl reagieren, wenn wir ohne den Schutz der Adlerkrieger plötzlich bei ihnen auftauchen?«

»Verwundert, aber freundlich. Weil keiner von uns eine Waffe hat.« So wie die meisten Kusanter, die in den Provinzen lebten und denen man doch nicht traute.

Andacht verzog das Gesicht und ruckte an seiner Kutte. »Ich bin ein Priester. Allein dass ich das hier trage …« Er führte den Satz nicht zu Ende. »Wir gehen dort nicht hin. Ende der Diskussion.«

Sie schwiegen beide, bis Staubner die Stille nicht mehr ertrug. »Wieso lebt jemand freiwillig unter der Erde? Das sind doch Menschen, keine Wühlmäuse.«

»Der Tempel duldet sie nur dort. Können wir jetzt endlich aufhören, über die Unberührbaren zu sprechen und uns auf das konzentrieren, was wichtig ist? Bitte?«

»Die Rettung des Beleuchteten. Selbstredend. Also wie gehen wir vor?«

Andacht warf ihm einen misslaunigen Blick zu. Dann stieß er entnervt die Luft aus. So langsam befürchtete Staubner, der Priester bereue die Entscheidung, ihn mitzunehmen. Vielleicht behielt er die Sache mit Ozias besser noch eine Weile für sich.

»Wie ich schon sagte: Wir finden im Keller den Eingang zu den geheimen Gängen und folgen ihnen bis zu den Gemächern des Beleuchteten. Laut Karte geht es genau diesen Weg entlang. Sobald wir dort sind, erzählen wir ihm alles. Er wird Segen stoppen, du kannst nach Hause und alles kommt in Ordnung.«

Staubner stutzte. »Das ist dein ganzer Plan? Mehr hast du nicht?«

»Mehr wird nicht nötig sein.«

»Ich will dir wirklich nicht zu nahe treten. Aber das wird niemals im Leben funktionieren.«

Natürlich musste Segen nicht überlegen, wer ihr Gespräch mit Eibisch im Kuppelbau belauscht hatte. Und natürlich war sie wütend darüber, genau wie sie maßlose Enttäuschung über ihren Adlatus verspürte. Sie hatte ihn als ihre rechte Hand aufgebaut, mit Strenge und sogar Nachsicht, wenn er mehr Naivität bewies, als es förderlich gewesen war. Segen hatte etwas in ihm gesehen. Vielleicht einen Wesenszug, der ihr selbst sehr lange, wenn nicht sogar schon immer, gefehlt hatte. Den sie dank ihres Mentors Ablass nicht in sich hatte bewahren können. Ihr Gehstock verursachte ein regelmäßiges, ungehaltenes Klopfen auf dem Steinboden, auf dem sie entlangschritt. Zwei Krieger, eine stämmige Frau und ein drahtiger Mann, beide bereits seit Jahren auf ihrer Liste der Verbündeten, hatte sie gleich nach ihrem Erreichen des Tempels zu sich geordert. Die beiden eilten an ihre Seite, ohne eine Frage nach dem Warum zu stellen. Sie würden die Oberste schützen, sogar, wenn der Beleuchtete ihren Tod fordern würde. Weitere Frauen und Männer waren alarmiert und hielten sich in Bereitschaft. Einen offenen Kampf gegen das Oberhaupt der Priesterkaste versuchte sie immer noch zu vermeiden. Aber wenn dieser nicht zu umgehen war, würde sie bereit dafür sein.

Trotz Andachts Verrat, der sie tief getroffen hatte, nagte ein Gefühl von Stolz auf den Jungen an ihrer Wut. Er hatte Initiative bewiesen. Den Mut gefunden, gegen die Regeln aufzubegehren. Seine eigenen zu schaffen. Genau das hatte sie doch gewollt. Oder etwa nicht? Sie musste ihn finden. So schnell es eben möglich war und bevor er dazu kam, das Gehörte an jemanden zu verraten, der es gegen sie verwenden würde. Vielleicht gelang es ihr, Andacht zurück auf ihre Seite zu holen. Vielleicht war er für ihre Sache noch längst nicht verloren. Er hatte ganz in ihrem Sinne mit dem Befehlshaber der Adlerkrieger zusammengearbeitet. Effizient und pflichtbewusst. So, wie sie es von ihm erwartet hatte. Auch wenn ihr Vorhaben, den Beleuchteten aus dem Weg zu schaffen, ihn erschreckt haben mochte, es war notwendig. Für eine gute Sache, für eine bessere Welt. Was war da schon dieses kleine Opfer? Andacht würde es verstehen, wenn sie nur noch einmal die Gelegenheit bekam, es ihm zu erklären.

In der Nähe des Heiligtums vernahm sie aufgebrachte Stimmen. Segen beschleunigte ihre Schritte, der Stock kündigte ihre Ankunft an. Der Oberste Last und sein Gehilfe Lob diskutierten mit einer dritten Person. Das Gesicht war zunächst hinter den Schultern des Obersten verborgen, doch dann bewegte sich Last zur Seite. Im gleichen Augenblick entdeckte Andacht sie und erbleichte. Ihr Adlatus wartete ihre Ankunft nicht ab. Er drehte sich um und floh. Vor ihr. Segen unterdrückte das enttäuschte Seufzen, dass ihr aus der Brust stieg. Sie gab den beiden Kriegern an ihrer Seite ein stummes Zeichen. Beide hasteten vorwärts. Sie würden versuchen, Andacht einzuholen und zu ihr zu bringen. Das schützte sie jedoch nicht vor Last, der sie mit verkniffenem Gesicht und verschränkten Armen erwartete. Segen stütze sich schwer atmend auf ihren Stock. Schließlich zog sie in aller Ruhe eine winzige Ampulle Herbstwindsud aus ihrer Kutte, entkorkte sie und setzte sie mit geschlossenen Lidern an die Lippen. Der vertraute Schmerz, der bereits im Garten angeklopft hatte und sich auf dem Weg zu einem beinahe unerträglichen Ärgernis entwickelt hatte, wich widerwillig aus Kopf und Gliedmaßen.

Last jedoch zeigte keine Geduld gegenüber seiner Widersacherin. »Was bedeutet dieser Aufruhr, Segen? Dein Adlatus stürmt durch den Tempel, als würde die Welt untergehen. Von dem Respekt, den er mir gegenüber vermissen lässt, mag ich gar nicht erst anfangen. Aber dass er dich mir gegenüber verleugnet – mehrfach, wie ich betonen möchte –, das ist der Gipfel der Unverfrorenheit.«

»Dem Obersten Last die Ehrerbietung zu verweigern, ist unverzeihlich«, warf Lob ein, was ihm einen Schlag von seinem Obersten einhandelte.

Den Schmerzlaut vermochte Lasts Adlatus nicht zu unterdrücken. Der Oberste hielt körperliche Züchtigung als Erziehungsmethode für unabdingbar. Segen ließ die Worte einen Moment in der Luft hängen. Sie öffnete die Lider und sah den Obersten Last mit so viel Selbstsicherheit und Ruhe an, wie es ihr trotz der pumpenden Lunge möglich war.

»Ich weiß nicht, wovon du sprichst.«

»Unterlasse diese Spielchen, Segen«, antwortete Last mit gerümpfter Nase. »Ich erwarte eine Erklärung. Nicht nur dazu.«

»Du darfst mir gern deine Fragen notieren und zu meinem Arbeitszimmer bringen lassen. Ich werde mich umgehend darum kümmern und dir bis zur nächsten Ratssitzung eine Antwort schicken«, gab sie zurück. »Momentan jedoch wird meine Zeit von anderen Dingen überaus beansprucht. Du verstehst das sicherlich. Das Wohl der Stadt …«

»Das wird Folgen haben, Segen«, schimpfte Last los. »Der Beleuchtete wird das nicht dulden, das kann ich dir versprechen.«

Segen nickte Last zu und ging dann den beiden Kriegern hinterher. Sein Gezeter verfolgte sie noch eine ganze Weile, aber anders als sonst wollte sich auf ihren Lippen kein amüsiertes Lächeln zeigen.

Auf dem Weg zum Rand von Klufts Reich reagierte die alte Frau auf kein einziges Wort. Selbstgespräche, kaum vernehmbar gemurmelt, führte sie dennoch. Tau gab es irgendwann auf, sie mit Fragen zu löchern, auf die sie ja doch keine Antwort erhielt. Je weiter sie sich von der Behausung der Einsiedlerin entfernten, desto mehr driftete Kluft in ihre eigene Welt ab. Sie sang das Lied, das Tau zu Beginn ihrer Begegnung gehört hatte. Das Erntelied, so alt und so vertraut. Dabei spähte Kluft angestrengt und unablässig in das Wolkendicht über ihnen. Sie hielt nach den geflügelten Bestien Ausschau. Bei jeder Verwirbelung, bei jedem Schatten zuckte sie zusammen. Dabei sollten die Netze, die sie überall aufgespannt hatte, sie beide doch eigentlich schützen. Tau hielt sich hinter ihr, denn Platz, um nebeneinander zu gehen, boten die Streben auf dieser Ebene nicht.

Wenn Tau ehrlich war, dann fürchtete sie sich mindestens ebenso so sehr wie die alte Frau. Nicht nur vor den Bestien. Die abgenutzten Streben unter ihren Füßen zeigten Risse und mehr Rost als blankes Metall. Sie schwankten, aber hielten. Das Quietschen und Knacken, das jeden ihrer Schritte begleitete, zerrte jedoch zunehmend an Taus Nerven. Die freie Sicht nach unten tat ihr Übriges dazu. Immer mehr begann die Wassererntenterin wertzuschätzen, während ihrer Arbeit innerhalb der Wolke nicht gesehen zu haben, was sich unter ihr verbarg. Auch wenn ihr die sanften Farbsprenkel aus Grün, Braun und Grau gefielen, die Höhe tat es nicht. Der Gedanke, dort hinabzustürzen, erfüllte sie mit Entsetzen. Nach und nach wurden die Netze weniger, die Lücken zwischen ihnen größer. Kluft verlangsamte ihre Schritte, bis sie schließlich gänzlich stehen blieb. Vor ihnen führte ein Aufstieg in den grauweißen Dunst. An dessen Ende entdeckte Tau eine einzelne Querstrebe, die von dort wegführte. Es gab nur eine Richtung. Die Möglichkeiten, wohin sie sich nun wenden sollte, waren damit recht eingeschränkt. Trotzdem sprudelte ihre Frage unaufhaltsam aus ihrem Mund.

»Da entlang? Da geht es zu den Unberührbaren?«

Kluft schwieg. Die alte Frau hatte begonnen, ihren Oberkörper hin und her zu wiegen, als beruhige sie ein Kleinkind auf ihrem Arm. Den Weg gab sie jedoch nicht frei. Unschlüssig wartete Tau ab. Die Strebe war zu schmal, um an der Einsiedlerin vorbeizugelangen, ohne, dass diese auswich. Und der letzte Punkt, an dem das möglich gewesen wäre, lag mehrere Minuten hinter ihnen.

»Kluft? Verstehst du mich?« Sie berührte die Einsiedlerin vorsichtig an der Schulter. Die alte Frau bebte am ganzen Leib und erst jetzt erkannte Tau, dass sie weinte. Die Angst und die Einsamkeit der letzten Jahre waren zu viel gewesen. Behutsam schmiegte sich Tau an Kluft und hielt sie schließlich fest, bis sie beide im Gleichklang hin und her pendelten. Irgendwann beruhigte sich Kluft.

»Ich bin eine von uns.«

Die Worte waren sehr leise und zunächst achtete Tau nicht darauf, dass Kluft plötzlich sprach und nicht mehr sang. Doch dann tat die Einsiedlerin es erneut, nur wesentlich lauter als beim ersten Mal.

»Ich bin eine von uns. Von den Wassererntern.«

Tau nickte ergriffen. »Das bist du.«

»Viele werden sterben. Wenn niemand hilft.« Kluft löste sich aus der Umarmung, tat einen Schritt auf den Aufstieg zu, ohne sich zu Tau umzudrehen. »Wir gehen zusammen zu den Unberührbaren. Mit mir werden sie sprechen«, sagte sie entschieden. Sie legte eine Hand auf das Sicherungsseil des Aufstiegs.

»Bist du dir sicher? Aber dort sind keine Netze«, antwortete Tau überrascht. Sie hatte damit gerechnet, den Weg allein beschreiten zu müssen. In der verwirrten Verfassung wäre Kluft keine sonderlich große Hilfe geworden. Doch auf einmal wirkte die alte Frau gefasster und anwesender als den bisherigen Weg über. Vielleicht war es tatsächlich gut, wenn sie eine weitere Stimme bei den Unberührbaren wäre.

»Nein, keine Netze«, sagte Kluft leise. »Ich weiß.«

Als wäre ein eindrucksvolles Signal notwendig gewesen, um sie beide dazu zu bringen, sich endlich zu bewegen, schoss über ihnen ein lautloser Schatten durch die Wolke. Kein Fauchen, kein tierisches Brüllen, das die Jagd eröffnete.

»Lauf«, schrie Tau die Einsiedlerin an und Kluft zog sich nach oben. »Sie sind hier!«

Ohne Abstand zwischen ihnen zu lassen, folgte ihr Tau. Sie hatte keine Ahnung, wie weit die Niederlassung der Unberührbaren weg war. Nur eines war sicher: Sie durften nicht stehen bleiben. Kurz hintereinander erklommen sie die Querstrebe. Kluft hetzte voran, Tau hintendrein. Die alte Frau keuchte laut und stoßweise. Lange würde sie diese Flucht nicht durchhalten. Auch auf dieser Ebene zeigte sich das Metall schmal und viel zu angegriffen. Sie hatten alle Mühe, nicht abzurutschen. Ein Schatten wischte an ihnen vorbei. Ein wirbelnder, massiger Fleck, dunkler als das Grau der Wolke. Er hielt sich für ein paar Sekunden neben ihnen, dann drehte er ab und verschwand im Dunst. Es mochte das letzte Mal sein. Ein allerletztes Sondieren, bevor es zum Angriff kam. Die Angst, im nächsten Moment zwischen den Kiefern der Bestien zerrissen zu werden, trieb sie vorwärts. Hals über Kopf rannten sie, bis sich das Grau der Wolke zum Grau der Felsen veränderte.

Die Strebe beschrieb einen Bogen und führte schließlich parallel an der Felswand entlang. Taus linke Seite schrammte am Stein vorbei. Beinahe hätte sie den Richtungswechsel nicht geschafft. Ein Kollern rollte heran, weitete sich zu einem Dröhnen aus. Direkt hinter ihnen kam es angerauscht. Der mehrfache Schlag von Flügeln. Ein ledriger Geruch stieg Tau in die Nase. War die Bestie schon so nah? Ohne auf die Gefahr eines Absturzes zu achten, warf sie sich auf Kluft und zog sie runter auf die Strebe. Die alte Frau schrie vor Schmerz. Sie rutschten haltlos ein Stück vorwärts. Klammerten sich aneinander. Tau erhielt einen wischenden Schlag auf den Rücken. Ein Flügel musste sie getroffen haben. Der frustrierte Schrei der Bestie, der die

Beute entglitten war, entfernte sich. Eine Gnadenfrist, mehr nicht. Tau rappelte sich auf und zerrte auch Kluft wieder auf die Beine. Sie gab der Einsiedlerin einen Stoß.

»Weiter!«

Gemeinsam stolperten sie vorwärts.

»Wie weit noch?«

Kluft antwortete nicht, sondern streckte bloß den Arm nach vorne. Da sah es Tau auch. Eine Öffnung in der Felswand. Gerade groß genug, um sich seitlich geduckt hindurchzudrücken. Viel zu schmal für die Bestie, der sie in Gestes Arbeitszimmer begegnet war. Vielleicht war ihr Jäger auch zu groß dafür. Sie schob Kluft hinein. Die Einsiedlerin war am Ende ihrer Kraft. Das Gesicht schwebte für einen Moment blass und bleich in der Felsöffnung. Krallen kratzten über Felsgestein. Kleine Brocken lösten sich irgendwo und fielen klackend in die Tiefe. Die Bestie war da. Ihre Zeit war um. Endgültig. Ohne weiteres Überlegen sprang Tau in das Loch vor ihr. Ihre Stirn prallte auf harten Widerstand. Etwas scharfes, heiß wie glühender Stahl strich über ihren Rücken. Dann war sie hindurch. Keuchend landete sie auf dem Boden. Neben ihr lag Kluft, zusammengerollt wie ein Neugeborenes. Die Einsiedlerin schluchzte jämmerlich. Vor der Felswand stieß die Bestie einen Schrei aus. Flügelschlag verwirbelte den Dunst draußen. Dann war sie fort.

»Wir haben es geschafft.« Schwer nach Atemluft ringend legte Tau tröstend eine Hand auf Klufts Wange. »Wir sind der Bestie entkommen.« Tau rollte sich auf den Rücken und blieb erst einmal liegen. Den Schmerz ignorierte sie, so gut es eben ging.

Das, was der Söldnerfürst so salopp als *in Kürze* bezeichnet hatte, löste bereits eine ganze Weile keine gespannte Reaktion in Ozias aus. Auch bei niemandem sonst. Wen Fausto auch immer erwartet hatte, derjenige war nicht gekommen. Nach dem lächerlichen Theater mit dem wippenden Felsbrocken, dem Ozias verächtlich zugesehen hatte, lockerte er vorsichtshalber seine Klingen in den Scheiden. Er reckte sich, kreiselte mit den Armen, dehnte den Oberkörper nach links und rechts. Doch auch danach tat sich nichts. Selbst Fausto nahm irgendwann wieder Platz und ließ sich einen weiteren Becher mit Wein geben. Still brütete der Söldner vor sich hin. Ab und zu warf er ihm einen hintergründigen Blick zu. Doch auch Ozias zog es vor, nicht zu reden. Stattdessen versuchte er, eine komfortable Sitzposition für sich zu finden. Verdammte Felsen. Kalt und hart wie der Tod.

Abermals tauchte Andras auf und Fausto führte ein Gespräch mit ihm über die Stimmung im Lager, wo welche Versorgungsgüter oder Waffen gelagert wurden. Welche Einheiten über ihren Schlafplatz murrten. Das langweilte Ozias. Mit diesen Dingen hatte er nichts zu tun. Er arbeitete viel lieber allein. Im Kampfverband nur dann, wenn es unvermeidbar oder vorteilhaft war. Für größere Truppenverbände empfand er nur wenig Begeisterung. Krieg war nichts denn Jonglieren mit Zahlen und gegenseitiges Abschlachten. Da lebte seine Profession von einer wesentlich erfüllenden, persönlicheren Note. Ha, lebte. Er tat es zumindest, wenn er die Ziele seiner Auftraggeber zum Nomaden sandte.

Ein kaum vernehmliches Geräusch, das aus der Richtung der gestapelten Kisten zu kommen schien, weckte seine Neugier. Etwas kratzte, nein, schabte hart und kurz. Von den Söldnern schien niemand etwas zu bemerken. Aufmerksam beobachtete Ozias die Stapel. Hatte sich da nicht eine der Kisten bewegt? Sogar leicht gezittert? Er beschloss, sich das genauer anzusehen. Also stand Ozias auf, tat dabei nicht einmal so, als brauche er Bewegung, sondern steuerte direkt auf die Stelle zu, von der das Geräusch kam. Da, schon wieder. Dieses Mal hatte er die Bewegung genau gesehen. Er legte eine Hand flach auf die hölzernen Behälter. Eine Vibration war zu spüren, die gleichermaßen andauerte wie das Geräusch dazu. Vor dem Kistenstapel war es wesentlich deutlich zu hören. Ein Spalt, im trügerischen Licht der Fackeln und Lampen kaum zu erkennen, öffnete und schloss sich im Gestein. Im gleichen Rhythmus. Kein Zweifel, etwas war dahinter. Etwas, das zu ihnen hinein wollte.

»Fausto, die Kisten müssen hier weg«, rief er dem Söldnerfürsten zu. Sowohl Fausto als auch Andras drehten die Köpfe in seine Richtung. »Wir haben Besuch bekommen. Ob es der ist, den du erwartest, kann ich allerdings nicht sagen.«

»Das finden wir heraus. Andras, ich brauche ein paar Männer, Schild und Speer. Genug, um dieses Loch zu verteidigen. Und welche, die vorher den Mist da beiseiteschaffen«, befahl Fausto, während er auf den Lagerstapel deutete. Andras von Kranzgilt nickte ergeben, dann folgte er dem Befehl. Kurz darauf kehrte er mit den verlangten Einheiten zurück. Kaum war der Platz freigeräumt, rückten die Bewaffneten vor und nahmen eine Verteidigungsposition ein. Die Schilder bildeten einen Wall, die Speere zeigten auf die Stelle im Gestein. Ozias hielt sich seitlich hinter den Söldnern auf. Die wurden letztlich dafür bezahlt, ihren Kopf hinzuhalten, wenn es gefordert war. Er nicht.

Die Aufräumarbeiten und auch der Aufmarsch der Söldner schienen auf der anderen Seite des Felsgesteins nicht unbemerkt geblieben zu sein. Zunächst blieb es ruhig, doch dann knirschte es. Der Spalt, den Ozias entdeckt hatte, zeigte sich erneut. Daraufhin vergrößerte er sich zu einer Öffnung, die einer Tür durchaus ähnelte. Vier Krieger in eigentümlich anmutender Erscheinung traten hindurch. Ihre Rüstungen wirkten altertümlich. Ozias fand kein besseres Wort dafür. Harnische aus einem anscheinend gehärteten Material mit auffälligen

Mustern, an den Armen und Beinen Schienen und Lederbänder. Kein Metall. Waren das Pflanzenfasern? Ihre Helme zierten schwarze Federn, die sicherlich eindrucksvoll aussahen, aber sonst keinen Zweck erfüllten. An der Hüfte baumelte eine Art Keule mit Obsidianstücken, in den Händen hielten sie schwere Lanzen, deren Spitzen ebenfalls aus Obsidian bestanden. Alles in allem durchaus wehrhaft, aber in keiner Weise für einen Kampf an diesem Ort geeignet. Gegner für die Söldner waren sie sicherlich keine. Zudem waren sie zum jetzigen Zeitpunkt deutlich in der Unterzahl, selbst wenn im Dunkel der Öffnung noch weitere Krieger warteten.

Jeweils zwei der Krieger stellten sich neben der Öffnung auf. Zwischen ihnen hindurch trat eine Frau mittleren Alters, die ihren gehobenen Stand nicht verbarg. Ihr Kleidungsstil unterschied sich ebenfalls von der gängigen Art, in den sich die Frauen der großen Städte hüllten. Ozias fiel die Tätowierung ins Auge, die sie ebenso wie die Krieger im Gesicht trug. Was diese wohl für eine Bedeutung hatte? Er verschränkte lässig die Arme vor der Brust und lehnte sich gegen die Felswand, an der er stand. Das versprach, interessant zu werden. Die Frau ignorierte die aufmarschierten Söldner, die ihre Speere immer noch auf sie richteten. Inmitten des Runds aus Eisenspitzen blieb sie hoch erhobenen Hauptes stehen, die Hände hatte sie auf den Rücken gelegt.

»Ich bin Eibisch, Gemahlin des rechtmäßigen Königs der Stadt des ewigen Himmels, dem Auge des Adlers. Ich verlange, unverzüglich den Befehlshaber zu sprechen.«

Ein kurzes Kommando Faustos veranlasste die Söldner, ihre Speere aufzustellen. Sie bildeten eine schmale Gasse, durch die der Söldnerfürst hindurchtrat. Vor der Frau vollführte er eine galante Verbeugung. Er lächelte leutselig, ohne sein Gegenüber aus den Augen zu lassen.

»Das wäre dann wohl ich. Fürst Fausto, zu deinen Diensten.« Fausto richtete sich auf. »Ich nehme an, wir haben einen gemeinsamen Freund.«

»Wenn du derjenige bist, der mir versprochen wurde, dann dürfte das der Wahrheit entsprechen. Bist du es? Über ausreichend Krieger verfügst du, wie ich sehe.«

Fausto verneigte sich erneut, dieses Mal jedoch senkte er nur etwas das Kinn. »Wenn du diejenige bist, die für den Sold meiner Männer aufkommt, dann stehe ich dir für jede gewünschte Aufgabe zur Verfügung. Wollen wir das nicht bei einem Becher hervorragenden Weins besprechen?«

Der Söldnerfürst bot Eibisch seinen Arm an. Zu Ozias Überraschung legte sie tatsächlich ihre Hand darauf. Lächelnd führte Fausto sie zu der Stelle, an der er zuvor gesessen hatte. Er ließ es sich nicht nehmen, ihr mit eigener Hand den Becher zu füllen und anzureichen. Ozias blieb, wo er war. Er zog es vor, sein Anliegen nicht gleich zu Anfang vorzubringen. Dafür blieb später noch Zeit.

Andacht hatte wahrhaftig an fast alles gedacht. Die geschwungene Handlampe, deren brennender Öldocht ein stetes Licht warf, war eine weitere seiner Überraschungen gewesen. Da dem Priester bei seiner Flucht aus dem Tempel nicht viel Zeit geblieben war, nahm Staubner an, dass die Lampe ebenfalls aus dem Besitz der Obersten stammte. Der Junge machte sich, das musste er zugeben. Staubner hatte bis dahin darauf gesetzt, auf dem Weg in den Keller des alten Palastes etwas Brauchbares zu finden. Doch kaum hatten sie den Raum verlassen, in dem sie den weiteren Weg besprochen hatten, war ihm aufgegangen, wie widersinnig dieser Begehren gewesen war. Der alte Palast war in den oberen Etagen genauso verlassen wie gründlich geräumt. Ohne die Findigkeit des Priesters wären sie im Dunklen herumgetapert. Womöglich wäre Andachts Vorhaben, den Beleuchteten vor dem Mordanschlag zu warnen, gleich zu Beginn zum Scheitern verurteilt gewesen.

Der Eingang zu den geheimen Gängen war dank der Karte schnell gefunden. Die zerbrochenen Reste mehrerer Fässer türmten sich vor einer Wand und mussten erst beiseite geräumt werden. Dahinter kamen verschiedene Abbildungen zum Vorschein. Die Reliefs ähnelten denen in der vergessenen Bibliothek. Himmelsrichtungen, Winde und … wie hieß dieser Gott nochmal, der eigentlich von niemandem verehrt wurde? Liko, oder so ähnlich. Andacht drückte auf die Winddarstellungen in einer Reihenfolge, wie sie anscheinend in der Karte vermerkt waren. Staubner versuchte, es sich zu merken. Für später irgendwann, wenn der Priester nicht zugegen war und er allein zurechtkommen musste.

Der geheime Weg bot sich genauso dar, wie Staubner es erwartet hatte. Modriger, feuchter Geruch. Huschende Nager und schabende Krallen. Nackter Fels auf allen Seiten, keine sichtbaren Markierungen, keine Wegweiser. Und ohne jegliche Beleuchtung. Nicht gerade ein Ort, den Staubner zu seinen Lieblingsplätzen zählen würde. Wer sich nicht auskannte oder über eine hilfreiche Karte verfügte, der kam vermutlich nie an sein Ziel. Dafür tauchten immer wieder Abzweigungen auf, manchmal mehrere an einem Wegpunkt. Dazu verschlossene Durchgänge, wie der im Keller des alten Palastes. Einmal versuchte Staubner erfolglos die Kombination an einem der Reliefs, bis Andacht ihn schließlich weiterdrängte. Hatte Segen ihn vielleicht auch durch diesen Gang geführt, als sie ihn damals vom Gebirgspass abgeholt hatte? Durchaus möglich, aber selbst wenn er Grimos Sichtschutz nicht vor den Augen gehabt hätte, war ein Wiedererkennen völlig unmöglich. Seite an Seite schritten sie aus, wobei der Priester stets den Blick auf die Karte richtete, damit sie den Weg nicht verloren. An den Plan glaubte Staubner dennoch nicht. Es klang zu leicht, was Andacht sich vorstellte. So konnte es einfach nicht funktionieren.

»Sie wird uns schnappen, ganz sicher«, murmelte er vor sich hin.

»Nein, wird sie nicht.« Andacht sah ihn nicht an, sondern studierte wie schon so oft die Karte der geheimen Wege.

Staubner griff nach dem Arm des Priesters und drehte Andacht bestimmt zu sich herum.

»Ich weiß wirklich nicht, woher du nur deine unerschütterliche Zuversicht nimmst«, erklärte er eindringlich. »Du kennst deine Oberste doch ziemlich gut. Selbst mir ist aufgefallen, dass diese Frau nichts dem Zufall überlässt. Sie wird immer versuchen, die Kontrolle zu behalten. Glaubst du wirklich, sie wird sich von dir aufhalten lassen? Dein Plan ist Mist. Ein großer Haufen Mist, wenn du es genau wissen willst.«

»Aber wir haben keinen anderen. Oder ist dir mittlerweile ein besserer eingefallen? Du bist der Meister von uns beiden. Meister Ozias.«

Andacht blickte ihn einen Moment erwartungsvoll an, doch Staubner hatte auf diese Frage wirklich keine Antwort. Einen besseren Plan … Nein, den hatte er nicht. Der Beleuchtete war doch nicht sein Problem. Dass der junge Priester seine Gönnerin verraten und bestohlen hatte, auch nicht. Aber die Oberste schon. Und zu der wollte Staubner ganz bestimmt nicht zurück.

»Wir sollten in die entgegengesetzte Richtung gehen«, schlug Staubner zurückhaltend vor. »Den Tempel vergessen. Du könntest mir den Weg hinab zeigen. Mit der Karte. Dann verschwinden wir für eine Weile aus der Stadt. Du kehrst zurück, wenn sich alles beruhigt hat, und ich geh meiner Wege. Du brauchst mich nie wiederzusehen. Wie klingt das für dich?«

Der Blick, den der Priester ihm zuwarf, war selbst bei dem schummrigen Licht nicht falsch zu verstehen.

»Schlecht. Du wirst dich nicht aus der Verantwortung stehlen. Wir haben eine Abmachung. Das scheinst du vergessen zu haben. Dafür habe ich dich aus der Zelle geholt. Damit du mir hilfst. Du warst einverstanden.«

Staubner setzte zu einer Antwort an, doch die Worte, die er sich zurechtlegen wollte, waren wie von Zauberhand von seiner Zunge verschwunden. Er seufzte niedergeschlagen.

»Ich … Ja. Aber …«

»Aber was?«

Schweren Herzens rang sich Staubner zu der Wahrheit durch. »Ich … ich bin der Falsche«, gab er endlich zu. Schluss mit den Lügen und dem Versteckspiel.

»Ich verstehe nicht.«

»Der Falsche. Eine Verwechslung. Nicht ich bin der Meuchelmörder, den Segen verpflichtet hat, sondern jemand anderer. Ich kann das nicht. In Rosander bin ich mehr oder weniger aus Versehen mitgenommen worden und dann in dieser Stadt angekommen. Es war nicht meine Schuld.«

Andacht starrte ihn an. Wut und Unglauben spiegelte sich in den Augen, die Lippen presste er aufeinander, so dass nur noch ein heller Strich zu sehen war.

»Wessen Schuld war es denn dann? Bist du nicht mitgegangen, bis hierher in die Stadt des ewigen Himmels? Hast Segen … hast *mich* im

Glauben gelassen, mit einem Mörder gemeinsame Sache zu machen? Sogar um Hilfe hast du dich anbetteln lassen.« Andacht schnaubte fassungslos.

»Du hast nicht gebettelt. Es war eine Abmachung, das hast du selbst eben gesagt«, entschuldigte sich Staubner schnell.

»Das ist überhaupt nicht der Punkt. Was bist du, Ozias? Wer bist du? Ist das überhaupt dein richtiger Name? Vor mir steht in jedem Fall ein Lügner, das ist sicher.«

Andacht spuckte die Sätze förmlich heraus und jeder traf Staubner wie ein Hieb ins Gesicht. Der Priester hatte schließlich recht. Seltsam, wie ihm das etwas ausmachte. Kleinlaut senkte er den Blick zum Boden.

»Staubner. Ich heiße Staubner.«

»Der ist überaus passend. Deine Eltern haben eine weise Wahl getroffen, als sie dich so nannten. Denkst du, sie wären stolz?«

Staubner antwortete nicht. Möglicherweise wären sie das nicht. Selbst wenn sie noch leben würden. Wie lange war er eigentlich nicht mehr an dem Ort gewesen, an dem er zur Welt gekommen und aufgewachsen war? Es lag mehr als eine Ewigkeit zurück.

»Was ist mit dem Wasserernter?«, fuhr Andacht ernst fort. »Rinne. Du hast ihn getötet, obwohl du kein Meuchelmörder bist, wie du behauptet hast.«

»Nein, habe ich nicht«, erzählte Staubner. »Sein Haus brach auseinander und er ist einfach abgestürzt. Ich habe mit ihm geredet. Versucht, ihn zu überzeugen, sich zu verstecken. Er hat es abgelehnt.«

»Krönel, die Bildhauerin?«

»Das war dieser Krieger, der Vertraute des Befehlshabers. Fehde. Ich hab sie verpfuscht, die große Verschwörung. Deswegen haben sie mich eingesperrt. Wegen Verrats, denke ich. Mich hätte nichts mehr vor der Hinrichtung gerettet, wenn du nicht gekommen wärst.«

Andacht überlegte. »Scheint, als wäre ich nicht der Einzige, der ein Talent für Pläne aus purem Mist besitzt.« Er gluckste plötzlich amüsiert. »Wie sind wir nur in so eine Sackgasse geraten?«

Überrascht sah Staubner hoch. Mit dieser Reaktion hatte er nun wirklich nicht gerechnet. Der Priester grinste breit, seine Zähne blitzten im Schein der Öllampe. Ob Andacht ihm verziehen hatte? Oder war er einfach nur verrückt geworden? Möglich war das immerhin.

»Unsere Abmachung steht also noch?«, fragte er schwach. »Du brauchst immer noch Hilfe.«

Er war wirklich aufgeschmissen, wenn der Priester beschloss, ihn hier zurückzulassen. Weder die geheimen Wege noch die Stadt boten ihm einen Platz, an dem man ihn nicht irgendwann finden würde. Außerdem stellte er soeben fest, dass er den Priester nicht allein in sein Verderben laufen lassen wollte. Andacht hatte viel riskiert, um ihn herauszuholen. War er ihm da nicht etwas schuldig?

»Ich brauche die Hilfe eines Fachmannes«, sagte Andacht belustigt und hob abwehrend die Hände. »Du bist keiner.«

»Aber ich bin der Einzige, der dir zur Verfügung steht«, versuchte es Staubner erneut. Er legte so viel Überzeugungskraft in seine Stimme wie möglich. »Eine große Auswahl steht die wahrlich nicht zur Verfügung. Du solltest nehmen, was du bekommen kannst.«

»Ich muss wirklich verrückt sein.« Andacht kontrollierte zur Sicherheit ein weiteres Mal die Aufzeichnung. Dann marschierte er los. Nach ein paar Metern drehte er sich zu Staubner um, der stehen geblieben war. »Kommst du oder brauchst du noch eine Aufforderung? Versuchen wir, den Beleuchteten zu retten. Und uns gleich mit. Da vorne ist die Abzweigung, die wir nehmen müssen, wenn wir zum Tempel wollen.«

Andacht wies mit dem Zeigefinger über seine Schulter, obwohl hinter ihm trotz der Öllampe nicht viel zu erkennen war. Aufatmend schloss Staubner auf, bis er schließlich neben ihm lief. Als sie die Stelle erreichten, die laut Karte der Ort sein sollte, an dem sie abbiegen mussten, blieben sie stehen. Vor ihnen erhob sich ein unüberwindlicher Haufen aus Geröll und Felsbrocken. Der Weg zum Refugium des Beleuchteten war versperrt.

»Und jetzt?« Unschlüssig kratzte sich Staubner an der Schläfe.

»Versuchen wir einen Umweg. Es muss eine andere Möglichkeit geben. Wir müssen sie nur finden.« Andacht vertiefte sich erneut in die Aufzeichnung, sein Gesichtsausdruck verriet Staubner jedoch, dass er nicht sonderlich glücklich darüber war.

Irgendwann öffnete Tau die Augen. Sie tastete mit den Fingern nach ihrer Stirn. Eine Schwellung trat unter der Haut hervor, schmerzhaft und klopfend. Eingetrocknetes Blut rieb sich ab, als sie darüberfuhr. Erst dann spürte sie die klebrige Kälte in ihrem Rücken. Vorsichtig setzte Tau sich auf und fühlte vorsichtig nach der Verletzung. Die Bewegung tat unangenehm weh. Ihre Jacke war zerfetzt, die Haut darunter hatte einen Schnitt abbekommen. Die Bestie musste sie mit einer Klaue erwischt haben. Wirklich tief schien die Verletzung jedoch nicht zu sein. Sie brannte zwar und blutete noch ein wenig, aber das war auszuhalten. Tau drehte den Kopf und sah nach Kluft. Die Einsiedlerin lag immer noch so wie vorher, zusammengekauert, die Arme um den Leib geschlungen. Sie sang leise ihr Lied. Tau stupste sie sanft an, um sie aus ihrer schützenden Abschottung zu holen.

»Kluft, du musst aufstehen. Wir müssen zu den Unberührbaren, weißt du noch?«

Die alte Frau wimmerte auf, rollte sich weiter zusammen, die Lider zusammengepresst, und klammerte sich so fest an sich selbst, dass ihre Arme zu zittern begannen.

»Du wolltest mir helfen. Um die anderen zu retten. Weißt du noch?«

Tau sprach beharrlich auf Kluft ein. Sie wusste, dass sie nicht liegen bleiben durften. Auch wenn die Bestie keinen Weg zu ihnen herein fand, zu bleiben, wo sie waren, verbesserte ihre Situation nicht. Noch immer reagierte die alte Frau nicht auf ihre Worte. Doch langsam entfaltete der Klang von Taus Stimme ihre Wirkung. Die Einsiedlerin beruhigte sich, das Zittern hörte auf und schließlich öffnete sie ihre Augen.

»Die Bestie?«

»Sie hat aufgegeben, denke ich. Wir sind in Sicherheit. Bist du verletzt?«

Kluft begutachtete sich von oben bis unten. Dann schüttelte sie den Kopf. »Mir geht es gut. Aber du blutest.«

»Halb so wild«, winkte Tau ab. Sie half der Einsiedlerin auf die Beine und klopfte sich und ihr den Dreck von der Kleidung. Gemeinsam gingen sie tiefer in den Felsen hinein. In einer Einbuchtung an der Seite entdeckte Tau eine Handvoll Gestelle, wie die, die fest montiert auf den Streben angebracht waren. Nur dass diese hier von geringerer Höhe und Breite waren. Der Zustand ließ sich am ehesten als zusammengeflickt bezeichnen. Fachmännisch wirkten sie jedenfalls nicht. Mittels einer Halterung am Fuß, die Tau so noch nie gesehen hatte, ließen sich die Gestelle an einer Strebe anbringen und auch wieder lösen.

»Was ist das hier?«, fragte sie verblüfft.

»Was glaubst du denn, Mädchen? Auch Unberührbare müssen von etwas leben«, antwortete Kluft, die temperamentlos weiterlief. »Die da oben interessieren sich nicht für die Ausgestoßenen. Nicht dafür, wie sie fortbestehen, nicht dafür, wie sie ihre Kinder groß bekommen. Und schon gar nicht dafür, was sie trinken.«

Unversehens fühlte Tau sich von den Worten der Einsiedlerin getroffen. Sie war auch eine von *denen da oben*, erkannte sie. Tau hatte nie auch nur einen Gedanken daran verschwendet, wie die Unberührbaren überlebten. Dass es sie gab, irgendwo unter der Oberfläche, wusste jeder in der Stadt des ewigen Himmels. Von den Priestern im Tempel bis hin zu den Angehörigen der niederen Kasten. Aber da sie von der Gesellschaft ignoriert wurden, der sie sich weigerten anzugehören, war es beinahe so, als existierten sie überhaupt nicht. Ihr fiel die Hinrichtung ein, der sie vor ein paar Tagen beigewohnt hatte. Nicht einmal an eins der Gesichter derer, die an Sulas Gerechtigkeit übergeben wurden, erinnerte sie sich. Sie war nie ein großer Menschenfreund gewesen. Es gab ein paar wenige, alle innerhalb der Kaste der Wassererntner, die sie besser kannte. Ache und Schwinde hatten zu ihnen gehört. Doch müsste man sich nicht an die Gesichter erinnern, bei deren Tod man dabei gewesen war?

Je tiefer sie vordrangen, desto dunkler wurde die Umgebung. Tau vermochte kaum noch die Hand vor ihren Augen zu sehen. Warum hatte die Einsiedlerin keine Lampe mitgenommen? Sie war doch bereits einmal hier gewesen. Oder besaß sie womöglich keine? Bevor Tau sie danach fragen konnte, glomm ein Schimmer vor ihnen auf, langsam, aber stetig. Der Schein reichte zunächst gerade dazu aus, um nicht weiter über Unebenheiten im Grund zu stolpern. Dann steigerte sich die Helligkeit zusehends. Es wurde nicht taghell. Eher so, wie es inmitten der Dämmerung der Fall war. Schummrig, aber ausreichend. Die Wände leuchteten in einem milden Blauton, ebenso das Gestein über ihren Köpfen. Staunend fuhr Tau mit dem Finger über die Oberfläche der Tunnelwand. Das waren Flechten. Sie überzogen das Gestein und gaben dabei dieses Licht ab. Mal überaus intensiv, an anderen Stellen eher schwach. Dabei verströmten sie einen durchaus angenehmen Geruch, den Tau mit nichts Bekanntem vergleichen konnte.

»Hübsch, nicht wahr?« Die Einsiedlerin schritt zielstrebig aus, ohne das Wunder, welches Tau mit offenem Mund stehen bleiben ließ, zu beachten.

»Komm jetzt. Dafür ist später noch Zeit.«

Widerwillig riss Tau sich von dem Anblick los. Sie hatte dergleichen nie in ihrem Leben gesehen. Hastig schloss sie zu der Einsiedlerin auf. Kaum war Tau neben ihr, fiel ihr auf, dass sie sich nicht mehr in einem engen Gang aufhielten. Der Felsen hatte sich zu einer flachen Kaverne geweitet. Auch hier verrichteten die Flechten ihr Werk. Der blaue Schein enthüllte würfelförmige Gebäude, die sich an die Höhlenwand schmiegten. Tau zählte bis zu drei Ebenen übereinander. Fenster gab es nur wenige, aber türförmige Öffnungen entdeckte sie jedem der Würfel. Was sie sah, glich einem Dorf, das sich seiner Umgebung angepasst hatte. Kurze Stufen verbanden die verschiedenen Ebenen, so dass man überall hinkam, wenn man es wollte. Jeder Platz wurde genutzt. Dennoch täuschte der Anblick nicht darüber hinweg, dass es sich bei den Unberührbaren nur sehr kärglich leben ließ. Niemand zeigte sich. Eigentlich hatte Tau erwartet, dass man sie bei ihrer Ankunft gleich begrüßen oder zumindest misstrauisch empfangen würde. Doch nichts dergleichen geschah.

»Sollen wir rufen?«, fragte sie Kluft, die mitten auf der leeren Fläche vor den Hüttenwürfeln stehen geblieben war. »Damit sie wissen, dass wir hier sind?«

»Nein. Wir warten.«

»Worauf? Eben erst hast du mich angetrieben«, gab Tau verständnislos zurück.

Kluft blieb hart. »So funktioniert das nicht. Sie werden sich zeigen, wenn sie dazu bereit sind. Wenn sie wissen, dass wir keine Gefahr sind.«

»Sie kennen dich doch. Macht das keinen Unterschied?«

»Aber sie kennen dich nicht. Für ein Volk, das von allen gejagt und missachtet wird, ist Vorsicht überlebenswichtig. Also warte mit mir. Sie werden kommen.«

»Ein Volk«, Tau gab einen unwilligen Laut von sich. »Die Unberührbaren sind doch kein Volk. Sie sind … Unberührbare. Ein Volk wäre doch viel mehr.«

»Und du wunderst dich, dass sie sich nicht zeigen. Du weißt nicht, wie viele es von ihnen gibt?«

Tau wollte schon zu einer Antwort ansetzen, doch dann fiel ihr ein, dass sie das tatsächlich nicht wusste. Waren es dreißig? Hundert? Nach der Zahl der Steinwürfel und Türen zu urteilen, wohnten hier womöglich mehr, als sie annahm. Sie atmete tief ein und aus. Die altgewohnten Vorurteile wirkten noch immer. Unschlüssig streifte sie umher, achtete jedoch darauf, immer in der Nähe der Einsiedlerin zu bleiben. Sie wollte nicht den Eindruck erwecken herumzuschnüffeln. An einer Lache auf dem Boden hielt sie an und tippte ihre Schuhspitze hinein. Die Flüssigkeit zog einen seimigen Faden, tropfte dann wieder zurück. Kleine Kreise bildeten sich auf ihrer Oberfläche. Da stieg Tau ein Geruch in die Nase. Leicht metallisch, mit einem Hauch von Raubtier. Erst rätselte sie, was es sein konnte, dann fiel es ihr schlagartig ein. So hatte die Bestie in Gestes Arbeitszimmer gerochen. Nach Blut und ledriger Haut. Neben der Lache hatten sich Spuren ins Gestein gegraben. Vier parallele Rillen, die wie Kratzer aussahen. Die erdrückende Stille in der Kaverne hämmerte auf sie ein wie ein heftiger Schlag vor die Brust. Geschockt wich Tau zurück, bis sie gegen Kluft stieß. Die quittierte den Zusammenstoß mit einem Grunzen.

»Kluft, etwas stimmt hier nicht«, flüsterte Tau.

»Was meinst du, Mädchen?«

»Sie waren hier.«

»Was?«

»Die Bestien. Ich kann sie riechen.«

In den aufgerissenen Augen der Einsiedlerin stieg Panik auf. Sie drehte sich um die eigene Achse, auf der Suche nach den Bestien. Obwohl sie keine entdeckte, packte sie Tau am Arm und riss sie mit sich. Zusammen flohen sie zu der nächsten Öffnung in einem der Würfel. Kaum waren sie eingetreten, zog die Einsiedlerin Tau auf die Seite und runter auf den Boden. Sie kauerten nebeneinander, während Kluft fortwährend aus der Öffnung spähte. Die Angst hatte auch Tau gepackt. Sie hatte die Bestien erlebt. Hatte einer von ihnen Auge in Auge gegenübergestanden. Der Anblick war furchtbar gewesen. Tau spürte, wie ihr Herzschlag raste und gegen ihren Brustkorb trommelte. Bei dem kleinsten Geräusch hielten sie den Atem an und wagten nicht, sich zu rühren. Doch irgendwann erkannte Tau, dass es bloß Wassertropfen waren, die irgendwo herabfielen. Oder der Fels um sie herum; Gestein, das auf Gestein mahlte. Keine der Bestien zeigte sich. Keine lederne Haut, keine Schwingen im schimmernden Licht der Flechten. Keine Reißzähne. Kein tierischer Jagdruf. Sie atmete tief durch, versuchte, sich zu beruhigen, obwohl die Furcht immer noch in ihr steckte.

»Vielleicht kommen sie nicht. Weil sie gar nicht wissen, dass wir hier sind«, flüsterte sie.

Kluft hielt sie weiterhin fest. Die Stimme zitterte, auch wenn ihre Worte hart und eisern klangen. »Nein. Sie sind schlau, sind Jäger. Sie warten, bis man die Angst verliert. Unvorsichtig wird. Sie wittern es.«

Tau hatte keine Ahnung, woher sie den Mut nahm. Womöglich entsprang er ihrer Verzweiflung. Im Grunde war es egal. Sie wusste bloß, dass die Unberührbaren nicht einfach auf die Bestien gewartet hatten. Und Tau nicht zu ihnen gegangen war, um aufzugeben.

»Wir sollten verschwinden, solange es noch geht. Willst du hierbleiben, bis sie uns fressen?«

Sie bekam keine Antwort. Die alte Frau starrte sie wortlos an, bis ein Geräusch sie dazu brachte, wieder nach draußen zu sehen. Mit klopfendem Herz streifte Tau die Hand der Einsiedlerin ab. Dann richtete sie sich auf, ging in die Mitte des Würfels und sah sich um. Das Gebäude bestand nur aus einem Raum. Der war überaus kärglich eingerichtet. Die Unberührbaren besaßen noch weniger als die Wassererntег, erkannte sie. Weniger als das Nötigste. Aber immerhin lebten sie nicht in der krankmachenden Feuchtigkeit der Wolke. Zwei Grasmatten lagen in einer Ecke, in einer anderen befand sich eine Kochstelle. Besonders groß war sie nicht, höchstens so lang und tief wie ihr Unterarm. Verdutzt bemerkte sie das Rohr darüber. Ein Abzugssystem, vermutete Tau. Damit der Rauch nicht unter der Decke hängen blieb. Etwas Geschirr fand sich neben der Feuerstelle. Teller und tönerne Becher. Die Nahrung darauf war nur zum Teil gegessen worden, aber sicherlich nicht mehr genießbar. Sie roch an den Resten und verzog angewidert das Gesicht. Sie hatte recht gehabt. Doch wenn alles derart knapp war, ließ man doch nichts zurück. Tau drängte sich der Eindruck auf, dass die Bewohner des Würfels ihr Heim überaus rasch verlassen hatten.

»Ich sehe mich kurz in den anderen Würfeln um. Willst du mitkommen?«, fragte sie die Einsiedlerin. Kluft barg ihr Gesicht in den Armen und schwieg weiterhin.

»In Ordnung. Ich kehre gleich zurück und hole dich.«

Sie ging zum Eingang und warf einen schnellen Blick nach draußen. Als sich nichts rührte, schlüpfte sie hinaus und steuerte das Gebäude direkt nebendran an. Auch dieses war verlassen, die Unordnung darin sogar noch größer. Schnell erklomm Tau eine der Treppen und untersuchte in der Ebene darüber drei weitere Räume. Überall bot sich der gleiche Anblick: keine Menschenseele und jedes Heim in Hast verlassen. Es gab für sie keine andere Erklärung. Die Unberührbaren waren geflohen und versteckten sich irgendwo. Sicherlich taten sie das nicht aufgrund ihrer Anwesenheit. Sie hoffte, dass Kluft darauf eine Antwort hatte. Sie fand die Einsiedlerin an der gleichen Stelle, an der Tau sie zurückgelassen hatte.

»Kluft, wo sind sie hin? Wo verstecken sich die Unberührbaren?«

»Das weiß ich nicht«, wimmerte die alte Frau. Sie machte immer noch keine Anstalten, sich vom Boden zu erheben. Die Berührung, mit der Tau sie besänftigen wollte, wehrte sie ab.

»Aber du warst schon so oft hier. Du musst doch etwas wissen.« Es tat ihr leid, die Einsiedlerin so zu bedrängen. Doch es hing so viel davon ab. Ohne eine Antwort wäre alles vergeblich gewesen. Tau hoffte inständig, dass Kluft sich nicht noch tiefer in den vermeintlichen Schutz ihres Verstandes zurückzog. Dort konnte sie sie nicht erreichen. Doch das Risiko musste sie wohl eingehen.

»Bitte. Es ist wichtig.«

»Nein, nein. Nichts, gar nichts weiß ich.«

Kluft schlug ungezielt um sich, traf jedoch nur die Wand neben sich. Es wummerte gedämpft. Trotzdem hallte der Laut durch den Würfel. Mit etwas Pech sogar noch weiter. Wie zur Bestätigung ertönte weit entfernt der Ruf einer der Bestien. Kluft erstarrte, sprang dann schreiend auf und rannte hinaus. Mit einem deftigen Fluch auf den Lippen eilte Tau hinterher. Draußen wandte sie sich wie von selbst in Richtung des Tunnels, aus dem sie gekommen waren. Doch schon nach ein paar Metern stoppte sie. Die Einsiedlerin war gar nicht vor ihr. Wo war sie hingelaufen? Hektisch drehte Tau sich um. Es dauerte einen Moment, bis sie die die fliehende Gestalt der alten Frau entdeckt hatte. Sie lief in die falsche Richtung, auf einen Bereich der Kaverne zu, in dem die Flechten nicht leuchteten.

»Hierher, Kluft! Der Ausgang liegt dort hinten!«

Die alte Frau reagierte nicht, sondern rannte unbeirrt weiter. Die Angst hatte sie vollends im Griff. Ohne zu überlegen folgte ihr Tau. Sie musste Kluft einholen, bevor sie in der Dunkelheit verschwand. Bevor die Bestien eintrafen. Verdammt, sie war viel schneller, als Tau gehofft hatte. Je tiefer sie in die Kaverne vordrang, desto dunkler wurde es. Das behagte Tau überhaupt nicht. Vereinzelte Schatten malten sich am Boden ab. Sie verlor das Gleichgewicht, als ihr Fuß auf einen von ihnen traf, aber fing sich sofort wieder. Der lockere Stein polterte beiseite. Den vielen anderen, die plötzlich hinzukamen, versuchte sie auszuweichen, bis sie die alte Einsiedlerin eingeholt hatte. Hart klammerte sie sich an Kluft, presste ihr die Arme an den Leib, um nicht von unbedachten Schlägen getroffen zu werden. Mit aller Kraft stemmte Tau sich gegen das Gewicht der Fliehenden, bis Kluft endlich keuchend aufgab. Schluchzend brach die alte Frau in ihren Armen zusammen. Gemeinsam sanken sie gegen einen feuchten Haufen aus Gestein, aus dem die Flechten nur vereinzelt und sehr schwach leuchteten.

Noch war Zeit. Wenn sie sich beeilten, schafften sie es raus aus der Kaverne und zurück auf die Streben. Die Einsiedlerin brauchte nur einen Augenblick. Um zur Besinnung zu kommen. Sie jetzt auf die Füße zu zerren, war sinnlos. Und um die alte Frau zu tragen, dazu fehlte Tau die Kraft. Während sie auf Kluft beruhigend einredete, nahm sie wieder den Duft von Metall und Leder wahr, den sie auch auf dem Platz vor den Würfeln gerochen hatte. Auffallend intensiv strömte er um sie herum, klebte in der Luft und an den Steinen, an denen sie lagen. Die Bestien waren nah gewesen. Sehr nah. Und es war nicht allzu lange her gewesen.

Urplötzlich war Tau von dem Hauch auf ihrer Haut irritiert. Die Luft bewegte sich, strich aus der Dunkelheit an ihnen vorbei. Sofort nahm sie die Steine in Augenschein, wie es bei der verminderten Helligkeit möglich war. Sie lagen nicht zufällig hier herum. Brocken unterschiedlicher Größe fanden sich, zu Hügeln aufgehäuft oder einzeln verstreut, zerbrochen und scharfkantig. Manche so groß wie ein Maultier, viele andere eher mit dem Umfang einer geschlossenen Faust. Als wären sie mit Gewalt auseinandergerissen worden. Taus Blick sprang in die Dunkelheit vor ihnen. Sie schluckte schwer. Dort, wo nun keine Flechten mehr ihr Licht verströmten, war einmal eine Felswand gewesen. Jetzt war da nichts mehr, nur ein gewaltiges Loch. Tau stemmte sich erschrocken hoch, bemerkte die Feuchtigkeit auf ihren Handflächen und streifte sie an ihrer Jacke ab. Sofort intensivierte sich der Geruch nach Metall. Sie musste nicht genauer hinsehen, um zu bestätigen, was ihr an den Fingern klebte. Dafür wusste sie nun, welchen Weg die Unberührbaren genommen hatten. Anders als diesen jedoch blieb Tau eine Wahl. Zumindest versuchte sie, sich das einzureden.

Es war nicht das erste Mal, dass Fausto das Anwesen der Adeligen lobte. Und es würde sicher nicht das letzte Mal bleiben.

»Wirklich hübsch hast du es hier. Du besitzt einen ausgezeichneten Geschmack.«

Ozias hatte schon nach dem dritten Kompliment aufgehört mitzuzählen. Es langweilte ihn. Der Söldnerfürst hielt sich dran, der Frau mit der Tätowierung im Gesicht, die sich selbst als die Gemahlin des rechtmäßigen Königs bezeichnete, Honig um den Mund zu schmieren. Augenscheinlich versprach Fausto sich davon einen Vorteil. Welchen, das hatte Ozias durchaus sehr genau mitbekommen. Während ihre Auftraggeberin sie durch den versteckten Weg auf das Plateau führte, hatte Fausto immer wieder einen seiner Männer zurückgelassen. Unauffällig natürlich. Nach und nach hatte sich auf diese Weise eine Kette aus Söldnern gebildet, welche die genaue Route vom Gebirgspass bis hin zum Anwesen der Adeligen markierte. So stellte er sicher, den Weg auch ohne fremde Hilfe zu finden. Ozias verstand das. Es lief besser, wenn man nicht auf andere angewiesen war.

Das war nicht alles, was der Söldnerfürst an Trümpfen in seinen Ärmeln versteckte. Sorgfältig hatte Fausto vor ihrem Aufbruch verhindert, dass Eibisch von der tatsächlich angerückten Truppenstärke Wind bekam. Über die gesamte Zeit ihres ersten Zusammentreffens waren sie in der Höhle am Fuß des Plateaus geblieben. Den Pass hatte sie nicht ein einziges Mal betreten. Wie ein Gaukler hatte Fausto die Unterhaltung gesteuert und die Frau an der Nase herumgeführt. Selbst wenn sie es vorgehabt hätte, am Söldnerfürsten wäre sie nicht vorbeigekommen, um sich von der Realität zu überzeugen. Eibisch sah nur die Männer, die sie bei ihrer Ankunft zu Gesicht bekommen hatte. Keinen einzigen darüber hinaus, abgesehen von der einen zusätzlichen Einheit, die der Söldnerfürst nahezu beiläufig vom Pass dazu beordert hatte. Im Grunde wunderte es Ozias, wie leicht sich Eibisch mit den Erklärungen zufriedengegeben hatte. In ihren Augen reichte die Anzahl der Söldner vollkommen für ihre Zwecke aus. Sie schien nicht einmal zu merken, dass die Zahl während des Weges kontinuierlich abnahm. Mit der Kette jedoch stellte der Söldnerfürst sicher, dass der Rest des Heerhaufens nachrücken würde, wenn er ihn brauchte. Das war der dritte Trumpf. Es würde eine besondere Überraschung für die Adelige werden. Davon war Ozias überzeugt. Nur, eine besonders schöne würde es wohl nicht gerade sein.

Obwohl Eibisch auf Ozias den Eindruck machte, eine Frau zu sein, die wusste, was sie will, genoss sie die Galanterie des Söldners sichtlich. Jede seiner Höflichkeiten quittierte sie mit einem wohlwollenden Lächeln. Dabei präsentierte sie ihren Reichtum und ihr Anwesen mit der Überheblichkeit eines Menschen, der davon überzeugt war, nur das Beste verdient zu haben. Innerlich amüsierte sich Ozias darüber. Gemessen an dem Ort, an dem sie lebte, mochte ihr Besitz sicherlich Bewunderung hervorrufen. Doch im Vergleich zu den wirklich Mächtigen und Reichen in den Provinzen wirkte es nahezu jämmerlich. Er behielt es für sich. Ihre Gastgeberin damit vor den Kopf zu stoßen, gereichte niemandem zum Vorteil. Daher schwieg Ozias und versuchte, das Schauspiel des Söldnerfürsten zu ertragen, ohne aus der Rolle zu fallen. Ganz so, als gehöre er dazu, folgte er der Adeligen, ihrem Gefolge aus Dienern und den Offizieren des Söldnerheeres durch das Anwesen. Er hätte in den Räumen bleiben können, in denen die anderen Söldner untergebracht worden waren. Aber er hatte es vorgezogen, das Haus und seine genaue Aufteilung zu sehen. Zu wissen, wie viele bewaffnete Wachen, wie viele Diener zur Verfügung standen, das war ein Vorteil, den er in der Tasche haben wollte.

Seine Gedanken schweiften zu dem Mistkerl ab, der ihm den Auftrag weggeschnappt hatte. Noch besaß er keine genaue Vorstellung davon, wie groß der Ort war, an den der verrückte Riese sie geführt hatte. Wo er ihn suchen und finden würde. Viel mehr als den Tunnelweg und dieses Haus hatte er bislang nicht gesehen. Dass hier Menschen wohnten, das war nicht sonderlich überraschend. Die Adelige herrschte in der Einöde des Gebirges sicherlich nicht nur über eine Handvoll Bauern. Es musste mehr geben. Doch, war es ein großflächiges Dorf oder eine Burg? Gar eine ganze Stadt? Er musste mehr darüber herausfinden, bevor er sich aufmachte, seine Schmach zu entgelten. Mehr darüber, wie alles funktionierte. Alles an diesem Ort unterschied sich von dem Leben in den Provinzen. Nicht nur die Tätowierungen im Gesicht, die offensichtlich jeder trug. Es war auch die Art zu sprechen, die Qualität der Waffen, bis hin zur Kleidung. Ozias war aufgefallen, dass sich anhand der getragenen Stoffe der Rang der Leute bestimmen ließ. Er sah Diener, eine Art Priester mit einem Sonnensymbol auf der Brust, einen Tischler und seine Gehilfen, die zusammen aus gegossenem Stein mehrere Tafeln und Bänke in dem Saal zusammensetzten, in dem sie sich in diesem Moment alle aufhielten. Gab es in Kürze ein Fest? Oder sollten dort die Söldner verköstigt werden? Bei Eibischs nächster wortreichen Ausführung über Erlesenheit der zigsten Statue in ihren Räumlichkeiten riss ihm endgültig der Geduldsfaden.

»Kunstwerke haben wir genug gesehen, Eibisch. Ich zumindest«, fügte er mit einem angedeuteten Kopfnicken hinzu, als ihm der Söldnerfürst einen missbilligenden Blick zuwarf. »Deswegen sind wir doch nicht hergekommen. Ich will endlich erfahren, was die Söldner für dich tun sollen.«

Eibisch musterte ihn von oben herab. Ihre Mundwinkel wanderten dabei ein Stück abwärts. Dann verschränkte sie die Arme hinter ihrem Rücken.

»Wie war gleich nochmal dein Name?«, fragte sie ihn.

»Ozias heiße ich.«

»Und du gehörst zu …?« Eibisch machte eine bedeutungsschwangere Pause und deutete leicht mit dem Kinn in Faustos Richtung. Der nutzte die Chance, die aufkommenden Wogen der Verstimmung möglichst zügig zu glätten. Sofort trat er neben Eibisch und legte ihr vertrauensvoll die Hand auf die Schulter. *Wenn ihre Auftraggeberin nicht die Gemahlin des Königs wäre, der Platz in Faustos Bett war ihr sicher*, dachte

Ozias. *Womöglich auch trotz ihrer Ehe. Der Söldnerfürst war bestimmt kein Kostverächter.*

»Ozias ist ein überaus fähiger Mann. Er verfügt über Talente, die dir gelegen kommen dürften.«

Die Geste und die Worte Faustos zeigten umgehend Wirkung, was Ozias Vermutung nur bestätigte.

»Ist das so? Und welche Talente sollten das sein, mein lieber Fausto?«, fragte Eibisch, bereits wesentlich sanfter als zuvor.

Ozias zog mit jeder Hand ein Messer aus seinem Gürtel und ließ die Klingen im Licht aufblitzen. »Ich schneide mit meinen beiden Freunden jedes gewünschte Muster in den Leib eines anderen. Sofern der Preis stimmt.«

»Ein Auftragsmörder also. Nach deinem Selbstbewusstsein, und den Worten deines Herrn zu schließen, womöglich ein recht guter. Sofern das nicht bloße Prahlerei ist.« Sie funkelte ihn auffordernd an.

Ozias spürte Wut in sich aufkeimen. Seines Herrn? Ozias hatte keinen Herrn, hatte niemals einen anerkannt. Er diente niemandem. Schon gar nicht dem Söldnerfürsten. Er setzte an, um zu widersprechen, da hielt ihn ein unauffälliger Wink Faustos davon ab. Sauer schluckte er herunter, was er Eibisch an den Kopf werfen wollte. Dann zuckte er mit den Achseln und steckte die Messer zurück in ihre Scheiden.

»Meister Ozias prahlt nicht, meine Liebe.«

Wieder buckelte der Söldnerfürst vor Eibisch, die sofort zu ihrem Lächeln zurückfand. Ein unwürdiges Schauspiel. Ozias unterdrückte den Wunsch, verächtlich die Augen zu verdrehen. Er hoffte inständig, dass das alles bald vorbei war und er wieder seine Ruhe hatte.

»Dennoch muss ich ihm recht geben«, fuhr Fausto fort. »Ich brenne darauf, mehr über dein Anliegen zu erfahren. Wozu genau brauchst du mich und meine Männer?«

Eibisch klatschte zweimal in die Hände. »Verlasst uns. Alle raus. Schließt die Türen hinter euch zu.« Gehorsam verließen die Diener den Saal und die Tischler unterbrachen ihre Arbeit. Als die letzte

Tür vor die Eingänge geschoben war, ging Eibisch zur Kopfseite des Saals und setzte sich auf einen Stuhl, der einem Thron nicht unähnlich schien. Ozias nahm an, dass sie ihn auch bei offiziellen Anlässen nutzte. Ihr Rücken war kerzengerade aufgerichtet. Die Haltung drückte mit jeder Faser ihres Körpers den Rang aus, den sie von der ersten Sekunde an für sich beansprucht hatte. Missbilligend sah sie in die Runde der Söldneroffiziere.

»Sie bleiben? Alle? Du bist dir sicher, Fürst Fausto, dass ihre Ohren das hören dürfen, was ich dir zu sagen habe? So viele Mitwisser duldest du?«

»Die Männer genießen mein absolutes Vertrauen«, erklärte Fausto, ohne mit der Wimper zu zucken. Er hatte direkt gegenüber der Adeligen Platz genommen und stützte sich mit einem Arm auf die Tafelplatte. Die anderen Männer blieben stehen, wo sie waren, und Ozias beschloss, sich demonstrativ gegen die wertvolle Statue zu lehnen.

»Er auch?« Eibisch deutete auf Ozias.

Du magst mich nicht, dachte der Meuchelmörder knurrig. *Geht mir mit dir genauso.* Offensichtlich hatte sich Eibisch an ihm festgebissen. Doch er war nicht hergekommen, um Freundschaften zu schließen. Sollte die Gemahlin des Auges ihre Abneigung ruhig kundtun, wenn ihr danach war. Es störte ihn nicht im Geringsten.

Fausto zog amüsiert die Augenbrauen hoch. »Er eingeschlossen. Um was geht es also? Sollen wir das Heim eines Konkurrenten einnehmen? Eine verfeindete Stadt in einem Handstreich? Unsere Möglichkeiten sind vielfältig. Ich hoffe, der Aufwand, hierherzukommen, lohnt sich für uns. So wurde es zugesagt. Wir werden doch nicht enttäuscht wieder abziehen müssen, oder? Das dürfte keinem meiner Leute so recht gefallen. Wer weiß, wie sie es aufnehmen, wenn ich ihnen davon berichten muss.«

»Ihr werdet angemessen entlohnt.« Eibisch wedelte die Andeutungen mit einer Hand beiseite. Sie zeigte sich überhaupt nicht beeindruckt, stellte Ozias fest.

»Ist das so?«, lachte Fausto. »Meine Dienste sind kostspielig, aber berechtigt. Ich pflege meine Versprechungen einzuhalten. Immer.«

Das Lachen des Söldnerfürsten durfte nicht darüber hinwegtäuschen, dass er eben eine ernstzunehmende Drohung ausgesprochen hatte. Männer wie er ließen sich nicht mit Brotkrumen abspeisen. Fausto kam an seinen Lohn. Ob freiwillig oder nicht. Eibisch hatte das sofort verstanden. Ihre Miene blieb dennoch ruhig und unbewegt. Entweder sie verfügte über die Mittel, die Söldner zu bezahlen, oder sie machte sich eben keine Sorgen darüber, dass sie es nicht tat. In diesem Fall wäre es vermutlich angebracht, Vorsicht walten zu lassen. Ozias traute es dem Söldnerfürsten uneingeschränkt zu, auch damit auf die richtige Art umzugehen. Die Anzahl Männer, die auf dem Gebirgspass wartete, stellte eine geeignete Absicherung für so ein Problem dar.

»Wie gesagt, deine Männer werden zufrieden sein. Als Zeichen meines Entgegenkommens erhaltet ihr gleich nach dieser Unterredung einen Beutel voll mit edelsten Steinen. Auch ich stehe zu meinem Wort.« Eibisch holte aufgesetzt Luft und seufzte gelangweilt. »Nun gut, sprechen wir über das, was ich von dir und deinen Kriegern erwarte. In zwei Tagen wird in der Stadt des ewigen Himmels das Huldfest gefeiert. Die Feierlichkeiten dauern üblicherweise eine ganze Woche. Doch morgen wird es eine Prozession geben. Exakt zu diesem Zeitpunkt brauche ich deine Männer an genau den Orten, die ich dir anweise.«

»Und was passiert in der Zwischenzeit?«, fragte Ozias von der Statue aus. *Also doch mehr als nur ein Dorf.*

»Ihr werdet essen und trinken. Und zwar reichlich«, antwortete Eibisch zufrieden. Die Offiziere Faustos jubelten begeistert. Selbst Fausto konnte ein Grinsen nicht unterdrücken. Ihm war jedoch nicht zum Feiern zumute. Ozias hatte etwas zu erledigen und er würde für kein Gelage der Welt darauf verzichten.

Segen hatte recht schnell einsehen müssen, dass sie der Geschwindigkeit der beiden Krieger nicht gewachsen war. Selbst der Gehstock war irgendwann ein Hindernis geworden. Schwer atmend war sie schließlich stehen geblieben. Wenn die beiden ihren Adlatus Andacht eingeholt hatten, brachten sie ihn in ihr Arbeitszimmer. Im Grunde brauchte Segen nur warten. Die Zeit bis dahin konnte sie damit verbringen, die neueste Entwicklung zu überdenken. Das tat sie am besten in ihren eigenen Räumlichkeiten. Segen holte noch einmal tief Luft und drehte dann um. Zur Schreibstube war es nicht weit. Der Schmerz, der sich bereits in Eibischs Garten angekündigt hatte, bohrte sich tief in ihre Knochen. Sie brauchte ihre Arznei. So schnell wie möglich. Die Phiole, die sie bei sich getragen hatte, war längst leer. Der Rest des Herbstwindsudvorrats, den sie eingelagert hatte, würde hoffentlich ausreichen, sie über die nächsten Tage zu bringen. Wenn alles vorbei war, musste sie dringend Nachschub bei den Heilkundigen anfordern.

Im Arbeitszimmer ließ sie sich schwer auf ihren Stuhl fallen. *Der Oberste Last wird ungeduldig*, grübelte sie, während sie aus dem Fach neben dem Arbeitstisch die Arznei hervorholte. *Lange wird er sich nicht mehr hinhalten lassen.* Es glich einem Wunder, dass er bisher so viel Geduld bewiesen hatte. Segen schätzte, dass er ihr höchstens noch einen Tag gab, bevor er seinem Ärger beim Beleuchteten Luft verschaffte. Das Oberhaupt ihrer Kaste zeigte normalerweise nur geringes Interesse an den Dingen, die um ihn herum geschahen. Das betraf die Priester im Tempel und in den Vierteln ebenso wie die Nöte der Stadt. Er widmete sich gänzlich dem Dienst am Toten König und der Meditation, um Sulas Nähe und ihren Willen zu erspüren.

Aber Last konnte überzeugend sein. Seine Worte würden nicht ignoriert werden. Der Beleuchtete hielt überaus große Stücke auf ihn. Dass Last in der Nachfolge ganz oben rangierte, kam nicht von ungefähr. Selbst er sah sich als geeigneten Kandidaten vor allen anderen. Doch wenn Segen in der Gunst des Beleuchteten abfiel, dann kam ihm das durchaus gelegen. Eine Sorge weniger für ihn. Er gab das nicht zu, aber es war einfach offensichtlich. Für jeden im Tempel, der Augen im Kopf hatte. Sofern sich ihm also die Chance bot, eine Konkurrentin aus dem Weg zu schaffen, weil sie ihrer Aufgabe nicht in seinem Sinne nachkam, würde er sie nutzen. Daran gab es keinen Zweifel. Für Segens Pläne war es jedoch unabdingbar, dass genau das nicht geschah. Sie musste in der Nähe des Beleuchteten bleiben. Ohne dieses Privileg war ihr Plan zum Scheitern verurteilt.

Segen entkorkte eine Phiole. Den Atem anhaltend setzte sie den Behälter an ihre Lippen und leerte ihn in einem Zug. Der bittere Geschmack verflog nur langsam aus ihrem Mund. Aber endlich setzte die Wirkung der Arznei ein. Die Schmerzen wichen einem dumpfen Druck, der sich in ihrem Leib breitmachte. Sie wusste, dass die Wirkung deutlich kürzer anhielt als früher. Irgendwann war das Gebräu zu nichts mehr nütze. Und sie dann ebenfalls nicht mehr. Es gab noch einen weiteren Umstand, der Segen Sorge bereitete. Natürlich gab es den. Dass Eibisch derart viel über sie wusste, hatte Segen kalt erwischt. Welcher ihrer Informanten beide Hände weit aufhielt, war für sie auf Anhieb nicht festzustellen. Aber sie würde dahinterkommen. Zu einem späteren Zeitpunkt. Die Allianz, die Eibisch vorgeschlagen hatte, gefiel Segen ganz und gar nicht. Nur wenn Cassia zum König ernannt wurde, ließ Eibisch ihr die Segnung zur Beleuchteten. So hatte sie es deutlich gemacht. Doch welches Druckmittel hielt die Gemahlin des Auges dafür in den Händen? Wie wollte sie ihren Teil überhaupt durchsetzen? Eibischs Wort besaß durchaus Gewicht, ebenso das Cassias' als Befehlshaber der Adlerkrieger. Doch ohne die Unterstützung durch die Priesterkaste nutzte das wenig. Beide erhielten nicht einmal eine Audienz beim Beleuchteten, wenn kein Oberster für sie sprach. Weder Last noch sie selbst würden dies tun, da war sich Segen sicher.

Oder hatte Eibisch einen der anderen auf ihre Seite gezogen? War es das, was ihr die Selbstsicherheit gab?

Eibischs Eröffnungen waren ebenso überraschend gekommen wie ihre Einladung auf ihr Anwesen, samt der Bitte um Diskretion. Das hatte es bereits seit Jahren nicht mehr gegeben. Segen ärgerte sich über sich selbst, dass sie die Gemahlin Cassias seit dem letzten Mal immer weniger im Auge behalten hatte. Der Informant unter ihrer Dienerschaft war im vergangenen Jahr der Gnade Sulas überstellt worden. Und Segen hatte es versäumt, früh genug einen neuen an seiner Stelle anzuwerben. Die Dienerin, die für sie im Anwesen die Ohren offen hielt, war bislang nicht nah genug an die guten Quellen herangekommen, um wirklich Wertvolles an Segen zu übermitteln. Das machte sie seit einiger Zeit im Grunde blind für die Motive ihrer neuen Rivalin. Es musste mehr geben. Womöglich wäre Eibisch im Garten noch dazu gekommen, hätte etwas preisgegeben, mit dem Segen nun zu arbeiten vermochte. Lugo möge Andacht holen, schimpfte sie in Gedanken. Ihn und sein unpassendes Auftauchen. Wegen ihm hatte sie nichts in der Hand. Was plante Eibisch bloß?

Bislang waren die beiden Krieger nicht zurückgekehrt. Segen musste also davon ausgehen, dass Andacht entwischt war. Sie hätte es sich eigentlich denken können. Der Junge hatte in den letzten Tagen eine forsche Klugheit entwickelt. Natürlich hatten sie ihn nicht gefasst. Dennoch war es nur eine Frage der Zeit, bis er wieder auftauchte. Segen erhob sich und begann rastlos, in ihrem Arbeitszimmer auf- und abzugehen. Dabei fiel ihr Blick zufällig in den Spalt zwischen Boden und Bettstelle im Hintergrund. Etwas war anders. Sie ging näher heran und sah, dass die Abdeckung ihres Verstecks nur schlampig auf die Öffnung gelegt war. Jemand hatte sich daran zu schaffen gemacht. Wütend stieß sie mit dem Gehstock auf den Boden. Nein, nicht jemand. Sie wusste genau, wer es gewesen war. Mit der Stockspitze schob sie die Abdeckung beiseite, ließ sich ächzend auf ein Knie nieder und durchsuchte den Inhalt. Auf den ersten Blick fehlte nichts.

Doch als sie genauer nachsah, bemerkte sie, dass doch nicht alles an seinem Platz lag. Die Karte mit den versteckten Wegen.

Das also hast du vor, Andacht. Du willst dich an mir vorbeischleichen. Wohin er beabsichtige zu gehen, das war für sie kein großes Rätsel. Er würde versuchen, den Beleuchteten zu retten. Segen kannte die Ein- und Ausgänge, die auf der Karte verzeichnet waren. Besonders die beiden, die zu den Privatgemächern des Beleuchteten führten. Dafür brauchte sie das Pergament nicht in ihrer Hand halten. Sie wusste, welche Orte im Tempel mit den ihr zugetanen Kriegern zu besetzen waren. Andacht würde nicht durch ihr Netz schlüpfen und ihre Pläne vereiteln. Dafür würde sie schon sorgen.

Es war mühsamer, die alte Einsiedlerin mit sich zu ziehen, als Tau erwartet hatte. Seit sie aufgebrochen waren, sang Kluft unentwegt vor sich hin. Leise zwar, aber der Hall ihrer Stimme trug sich durch das Licht der Flechten und wurde vom Gestein um sie herum zurückgeworfen. Auf Taus Versuche, sie davon zu überzeugen, ruhig zu sein, hatte sie nicht reagiert. Genauso wenig wie auf ihre Bemühungen, sich Richtung Ausgang in Bewegung zu setzen. Klufts Verstand hatte sich zurückgezogen. Sogar noch bevor Tau eine Entscheidung getroffen hatte. Die alte Frau zurückzulassen wäre Mord gewesen. Irgendwann wäre eine der Bestien zu den Wohnwürfeln der Unberührbaren zurückgekehrt. Aber war sie mitzunehmen nicht genauso schlimm? Oder sogar grausamer?

Während Tau noch mit sich gerungen hatte, war ihr aufgegangen, dass sie eigentlich keine genaue Vorstellung davon gehabt hatte, wie es weitergehen sollte. Sie hatte vollends auf die Unberührbaren gesetzt. Darauf, dass diese Tau etwas geben würden, das ihre Unschuld und die Existenz der Bestien zweifelsfrei belegte. Dass sie in ihr altes Leben zurückkehren konnte. Doch die Unberührbaren waren verschwunden. Geflohen vor den Bestien oder von ihnen getötet und gefressen. So stand sie immer noch mit leeren Händen da. Die gesuchte Mörderin eines Priesters, eine, die sich nicht einmal verteidigen durfte. Sie brauchte die Unberührbaren. Daran hatte sich nichts geändert. Also musste Tau sie finden, auch wenn deren Stimmen in der Stadt des ewigen Himmels ähnlich gering wogen wie zurzeit ihre eigene.

Ihre Knie zitterten und ihr Herz schlug ihr bis zum Hals, während sie die ersten Schritte in den Durchbruch setzte. Den Bestien entgegenzugehen, anstatt zu fliehen, schien bar jeder Vernunft. Das fühlte sie mit jeder Faser ihres Körpers. Andererseits, das Blut, das auf den Bruchsteinen geklebt hatte, gab die Richtung mehr als eindeutig vor. Tau hatte einen Stein vom Haufen aufgelesen, dessen Flechtenbewuchs den stärksten Glimmer abgab. Es reichte gerade so aus, um in der Dunkelheit wenigstens etwas zu sehen. Kluft hing halb in ihrem anderen Arm. Die alte Frau ließ sich mitziehen, trug selbst aber wenig bei, um ihr gemeinsames Fortkommen zu erleichtern. Tau nahm ihr das nicht übel. Auch ihre Kraft war endlich. Seit dieser fremde Priester ihren Vater umgebracht hatte, war sie nicht mehr wirklich zum Ausruhen gekommen. Doch jetzt zählte allein das Durchhalten.

Hinter dem Durchbruch hatte Tau einen Stollen erwartet. Ein stiller Gang, der nur die Geräusche ihrer Schritte wiedergab. Die Luft roch überraschend frisch. Der Geruch nach Leder und Reptil war dennoch spürbar. Auch hier war der Boden übersät mit Geröll und Gestein. Das meiste davon hatte sich an den Wänden gesammelt, so, als sei es achtlos beiseitegeschoben worden. Trotzdem blieb es eine Herausforderung, nicht zusammen mit der Einsiedlerin zu stolpern und zu stürzen. Der Stollen machte willkürliche Biegungen, mal links, mal rechts herum. Manche in einem unerwarteten Knick, andere in flachen Bögen. Vorsichtig fühlte Tau mit dem Finger in den Grabungsspuren im Felsen. Mit Werkzeug war dieser Weg nicht geschaffen worden. An einer Stelle zogen sich vier parallele Furchen durch das Gestein. Sie endeten dort, wo ein größeres Stück aus der Wand gebrochen war. Erneut Krallenspuren.

Ein Stück weiter gabelte sich der Stollen plötzlich in zwei Richtungen. Tau blieb unentschlossen stehen. Zu beiden Seiten bot sich das gleiche Bild. Dunkelheit und loses Geröll. Wohin sollte sie sich wenden? Welcher Weg war der bessere? Erschöpft legte sie Kluft auf einer freien Stelle am Boden ab. Die Einsiedlerin sackte in sich zusammen, wiegte sich hin und her und sang weiter ihr Lied. Tau selbst wischte sich mit dem Ärmel den Schweiß aus dem Gesicht. Dann lehnte sie sich gegen die Felswand. Die Unebenheiten drückten unangenehm gegen ihren Rücken. Einen Moment lang durchatmen. Sie brauchte die Pause. Wer wusste schon, wann die Bestien endlich auftauchten und Jagd auf sie machten? Eigentlich hätten sie sich längst zeigen müssen. Es war seltsam, überhaupt so weit gekommen zu sein. Ihre Muskeln zitterten plötzlich, vor allem die in den Schultern. Das Zittern brach abrupt ab, um dann erneut zu beginnen und rhythmisch weiterzumachen. Verwirrt drehte Tau den Kopf. Das kam nicht von den Muskeln. Das Gestein selbst bewegte sich, vibrierte. Erschrocken stieß Tau sich ab, drehte sich nun vollends um und legte die Hände auf den Felsen. Tatsächlich, eine Erschütterung. Obwohl sie zunächst gleichmäßig auf- und abebbten, so verlor sie plötzlich ihren Rhythmus und ging in eine fortlaufende Vibration über. Sie pflanzte sich fort, bis sie sogar unter ihren Füßen zu spüren war.

Das war kein starkes Erdbeben. Davon hatte es in den letzten Tagen weitaus schlimmere gegeben. Aber es hier unten zu spüren, das machte Tau Angst. Als die Erschütterung zu ihrem vorherigen Rhythmus zurückkehrte, drang auch das ferne Geräusch an ihre Ohren, das dazu passte. Sie hatte es durch das Singen von Kluft nicht bemerkt. Es kam von links. Schwach, aber eindeutig. Dann war das die Richtung, die sich nicht einschlugen. Sie bückte sich, schlang den Arm um die Einsiedlerin und zog sie auf die Beine.

»Nur noch ein Stück, versprochen. Dann gehen wir zurück. Wir schaffen das zusammen.«

Kluft reagierte nicht auf Taus Worte, stand aber auf. Kurz wurde ihr Gesang lauter, sank dann gleich wieder in eine leisere Tonstärke ab. Tau wünschte, sie würde endlich damit aufhören. Der Gedanke, der alten Frau den Mund zuzuhalten, war da, zugegeben, das kam jedoch nicht in Frage. Sie fand es entwürdigend, der alten Frau so etwas anzutun. Gemeinsam wandten sie sich in die entgegengesetzte Richtung.

Für die nächste Kaverne reichte der Glimmer der Flechten nicht aus. Gerade einmal der Rand wurde von Taus Stein erhellt. Deshalb blieb sie nah am Felsen, während sie sich weiter vorwärts arbeitete. Irgendwo hinter ihr, manchmal sogar seitlich ihrer Position, glaubte sie, ein Scheuern zu hören. Ein Leib, der sich über Gestein schob. Vielleicht sogar ein witterndes Luftholen. Aus den Augenwinkeln bemerkte sie funkelnde Punkte in der Lichtlosigkeit. Doch wann immer sie den Blick dahin wandte, war das Funkeln verschwunden. Taus Atem ging kurz und abgehakt. Sie wollte gar nicht wissen, ob die Angst ihr etwas vorgaukelte oder ob das, was sie sah, der Wirklichkeit entsprach. Bloß weiter, vorwärts. Weg von den Dingen in der Nacht, die nur Böses wollten. Tau würde einen Weg finden, der sie dorthin führte, wo die Unberührbaren waren. Daran durfte sie nicht zweifeln. Selbst wenn sie ihre Entscheidung längst bereute, nicht auf die Streben zurückgekehrt zu sein.

Ein neuer Stollen öffnete sich in der Dunkelheit. Die Decke hing tiefer als bei dem ersten, so dass Tau sich bücken musste, um hineinzukommen. Eine süßliche Note lag in der Luft. Nicht unbedingt unangenehm auf den ersten Metern, doch als sie weitergingen, erreichte sie eine penetrante Intensität, die in ihrer Nase klebte und auch die Zunge nicht verschonte. Als der erste, unförmige Hügel aus toten Körpern vom Flechtenglimmer beleuchtet wurde, wusste sie, warum. Tau würgte und erbrach sich. Kluft rutschte aus ihrem Arm und landete hart auf ihren Knien. Das Lied verstummte. Für einen Moment gab es bloß das Geräusch von Taus Würgereiz. Doch dann kreischte die Einsiedlerin auf. Sie stieß sich ab, gestärkt und blind durch das Grausen vor ihren Augen, und hetzte los. Einen Wimpernschlag später war sie zwischen den Leichen verschwunden. Tau wischte sich Erbrochens von den Lippen und stolperte erschöpft hinterher.

»Kluft, komm zurück!«

Ihr Ruf verhallte wirkungslos in dem Stollen. Einen weiteren wagte sie nicht. Sie hörte, wie sich das Kreischen der Einsiedlerin immer mehr entfernte. Schon jetzt war sie zu weit weg, um sie in der Dunkelheit rechtzeitig zu erreichen. Ein weiterer Schrei erklang in der Dunkelheit. Der einer Bestie. Angriffslustig, in Erwartung der Jagd. Tau vermochte nicht, die Richtung zu bestimmen, aus der er kam. Ihre Sinne glaubten beinahe, er stammte aus der Richtung, in die die Einsiedlerin gelaufen war. Ein zweiter Ruf, dann ein dritter kam hinzu. Das Echo rollte an Tau vorbei, kehrte zurück und verwirrte sie vollends. Waren die Bestien auch hinter ihr? Hatten Sie ihre Witterung längst aufgenommen? Hektisch leuchtete Tau mit dem Flechtenstein in alle Richtungen. Nichts. Um sie herum herrschte ausnahmslos Dunkelheit. Panik rannte gegen Taus Vernunft an und überwältigte sie beinahe. Es schnürte ihr die Brust zu. Sie rang mühsam nach Atemluft.

Plötzlich verstummte Kluft. So abrupt, als habe man ihr die Stimme genommen. Tau blieb stehen. Sie wich schließlich langsam rückwärts, bemüht, bloß kein Geräusch zu verursachen. Beim nächsten Laut, den sie vernahm, drehte sie sich um und rannte los.

Das Festmahl verdiente diese Bezeichnung tatsächlich. Das musste Ozias zugeben. Einige Speisen wirkten vertraut, waren aber ungewöhnlich gewürzt. Andere dagegen kannte er gar nicht. Von denen hielt er sich fern. Er war nicht in Stimmung für Neues. Außerdem zerrte das elende Herumsitzen an seinen Nerven. Ozias nahm einen Zug von dem Gebräu, das fern an Hopfenbräu erinnerte. So gut wie das Bier in Südkinn war es nicht. Aber es ließ sich trinken.

Ihre Gastgeberin hatte Leute mit Instrumenten aufspielen lassen. Die sahen ebenfalls seltsam aus, selbst das Ding, das einer Flöte ähnelte. Die Musik empfand er als jaulend und schwer zu greifen. Ist wohl zu anspruchsvoll für mein einfaches Gemüt, brummte er vor sich hin. Die Söldner Faustos störte diese Darbietung nicht. Sie feierten, tranken, brüllten Trinksprüche und belästigten die Diener, die überall herumliefen und sich um das Wohl der Fremden kümmerten. Sie nutzten jede Gelegenheit, das Leben zu genießen. Bereits in Kürze, so hatte Eibisch es angekündigt, stand ihre Ausrückung bevor. Ozias war davon überzeugt, dass er nach Vorstellung der Hausherrin darin inbegriffen war, doch er sah das gänzlich anders. Sollten die Söldner ruhig das durchführen, was die Frau von ihnen erwartete. Er kümmerte sich lieber um sein persönliches Anliegen.

Der Söldnerfürst hatte die Zeit seit ihrer Ankunft hauptsächlich in der Gesellschaft ihrer Gastgeberin verbracht. Zu Gesicht bekommen hatte ihn Ozias so gut wie nie. Gesprochen hatte er ihn überhaupt nicht. Auch jetzt saßen die beiden beieinander, am Kopf des Saales. Es wirkte, als genossen sie die Anwesenheit des anderen. Eine vertrauliche Berührung hier, ein vielsagendes Lächeln da. In eine persönliche Unterhaltung vertieft sahen sie nur auf, wenn einer von Faustos Offizieren an den Tisch herantrat. Um auf das Wohl des Söldnerfürsten zu trinken oder eine Meldung zu machen. Was ihr Gemahl, der angeblich rechtmäßige König, von dem offen zur Schau gestellte Techtelmechtel hielt, war Ozias egal. Dieses Risiko trug allein Fausto, der sich deswegen jedoch keinerlei Sorgen zu machen schien. Ozias ging das nichts an. Was ihn jedoch ärgerte, war der Umstand, dass er noch keinen einzigen Schritt weitergekommen war, den Kerl zu finden, dem er seine Anwesenheit an diesem Ort verdankte. Solange Ozias in dem Anwesen festsaß, war das schlichtweg unmöglich. Ähnlich wie mit Fausto hatte er auch bei Eibisch keine Gelegenheit gefunden, die nötigen Informationen einzuholen. Sie hatte ihn nicht empfangen oder sich verleugnen lassen. Bei dem Gedanken daran presste Ozias den Griff seines Trinkbechers. Er hasste Untätigkeit.

Ozias sah auf, als wieder einmal Bewegung am Tisch der Hausherrin aufkam. Zu seiner Überraschung war Eibisch aufgestanden. Nicht, um eine Ansprache zu halten, die hatte es bereits zu Beginn gegeben, sondern offensichtlich, um sich zurückzuziehen. Noch sprach sie mit Fausto, der ihr unschicklich zuzwinkerte. Verabredeten die beiden soeben ein Beisammensein für später? So oder so, eine bessere Gelegenheit würde er vermutlich nicht mehr bekommen. Ozias schob den Trinkbecher von sich und erhob sich ebenfalls. Er wartete nicht ab, ob Eibisch an seinem Platz vorbeikam. Stattdessen ging er geradewegs auf sie zu. Ohne Rücksicht unterbrach er die Unterhaltung.

»Auf ein Wort, Gemahlin des Auges.«

»Meister Ozias, ich hoffe, du genießt die bescheidene Festlichkeit, die ich mir erlaubte, für deinen Fürsten und dich auszurichten. Schließlich seid ihr meine willkommenen Gäste.« Eibisch lächelte mit der falschen Freundlichkeit jedes Adeligen. Sie deutete eine Verbeugung in Faustos Richtung an, der mit blitzenden Zähnen zurückgrinste. »Ich fühle mich etwas erschöpft, daher werde ich mich jetzt zurückziehen. Morgen ist ein großer Tag.«

Eibisch schob sich hinter dem Söldnerfürsten vorbei, nicht jedoch, ohne ihm mit der Hand über die Schulter zu fahren. Den Meuchelmörder ignorierte sie. Absichtlich, das war mehr als offensichtlich. Ozias trat ihr in den Weg.

»Ich hatte gewichtige Gründe, bei dir vorzusprechen. Du hast mich jedes Mal abgewiesen.«

»Meine Aufgaben sind vielfältig und drehen sich nicht nur um das Bewirten von Kämpfern. So wichtig, wie dein Anliegen auch sein mag, es wird warten müssen.«

»Meine Geduld ist erschöpft, Eibisch.« Ozias spürte, wie Wut in ihm aufstieg. Das ständige Ausweichen ihrer Gastgeberin reizte ihn. Er hatte das lange genug ertragen.

Kokett drehte Eibisch sich zum Söldnerfürsten um. »Sind deine Untergebenen immer so dreist, mein lieber Fausto? Du solltest ihnen bessere Manieren beibringen. Sonst kommt mir noch der Gedanke, sie seien undankbar. Das könnte ich nicht ertragen.« Mit der flachen Hand fächelte sie sich Luft zu. Die angedeutete Unpässlichkeit nahm der Meuchelmörder ihr nicht ab.

Fausto grinste breit, gönnte sich jedoch erst noch einen tiefen Zug, bevor er antwortete. »Oh, Meister Ozias ist nicht mein Untergebener. Noch nicht wenigstens. Betrachte ihn als eine Art Weggefährte, der ein ähnliches Ziel verfolgt wie ich. Nimm dir ruhig etwas Zeit, um seine Fragen zu beantworten. Du wirst feststellen, er wird sogleich umgänglicher.«

»Nun gut, wenn du meinst.« Sie wandte sich wieder Ozias zu. »Stell deine Fragen. Aber fasse dich kurz.«

Das unwirsche Knurren unterdrückte Ozias nicht. »Ich suche einen Mann. Etwas größer als ich, schwarze Locken, dunkle Haut. Sehr viel dunkler als die, die du hier siehst.« Er wies in den Saal. »Kusanterabschaum. Niemand von uns.«

»Warum sollte ich so jemanden kennen?«, wich Eibisch aus. Sie zog eine Braue hoch, als wäre sie pikiert über die Vorstellung.

»Er trägt keine Tätowierung im Gesicht«, versuchte es Ozias erneut. »Er muss aufgefallen sein.«

Eibisch überlegte mit wenig Begeisterung. »Hm. Da war tatsächlich etwas. Vor einigen Tagen gab es einen Zwischenfall in einem der Viertel der niederen Kasten. Ein Priester mit verwischten, heiligen

Zeichen, sollten die Gerüchte stimmen. Das hat einigen Aufruhr verursacht.«

»Wo ist er jetzt?«

»Soweit ich weiß, hat man ihn nicht gefasst. So ein Mensch ist eine Gefahr für die öffentliche Ordnung. Hoffentlich hat er die Stadt verlassen. Oder er wurde bereits hingerichtet, ohne dass ich davon erfuhr.«

»Ich dachte, zu verschwinden wäre nicht möglich, wenn man den Weg nicht kennt?«

»Irgendwie ist er ja auch hineingekommen, oder?«, reagierte Eibisch scharfzüngig. »Ich kann natürlich nicht ausschließen, dass die Priesterkaste damit etwas zu tun hat. Eine Kutte zu stehlen gelingt nicht ohne Hilfe. Sobald ihr eure Aufgabe erfüllt habt, bringe ich dich zu jemandem, der sich deinen Fragen nach dem Fremden sicherlich mit Freuden stellen wird. Es würde mich wirklich sehr wundern, wenn Segen nicht über die passenden Antworten verfügt. Doch jetzt entschuldige mich. Ich bin müde.«

Eibisch ging vorbei und verließ den Saal durch eine der Türen, vor der zwei Krieger postiert waren. Außer Fausto würde ihr vermutlich niemand folgen dürfen. Ozias schnaufte verächtlich.

»Hast du nun alles, was du brauchst, Meister Ozias?« Die Frage des Söldnerfürsten troff vor Spöttelei. Fausto prostete ihm zu, bevor er trank.

»Ich lege mich hin«, antwortete Ozias. »Genieße die Feier, mein Fürst. Und den Rest der Nacht.«

Er grüßte nicht, bevor er sich umdrehte und davonging. Keineswegs hatte er vor, jetzt zu schlafen. Die letzten Nächte hatte er dazu genutzt, das Anwesen auszukundschaften. In aller Heimlichkeit. Dabei hatte er mehr als einen möglichen Ausgang gefunden. Die Krieger des Anwesens verstanden nicht allzu viel davon, wie man ein großes Haus davor schützte, unbefugt betreten oder verlassen zu werden. Das machte es ihm leicht. Vom Warten hatte er mehr als genug. Er würde sich für ein paar Stunden davonschleichen und sich in der Stadt umsehen. Es wurde Zeit, dass er die Angelegenheit in die eigene Hand nahm.

Vorsichtig schüttelte Andacht die Lampe in seiner Hand. Ob das Öl darin ausreichen würde, bis sie es in den Tempel geschafft hatten? Das Gluckern wirkte viel zu leise, um ausreichend Vertrauen zu erwecken. Wenn das Licht verlosch, waren sie hier unten verloren. Unruhig betrachtete er zum wiederholten Male die Karte mit den geheimen Gängen. Sie hatten sich bereits zu weit von ihrer eigentlichen Route entfernt und auch der alte Palast würde keine Abhilfe schaffen. Mittlerweile bewegten sie sich sogar in entgegengesetzter Richtung zu ihrem eigentlichen Ziel. Der Rand des Plateaus konnte nicht mehr weit sein. Andacht hoffte, dass sie bald einen anderen Weg fanden. Sie mussten es bis zum Beleuchteten schaffen. Sie mussten einfach.

Doch wenn es keine Möglichkeit gab, ungesehen dorthin zu gelangen, boten sich ihnen nur zwei Alternativen. Entweder sie blieben für immer hier unten in der Dunkelheit oder sie nahmen den erstbesten Ausgang, der sie bestimmt gleich in die Arme der Adlerkrieger und zu Sulas Gerechtigkeit führte. Wie viele Abzweigungen sie ausprobiert hatten, das hatte Andacht nicht mitgezählt. Viele waren verschüttet gewesen, so wie die Stelle, an der sie das erste Mal hatten umkehren müssen. Das war eine Folge der Erdbeben, vermutete er. Andacht konnte sich nicht vorstellen, dass die Gänge von allein eingestürzt waren. Mit jedem Fehlschlag hatte er sich noch intensiver um die Karte bemüht. Ozias dagegen … nein, Staubner, wie er wohl richtig hieß, war jedes Mal ein wenig stiller geworden. Mittlerweile schwieg der Dunkelhäutige beharrlich, den er fälschlicherweise für einen Meuchelmörder gehalten hatte.

Im Gehen warf Andacht Staubner einen Seitenblick zu. Diese Neuigkeit hatte er noch nicht so recht verdaut. Der Mann aus der Verheerung direkt neben ihm war kein Mörder. Und auch sonst nichts Besonderes. Ein Pechvogel vielleicht, wenn man ihm die Verstellung und die Lügen nachsah, mit denen er seine Haut hatte retten wollen. Noch vor wenigen Tagen hatte er jegliche Unwahrheit abgelehnt. Doch jetzt, nachdem er selbst hatte lügen müssen, mehrfach sogar, dachte Andacht etwas anders darüber. Er hieß es immer noch nicht gut. Aber manchmal war es wohl unumgänglich.

Ob die Oberste Segen mittlerweile Bescheid wusste? Dass sie über die wohlgerühmten Fähigkeiten von Meister Ozias enttäuscht gewesen war, daraus hatte sie keinen Hehl gemacht. Die Einkerkerung Staubners sprach Bände. Alle waren sie leichtgläubig einem billigen Betrug aufgesessen. Einem, der nur möglich gewesen war, weil sie so wenig über die Welt außerhalb des Plateaus wussten. Staubner hatte sich nicht einmal besondere Mühe geben müssen, um die Lüge aufrechtzuerhalten. Wenigstens zu Beginn. Er war kein besonders überzeugender Lügner gewesen. Trotzdem fühlte Andacht auch so etwas wie Erleichterung. Die Wahrheit verringerte ein wenig seine Schuldgefühle, am Tod zweier Bürger mit verantwortlich zu sein. Wenigstens machte es das einfacher, es sich einzureden.

»Wie ist es draußen so?«, fragte Andacht völlig unvermittelt, während sie weitergingen. Bis zur nächsten möglichen Abzweigung war es nicht mehr weit.

»Was meinst du mit draußen?«, fragte Staubner erstaunt. Er schwieg einige Meter. Dann, als fiele ihm ein, was die Frage bedeuten sollte, räusperte er sich verlegen. »Oh. *Das* draußen. Die Verheerung.«

Nur zur Sicherheit erklärte Andacht, was er meinte. »Der Ort, von dem du stammst. Außerhalb der Stadt des ewigen Himmels. Wie lang läuft man dorthin?«

Staubner stockte, als sei ihm die Antwort unangenehm.

»Ich … ich weiß es nicht genau. Ein paar Tage schätze ich.«

»Du weißt es nicht?«, fragte Andacht verwundert nach. »Aber du bist doch von dort, wo du warst, irgendwie hierhergereist.«

»Irgendwie, das stimmt. Einen Teil davon war ich nicht bei Sinnen. Ein Schlag gegen den Kopf, verstehst du?« Er tippte mit dem Finger gegen seine Schläfe, als würde das alles erklären. Doch dann fügte er einen Satz hinzu, der Andacht noch mehr verwunderte.

»Um ehrlich zu sein, habe ich keinerlei Vorstellung, wo genau sich das Plateau befindet. Irgendein verrückter Kerl hat mich eingesammelt und unter der Wolke wieder abgeworfen. Irgendwo im Gebirge. Einige Tagesreisen von Rosander entfernt.« Staubner sog die Luft zischend ein, seine Augen funkelten im Licht der Öllampe. »Das ist eine Stadt. Rosander. Eine Hafenstadt, um genau zu sein. Eine ziemlich heruntergekommene dazu.«

»Es ist also nicht … gut dort?«, fragte Andacht vorsichtig. Er wollte Staubner nicht beleidigen. Womöglich war dieses Rosander sein Geburtsort. Oder seine Heimat. Wie stolz war man dort auf seine Herkunft?

»Was ist schon gut?«, winkte Staubner ab. »Es ist ein Ort wie jeder andere. Mit hässlichen Ecken, gefährlichen Ecken und mit schönen, angenehmen Ecken. Vor allem mit vielen … Ecken eben. Das teilt Rosander mit vielen Städten.«

»Und die Menschen? Haben sie auch eine so dunkle Haut wie du?«

»Warum, ist das wichtig?«

Andacht erinnerte sich, Staubner bei ihrer ersten Begegnung offen angestarrt zu haben. Seine Hautfarbe war ungewöhnlich, das stimmte, aber mehr war es Segens Behauptung gewesen, der Mann stamme aus der Verheerung.

»Ich bin nur neugierig.«

»Auf Kusant sind alle Menschen schattenhäutig«, erklärte Staubner. »Dort ist es normal. Selbst wenn die Menschen der übrigen Provinzen versuchen, uns anderes einreden. Mit Beschimpfungen und Ausgrenzungen.«

Staubner sprach ruhig und besonnen, aber Andacht bemerkte, wie dessen Stirn Falten über der Nasenwurzel zog. Daher beschloss er, das Thema der Hautfarbe nicht weiterzuverfolgen und lieber etwas Unverfängliches zu fragen.

»Es gibt also weitere Orte?«

Staubner ignorierte die neue Frage. »Die Menschen sind eben kaum anders als ihre Städte. Manche versuchen, dich über das Ohr zu hauen, und andere, dich aus dem Weg zu schaffen. Besonders, wenn du ihnen in die Quere kommst. Dem Rest ist man vollkommen egal. Aber man schlittert irgendwie durchs Leben. Die meisten jedenfalls.«

»Das lassen eure Priester zu? Das ist unvorstellbar.« Andacht konnte es kaum fassen. War die Welt jenseits des Plateaus wirklich so schlimm? So kalt und herzlos? In der Stadt des ewigen Himmels ging es friedlicher zu. Sicherer. »Es muss doch Gesegnete geben, die den Willen der Göttin verkünden und ihn umsetzen. Wer hält denn sonst die öffentliche Ordnung aufrecht, wenn niemand das Volk anleitet?«

Staubner trat ihm in den Weg und zwang ihn so, stehen zu bleiben. Er hatte das Kinn vorwurfsvoll nach vorne gereckt und verschränkte die Arme demonstrativ vor seiner Brust.

»Du meinst, Andacht, so wie deine Oberste einen Meuchelmörder entlohnt, um Menschen zu beseitigen, die nicht ihrer Meinung sind? Oder wie der Befehlshaber der Adlerkrieger, der sich an einer solchen Tat beteiligt und ohne große Gewissensbisse einen unschuldigen Mann mit hineinzieht? Wie nanntet ihr ihn? Einen Unberührbaren? Er wurde vermutlich längst hingerichtet. Wie ich das sehe, gibt es kaum einen Unterschied zwischen euren und unseren Priestern. Nur die Götter tragen andere Namen. Sula oder Nomade, keiner schert sich darum, wer stirbt oder eben nicht. Ja, da bin ich absolut deiner Meinung. Unvorstellbar. Wie die Mauern, mit denen ihr eure Kasten einsperrt. Oder die Privilegien, die nur …«

»Schon gut«, fiel ihm Andacht ins Wort. »Ich glaube, ich habe verstanden.«

Tief getroffen presste er die Lippen aufeinander. Andacht hatte erst aus einem Reflex heraus widersprochen, all das rechtfertigen zu wollen. Es gab so viel Gutes, das die Priesterkaste geschaffen hatte. *Sein* Leben war gut gewesen. Wenigstens hatte er das geglaubt. Doch nun wusste er, dass es nicht stimmte. Ein Mann aus der Verheerung hatte ihn erst drauf stoßen müssen. Ein Mann ohne heilige Tätowierung und mit dunklerer Haut, als er jemals zu Gesicht bekommen hatte.

»Ich verspreche dir …«

Dieses Mal war es Staubner, der ihn unterbrach. »Man sollte nur Dinge versprechen, die man auch halten kann. Ich habe damit einschlägige Erfahrung. Das solltest du wissen, finde ich.«

Andacht holte tief Luft, bevor er seine Worte mit mehr Nachdruck wiederholte. »Ich verspreche dir, sobald die Oberste aufgehalten und der Beleuchtete gerettet wurde, werde ich alles dransetzen, das Leben in der Stadt des ewigen Himmels zu verbessern. Bei Sulas Gerechtigkeit, damit diese endlich mehr wert ist, als sie es bisher war. Besonders für die niederen Kasten. Und die Unberührbaren. Aber vorher müssen wir zum Tempel.«

Er drängte sich an Staubner vorbei und ging weiter den Gang entlang. Die eiligen Schritte in seinem Rücken bewiesen, dass Staubner ihm folgte. Kurz darauf lief er neben Andacht her.

»Meinst du, der Beleuchtete wird etwas ändern wollen? Ich meine, wie lange gibt es eure Kasten schon?«

»Seit unzähligen Generationen. Es wird schwer. Vielleicht wird es lange dauern.« Andacht hielt an und sah verwundert auf seine Karte. »Dieser Gang ist gar nicht eingezeichnet.«

Neben ihnen öffnete sich ein dunkles Loch in der Felswand. Andacht leuchtete mit der Öllampe hinein, doch der Schein reichte nicht weit genug. Auch Staubner ging näher heran. Langsam strich er mit der flachen Hand über die Kante.

»Das wurde ganz schön schlampig bearbeitet. Ziemlich brachial herausgebrochen. Aufgeräumt hat es danach auch keiner.«

Staubner schob mit dem Fuß ein paar Brocken beiseite, die zwischen ihnen auf dem Boden herumlagen.

»Das kann nicht sein«, verneinte Andacht. »Die Gänge sind bestimmt uralt. So alt wie die Stadt des ewigen Himmels selbst. Warum sollte jemand Weitere anlegen? Das ergibt doch keinen Sinn.«

»Sie sind so alt, dass die meisten verschüttet und nicht mehr passierbar sind. Für mich wäre das Grund genug. Du sagtest doch, die Unberührbaren leben hier unten. Vielleicht waren sie es. Irgendwer gräbt jedenfalls gerade.« Staubner nickte mit dem Kopf in Richtung der Öffnung.

Bisher war Andacht das Geräusch nicht aufgefallen. Doch jetzt hörte er es auch. Ein rhythmisches Schaben und Poltern, wenn Gesteinsbrocken herabfielen. Anscheinend war das gar nicht einmal so weit entfernt. Die Wohnbereiche der Unberührbaren lagen näher, als Andacht es sich gewünscht hatte. Es konnte nicht gut ausgehen, wenn sie unverhofft über sie stolperten. Andererseits, wenn ihnen ein Weg bekannt war, der sie zurück zum Tempelviertel führte, war das das Risiko nicht wert? Bevor er seine Gedanken aussprechen konnte, begann der Felsen unter seinen Füßen zu zittern. Noch ein Erdbeben. Steine fielen von der Decke herab, erst nur einzelne, dann immer mehr. Das Gestein ächzte und stöhnte.

»Wir müssen weg«, brüllte Staubner ihn an. Er hielt sich die Schulter. Hatte ihn ein herabfallender Brocken getroffen?

»Worauf wartest du? Auf ein göttliches Wunder?«

Staubner zerrte ihn vorwärts, bis sie Seite an Seite liefen. Den Kopf zwischen die Schultern gezogen, mit den Armen darüber, versuchten sie, sich zu schützen. Um sie herum prasselte Gestein herab, als ginge es darum, wie Regen den Boden zu nässen. Staubner stolperte, doch Andacht stützte ihn rechtzeitig. Die nächste Abzweigung kam, so wie sie in der Aufzeichnung vermerkt war. Von der Erschütterung blieb sie leidlich unbeeinflusst. Der Bogen aus Felsgestein hielt stand.

»Da rein«, rief er Staubner zu. Gemeinsam hechteten sie vorwärts. Da traf ein Felsbrocken seine Hand und schlug ihm die Öllampe aus der Hand.

»Autsch! Bei Sula, die Lampe!«

Die Öllampe polterte davon, zerbrach aber nicht. Die Flamme erlosch. Schlagartig wurde es dunkel. Trotzdem erreichten sie die

Abzweigung. Keuchend lehnten sie sich aneinander, die Arme auf die Knie gestützt und rangen nach Atem.

»Verdammt, ich hasse diese Erdbeben«, schnaufte Staubner. »Wie kommt ihr damit nur klar?«

»Die gab es früher nicht«, antwortete Andacht. Seine Worte kamen stoßweise, während er vorsichtig seine Hand abtastete. Er fühlte Feuchtigkeit und einen scharfen Schmerz, als sein Finger über einen Riss in der Haut glitt. Sie brauchten das Licht zurück. Langsam klang das Beben ab und immer weniger Gestein fiel von der Decke herab. Endlich traute sich Andacht, nach dem tönernen Gefäß zu suchen. Hoffentlich war das Öl nicht verschüttet. Auf Knien rutschte er über den Boden und fuhr mit den Handflächen hin und her. Da! Gefunden. Jetzt musste er die Lampe nur noch anzünden. Das würde im Dunkeln eine kleine Herausforderung, aber es ließ sich irgendwie bewältigen. Mit der unverletzten Hand fingerte er nach dem Flintstein in seiner Kuppe. Da keuchte Staubner auf, prallte gegen Andacht und fiel über ihn hinweg. Ein zweiter Körper landete kreischend auf seinem Rücken und drückte ihn zu Boden. Arme und Beine schlugen um sich und trafen Andacht an der Schulter, im Gesicht. Irgendwie brachte er seine Arme hoch, in der einen Hand den Flintstein, in der anderen die Öllampe.

»Aufhören, bei Sula! Wir kommen in Frieden!«

Der Körper rollte sich von ihm herunter. Dann strampelte dieser rückwärts, stellte schließlich das Schreien ein und blieb in kurzer Distanz hocken.

»Ich mache Licht. Warte!«

Zum Glück hatte er die Lampe nicht wieder verloren. Andacht setzte sich auf. Die Lampe stellte er vor sich. Sogar etwas Öl schien drin geblieben zu sein. Mit Zeigefinger und Daumen richtete er den Docht auf. Wo blieb Staubner? Nach dem zweiten, dritten Anlauf entzündete ein Funken den Docht. Ein schwacher Lichtschein breitete sich um ihn herum aus. Als Andacht sich umdrehte, entdeckte er den Dunkelhäutigen, der sich stöhnend den Kopf mit beiden Händen hielt. Hinter Staubner hockte ein Mensch. Ob es ein Mann oder eine Frau war, konnte er nicht erkennen. Die Beine angezogen und die Knie umklammert wiegte er sich vor und zurück.

Eibisch kicherte kokett. Wie ein junges Mädchen hatte sie sich schon sehr lange nicht mehr gefühlt. Langsam und zärtlich wanderten Faustos Lippen an ihrem Rücken herab. Es kitzelte. Sie genoss das wohlige Gefühl, besonders, als er eines ihrer Beine anhob und zum widerholten Male mit dem Kopf zwischen ihren Schenkeln verschwand. Fast mochte sie glauben, dass der Söldnerfürst nicht genug von ihr bekam. Dabei hatte sie ihre besten Jahre längst hinter sich.

All die Jahre des Beieinanderliegens mit ihrem Gemahl hatten nicht die erhofften Nachkommen gebracht. Die, die irgendwann einmal den Titel des Königs erben sollten. Vielleicht würde sie ein Kind vom Söldnerfürsten empfangen? Eibisch war dem nicht abgeneigt. Der Mann, der sie seit über zwei Stunden nach allen Regeln der Kunst verwöhnte, war ein stattlicher Mann. Kräftig wie Cassias, aber mit deutlich mehr Scharfsinn gesegnet. Seine Kinder würden ansehnlich und klug werden. Im Grunde die perfekten Königskinder. Ein schlechtes Gewissen gegenüber ihrem Gemahl empfand Eibisch nicht. Fausto war nicht der erste Liebhaber in ihrem Bett, aber mit Sicherheit der talentierteste. Sie stöhnte lasziv, als seine Zunge eine empfindsame Stelle traf. Ein Jammer, dass Fausto nicht bleiben würde. Sobald seine Arbeit getan und er entlohnt war, verließ er das Plateau. Kurz schwelgte Eibisch in der Vorstellung, ihn zum Bleiben zu überreden. Als ihren Bettgefährten.

Schon übermorgen brach Eibischs großer Tag an. Das mehrtägige Huldfest würde den Weg bereiten. Wenn sie so darüber nachdachte, mochte sie beinahe aufspringen und durch ihr Schlafgemach laufen, bis die Dämmerung begann. Ein Schauer raste über ihren nackten Körper. Sobald Cassia den Befehl zur Öffnung der Tore gab, mit dem die strikte Abschottung der Viertel für die Dauer der Feierlichkeiten aufgehoben wurde, schlug ihre Stunde. Faustos Männer würden sich zu den Mauern begeben, die Adlerkrieger ihrer Offiziere berauben und die Kontrolle übernehmen. Zeitgleich sollte gegen den Tempel vorgerückt werden. Es war unbedingt erforderlich, dass die Obersten und der Beleuchtete in Gewahrsam genommen würden. Von diesem Teil des Plans wusste ihr Gemahl nichts. Niemals hätte er dem zugestimmt. Sie liebte Cassia von ganzem Herzen. Das änderte leider nicht, dass er nicht bereit war zu tun, was nötig war. Cassia erkannte nicht, was sie für ihn tat. Welches Risiko sie für ihn einging. Für ihn und alle anderen Kasten besaßen die Priester das größte Wohlwollen Sulas. Gegen sie vorzugehen hieß, sich gegen die Göttin selbst aufzulehnen. Diese Lüge hatten die Obersten bereits Generationen eingeimpft. Doch Cassia war der rechtmäßige Erbe des Throns.

Es gab keinen Zweifel daran, dass die Priesterkaste entmachtet werden musste. Zu lange hatten die Obersten das Schicksal der Stadt bestimmt und ihrer aller Heimat so an den Rand des Abgrunds gebracht. Morgen würde das enden. Endgültig. Um den Schein zu wahren, die Priesterkaste sei weiterhin das Sprachrohr der Göttin, hatte sie die Übereinkunft mit Segen angestoßen. Seit dem heimlichen Treffen im Garten ihres Anwesens war jedoch keine Nachricht der Obersten eingetroffen. Hatte sie es sich doch anders überlegt? Eibisch fand ihr Angebot immer noch sehr großzügig. Die Oberste wurde zur neuen Beleuchteten ernannt und genoss damit sämtliche Privilegien. Ihren Konkurrenten, den Obersten Last, verwies sie damit von dem ihm zustehenden Platz. Ob sie ihn danach als Vorsteher der Priesterkaste behielt, überließ sie Segen. Wichtig war nur, dass die Oberste nicht vergaß, wem sie ihre Position zu verdanken hatte. Und Eibisch war gewillt, sie stets daran zu erinnern.

Andererseits war die Zeit für Segen beinahe abgelaufen. Wenn sich nicht bald rührte, musste Eibisch ihr Vorhaben ohne die Unterstützung der Obersten durchführen. Das würde am Ergebnis nur geringfügig etwas ändern. Aber leichter ging es mit der Obersten als ohne sie. Eibischs Informanten im Tempel hatten ihr berichtet, dass Segen ihren eigenen Plan bisher nicht weiterverfolgt hatte. Der Mord an einem Beleuchteten benötigte sorgfältige Vorbereitung. Ein flüchtiger

Fehler, und die Oberste erlebte das Gericht Sulas am eigenen Leib. War das also als Zeichen ihrer Einvernehmung zu deuten? So recht mochte Eibisch das nicht glauben. Die Oberste gehörte nicht zu den Menschen, die sich schnell überzeugen ließen. Selbst mit ihrer Zustimmung zum Pakt blieb die Priesterin gefährlich. Es würde gut sein, sie im Auge zu behalten. Bevor sie sich auf das besann, was sie ursprünglich vorgehabt hatte: den Beleuchteten zu ersetzen, ohne ihre neue Macht mit anderen zu teilen.

Ob der Spion aus dem Garten Segen derart auf Trab hielt, dass sie alles andere darüber verdrängt hatte? Übermorgen war es nicht mehr wichtig, wem der verräterische Priester davon erzählte, was er alles gehört hatte. Übermorgen gab es keine Ohren mehr, die das interessierte. Sollte er es dennoch versuchen, war das Problem schnell aus der Welt. Die Söldner benötigten kein Gerichtsverfahren im Angesicht Sulas. Wenn sie, Eibisch, morgen den Tod des Spions befahl, dann starb er. So einfach war das. Und sofern es erforderlich war, begleitete Segen ihn dabei.

Eibisch fürchtete sich keinen Augenblick davor, dass die Oberste das Wissen aus dem Garten erfolgreich gegen sie einsetzen würde. Ohne Frage, des Frevels an Sula angeklagt zu werden mochte auch sie sich nicht entziehen. Cassia persönlich würde sie deswegen verhaften, wenn es der Beleuchtete so anwies. Doch dazu würde es nicht kommen. Eibisch hatte sich das Wohlwollen des Obersten Last erkauft. Weit bevor sie im Kopf das eigene Vorhaben überhaupt überdacht hatte. Last besaß ausreichend Einfluss auf den Beleuchteten. Solange der Oberste keiner Klage zustimmte, würde es der Beleuchtete ebenso wenig tun. Die übrigen Obersten folgten seinem Wort. Segen stand alleine da, nur wusste sie das nicht. Sofern sie also darauf hoffte, den Beleuchteten umstimmen zu können, würde sie eine herbe Enttäuschung erleben. Eibisch gab einen triumphierenden Schnaufer von sich.

Faustos Kopf tauchte zwischen ihren Schenkeln auf. »Hast du genug? Oder darf ich dich noch einmal erfreuen?« Der Söldnerfürst grinste breit und dreckig.

Eibisch langte nach unten und drückte seinen Kopf wieder dahin, wo sie ihn haben wollte. Seine Zunge nahm ihr Spiel wieder auf. Sie stöhnte zufrieden. Morgen war ihr großer Tag. Aber es gab keinen Grund, deswegen auf andere Annehmlichkeiten zu verzichten.

Nachdem es eben so plötzlich stockfinster geworden war, glomm nun unerwartet schnell wieder ein Licht auf. Staubner blinzelte gegen die Helligkeit und den Schwindel vor seinen Augen. Jemand hatte ihn derart heftig angerempelt, dass er gestürzt und mit der Stirn auf den Boden geknallt war. Das gab mit Sicherheit gewaltige Kopfschmerzen. Er rieb sich die Schläfen. Das konnte er jetzt überhaupt nicht gebrauchen. Etwas kratzte an seinen Gedanken vorbei, diffus wie eine Wolkenschwade, dass er es nicht zu fassen bekam. Nur dass es wichtig war, da war er sich sicher. Die Welt um ihn herum beruhigte sich langsam. Die klare Sicht kehrte zurück. Dass sie nicht mehr allein waren, ging Staubner erst auf, als der Priester an ihm vorüberging. Er war angegriffen worden! Aus der Dunkelheit heraus. Tretend schob er sich weg, um Abstand von der unbekannten Person zu gewinnen.

»Vorsicht, Andacht! Geh nicht näher heran. Vielleicht ist er gefährlich!«

Der Priester ignorierte die Warnung, hockte sich direkt vor den Unbekannten und legte ihm beruhigend eine Hand auf die Schulter.

»Du bist in Sicherheit. Wir tun dir nichts.«

»Sicher, dass wir das nicht tun sollten?«, fragte Staubner. »Vielleicht wäre es besser, wenn wir gar nicht erst zulassen, dass er uns erneut angreift.«

»Das ist kein *Er*«, korrigierte ihn Andacht. »Sondern eine Sie.«

Das wiegte Staubner längst nicht in Sicherheit. »Eine von den Unberührbaren? Hast du nicht gesagt, die würden uns nur Schlechtes wollen?«

Er sah zu, wie Andacht der Frau den Staub von der Jacke klopfte und ihr die Haare zurückstrich. »Nein, sie gehört zu den Wassererntern«, sagte der Priester, ohne weiter auf Staubners Bedenken einzugehen.

»Ganz offensichtlich. Sie trägt die typische Kleidung ihrer Kaste und die Tätowierung ist auch korrekt.«

Das hatte auf Staubner auch zugetroffen, als er in die Wolke gegangen war, um den alten Wasserernter zu töten. Nein, nicht zu töten. So zu tun als ob. Doch wenn es stimmte, dass sie zu dessen Leuten gehörte, durfte die Frau dann überhaupt in den geheimen Gängen herumlaufen? War das nicht verboten? Andererseits, ihnen war es genauso wenig erlaubt, sich hier aufzuhalten. Wenigstens die Oberste Segen dürfte etwas dagegen haben.

»Verstehst du mich? Wie ist dein Name?«, fragte Andacht die Frau sanft, während Staubner weiter misstrauisch auf Abstand blieb. Die Frau hatte den Kopf gehoben und sah den Priester an. Ihrem Blick nach zu urteilen schien sie noch eine Weile zu brauchen, um zu begreifen, was geschehen war. Doch dann schrie sie plötzlich auf, dass Staubner erschrocken zusammenzuckte.

»Beruhige dich, shhh, alles gut«, redete Andacht auf die Wassererernterin ein. »Du bist nicht in Gefahr. Niemand wird dir etwas antun. Shhh.«

Die Frau packte zu und klammerte sich an den Priester. Dessen Mundwinkel verzogen sich. Vermutlich bohrten sich die Finger der Wassererernterin gerade schmerzhaft in dessen Arme. Derb zog sie ihn an sich heran. Ihre Stimme kam laut und abgehackt, Tränen liefen ihr Gesicht herab.

»Sie sind hinter mir her. Sie jagen. Die Bestien. Kluft haben sie erwischt.«

Ihr Oberkörper bebte unbeherrscht, während sie schluchzte.

»Ob sie etwas zu trinken braucht?«, fragte Staubner besorgt. »Gib ihr doch einen Schluck aus unserem Vorrat. Und etwas zu essen. Dann geht es ihr bestimmt gleich besser.«

»Essen ist wohl das Letzte, was sie gerade braucht«, widersprach der Priester. Trotzdem hielt er der Wassererernterin eine Flasche hin, in der sich noch ein Rest Wasser befand. Die nahm die Hände von Andacht und trank gierig, bis der Inhalt der Falsche erschöpft war.

»Noch einmal von vorne. Wie ist dein Name, Wassererntein? Ich bin Andacht und der andere, den du umgerannt hast, der mit der dunklen Haut, heißt Staubner.«

»Tau«, sagte die Wassererntein. »Ich bin momentan von meiner Schicht befreit. Du bist ein Priester?«

»Das stimmt. Ich bin der Adlatus der Obersten Segen.«

»Und er?«

Andacht sah nicht zu ihm herüber, sondern auf die andere Seite. Die Frage war ihm offensichtlich unangenehm.

»Das ist eine lange Geschichte. Dafür ist jetzt nicht die rechte Zeit. Du erwähntest eine Bestie? Was meintest du damit?«

Die Frau namens Tau schielte zu Staubner. Erst betrachtete sie ihn mit dem Argwohn der Geflohenen, doch dann verengten sich ihr Lider und ein wütender Ausdruck verdrängte die Angst in ihren Zügen.

»Du!«

Tau stieß den Priester beiseite und sprang auf.

»Du warst das. Du hast meinen Vater umgebracht!«

Die Wassererntein stürmte auf Staubner zu und gleich darauf prasselten Schläge auf ihn ein. Die ersten trafen seinen ungeschützten Kopf und verstärkten die aufkeimenden Kopfschmerzen. Die anderen wehrte er mit den Armen ab, bis Andacht die tobende Frau von ihm heruntergezogen hatte.

»Bist du verrückt geworden?«, schimpfte er los. »Ich habe niemanden umgebracht. Ich kenne dich nicht einmal.«

»Ich habe es gesehen, du Ausgeburt Lugos! Du bist vor mir geflohen!«, schrie sie ungehemmt, während sie sich gegen die Umklammerung des Priesters wehrte. Andacht hatte sichtlich Mühe, Tau unter Kontrolle zu bekommen. »Weggerannt wie ein Hasenfuß. Du trugst die Dolche noch in deiner Hand! Willst du das etwa leugnen?«

»Bei Sula, du bist Tau, die Tochter von Rinne?«, rief Andacht dazwischen.

»Mich haben sie eingesperrt, weil ich einen Priester des Mordes bezichtigte«, brüllte Tau weiter. »Du bist kein Priester, sondern ein Mörder.«

Sie vergaß völlig, dass sie eben noch vor Furcht geweint hatte. Die Wassererernterin spuckte vor Wut, doch der Geifer reichte nicht weit genug, um Staubner zu treffen.

»Ihn hätten sie ergreifen müssen. Ihn, nicht mich«, wetterte sie in Andachts Richtung. Dann ging sie wieder gegen Staubner an. »Du wirst dafür bezahlen. Das schwöre ich.«

»Ich habe Rinne nicht umgebracht«, beteuerte Staubner. Die Frau war ihm im Viertel der Wassererernter hinterhergelaufen, hatte ihn verfolgt, bis er von den Kriegern am Tor gerettet worden war. Das war gewesen, kurz bevor die falsche Tätowierung durch den Schweiß in seinem Gesicht verlaufen war. Jetzt erinnerte er sich wieder an ihr Gesicht.

»Das hat er wirklich nicht«, bestätigte der Priester eindringlich.

»Du bist nicht dabei gewesen. Ich schon«, zeterte Tau. Ihre Gegenwehr erlahmte zusehends. Schließlich fiel sie gänzlich in sich zusammen. »Ich schon«, wiederholte sie und brach erneut in Tränen aus. »Ich schon.«

Staubner trat mit gesenktem Kopf näher heran. Er fühlte sich schuldig, obwohl er versucht hatte, Rinne zu retten. Wenn der Wassererernter auf ihn gehört hätte und gegangen wäre, würde er noch leben. Sofort wehrte Tau sich wieder gegen seine Annäherung. Sie windete sich im Griff Andachts, trat und presste sich vorwärts, und der Priester hatte sichtlich Mühe, sie festzuhalten.

»Bleib weg von mir! Wenn du mich anfasst, schicke ich dich eigenhändig in Lugos Reich!«

Zur Sicherheit wich Staubner ein paar Meter zurück. Andacht war nicht gerade ein Muskelpaket. Beim Nomaden, diese Frau glich wirklich einer Raubkatze.

»Es tut mir leid. Wirklich«, beteuerte er, obwohl die Wassererernterin seine Worte überhaupt nicht zur Kenntnis nahm. »Aber ich bin nicht verantwortlich für den Tod deines Vaters. Da war dieses Ding in der Wolke.«

»Ich glaube dir kein Wort. Warum sonst bist du wohl abgehauen?«, klagte Tau ihn lautstark an.

»Du hast gebrüllt und bist auf mich zugestürmt. Da wäre jeder davongelaufen.« Fieberhaft suchte Staubner nach weiteren Erklärungen, die seine Unschuld belegten. »Das Haus! Euer Haus. Eine ganze Hälfte fehlte. Deswegen ist dein Vater abgestürzt. Und wegen dem Ding in der Wolke.«

Staubner sah der Wassererntenin an, dass sie seine Worte allein schon aus Trotz abschmetterte. Sie brauchte jemanden, dem sie die Schuld geben konnte. Er musste einfach der Mörder ihres Vaters sein. Sonst hatte sie niemanden gesehen.

»Du warst das! Hast meinen Vater in eine Falle gelockt. Damit eine Bestie …« Sie schluchzte erschrocken. »Oh, wie bei Kluft.«

Der Priester ließ sie los und drehte die Wassererntenin zu sich herum. »Würdest du mir endlich sagen, von was für einer Bestie du die ganze Zeit sprichst? Und wer ist Kluft?«

Die Wassererntenin riss ihre Hände frei. Ihr Gesicht war immer noch vor Wut verzerrt. Ungeniert fauchte sie den Priester an, wie eben noch Staubner. Fast war Staubner erstaunt, wie ruhig der Priester dabei blieb.

»Eine Frau aus meiner Kaste. Sie lebte unter der Wolke und hat mich gerettet. Sie wusste um die Bestien in der Wolke. Der Viertelvorsteher Geste wurde von einer getötet. In seinem Arbeitszimmer.«

»Den Bericht habe ich gelesen. Eine Wassererntenin wurde für seinen Tod verantwortlich gemacht. Das warst auch du?« Der Priester riss erstaunt die Lider auf.

»Sie führte mich zu den Unberührbaren. Damit ich meine Unschuld beweisen kann. Doch dann haben die Bestien sie getötet«, erklärte Tau weiter.

Bestien? Er hatte den unheimlichen Schatten in der Wolke gesehen, ja, auch die Spuren im Felsgestein. Aber Menschen, die von diesen

Dingern getötet wurden? Davon hatte der Priester nie etwas erzählt. Es war eine Sache, vor der Obersten und ihren Kriegern wegzulaufen, eine gänzlich andere, wenn Staubner sich jetzt auch noch Raubtieren erwehren musste. Er japste, nun selbst aus der Fassung gebracht.

»Es gibt Bestien? In den geheimen Gängen? Dann sollten wir sofort verschwinden. Ich möchte jedenfalls nicht gefressen werden.«

Andacht schüttelte den Kopf. »Erst will ich mehr wissen. Woher sind sie gekommen? Weißt du das?«

»Wie soll ich wissen, woher sie stammen? Ich bin nur eine Wasserernterin. Über etwas anderes als über die Ernte weiß ich nichts.« Tau zog die Augenbrauen zusammen und presste die Lippen aufeinander. Schließlich fuhr sie doch fort. »Sie graben, Gesegneter. Sie graben Wege durch den Felsen. Sehr viele. Und sie haben die Unberührbaren getötet. Kluft und ich haben niemanden lebend angetroffen. Ihre Leichen liegen aufgehäuft in einer Höhle der Bestien.«

»Warum hat das niemand bemerkt? Die Oberste muss doch jemanden geschickt haben, schon wegen der Erdbeben, die immer häufiger passieren. Ich verstehe das nicht.«

Andacht arbeitete sich an den herumliegenden Steinen vorbei ein Stück den Weg zurück, den er und Staubner gerannt waren, als das Erdbeben gewütet hatte. Er leuchtete in die Dunkelheit. Selbst von seinem Platz aus konnte Staubner erkennen, dass der Gang vollständig verschüttet war. In dieser Richtung lag kein Ausweg, stellte er betroffen fest. Sie würden dem falschen Gang weiter folgen müssen. Aber gab es dort dann überhaupt einen Ausgang? Da fiel ihm ein, dass Tau doch einen kennen musste. Sie hatte die geheimen Wege von der Wolke aus betreten, bei der Wohnhöhle der Unberührbaren.

»Andacht, die Unberührbaren. Kommen wir von hier aus dorthin? Die waren auf der Karte verzeichnet.«

»Ja, das könnte womöglich funktionieren«, bestätigte der Priester. Er faltete die Karte auseinander und betrachtete sie gedankenversunken. »Wenn wir hier entlanglaufen, ist es nicht allzu weit.«

»Das geht nicht«, widersprach Tau heftig. »Die Bestien lauern dort. Auf keinen Fall gehe ich dahin.«

»Wie viele sind es, denkst du? Von den Bestien.«

»Wie soll ich dir das beantworten, Gesegneter? Die beim Viertelvorsteher war die erste, die ich zu Gesicht bekam. Eine weitere in der Wolke. Sie griff uns an, als wir zu den Unberührbaren gingen. Dann eine, die Kluft getötet hat. Kluft sagte, es wären sehr viel mehr.«

Tau zuckte mit den Achseln. Die Geste wirkte beinahe ungezwungen, aber Staubner mochte den tödlichen Ernst in ihrer Stimme nicht überhören.

»Eins aber weiß ich: Da ist etwas in ihrem Blick. Etwas sehr Gefährliches. Und sie jagen uns. Es sind Wasserernter verschwunden. Die Unberührbaren waren nicht die einzigen Opfer.«

Andacht seufzte schwer, während er weiter die Karte studierte. »Auch davon habe ich gehört. Im Tempel hat man diese Fälle als Unfall eingestuft, da man keine andere Erklärung hatte. Gut, dann bleibt nicht mehr viel. Nur noch eine einzige Alternative für einen Weg zurück an die Oberfläche, um genau zu sein. Am Ende des Handwerkerviertels, ganz am Rand des Plateaus hat es früher einmal ein Heiligtum Sulas gegeben. Einen Schrein. Davon steht mittlerweile nur noch eine Ruine. Aber genau da ist ein Ausgang eingezeichnet. Wenn wir also überhaupt eine Chance haben, dann dort. Der Weg zum alten Palast ist verschüttet.«

Euphorisch klatschte Staubner in die Hände. Der Nomade war doch noch auf seiner Seite. »Worauf warten wir dann noch? Ich kann es kaum erwarten, endlich wieder Tageslicht zu sehen.« Er wandte sich zum Gehen, doch Andacht rührte sich nicht von der Stelle. Auffordernd winkte Staubner ihm zu.

»Komm schon, Priester. Oder möchtest du die Bestien persönlich zu Gesicht bekommen?«

»Du scherst dich nicht um andere. Nie, oder? Nur um dich selbst. Eigentlich sollte mich das nicht überraschen.«

Innerlich zuckte Staubner zusammen. Die Worte trafen ihn, obwohl er nicht wusste, was der Priester meinte.

»Der Beleuchtete muss gerettet werden. Für die Unberührbaren mag es bereits zu spät sein, aber anderen können wir noch helfen. Daher müssen wir so viel wie möglich über die Bestien herausfinden. Aber wenn wir die geheimen Gänge an der Ruine verlassen, müssen wir durch sämtliche Viertel laufen. Segens Adlerkrieger werden uns ergreifen, sobald sie uns sehen. Dann ist es vollkommen ausgeschlossen, jemals den Tempel zu erreichen. Oder jemanden zu finden, der uns dann noch zuhört. Wir brauchen einen besseren Plan.«

Das hatte Staubner tatsächlich für einen Moment verdrängt. Wie er fand aus gutem Grund. Dennoch klang seine Antwort leiser. Die Schuldgefühle ließen sich eben nur schwer unterdrücken.

»Wir haben aber keinen besseren Plan. Können wir uns bitte um all das kümmern, wenn wir es nach oben geschafft haben? Wenn wir als Bestienfutter enden nutzt dem Beleuchteten ebenso wenig.«

Andacht schwieg, doch endlich nickte der Priester. Er bot Tau einen Arm zur Unterstützung an, doch sie lehnte ab. Schwerfällig, aber eigenständig humpelte sie an Staubner vorbei. Dabei starrte sie Staubner unentwegt feindselig an.

50

Sie schwiegen, während sie Seite an Seite vorsichtig ausschritten. Unausgesprochen versuchte jeder, weitgehend sämtliche Geräusche zu vermeiden, um nicht eine der Bestien auf sich aufmerksam zu machen. Im Grunde war Andacht das mehr als recht. So erhielt er ausreichend Gelegenheit, derweil über die Worte der Wassererntern nachzugrübeln. Erst waren Angehörige ihrer Kaste spurlos verschwunden, wobei es auch Vermisste in anderen Vierteln gegeben hatte. Aber davon konnte Tau nichts wissen. Die Vorfälle waren ausnahmslos am Rand des Plateaus passiert. Dass Menschen in der Wolke verschwanden, kam immer wieder mal vor. Unfälle in der Regel, manchmal auch ein Freitod. Vielleicht hatte deswegen niemand auf die schiere Zahl der Opfer reagiert, weil niemand die Vorfälle miteinander in Verbindung gebracht hatte. Das war auch etwas, um was sich das Oberhaupt der Kaste und die Obersten zu kümmern hatten. Am besten schickte man Adlerkrieger in die geheimen Gänge, um die Bestien unschädlich zu machen. *Der Obersten Segen wird es nicht gefallen, den Vorteil um ihr Wissen darüber zu verlieren*, dachte er. Allerdings machte das keinen Unterschied mehr, sobald sie für ihren Mordplan zur Rechenschaft gezogen worden war.

Doch dazu musste er den Beleuchteten zunächst einmal erreichen. Andacht sah einfach keine Möglichkeit, wie er das bewerkstelligen sollte. So oft er auch die Karte studierte, er fand keine andere Route als die, die sie im Moment beschritten. Und falls der Ausgang in der Ruine des Schreins verschlossen war, schafften sie es dann an den Bestien vorbei? Je mehr sie sich dem Ende des Ganges näherten, desto mehr verlor Andacht die Zuversicht in seinen Plan. Das waren viel zu viele Wenns. Es musste schiefgehen. Ein wenig beneidete er den Dunkelhäutigen, der ihm seine schwankende Unterstützung zugesagt hatte, für seine Unbedachtsamkeit. Staubner schien nie ein wichtiges

Ziel vor Augen zu haben, keine Strategie, keine festere Absicht. Stets wählte er den vermeintlich leichtesten Ausweg aus einer Misere und hoffte dann, wenn es nicht funktionierte, auf andere, die ihn trotzdem heraushauten. Andacht konnte das nicht. Er war anders erzogen worden. Der Tempel und vor allem Segen hatten resolut darauf geachtet, dass seine Handlungen ausnahmslos zielgerichtet und durchdacht blieben. Die Notwendigkeit eines solchen Vorgehens hatte er schnell zu schätzen gelernt, doch Staubner, der …

Die Flamme der Öllampe flackerte. Dann schrumpfte und zischte sie. Erschrocken schüttelte Andacht die Lampe. Sie war leer. Er hatte seit dem Zusammenprall mit Tau nicht drauf geachtet, wie viel Öl ihnen geblieben war. Ein letztes Aufbäumen der Flamme, dann erlosch ihre Lichtquelle. Sofort war es stockfinster. Andacht sah nicht einmal mehr, wo die beiden anderen standen. Weil sie sich bewegten, hatte er zumindest eine ungefähre Vorstellung. Zur Orientierung streckte er die Arme aus und berührte die Felswand neben sich. Tau schnaufte erschrocken auf.

»Andacht, deine Lampe ist ausgegangen«, bemerkte Staubner unruhig.

»Stell dir vor, das habe ich auch festgestellt. Das Öl ist aufgebraucht. Wir werden ab hier ohne Licht auskommen müssen.«

»Das kannst du nicht ernst meinen. Ich sehe nicht einmal meine Hände, selbst wenn ich sie mir direkt vor das Gesicht halte.«

Ohne es zu wollen, kochte in Andacht der Unmut über Staubner wieder hoch. »Oh, du hast recht«, gab er bissig zurück. »Verzeih meinen unzureichenden Vorrat an Öl. Dass ich dir das zumuten muss, werde ich mir nie verzeihen. Ausgerechnet dann, wo ich mit zwei Fremden und tödlichen Bestien unter der Erde in einem finsteren Loch stehe.«

»Ich meinte doch nur.«

»Haltet doch beide endlich den Mund«, blaffte Tau dazwischen.

Andacht schnappte über den harten Tonfall nach Luft. So patzig sprach eigentlich niemand mit einem Priester. Selbst die Oberste drückte sich gewählter aus, selbst wenn sie ihn für seine Fehler kritisierte. Als der Wassererntérin die fehlende Achtung im Umgang mit einem Priester bewusstwurde, entschuldigte sich Tau hastig bei ihm.

»Verzeih, Gesegneter. Das sollte nicht … Ich bin nur …«

Andacht schluckte »Schon gut. Wir stehen alle unter Druck.«

Er warf Staubner einen prüfenden Blick zu, ob dieser den Disput fortführende wollte. Das Nicken Staubners ahnte er mehr, als dass er es sah. Anscheinend hatte er eingesehen, dass Streit in diesem Moment zu nichts führte. Langsam gewöhnten sich Andachts Augen an die Finsternis. Wo eben noch totale Finsternis geherrscht hatte, schälten sich zu seinem Erstaunen nach und nach einige Umrisse heraus. Ein wirkliches Licht war das nicht, aber der Schimmer, der von Taus Hand ausging, reichte allemal aus, um etwas von ihrer Umgebung zu erkennen.

»Was hältst du da fest, Tau?«, fragte er erstaunt.

»Eine Flechte auf einem Stein. Sie leuchtet von selbst.«

»Erstaunlich. Darf ich?«

»Natürlich.« Tau reichte ihm den Stein und Andacht drehte ihn neugierig hin und her.

»Wie immer auch die Flechte ihr Leuchten erzeugt, sie hilft genau zur rechten Zeit. Wo hast du sie gefunden? Oder ist das ein Geheimnis der Wassererntérkaste?«

»Nein, kein Geheimnis, Gesegneter. Ich habe sie bei den Häusern der Unberührbaren entdeckt. Sie wächst dort überall. Bevor ich der Spur der Bestien nachgegangen bin, habe ich mir den Stein eingesteckt. Wir hatten keine Lampe mitgenommen.«

»Ich störe eure wahnsinnig interessante Unterhaltung nur sehr ungern«, mischte sich Staubner ein.

Auch jetzt spürte Andacht einen Anflug von Ärger. Musste Staubner eigentlich ständig irgendeine Lächerlichkeit von sich geben? Bemerkte er nicht, wie er allen um sich herum damit zusetzte? Doch ihm war auch klar, dass in diesem Augenblick keine Zeit für eine ausgiebige Untersuchung der Flechte blieb. Unwillig schluckte Andacht seine erneute Verärgerung herunter.

»Was ist denn?«, fragte er genervt zurück.

»Wenn mich nicht alles täuscht, leuchtet es da hinten ebenfalls.«

Staubner wies mit dem Arm in die Richtung, in die sie bislang gegangen waren. Der Dunkelhäutige hatte recht. Im Schein der Öllampe war das Leuchten nicht zu erkennen gewesen, stellte Andacht fest. Sonst wäre es ihm längst selbst aufgefallen.

»Es zeigt die gleiche Farbe wie das der Flechte auf meinem Stein. Nur deutlich kräftiger. Dann wachsen dort bestimmt auch welche.«

Tau wirkte erleichtert über die Entdeckung. Er konnte es ihr nicht verdenken. Dass es noch mehr Licht gab, musste sie alle ziemlich beruhigen.

»Das ist das letzte Stück vor dem vermerkten Ausgang aus den geheimen Gängen«, erklärte Andacht den anderen, was er auf der Karte gesehen hatte. »Eine übersichtliche Kaverne, die gleich unter der Ruine des Schreins liegt. Die Flechten dürften uns die Suche nach dem Ausgang hoffentlich erleichtern.«

Immer noch kein Andacht. Ihr Adlatus ließ sich wirklich Zeit. Mehr, als sie erwartet hatte. Längst hätte er auftauchen müssen, doch er blieb wie vom Erdboden verschluckt. Besaß er etwa Verbündete, die ihn irgendwo versteckten? Eigentlich ein Ding der Unmöglichkeit. Sie wusste sehr genau über ihre rechte Hand Bescheid. Schon lange bevor sie überhaupt die Entscheidung gefällt hatte, ihn unter ihre Fittiche zu nehmen. Andacht besaß keine Freunde, keine Verwandten und keine Unterstützer. Das hatte ihn damals überaus wertvoll für Segen gemacht. Ohne schädlichen Einfluss von außen ließ sich ein junger Mensch am besten zu dem formen, was er werden sollte. Wenn Andacht tatsächlich Hilfe aus irgendeiner Richtung bekam, dann hätte sie davon doch längst Kenntnis erhalten. Fünf angespannte Runden hatte Segen im Tempel gedreht. An jedem geheimen Zugang, der ihr bekannt war, hatte sie zwei ihr zugetane Krieger beordert. Sie hatten gehorcht, auch ohne Befehl des Auges des Adlers. Trotzdem hatte sich Andacht nicht blicken lassen. Aber war das wirklich etwas, was ihr Sorgen bereitete? Weder die Gemahlin des Auges noch sie selbst gerieten in ernste Schwierigkeiten, wenn ihr Adlatus redete. Würde er so weit gehen und den Obersten Last ins Vertrauen ziehen? Kaum vorstellbar. Auch an Wacht, der Gehilfin des Beleuchteten, kam er niemals vorbei. Sein erster Versuch war bereits vergeblich gewesen. Und doch … Es nagte an ihr. Es war ihr persönliches Versagen.

Nachdem auch ihre Informanten in den Vierteln der Kasten gescheitert waren, war Segen frustriert zum Heiligtum Sulas hinaufgestiegen. Die Stille, die zwischen den vier Säulen herrschte, wenn kein Tempeldienst abgehalten wurde, ließ sie zur Ruhe kommen. Ein paar Steinkrähen zogen über sie hinweg, drehten bei und kreisten um die Spitze der Tempelanlage. Beinahe fühlte es sich so an, als ruhe Sulas Blick auf ihr. Beobachtend und doch gnädig. Vielleicht fand Segen auch einfach nur Gefallen an dieser Vorstellung. Der Riss in der östlichen Säule sagte zumindest etwas anderes. Die Beschädigung hatte sich vergrößert und war nun nicht mehr zu kaschieren. Für Segen war es das Zeichen, dass die Stadt des ewigen Himmels ihren Untergang erwartete. Sie drehte sich weg, als ob sie so imstande wäre, das Wissen darum zu verdrängen. Ihr Blick wanderte über die Silhouetten der Viertel. Von hier oben wirkte alles friedlich und unbeeinträchtigt. Ein Feigenblatt aus Geboten und Regeln, sogar Lügen, verdeckte die wahren Probleme ihrer Heimat. Und ihr lief die Zeit davon. Sie stieß mit dem Gehstock kraftvoll auf den Fußboden. Tock. Wo steckte Andacht bloß? Jemand hinter ihr räusperte sich. Segen drehte sich überrascht um und fand eine Novizin vor sich, die ergeben ihr Haupt gesenkt hielt.

»Gesegnete, das wohlwollende Antlitz Sulas möge ewig auf dir ruhen.«

»So soll es auch dich bedenken, mein Kind.«

»Verzeih, dass ich dich jetzt erst finde. Du wirst schon sehr lange gesucht, Oberste.« Die Novizin erlaubte sich keinen Anflug von Vorwurf. Ihr Gesicht war verschwitzt und zeigte die Sorge, ihre Aufgabe nicht rechtzeitig erfüllt zu haben.

»Der Dienst für Sula gewährt keine Ruhepause. Was kann ich für dich tun?«

»Eine Botschaft, Gesegnete.«

Die Novizin zog ein versiegeltes Schriftstück hervor und reichte es Segen. Eine Nachricht zum Verbleib Andachts? Die Hoffnung verflog ebenso schnell, wie sie aufgekeimt war. Segen kannte die Novizin nicht. Keiner ihrer Informanten übermittelte dringende Botschaften mit einem fremden Gesicht. Es musste etwas anderes sein. Das Siegel des Schriftstücks gehörte zum Tempel, mehr noch, sie erkannte die persönlichen Zeichen des Beleuchteten. Diese Nachricht war zweifellos durch Lasts Hände gegangen.

»Ich danke dir.«

»Man wies mich an, auf eine Antwort zu warten, Gesegnete.«

»Das wird nicht notwendig sein. Ich kümmere mich selbst darum. Du darfst dich zurückziehen.«

Segen lächelte freundlich, doch ihre Worte erlaubten keinen Widerspruch. Gehorsam verbeugte sich die Novizin und verließ das Heiligtum. Erst als sie über den Treppenabgang an der nördlichen Säule außer Sicht kam, brach Segen das Siegel. Sie überflog die geschriebenen Zeilen. Ein Seufzen entschlüpfte ihren Lippen. Last hatte seiner Androhung Taten folgen lassen. Zu lange hatte sie das Drängen des Obersten ignoriert, ihr Hinhalten ausgereizt, bis er endgültig die Geduld verlor. Er erwartete Antworten und dieses Mal unter den Augen des Beleuchteten. Allerdings gab es keine Erklärungen, die beide zufrieden stellen würde. Nicht einmal einen von ihnen. Sie konnte schlecht davon berichten, dass sie die Probleme auf ihre eigene Weise angegangen war, weil der Rat in Untätigkeit versank. Oder dass sie die vergangenen Wochen damit zugebracht hatte, die Entmachtung des Beleuchteten und des Obersten Last vorzubereiten. Bis zu der genannten Stunde, in der sie beim Beleuchteten vorzusprechen hatte, verblieben noch ein paar Stunden. Offensichtlich hatte der Oberste Last mehr Zeit veranschlagt, weil er wusste, wie schwer es war, sie aufzufinden. Sie hatte sich wirklich sehr rar gemacht, das wusste Segen. War allen augenscheinlichen Verpflichtungen aus dem Weg gegangen. Nur bereuen tat sie es nicht.

Die Novizin, die ihr eben erst die Nachricht überreicht hatte, tauchte erneut am Treppenaufgang auf. Dieses Mal verharrte sie an Ort und Stelle und wartete ab, bis ihr die Oberste ein Signal gab, sich nähern zu dürfen. Sie tat, was man ihr auftrug. Trotzdem spürte Segen Verärgerung in sich aufsteigen. Hatte man nicht einmal mehr an diesem heiligen Ort seine Ruhe, wenn man sie dringend benötigte? Unwirsch winkte sie die Novizin heran, die sich mit größter Zurückhaltung näherte. Dass es ihr unangenehm war, die Oberste abermals zu stören, war nicht zu übersehen.

»Was gibt es denn noch?«

»Gesegnete, eine weitere Botschaft.«

Segen nahm das Papier entgegen und faltete es auseinander. Ein Siegel war nicht darauf angebracht. Jemand hatte wenig Sorgfalt darauf verbracht, den Inhalt vor neugierigen Augen zu schützen. Nötig war es wohl nicht. Sie las das eine Wort, das die Nachricht enthielt. *Nachfolge?* Segen knüllte das Papier in ihrer Hand zusammen.

»Wer gab dir diese Botschaft?«

Sie versuchte, ruhig zu klingen. Doch selbst ihrer Beherrschung waren Grenzen gesetzt.

»Ein Priester, Gesegnete. Er wartete im unteren Stockwerk auf mich. Ich kenne seinen Namen nicht, aber ich kann ihn dir zeigen, wenn du es möchtest.«

»Widme dich wieder deinen Aufgaben. Du darfst dich entfernen.«

Mit einer Verbeugung zog sich die Novizin gehorsam zurück. Dieses Mal wartete Segen nicht ab, bis die angehende Priesterin außer Sicht war, sondern setzte sich umgehend auf eine der steinernen Bänke in der Nähe. Ihre Beine zitterten mehr, als sie es gutheißen mochte. Doch stehen zu bleiben war ihr einfach nicht mehr möglich. Verfluchte Schwäche. Verfluchter Körper, der ihr immer mehr den Gehorsam verweigerte. Der zweite Bote gehörte zu Eibischs Netzwerk. Darüber Skepsis zu empfinden wäre zu nichts nütze. Ebenso wenig, den Versuch zu starten, den Priester ausfindig zu machen. Der Mann hatte sich längst entfernt, das war gewiss. Damit Kraft zu verschenken, blieb sinnlos, auch ohne weiter darüber nachzudenken.

Eine Nachricht von der Gemahlin des Auges. Eibisch ließ sie wissen, dass die Zeit für eine Entscheidung ablief. Segens Finger glitten wie von selbst zu dem handtellergroßen Stoffbeutel in ihrer Kutte. Er enthielt eine ansehnliche Zahl getrockneter Blätter. *Nachthammer* hatte Grimo die Pflanze genannt und ihr eine Wirkung zugesprochen, die Segen benötigte. Der Riese hatte wie üblich kauzig gegrinst, während er davor warnte, die Blätter zu verbrennen. Die Blätter riefen bei Verwendung Halluzinationen hervor, die Menschen in den Wahnsinn zu treiben vermochten. Bei denjenigen, die bereits mit wiederkehrender Schwermut zu kämpfen hatten, war dieses Resultat unvermeidlich. Der

Beleuchtete würde dem in seiner Verfassung nichts entgegenzusetzen haben. Verlor das Oberhaupt der Priesterkaste während der rituellen Versenkung zum Auftakt des Huldfestes dauerhaft den Verstand, machte man Last dafür verantwortlich. Schließlich lag es in dessen Verantwortung, dass der Beleuchtete während der Versenkung nicht zu Schaden kam. So beschämt, war es vollkommen inakzeptabel, dass Last die Aufgabe als Sprachrohr des Toten Königs, als Erwählter der Göttin Sula, ausübte. Die Obersten mussten einen anderen Priester erwählen. Eine Lösung mit einem gewissen Risiko, das musste sie sich eingestehen. *Siehst du, Andacht*, dachte sie, *kein Mord. Vielleicht bin ich doch nicht so grausam, wie du angenommen hast.*

Damit war der Weg für Segen frei. Sie als Nächste in der Rangfolge übernahm die verantwortungsvolle Aufgabe, die Stadt des ewigen Himmels zu leiten und zu führen. Sorge, dass die übrigen Obersten dem nicht zustimmen würden, verspürte sie keine. Es gab niemanden, der die Position auszufüllen vermochte. Das änderte auch ihre körperliche Schwäche nicht. Doch brauchte sie Eibisch? Die Gemahlin des Auges hatte ihr nichts angeboten, was sie nicht bereits in Händen hielt. Die Ankündigung, ihren Plan bezüglich des Beleuchteten zu verraten und Segen an Sulas Gerechtigkeit auszuliefern, war im Grunde eine bloße Drohgebärde. Spätestens wenn sie zur Beleuchteten erhoben worden war, wurde das unwichtig. Cassias' Frau für ihr schweres Vergehen gegenüber der Göttin zu richten, würde ein Leichtes werden, sollte sie ihren Widerstand aufrechterhalten. Immerhin hatte sie gegen die von Sula bestimmte Ordnung gehandelt.

Doch welches Risiko ging Segen ein, wenn sie den Handel ausschlug? Was führte Eibisch wirklich im Schilde? *Unzuverlässiger Andacht*, schimpfte sie in Gedanken. Sie brauchte ihn als Stab und Stütze. Doch wenn er sich verweigerte, musste sie eben allein handeln. Ohne Andacht. Und ohne Eibisch. Segen war nicht bereit dazu, die Vormachtstellung der Priesterkaste an eine Adelige abzutreten. Der Beleuchtete blieb der Entscheidungsträger. Vehement presste sie den Stoffbeutel in ihren Fingern zusammen. Für einen Moment war sie

Last gegenüber dankbar, dass er die Geduld mit ihr verloren hatte. Es erleichterte ihr die Entscheidung. Der Beleuchtete würde der Letzte sein, der die rituelle Versenkung durchführte. Mit Beginn des Huldfestes waren diese Zeiten endgültig vorbei. Sobald sie seinen Platz eingenommen hatte, würde sie dafür sorgen, dass sich die Dinge zum Besseren wendeten. Wer außer ihr war dazu schon imstande?

Eine Bewegung am Horizont fing ihren Blick ein. Segen kniff angestrengt die Augen zusammen, um schärfer zu sehen. Der Umriss war aus dem Wolkenfeld aufgestiegen. Zwei Flügelpaare glaubte sie zu erkennen, welche die Kreatur mit kräftigen Schlägen in die Luft hob. Ein langer Schwanz diente als Ruder. Sie zog zwei, drei Kreise über dem Wolkenfeld, dann sank sie herab und verschwand in dem allgegenwärtigen Dunst. In Segen regte sich eine unruhige Erinnerung. Wo hatte sie eine solch ungewöhnliche Kreatur gesehen? Als es ihr nicht einfiel, beschloss sie, sich zu einem anderen Zeitpunkt darum zu kümmern. Jetzt gab es eine wichtigere Aufgabe, die sie zu erfüllen hatte. Sie atmete tief ein, wandte sich ab und ließ das Heiligtum hinter sich zurück.

Das, was der Priester als übersichtliche Kaverne bezeichnet hatte, war alles andere, nur eben das nicht. Oder gar niedrig. Schon bevor sie die Quelle des Lichtscheins erreichten, drang das Geräusch von sanft plätscherndem Wasser zu ihnen. Die Luft roch feucht, aber frischer. Weniger muffig als in dem Gang, den sie auf dem Weg hierher beschritten hatten. Darunter hatte sich jedoch eine Duftnote gelegt, die Staubner nicht wirklich einordnen konnte. Spontan stieg in ihm die Erinnerung an die öffentlichen Bäder auf Kusant hoch. Dort mischte man verschiedene Kräuter in das Wasser, um die wohltuende Wirkung zu verstärken. So ähnlich roch es auch in der Höhle. Nur dass Staubner das Gewürz nicht kannte.

Der Anblick der Flechten war atemberaubend. Ihr Wuchs erstreckte sich über Teile des Bodens, bis über mehrere Meter aufwärts an den Wänden und darüber hinaus an der Kavernendecke entlang. Das waren mindestens zehn Meter über ihnen. Die Flechten tauchten ihn, den Priester Andacht und die Wasserernterin in ihr eigentümliches Licht. Trotzdem verringerte sich die Helligkeit nach hinten immer mehr, sodass der gegenüberliegende Teil der Höhle dunkel blieb. Müsste Staubner schätzen, dann wuchsen die Flechten nur gut über ein Drittel der Höhlendecke. Ab dort endete der Bewuchs schlagartig. Daher leuchteten sie auch nur grob die Hälfte der Höhle aus. Probeweise rupfte Staubner eine Handvoll der Flechten vom Felsen ab. Zwischen seinen Fingern leuchteten sie noch für einen kurzen Moment, dann erlosch das fahle Licht recht geschwind. Offensichtlich brauchten die Flechten den Kontakt zum Stein. Die Hoffnung des Priesters, mit dem Lichtschein den Ausgang nach oben besser erkennen zu können, erfüllte sich damit augenscheinlich nicht.

Wohl aber bemerkte Staubner die blinkende Wasseroberfläche vor ihnen. Im ersten Augenblick hielt er es für einen Tümpel. Eine

Ansammlung von Wasser in einer Senke des Höhlenbodens. Dennoch gab es eine leichte Strömung. Die Tatsache, dass das Ufer nur auf ihrer Seite klar auszumachen war und auf der anderen Seite im Dunklen lag, erhöhte die Wahrscheinlichkeit auf mehr. Der Tümpel war mindestens ein Teich. Oder ein kleiner See. Das Ufer vor seinen Füßen fiel sanft ab. Doch schon nach wenigen Metern war der Grund in dem sonst überaus klaren Wasser nicht mehr zu erkennen.

»Sehr hübsch. Sanftes Licht, gute Luft und ein natürliches Bad. Jeder Kaufmann würde für so ein Paradies töten. Sehr viel und sehr gern. Man kann die Giltmark förmlich klingeln hören. Dieser Ort ist eine Goldgrube. Es ist ein Wunder, dass ihn sich noch niemand unter den Nagel gerissen hat. Deine Stadt ist doch nicht so übel, wie ich bisher dachte, Andacht. Vielleicht sollte ich mir vom Beleuchteten die Nutzungsrechte wünschen. Sobald wir ihn gerettet haben, meine ich. Er wird uns doch belohnen, oder?«

»Ich dachte, du möchtest so schnell wie möglich von hier weg?«, schnaubte Andacht. »War das nicht deine Belohnung, die du dir wünschst?«

»Solange man mich dafür hinrichten will, dass ich aus Versehen an die falschen Leute geriet, tue ich das auch. Es wäre ja nur für den Fall. Also wenn sich das erledigt.«

Tau trat näher an den natürlichen Teich heran und hockte sich am Ufer nieder. Sie tauchte eine Hand in das klare Wasser, schöpfte etwas heraus und roch daran. Dann nippte sie etwas davon.

»Es ist kalt und frisch. Es muss einen direkten Zulauf aus der Wolke haben. Aber es schmeckt anders.«

»Richtig, du bist die Expertin für Wasser in unserer kleinen, sympathischen Gruppe, richtig? Wieso schmeckt es denn anders?«, fragte Staubner gut gelaunt. »Und was macht man eigentlich als Wasserernterin? Wasser wächst schließlich nicht an Bäumen oder so.«

»Man erntet es aus der Wolke«, erklärte Tau, ausnahmsweise mit weniger Feindseligkeit in ihrer Stimme. Sie wirkte abgelenkt von dem, was sie im Wasser sah. Die Wasserernterin versenkte den Arm im Teich. Kurz darauf fischte sie etwas heraus, das auf ihrer offenen Hand wie zerkochtes Blattgemüse aussah. Gemüse, das weit jenseits von genießbar roch. Man müsste den Teich erst einmal reinigen, bevor man ihn nutzen konnte. Schade. *Doch* mehr Aufwand, als Staubner gedacht hatte.

»Es sind Flechten«, rief sie erstaunt und unterbrach damit seine Überlegungen. »Es schwimmen ziemlich viele davon in dem Teich. Da drunter ist noch etwas anderes.«

Auch Andacht trat nun näher heran. Der Priester blieb neben Tau stehen und betrachtete die Wasseroberfläche.

»Wo?«

»Da unten. Wenn sich die Flechten bewegen, geben sie den Blick auf einige Erhebungen frei, die darunter liegen. Ich weiß es nicht besser zu beschreiben.«

Erhebungen, grunzte Staubner innerlich. Er sah beiläufig auf die Stelle, auf die die Wasserernterin zeigte. Da war doch nichts. Im Teich gab es Wasser und Flechten, die da offensichtlich hineingefallen waren. Wasser, das sich bewegte, als besäße es eine Strömung, die … beim Nomaden, hatte er das gerade wirklich gesehen? Eine Bewegung, ausgelöst von einem langen, blaugrauen … er brachte den Satz in seinem Kopf nicht zu Ende.

»Ihr solltet jetzt wirklich, wirklich ruhig stehen bleiben«, flüsterte Staubner atemlos. »Und nicht mehr sprechen. Keinen Ton.«

Gleich darauf brach der Schädel eines reptilienartigen Wesens durch die Oberfläche des Teichs. Das Tier schnaufte und schob sich langsam auf das gegenüberliegende Ufer. Es war kleiner, als Staubner zunächst angenommen hatte. Und es besaß keine Flügel. Die Wasserernterin schrie spitz auf, brach aber sofort ab. Der Laut erregte die Aufmerksamkeit des Wesens. Der Schädel ruckte herum und ein violett glühendes Augenpaar fixierte ihn, Andacht und die Wasserernterin auf der anderen Seite des Wassers. Die Bestie fauchte sie an.

»Bei Lugo, eine Bestie«, hauchte Tau.

Ihr Gesicht war schlagartig kreidebleich geworden. Sie zitterte. Andacht sagte gar nichts. Der Priester starrte das reptilienartige Wesen einfach nur mit offenem Mund an. Staubners Muskulatur dagegen hatte sich in Eisblöcke verwandelt, die sich anfühlten, als seien sie mit dem Untergrund verwachsen. Selbst wenn er es mit aller Kraft versuchen würde, er glaubte nicht, dass er seine Beine zu irgendeiner Bewegung überreden konnte.

Die Augen und auch die Reißzähne der Bestie waren furchteinflößend. Das Wesen fauchte erneut, bleckte die Lefzen und kollerte bedrohlich. Noch sog es nur die Luft in ihre Nasenöffnungen ein. Es witterte, versuchte, sie einzuschätzen. Das machten Raubtiere eben. Sie witterten, dann schnappten sie zu. Wenn Staubner jemals davon überzeugt gewesen wäre, dass der Moment seines Ablebens gekommen sei, dann war das exakt in diesem Augenblick. Kalter Schweiß sammelte sich in seinem Nacken. Als die ersten Tropfen den Rücken hinabrollten, erschauderte Staubner. Der Nomade lachte sich vermutlich ins Fäustchen für diese Posse. Zusammen mit dem seltsamen Riesen Grimo, der ihn auf das Plateau verfrachtet hatte.

Wie als Bestätigung für den seltsamen, göttlichen Humor schwebte plötzlich eine Melodie heran. Jemand summte. Eine Melodie, die Staubner überaus vertraut war. Verdammt, was sollte das? Angestrengt sah er im Augenwinkel nach Andacht und Tau. Den Kopf zu bewegen, wagte er nicht. Wer von den beiden war so verrückt, jetzt Krach zu machen? Sowohl die Wassererernterin als auch der Priester starrten ihn an. Andacht formte mit den Lippen lautlos Worte. Sang der etwa lautlos? Oder versuchte er, etwas zu sagen?

»Was?«, presste Staubner hervor.

Andacht wiederholte die Geste.

»Ich verstehe dich nicht«, gab Staubner zurück. Er kniff die Lider zusammen, bis nur noch ein Spalt offenblieb.

»Hör nicht auf damit!«

Es war, als würde Andacht jedes Wort besonders übertrieben betonen, obwohl er weiterhin flüsterte. Trotzdem begriff Staubner nichts von dem, was damit womöglich gemeint war. Womit sollte er nicht aufhören?

»Ich tue doch gar nichts«, entschuldigte er sich irritiert. Staubner versuchte, das Schütteln mit seinem Kopf langsam und ohne Hektik durchzuführen. Wollte der Priester sie alle umbringen? Aber wenn er doch sprach, summte dann Tau die Melodie? Drehten sie nun alle durch?

»Mach einfach weiter!«, bat Andacht eindringlich.

Mit den Augen deutete der Priester auf die Bestie auf der anderen Seite des Teiches. Die witterte nicht mehr, sondern hatte den Kopf schief gelegt. Die violetten Pupillen verloren den Fokus auf ihre Beute, als die Melodie sich erneut herantrug. Schließlich rüttelte sich die Bestie, drehte ab und verzog sich in den lichtlosen Bereich der Kaverne. Fassungslos blickte Staubner ihr hinterher. Sie trottete sich einfach? Ohne sie zu zerfetzen und zu verschlingen? Er rang nach Luft. Humor, ja, der Humor von sehr kranken Göttern.

»Ich will raus hier.« In Taus Stimme lag derartige Panik, dass Staubner ihr nur beipflichten konnte. Bloß weg hier, das war ganz in seinem Sinne.

Andacht hob beruhigend die Hände und flüsterte ihnen seine Anweisung zu. »Zurück zum Kaverneneingang. Keine hektischen Bewegungen, bis wir im Gang außer Sicht sind. Es sind Raubtiere. Flucht reizt ihren Jagdinstinkt.«

»Was du nicht sagst. Ich habe die fingerlangen Zähne gar nicht wahrgenommen«, erwiderte Staubner.

Selbst in den eigenen Ohren fehlte seiner Entgegnung jede Spur von Witz. Aber der Priester hatte recht. Langsam wichen sie rückwärts, weg von dem Wasser, in dem womöglich weitere der Bestien lagen. Wie lange vermochten diese ohne Atemluft auszukommen? Staubner hätte raten müssen. Er wusste ja nicht einmal, was genau das für Wesen waren. Wie sollte er sich da etwas halbwegs Sinnvolles zusammenreimen? Wichtig war doch, dass sie bisher nicht gefressen worden waren und jetzt alles dafür tun sollten, dass es auch so blieb. Möglichst lange. Noch besser, wenn sie einfach überleben würden.

Hinter ihnen ertönte ein Geräusch. Ein Kollern, wie es die Bestie am Teich von sich gegeben hatte. Staubner hatte gerade einen Fuß gehoben, um ihn rückwärts wieder abzusetzen. Er gefror mitten in der Bewegung. Die beiden anderen folgten seinem Beispiel. Langsam, ganz langsam drehte er den Kopf. Eine Bestie wanderte in sein Blickfeld. Sie hatte sich soeben durch den Eingang in die Kaverne geschoben. Die violetten Augen musterten sie kalt. Sie fauchte angriffslustig. Gleichzeitig zog sie die Krallen an ihren Pfoten auf dem Steinboden zusammen. Es knirschte, als sie sich hineingruben.

»Sie steht genau hinter uns«, flüsterte er den anderen zu. »Keine Bewegung. Keine. Einzige. Verfluchte. Bewegung.«

Andacht und Tau gehorchten. Doch dann war da wieder diese vermaledeite Melodie. Irgendein Irrsinniger summte sich um Kopf und Kragen. *Wir sind tot, so etwas von tot.* Die Bestie wandte ihren Schädel ab, streckte zitternd die Flügel aus, faltete sie wieder zusammen, streckte sich hin und legte das Haupt auf einem ihrer Beine ab. Ihr Leib versperrte den Ausgang. An der Bestie vorbeizukommen war vollkommen unmöglich. *Was? Schlafenszeit? Dein Futter hockt dir direkt vor der Nase!*

»Zurück.« Staubner wedelte vorsichtig mit der Hand in die Kaverne. »An den Teich. Aber langsam.«

»Was machen wir denn jetzt bloß?«, fragte die Wassererntein, nachdem sie in gebührendem Abstand zum Wasser stehen geblieben waren. Tau hatte die Arme um ihren Bauch geschlungen und schlotterte vor Anspannung. Eigentlich hatte Staubner von ihr einen recht robusten Eindruck gewonnen. Momentan wirkte sie jedoch eher erdrückt. Auch dem Priester war die Hilflosigkeit ins Gesicht geschrieben. Staubner konnte sich gut vorstellen, wie es im Inneren Andachts aussehen musste. Der Adlatus der Obersten Segen sammelte erst seit Kurzem Erfahrungen mit brenzligen Situationen. Ob er jemals dem Tod so nah gegenübergestanden hatte? Das glaubte Staubner eher weniger. Dumm nur, dass er damit der Einzige war, der übrigblieb, um sie alle zu retten. Nur wie sollte er das anstellen? Hoffentlich zitterte seine Stimme nicht zu nervös.

»So wie ich das sehe, sitzen wir ziemlich in der Falle«.

Staubner wartete ab, ob seine Worte irgendeinen Eindruck hinterließen. Er atmete sehr schnell und sprach hastig. Eine Reaktion auf das Offensichtliche sparten sich sowohl Tau als auch Andacht. Vielleicht hatten die beiden ihn nicht richtig verstanden?

»Vor dem Gang, der uns sowieso nirgendwo anders hinführt, liegt eine Bestie. Sehr groß mit sehr scharfen Krallen und Zähnen. An der kommen wir nicht vorbei.«

Wieder wartete er. Immerhin sahen ihn die beiden anderen nun aufmerksamer an als zuvor. Still blieben sie dennoch.

»Da hinten lauert noch eines von den Ungetümen. Irgendwo zwischen hier und dem Rest der Kaverne, der so stockfinster ist, dass nicht einmal eure Sula hier herunterkommen mag. Wette ich. Das Problem ist nur, genau da befindet sich der Weg nach draußen.«

»Du willst das wirklich tun. Dort hingehen. Ohne Licht.« Andacht antwortete mit einer tödlichen Ruhe, die Staubner ihm nicht zugetraut hatte. Zumindest langte seine Beherrschung genau für diese drei Sätze. »Bist du gänzlich von Sula verlassen, Staubner? Hast du vergessen, was Tau erzählt hat? Sie sehen besser im Dunklen, sie riechen besser, sie sind im Gegensatz zu uns gefährlich. Diese … Bestien werden uns töten.«

»Die zwei eben haben es nicht.«

»Das ist nicht der Punkt! Wir haben unfassbar Glück, dass wir überhaupt noch am Leben sind.«

»Aber wir können auch nicht hier hocken bleiben. Meinst du denn, uns sucht hier unten jemand? Bis irgendeiner zufällig an diesem Ort vorbeikommt und Hilfe holt, könnten Jahre vergehen.«

»Das weiß ich selbst. Raach! Verstehe doch, wir dürfen nicht einfach durch die Kaverne spazieren und drauf hoffen, dass uns die Bestien in Ruhe lassen. Wir werden doch …«

»Vielleicht stimmt es, was er sagt, Gesegneter«, mischte sich Tau ein.

Staubner sah sie mit großen Augen an. Eine positive Äußerung aus ihrem Mund. Ihm gegenüber. So recht mochte er es nicht glauben. Immerhin machte sie ihn immer noch für den Tod ihres Vaters verantwortlich. Zudem schien sie ein Stück ihrer kämpferischen Ader wiederbelebt zu haben.

»Es hat zweimal funktioniert. Warum nicht auch ein drittes Mal? Er darf gern vorausgehen. Dann sehen wir, was passiert. Wird er gefressen, dann straft ihn Lugo für seine Vergehen. Daran wird der Mondbruder seine Freude haben. Und uns bleibt vielleicht genügend Zeit, um nach draußen zu laufen.« Die Wassererntenin zuckte gleichgültig mit den Achseln, sah Staubner dabei aber nicht an.

»Einfach durch also. Mitten rein in unser Verderben. Das willst du?«, fragte Andacht überrascht. Auf Staubner wirkte er regelrecht erschüttert.

Die Wassererntenin nickte ungerührt. »Er wird die Bestie beschäftigen. Mit etwas Glück beide. Satt werden sie sicher, auch wenn nicht viel an ihm dran ist.«

»Sulas Gesetz verbietet es uns. Die Göttin würde eine solche Tat niemals verzeihen.«

»Lugo würde es, Gesegneter«, bekräftigte die Wassererntenin.

»Das steht überhaupt nicht zur Debatte, was Lugo verzeiht und was nicht. Unsere Göttin ist Sula, die Leuchtende, die uns alle errettet hat.«

»Und wenn der da wieder die Sache von eben macht? Versteh doch, eine einzige Bestie reicht zum Sterben aus und es gibt gleich zwei davon in unserer Nähe. Es ist sinnlos, uns alle dem Tod auszuliefern. Wegen eines Mörders. Wer rettet dann meine Kaste?«

Die Frage machte dem Priester sichtlich zu schaffen. Fahrig gestikulierte er in der Luft herum. »Entweder schaffen wir es gemeinsam raus oder … oder …«

»Für mich ist das vollkommen in Ordnung, wenn der sich für uns opfert, Gesegneter.«

»Ich sagte Nein. Es kommt überhaupt nicht in Frage. Und er ist kein Mörder.«

Endlich ein Machtwort von Andacht, das er mit vor der Brust verschränkten Armen aussprach. Die Wassererntterin kniff die Lippen zusammen und schwieg. Trotzdem reichte es Staubner. Die beiden diskutierten über seinen Kopf hinweg, als sei er überhaupt nicht anwesend. Dabei versuchte er gerade, sie zu retten. Sogar die Wassererntterin, die ihn für etwas hasste, das er nicht getan hatte. Und sich selbst natürlich auch.

»Ich habe auch keine Lust, hier draufzugehen. Oder darauf zu warten, gefressen zu werden. Oder zu verhungern, weil wir an Ort und Stelle hocken bleiben. Also, was schlagt ihr vor? Wenn ihr einen besseren Plan habt, nur heraus damit. Dann schließe ich mich gern an.«

»Haben wir nicht«, knurrte Tau zurück.

Sie gab klein bei, wenigstens für eine Weile. Immerhin etwas. Staubner sah Andacht auffordernd an. Der schloss für eine Sekunde die Augen.

»Ich weiß keinen anderen Weg. Egal, welche Richtung, es scheint sich alles verschworen zu haben. Wir können uns kaum aus der Höhle heraussingen. Das ist vermutlich die Strafe für meinen Zweifel an Sula.« Der Priester seufzte ergeben. »Es sieht so aus, als müssten wir es auf deine Art versuchen, Ozi … Staubner.«

Staubner nickte und versuchte, einen zuversichtlichen Gesichtsausdruck aufzusetzen. Dabei war er selbst alles andere als überzeugt, dass sie es herausschafften.

Das Anwesen Eibischs zu verlassen war tatsächlich so einfach, wie Ozias es sich gedacht hatte. Den Saal mit den feiernden Söldnern behielten weitaus mehr Männer im Auge als das restliche Anwesen. Kaum hatte Ozias diesen Bereich verlassen, wirkten die Flure nahezu verwaist. Die Rundgänge der wenigen Krieger waren für ihn problemlos vorherzusehen. Trotz der erhöhten Wachsamkeit blieb das eine Nachlässigkeit, die sie an jedem anderen Ort in den Provinzen das Leben gekostet hätte. Das waren keine Kämpfer, die mit reellen Gefahren umzugehen hatten. Wenn diese Stadt wirklich seit einer halben Ewigkeit unentdeckt in den Bergen existierte, dann gab es die schlichtweg einfach nicht. Den Kriegern fehlte es an der nötigen Erfahrung. Es wunderte Ozias, dass Eibisch so wenig Nervosität an den Tag legte. Sie schien die mögliche Bedrohung, die von den Söldnern ausging, überhaupt nicht wahrzunehmen.

Ozias wartete in der Nähe der Tür zum Garten, die er bei seiner ersten heimlichen Erkundung entdeckt hatte. Eine Doppelpatrouille trat gerade hindurch und verschwand in einem anliegenden Raum. Als alles ruhig wurde, schob er die steinerne Platte beiseite und trat nach draußen. Grillen zirpten, ein halber Mond beleuchtete die Anlage. Der Garten lag beinahe still vor ihm. Dennoch wusste Ozias von weiteren Posten, die im Außenbereich Wache schoben. Kaum war er hinter einen der ausladenden Büsche gehuscht, näherten sich die Schritte zweier Krieger über den Kiesweg. Die beiden kamen heran, drehten dann aber nach links ab. Sie schritten die Wege ab, wirkten jedoch nicht sonderlich bemüht, ihrer Aufgabe gewissenhaft nachzukommen. Immerhin schwiegen sie dabei. Kaum außer Sicht, wandte sich Ozias in die entgegengesetzte Richtung. Dabei hielt er die Schulter stets an der Gebäudewand. So war er auch von den Fensteröffnungen über ihm aus nicht gleich zu entdecken. Die Außenmauer war nicht sehr weit entfernt und erhob sich gleich hinter einer Gruppe von Bäumen.

Ein kaum hörbares Stöhnen und ein unterdrücktes Lachen drangen von irgendwo über ihm herab. Ohne stehen zu bleiben hob Ozias den Kopf und entdeckte einen Balkon und ein geöffnetes Fenster. Das musste das Gemach Eibischs sein. Sie und Fausto vergnügten sich also noch. Sollten sie ruhig. Dann achteten sie nicht auf ihn. Bestenfalls bemerkten sie überhaupt nicht, dass er sich davongemacht hatte. Dass Fausto damit ein Problem hatte, konnte er sich beim besten Willen nicht vorstellen. Der Söldnerfürst machte sich nichts aus ihm. Ozias war doch nur deswegen erwünscht, weil der verrückte Riese ein Bündnis vorgeschlagen hatte. Und ihre Gastgeberin, die mochte ihn lieber gestern als heute loswerden. Er würde ihr gern diesen Gefallen tun.

Ozias überwand die wenigen, ungeschützten Meter zwischen Gebüsch und Mauer und drückte sich hinter einen Baumstamm mit tiefhängenden Ästen. Kurz lauschte er. Doch als niemand Alarm schlug, fasste er den untersten Ast und zog sich hoch. Kurz darauf schwang er die Beine über die Mauerkrone und ließ sich auf der anderen Seite herabfallen. Die Gasse lag wie ausgestorben vor ihm. Die Bewohner dieses reichen, verwöhnten Viertels schlummerten selig. Niemand bemerkte ihn. Niemand sah ihn davongehen. Sollte Ozias doch frühzeitig zurückkehren müssen, fand er sicher einen anderen Weg auf das Anwesen. Doch jetzt galt es, sich die Informationen zu verschaffen, die ihm bisher verweigert wurden. Sobald er den Kusanter ausfindig gemacht hatte, konnte er endlich in die Provinzen zurückkehren.

Hintereinander weg gingen sie am Ufer des Teichs entlang. Der Gesegnete hatte dem Dunkelhäutigen die Führung überlassen. Tau hatte dem nicht widersprochen und folgte als Schlusslicht. Die Furcht vor den Bestien saß tief in ihr und konkurrierte mit der Wut auf den Fremden. Sollte der Mann, der den Tod ihres Vaters verursacht hatte, den Bestien ruhig in die Fänge geraten. Ihr mochte es recht sein, wenn sie dadurch überlebte. Doch ihre Knie zitterten und die Atmung ging lauter, als sie es zulassen wollte. Wichtiger war der Priester. Auf ihn setzte sie alle Hoffnungen. Dabei besaß er genauso wenig einen Beweis für ihre Unschuld am Mord des Viertelvorstehers wie die Adlerkrieger einen Beleg für das Gegenteil. Aber Andacht hörte ihr zu. Und er hatte die Bestien mit eigenen Augen gesehen. Ihm würde man glauben. Dann entsandte der Beleuchtete seine Adlerkrieger, um die Bestien zu töten.

Je weiter sie sich vorarbeiteten, desto mehr ließ das Glimmen der Flechten nach. Bald wurde es nur noch von der Wasseroberfläche reflektiert. Tau betete inniglich zu Lugo, dass die Bestie sie ignorieren würde. Der Dunkelhäutige blieb stehen und sah unschlüssig nach dem Gesegneten. Hinter ihnen bewegte sich das Wasser. Es murmelte und gluckerte, wenn man genau hinhörte. Es kam ihr beinahe friedlich vor, vor allem, wenn sie das Bild der Bestie verdrängte. Vor ihnen ragte die Dunkelheit wie eine undurchdringliche Wand auf. Dort hinein mussten sie, wenn sie den Weg nach draußen finden wollten. So hatte es der Gesegnete gesagt. Trotzdem empfand Tau nicht die Spur von Zuversicht. Einen Zufluss hatten sie auf ihrem Weg nicht entdeckt. Aber der musste auch irgendwo sein. Lag er auf der anderen Seite des unterirdischen Sees? Vielleicht ging es durch den auch hinaus? Aber was, wenn er unterirdisch verlief? Tau beschloss, dem Gesegneten dazu um Rat zu fragen.

»Der Stein.«

Der Dunkelhäutige trat auf sie zu und hielt die Hand auf. Sofort riss Tau die Fäuste hoch und wich einen Schritt rückwärts. Ihr linker Fuß trat ins Wasser. Auf dem glitschigen Untergrund rutschte sie weg, doch bevor sie stürzen konnte, hielt der Dunkelhäutige sie fest.

»Bitte«, sagte er betont freundlich. Er lächelte unschuldig, doch das kaufte sie ihm nicht ab. Sie stieß ihn von sich. »Fass mich nicht an«, fauchte sie.

»Schon gut, ich wollte nur helfen. Sollte ich damit das dringende Bedürfnis nach einem Bad sabotiert haben, tut es mir leid.«

»Wirklich komisch.«

Was dachte sich der Kerl eigentlich? Das jetzt alles vergeben und vergessen war, nur weil er sie zwei Mal vor den Bestien gerettet hatte?

»Dürfte ich nun den Stein bekommen? Es sei denn, du möchtest an meiner Stelle vorangehen.«

Auch wenn sie dem Dunkelhäutigen den Fluch Lugos an den Hals wünschte, den Flechtenstein hatte sie vollkommen vergessen. Ohne Lampenöl und den Lichtschein der Flechten an der Höhlendecke bot der Stein ihre beste Chance, überhaupt etwas zu sehen. Tau zog ihn hervor und pfefferte ihn dem Dunkelhäutigen in die Handfläche.

»Danke sehr.«

»Erstick dran.«

Der Dunkelhäutige grinste halbherzig, ohne noch etwas zu sagen. Mit einem erneuten Blick in Richtung des Gesegneten tat er die ersten, langsamen Schritte vom Ufer weg. Den Stein hielt er dabei direkt neben seinem Kopf. Nach wenigen Sekunden war nur noch ein Glimmer und der wage Umriss des Dunkelhäutigen zu erkennen. Tau und der Gesegnete beeilten sich, den Anschluss nicht zu verlieren.

»Geht es etwas langsamer, Staubner?«, flüsterte der Priester. »Wir sollten zusammenbleiben.«

»Und wir sollten uns nicht mehr Zeit als nötig nehmen«, kam die Antwort ebenso leise zurück. »Je schneller wir sind, desto eher sind wir draußen.«

»Oder tot«, warf Tau ein. Sie mochte die scheinbar unbekümmerte Art des Fremden nicht. Niemand sorgte sich so wenig. Und niemand hielt sich dermaßen fern von allen Regeln und Vorschriften.

»Das Lied. Du solltest es jetzt summen«, fügte sie hinzu. »Nicht erst, wenn es zu spät ist.«

Die Melodie hatte die beiden Bestien irgendwie beruhigt. Die Mordlust in ihrem Blick erloschen. Wenigstens für die Dauer des Liedes. Eine andere Erklärung gab es in Taus Augen nicht.

»Falls du es nicht verstanden hast«, flüsterte der Dunkelhäutige ungehalten zurück, »still wie nur irgend möglich, das ist es, was wir tun sollten. Nicht wie Irrsinnige zu singen. Wenn du da anderer Auffassung bist, steht es dir frei, dein Glück allein zu versuchen.«

Tau setzte zu einer weiteren Entgegnung an, da trat der Gesegnete zwischen sie und diesen Staubner.

»Wir bleiben alle ruhig und du rennst etwas weniger. Einverstanden?«

Der Dunkelhäutige schnaufte zustimmend.

»Können wir uns darauf einigen, Tau?«, gab der Gesegnete in ihre Richtung.

Tau antwortete nicht. Dennoch wertete der Priester das wohl als ihre Zustimmung. Behutsam schob er den Dunkelhäutigen vorwärts, der leise protestierte.

»Was stimmt nicht mit ihr? Ich dachte, sie fürchtet die Bestien. Und dann will sie, dass ich singe?«

»Lass gut sein, Staubner.«

»Aber …«

»Genug. Wirklich.«

Der Dunkelhäutige setzte zu einer Entgegnung an, grunzte dann aber nur. Gemeinsam schlichen sie vorwärts, bis sich eine schwach fluoreszierende Insel seitlich vor ihnen aus der Dunkelheit löste. Auch ohne Abstimmung hielt Staubner direkt darauf zu. Tau befürwortete das. Sie hätte das ebenso entschieden. Jeder Flecken Helligkeit war willkommen.

Der Gesegnete schnaufte überrascht, als er erkannte, was auch Tau sah. Eine Anhäufung aus Flechten lag vor ihren Füßen. Die Leuchtkraft hatte im Vergleich zu denen, die an den Felsen wuchsen, bereits merklich nachgelassen. Andacht beugte sich runter und betastete sie.

»Die Flechten sind nass. Als hätten sie eben noch im Wasser gelegen.«

»Dann wären sie besser an der Wand geblieben«, sagte der Dunkelhäutige. »Die Feuchtigkeit scheint ihnen nicht sonderlich zu bekommen.«

»Sie werden wohl kaum von alleine … oh.«

Der Gesegnete wischte ein paar der Flechten beiseite, was ein leises, schmatzendes Geräusch verursachte.

»Oh was?«

Andacht antwortete nicht, sondern trat stumm von den Flechten zurück. Er rempelte Tau an, die zu überrascht war, um rechtzeitig auszuweichen. Neben ihr blieb der Gesegnete stehen. Sein blasses Gesicht schwebte neben dem ihren.

»Andacht«, drängte der Dunkelhäutige flüsternd. »Was soll das denn? Wo willst du hin?«

»Das sind Eier. Große. Da drin.«

Der Gesegnete wies mit ausgestrecktem Arm dorthin, wo Staubner noch immer stand. Der Dunkelhäutige hockte sich nieder und untersuchte die gleiche Stelle. Tau hielt den Atem an. Eier? Bei Lugo, die Bestien brüteten? Dann gab es bald noch viel mehr von ihnen als jetzt schon. Die Vorstellung ließ Taus Herzschlag in ihren Ohren rauschen. Und wenn sie brüteten, dann verteidigten sie ihren Nachwuchs womöglich. Hektisch drehte sie sich im Kreis und versuchte, mit ihren Blicken die Dunkelheit zu durchdringen. Weitere schimmernde Inseln zeigten sich plötzlich. Eine, zwei, dann noch mehr, bis Tau beim Umdrehen den Überblick verlor. So viele. Zu viele, um ihre Zahl zu bestimmen. Sollten in jeder Insel eine ähnliche große Zahl an Eiern verborgen liegen, dann standen sie bald einer Armee von Bestien gegenüber.

Vor dem Dunkelhäutigen rutschte der Haufen aus Flechten auseinander. Ein Leib aus grauer Lederhaut schüttelte sich, violett schimmernde Pupillen richteten sich auf sie. Ein Kollern aus kaum verhohlener Wut rollte in ihre Richtung. Die Bestie hatte ihr Gelege bewacht. Wenn die anderen Flechteninseln ebenfalls … Tau wagte kaum, den Gedanken zu Ende zu bringen. Sie waren mitten hineingestolpert. Sie starrte die Bestie an, die sich langsam zwischen die Menschen und ihre Eier schob. Geifer troff von ihren blanken Fängen. Taus Finger krallten sich wie von selbst in die Kutte des Gesegneten und rissen daran. Als Nächstes spürte sie, wie sie rannte. Andacht blieb an ihrer Seite. Von allen Seiten starrten sie die fremdartigen Pupillen an, das Knurren und Kollern hüllte sie ein wie ein Gewitterdonnern. Dazwischen, kaum vernehmbar, wehte eine Melodie.

Skeptisch musterte Segen den leeren Platz hinter dem Tisch, an dem für gewöhnlich die Priesterin Wacht saß. Sie hatte damit gerechnet, Wacht anzutreffen. Über die vielen, anstrengenden Stufen hatte sie sich eine Begründung zusammengelegt, warum sie zum Beleuchteten gelassen werden musste. Dafür blieb Segen nun etwas Zeit, Atem zu schöpfen. Für die unerschütterliche Gehilfin des Beleuchteten gab es so kurz vor dem Huldfest nur zwei Orte, an denen sie zu sein hatte. Der eine war der Tisch im Vorraum zum Heiligtum. Die Wirkungsstätte, an der sie ihren vielfältigen Aufgaben nachkam. Der andere war an der Seite des Beleuchteten. Während der Festvorbereitungen, die mit einer rituellen Versenkung des Priesteroberhaupts begann, verließ dieser so gut wie nie die geweihten Räume des Toten Königs. Segens Plan sah vor, dass dieser kurz vor dem Ritual zu beschäftigt war, als dass er für die Oberste auch nur eine Sekunde erübrigen würde. Wenn die Priesterin Wacht nun bei ihm war, mochte das sogar von Vorteil sein.

Das Doppelflügeltor mit Sulas Antlitz und der goldenen Sonnenscheibe stand einen Spalt offen. Segen drückte einen Flügel mit der Spitze ihres Gehstocks auf. Die zwei Wächter, die dort wachen sollten, fehlten. Vielleicht hatte der Beleuchtete sie fortgeschickt, weil er sich gestört fühlte. Vor den wichtigen Festen neigte das Priesteroberhaupt im Besonderen zur Schwermut. Dass er in dieser Phase der Vorbereitung überhaupt einer Unterredung zugestimmt hatte, das konnte nur an Lasts Beharrlichkeit liegen, Segen unbedingt herabwürdigen zu wollen. So oder so, ohne die Wächter gab es zwei Tatzeugen weniger.

Segen durchschritt das Tor und betrat das Heiligtum. Weder Wacht noch der Beleuchtete hielten sich darin auf. Aber sie hörte die Stimmen der beiden aus dem Beratungsraum zu ihrer Rechten. Die dritte Person, deren Worte sie genauso wenig verstand, war der Oberste Last.

Segen erkannte ihn an seiner nörglerischen Sprachmelodie. Sie waren also beschäftigt. Der Tote König ruhte wie stets auf seinem Podest. Für die bevorstehende Prozession hatte man ihn bereits hergerichtet. Ein sonnengelbes Tuch lag um seine Schultern und hüllte die Figurine mit der enthaltenen Mumie bis zu den Füßen ein. Die Schwertlanze in der einen, das Seelenhorn in der anderen Hand hatte man nicht entfernt. Ein blickdichter Schleier verhüllte Kopf und Gesicht. Das tat man, um das wertvolle Juwel ihres Glaubens vor der Sonne zu schützen. Zum Huldfest kam die Sänfte, mit der es sonst herumgetragen wurde, nicht zum Einsatz. Der König zeigte sich dem Volk auf einer offenen Trage. Ein paradoxer Gedanke. Ihr Herrscher musste vor der Macht ihrer aller Göttin bewahrt werden. Das war ein weiterer Punkt auf ihrer Liste der Änderungen. Sobald sie Beleuchtete war, verblieb die Statuette an Ort und Stelle. Jede unnötige religiöse Handlung würde sie abschaffen und durch etwas Sinnvolleres ersetzen. Die Gläubigen brauchten schließlich ihre Symbole. Nur dass es dann eben andere sein würden.

Segen lauschte auf die Stimmen. Die Unterhaltung der drei dauerte noch an. Ohne weitere Verzögerung inspizierte Segen die Rauchschalen. Last hatte die Kräutermischung für die Versenkung des Beleuchteten bereits vorbereitet und in die Schalen gefüllt. Sie wusste, dass Last sehr penibel darauf achtete, alles erst kurz vor Beginn der Versenkung in die Schalen zu geben. Besonnen zog Segen den Stoffbeutel mit dem Nachthammer hervor. In beide Schalen schüttete sie die erforderliche Dosis und mengte sie unter. So würde niemand merken, dass die Mischung eine andere war. Sie verstaute den Beutel unter ihrer Kutte. Segen drehte sich um, als die Tür zum Nebenraum aufgeschoben wurde. Der Oberste Last kam in Begleitung der Priesterin Wacht heraus. Während die Priesterin mit einem respektvollen Gruß an Segen vorbeieilte, ging Last direkt auf sie zu. Seine Miene zeigte exakt den Grad an Entrüstung, den Segen erwartet hatte.

»Erneut kommst du später, als es angemessen wäre, Segen. Ich hatte dich bereits vor Stunden ersucht zu erscheinen.«

»Ich war verhindert. Aber nun bin ich ja da.«

»Deine ewigen Ausreden werden dir nicht mehr nützen. Der Beleuchtete und ich sind darin übereingekommen, dass du von deinen Aufgaben entbunden wirst. Bei der nächsten Ratssitzung verkünde ich, dass die Position als zweite Oberste der Priesterkaste neu zu besetzen ist und ich um Vorschläge für die Nachfolge ersuche.«

Die Ankündigung Lasts traf Segen, obwohl sie damit längst gerechnet hatte. In seiner Miene las sie zu ihrer Überraschung keinerlei Genugtuung, bloß Enttäuschung und Verärgerung. Das war anders, als sie erwartet hatte. Segen musste sich selbst daran erinnern, dass es keinerlei Bedeutung mehr besaß. Nicht für sie. Zu dieser Verkündung würde es nicht mehr kommen, auch wenn Last vom Gegenteil überzeugt war. Und für ein schlechtes Gewissen gab es in diesem Moment wirklich keinen Raum. Dafür war sie längst zu weit gegangen. Dieser Gedanke gab ihr die nötige Ruhe für eine gelassene Antwort.

»Du wirst verstehen, dass ich das Anrecht, eine solche Entscheidung vom Beleuchteten selbst zu hören, natürlich in Anspruch nehmen werde. Wie ich hörte, hält er sich im Moment im Beratungszimmer auf.«

Last schnaufte empört. »Der Beleuchtete befindet sich nun unmittelbar in der Vorbereitung für das Versenkungsritual. Er darf nicht mehr gestört werden. Das überflüssige Beharren auf Nichtigkeiten ist wesensgemäß für dein Gebaren. Du hättest es weit bringen können, trotz deiner … Einschränkungen. Du hättest Sula dankbar sein sollen. Leider hast du es nicht vollbracht, dich ihrem Willen unterzuordnen.«

Last drehte sich um, nahm einen Kienspan an sich und entzündete damit das erste Ritualbecken. Rauch stieg aus den bereitgelegten Kräutern auf.

»Damit wirst du recht haben, Oberster Last«, sagte Segen. Sie konnte den sarkastischen Unterton nicht unterdrücken. Sie würde den ständigen Schlagabtausch mit dem Obersten vermissen. »Ich bin sehr froh, dass der Beleuchtete und du meine Unzulänglichkeiten erkannt haben und die Stadt des ewigen Himmels vor mir bewahren.« Segen lächelte süffisant und verbeugte sich vor dem Obersten.

Dessen Entgegnung war eisig. »Verlasse nun das Heiligtum. Das Ritual beginnt in wenigen Momenten. Ich möchte dich dann nicht mehr hier wissen.«

»Wie du es wünscht, Oberster Last.«

Segen verbeugte sich ein weiteres Mal. Es war ihr überaus recht, nicht im Heiligtum zu sein, wenn der Beleuchtete ein Opfer des Wahnsinns wurde. Das war ein Erlebnis, das sie dem Obersten gern allein gönnte. Ohne ein weiteres Wort kehrte sie Last den Rücken zu. Ein zufriedenes Lächeln umspielte ihre Lippen. Die Wirkung des Krauts würde sicher nicht lange auf sich warten lassen.

Segen hatte nicht einmal die erste Treppe erreicht, als sie Lasts aufgeregte Rufe, ein Scheppern, schließlich einen langgezogenen Schrei vernahm, der den Tod in sich trug. Ein eiskalter Hauch griff nach ihrem Nacken und verdrängte kurz den Schmerz in ihren Gliedern. Das Versenkungsritual musste bereits begonnen haben. Hatte der Beleuchtete in dieser Weise durchdringend geschrien? Der Lärm war auch der Priesterin Wacht nicht entgangen. Mit erschrocken aufgerissenen Augen eilte sie an Segen vorbei. Die Oberste machte kehrt und folgte der Priesterin in das Heiligtum. Der Raum mit der Statuette lag unter einem Schleier aus Rauch. Der Geruch der Kräuter stieg ihr schwer in die Nase. Ein Flirren vor ihren Augen folgte. Fahrig schüttelte sie den Kopf. Der Effekt des Rauchkrauts war stärker, als sie erwartet hatte. Sie presste einen Ärmel gegen ihren Mund und atmete durch den Stoff. So war es besser.

Segen fand den Obersten Last über den Beleuchteten gebeugt. Wacht stand daneben, die Hände rangen miteinander. Im Leib des Beleuchteten steckte die Schwertlanze des Toten Königs. Eine Lache aus Blut hatte sich um seine Hüften und den Beinen gebildet. Das Oberhaupt der Priester musste die Waffe im vom Rauchkraut erzeugten Wahn aus der Statuette gerissen und sich in die Klinge hineingestürzt haben, bevor ihn jemand aufhalten konnte. Das hatte sie nicht gewollt. *So nicht*, dachte sie erschüttert. Last sah hoch, entdeckte Segen und sprang mit grimmverzehrten Gesicht auf sie zu. Die Wirkung der Kräuter war auch an ihm nicht vorübergegangen. Die Pupillen waren geweitet und rot umrandet. Die Hände hatte Last zu Fäusten geballt und hoch erhoben. Beinahe erwartete Segen, dass er sie schlagen würde.

»Du! Das war dein Werk! Ich wusste, dass du dich von der Göttin abgewandt hast, aber dass du zu einer solchen Untat fähig bist?«

»Oberster Last, du vergisst dich. Du warst du die letzten Minuten allein mit dem Beleuchteten. Wie konntest du das zulassen?«

Sie zeigte anklagend auf den Toten. Nur weil sie den Tod des Beleuchteten nicht erwartet hatte, hieß das nicht, dass sie nun von ihrem Plan abrückte. Es machte ihn sogar narrensicher. Last würde von seinem Amt entbunden und vermutlich sogar aus dem Tempel entfernt werden. Für eine Tat, die er überhaupt nicht zu verantworten hatte.

»Der Beleuchtete wurde plötzlich wie wahnsinnig. Er sprach davon, an Sulas Seite sitzen zu wollen. Das war nicht natürlich. Niemand hätte damit rechnen können. Niemand.« Der Oberste Last war sichtlich außer sich. »Du hast das getan. Sein Blut wird dich den Segen der Göttin kosten.«

Segen blieb äußerlich ruhig, auch wenn in ihrem Inneren ein Wirbelsturm tobte. Ihr Blick ruhte auf Last, während sie sich mit beiden Händen auf ihren Gehstock stützte. Wacht anzusehen vermied sie um jeden Preis. Sie konnte es sich einfach nicht leisten, sich jetzt noch zu verraten.

»Jeder im Tempel weiß, dass du es kaum erwarten kannst, seine Nachfolge anzutreten. Ich dagegen bin nur eine demütige Dienerin.«

»Ist das wahr, Oberster Last? Das ist ungeheuerlich.«

Die Stimme Wachts zitterte. Die Möglichkeit, dass der Oberste Last den Tod des Beleuchteten willentlich verursacht hatte, erschütterte sie sichtlich und vermutlich mochte sie es nicht zu glauben. Doch die

Erklärung Segens wirkte für sie zu schlüssig. Auch Last wusste wohl, wie sehr. Er brüllte Segen an, Speichel traf sie im Gesicht.

»Damit wirst du niemals durchkommen, Segen. Niemals, hörst du? Sula wird über dich richten.«

»Wir beide haben dich gesehen, wie du dich über den Beleuchteten beugtest«, antwortete Segen ruhig. »Klebt nicht sein Blut an deinen Fingern?«

Last verdrehte die Augen, sein Blick wurde glasig und folgte Dingen, die nur er sah. Worte trudelten über die Lippen, ohne Ziel und Sinn. Das Rauchkraut Grimos entfaltete nun auch bei ihm seine volle Wirkung. Segen sprach Wacht an, die abwechselnd den brabbelnden Obersten und den Leichnam des Beleuchteten anstarrte.

»Wacht, hole die Tempelwachen. Der Oberste Last gehört in Gewahrsam. Und dann kümmere dich darum, den Beleuchteten für eine Sula gefällige Bestattung vorzubereiten. Ich werde dafür sorgen, dass der Rauch sich verzieht.«

»Ja, Gesegnete«, entgegnete die Priesterin. Sie schien sich wieder gefangen zu haben. Mit einem letzten Blick auf den Beleuchteten hastete sie aus dem Heiligtum. Segen blieb zurück. Das war zu leicht gewesen, viel zu glatt, als dass sie es auf Anhieb annehmen mochte. Sollte Sula, an die sie längst nicht mehr glaubte, ihr doch so sehr gewogen sein? Segen ging zu dem Tabernakel, der die für das Ritual benötigten Zutaten enthielt und entnahm ihm einen Krug mit Wasser. Sorgfältig löschte sie die schwelende Glut in den Rauchschalen, ohne etwas von dem Qualm einzuatmen. Das Geräusch vieler Füße in ihrem Rücken ließ sie aufhorchen. Wacht konnte doch niemals so zügig zurückgekehrt sein. Verwundert drehte sie sich zum Eingang des Heiligtums um.

»So hattest du dir das also gedacht. Ich muss zugeben, ein verschlagener Plan. Trotzdem stimmt es mich irgendwie unglücklich, Oberste Segen. Zu was Menschen alles fähig sind, vermag einem wirklich zu Herzen zu gehen.«

Eibisch stand mitten im Heiligtum. Ein Ort, den zu betreten nur Angehörigen der Priesterkaste erlaubt war. Die Gemahlin des Auges wusste das, wie jeder Bewohner der Stadt. Hinter ihr eilten bewaffnete Männer herein. Fremde, keine Adlerkrieger. Ihre Rüstungen und Waffen unterschieden sich von denen der Kriegerkaste und keiner trug die vorgeschriebenen Tätowierungen im Gesicht. Wie hatte Eibisch die Kämpfer von außerhalb in die Stadt des ewigen Himmels gebracht? Niemand wusste von dem alten Zugang am Fuß des Plateaus, abgesehen von Segen und Last. Der dritte Mitwisser war der Beleuchtete gewesen. Die vertrauenswürdigsten Obersten wussten von den regelmäßigen Lieferungen über Grimos Karawane, nicht jedoch, wie diese in die Stadt gelangten. Im gleichen Atemzug erkannte Segen, dass sie Eibisch maßlos unterschätzt hatte. Ihre Rivalin wusste mehr, als Segen ihr zugetraut hatte. Und sie trat die alten Regeln skrupellos mit Füßen. Segen ließ zu, dass die Söldner sie umringten. Die Schwerter zückten sie nicht. Das war augenscheinlich überflüssig. Zudem, sie würde nicht wegrennen. Das wäre grotesk. Sich abzumühen, mit dem Gehstock als Stütze zu entkommen, während die Söldner nicht einmal laufen mussten, um sie einzuholen. Tock.

»Wie ich sehe, hast du tatsächlich die Absicherung erhalten, die du im Garten angedeutet hattest. Aber dass du sie gleich mit in unser heiligstes Refugium führst? Empfindest du keine Furcht vor dem Willen der Göttin, Eibisch?«

»Man muss ab und zu ein Opfer bringen. Wer wüsste das besser als du, Oberste?«

Ein Mann mit Schuppenpanzer trat breit lächelnd neben die Gemahlin des Auges. Die massige Statur und die Narbe in seinem Gesicht wirkten bemerkenswert, ebenso die silbergrauen Haare. Ein Kämpfer mit Erfahrung. Das musste der Anführer sein. Und wenn Segen bis dahin noch einen Beweis für die Fremdartigkeit der Söldner gebraucht hätte, das silberne Abzeichen am Schwertgurt, das eine aufrechtstehende Faust darstellte, war dafür genug. Kein Angehöriger der Kriegerkaste hatte jemals so ein Symbol getragen. Der Anführer bedachte den entrückten Last und den Leichnam des Beleuchteten nur mit einem kurzen, fachmännischen Blick. Beide stellten keine Gefahr für ihn dar. Dann richtete er seine Aufmerksamkeit auf Segen.

»Darf ich dir vorstellen?«, sagte Eibisch zu dem Mann mit dem Schuppenpanzer. »Die Oberste Segen, die hoffnungsvollste Kandidatin für die Position des Beleuchteten. Wenigstens war sie es bisher.«

»Das ist also die Frau, von der du gesprochen hast.« Der Söldner legte eine Hand auf seine Brust und verbeugte sich galant in Segens Richtung. »Fürst Fausto. Ich darf dir mitteilen, dass du dich nun in meinem Gewahrsam befindest und bitte höflichst darum, keinen Widerstand zu leisten.«

Die Stimme Faustos klang rau und freundlich, trotzdem beging Segen nicht den Fehler, sich davon umgarnen zu lassen. In *seinem* Gewahrsam? Segen betrachtete Eibisch aus den Augenwinkeln, doch Eibisch zeigte keine Reaktion. Einer von drei Geheimnisträgern um den Pfad zum Fuße des Plateaus war tot. Der zweite zumindest für eine ganze Weile nicht Herr seiner Sinne. Segen war gerade die Einzige, die übrig war. Mit Eibisch und diesem Fausto hatte das Wissen endgültig den Tempel verlassen. Was die beiden damit vorhatten, ließ sich höchstens erahnen. Doch über eines machte sie sich keine Illusionen: Mitwisser blieben immer ein Risiko. Das galt für Last genauso wie für sie.

»Darf ich im Gegenzug erfahren, welche Erwartungen du an die Stadt des ewigen Himmels stellst? Welche Belohnung hat Eibisch dir versprochen?«

Der Söldneranführer setzte zu einer Antwort an, doch Eibisch kam ihm zuvor. »Faustos Lohn braucht dich nicht zu interessieren. Er und seine Männer sind auf mein Geheiß gekommen. Du musst nur wissen, sie sind meinen Wünschen verpflichtet und werden dafür Sorge tragen, dass sie auch umgesetzt werden.«

Eibisch sprach nicht weiter, sondern glaubte, die Worte wirken lassen zu müssen. Auf Segen machte das jedoch keinen Eindruck.

»Was ist mit der Priesterschaft im Tempel geschehen? Erst eben hat eine Priesterin das Heiligtum verlassen.«

Keineswegs rechnete Segen damit, dass Wacht die Adlerkrieger alarmieren würde. Ein Mann wie Fausto fand an offensichtlichen Unwägbarkeiten keinen Gefallen und hatte sie sicherlich gefasst, bevor die Priesterin auch nur die Nähe der Tempelmauer erreicht hatte.

»Der Tempel befindet sich ab sofort in meiner Obhut«, antwortete Eibisch, die ihre Position sichtlich genoss. »Das bedeutet natürlich auch, dass es zurzeit niemandem erlaubt ist, den Tempel zu verlassen. Das ist eine Maßnahme, die natürlich sofort zurückgenommen wird, sobald ich davon ausgehen kann, dass es nicht zu irgendwelchen … Unruhen kommt. Der Übergang zu einer neuen Form der Führung mag bei dem ein oder anderen zu Unsicherheit führen. Das möchte ich gern vermeiden.«

»Das ist überaus fürsorglich von dir«, gab Segen zurück. Sie musste einen Weg finden, wie sie die Situation zu ihrem Vorteil nutzen konnte, obwohl sie gerade jetzt keinerlei Ausweg sah. Bevor Eibisch zu dem Entschluss kam, jede Gefahr kategorisch auszuschließen. Ihre Rivalin lächelte großmütig.

»Das Amt des Beleuchteten ist also zurzeit tatsächlich unbesetzt. Deiner Ernennung steht damit eigentlich nichts mehr im Wege.«

Was Segen jetzt brauchte, war Zeit. Ihre Worte wählte sie daher mit Bedacht.

»Sofern dein Angebot noch steht … Wir beide teilen und herrschen. Ich wäre gewillt, dem zuzustimmen.«

Eibisch lachte schrill auf. »Ich fürchte, meine Pläne haben sich mittlerweile geändert, was deine Rolle betrifft. Du hast den besten Moment verpasst, um dich anzuschließen, fürchte ich. Wie ich bei unserem letzten Zusammentreffen sagte. Es läuft entweder mit dir an meiner Seite oder ohne dich. Eigentlich schade, eine Allianz wäre für uns beide überaus begrüßenswert gewesen. Aber wie die Dinge nun stehen, fällt es mir schwer, an deiner Loyalität zu glauben. Das verstehst du sicher. Wenn du sie bitte jetzt fortschaffen könntest, Fausto? Sperre sie zu den anderen Sprechern der Kasten, bis ich weiß, was ich mit ihr anfangen soll. Aber töte sie nicht. Sie weiß viel und kann mir noch von Nutzen sein. Der andere hier begleitet sie. Vielleicht findet er zurück zu dem Verstand, der ihm einst innewohnte.«

Die anderen Oberen befanden sich also in Gefangenschaft. Immerhin hatte Eibisch sie nicht bereits töten lassen. Es gab vielleicht doch noch Hoffnung.

»Selbstverständlich«, antwortete Fausto schmeichelnd. »Dein Wunsch ist mir Befehl.« Seinen Männern gegenüber wechselte er in den Tonfall eines Befehlshabers. »Ihr habt die Gemahlin des Auges gehört. Du und du, bringt die beiden weg. Die übrigen schaffen die Leiche beiseite. Sie sollte nicht in einem Heiligtum herumliegen. Und jemand soll mir endlich den hässlichen Kopfschmuck da herunterholen.«

Fausto wies auf die Statuette des Toten Königs, auf dessen Kopf trotz der Schutztücher die Krone mit dem ausschweifenden Federkranz ruhte. Zwei der Söldner griffen nach Segens Arm. Andere schnappten sich Last. Während sie ruppig herausgeführt wurde, sah sie noch, wie Eibisch sich an die Schulter des Söldneranführers schmiegte. Sie fühlte sich siegessicher. Und damit hatte sie nicht einmal unrecht. Schmerz bohrte sich in Segens Schädel. Die Wirkung des Herbstwindsuds ließ nach. Schon bald würde es unerträglich werden. In ihrer Kutte trug sie keine weitere Phiole bei sich. Alles, was sie noch an kläglichem Vorrat besaß, lag in ihrem Arbeitszimmer.

Die beiden Söldner führten Segen aus dem Heiligtum. Zielsicher verfrachteten die fremden Krieger sie und den Obersten Last in den Trakt, in dem sich die Zellen befanden. Der Anführer der Söldner hatte sich dank Eibisch anscheinend einen umfassenden Überblick über die Tempelanlage verschafft. Der zentrale Bereich war damit in ihrer Hand. Doch wie sah es draußen in den Vierteln aus? Mittlerweile war das Fest in vollem Gange. Irgendwann fiel es auf, dass die Obersten nicht mehr erschienen. Die Viertelvorsteher mussten doch bald misstrauisch werden. Was würde geschehen, wenn weder der Tote König noch der Beleuchtete die Prozession anführte? Würde Cassia dann handeln und den Tempel erstürmen lassen? Der Befehlshaber der Adlerkrieger war für seinen unerschütterlichen Glauben bekannt. Niemals würde er gutheißen, was seine Gemahlin tat. Ob er sich dennoch gegen sie stellte, das blieb abzuwarten. Oder wusste er doch bereits Bescheid und tat dennoch nichts? Segen wurde vorwärts gestoßen und kam mit ihrem Gehstock ins Stolpern. Die Zellen lagen alle im Dunkeln. Nur der Gang dazwischen war schwach beleuchtet. Einer der Söldner zog eines der Zellengitter beiseite.

»Rein da.«

Segen gehorchte. Mühsam schleppte sie sich vorwärts. Der Schmerz in ihrem Leib hatte sich bereits überall breitgemacht. Der zweite Söldner zerrte Last in eine der anderen Zellen und ließ ihn dort achtlos zu Boden fallen. Der Oberste, immer noch nicht Herr seiner Sinne, brabbelte und kroch an die Zellenrückwand, an der er sich zu einem Knäuel zusammenrollte. Hinter ihm krachte die Zellentür zu, der zweite Söldner kehrte zum ersten zurück.

»Ich brauche meine Medizin. Sonst bin ich in Kürze zu nichts mehr zu gebrauchen. Mehr noch, ich werde sterben.« Ächzend ließ sie sich auf einen Sims nieder, der dafür gedacht war, dass man nicht auf dem Boden liegen musste. Man hatte sie in eine der besseren Zellen gesperrt. *Was für ein Glücksfall,* dachte Segen sarkastisch. *Dann warte ich in angemessener Umgebung auf meinen Tod.* Dass dieser kommen würde, erhielt sie nicht rechtzeitig ihren Herbstwindsud, blieb unausweichlich. Folter brauchte es dazu nicht.

Der Söldner gab ein gehässiges Lachen von sich. »Das bist du bereits jetzt nicht. Was soll man auch mit einer alten, verkrüppelten Frau wie dir anfangen?«

»Wenn du trotzdem die Gemahlin des Auges darüber informieren würdest, wäre ich dir sehr dankbar. Oder deinen Anführer. Ich bin mir sicher, beide legen Wert darauf, dass ich nicht in diesem Loch verrecke.«

»Wenn du damit schon einmal beginnen würdest, überlege ich es mir vielleicht.« Der Söldner stieß grölend seinen Kameraden an. »Oder willst du?«

Der andere spuckte aus. »Seit wann lassen wir uns von Gefangenen Anweisungen geben? Schweig besser, alte Hexe, sonst helfe ich nach.«

»Da hat er recht«, bestätigte der erste. »Tja, scheinst doch kein Glück zu haben.« Wieder lachte er.

Die Zellentür fiel scheppernd ins Schloss. Die beiden Söldner gingen. Segen blieb allein zurück. Es sah nicht danach aus, als ob sie bald zurückkehren würden. Der Hoffnung, dass die beiden Eibisch benachrichtigten, gab sie gar nicht erst nach. Sie versuchte, einen klaren Kopf zu behalten, solange der Schmerz nicht fester zugriff. Wenn sie ihren Sud nicht erhielt, war wirklich alles verloren.

»Segen? Bist du das?«

Die kraftlose Stimme kam aus der Zelle direkt neben ihrer. Es dauerte einen Moment, bis sie ihren Besitzer erkannte.

»Das erkennst du richtig.«

Ausgerechnet den Obersten Entschlossen hatten sie neben ihr eingesperrt. Anstatt zu Tatendrang neigte der fleischige Mann zur Weinerlichkeit. Er war die schlechteste Besetzung für die Unterweisung der Kriegerkaste, seit sie ihre ersten Schritte im Tempel getan hatte.

Sein Verlangen, sich an wehrlosen Jungen zu vergreifen, widerte sie darüber hinaus an. Nutzlos und abstoßend. Ihr eigener Mentor, der mit seinen krankhaften Neigungen Entschlossen bei Weitem in den Schatten stellte, hatte immerhin während seiner Dienstjahre sehr viele nennenswerte Verbesserungen herbeigeführt und die Stellung der Priesterkaste gestärkt. Soweit sie sich erinnern konnte, hatte der Oberste in der Nachbarzelle nicht ein einziges Mal etwas für die Stadt des ewigen Himmels geleistet.

»Wo sind die anderen, Entschlossen?«

»Trost und Wohlbefinden stecken in den hinteren Zellen, Segen. Sie werden nicht gut behandelt. Gar nicht gut. Ich glaube, sie wurden gefoltert. Was sind das nur für Leute?«

Segen versuchte, das Gejammer zu überhören. »Was ist mit dem Rest von uns?«

»Wir sind alle hier. Friede, Hingabe und Wille werden im Augenblick verhört. Sie holen uns regelmäßig. Wollen die Geheimnisse des Tempels wissen. Ich sage natürlich gar nichts«, behauptete Entschlossen mit dem Brustton der Überzeugung.

Gleich darauf schluchzte er wieder vor sich hin. Was für eine jämmerliche Gestalt dieser Priester war. Im Dunkeln rollte Segen mit den Augen. Entschlossen blieb also standhaft. Das war derart lächerlich, dass Segen darüber fast die Schmerzen in ihrem Körper vergaß. Er klang erschöpft, das tat er eigentlich stets. Selbst wenn es ihm gut ging. Es hatte vermutlich ausgereicht, Entschlossen mit Folter zu drohen, und er hatte gewissenhaft alles ausgeplaudert, was ihm in den Sinn kam. Viel Vernünftiges war wohl nicht dabei gewesen. Selbst bei allen Ratssitzungen wirkte Entschlossen mehr mit sich selbst beschäftigt als mit den wichtigen Entscheidungen. Die Verhöre waren dennoch ungewöhnlich. Geschahen diese allein auf Anordnung des Söldneranführers Fausto? Wusste Eibisch davon und wenn ja, was hoffte sie zu erfahren? Das Wichtigste wusste sie doch bereits.

»Wenn nicht einmal Last davongekommen ist, sind wir verloren«, heulte Entschlossen auf. »Oh Sula, sie werden keinen von uns am Leben lassen.«

Gequält stöhnte Segen auf. Sein Gejammer bohrte sich tief in ihren Schädel. »Hör auf!«, brüllte sie, obwohl ihre eigene Lautstärke kaum etwas besser machte. »Halte die Klappe!«

Obwohl es zu finster dafür war, glaubte Segen zu sehen, wie der Oberste bestürzt den Mund aufriss. Er verstummte. Ab und zu schluchzte er noch sporadisch, riss sich aber zusammen.

»Danke, das ist besser.« Segen atmete lang aus. »Dein Geheule ist nicht auszuhalten. Und wenn wir überleben wollen, keine Hilfe obendrein. Wann greifen die Adlerkrieger ein? Hast du ihnen den Befehl gegeben, gegen die fremden Kämpfer vorzugehen?«

»Nein. Ich glaube, von ihnen werden wir keine Hilfe erhalten.«

»Warum nicht?«

So langsam riss Segen wirklich der Geduldsfaden. Musste man dem Obersten wirklich erst drohen, damit er sie informierte. »Ich schwöre bei Sula, wenn du nicht langsam anfängst, zu reden, vergesse ich mich.«

»Das Adlertor zum Handwerkerviertel wurde von den fremden Kämpfern eingenommen«, beeilte sich Entschlossen zu antworten. »Unsere Adlerkrieger haben sie in ihre Unterkünfte gesperrt. Das hörte ich die Fremden jedenfalls sagen. Was mit den anderen Toren ist, weiß ich nicht.«

»Wie, Entschlossen, wie haben sie das geschafft? Wie vermochte man sie derart zu überrumpeln?«

Segen wollte kaum glauben, was sie da hörte.

»Was weiß denn ich? Niemand rechnete mit einem Angriff. Am allerwenigsten ich«, beteuerte Entschlossen.

Das glaubte ihm Segen sofort.

»Ich sprach eben noch mit dem Auge des Adlers über das Öffnen des Tores, sobald der Prozessionszug eintrifft. Da tauchten plötzlich die fremden Krieger im Torhaus auf. Sie überwältigten uns, bevor

Cassia auch nur einen Befehl erteilte. Es waren viele, Segen, sehr viele. Ich verstehe nicht viel von Waffen oder von Kriegsführung. Aber diese Kämpfer, sie waren den Adlerkriegern absolut überlegen. Sie hatten nicht den Hauch einer Chance.«

Cassia stand ebenfalls unter Arrest. Segen vermochte ihre Überraschung kaum zu unterdrücken. Das ließ Eibisch zu? Die Gemahlin des Auges brauchte die fremden Krieger, um die Verhaftung der Priester durchzusetzen. Ohne die Herrschaft der Priesterkaste hielt sie allein die Macht in ihren Händen. Ihr gehörte die Stadt des ewigen Himmels, wenn niemand mehr da war, der ihr trotzen würde.

»Es blieb keine Zeit, eine Nachricht an die anderen Tore abzusetzen. Denkst du, es bleibt dennoch Hoffnung?«

Segen ging nicht auf die Frage des Obersten ein. Wenn die fremden Söldner den Tempel, die Unterkünfte der Adlerkrieger und eines der Vierteltore in ihrer Gewalt hatten, dann kontrollierten sie bereits einen großen Teil der Stadt. Das Auge des Adlers war bereits ein Gefangener. Wer sollte dann die übrigen Abteilungen koordinieren und gegen die Gegner entsenden? Zudem das nicht in Eibischs Interesse liegen dürfte. Trotzdem glaubte Segen nicht, dass ihre Rivalin wirklich realistisch beurteilte, was im Kopf des Söldneranführers vor sich ging. Sie hatte Fausto zwar nur sehr kurz persönlich erlebt. Aber Männer wie er gaben sich nicht mit Brotkrumen zufrieden, wenn sie den ganzen Laib besitzen konnten. Der Anführer der Söldner spielte Eibisch die Loyalität womöglich nur vor. Wenn es doch nur einen Weg gäbe, diese davor zu warnen. So, dass sie auch zuhörte. Doch es stand zu befürchten, dass Eibisch die Obersten erst einmal in den Zellen lassen würde. Wenn alles vorbei war, und sie sich und Cassia zu den Herrschern der Stadt des ewigen Himmels ausgerufen hatten, dann mochte sich die Gemahlin des Auges vielleicht wieder an sie erinnern. Wenn sie überhaupt so lange durchhielt. Ohne Herbstwindsud war das vollkommen ausgeschlossen.

»Segen, was wird denn nun werden?«, fragte Entschlossen.

Segen antwortete nicht, sondern legte sich japsend auf die Seite. Sie hatte darauf keine Antwort. Wenigstens nicht in diesem Moment. Und vielleicht auch nicht später. Sie schloss die Augen und gab sich endlich dem Schmerz in ihrem Körper hin.

Staubner lag japsend auf dem Rücken und betrachtete den klaren, blauen Himmel über sich. Die Sonne stand hoch oben. Es musste Mittag sein. Er lebte, ebenso wie Andacht und die Wassererntern Tau. Die beiden schnauften erschöpft neben ihm. Wenn ihn jemand fragen würde, was passiert war, jetzt, in diesem Moment, hätte er vermutlich bloß vor sich hin gestottert. Er erinnerte sich noch daran, wie er die Flechten beiseitegeschoben hatte, um zu sehen, was darunter verborgen lag. Es waren Eier gewesen. Besser gesagt, Eierschalen. Staubner hatte siebzehn geschätzt, die es gewesen sein mussten. Dazu eines oder vielleicht zwei, die intakt vor ihm gelegen hatten. Dann war die Bestie unter dem Flechtenhaufen aufgestanden, hatte sie angefaucht und die fingerlangen Fänge gezeigt. Sie war bereit gewesen, sie zu töten, ihre Brut zu beschützen. Staubner schmeckte die scharfen Ausdünstungen aus dem Rachen der Bestie immer noch auf seiner Zunge. Bevor es dazu kommen konnte, waren sie losgerannt und die Bestie war ihnen gefolgt.

Worauf sie niemand vorbereitet hatte, waren die violetten Augenpaare, die rund um sie in der Dunkelheit aufblitzten. Es waren Dutzende gewesen, nein, mehr. Viel mehr. So viele, dass Staubner sich auch jetzt nicht in der Lage sah, eine ungefähre Schätzung abzugeben. Es waren deutlich mehr als nur die beiden Bestien gewesen, denen sie am unterirdischen Teich oder am Eingang der Kaverne begegnet waren. Eine Armee aus Bestien, ja, das war es. Eine Armee. Sie hatten Staubner und die anderen gehetzt und eingekreist, bis sie mit dem Rücken an der Felswand gestanden hatten. Warum Andacht oder Tau oder wer auch immer angefangen hatte zu summen, darüber hatte er sich zunächst nicht den Kopf zerbrochen.

Die Bestien hatten sie nicht angefallen. Nicht einmal, als Andacht den Aufstieg entdeckt hatte. Eine Art Leiter, die mitten in den Stein gemeißelt gewesen war. Sich zu überwinden, nach der ersten Sprosse zu fassen, hatte alles von Staubner abverlangt. Allein dafür, seinen Fuß nachzuziehen, hatte er mehrere Sekunden gebraucht. Vorgekommen waren sie ihm wie eine halbe Ewigkeit. Da war er bereits nassgeschwitzt gewesen. Immer im Fokus der Bestien. Mit halb zusammengekniffenen Augen darauf wartend, dass sie endlich angriffen. Aber das hatten sie nicht getan. Nicht eine von ihnen. Schließlich waren Andacht, Tau und Staubner, einer nach dem anderen, hochgeklettert. Und als ob das nicht schon genug Glück für einen Tag gewesen wäre, hatte sogar der Mechanismus tadellos funktioniert, der die Platte über dem Ausstieg beiseiteschob. Jetzt lagen sie alle nebeneinander in der Ruine des aufgegebenen Schreins und rangen nach Atem. All das, während sie in der Kaverne unter sich die Bestien wussten.

Andacht war der Erste, der seine Stimme wiederfand. »Bei Sula, wir haben es geschafft. Ich weiß nicht, wie das überhaupt möglich war. Aber wir haben es geschafft. Die Göttin hat unseren Weg beleuchtet. Sobald ich zurück im Tempel bin, werde ich ihr mein restliches Leben widmen.«

»Verspreche deiner Göttin nichts, was du nicht halten wirst«, gab Staubner ungerührt dazu. »Dass die Bestien uns nicht als ihre Hauptmahlzeit des Tages verputzt haben, fühlt sich tatsächlich wie ein Wunder an. Aber göttlich? Nicht einmal, wenn sich deine Sula, der Nomade und der andere …«

»Lugo«, half Tau aus.

» … und Lugo sich zusammengetan hätten. Die Viecher da unten sind einfach nur verrückt. Es hätte mich nicht gewundert, wenn sie sich selbst angefallen und gefressen hätten. Habt ihr das gesehen? Erst fauchen und knurren sie, stürmen auf uns zu, als wollte jede von ihnen die Erste sein, die einen Happen von uns abbekommt. Und dann legen sie sich friedlich hin, lecken sich gegenseitig die Bäuche und Krallen und tun nichts. Gar nichts. Verrückt ist das, sage ich euch. Einfach nur verrückt.«

Tau setzte sich auf und schlang die Arme um ihre Knie. Sie sah Staubner nicht an. »Nein, kein Wunder. Nicht Lugo, nicht Sula. Sondern du. Du warst das.«

»Wer?«

»Du, du kranker Mistkerl«, schnauzte ihn Tau an. »Das ändert nichts, hörst du? Für den Tod meines Vaters wirst du trotzdem bezahlen.«

Staubner schüttelte unwillig mit dem Kopf. Was wollte die Wassererntein bloß von ihm? »Zum wiederholten Mal: Ich habe deinen Vater nicht umgebracht. Nicht einmal angefasst habe ich ihn. Er ist abgestürzt.«

»Weil du uns gerettet hast, wird der Gesegnete dich der Gerechtigkeit Sulas vorführen. Im Tempel wird dann über dich Recht gesprochen, wie es das Gesetz verlangt. Hält man dich für schuldig, wirst du ihrer göttlichen Gnade überstellt. Falls du als unschuldiger Mann freigelassen wirst, überlasse ich Lugo deine Bestrafung. Er handhabt Gerechtigkeit nach anderen Regeln als die Sonnengöttin. Nämlich nach seinen. Mehr werde ich dir nicht anbieten.« Tau schwieg, stand auf und ging zu einer der halbhohen Außenmauern des Schreins.

»Was … was? Segen wird mich schon deswegen von der Kante des Plateaus schubsen wollen, weil ich ihrem Willen nicht gehorcht habe. Dazu bin ich als Priester durch die Stadt gerannt, obwohl ich keiner bin. Das allein reicht schon, um mich hinzurichten. Und dann soll ich mich für einen Mord vor ein Gericht stellen lassen, den ich nicht begangen habe? Andacht, jetzt sag doch auch mal etwas dazu«, forderte er den Priester auf, der sich bis dahin aus der Diskussion herausgehalten hatte.

»Da muss ich dir zustimmen, Staubner. So gut gemeint Taus Angebot auch ist, doch wenn die Oberste Segen dich tatsächlich Sulas Gnade ausliefert, dann endet dein Leben. Das wäre nicht fair, nach allem, was du für uns getan hast.«

»Wovon sprecht ihr da eigentlich die ganze Zeit?«, entrüstete sich Staubner. Er fühlte sich überaus begriffsstutzig, wenn die beiden andauern etwas von ihm behaupteten und er nicht wusste, wovon sie überhaupt sprachen.

»Du hast die Bestien beruhigt.«

»Ich? Bist du von Sinnen?«

»Oh. Nach deinen Erzählungen über die Begegnungen mit Rinne und Krönel hätte ich es mir nahezu denken können.«

»Was, zum Nomaden?«

So langsam wurde Staubner wirklich ungehalten. Wenn Andacht nicht langsam mit der Sprache herausrückte, konnte er ihn wirklich bald kreuzweise. Er pfiff auf das Plateau, auf die Stadt des ewigen Himmels und seine verrückten Bewohner. Der wandernde Gott hatte an die Menschen an diesem verlorenen Flecken Erde ganz gewiss keinen Verstand verteilt.

»Andacht, wenn du nicht endlich redest, dann schwöre ich dir, bei deiner Sula oder wem auch immer, dass du -«

Tau drehte sich zu ihnen um, eilte die paar Schritte auf Staubner zu und versetzte ihm einen harten Schlag gegen die Schulter.

»Au!«

»Du summst«, herrschte Tau ihn an. »Wie einer, dem der Verstand abhandengekommen ist. Immer die gleiche Melodie. Das war bei der ersten und der zweiten Bestie so, und als das Rudel uns gejagt hat, hast du es wieder getan.«

Tau brummte los, dabei unterlag jedem Ton die Wut, die sie immer noch auf ihn verspüren mochte. Ja, das Lied kannte er, das musste er zugeben. Eine Tonfolge aus seinen Kindertagen. Und er hatte es in den letzten Tagen ziemlich häufig gehört. In der Armenmesse, als der Messermann ihn bedroht hatte, in Krönels Werkstatt und in den geheimen Gängen, denen sie so knapp entkommen waren. Das sollte er gewesen sein?

»Ich dachte, Andacht ...«, stotterte er perplex.

Der Priester verzog kopfschüttelnd die Mundwinkel. Fast sah es so aus, als sei der Gedanke überaus abwegig. »Beim besten Willen, nein. An mir hat alles gezittert, als die Bestie auftauchte. Keinen Ton hätte ich herausgebracht. Aber du? Als ob es das Selbstverständlichste unter Sulas Antlitz sei.

»Wenn *du* es tust«, fügte Tau hinzu, »beruhigen sich die Bestien. Ich habe es ausprobiert. Die gleiche Melodie. Bei mir werden sie jedoch noch aggressiver.«

Wenigstens das kann ich nachvollziehen, dachte Staubner ungehalten. *Vor allem, wenn ich mir weiter so einen Unsinn anhören muss.* Doch Andacht bestätigte ernst nickend, was Tau gerade erklärt hatte.

»Das scheint eine Eigenart von dir zu sein. Nur, dass du es bislang selbst nicht bemerkt hast. War das schon immer so?«

»Das ist doch völlig lächerlich«, stritt Staubner alles ab. »Ernsthaft, ich soll nicht mitbekommen, wenn ich summe? Gibt es sonst etwas, von dem ihr mir erzählen wollt? Jonglieren? Schnitze ich blind und einhändig Vogelfiguren aus Knochen?« Staubner schüttelte gereizt mit dem Kopf. »Und zum Bestiendompteur macht ihr mich gleich auch noch. Ihr wart zu lange unter der Erde. Das ist euch nicht bekommen.«

Die beiden waren völlig mit den Nerven runter. Eine andere Erklärung lehnte er vollkommen ab. Aber warum eigentlich?

»Fertig jetzt?«, fragte Andacht seelenruhig.

Staubner schnaufte ungehalten. »Ja. Fertig.«

»Dann können wir uns vielleicht endlich um unsere nächsten Schritte kümmern. Wir müssen zum …«

»Tempel, ich weiß«, unterbrach ihn Staubner. »Den Beleuchteten retten.«

Seit der Tempel in Eibischs Hand war, hatte Fausto die Halle des Aufstiegs nicht mehr verlassen. Dort empfing er seine Offiziere und koordinierte das weitere Vorgehen. Selbst in diesem Moment war er nicht allein. Einige der Gesichter hatte sie bereits mehrfach gesehen. Es waren Faustos Vertraute, die Männer, die er stets um sich scharte. Eibisch wusste um die Erforderlichkeit einer genauen Planung. Noch war die Stadt nicht gesichert, noch hatte Cassia nicht die Königswürde angenommen und verkündet. Wo blieb ihr Gemahl bloß? Sobald der Tote König an der Stätte der ersten Verkündung zum Höhepunkt des Huldfestes dem Volk präsentiert wurde, war der geeignete Zeitpunkt gekommen, um ihn als neuen Herrscher zu krönen. Eibisch trat neben Fausto und legte ihm vertraulich eine Hand auf die Schulter. Seine Untergebenen waren ihr egal.

»Mein lieber Fausto, wie geht es voran? Ich hatte gehofft, dich noch einmal in meinen Gemächern zu sehen, bevor alles vorbei ist.«

Sie versuchte, ihre Worte nicht vorwurfsvoll oder ungeduldig klingen zu lassen, obwohl genau diese Gefühle in ihrem Bauch rumorten. Ihr war danach, ihren bevorstehenden Sieg auszukosten. Wie war das angemessener, als sich mit dem Mann zu vergnügen, der ihr das ermöglichte? Oder verspürte sie etwa Eifersucht darauf, dass der Söldnerfürst seine Zeit intensiv mit seinen Aufgaben verbrachte und nicht mit ihr? Sobald sie Herrscherin an Cassias' Seite war, blieb hierfür erst einmal nicht genügend Zeit. Der Söldnerfürst studierte Pläne der Stadt und Listen voller Zahlen und Anmerkungen zu Straßen, Häusern, Angehörigen der einzelnen Kasten und deren Eigenarten. Dinge, die sie ihm auch alle hätte berichten können. Er war zu beschäftigt, um sich ihr zu widmen.

»Ich befinde mich inmitten eines Feldzugs. Es laufen immer noch Einheiten der Adlerkrieger in der Stadt herum. Allein die bevorstehende Prozession ist ein Wagnis, das kein vernünftiger Feldherr eingehen würde, ohne dass er sich selbst ausreichend schützt. Meinst du wirklich, mir stünde jetzt der Sinn danach, mich mit dir zu vergnügen?«

Fausto sah nicht auf, während er ihr antwortete. Seine Worte kamen hart und emotionslos und klangen mit einem Mal so anders als bisher. Das überraschte und verärgerte Eibisch. Was nahm sich Fausto eigentlich heraus? Sie rückte von ihm ab und verschränkte die Arme vor der Brust.

»Ich könnte es dir befehlen«, sagte sie kühl.

Auch jetzt sah Fausto sie nicht an. »Nur, weil du mir Gold versprochen hast, bedeutet es nicht, dass ich dir gehöre. Oder dass ich alles tun muss, was du willst. Egal wie freudlos es ist.«

Seine Offiziere taten so, als ob sie von der Unterhaltung nichts mitbekamen und kümmerten sich weiterhin um ihre Belange. Doch Eibisch hörte, wie mindestens zwei oder drei amüsierte Laute von sich gaben. Fausto wies sie nicht einmal dafür zurecht.

»Wie kannst du es wagen?«, schimpfte sie los. »Nur weil ich jemanden wie dich herbeigerufen habe, bist du hier. Ich bezahle deinen Sold, ich verköstige dich und deine Männer. Wenn ich es wünsche, enden unsere Abmachung und deine Zeit an diesem Ort. Du wirst dich und deine Männer ohne deinen Lohn schneller am Fuß des Plateaus wiederfinden, als du mir ein weiteres Mal widersprechen kannst. *Ich* herrsche über die Stadt.«

»Ich glaube, du schätzt die Situation etwas zu euphorisch ein, meine Liebe.«

Der Söldnerfürst betrachtete sie gleichgültiger, als sie es erwartet hatte. Eibisch lief es eiskalt den Rücken herab.

»Was willst du damit sagen?«

»So wie ich das sehe, halten meine Männer den Tempel besetzt und die strategisch wertvollen Punkte *deiner* Stadt. Sie werden auch die Prozession auf der kompletten Route durch die Stadt absichern. Der größte Teil eurer Krieger befinden sich in meinem Gewahrsam.

Frage dich selbst, wer der wirkliche Herrscher ist. Mir gefällt es da, wo ich jetzt bin, überaus gut. Die Stadt des ewigen Himmels stellt einen angemessenen, neuen Stammsitz der Eisenbrüder dar. So ein Zufall, dass ich ausgerechnet nach derartigem Bedarf habe.«

Wie versteinert wich Eibisch zurück. Das durfte doch nicht sein. Sie war es, die zu befehlen hatte. Sie und nicht er. Fausto hatte sich zu unterwerfen. Das musste sie ihm sogleich klarmachen. Trotzdem zitterte ihre Stimme, als sie dem Söldnerfürsten widersprach.

»Mein Gemahl ist der rechtmäßige König. Er und seine Adlerkrieger müssen dich anscheinend daran erinnern. Ein Wort von mir genügt. Ich hoffe sehr, auf eine solche Zurechtweisung verzichten zu können.«

»Momentan ist dein Gemahl der König über das Innere seiner Gefängniszelle. Die beherrscht er allerdings ausgesprochen gekonnt«, antwortete Fausto ungerührt.

Jetzt lachten Faustos Offiziere offen und lautstark. Die Belustigung der Söldner erschütterte Eibisch, ebenso wie die Nachricht, dass der Söldnerfürst ihren Gemahl in seiner Gewalt hatte. Fausto musste die Drohung, die damit einherging, nicht einmal aussprechen. Ob Cassia lebte oder starb, lag allein in ihrer Hand. Lag allein darin, ob sie sich dem fremden Krieger fügte. Und ohne Cassia gab es keinen Anführer der Adlerkrieger, der die Besatzer vertreiben würde. Der Söldnerfürst grinste.

»Du darfst dich nun in deine Gemächer zurückziehen, meine Liebe. Sollte ich deine Unterstützung benötigen, lasse ich es dich wissen. Begleitet sie raus«, wies er seine Männer an, »und sorgt dafür, dass sie in ihren Zimmern bleibt. Für eine Mätresse ist das hier wirklich nicht der beste Ort. Immerhin befinden wir uns in einem heiligen Tempel irgendeiner Gottheit. Die möchten wir gewiss nicht verärgern, nicht wahr, Eibisch?«

Eibisch spürte, wie die Scham ihr die Haut am ganzen Körper erhitzte. Gleichzeitig fühlte sie eine ungewohnte Machtlosigkeit in sich aufsteigen. Wie wenig mochte sie noch ausrichten? Fausto hatte ihr die

Stadt des ewigen Himmels aus den Händen gerissen und sie hatte es nicht einmal bemerkt. Seine Höflichkeit und sein Charme hatten sie geblendet, bis es für sie zu spät war.

Eine Gefangene im eigenen Haus. Der Mistkerl hatte seine Drohung tatsächlich wahrgemacht. Eibisch stand auf dem Balkon ihres Schlafgemachs und stierte in die sternenklare Nacht. Ihre Finger umklammerten fest die Brüstung, als könne sie ihre Wut daran auslassen. Seit er sie hier eingesperrt hatte, war sie nicht mehr aus ihrem Gemach gekommen. Zwei Söldner standen fortwährend als Wache vor der Tür. Die Männer kontrollierten jeden Besucher. Dabei waren es sowieso nur die Bediensteten, die ihre Zimmer betraten.

Sie würde den Söldnerfürsten leiden lassen für das, was er ihr antat. In ihr Bett hatte sie ihn gelassen, obwohl er nicht mehr war als ein Henker, der für einen Lohn seinem Handwerk nachgehen sollte. Jetzt tat er genau das. Mit *ihrem* Gold und mit der Königswürde, die ihr allein zustand. Noch an diesem Morgen würde er sich öffentlich zum König ausrufen, zum Ende der Prozession. Das hatte ihr einer der Diener zugeflüstert, der im Tempel ihren Dienst verrichtete und zudem der Gemahlin des Auges treu ergeben war. Naiv hatte Eibisch ihm die Stadt auf dem Silbertablett dargeboten und der Söldnerfürst hatte skrupellos zugegriffen. Sula möge diesen Fausto mit ihren Strahlen verbrennen. Der Fluch war ihr bereits unzählige Male über die Lippen gegangen, seit sie draußen auf dem Balkon stand. Sie betete inständig zu der Göttin, dass sie ihre Bitte erfüllen möge.

Der Türriegel ihres Gemachs wurde beiseitegeschoben, ebenso die Steintür, die in ihrer Aufhängung beinahe lautlos aufglitt. Einer der Söldner steckte den Kopf in die Öffnung und grinste anzüglich. Irgendwann musste sein Kiefer Bekanntschaft mit einem harten Gegenstand geschlossen haben, glaubte Eibisch. Sie hoffte, es hatte sehr wehgetan. Die vorderen Zähne existierten nicht mehr. Stattdessen klaffte an ihrer Stelle ein unappetitliches Loch. Der Rest von seinem Gesicht war nicht wesentlich hübscher anzusehen.

»Es will dich jemand sehen, Schönheit. Oder bist du nackt?«

Eibisch verschloss die Augen und seufzte tief. Sie hasste die Demütigung. Sie hasste Fausto und seine Männer. Mehr, als sie sich jemals hatte vorstellen können. Sie drehte sich um und betrat das Gemach mit so viel fürstlicher Würde, wie es ihr möglich war.

»Schade«, stellte der Söldner feixend fest. »Ziemlich prüde bist du. Dabei hat Fausto ganz andere Sachen erzählt. Schmutzige Sachen. Du bist eine ganz Wilde, stimmt doch.«

Eibisch entgegnete nichts, sondern ertrug die Anzüglichkeit. Für einen Moment grinste der Söldner sie noch an, dann zog er sich wieder zurück. Sie hörte ihn mit seinem Kameraden vor der Tür spotten.

»Wenn ich sie erst einmal weichgekocht habe, wird sie mich zureiten wie ein verrücktes Maultier. Fünf Giltmark drauf.«

»Selbst wenn du fünf Giltmark hättest, würde ich nicht mir dir darum wetten«, entgegnete die zweite Wache. »Du bist hässlich wie ein Ziegenbock. Nicht mal, wenn sie blind wäre, würde sie dich nehmen.«

Der erste lachte dreckig, während eine junge Frau in der Kluft einer Bediensteten den Raum betrat. Hinter ihr schlossen die Söldner die Tür.

»Gabe, ich hatte dich wesentlich früher erwartet«, begrüßte Eibisch die Dienerin.

Gabe verneigte sich demütig, behielt den Kopf jedoch anschließend gesenkt. »Es tut mir leid, Herrin. Die Lage in den Vierteln ist unsicher geworden. Die Söldner kontrollieren alles. Es sind so viele.«

Wie hatte der Mistkerl das geschafft? Als sie ihn in der Höhle am Fuße des Plateaus empfangen hatte, war die Anzahl seiner Männer überschaubar gewesen. Genug, um ihre Aufgabe zu erfüllen, aber zu wenige, um eine ganze Stadt zu kontrollieren. Und doch war genau das passiert. Wie war ihm das möglich gewesen? Sie musste etwas übersehen haben. Da bemerkte sie, dass die Dienerin nicht weitersprach. Ungeduldig runzelte Eibisch die Stirn.

»Hast du ihn gefunden? Jetzt rede endlich, wo halten sie ihn fest?«

»Es gibt viele Gerüchte. Manche besagen, er stecke in der alten Kaserne der Kriegerkaste in einer Zelle, weit unten. Andere wiederum sprachen vom Tempel, sogar davon, dass man ihn zu Sula geschickt habe.«

Die Dienerin verzagte für einen Moment. Das war nicht die Variante, die Eibisch hören wollte. Das wusste Gabe. Doch die Gemahlin des Auges hatte ihre Spione nicht nur aufgrund von Loyalität ausgesucht. Der Mut, die Wahrheit auszusprechen, wog ebenso schwer.

»Ich kann nicht mit Bestimmtheit sagen, ob eines davon der Wahrheit entspricht«, fuhr die Dienerin fort. »Nicht ein einziges Mal erhielt ich die Gelegenheit, mich davon zu überzeugen.«

»Das heißt, du hast versagt«, erwiderte Eibisch gefühllos. Gabe hatte ihren Gemahl nicht ausfindig machen können. Die beste Spionin, die ihr in der gegenwärtigen Lage zur Verfügung stand, hatte nichts ausgerichtet. Cassias befand sich in den Händen des Söldnerfürsten, der ihn als Druckmittel nutzte. Und sie wusste immer noch nicht, wo er festgehalten wurde.

»Ja, Herrin, das habe ich. Verzeih mir.«

Der Kopf der Dienerin sank noch tiefer. Ihr Blick betrachtete vermutlich unstet die Lücken zwischen den Zehen. Alles in Eibisch gebot ihr, Gabe für ihr Versagen zu züchtigen. Ohne zu klagen würde sie die Schläge hinnehmen, die der angestauten Wut ihrer Herrin entspringen würden. Doch da kam Eibisch ein anderer Gedanke. Wenn ihre Spionin nicht das erreichte, was ihr aufgetragen war, musste sie selbst die Angelegenheit in die Hand nehmen. Ein Plan reifte in ihr heran. Sie musste raus aus dem Gemach. Weg von ihren Häschern, damit sie ihren Gemahl finden und mit ihm die fremden Invasoren vertreiben konnte.

»Zieh dich aus.«

Gabe hob den Kopf und sah Eibisch erschrocken an. »Aber Herrin, ich …«

»Tu, was ich dir sage. Oder muss ich dich für dein Versagen Sula überantworten? Du hast die Wahl.«

Die Dienerin verbeugte sich und begann, mit zitternden Fingern ihre Kleidung abzulegen. Eibisch tat gleiches, nahm sich jedoch die abgelegte Kleidung Gabes und zog sie ihrerseits an. Kurz darauf stand die Dienerin nackt vor ihr und bedeckte die Blöße mit ihren Händen.

»Jetzt leg dich in mein Bett und zieh die Decke bis hoch über deinen Kopf. Wenn gleich jemand zu dir kommt, wirst du schweigen und alles über dich ergehen lassen, was man mir dir anstellt. Das ist deine Strafe.«

Gabe gehorchte. Währenddessen klaubte Eibisch ihre eigene Kleidung zusammen und stopfte sie kurzerhand in eine Truhe vor ihrem Bett. Anschließend löschte sie bis auf eine jede Lampe in ihrem Gemach. Die letzte Flamme warf ein schwaches, flackerndes Licht und tauchte das Zimmer beinahe in nächtliche Dunkelheit. Dann huschte sie neben die Türöffnung.

»Gib deinem Kameraden die fünf Giltmark«, gurrte sie durch die Tür. »Und dann hole sie dir gleich zurück. Ich warte in meinem Bett. Auf euch beide.«

Hinter der Tür hörte sie die beiden Söldner miteinander reden.

»Hast du das gehört?«, sagte der mit der Zahnlücke. »Sie ist doch weichgekocht.«

»Sie will uns beide da drin haben.«

»Worauf warten wir dann noch? Holen wir uns ein wenig Vergnügen.«

Der Riegel wurde beiseitegeschoben. Die Tür öffnete sich und ein heller Lichtschein fiel in das Zimmer. Er beleuchtete die Umrisse eines weiblichen Körpers unter der Bettdecke. Die Söldner stießen sich gegenseitig an und gingen nebeneinander her auf das Bett der Hausherrin zu. Eibisch sah, wie der erste bereits an seiner Hose herumnestelte. Sie wartete, bis die beiden Hand und Knie auf die Bettdecke gelegt hatten, dann schlüpfte sie unbemerkt hinaus.

Erst als sie die Ruine des Schreins verließen, fiel Andacht auf, wie befremdlich die Stimmung im Viertel der Handwerker war. Weniger betriebsam als üblich, stellte er fest. Dabei herrschte im Handwerkerviertel im Vergleich zu den anderen der niederen Kasten von Natur aus ein eher lebensfrohes Klima. Der Klang von Seelenhörner wehte zu ihnen heran. Da erinnerte sich Andacht an das Huldfest. Die Feierlichkeiten hatte er völlig vergessen. Seit seiner Flucht aus dem Tempel hatten ihn gewichtigere Dinge beschäftigt. Er, Tau und Staubner gingen den Seelenhörnern entgegen, der Prozession und dem Toten König. Die Festprozession zu Ehren des Herrschers nahm ihre Route kreisförmig um das Tempelviertel, um schließlich an der Stätte der ersten Verkündung im Handwerkerviertel zu enden. Dort fanden sich die Bewohner der anliegenden Viertel ein, um den Worten des Beleuchteten, der Stimme König Hulds, zu lauschen. Damit war es unnötig, das Oberhaupt der Priester erst im Tempel vor Segens Plänen zu warnen. Der Beleuchtete begleitete den Toten König und kam ihnen entgegen, in diesem Moment.

»Wir müssen zum Adlertor«, rief er den beiden anderen zu, während der sich durch eine Gruppe Menschen drängte. Sein unhöfliches Verhalten wurde murrend kommentiert und Andacht war davon überzeugt, dass der ein oder andere Staubner mit misstrauischen Blicken maß. Dessen dunkle Haut und die fehlende Tätowierung im Gesicht fielen auf. Bisher hatte das zum Glück zu keiner Konsequenz geführt. Andacht schob es auf die erwartete Ankunft des Toten Königs. Aber früher oder später würde es ein Problem geben. Ein Priester, ein Diener ohne Tätowierung und eine Wassererntein, die zusammen durch die Straßen eilten – allein das war schon auffallend genug.

»Ich dachte, dort werden wir festgenommen«, rief Staubner zurück.

Seit sie die Ruine des Schreins verlassen hatten, hatte Staubner beharrlich geschwiegen. Er hatte mit zerfurchter Stirn vor sich hingebrütet, während er hinter Andacht hergelaufen war. Die Wassererntein Tau hatte es ihm gleichgetan, wenn auch aus anderen Gründen. Sie hielt sich immer noch neben Andacht. Doch so oft er auch zu ihr herübersah, sie hatte wohl beschlossen, das zu ignorieren. Staubners Einwand war nicht von der Hand zu weisen. Am Tor würden Adlerkrieger stehen und Wache halten. Es blieb weiterhin vernünftig, ihnen nicht unter die Augen zu treten. Schließlich mussten sie immer noch davon ausgehen, dass Segen ihre Ergreifung angeordnet hatte. Doch eine Alternative, und sei es nur die kleinste, fiel Andacht nicht ein.

»Wir werden keine bessere Gelegenheit erhalten. Die Prozession führt durch das Tor. Das wird etwas dauern, weil es kleiner ist als die anderen. Mit ein wenig Glück komme ich da an den Beleuchteten heran.«

»Der ist nicht mehr im Tempel?«

Staubner tauchte direkt neben ihm auf. Die Verwirrung, die in ihm herrschte, las Andacht klar von seinen Zügen ab. Auch Tau hörte nun zu.

»Nicht während der Prozession. Es ist der Höhepunkt des Huldfestes. An der Stätte der ersten Verkündung wird er öffentlich den Willen Sulas erklären«, legte Andacht dar. Wie so oft vergaß er, dass Staubner nicht auf dem Plateau geboren und ihm das Leben darauf nicht geläufig war.

»Das ändert aber am Problem mit den Adlerkriegern nichts.«

»Wir werden einfach auf Sula vertrauen müssen.«

»Na klar. Als ob uns die Götter jemals im Stich gelassen hätten«, grunzte Staubner und presste gleich darauf die Lippen aufeinander. Dass er wieder ins Schweigen verfiel, sagte Andacht gerade sehr zu. Er wusste doch selbst nicht, wie er schaffen sollte, was ihm durch den Kopf ging. Da half auch die Nörgelei Staubners recht wenig. An der Stätte der ersten Verkündung, einem offenen, viereckigen Areal zwischen den Werkstätten und Häusern, war es bereits so voll, dass es kaum ein Durchkommen gab. Bis sie das Adlertor erreichten, kämpften sie sich durch immer dichter werdende Menschentrauben. Weitere Menschen drängten durch den Zugang ins Handwerkerviertel und es würden wohl noch viel mehr kommen. Über dem Adlertor erhoben sich weithin sichtbar die vier Türme des Sula-Tempels. Sie und der goldene Ring, der sie miteinander an der Spitze verband. Das wertvolle Metall blitzte in der Sonne.

Eigentlich hatte Andacht nicht mehr darauf zu hoffen gewagt, irgendwann dorthin zurückzukehren. Dass Sula es zuließ, obwohl er in seinem Glauben haderte. Mittlerweile hatte er so oft gegen ihre Gebote verstoßen, dass er sich selbst kaum noch ertragen mochte. Doch endlich, endlich wagte er wieder zu hoffen, den Beleuchteten vor den Plänen der Obersten zu warnen. Er hatte zu Segen aufgeschaut, sie für ihre Umsicht und ihre Zielstrebigkeit bewundert. Verehrt hatte er sie dafür, dass sie seine Zweifel nicht verdammt, sondern angenommen hatte. Doch das war vorbei. Spätestens, seit er mit eigenen Ohren von ihrer Absicht gehört hatte, das Oberhaupt der Priesterkaste zu ermorden. Sulas Licht beleuchtete längst nicht mehr den Weg der Obersten. Es war richtig, Segen der Gnade der Göttin auszuliefern.

Unter dem Adlertor staute sich wie erwartet die Prozession. Die Priester mit den Seelenhörnern warteten bereits vor der Mauer, unter dem Bogen standen die Diener, die die Tragbahre mit dem Toten König auf ihren Schultern hielten. Gleich dahinter rechnete Andacht mit der Sänfte des Beleuchteten. Ohne Rücksicht auf Tau und Staubner drückte er sich vorwärts. Sie mussten warten. Wichtiger war, den Beleuchteten zu erreichen. Kostete es, was es wollte. Als er die Reihe der Krieger erreichte, welche die Route der Prozession beschützten, prallte Andacht bestürzt zurück. Das waren keine Adlerkrieger. Weder trugen die Männer die traditionellen Rüstungen noch zeigten sie die heiligen Symbole auf ihrem Gesicht. Die Bewaffneten waren Fremde, Menschen, die wie Staubner nicht vom Plateau stammten. Mit dem Unterschied, dass ihre Haut heller und ihre Mienen grimmiger waren. Die schlichte Anzahl sog Andacht den Atem aus der Lunge. Wie war das möglich? So viele Krieger in der Stadt des ewigen Himmels, die nicht hierhergehörten. Die Furcht, die sich bei dem Anblick der Bewaffneten tief in seinen Bauch hineingrub, war kaum zu ertragen.

Hinter den gezückten Schwertern entdeckte Andacht die Sänfte des Beleuchteten. Die gelben Vorhänge, sonst geschlossen, hatten die Diener an die Baldachinstangen gebunden. Sie gaben den Blick auf jemanden frei, der mit dem Beleuchteten so viel Ähnlichkeit teilte, wie ein Falke mit einer Ziege. Dieser Mann strahlte eine Bedrohlichkeit aus, die wie ein Dornenpanzer um ihn herumlag. Auf dem Kopf trug er eine Krone mit einem ausschweifenden Federkranz. Andacht erkannte sie sofort. Als er eben an der Spitze der Prozession vorbeigelaufen war, war ihm nicht aufgefallen, dass sie auf dem Haupt des Toten Königs gefehlt hatte. Was ging hier nur vor sich? Wo steckte der Beleuchtete? Warum unternahmen die Adlerkrieger nichts gegen die Eindringlinge? Langsam wich Andacht rückwärts. Sie mussten den Tempel erreichen, dringender denn je. Er drehte sich um und eilte an die Stelle der Mauer zurück, an der er die beiden anderen zurückgelassen hatte. Die Wassererntering saß inmitten der Menschenmenge auf der Straße und hielt sich mit schmerzverzerrtem Gesicht den Kopf. Von Staubner war weit und breit nichts zu sehen.

Verzweifelt rang Staubner nach Atem. Jemand hatte so fest einen Arm von hinten um seinen Hals gelegt, dass Luft zu holen beinahe unmöglich schien. Seine linke Hand wurde zwischen den Schulterblättern gegen sein Kreuz gedrückt. Den Arm auf diese Weise verdreht, füllte das Schultergelenk mit betäubendem Schmerz. Staubner wagte nicht, sich zu widersetzen. Wer immer ihn durch die Menschenmenge schob, meinte es ernst. Nur aus den Augenwinkeln hatte er gesehen, wie Tau niedergeschlagen worden war. Als er sich nach ihr umgedreht hatte, war es bereits zu spät gewesen.

Niemand hielt sie auf. Keiner der Umstehenden, keiner der Krieger, die doch irgendwo sein mussten. Niemand mischte sich ein, dass Staubner gegen seinen Willen weggezerrt wurde. Kaum, dass sie den Torbogen verlassen hatten, blieb er mit dem Fuß an einer Unebenheit im Boden hängen. Er stolperte. Der Griff um seinen Hals zog sich im gleichen Moment zu.

»Schön ruhig bleiben«, knurrte es an seinem rechten Ohr. »Sonst wird es ungemütlich.«

»Noch mehr als jetzt?«, presste Staubner hervor.

Er war sich nicht sicher, ob der andere seine Worte überhaupt verstanden hatte. Aber die Stimme, die kam ihm bekannt vor. Es war eine Weile her, dass er sie gehört hatte und er brauchte einen Moment, um sich zu erinnern. Dafür war die Begegnung in der Armenmesse zu kurz gewesen. Der Messermann. Der, der neben ihm am Tisch gesessen hatte. Wie war der auf das Plateau gekommen? Und noch viel wichtiger: Was wollte er bloß von ihm?

»Ich mag es auf den Tod nicht leiden, wenn mir jemand in die Quere kommt. Noch weniger, wenn ich den Leuten anschließend hinterherrennen muss, die das tun.« Die Stimme an seinem Ohr klang hart und scharf, von kalter Wut erfüllt.

»Das tut mir leid«, stieß Staubner hervor.

»Glaube mir, das wird es, Schattenhaut. Ganz sicher wird es das. Du darfst Bekanntschaft mit meinem schneidigen Freund schließen. Meine Klinge freut sich ungemein auf dich.«

Ozias. Der Name wehte derart spät in Staubners Verstand, dass er sich selbst darüber wunderte, wie lange er für die Verbindung gebraucht hatte. Das war der Meuchelmörder, den Segen ursprünglich hatte haben wollen und für den Staubner sich zwangsweise ausgegeben hatte. Von dem durfte er nichts Gutes erwarten. Ozias hatte es gesagt. Er war ihm in die Quere gekommen. Wie unangenehm der Weg von Rosander bis zum Plateau war, das hatte er am eigenen Leib erfahren. Das dürfte die Laune des Meuchelmörders nicht gerade angehoben haben.

»Das ist alles ein großes Missverständnis«, setzte Staubner an. Ein scharfer Stich im Schultergelenk unterband jedes weitere Wort. Der Meuchelmörder hatte den Druck auf seinen Arm ruckartig erhöht.

»Das hier ist keines«, sagte Ozias barsch. »Still jetzt. Jedes weitere Wort bedeutet weiteren Schmerz. Verstanden?«

Staubner nickte in Gedanken. Zu antworten oder sonst eine Reaktion der Einwilligung zu zeigen, wagte er nicht. Ohne den Kopf zu bewegen sah er sich um. Wohin schleppte Ozias ihn? Er musste sich eigentlich genauso wenig auskennen, wie er selbst. Doch es wirkte, als habe der Meuchelmörder eine genaue Vorstellung davon, wohin er Staubner bringen wollte. An einen Ort, an dem Ozias nicht gestört werden würde? Wenn ihm das gelang, wettete Staubner keine einzige Giltmark darauf, lebendig aus dieser Entführung zu entkommen. Das Handwerkerviertel hatten sie durch das Adlertor verlassen und waren dorthin gegangen, wo die Häuser eindrucksvoller und wesentlich besser in Schuss wirkten. Das Viertel der Besserstehenden, erinnerte sich Staubner. Sie hielten sich am Rand der breiten Straße. Neben ihnen wogte der Festzug aus Priestern, Musikanten, Seelenhörnern und Bewaffneten in die entgegengesetzte Richtung. Dahin, wo die Stätte der ersten Verkündung war, wie Andacht erklärt hatte. Sie dagegen hielten geradewegs auf den Tempel im Zentrum der Stadt zu. Der konnte niemals das Ziel des Meuchelmörders sein. In Staubners Welt war das vollkommen unvorstellbar. Der Tempel musste der letzte Ort in der Stadt sein, an den Ozias ihn haben wollte.

Schon drängte ihn der Meuchelmörder zu einer Gasse, die sich zu ihrer Rechten auftat. Noch immer erlaubte sich Staubner keine Gegenwehr. Was hätte er auch tun sollen? Dennoch warf er einen hilfesuchenden Blick auf die Krieger. Wenn ihm der Nomade eine letzte Winzigkeit Glück gönnte, erkannte ihn womöglich einer der Adlerkrieger, die die Prozession begleiteten. Da, der vielleicht, der mit der auffälligen Nase, der sich … *Moment*, ging Staubner auf, *das war überhaupt kein Adlerkrieger.* Auch die anderen neben ihm nicht. Annähernd fühlte Staubner so etwas wie Dankbarkeit über das bekannte Gesicht in der Menge. Nur kurz, denn wenn sich Schiefnase in der Stadt des ewigen Himmels aufhielt, begleitet von einer ganzen Abteilung von Eisenbrüdern, dann war der Söldnerfürst sicher auch nicht weit. Doch Staubner war in diesem Moment bereit, jedes andere Risiko einzugehen. Hauptsache, er blieb mit dem Meuchelmörder nicht allein. Wenn er sowieso summte, wenn er es nicht mitbekam, warum dann nicht ausnahmsweise einmal bewusst? Wie von selbst versetzten Töne Staubners Kehle in Schwingungen. Die Melodie, erst leise, dann lauter werdend, vibrierte in seinem Hals, brummte durch seinen Mund, bis sie dem Meuchelmörder nicht länger verborgen blieben.

»Lass das!«

Sofort zog Ozias Staubners Hand nach oben, lockerte aber dadurch gleichzeitig den Druck um die Kehle. Staubner schrie, so laut es ihm möglich war.

»Schie … Au … fnase!«

Der Kopf des Söldners ruckte herum, als er gerade an Staubner und dem Meuchelmörder vorbeiging. Die Überraschung weitete die Augen Schiefnases. Trotzdem reagierte er sofort. Ein rascher Befehl orderte vier weitere Söldner an dessen Seite. Gemeinsam folgten sie Ozias und seinem Gefangenen in die Gasse und kreisten sie dort ein.

»Na, wen haben wir denn da? Wenn das nicht mal zwei bekannte Gesichter sind«, sagte Schiefnase. Er grinste zufrieden. »Danke fürs Aufsammeln, den Knaben suchen wir schon eine ganze Weile.«

»Was soll das werden, Söldner?«, knurrte Ozias. »Mische dich nicht in meine Angelegenheiten ein.«

Schiefnase deutete mit der Schwertspitze auf Staubners Brust. »Wer behauptet denn, dass das Stück Kusanterabschaum da nicht meine Angelegenheit ist? Vielmehr ist das sogar sehr meine Angelegenheit.«

»Verzieht euch. Ihr alle!«

»Das kannst du vergessen.«

Staubner räusperte sich. »Wenn ich vielleicht auch …«

»Nein!«, sagten sowohl Ozias als auch Schiefnase. Staubner hing immer noch fest im Griff des Meuchelmörders und es sah nicht danach aus, als ob der ihn irgendwann loslassen wollen würde. Wäre er doch Andacht hinterhergelaufen, als der zur Spitze der Prozession vorgeprescht war, dann wäre das hier nicht passiert.

»Wir übernehmen deinen Gefangenen. Fausto hat mit ihm eine Rechnung offen, die er begleichen will. Seine Belohnung dafür ist wirklich üppig.«

»Faustos Anweisungen sind mir egal. Er hat mir nichts zu befehlen. Und du auch nicht. Also macht den Weg frei«, forderte Ozias.

Mittlerweile hatte der Messermann den schmerzhaften Griff gelöst. Vorsichtig legte Staubner seinen rechten Arm an die Seite. Zentimeter für Zentimeter näherte er sich mit seiner anderen Hand der schmerzenden Schulter und begann, diese zu massieren. Langsam kehrte das normale Gefühl zurück. Trotzdem wagte er keine schnelle Bewegung. Nur zu gut vermochte er sich vorzustellen, wofür Ozias die freie Hand benötigte. Auch wenn Staubner ihm als lebendes Schild diente, den Schwertern der Söldner wollte er sicher nicht unbewaffnet gegenüberstehen. Dass der Meuchelmörder diverse Dolche an seinem Leib trug, das wusste er noch von ihrer letzten Begegnung. Schiefnase war das offensichtlich nicht bekannt. Ein flirrender Schatten sauste an

Staubners Kopf vorbei. Die Klinge bohrte sich in Schiefnases Schulter und blieb dort stecken. Der Söldner taumelte mehrere Schritte rückwärts, doch kein Schmerzensschrei kam ihm über die Lippen. Sein Mund zeigte eine Grimasse.

»Das nächste trifft deine Kehle, Söldner«, drohte Ozias.

Doch Schiefnase dachte überhaupt nicht daran, klein beizugeben. Nicht, nachdem der Meuchelmörder ihn verletzt hatte. Das sah Staubner in dessen Augen.

»Legt ihn um«, befahl er seinen Kameraden heiser. Die zögerten nicht weiter und griffen an. Auf Staubner nahmen sie dabei keine Rücksicht. Schwerter schwangen von allen Seiten auf ihn zu. Noch zerrte Ozias ihn mit jeder Ausweichbewegung mit. Nur selten parierte der Meuchelmörder einen der Angriffe. Trotzdem war es nur eine Frage der Zeit, bis eine der Klingen Staubner treffen würde. Als der Messermann irgendwann doch mit dem Arm um seinen Hals lockerer ließ, sackte er ruckartig in die Knie. Überrascht ließ ihn Ozias los. Durch die Angriffe der Söldner, die nun noch drängender durchgeführt wurden, erhielt der Meuchelmörder keine Möglichkeit nachzufassen. Stattdessen hielt er nun zwei Langmesser in den Fäusten, mit denen er die Klingen der Angreifer abwehrte.

Staubner sandte ein Stoßgebet zum Nomaden. Noch einmal davonkommen, mehr erhoffte er sich doch nicht. Auf allen vieren krabbelte er aus der Gefahrenzone. Das Klirren der Klingen, die Rufe und das Keuchen der Kämpfer verlagerten sich in seinen Rücken, dann seitlich. Besser, Staubner zog noch eine Weile den Kopf zwischen die Schultern. Erst als er den Beginn der Gasse erreichte, stemmte er sich wieder hoch. Er drehte sich nicht nach den Kämpfenden um. Stattdessen setzte er vorsichtig einen Fuß vor den anderen. Schritt um Schritt. Eine Schwertklinge an seiner Kehle und die schnarrende Stimme Schiefnases stoppten seine Flucht.

»Wo willst du denn hin? Für dich geht es in die andere Richtung, Kusanterabschaum.«

Andacht half der Wassererntérin auf die Beine. Tau hatte im ersten Moment Schwierigkeiten mit dem Gleichgewicht, fing sich dann aber recht schnell. Ihr Kopf zierte eine Beule und einen blutenden Hautriss auf der Stirn.

»Wo ist Staubner?«

Tau zuckte schwach mit den Achseln. »Bei Lugo, ich habe keine Ahnung. Jemand hat meinen Kopf gegriffen und gegen die Mauer geschmettert. Es kam so plötzlich. Als ich wieder einigermaßen bei Sinnen war, stand er nicht mehr neben mir. Ich sage dir, Gesegneter, er war es. Er wollte mich als Zeugin seiner Mordtat beseitigen.«

Andacht schüttelte den Kopf, während er in der Menge nach dem dunklen Lockenkopf Ausschau hielt. Die Spitze der Prozession passierte das Adlertor. Der Tote König auf seinem Gestell schwankte vorbei, ihm folgte die Sänfte mit dem unbekannten Krieger. Doch im bunten Wogen um sie herum blieb es schier aussichtslos, Staubner zu finden.

»Das ist Unsinn. Zu so etwas ist er nicht fähig. Staubner ist kein Mörder. Wenn du ihm nicht glaubst, so glaube wenigstens mir.«

Andacht sah die Skepsis im Gesicht der Wassererntérin, doch schließlich wich der verkniffene Ausdruck einem Anflug von Resignation. Tau neigte den Kopf, stöhnte und tastete vorsichtig nach der Beule.

»Ich glaube dir, Gesegneter.«

»Danke. Wohin er gegangen ist, hast du nicht gesehen?«

»Nein, das sagte ich doch«, antwortete Tau seufzend.

»Schon gut.«

So hatte das wenig Sinn. Andacht versuchte zu entscheiden, was er nun tun sollte. Wo sollte er Staubner suchen? Die Möglichkeiten waren zu vielfältig. Es gab keine sinnvolle Erklärung dafür, dass der

Dunkelhäutige ohne ein Wort davongegangen war. Staubner hatte ihm seine Hilfe zugesagt. Sogar versprochen. Dass er trotzdem verschwunden war, ergab einfach keinen Sinn. Sollte er festgenommen worden sein, gab es im Augenblick nichts, was Andacht unternehmen konnte, ohne selbst in einer Zelle zu landen. Er spürte eine Hand an seinem Arm.

»Hast du den Beleuchteten sprechen können?« Erwartungsvoll sah Tau ihn an. »Wird er Hilfe senden? Die Bestien töten?«

»Der Beleuchtete saß nicht in der Sänfte. Er war nicht einmal da«, antwortete Andacht freudlos.

»Das ist nicht möglich«, widersprach die Wassererntерin. »Am Huldstag führen er und der Tote König die Prozession an. So ist es immer gewesen.«

»Nicht heute, Tau. Nicht heute.«

Die Seelenhörner verhießen die Ankunft des Herrschers an der Stätte der ersten Verkündung. Zurückhaltender Jubel klang um sie herum auf. Anscheinend wusste niemand so recht, wie man auf die fremden Krieger und den Mann in der Sänfte reagieren sollte. Es klang, als freute sich die Menge aus einem Gefühl der Vorsicht heraus, bloß um die schwer bewaffneten Kämpfer nicht zu verärgern. Unsicherheit lag in der Luft, die für Andacht nahezu greifbar war. Ihm selbst ging es nicht anders.

Auf der Stätte der ersten Verkündung hatten Handwerker ein Gerüst aufgebaut. Dort hinauf hievte man den Toten König, so wie es Sitte war. Sobald er für alle sichtbar wurde, die sich auf dem Platz zwischen den Häusern versammelten hatten, ging ein fassungsloses Raunen durch die Menge. Für jedermann wurde es in diesem Augenblick erkennbar, dass ihr Herrscher seiner Krone beraubt worden war. Die Krieger, die die Prozession begleiteten, postierten sich kreisförmig um das Podest herum und drängten die Menge zurück. Eine Gasse bildete sich bis zur Sänfte des Beleuchteten. Dort entstieg der Mann mit der Krone des Toten Königs auf dem Haupt dem Tragegefährt und schritt selbstsicher auf das Podest zu. Mit geübten Handgriffen kletterte er neben die wartende Statuette und hob die Hände. Die Menge verstummte. Stille legte sich wie ein Tuch über alles und selbst dort, wo Andacht und Tau standen, herrschte plötzlich Schweigen. Der Fremde senkte die Arme und begann zu sprechen. Seine Stimme trug deutlich überall hin.

»Die Göttin Sula rief in die Welt, dass die Stadt des ewigen Himmels in ihrer dunkelsten Stunde eines Erretters bedarf. Ihre vollendeten Strahlen fanden mich, weit entfernt von diesem Ort. Ich vernahm ihren Ruf, als die Winde ruhten und ihre göttliche Macht am höchsten Punkt des Firmaments stand. Lange und eindringlich sprach sie zu mir und befahl mir schließlich, meine Kraft der Stadt und ihren Bewohnern zum Geschenk zu machen. Also eilte ich herbei, dienstbereit und voller Demut. So verkünde ich, dass heute der Tag ist, an dem euer Herrscher seine jahrzehntelang andauernde Pflicht niederlegt. Mit dem Segen der Sonnengöttin wird sie mit sofortiger Wirkung an mich, Fürst Fausto, übertragen.«

Die fremden Krieger brachen in Hochrufen aus, skandierten den Namen Faustos, doch die Menge schwieg erschüttert. Auch Andacht fand kein Wort für das, was er soeben gehört hatte. Der Tote König war abgesetzt. Von einem Mann aus der Verheerung, aus der Welt Staubners, der den Segen Sulas für sich beanspruchte. Das war ein Frevel! Gotteslästerung! Um das Gerüst brach Unruhe aus. Die Krieger drangen auf die Umstehenden ein, drohten, bis auch von dort verhaltene Jubelrufe zu hören waren. Der Mann, der sich selbst zum Herrscher über die Stadt des ewigen Himmels ausgerufen hatte, hob beschwichtigend die Arme. Seine Rede war anscheinend noch nicht zu Ende.

»Doch das ist nicht alles, was ich an diesem Tage zu verkünden habe. Es ist ein Verbrechen geschehen, das seinesgleichen sucht. Ein Verbrechen, das selbst die Göttin Sula erzürnt. Der Beleuchtete wurde ermordet!«

Zwischenrufe voller Unglaube schlugen in der Menge hoch. Manche davon sogar von Wut und Widerstand geprägt. Der Beleuchtete tot? Kopflos suchte Andacht nach Worten in sich. Das konnte doch nicht sein. Niemand wagte es, die Hand gegen das Oberhaupt der Priester zu erheben. Niemand. Und doch stand oben auf dem Podest ein Mann, der nicht hierhergehörte und genau das verkündete.

»Dieser Mann dort wagte die ungeheure Tat. Er stieß ihm heimtückisch eine Lanze in den Leib und erfreute sich am Blut des Beleuchteten.«

Fausto wies nach unten und zeigte auf einen Gefesselten, der nun von zwei Söldnern vor das Podest gezerrt wurde. Andacht erkannte ihn sofort. Das war der Oberste Last. Verschnürt und geknebelt wie ein Verbrecher. Ausgerechnet er soll den Beleuchteten ermordet haben? Das war doch absurd. Seine Mentorin hatte diesen Plan gehegt, nicht Last. Was war denn jetzt noch die Wahrheit und was nicht?

»Ich werde dafür Sorge tragen, dass dieser Verbrecher seiner gerechten Strafe nicht entgeht. Zusammen mit der Göttin Sula werde ich über ihn richten. Das ist mein heiliges Versprechen.«

Taus Stimme klang brüchig, obwohl sie nur leise an sein Ohr drang. »Das ist nicht Sulas Wille, Gesegneter. Völlig ausgeschlossen.«

»Ich bin so sehr deiner Meinung. Die Göttin heißt das niemals gut.«

In Andacht reifte ein Entschluss. Noch war das Adlertor offen. Noch bestand die Möglichkeit, das Heiligtum zu erreichen. Andacht hoffte inständig, dass es ihnen gelang.

»Ich habe genug gesehen. Lass uns gehen.«

»Wohin, Gesegneter? Wo sollen wir denn jetzt noch Hilfe erhalten?«

»Im Tempel, Tau. Wenn, dann dort.«

Wenn jemand wusste, was in der Stadt vor sich ging, wenn jemand alles zu retten vermochte, sofern es überhaupt noch möglich war, dann die Oberste Segen. Sie musste er finden. Die beste Möglichkeit dafür lag im Tempel, da war Andacht sich sicher.

Schiefnase bot seinem Gefangenen keine Möglichkeit, wenigstens halbwegs auf die Füße zu kommen. Er schleifte Staubner mit wie einen Sack voller Unrat. Dabei stieß er jeden auf seinem Weg, der nicht schnell genug zur Seite sprang, grob zur Seite.

»Ich komme freiwillig mit, wenn du mich wenigstens …«, versuchte es Staubner, doch der Söldner unterbrach ihn sogleich.

»Schnauze. Wegen dir Kusanterdreck hab ich mir 'ne beschissene Klinge eingefangen. Das klären wir noch. Später. Erst hole ich mir meine Belohnung.«

»Fausto ist wirklich hier?«

»Fürst Fausto für dich. Ja, ist er. Da vorne.«

Schiefnase nickte mit dem Kopf in die Richtung, in der er seinen Gefangenen zog. Ein Podest ragte dort aufwärts, an dem in diesem Augenblick ein Mann hochkletterte. Als er einen sicheren Stand erreicht hatte, begann er, weit vernehmlich eine Rede zu halten. Ja, das war Fausto, der Söldnerfürst. Unverwechselbar. Auch wenn die Worte friedlich und einschmeichelnd wirkten, wusste Staubner doch, dass der Mann hinter der Rede alles andere als zugänglich für Erklärungen war. Insbesondere für die, die Staubner ihm anbieten würde. Sie erreichten das Podest just in dem Augenblick, als Fausto seine Rede beendet und hinabgeklettert war. Auf dem Kopf des Söldnerfürsten saß eine seltsame Krone aus Federn. Ein hässliches, altertümlich aussehendes Ding. Schiefnase schleppte Staubner durch die Kette aus Söldnern, die Fausto umgab, und warf ihn dann mit einem Ruck vor die Füße des Söldnerfürsten. Ächzend rappelte sich Staubner auf die Knie.

»Ich hab ihn endlich erwischt, Fürst Fausto«, sagte Schiefnase, während er sich verbeugte. »Wenigstens dieses Mal ist er mir nicht entkommen.«

Fausto blieb vor Staubner stehen und klopfte sich den Holzstaub des Podestes von den Händen. Er taxierte ihn abfällig. Schließlich gab er seinem Gegenüber einen Tritt gegen die Hüfte. Staubner stöhnte.

»Dieses Inselpack versteht sich eben aufs Davonmachen. Nicht wahr, Staubner? Besonders, wenn die Schulden zu groß sind.«

»Beeindruckende Ansprache, Fausto. Wirklich«, antwortete Staubner. Er versuchte, sich seine Furcht nicht anmerken zu lassen. Was immer Fausto mit ihm vorhatte, es würde nicht sehr angenehm werden. Schiefnase versetzte ihm einen Schlag gegen den Kopf.

»Fürst Fausto! Merk dir das endlich.«

»Natürlich, Fürst Fausto.« Auch Staubner deutete jetzt eine Verbeugung an.

Fausto blickte in Schiefnases Richtung. »Lass dir dein Kopfgeld bei der Soldkasse auszahlen. Du hast es dir verdient. Sag ihnen dort, ich schicke dich persönlich.« Dann deutete er mit der Hand auf die verletzte Schulter. »Und lass das versorgen. Du blutest hier alles voll.«

»Ja, Herr. Was mache ich mit dem Kusanterabschaum?«

»Schaffe ihn in den Tempel. Ich beschäftige mich da mit ihm. Wir haben noch über die Sache mit Schmalbrücken zu reden.«

»Wird erledigt, Herr. Du hast ihn gehört, Kusanterabschaum. Hoch mit dir.«

Der Söldnerfürst trat an Staubner vorbei, während Schiefnase an ihm herumzerrte. Fausto wandte sich an einen seiner Offiziere, der in der Nähe gewartet hatte. Dass die Umstehenden ihn hören konnten, störte ihn anscheinend nicht.

»Torce, habt ihr den Kontakt wiederherstellen können?«

»Nein, Herr. Die Kette zum Gebirgspass ist abgeschnitten, von den Posten ist keiner an seinem Platz. Aktuell wissen wir nicht, wie wir die anderen finden sollen.«

»Dann sucht sie, verflucht. Sie werden kaum vom Erdboden verschluckt worden sein. Wir brauchen den Nachschub.«

»Ja, Herr.«

Torce salutierte und trat weg. Endlich hatte Schiefnase Staubner hochgezogen und drückte ihn einem anderen Söldner gegen die Brust.

»Du, halte ein Auge auf ihn, bis ich zurück bin. Nimm dir besser zwei Männer dazu. Pass auf, dass er dir nicht abhaut.« Er versetzte Staubner einen weiteren Hieb. »Hörst du? Keine Mätzchen. Sonst schneide ich dir deine Beine ab.«

Staubner hob beschwichtigend die Arme nach oben. »Würde mir nicht einmal im Traum einfallen.«

»Ist auch besser so.«

Unter den Sohlen spürte Staubner es als Erstes. Es kitzelte an den Fußballen, dann an den Zehen. Nicht schon wieder. Hörte das denn nie auf? Als er nach unten sah, bemerkte er, dass seine Füße zitterten. Keine Sekunde später warf ihn die erste Erschütterung um und er landete wieder auf allen vieren. Um ihn herum schrien die Menschen der Stadt. Die Söldner bemühten sich, aufrecht stehen zu bleiben, und riefen sich Warnungen und Anweisungen zu. Der, der ihn bis eben noch festgehalten hatte, war irgendwie aus seiner Reichweite gestolpert. Schiefnase lag keine drei Meter von ihm entfernt auf dem Bauch. Der Söldner hielt sich die blutende Schulter, ohne auch nur den Versuch zu machen aufzustehen. Noch ein Erdbeben. Ein überaus heftiges. Staubner hätte die Gelegenheit gern genutzt, um sich davonzumachen. Auf eine weitere Unterhaltung mit Fausto mochte er gern verzichten. Jedoch brauchte er gerade alle Kraft, um nicht wie ein Spielball hin- und hergeworfen zu werden.

Ein gewaltiges Brummen mischte sich unter die ängstlichen Rufe. Dazu schlich sich ein Knacken und Schaben. Es schien, schräg unter ihm erzeugt zu werden. Als es sich in ein brechendes Geräusch wandelte, sah Staubner ungläubig hoch. Vor ihm, mit kaum einer Armlänge Abstand, riss der Boden auf. Die gegenüberliegende Seite hob sich ein Stück an, bis die Kante aus Fels unübersehbar war. Dann sackte sie mit einem Mal ab. Meter um Meter riss sie mit sich in den Abgrund. Eine Dreckwolke stob hoch. Staubner konnte nur zusehen, wie die hintere Hälfte der Stätte der ersten Verkündung verschwand. Mit ihr stürzten die Menschen der Stadt des ewigen Himmels hinab. Schiefnase war der Erste, den es in seinem Blickfeld erwischte. Hinter ihm wackelte das Podest, auf dem der Tote König saß. Es neigte sich schließlich und kippte hinterher. Die Statuette blieb noch einen Moment sichtbar, dann tauchte er ebenfalls im Staub ab. Zuletzt folgten die Häuser, die am Rande des Platzes standen. Eines nach dem anderen wurde von den gewaltigen Kräften zermahlen, zerrissen, zerstampft. Als das Beben schließlich verebbte, legte sich eine imposante Stille über alles. Niemand gab einen Laut von sich. Staubner gaffte mit offenem Mund auf die Bruchkante vor seiner Nase. Dreck wirbelte in der Leere umher, doch mehr als das war nicht mehr übrig. Er wandte den Kopf von links nach rechts. Der alte Palast und die Kasernen standen noch. Doch von dort bis zum Rand der Stätte der ersten Verkündung war nichts mehr übrig, auf dem man hätte stehen können. Langsam und vorsichtig kroch Staubner rückwärts. Auf keinen Fall wollte er länger als nötig so nah an der Kante liegen bleiben. Das Geräusch eines letzten Gebäudes, das krachend in sich zusammenstürzte, gab das Startsignal, die Stille schlagartig zu beenden. Die Schreie bohrten sich in Staubners Ohren und überdeckten fast jeden anderen Laut. Füße und Beine trampelten um ihn herum. Fausto, der für einen Moment über ihm stand, brüllte Befehle. Die seltsame Krone, die er getragen hatte, war verschwunden.

»Rückzug zum Adlertor! Wir formieren uns dort! Lasst keinen von uns zurück.«

Jemand packte Staubner am Kragen, zog ihn hoch und schleifte ihn mit. Schon wieder. Das wirkte langsam wie eine seltsame Angewohnheit der Söldner, mit der er sich nur ungern anfreundete.

»Das wohlwollende Antlitz Sulas möge ewig auf dir ruhen.«

Andacht verbeugte sich und Tau tat es ihm nach. Der fremde Krieger am Tor zum Tempel bedachte sie mit einem kritischen Blick. Der große Durchlass war geschlossen, doch den kleineren Einlass ins Torhaus hatten die Krieger offengelassen.

»Wo kommt ihr zwei her?«

»Aus dem Viertel der Handwerker, Herr. Diese Wasserernterin muss sich dem Reinigungsritual unterziehen. Sie hat einen Unberührbaren angetastet.«

Innerlich hielt Andacht den Atem an. Ein Adlerkrieger hätte ihn ohne Befragung passieren lassen, doch die fremden Krieger kontrollierten jeden, der hinein oder hinaus wollte. Es war ein Risiko, seine Geschichte. Als ob einfache Kastenangehörige tatsächlich in den Tempel gebracht wurden, um sich zu reinigen. Das passierte niemals. Aber er hoffte darauf, dass die neuen Wachen nicht genug wussten, um misstrauisch zu werden. Solange sie ihn für einen niederen Tempeldiener hielten, sollte es ihm recht sein. Tau hatte er vorab gebeten, sich nicht einzumischen und stillzubleiben. Es war besser, wenn nur einer sprach. Die Wache sah ihn und die Wasserernterin noch einmal von oben bis unten an.

»Dein Gesicht kenne ich nicht. Du warst bisher nicht am Tor.«

»Das ist richtig, Herr. Ich versah in den vergangenen Tagen meinen Dienst im Viertel.«

»Wie viele Tage?«

Andacht stockte. Mit dieser Frage hatte er nicht gerechnet. In den Augen der Wache sah er, dass seine Antwort viel zu lange dauerte.

»Und du bist nicht einmal zurückgekommen?«

»Das … ist nicht üblich, Herr.«

»So, so. Nicht üblich. Was meinst du, Crespin?«, wandte sich die Wache an einen zweiten Söldner. »Klingt das für dich wie eine glaubhafte Erklärung?«

»Überhaupt nicht.«

Die Wache zog ihr Schwert und richtete es auf Andacht und Tau. »Sehe ich genauso. Gut, ihr beiden Hübschen. Dann wandert ihr erst einmal in eine Zelle. Später finden wir dann gemeinsam heraus, was ihr wirklich getrieben habt. Crespin, hol Verstärkung. Wir haben zwei weitere Gefangene. Und ihr beiden: Stellt euch da an die Wand und legt eure Hände dagegen.«

Die Wache wedelte mit der Klinge zur Seite. Andacht merkte erst jetzt, dass ihm der Mund vor Schreck offen stand. Es hatte nicht funktioniert. Hastig suchte er nach einer neuen Begründung, etwas, was die Entscheidung abwenden konnte, verhaftet zu werden. Doch er wusste, dass es dafür zu spät war. Andacht sah zu Tau und formte mit den Lippen eine Entschuldigung.

»Wird's bald? Oder muss ich nachhelfen?«

»Schon gut, wir gehorchen.«

Fügsam stellten sie sich nebeneinander mit dem Gesicht zur Wand. Geschlagen schloss Andacht die Augen. Die einzige Möglichkeit war gescheitert, weil er zu viel gewagt hatte. Doch vielleicht war das Berühren der Wand ihr Glück. Andacht spürte das Erzittern, bevor es der Wache auffiel. Trotzdem begriff er sofort.

»Ein Erdbeben«, flüsterte er Tau zu. »Noch eins. Halte dich irgendwie fest.«

Die Wassererntein nickte. Sie hatte verstanden.

»Was flüstert ihr da? Haltet gefälligst den Rand«, schnauzte ihn die Wache an.

Bevor Andacht etwas erwidern konnte, begann der Boden, wild zu tanzen. Die Welt um sie herum jaulte. Hinter ihnen schrie die Wache erschrocken auf. Der Mann hatte sichtlich Mühe, auf den Beinen zu bleiben. Das Torhaus über ihnen knirschte und krachte, aber es hielt. Der Lärm war ohrenbetäubend. Bisher hatte es noch kein so starkes

Beben gegeben, stellte Andacht entsetzt fest, während er sich an die Mauer presste. Er zog Tau am Ärmel und deutete ihr, ihm durch den Einlass ins Torhaus zu folgen. Mit etwas Hilfe von Sula kam die Wache ihnen nicht hinterher, bevor sie auf der anderen Seite heraus waren. War der Anblick der Stufenpyramide für Andacht sonst ein erhebender Eindruck, so fand er in diesem Moment kein Feingefühl dafür. Das Beben erschwerte jedes Vorwärtskommen. Aufrechtzubleiben war nahezu unmöglich, erst musste die Erde wieder stillstehen. Der Wassererntерin an seiner Seite ging es kaum anders. Mit aller Kraft klammerten sie sich aneinander, schoben sich gegenseitig vorwärts. Andacht versuchte, die Türme an der Spitze der Pyramide zu fixieren, sie als Richtungsweiser zu nutzen. Doch diese hüpften vor seinen Augen nicht weniger als der Rest der Welt.

Ein wuchtiger Erdstoß warf sie um. Andacht krachte auf die Knie. Trotzdem versuchte er, die Türme nicht aus den Augen zu verlieren. Dorthin mussten sie, wenn sie den Tempel betreten wollten. Plötzlich erhielt die östliche Säule in der unteren Hälfte einen Knick. Trotz der Erschütterungen war es deutlich zu sehen. Erst glaubte Andacht an eine Täuschung seiner Sinne. Ohne Rücksicht darauf zu nehmen, hielt sich der Turm nicht an seine Hoffnung. Er zerbrach, rauschte auf ganzer Länge mit der Spitze abwärts und zerschmetterte an der Flanke der Pyramide. Entgeistert starrte Andacht auf die Zerstörung des heiligsten Ortes der Göttin. Da endete in diesem Augenblick das Beben. Die Erde erzitterte noch einmal, dann lag sie endlich still. Taumelnd kam Andacht hoch. Er reichte Tau eine Hand, um ihr aufzuhelfen.

»Komm, wir müssen weiter.«

»Der Tempel, Gesegneter!«, sagte die Wassererntерin voller Furcht.

»Ich weiß. Darum kümmern wir uns später.«

Seite an Seite liefen sie über die freie Fläche, bis sie die Pyramide erreicht hatten. Andacht führte sie an der Grundebene entlang. Kurz hinter einer der Kanten, abseits der Hauptwege, gab es noch einen weiteren Eingang. Dort betraten sie den Tempel, ohne von den fremden Kriegern gesehen zu werden. Andacht hatte gerade die Tür hinter sich geschlossen, als Tau mit einer kopflos heranlaufenden Person zusammenstieß. Während sich die Wassererntrin gerade so auf den Beinen hielt, stolperte die Person Andacht direkt vor die Füße. Die Kutte wies ihn als Priester aus, das Gesicht war verschwitzt und verdreckt. Furcht beherrschte seine Züge. Trotzdem erkannte Andacht den Adlatus des Obersten Last.

»Lob? Was machst du denn hier?«

»Sula sei Dank, Andacht, du bist es.« Lob atmete schwer. Der junge Priester presste sein Gesicht gegen Andachts Beine, umklammerte sie und schien sie nicht mehr loslassen zu wollen. Mühsam befreite sich Andacht aus dem Griff.

»Läufst du gerade davon? Sind die fremden Krieger hinter dir her?«

»Die sind hinter allen her«, jammerte Lob ungeniert. »Die Obersten sind festgenommen worden. Allesamt.«

»Wohin haben sie sie gebracht? Sag schon.« Andacht packte Lob am Kragen, zerrte ihn hoch und drückte ihn gegen die Tür. Er hatte für die Gefühle des weinerlichen Adlatus keine Zeit.

»Du willst doch nicht im Tempel bleiben? Sie werden auch dich einsperren. Ich verstecke mich in den niederen Vierteln, bis alles vorbei ist. Lass los.«

Der Priester warf sich hin und her, in dem Versuch, freizukommen. Kopfschüttelnd lockerte Andacht seinen Griff. Daraufhin sackte der Adlatus in sich zusammen und blieb schließlich auf seinem Hintern sitzen.

»Das kannst du vergessen. Sie besetzen die Tore. Du kommst nicht weit. Jetzt, wo das Erdbeben vorbei ist, werden sie schnell die Kontrolle wiederherstellen. Wir haben es nur mit viel Glück an ihnen vorbei geschafft. Jetzt rede endlich. Wo stecken die Obersten?«

»Aber … ich …« Lob schnaufte ein paar Mal, als bekomme er keine Luft. »Sie haben die Obersten in den Zellentrakt geschafft. Aber ob es alle sind, weiß ich nicht. Ich habe es nur zufällig mitbekommen.«

»Was ist überhaupt passiert? Warum ist der Tempel nicht mehr gesichert?«

»Diese Krieger waren plötzlich da«, japste Lob. »Wie aus dem Nichts. Sie tauchten im ganzen Tempel auf und haben die Adlerkrieger überrumpelt. Anschließend haben sie überall Posten aufgestellt und jeden verhört, der ihnen unter die Finger kam. Nur mich haben sie nicht bekommen. Ich habe mich in einer der Küchen versteckt, bis es ruhig war. Darf ich jetzt gehen? Bitte?«

»Du bist ein Kriecher und ein Feigling, Lob. Geh, ich halte dich nicht auf.«

»Danke, Andacht, danke.«

Lob rappelte sich auf, schob die Tür zur Seite und drückte sich durch die Öffnung. Andacht war sich sicher, dass die fremden Krieger ihn in kürzester Zeit wieder eingefangen hatten.

»Wo sollen wir hin, Gesegneter?«, fragte Tau, die stumm die Unterhaltung zwischen den beiden Priestern verfolgt hatte.

»Wir gehen zu den Zellen. Ich hoffe, dass es der Obersten Segen gut geht.«

Auf ihrem Weg durch die Tempelgänge begegneten sie einigen anderen Priestern und Dienern. Viele von ihnen waren verletzt oder versorgten die Verwundeten. Sogar ein paar der fremden Krieger trafen sie an, doch die beachteten die beiden nicht. Alle hatten schwer mit den Auswirkungen des Erdbebens zu kämpfen. Auch wenn Andacht gern seinem Drang gefolgt wäre zu helfen, so gab es doch Wichtigeres. Zu seiner Überraschung fanden sie den Eingang zum Zellentrakt unbewacht vor. Mit gespitzten Ohren schlichen sie die Treppe herab, bis sie genau vor der Zelle standen, in der Segen zusammengekrümmt auf der Seite lag. Andacht schickte Tau zurück zum Eingang des Zellenbereichs, um ihn zu warnen, falls die Wachen zurückkehrten.

»Oberste Segen«, flüsterte Andacht. »Kannst du mich hören? Segen, sag bitte etwas.«

»Sie rührt sich schon eine ganze Weile nicht mehr«, wehte eine andere Stimme von der Seite heran. »Die Schmerzen haben sie vermutlich übermannt. Niemand hat ihr die Medizin gebracht, die so dringend braucht.«

Ihre Medizin, richtig. Wenn sie eingeschlossen worden war, hatte sie womöglich nichts mehr von dem Herbstwindsud. Fieberhaft suchte Andacht die eigene Kutte ab. Während seines Dienstes hatte er stets eine der Phiolen mit sich getragen. Für den Notfall. Doch da fiel ihm ein, dass er bei seiner Flucht keine davon mitgenommen hatte.

»Wer bist du?«, fragte Andacht in die Dunkelheit hinein.

»Der Oberste Entschlossen.«

Das Gesicht des Obersten drückte sich an die Gitterstäbe der Nachbarzelle. Entschlossen wirkte erschöpft und in seinem Gesicht zeichneten sich Spuren von Blut und Hämatomen ab.

»Ah, du bist es. Segens Adlatus. Du solltest nicht hier sein. Sie verhören jeden, den sie in die Finger bekommen. Sie sind überaus brutal.«

Das Gesicht des Obersten verschwand wieder von der Zellenwand und Andacht hörte, wie sich der feiste Mann schwer zu Boden plumpsen ließ.

»Geh, Andacht. Lauf weit weg«, flüsterte er mit Grabesstimme und schwieg dann.

Es war offensichtlich, dass der Oberste Entschlossen am Ende war. Eine Hilfe würde er nicht sein. Andacht rückte näher an die Gitterstäbe heran. Er musste es irgendwie schaffen, die Oberste aus ihrer Lethargie zu reißen.

»Oberste Segen, ich bin es. Andacht.«

Segen reagierte nicht. Still lag sie da, ihr Körper wie eingefroren, ohne Regung, doch Andacht gab nicht auf.

»Du hast mich gesucht, weißt du noch? Du hast mich dabei erwischt, wie ich dich belauscht hab.«

Da, ein Zittern. Wenigstens meinte er, das gesehen zu haben. War sie wach? Hatte sie ihn gehört?

»Segen, bitte!«, flüsterte er verzweifelt.

»Andacht? Bist du endlich zurück? Du kommst spät.«

Die Oberste röchelte leise, ihr Atem kam stoßweise. Die Worte aus ihrem Mund trugen die endlose Erschöpfung mit sich, die sie verspüren musste. Segen drehte sich nicht um oder setzte sich auf. Und doch hatte Andacht verstanden.

»Es tut mir leid«, flüsterte er.

»Muss es nicht.«

»Doch. Tut es aber. Ich hole dich hier heraus, so schnell es geht.«

»Du verschwendest schon wieder Zeit, Andacht. Wann lernst du es endlich? Ich werde nirgendwo mehr hingehen. Zu lange musste ich auf den Herbstwindsud verzichten. Dafür zahle ich jetzt den Preis.« Ein trockenes Lachen erklang, das den verkrüppelten Körper der Obersten zittern ließ.

»Segen, es sind Krieger aus der Verheerung im Tempel. In der ganzen Stadt. In den Höhlen haben sich Bestien eingenistet. Sie haben die Unberührbaren getötet. Es sind so viele. Was soll ich nur tun?«

»Die Chimaera. Ich las erst vor ein paar Tagen von ihnen.«

Das letzte Wort verstand Andacht nicht mehr, aber er glaubte, »Bibliothek« gehört zu haben. Die Oberste rang nach Atem, aber sagte nichts mehr. War sie wieder ohnmächtig geworden? Was, wenn sie starb, ohne dass er ihr helfen konnte? Ungeduldig wartete Andacht ab, doch nach nicht einmal einer Minute hielt er es nicht mehr aus.

»Segen, bitte sage mir, was ich machen soll.«

Eilige Schritte kamen heran und kurz drauf erschien Tau im Gang vor den Zellen. »Gesegneter, es kommen Krieger! Hierher. Wir müssen sofort weg.«

»Nur noch einen Moment. Segen, hilf mir. Irgendwie!«, flehte er seine Mentorin an.

»Bring sie weg.«

»Was?«, fragte Andacht erschüttert. Hatte er das wirklich gehört?

»Bring sie fort von hier. Sie alle. Unsere Zeit auf dem Plateau ist vorbei.«

»Aber wie soll das gehen? Wie soll ich das schaffen?«

Jetzt endlich drehte sich die Oberste auf dem Podest stöhnend zu Andacht um. Selbst im Halbdunklen der Zelle sah sie fürchterlich aus. Tiefe Furchen hatten sich in ihr Gesicht gegraben, die Augen waren aus ihren Höhlen getreten. Schwer fiel sie zu Boden, dass Andacht schon glaubte, sie würde nicht mehr hochkommen. Doch Stück für Stück zog sie sich zu ihm. Quälend langsam, das Antlitz zur Grimasse entstellt. Hilflos kauerte sich Andacht nieder und streckte der Obersten einen Arm entgegen, als könne er irgendwie doch noch etwas ausrichten. Als sie nicht mehr weiterkonnte und schließlich liegen blieb, wo sie war, hauchte sie ihm ihre Antwort entgegen.

»Der Weg hinab. Ich verrate ihn dir. Dann werde ich in Frieden sterben. Sula wird mich für meine Taten gerecht richten.«

»Du wirst leben. Halte nur ein wenig durch.«

»Still jetzt. Und höre zu.«

Segen sprach und Andacht lauschte ihren Worten. Es endete, bevor Andacht das kalte Metall einer Schwertklinge in seinem Nacken spürte. Gleichzeitig erlosch das Licht in Segens Augen.

»Möge das wohlwollende Antlitz Sulas ewig auf dir ruhen«, flüsterte er ihr zum Abschied zu. Dann stand er auf und hob die Hände nach oben.

Ohne viel Federlesens fand sich Staubner inmitten eines Keils aus Söldnern wieder. Ein Stück vor ihm wurde der Söldnerfürst eskortiert. Seine Kämpfer pflügten sich zügig und kunstgerecht durch die angsterfüllte Menge. Die Sänfte hatten sie wohlweislich zurückgelassen, ebenso die Priester mit ihren Seelenhörnern. Hatten davon eigentlich welche überlebt? Das war während der Erschütterungen für Staubner nicht zu erkennen gewesen. Um sie herum herrschte immer noch wildes Chaos. Menschen liefen durcheinander, auf der Suche nach Freunden und Angehörigen. Während die einen zur Abbruchkante stürmten, versuchten die anderen, so schnell wie möglich von dort wegzukommen. In diesem Moment war er überaus erleichtert, unverletzt zu sein und in die entgegengesetzte Richtung vom Abgrund gezogen zu werden. Staubner sah unzählige Verletzte, Opfer des Erdbebens, aber die durften zumindest froh darüber sein, noch am Leben zu sein. Viele hatten so viel Glück nicht besessen.

Im Vorbeieilen registrierte er jedoch auch kleinere Gruppen, die sich zusammenfanden, Steine in ihren Fäusten. Ihre Mienen dominierte Unglaube und etwas anderes, Erregtes. Sie warfen zornige Blicke hinter den sich absetzenden Söldnern her. Ob Fausto mitbekam, was um ihn herum passierte? Eigentlich konnte Staubner sich nicht vorstellen, dass es dem Söldnerfürsten entging. Vermutlich spielten bei der Entscheidung, sich zum Tor zurückzuziehen, die Reaktionen der Bevölkerung auf die Abdankung ihres alten Herrschers ebenso eine Rolle wie das Erdbeben und seine Folgen. Fausto brachte sich und seine Männer in Sicherheit. Das war wohl das Schlaueste, was man in dieser Situation unternehmen sollte. Trotzdem verspürte Staubner nur bedingt Dankbarkeit gegenüber den Söldnerfürsten, ihn nicht in dem Durcheinander zurückzulassen. Fausto hatte seine Gründe. Keine Guten obendrein.

Einen verstorbenen König weiterhin an der Macht zu behalten, blieb in Staubners Vorstellung so oder so recht absurd. In einem Stück Holz steckte mehr Leben als in so einem Regenten. Warum tat man das überhaupt? Brachten nicht schon lebende Herrscher genug Unglück über das eigene Volk? Brauchte es dazu wirklich einen Toten?

»Schlaf nicht ein«, herrschte ihn der Söldner in seinem Rücken an. Ein derber Stoß trieb ihn vorwärts. Dass die auch immer so schlecht gelaunt sein mussten. Staubner sparte sich eine Entgegnung und bemühte sich, mit der Gruppe mitzuhalten. Bis zum Tor war es nicht weit. Schon nach kurzer Zeit erreichten sie den ausladenden Torbogen. Sofort setzte sich eine Gruppe zum Schließmechanismus ab. Trotzdem gab Fausto noch seinen Befehl.

»Macht es zu. Niemand geht raus, bis sich alle da draußen beruhigt haben. Wir sind hier zu wenige, um etwas auszurichten. Wenn einer von uns fehlt, meldet das. Und kümmert euch auch um die Nebeneingänge. Postiert euch auf der Mauerkrone. Wer sich nicht fügt, dem gebt Stahl zu schmecken.«

Die Söldner antworteten mit einem gemeinsamen Ruf auf die Anordnungen. Kurz darauf schob sich der steinerne Verschluss des Adlertores knirschend vor den Durchlass. Jeder, der in seiner Nähe stand, wurde mit dem Schwert entweder auf die eine oder andere Seite gezwungen. Niemand wurde gefragt, wohin er eigentlich wollte. Darauf nahm Fausto keine Rücksicht. Noch bevor Staubner von seinem Bewacher durch die enge Pforte geschoben wurde, hörte er plötzlich über den Stimmen der Stadtbewohner einen anderen Laut. Erst danach ging ihm auf, dass es nicht nur einer war, sondern gleich mehrere.

Wie zur Bestätigung stieg an der neuen Abgrundkante eine der Bestien in den Himmel. Ihre beiden Flügelpaare waren weit zur Seite ausgestreckt, Hals und Schwanz bildeten eine Linie. Ihre hellblaue Lederhaut am Bauch schimmerte im Sonnenlicht. Die Bestie beschrieb einen Bogen, der sie über die Felskante brachte. Dann stürzte sie sich in die Menge der Menschen. Schlagartig veränderte sich das Geschrei und Gejammer der Menschen in haltloses Kreischen. An mehreren Stellen spritzten sie jetzt auseinander, liefen um ihr nacktes Leben. Staubner glaubte, das Gewirbel von grauer, muskulöser Haut zwischen ihnen zu erkennen. Fänge und peitschende Schwanzspitzen. Weitere Bestien waren über die Kante geklettert. Welche ohne Flügel. Manche sehr breit und massig. Andere, die eher schlank und schnell waren. Der Abbruch des Plateaus hatte die Bestien aus ihren Höhlen gescheucht und nun machten sie Jagd auf alles, was sich bewegte. Wie viele es waren, das ließ sich für ihn nicht ausmachen. Nur, dass sie wohl in ausreichend großer Zahl angriffen, um sämtliche Menschen im Viertel der Handwerker in Richtung des Adlertores fliehen zu lassen.

»Verdammt sei der Nomade«, fluchte Fausto. »Was sind das für Viecher? Bogenschützen und Armbrüste auf die Mauer!«

Staubner hörte einen Söldner aus dem dichten Gedränge der Bewaffneten antworten.

»Wir haben keine, Herr. Ein Teil der Einheit hält die Mauer um den Tempelbezirk. Die Hauptstreitmacht wartet noch immer am Gebirgspass.«

Fausto knurrte unwillig. »Dann sofort in Formation aufstellen. Mit Schild, Schwert und Helmbarte. Wenn eines dieser Dinger auf die Mauer will, zeigen wir ihm, was es heißt, sich mit uns Eisenbrüdern anzulegen. Los, los, los!«

Hinter ihnen schloss sich die enge Pforte. Die Söldner verteilten sich im Torhaus. Während die größere Anzahl mit Fausto die Treppenstufen nach oben zum Wehrgang nahmen, blieb Staubner mit seinem Bewacher unten zurück.

»Fausto, was ist mit den Leuten da draußen?«, rief er dem Söldnerfürsten hinterher, bevor der aus seinem Blickfeld entschwand. »Die haben gegen die Bestien keine Chance.«

Fausto drehte sich auf der Treppe zu ihm um und warf ihm einen geringschätzigen Blick zu. »Die sind nicht mein Problem. Sind alle von uns drinnen? Dann sichert diese Tür. Und sperrt mir diesen Schwätzer ein.«

»Die Bestien sind gefährlich«, versuchte es Staubner erneut. »Die lassen sich nicht aufhalten. Hörst du?«

Doch Fausto hatte sich bereits abgewandt und war die Treppe hinaufgestiegen. Er kümmerte sich lieber um seine eigenen Angelegenheiten. Fäuste schlugen von außen gegen die Tür, dumpf klangen Schreie hindurch. Jeder Laut ließ Staubner zusammenzucken. Der Söldner, der auf ihn aufpasste, packte ihn fester und schob ihn in einen Gang hinein. Weg von Fausto und weg von der Tür, vor der immer mehr Menschen um ihr Leben kämpften.

Wie eine Dienerin aus ihrem Anwesen zu schleichen, das hatte sich Eibisch niemals träumen lassen. Aber nur so hatten sich die Söldner an den Kontrollpunkten täuschen lassen. Keiner von denen war dabei gewesen, als sie Faustos Kämpfer in ihr Haus eingeladen hatte. Keiner hatte sie in der Kleidung einer Angehörigen der niederen Kaste erkannt. Die Schreie Gabes hatte sie allerdings noch gehört, als sie längst die Straße hinuntergeeilt war. Ein Anflug von schlechtem Gewissen flammte in ihrer Brust auf. Armes Mädchen. Wenn sie schwanger wurde, dann landete ihr Bastard nach der Geburt im Tempel und wurde als Priester erzogen. Immerhin etwas. Die Priester sorgten gut für ihresgleichen und deren Angehörigen.

In der Rolle der Dienerin war es ihr gelungen, die Kaserne am Rande des Viertels der Beamten und Adeligen zu betreten. Die Priesterkaste hatte schon vor Generationen den Umzug der Adlerkrieger in die Nähe des Tempels angeordnet. Jetzt stellte sich das als ihr Glück heraus. Sie musste nicht einmal durch sämtliche Viertelmauern hindurch. Von allen Möglichkeiten war die Kaserne die vielversprechendste, um ihren Gemahl zu finden. Dort hatte Fausto einen Teil der Adlerkrieger eingesperrt. Warum also nicht auch ihren Befehlshaber? Eibisch traute es dem Söldnerfürsten nicht zu, wahllos Gerüchte zu streuen, nur um einen Befreiungsversuch zu verhindern. Immerhin ging er davon aus, dass sie weiterhin in ihrem Gemach versauerte. Warum hatte er sie überhaupt am Leben gelassen? Galt sie ihm als eine Art Rückversicherung, für den Fall, dass er eine solche benötigte? Aber wofür? Sie würde diesem Schurken niemals mehr helfen. Egal bei was. Wichtiger war nun, Cassia und die Adlerkrieger zu befreien. Zusammen würden sie die Kasten vereinen und gegen die Invasoren anführen.

Die Söldner an den Türen kontrollierten Eibisch nur oberflächlich. Sie war nicht die einzige Person der Dienerkaste, die sich in der Kaserne aufhielt. Offensichtlich hatten Faustos Männer die Sicherheit schnell gegen die Bequemlichkeit des Bedientwerdens eingetauscht. Eibisch war den anderen Dienern einfach gefolgt. In der Kasernenküche hatte sie dann ein Tablett mit mehreren Bechern Wein und einen Korb mit geschnittenem Brot erhalten. Damit ging sie umher und bot den Bewaffneten daraus an. Flur für Flur arbeitete sie sich so im Gebäude vor, das Eibisch bisher nie betreten hatte. Den Weg zurück auf die Straße hatte sie sich nur ungefähr gemerkt. Wenn sie Cassia gefunden und befreit hatte, würde er sie beide nach draußen bringen.

Mehr und mehr wagte sie, mit den Söldnern kurze Gespräche zu führen. Darin flocht sie Fragen nach weiteren Wachen ein oder wer die Gefangenen versorgte. Brauchbare Antworten erhielt sie keine. Was hatte sie denn auch erwartet? Wenn ihre Spione keine gefunden hatten, wie sollte es dann ihr gelingen? Frustriert kehrte sie mit dem leeren Tablett in die Küche zurück. Dort wartete bereits ein weiteres auf sie. Ein Mann der Dienerkaste hatte offensichtlich in der Kasernenküche das Sagen. Er gab ihr die Anweisung, Wein und Brot auf die Rückseite der Kaserne zu bringen. Da sie den Weg nicht kannte, blieb sie unschlüssig stehen. Sie konnte einfach gehen. Sie konnte die Anweisung ignorieren. Sie war keine Dienerin. Vielleicht hatte sie an einem anderen Ort mehr Glück. Vielleicht begegnete sie jemandem, der ihr mehr zum Verbleib ihres Gemahls sagen würde. Ihre unausgesprochenen Überlegungen interessierten den Diener der Küche herzlich wenig. Rüde verlor er die Geduld und erklärte ihr, wo sie langzugehen habe. Eibisch verließ die Küche, das Tablett immer noch in ihrer Hand. Sie überquerte den Kasernenhof. Söldner hockten dort auf dem Boden und spielten mit Würfeln um ihren Sold. Eibisch beachteten sie nicht weiter.

Kaum hatte sie den Gebäudekomplex auf seiner Rückseite verlassen, schlug ihr ein klebriger, süßlicher Geruch entgegen. Sie stand im Freien. Zu ihrer Linken erhob sich die äußere Mauer. Sie trennte die

Stadt von den Getreidefeldern. Irgendwo vor ihr endete das Plateau. Dahinter erhob sich in einiger Entfernung ein weitläufiges Gebirge. Es wirkte unzugänglich, aber sie wusste aus den Überlieferungen von Cassias' Vorfahren, dass das nicht vollständig der Fall war. Kurz vor Ende der Plateau-Ebene arbeiteten eine Handvoll Adlerkrieger unter der Aufsicht von bewaffneten Söldnern an einem großen Feuer. Immer zu zweit wuchteten sie von einem Hügel herab schwere Körper in die Flammen. Schwarzer, öliger Rauch stieg in den Himmel.

Eibisch trat an die Söldner heran und verteilte, was sie mitgebracht hatte. Der Wein wurde mit Begeisterung entgegengenommen. Die Adlerkrieger erhielten nichts. Jetzt, wo sie nahe genug stand, um die Hitze der Flammen zu spüren, fiel ihr Blick auf den aufgehäuften Hügel. Es waren Männer und Frauen, bar sämtlicher Kleidung. Den Tätowierungen im Gesicht nach zu urteilen, mussten es einmal Adlerkrieger gewesen sein. Waren sie im Kampf gegen Faustos Männer gefallen? Die Verletzungen deuteten daraufhin. Eine der Leichen wies besonders viele Verwundungen auf, kleinere wie größere. Diesen Mann hatte man besonders geschunden, nein, gefoltert, erkannte sie. Sie spürte instinktiv eine Vertrautheit, die sie sogleich harsch beiseite wischte. Dann sah sie in das Antlitz des Toten. Trotz der vielen Schwellungen um die Augen und das Jochbein erkannte sie ihn sofort. Eibisch taumelte rückwärts, das Tablett entglitt ihrer Hand. Es polterte über den Boden. Fausto hatte gelogen. Ihr Gemahl befand sich nicht in Gefangenschaft. Nicht mehr jedenfalls. Sie floh von diesem Ort. Kopflos und mit einem Herzen, das sich nie so schwer angefühlt hatte.

Nur widerwillig folgte Staubner dem Gezerre seines Wärters einen kurzen Flur ohne Fenster hinab. Öllampen beleuchteten, was ohne Tageslicht auskommen musste. Neben dem Eingang einer Kammer presste ihn der Söldner mit einer Hand gegen die Flurwand und fixierte ihn. Die Fingernägel kratzten unangenehm an Staubners Hals. Mit der freien Hand arbeitete der Söldner am Türmechanismus eines Zimmers herum. Der Raum sollte wohl vorläufig seine Zelle werden, ähnlich wie der, in dem er beim letzten Mal eingesperrt gewesen war.

»Halt still. Verstanden?«

Der Söldner drückte noch einmal zu, um seinen Worten Nachdruck zu verleihen. Staubner erwiderte nichts. Alles, was er hätte sagen können, führte zu keiner Verbesserung seiner Situation. Zudem ließ der Griff an seine Kehle nur wenig ungehindertes Sprechen zu. Wohin sollte er denn auch abhauen? Im Torhaus wimmelte es von Söldnern und draußen jagten die Bestien. Weit kam er jedenfalls nicht. Staubner konnte es nicht fassen, dass der Söldnerfürst die Menschen im Viertel einfach sterben ließ. Um Leben, außer dass seiner Leute, hatte sich Fausto noch nie wirklich geschert. Vielleicht wurde man so, wenn man dem Handwerk des Todes nachging. Die da draußen kümmerte es jedenfalls nicht. Der Söldnerfürst hatte keine Vorstellung davon, wie übel es unter der Oberfläche der Stadt aussah. Keine, wie viele Bestien es tatsächlich gab. Die Wassererntein, Andacht und er, sie hatten gesehen, was dort unten vor sich ging. Die Bestien hatten sich vermehrt und sie wuchsen überaus schnell. Deswegen hatten sie etwas unternehmen und alle warnen wollen. Ja, in Ordnung, der Priester hatte ihn erst dazu … anspornen müssen. Aber er hatte es tun wollen. Was vermutlich auch geklappt hätte, wenn der Messermann ihn nicht erwischt hätte. Stattdessen stand er jetzt festgenagelt und mit gebundenen Händen in einem Gang des Torhauses, und wartete darauf, erneut eingesperrt zu werden.

Trotz der dicken Mauern um ihn herum meinte Staubner, immer noch die Schreie der Menschen zu hören. Sie starben da draußen. Ohne dass ihnen jemand zu Hilfe kam. *Er* hatte sich entschieden zu helfen, rief er sich erneut ins Gedächtnis. Er und die beiden anderen wollten die Stadt des ewigen Himmels nicht den Bestien überlassen. Warum stand er dann immer noch hier herum und unternahm nichts? Er konnte Fausto bitten, ihn nach draußen gehen zu lassen. Wenn diese Tau recht hatte, und es sah alles danach aus, dann war es sein Summen, das die Bestien in eine Art friedliche Stimmung versetzte. Sie den Blutdurst vergessen ließ. Doch war ein Summen draußen an der Stätte der ersten Verkündung, mitten im Chaos mit all dem Geschrei, überhaupt zu vernehmen? Mit ausreichendem Pech langte es gerade, um eine oder vielleicht zwei von ihrer tödlichen Jagd abzubringen. Jedenfalls bis er von einem angsterfüllten Bewohner umgerannt oder niedergeschlagen und schließlich selbst von einer der Bestien gefressen wurde. Menschen in Panik taten unvorhersehbare Dinge. Da draußen beschützte ihn niemand, wenn er versuchte, die anderen zu retten.

Verdammt sei der Nomade. Für einen Moment reduzierte sich der Druck an Staubners Hals. Ohne abzuwägen, ob es eine gute Entscheidung war, hieb er mit einer kreisenden Bewegung gegen den Arm des Söldners. Gleichzeitig sackte er ruckartig in die Hocke. Der Griff löste sich, streifte über sein Gesicht, rieb brennend an der Nase vorbei, jedoch viel zu spät, um nachzufassen. Plötzlich frei, katapultierte sich Staubner vorwärts. Mit dem unerwarteten Satz hatte er geschwind zwei, vielleicht drei Meter Abstand zu seinem Bewacher geschaffen. Und er hatte nicht vor, diesen Vorteil leichtfertig wieder aufzugeben. Staubner rannte los. Hinter ihm fluchte der Söldner und machte sich an die Verfolgung.

»Wenn ich dich kriege, dann schicke ich dich in kleinen, unappetitlichen Häppchen zurück auf deine hässliche Insel, Kusanterabschaum.«

Das war beinahe originell. Fast eine Antwort wert. Trotzdem sparte er sich seinen Atem lieber fürs Rennen auf. Er hatte schon hunderte, ähnlich abfällige Bemerkungen über seine Herkunft gehört. Staubner flüchtete den Gang bis zum Vorraum des Portals entlang. Beide Söldner, die dort postiert waren, blieben nicht sehr lange verwundert. Mit gezückten Schwertern stellten sie sich ihm in den Weg. Doch Staubner dachte überhaupt nicht daran, nach draußen durchzubrechen. Er grinste die Posten frech an und preschte dann die gezackte Treppe zum Wehrgang hinauf. Alarmrufe gellten ihm hinterher. Die Schritte von mindestens zwei Söldnern hörte er hinter sich. Er musste nur schnell genug sein. Immer drei der Stufen auf einmal. Das Blut rauschte in seinen Ohren, der Atem stach. Er hasste Verfolgungsjagden. So sehr.

Oben angekommen spie ihn sein Weg aus der Enge des Torhauses. Sofort war das Geschrei der Menschen schier überall. Besonders unter ihm. Es schien, als hätte sich das ganze Viertel aufgemacht, um hinter der Mauer Schutz zu suchen. Nur, dass das Tor verschlossen war und es sich auch nicht öffnen würde, wenn Fausto es nicht befahl. Staubner blieb nicht stehen, sondern schaute im Laufen umher. Er suchte jemanden und fand ihn. Dort, beinahe in Reichweite zum Treppenaufgang, stand der Söldnerfürst. Zwischen seinen Männern, die kampfbereit auf das Massaker vor der Viertelmauer starrten. So laut er konnte brüllte Staubner gegen den Lärm an.

»Fausto, ich weiß, wie die Bestien …«

Jemand sprang ihn von hinten an. Staubner kam aus dem Gleichgewicht und kippte. Der Boden des Wehrganges hüpfte ihm entgegen. So unsanft steppte der Stein gegen den Wangenknochen, dass Staubner sich Sorgen um seine Zähne machte. Er schmeckte Blut auf der Zunge. Das Gewicht eines Knies bohrte sich von hinten gegen seine Rippen. Wie lange noch, bis sie brachen? Luft bekam er kaum noch. Warmer, keuchender Atem blies gegen Staubners Ohr.

»Ich sagte doch, du entkommst mir nicht. Was nun passiert, das hast du dir ganz allein zuzuschreiben. Nicht meine Schuld, du Stück Dreck.«

Das war der Söldner, der ihn hatte einsperren sollen. Staubner glaubte ihm jedes Wort. Es gab genug Leute, die jemanden von Kusant hassten, nur weil er oder sie von dort herstammte. Und Staubner war ihm entkommen. Das konnte der Söldner nicht auf sich sitzen lassen.

»Was ist hier los? Warum ist die Schattenhaut nicht in einer Zelle?«

Staubner schielte trotz des Knies in seinem Rücken nach oben. Auch wenn ihn die Sonne blendete und er längst wusste, wer sich einmischte. Hatte er ihn also doch noch erreicht, stellte Staubner annähernd zufrieden fest. Wenigstens der erste Teil seines Vorhabens hatte funktioniert.

»Der Dreckskerl ist mir entwischt, Herr, als ich ihn einsperren wollte.«

»Du hast also meinen Befehl nicht ausgeführt.« Eine Feststellung, keine Frage.

»Doch«, versuchte sich der Söldner zu rechtfertigen. »Ich war gerade dabei, als …«

»Ich dachte, es wäre allgemein bekannt, was ich erwarte.« Fausto machte eine Pause, nicht jedoch, um seinen Untergebenen Zeit für eine Antwort zu geben. »Gehorsam. Dass mein Wille ausgeführt wird, wenn ich ihn äußere. Darüber hinaus weiß jeder in meinem Heer, wie ich zu Widerworten stehe. Oder ist dir das nicht bekannt?«

»Es ist mir bekannt, Herr. Verzeih.«

»Heb ihn auf. Dein Sold wird für einen Monat einbehalten. Dazu gibt es zwanzig Schläge mit dem Stock. Um die Disziplin in dir wiederherzustellen.«

»Danke, Herr.«

Das Gewicht von Staubners Rücken verschwand, jemand fasste ihn an den Ellbogen und stellte ihn zurück auf seine Füße.

»Gut. Die Strafe wird vollzogen, sobald dieses Durcheinander hier unter Kontrolle ist. So lange brauche ich jeden Mann. Zurück mit dir auf deinen Posten.«

Der Söldner verließ den Wehrgang, sein Kamerad vom kleinen Tor folgte ihm. Fausto wandte sich Staubner zu.

»Ich hatte dich gewarnt, Staubner, mir nicht mehr in die Quere zu kommen. Wieso tust du es schon wieder?«

»Fausto. *Fürst* Fausto«, verbesserte sich Staubner. »Ich weiß, wie man die Bestien stoppt. Wir könnten die Menschen auf den Straßen retten.«

Fausto verschränkte die Arme vor der Brust. »Wer sagt, dass ich das will?«

»Du hast dich eben erst zu ihrem Herrscher ernannt. Braucht es da nicht auch ein Volk, das man regiert?«

Staubner legte den Kopf schief und sah den Söldnerfürsten prüfend an. Er fand seine Argumentation überaus stichhaltig. Ein verächtliches Grunzen kam über die Lippen Faustos.

»Ich sage dir, wie man die Viecher da unten stoppt. Mit Stahl. Mit scharfen Klingen. Und Männern, die es führen.«

»Dann unternimm etwas, ich bitte dich. Die Menschen werden sich ihrem neuen Herrn sicher erkenntlich zeigen, dass er sie errettet hat.«

Ungerührt schüttelte Fausto den Kopf. »Du verkennst anscheinend die Lage. Keiner meiner Männer verlässt diese Mauer.«

Staubner holte tief Luft. Den Unmut des Söldnerfürsten zu wecken, war nur zu leicht. Trotzdem musste er es wagen. Provokation tat ihre Wirkung, wenn auch mitunter mit scherzhaften Folgen für den Aussprechenden. Doch das Risiko war er bereit einzugehen.

»Bist du auf deine alten Tage ein Hasenherz geworden, Fausto?«

Fausto schnaubte. »Hältst du mich für derart leicht zu beeinflussen, Kusanterabschaum? Ich sagte Nein. Das Tor bleibt zu, bis ich weiß, was hier vor sich geht.«

»Beim Nomaden«, schimpfte Staubner los. »Meinst du wirklich, dass das da alle Bestien wären?«

Er zeigte mit dem Kinn in Richtung der Stätte der ersten Verkündung. Dort gaben sich die Echsen ihrem Fressrausch hin und pflügten ungestört durch die rennende Menge. Mehr und mehr näherten sie sich dabei der Viertelmauer.

»Das ist nur ein Vorgeschmack.«

Ein meterlanger Schatten zog über sie hinweg und Staubner zog instinktiv den Kopf zwischen die Schultern, als das Kollern der Bestie vernahm. Fausto bellte einen Befehl, der eigentlich nicht nötig war.

»Achtung! Über uns!«

Einige der Helmbarten wurden nach oben gerichtet. Die Spitzen der Stangenwaffen folgten dem Flug der Bestie. Vier Flügel schlugen, die hellblaue Bauchseite der Echse richtete sich auf und glitt der Sonne entgegen. Kurz darauf war sie im gleißenden Licht nicht mehr auszumachen. Fausto brachte sein Gesicht ganz nah an das von Staubner heran.

»Du darfst dich glücklich schätzen, dass ich dich nicht einfach die Mauer herunterwerfen lasse. Ganz schnell eine Sorge weniger.«

»Ja, mag sein«, entgegnete Staubner. »Dann muss ich mir wenigstens nicht anschauen, wie dieser Ort untergeht.«

Der Söldnerfürst winkte zwei Kämpfer herbei. »Sperrt ihn unten ein und kommt dann gleich zurück. Ich habe genug von seinem Geschwätz.«

Gerade als die beiden nach Staubner greifen wollten, fegte ein Paar ausgestreckte Klauen heran, packte sie und riss sie in die Luft. Schreiend stürzten die Männer über den Mauerkamm. Ein Flügel streifte Staubner an der Schulter und warf ihn zu Boden. Stöhnend rollte er seitwärts. Er war dankbar für das Stück Mauer, dass er in seinem Rücken spürte. Sie bot ihm zumindest das Gefühl von Schutz. Die Bestie stieß ein angriffslustiges Kollern aus, drehte bei und fegte erneut auf den Wehrgang zu. Fausto zog sein Schwert und stellte sich an die Seite seiner Männer. Doch die Wucht des Angriffes hatte wohl auch er unterschätzt. Vielleicht lag es daran, dass niemand in den Provinzen es jemals mit solchen Kreaturen zu tun gehabt hatte. Klauen, Fänge und Schwanz zerrissen die Söldner, kaum dass die Bestie zwischen ihnen gelandet war. Schon lagen vier von Faustos Männern zuckend oder tot auf dem Wehrgang.

»Die Helmbarten zu mir!«, brüllte Fausto. »Wir müssen das Vieh auf Abstand halten!«

Seine Männer reagierten sofort. Von allen Seiten liefen die Spießträger heran und versuchten, die Bestie einzukreisen. Selbst Fausto nahm sich eine der langen Waffen. Die ein oder andere Spitze traf ihr Ziel. Die lederartige Haut trug endlich Verletzungen davon. Tief waren sie nicht, meinte Staubner von seiner Position aus zu erkennen. Jedoch schien das die Bestie nur noch rasender zu machen. Ein röhrender Ruf hallte aus ihrem Maul. Ein Ruf, der von unzähligen anderen Bestien beantwortet wurde. Hektisch stemmte Staubner sich hoch und warf einen Blick runter ins Viertel. Die Bestien an der Stätte der ersten Verkündung jagten nicht mehr der Bevölkerung nach. Stattdessen strebten sie alle auf dem kürzesten Weg auf die Viertelmauer zu. Dorthin, wo nicht nur die meisten Geflüchteten vergeblich gegen das Portal drängten. Sondern auch ebendahin, wo eine der ihren unter Faustos Söldnern ein Schlachtfest abhielt. Staubners Blick sprang von Bestie zu Bestie. Rechts von ihnen, wo die Wolke brodelte, bewegten sich unzählige Schatten. Weit vor der Stelle, wo er Rinne aufgesucht hatte. Die Wolke hatte das Viertel der Wasserernter verschluckt. Doch wie war das überhaupt möglich?

»Fausto!«, brüllte Staubner über den Wehrgang. »Sie kommen! Alle!«

Nach allem, was in den letzten Tagen passiert war, dauerte es für Staubner beinahe zu lang, bis er erneut vor dem Söldnerfürsten stand. Die Bestien hatten die Viertelmauer förmlich überrannt. Den verbliebenen Söldnern war nur die Flucht zurück zum Tempel geblieben. Doch wie lange dieser noch sicher war, vermochte niemand zu sagen. Vor den Toren des Tempelviertels drängten sich alle, die vor den drohenden Angriffen der Bestien fliehen wollten. Der Söldnerfürst hatte sich geweigert, sie hineinzulassen, und nutzte sie auch dort als wandelnde Schilde. Sollten sich die Bestien doch erst einmal mit denen beschäftigen, hatte er verlauten lassen. Ruhelos wanderte Fausto in der Halle des Aufstiegs, die er zu seinem Hauptquartier gemacht hatte, auf und ab. Blut und Dreck hatten seine Kleidung verschmutzt. Nebst seinem Mundschenk Roger hielten sich diverse Offiziere der Eisenbrüder in der Halle auf. Der ein oder andere sah kaum besser als ihr Anführer aus. Staubner erkannte Torce, den er an der Stätte der ersten Verkündung gesehen hatte. Neben ihm stand Andras von Kranzgilt, der auch ohne die anderen für das üble Gefühl in seinem Bauch überaus ausreichend war.

»Torce, wie ist die Lage an den übrigen Mauern?«

Der Ton Faustos war barsch. Staubner konnte sich gut vorstellen, warum die Nerven des Söldnerfürsten blank lagen.

»Die äußeren Viertel sind nach meiner Einschätzung unwiederbringlich verloren«, antwortete Torce. Der Offizier versuchte, seine Antwort so ruhig wie möglich vorzutragen. Wenn es bloß half, seinen Anführer nicht zusätzlich zu erregen. »Wenn dort überhaupt noch Menschen am Leben sind, so verstecken sie sich irgendwo. Ich glaube jedoch nicht, dass das noch lange so bleiben wird. Die Bestien streifen umher. Keine Anzeichen, dass ihre Jagd irgendwann endet.«

»Halten wir die Mauer zum Tempel?«

»Ja, Herr. Bisher schon. Aber einen weiteren Angriff, in der Heftigkeit wie der erste, überstehen wir nicht.«

Andras von Kranzgilt mischte sich ein, nachdem er mit einem Räuspern auf sich aufmerksam gemacht hatte. »Meine Männer halten die Tore geschlossen. Es tobt Widerstand in der Bevölkerung. Sie werden es nicht mehr lange hinnehmen, dass sie nicht beschützt werden. Bald sind sie verzweifelt genug für einen Versuch, die Tore zu stürmen. Es gibt Sichtungen von Bestien, in jedem Viertel. Selbst die Flügellosen bleiben nicht, wo sie waren.«

»Natürlich nicht. Aber es hört ja auch keiner auf mich«, murmelte Staubner vor sich hin.

Fausto hatte es dennoch vernommen. Er stürmte auf Staubner zu, packte ihn und zog ihn zu sich heran. Staubner spürte die Kraft der beiden Hände unangenehm an der Kehle. Der Atem des Söldnerfürsten roch nach Wein.

»Was hast du gesagt, Kusanterabschaum?«, knurrte der Söldnerfürst direkt vor seiner Nase.

»Sie bleiben nicht, weil sie es nicht müssen. Das habe ich versucht, dir zu sagen.«

»Wann?«

»Schon auf dem Wehrgang. Sie graben sich durch den Felsen. Unter uns. Die Erdbeben, du erinnerst dich vielleicht dunkel? Die verursachen sie. Es ist nur eine Frage der Zeit, bis sie auch hier auftauchen.«

Fausto stieß Staubner mit einem ungehaltenen Laut von sich. Er stürzte rückwärts und landete auf dem Boden. Dort blieb er erst einmal sitzen und rieb sich das Hinterteil. Der Stoß war für ihn zu unerwartet gekommen, als dass er sich hätte abfangen können.

Trotz der ernsten Lage lachte Andras hämisch. »Warum sollten wir auf die Schattenhaut hören? Er stammt von der Insel. Aus seinem Maul kommen nur Lügen.« Der Offizier spuckte in Staubners Richtung aus.

»Weil wir, beim Nomaden, keine bessere Option haben.« Fausto hatte sich zu Andras umgedreht und fauchte ihn an. »Von dir habe ich noch nicht einen brauchbaren Vorschlag gehört. Oder ist dir mittlerweile etwas eingefallen?«

»Wir brauchen mehr Männer. Und mehr Armbrustschützen«, antwortete der Offizier mit einem Zucken der Schultern.

»Die haben wir aber nicht, verflucht«, antwortete Fausto. »Die sitzen sich alle auf dem Gebirgspass die Ärsche platt und warten darauf, dass wir sie holen. Nur leider ist die Postenkette, die den Weg hier herauf bewachen sollte, nicht mehr da. Von einer Sekunde zur anderen verschwunden. Oder hast du sie mittlerweile aufgetrieben, deine Männer?«

»Nein, Herr«, antwortete Andras von Kranzgilt. Staubner sah ihm an, dass er über die Standpauke alles andere als erfreut war. Oder dass Fausto ausgerechnet auf einen Kusanter hören wollte.

»Hole unsere Gastgeberin aus ihren Gemächern. Sie weiß den Weg. Also wird sie ihn uns zeigen«, befahl Fausto dem Offizier Torce. Der nickte und trug einem der Söldner auf, den Befehl auszuführen.

»Ich wette, die Bestien haben die Posten geholt«, warf Staubner ein.

Fausto zeigte mit ausgestrecktem Arm auf ihn, ohne sich zu ihm umzudrehen. Die Wut des Söldnerfürsten prasselte auf Andras von Kranzgilt nieder. »Da. Der Kusanter. Gar nicht so dumm. Vielleicht sollten wir doch auf ihn hören? Hm? Nein? Könnte ja sein, dass er noch mehr solch wundersame Einfälle hat.«

Wütend drehte sich Fausto um und stapfte zu einer der steinernen Bänke, die rundherum im Raum aufgestellt worden waren. Er stützte den Ellbogen auf die Lehne, legte seine linke Faust vor den Mund und starrte Staubner an. Schließlich schnaufte er gereizt.

»Du hast behauptet zu wissen, wie man die Bestien aufhält. Wie? Wie stellt man es an?«

Augenblicklich war Staubners Stirn nass von Schweiß. Jetzt, wo er die Aufmerksamkeit des Söldnerfürsten besaß, klang die Beschreibung der Lösung in seinen Ohren genauso verrückt, wie sie es schon früher in der Ruine des Schreins getan hatte. Von Fausto wusste er, dass der nur an seinem eigenen Humor Gefallen fand. Und das, was Staubner zu sagen hatte, würde er überhaupt nicht amüsant finden. Da brauchte er nicht lange drüber nachdenken. Also wie sollte er nun seine Worte wählen?

»Ich warte.«

An der scheinbar ruhigen Tonlage erkannte Staubner, dass die Geduld des Söldnerfürsten in diesem Moment aufgebraucht war. Er musste antworten. Es blieb ihm gar nichts anderes übrig.

»Summen«, sagte er leise.

»Ich habe dich nicht verstanden.«

»Summen«, wiederholte er lauter. Dann sprudelte es förmlich aus ihm heraus. Seine Hände untermalten seine Worte. »Ich muss summen. Da ist diese alte Weise in meinem Kopf. Immer wenn es brenzlig wird, passiert es wie von selbst. Keine Ahnung, warum, aber es beruhigt die Bestien.«

Staubner machte eine Pause und wartete auf eine Reaktion Faustos. Auch wenn es ihn nervös machte, als die nicht kam, sprach er weiter.

»Sie legen sich hin, vergessen, wen oder was sie umbringen wollen, und tun irgendwas Anderes. Beim Nomaden, völlig verrückt. Ja, ich weiß, wie sich das anhört. Aber es stimmt. Wir waren in ihrer Bruthöhle. Mitten drin. Und doch stehe ich hier vor dir.«

So, damit hatte er alles gesagt, hatte gebeichtet, was er selbst kaum fassen konnte. Beinahe hoffte er schon, der Söldnerfürst schenkte ihm Glauben. Doch dann bemerkte er, dass die Faust vor dem Mund Faustos sich zusammenpresste und zu zittern begann. Sein Gesicht wurde zusehends weiß vor Verärgerung. Plötzlich sprang der Söldner auf. Brüllend fasste er mit beiden Händen die Sitzkante der Bank und schmetterte sie von sich, ohne auf seine Männer zu achten. Die hechteten zur Seite, um nicht von dem steinernen Möbel getroffen zu werden. Noch bevor die Bank liegen blieb, fuhr sirrend Faustos Schwert aus der Scheide. Der Söldnerfürst drehte sich um, visierte Staubner an und holte aus. Mit einem Sprung stand er direkt vor ihm. Die Klinge raste heran. Staubner blieb nicht einmal die Zeit, um den Arm schützend zu heben. Im letzten Moment drehte Fausto das Schwertblatt. Die flache Seite krachte gegen Staubners Kopf. Stöhnend fiel er auf die Seite. Er spürte Blut an seiner Schläfe herabrinnen, nur kam er nicht mehr dazu, danach zu tasten. Schon drückte sie Schwertspitze gegen seine Halsbeuge.

»Ich habe Grund genug, dich zu töten«, knurrte Fausto nah an Staubners Ohr. Seine Stimme zitterte. »Dich leiden zu lassen, lange, sehr lange. Und es zu genießen. Jede einzelne verdammte Sekunde davon. Jeden einzelnen Schrei aus deiner Kehle, Schattenhaut.«

Die Schwertspitze drückte sich tiefer hinein und Staubner konnte ein schmerzerfülltes Stöhnen nicht unterdrücken.

»Wegen deiner vom Nomaden verfluchten Feigheit verlor ich meinen Stammsitz in Schmalbrücken. Die Freiherren von Claishall und Embell lachen bis zum heutigen Tag über mich. Und jetzt, wo ich eine neue Heimat für meine Männer und mich in den Händen halte, da besitzt du wirklich die Dreistigkeit, mir derart Lächerliches zu erzählen?«

Mühsam presste Staubner seine Antwort heraus. »Es stimmt aber. Frage den Priester und die Wassererntenterin. Sie sind bestimmt im Tempel.«

Die Schwertspitze blieb, wo sie war, ebenso Fausto über Staubner. Der wagte es nicht einmal, mit einem Augenlid zu zucken.

»Dreckskusanter, das war deine letzte Lüge.«

Fausto zog den Arm zurück. Die Schwertspitze glänzte vor Staubner Augen, bereit, seinem Leben ein Ende zu setzen.

»Herr«, unterbrach Torce den Söldnerfürsten vorsichtig. »In den Zellen gibt es einen Priester und eine Wassererntenterin.«

»Was?«, fuhr Fausto herum.

»Wir haben die zwei bei den Obersten erwischt. Erst vor ein paar Stunden.«

Fausto funkelte den Offizier erbost an. »Warum sagt mir das keiner? Werde ich von euch nicht mehr über wichtige Vorfälle unterrichtet? Ist das der Gehorsam, den ihr mir alle schuldet?«

Dankbar, dass sich die Aufmerksamkeit des Söldnerfürsten auf jemand anderen richtete, rieb sich Staubner die Halsbeuge. Ein winziger Bach aus Blut hatte sich darin gebildet. Es hätte nicht viel gefehlt und er wäre vor den Gott der Provinzen getreten. *Der Nomade gewährt das Leben, der Nomade gewährt den Tod*, murmelte er in Gedanken. Anscheinend hatte er doch noch ein wenig Aufschub geschenkt bekommen.

»Ich dachte, es wäre nicht wichtig«, entschuldigte sich Torce.

»Was wichtig ist und was nicht, entscheide immer noch ich. Du hast drei Minuten, dann stehen die beiden vor mir. Sonst rollt dein Kopf, nicht der der Schattenhaut.« Fausto nickte in Staubners Richtung.

»Ja, Herr.«

Blass um die Nase verbeugte sich Torce knapp. Er lief persönlich zu den Zellen. Vermutlich wollte er sichergehen, dass die Gefangenen so schnell wie möglich seinem Fürsten vorgeführt wurden. Schweigend warteten sie auf die Rückkehr Torces. Der Söldnerfürst brütete mit verkniffenem Gesicht vor sich hin. Als sich die Flügeltüren öffneten und Andacht und Tau mit gebundenen Armen hereingeführt wurden, hockte Staubner immer noch an der gleichen Stelle auf dem Boden. Aufzustehen hatte er nicht gewagt.

»Das sind die beiden, Herr«, sagte der Offizier. »Der hier hat mit einer der Obersten gesprochen, als man sie entdeckt hat. Mit der toten Verkrüppelten.«

»Du«, sprach Fausto Andacht an und trat nah an ihn heran. Er überragte den Priester um beinahe eine Kopflänge. »Der Kusanter behauptet, ihr kennt euch.«

Andacht zeigte keine Furcht, wofür ihn Staubner tatsächlich bewunderte. Es war dumm, ja, aber auch sehr mutig, vor jemandem wie Fausto nicht einzuknicken.

»Das tue ich. Und du bist der Mann, der die Obersten eingekerkert hat. Und für den Tod des Beleuchteten verantwortlich ist.«

»Kühn, Priester, sehr kühn.« Fausto lachte plötzlich auf, doch Erheiterung lag nicht darin. »Ich respektiere Männer, die keine Angst zeigen. Sie sollten nur nicht vergessen, auch mir Respekt zu zollen.« Der Söldnerfürst musterte Andacht einen Moment, dann richtete er sein Schwert gegen den Priester. »Staubner behauptet, er könne die Bestien stoppen. Wie macht er das? Antworte schnell.«

»Er summt. Das beruhigt sie.«

Fausto steckte das Schwert zurück in die Scheide und klatschte überrascht mit den Händen. »Na, sie mal einer an. Wer hätte das gedacht? Das scheint heute dein Glückstag zu sein, Staubner. Oder, Männer? Kusanterabschaum mit Glück.«

Der Söldnerfürst hatte sich Staubner erneut genähert und war neben ihm stehengeblieben. »Und was nützt es mir? Hm? Was, frage ich?«

Fausto holte aus und trat Staubner mit Schwung gegen die Rippen. Dann ein weiteres und ein drittes Mal. Staubner stöhnte gequält und rang nach Luft, während er nach hinten über stürzte. Ein Fiepen drang aus seinem Mund. War eine der Rippen gebrochen? Vielleicht zwei?

»Soll ich dich wie eine Trophäe vor mich hertragen, damit du die verfluchten Bestien einzeln in den Schlaf summst? Hast du dir das so vorgestellt, ja?«

Fausto setzte einen weiteren Tritt gegen Staubner, bevor er endlich von ihm abließ. Stattdessen wandte er sich erneut Andacht zu.

»Du hast mit einer Obersten gesprochen. Was hat sie dir gesagt?«

»Dass die Stadt des ewigen Himmels verloren ist.«

»Andacht«, stöhnte Staubner aus dem Hintergrund. »Das Viertel der Wasserernter, es ist abgebrochen. Überall schwärmen die Bestien.«

Tau gab einen Laut aus reinster Bestürzung von sich. »Nein«, hauchte sie. »Wir sind zu spät.«

»Haltet alle das Maul«, schnauzte Fausto. »Ich habe hier gewichtigere Probleme als ein weggebrochenes Viertel.«

Doch Andacht ließ sich nicht zum Schweigen bringen.

»Ohne die Ernte aus der Wolke gibt es auf dem Plateau kein Wasser. Es regnet nicht. Die Stadt ist dem Untergang geweiht. Du wirst an diesem Ort nicht bleiben können. Niemand wird das.«

Fausto brüllte frustriert auf, erhob aber nicht die Hand gegen den Priester oder die Wassererntерin. Wenn Staubner nicht zu sehr mit seinen eigenen Schmerzen beschäftigt wäre, hätte er beinahe Freude darüber verspürt.

»Der verfluchte Riese hat mich betrogen!«, donnerte der Söldnerfürst. »Er hat zugesagt, dass ich den Weg zu einer neuen Heimat beschreite. Einer, die den Verlust von Schmalbrücken aufwiegt.« Er packte Andras am Arm und schüttelte ihn. »Wer, beim Nomaden, bringt mir endlich diese beschissene Eibisch her?«

Die übrigen Söldner wichen zurück, um nicht Ziel seines Zorns zu werden. Auch Andacht und Tau verhielten sich möglichst ruhig. Die Tür der Halle öffnete sich und der Mann, der von Andras losgeschickt worden war, kehrte zurück. Flüsternd erstattete er dem Offizier Bericht. Als er endete, gab Andras ihm einen Wink. Daraufhin eilte der Söldner hastig nach draußen und schloss die Tür hinter sich.

»Was hat er gesagt? Was?«

»Üble Neuigkeiten, Herr«, antwortete Andras.

»Noch eine? Was für eine Überraschung. An diesem Tag sollte mich eigentlich nichts mehr verwundern. Was ist es, los raus damit.«

»Die Gemahlin des Auges ist fort. Sie hat ihre Wächter ausgetrickst und ist geflohen. Nach ihr wird bereits gesucht.«

Mit einem Mal wurde der Söldnerfürst tödlich ruhig. Er ließ seinen Offizier los, schränkte die Arme hinter dem Rücken und nahm seine Wanderung durch die Halle wieder auf. Eine ganze Weile sagte er nichts, bis er seitlich neben Tau zum Halten kam.

»Und was kannst du?«, fragte Fausto mit einer Gelassenheit in der Stimme, die Staubner umgehend zum Frösteln brachte.

»Tanzt du den Bestien etwas vor und blendest sie damit?«

»Ich bin nur eine Wassererntерin, Herr«, antwortete Tau. Den Söldnerfürsten sah sie nicht an, sondern blickte stur geradeaus. Sie wollte ihm nicht das Gesicht zuwenden, und in Staubners Augen war das das Beste, was sie tun konnte.

»Eine Wassernernterin. Ohne Feld. Du bist nutzlos für mich«, stellte Fausto fest.

Mit einer halben Drehung seines Körpers zog Fausto dem nächststehenden Söldner einen Dolch aus dem Bauchgurt. Nur einen Moment später steckte die Klinge bis zum Heft in Taus Brustkorb. Die Wassererntenin keuchte, hustete stumm. Ungläubig suchte sie die Augen Andachts. Ein feiner Rinnsal Blut lief ihr aus dem Mundwinkel.

»Lugo, meine Seele kommt zu dir«, flüsterte Tau.

Dann gaben ihre Beine nach und sie sackte zu Boden. Ein paar Mal füllte sich ihre Lunge blubbernd mit Luft. Schließlich lag sie still. Fausto beugte sich vornüber, zog den Dolch heraus, wischte ihn an der Kleidung der Toten ab und reichte ihn dem Söldner zurück. Der steckte das Messer zurück in seinen Bauchgurt. Sowohl Andacht als auch Staubner hatten vor Schreck die Luft angehalten. Die Tat Faustos war ungeheuerlich und doch wagte Staubner nicht, aufzubegehren. Das hatte Tau nicht verdient. Nicht so ein sinnloses Ende. Auf Händen und Knien krabbelte er zu der toten Wassererntenin. Er legte die flache Hand auf das blasse Gesicht und schloss ihre Augen. Über ihnen murmelte Andacht einen Segen.

»Möge Sula dich mit offenen Armen empfangen.«

Staubner hoffte inständig, dass das half.

»Was hast du mir noch anzubieten, Priester?«, knurrte Fausto. »Ich hoffe für dich, dass dir die Oberste das ein oder andere brauchbare Geheimnis anvertraut hat, bevor sie verreckt ist.«

Andachts Augen zeigten eine Härte, die Staubner noch nie an ihm gesehen hatte. Tau war sein Schützling gewesen, so wie er unter der Obhut der Obersten Segen gestanden hatte. Beide waren nun tot. Und beide hatte er nicht zu retten vermocht. Mühselig und ächzend kämpfte Staubner sich auf die Füße und stellte sich neben ihn. Sollte Fausto ruhig sehen, dass er Andacht zur Seite stand.

»Ich kann dich zu deinen Männern auf den Pass führen. Unter einer Bedingung.«

»Du stellst hier keine Bedingungen, Priester.«

»Dann werden wir alle nach und nach von den Bestien getötet. Ich habe Frieden mit meiner Göttin geschlossen. Hast du den deinen mit dem Gott der Nomaden?«

»Es heißt *der Nomade*. Nicht Gott der Nomaden«, verbesserte Staubner den Priester flüsternd. Das handelte ihm einen tadelnden Seitenblick Andachts ein. »Schon gut. Ich wollte nur helfen.«

»Was willst du?«, fragte Fausto nach einem Moment des Überlegens. Er sah tatsächlich ein, dass er den Priester brauchte, wenn er aus der Stadt entkommen wollte. Staubner konnte es kaum glauben.

»Du rettest die Bevölkerung. So viele, wie möglich.«

»Das ist unmöglich. Wenn ich die Tore öffnen lasse, kommen nicht nur Menschen hindurch.«

Andacht schwieg und wartete.

»Ich lasse dich foltern, bis du mir den Weg verrätst«, versuchte es Fausto erneut, mit möglichst viel Gelassenheit in der Stimme. »Deine obersten Priester haben mir sehr schnell alles verraten, was ich wissen wollte. Und noch vieles davon, was wirklich niemanden interessiert.«

Doch Andacht schien das nicht zu beeindrucken. Beharrlich schwieg er weiter. Nach mehreren Minuten des schweigenden Anstarrens gab der Söldnerfürst schließlich sehr zu Staubners Überraschung nach.

»Wie? Wie soll ich es anstellen?«, fragte Fausto mit einem resignierenden Seufzer. »Ich sagte schon, die Bevölkerung vor den Bestien zu schützen und gleichzeitig den Tempel zu verteidigen, ist nicht umsetzbar. Dafür stehen mir zu wenige Männer zur Verfügung.«

»Staubner wird ein Seelenhorn benutzen. Es trägt den Schall weit genug. Das wird einen Bereich schaffen, durch den die Menschen fliehen können. Damit kannst du dich allein darauf konzentrieren, die Zugänge zu sichern.«

»Das funktioniert?«, flüsterte Staubner ungläubig, doch Andacht ignorierte seine Frage.

»Und dann?« Fausto wirkte noch nicht überzeugt.

»Sobald die Tore offen sind, zeige ich dir den Weg nach unten.«

Der Söldnerfürst holte tief Luft und beinahe glaubte Staubner, er würde sie beide doch noch töten wollen, weil sie zu viel gewagt hatten. Aber offensichtlich hatten die Worte Andachts bei ihm tief eingeschlagen. Mit der unverrückbaren Stimme eines Anführers stellte er seine Fragen.

»Diese Tunnel. Gibt es dazu eine Karte?«

»Nur von denen, die die Viertel der Stadt miteinander verbinden. Keiner führt zum Pass.«

»Gib sie mir.«

Andacht griff in seine Kutte und beförderte die Karte hervor, die er und Staubner bei ihrem Versuch, heimlich zum Beleuchteten zu gelangen, verwendet hatten. Fausto nahm sie an sich, ohne ihr einen näheren Blick zu gewähren.

»Ihr habt den Priester gehört. Andras, wir koordinieren den Abzug von den Mauern. Für die Sicherung des Rückzuges werden wir die Adlerkrieger benötigen. Schicke jemanden, der ihnen die Freiheit anbietet, wenn sie an unserer Seite kämpfen. Aber haltet sie weiter unter Kontrolle. Und du, Torce, besorge mir eins dieser verfluchten Hörner. Im Tempel wird sich sicherlich eins auftreiben lassen. Alle anderen packen zusammen. Ich will, dass alles so schnell wie möglich abmarschbereit ist.«

Die Söldner bestätigten die Befehle und schlagartig brach Hektik in der Halle des Aufstiegs aus. Währenddessen zog sich Fausto mit Andras zum Beratungstisch zurück. Staubner blieb mit dem Priester und der Leiche Taus unbehelligt zurück. Neben Staubner seufzte Andacht erleichtert auf.

»Bei Sula, das war wirklich knapp. Ich dachte, er bringt uns auch um. Was hast du ihm angetan, Staubner, dass er dich so hasst?«

»Außer, dass er alle Kusanter verabscheut? Eine uralte Geschichte. Irgendwie glaubt er, ich trage Schuld daran, dass er seine alte Festung an zwei rivalisierende Freiherren verloren hat. Seine Söldner kämpften heimlich für eine dritte Seite. Als das herauskam, schlossen sich die beiden Feinde zusammen und jagten ihn davon.«

Andacht zog eine Augenbraue nach oben. »Und? Trägst du die Schuld daran?«

»Möglicherweise war ich damals einfach zur falschen Zeit am falschen Ort. Aber im Grunde war es …«

»Nicht deine Schuld.« Andacht verzog die Mundwinkel zu einem wissenden Lächeln, als sei damit alles gesagt. War es auch, irgendwie.

»Du hast dich Fausto gegenüber außerordentlich gut geschlagen. Du wärst ein großartiger Oberster geworden, Andacht. Ganz sicher. Segen wäre stolz auf dich.«

»Ach, halt den Mund.«

Der Knuff gegen seine Rippen ließ ihn aufkeuchen. Grinsend hielt sich Staubner die pochende Seite. Aber das war es wert gewesen. Sein Blick fiel auf die tote Wassererntin zu ihren Füßen und schlagartig kehrte die Beklommenheit zurück.

»Was machen wir mir ihr? Wir können Tau nicht einfach hier liegen lassen.«

»Sie sollte in Sulas Arme gegeben werden. Wie es ihr Glaube vorsieht. Nur …« Andacht stockte. »Ich fürchte, dafür bleibt keine Zeit.«

»Gibt es im Tempel keine Räume für die Toten?«

Der Priester bedachte Staubner mit einem seltsamen Blick. Hatte er denn etwas Falsches gesagt?

»Naja, wo sie aufgebahrt werden, bis ihr das Ritual oder was auch immer, durchführt«, erklärte Staubner weiter. So etwas gab es doch in jeder Stadt. Selbst wenn es nur irgendein Verschlag in dem letzten Dorf am Horizont war.

»Du machst dir Gedanken um sie«, stellte Andacht fest. »Du veränderst dich, Staubner. Zum Guten. Ja, es gibt solche Räume. Doch die sind zu weit weg. Aber vielleicht weiß ich eine andere Lösung. Hilf mir, wir tragen sie raus.«

Staubner nickte. Mit zusammengekniffenem Gesicht griff er nach Taus Achseln und wartete, bis Andacht die Beine genommen hatte. Niemand schenkte ihnen mehr als die benötigte Beachtung, als sie die Leiche hinaustrugen. Weglaufen konnten die beiden sowieso nicht.

»Die Aussicht ist atemberaubend.«

Während Andacht mehr darauf bedacht war, die Leiche Taus vorsichtig zu transportieren, vergaß Staubner über den Anblick beinahe, weswegen sie hier waren. Der Mann, den die Söldner als Kusanterabschaum bezeichneten, verdrehte den Kopf in alle Richtungen. Bis auf die oberste Ebene der Tempelpyramide hatten die Stufen sie gebracht. Andacht war in seinem Leben bereits sehr häufig hier oben gewesen. Meistens wenn er Segen bei den Ritualen und Tempeldiensten zu Ehren Sulas behilflich gewesen war. Er schwitzte unter der Last der getöteten Tau. Aber er tat es gern. Für sie. Unwillkürlich musste er an das Reinigungsritual denken, dass die Priester durchzuführen hatten, wenn sie eine Leiche berührten. Heute würde er es auslassen. Sula gab dafür bestimmt ihr Einverständnis. Andacht warf einen Blick über die Schulter. Zurück zu den Treppenstufen. Dort stand einer der Söldner und wartete. Als sie aufgebrochen waren, hatte er sich ihnen angeschlossen. Geholfen hatte er nicht. Vermutlich sollte er sie einfach nur im Auge behalten.

Die Prellungen, die die Tritte des Söldnerfürsten gegen Staubners Rippen verursacht hatten, mussten den Mann bei jeder Bewegung unangenehm stechen. Aber das mochte sein Staunen nicht unterdrücken. Im Gegensatz zu ihm war Staubner noch nie hier oben gewesen. Gemeinsam trugen sie Tau zwischen die Türme der Winde. Der eine, der östliche, lag in Trümmern. Bruchstücke hatten sich über alle Ebenen der Pyramide verteilt und Andacht war sich sicher, dass einige davon bis ganz nach unten gefallen waren. Er hob den Blick. Der goldene Ring, der sich zwischen den Turmspitzen aufspannte, war immer noch da. Der Einsturz des Ostturmes hatte ihn nicht einmal verbogen. Als hätte Sula verhindert, dass ihre Würde mehr als nötig entheiligt würde.

»Wir legen sie dort ab«.

Andacht schob sich, die Kniekehlen der toten Tau in Händen, seitlich an Staubner vorbei und steuerte den steinernen Altar an, wenige Meter vor ihnen. Ihren Leib noch einmal anzuheben forderte ihm alles ab. Er atmete schwer, als es vollbracht war.

»Ein schöner Platz«, schnaufte Staubner. »Sie hätte es gemocht, denke ich.«

»Ja, da bin ich mir sicher«, erwiderte Andacht sanft. Die plötzlich gedankenschwere Stimmung Staubners hatte er nicht erwartet. Bisher hatte sich dieser nie derart feinfühlig gezeigt. »Man kann von hier oben die Wolke in ihrem Umfang fast vollständig abmessen. Vom Rand des Plateaus bis raus auf das Meer. Sie gibt Leben und nimmt es aber auch.«

»Wie der Nomade«, sagte Staubner. »So heißt es bei uns in den Provinzen. Der Nomade gewährt das Leben, der Nomade gewährt den Tod.«

»Das ist eine sehr schicksalsergebene Existenz, die ihr führt. Nicht anders als wir.« Andacht schwieg einen Moment. Er ließ die Worte in seinem Verstand nachhallen. »Im Grunde ihres Herzens hat Tau die Wolke gehasst, glaube ich. Sie hat es nur vergessen wollen. So wie alle, die sich in das Schicksal ihrer Kaste gefügt haben«, sinnierte Andacht. Seine Hand lag noch auf Taus Bein, doch sein Gesicht war der Stadt des ewigen Himmels zugewandt.

»Eure Welt ist kaum weniger grausam als meine«, sagte Staubner. »Also zu denen, die nichts zu sagen haben. Man hält es aus oder man stirbt. Alles im Namen eines Gottes, den man nie wirklich zu Gesicht bekommt. Gut, deine Sula sieht man jeden Tag am Himmel, aber ist es das, worauf es ankommt?«

»Ich weiß es nicht, Staubner. Es ist seltsam, meine Heimat aus diesem Blickwinkel zu betrachten. Ich ahne, was Segen in ihr gesehen hat, wenn sie es tat. Warum sie so schützenswert war. Sie trug eine schwere Bürde. Eine, die sonst niemand auf sich nehmen wollte. Nicht einmal der Beleuchtete.«

»Irgendwer muss es tun. Immer.«

»Für die Stadt des ewigen Himmels ist diese Zeit vorbei.«

Sie schwiegen eine Weile, Seite an Seite, Tau zwischen ihnen, und sahen hinab auf die Mauern, die Rauchfahnen der brennenden Häuser, die Verwüstungen der Erdbeben und die Straßenzüge voller Menschen, die alle auf die Mauern des Tempelviertels zustrebten. Noch hielten die Söldner die Tore verschlossen. Doch wenn Fausto Wort hielt, würde sich das bald ändern. Dann begann ihr aller Auszug in die Fremde.

»So kann sie nicht bleiben, Andacht. Die Bestien …« Staubner vollendete den Satz nicht, nickte aber zu den Steintrümmern des Ostturms herüber. »Sollen wir?«

Andacht holte tief Luft, bevor er antwortete. Er wusste, was Staubner meinte. »Ja.«

Gemeinsam trugen sie herausgebrochene Steine des Ostturms herüber und häuften sie auf die Altarplatte, bis Taus Körper nicht mehr zu sehen war. Auch Staubner wusste, dass das die Bestien nicht davon abhalten würde, sich den Leib zu holen. Dennoch gab es ihnen ein besseres Gefühl, sie nicht vollkommen unbeschützt zurückzulassen. Andacht nahm einen letzten Stein auf. Die Oberfläche zeigte einen Teil des Reliefs, das auf jedem Turm angebracht war. Es war das geschlossene Auge des Ostwindes. Sanft legte er es oben auf den Haufen. Vielleicht würde der Wind Taus Seele zu Sula tragen. Der Söldner, der sie bewachte, stand plötzlich neben ihnen. Er packte Andacht am Arm und zerrte ihn mit sich.

»Unsere Gnadenfrist ist vorbei. Die Bestien kommen. Wir müssen zum Fürsten.«

Der Söldner zeigte in Richtung Stadt. Dort, wo die hintersten Mauern auszumachen waren, bewegten sich Staub und Rauch. Es hatte begonnen. Widerspruchslos folgte Andacht dem Söldner die Treppe herunter. Staubner eilte ihnen hinterher. Auch er hatte gesehen, in welcher Zahl die Bestien heranstürmten.

Weit vor der Halle des Aufstiegs kam ihnen der Söldnerfürst mit seinen beiden Offizieren entgegen. Sein Gesicht zeigte eine ernsthafte Beherrschtheit, wie sie Kämpfer mit langer Erfahrung an den Tag legten. Dennoch wirkte Fausto weitgehend unzufrieden. *Er schien die verbliebene Zeit genutzt zu haben*, dachte Staubner, *doch eine Sache fehlt ihm noch, die keinen Aufschub mehr duldet.* Er stellte sich neben Andacht und drückte die Schultern durch. Mit erhobenem Kinn wartete er auf die herannahenden Söldner.

»Du, Priester, du wirst mir sofort den Weg nach unten verraten«, forderte Fausto. »Sonst wird niemand die Tore öffnen.«

»Ich dachte, wir hätten einen Handel. Die Leute müssten längst durchgelassen werden«, beschwerte sich Staubner, doch Andacht legte beschwichtigend eine Hand auf seine Schulter.

»Bleib ruhig. Er hat ein Recht darauf.«

»Sobald ich den Befehl gebe, strömen tausende Menschen zum Tempel.« Jetzt sah der Söldnerfürst Andacht mit finsterer Entschlossenheit an. »Wir werden sie so gut es geht verteidigen. Doch ich muss sie auch irgendwo hinführen, sonst verstopfen sie alle Zugänge. Sag mir also, wohin?«

Andacht hob die Hände. »Zug um Zug, Fürst. Das verstehe ich. Ich beschreibe dir den Ort, an dem im Tempel der Weg zum Fuß des Plateaus beginnt.«

»Was ist mit dem Rest?«, verlangte Fausto zu wissen. »Das Stück durch die Tunnel?«

»Den muss ich selbst erst sehen. Ich kenne ihn nur aus dem Bericht der Obersten Segen und bin ihn nie selbst gegangen. Du hast dennoch mein Wort, dass ich alle hinabführen kann und werde.«

Andachts Stimme klang selbstsicher und gefasst. Ein weiteres Mal bekräftigte Staubner in Gedanken, dass der Priester einen hervorragenden Obersten abgegeben hätte. Die Nerven bewahren konnte er jedenfalls wie einer.

Der Söldnerfürst knurrte die Worte mit tödlicher Ruhe heraus. »Unter anderen Umständen, Priester, ließe ich dich einfach von der Klippe werfen. Dein Wort allein wiegt wenig. Im Kampf, der vor uns liegt, nutzt es mir gar überhaupt nichts. Und doch muss ich es hinnehmen. Aber wenn du mich betrügst, Priester, dann wirst du die Folgen dafür zu spüren bekommen.« Dann wandte Fausto sich an Staubner. »Und du ebenfalls. Erfülle deinen Teil der Abmachung. Dann überleben wir das hier vielleicht sogar.«

Staubner entgegnete nichts, sondern sah Fausto still in die Augen. Er mochte sich nicht mehr einschüchtern lassen. Das war endgültig vorbei. Stattdessen lauschte er, wie Andacht dem Söldnerfürsten und seinen Offizieren sorgfältig die Route zum aufgegebenen Trakt des Tempels beschrieb. An der vergessenen Bibliothek vorbei bis hin zu einer winzigen Kammer, an deren Türsturz Lugo und die vier Winde angebracht waren. An den zusammenrückenden Augenbrauen Faustos bemerkte er, dass der Söldnerfürst missgestimmt über das Gehörte war. Die Kammer mochte sich als Flaschenhals für die Flucht erweisen. Selbst wenn die Höhle darunter, zu der sie führte, groß genug war, um hunderte von Menschen aufzunehmen. Doch das war ein Problem, um das sie sich später kümmern mussten.

»Torce, du postierst Leute vom Eingangstor des Tempels bis hin zur Kammer«, wies Fausto den Offizier an. »Nimm dafür, wen du kriegen kannst. Diener, Priester, Gefangene, mir egal. Sorg nur dafür, dass sie bleiben, wo sie sollen. Unser Abzug hängt davon ab.«

»Ja, Herr.«

Torce verbeugte sich und eilte den Gang hinab. Nur kurz blickte Staubner ihm hinterher. Fausto führte sie hinab auf eine der unteren Ebenen der Tempelpyramide. Der Offizier Andras von Kranzgilt begleitete sie. Auf einem weitläufigen Balkon mit Blick Richtung Norden war ein Kommandostand aufgestellt worden. Deutlich war die kreisförmige Innenmauer um das Priesterviertel zu erkennen. Söldner hielten den Wehrgang besetzt. Weitere Kämpfer, teils Faustos Männer, teils Adlerkrieger, wie Staubner anhand der Speere in ihren Händen ausmachen konnte, bildeten über die freie Fläche hinweg vom Nordtor bis zur Tempelpyramide einen Korridor. Ein Teil der Kriegerkaste hatte sich also der Verteidigung angeschlossen. Staubner fragte sich, wer sie nun anführte. Vielleicht Torwächterin Binder, die das Tor bei seinem ersten Hindurchgehen befehligt hatte?

Fausto tippte auf eine Karte der Stadt, die vor ihnen auf einem Tisch lag. »Es gibt jeweils nur zwei Tore, die zu öffnen in Frage kämen. Im äußeren Ring das im Norden, welches zum Handwerkerviertel führt. Das ist das gefährliche. Dahinter lauern die meisten Bestien und niemand weiß, ob dort überhaupt noch genug Menschen leben, um das Risiko einzugehen, es zu öffnen. Die Besatzung ist bereits auf dem Weg hierher und wird die Tempelmauer verstärken.«

Fausto wanderte mit seinem Finger vom Handwerkerviertel rüber zu dem der Wasserernter.

»Das andere Tor liegt im Osten, das bei den niederen Kasten. Wegen der sich ausbreitenden Wolke sehen meine Männer nicht, was dort genau vor sich geht. Trotzdem werden wir es öffnen. Sollte sich die Bevölkerung zeigen, darf sie passieren. Kommt niemand, wird das Tor wieder verschlossen.«

Erneut wanderte der Finger, dieses Mal zu den Vierteln im Inneren der Stadt.

»Wir beginnen mit den Toren in der Tempelmauer. Dieses in der Verlängerung zum äußeren Tor und eines auf der gegenüberliegenden Seite. Auch dort stehen Söldner wie Adlerkrieger, um die Menschen solange es geht vor den Bestien zu beschützen. Jeder nimmt nur das mit, was er tragen kann. Wer mehr anschleppt, bleibt zurück. Es gibt keine Ausnahme.«

Andacht hatte sich den Plan bislang schweigend angehört, ohne den Söldnerfürsten zu unterbrechen. Doch Staubner merkte ihm an, dass dem Priester etwas auf der Zunge lag.

»Wenn wir so vorgehen, dann retten wir aber zunächst nur die Wohlhabenden«, sagte Andacht schließlich.

»Wenn *ich* so vorgehe«, korrigierte Fausto grimmig, »dann rette ich erst einmal die, die sich am nächsten zu unserem Fluchtweg aufhalten. Das sind die, die direkt um den Tempel herum warten.«

»Was ist mit den anderen? Die hinter der äußeren Mauer?«

»Sobald hier drinnen alles geräumt ist, gebe ich das Kommando für das eine äußere Tor. Oder wenn die Bestien die Tempelmauer erreicht haben. Je nachdem, was zuerst eintrifft.«

Da verstand Staubner, was der Söldnerfürst vorhatte. Er nutzte die niederen Kasten als Hindernis, in der Hoffnung, so den Vormarsch der Bestien zu verlangsamen.

»Das kannst du nicht machen, Fausto«, protestierte er. Aufgebracht hämmerte er mit der Hand auf die Karte. »Du opferst noch mehr. Es sind doch schon genug gestorben, beim ersten Angriff.«

Der Söldnerfürst zeigte sich jedoch ungerührt. »Wir sind uns wohl alle im Klaren darüber, dass wir nicht alle retten werden. Nur so viele, wie es möglich ist. Und nur so viele, dass ich nicht weitere meiner Männer sinnlos opfern muss. Wenn ich dich daran erinnern darf, unten in den Höhlen werden wir sie brauchen. Deine Worte. Wir sind erst am Fuß des Plateaus in Sicherheit. Vielleicht nicht einmal da.«

»Trotzdem ist es unrecht, wenn …«

»Lass gut sein, Staubner. Er hat recht«, unterbrach ihn Andacht. »Wir werden nicht alle retten.«

»Aber versuchen könnten wir es wenigstens«, sagte Staubner und er meinte es genau so.

Mit weichen Knien wechselte Staubner in Sichtweite der Tempelmauer das Gewicht von einem Bein auf das andere und wartete. Als Andacht ihm ein Seelenhorn in die Hand gedrückt und ihm erklärt hatte, wie es zu benutzen war, da hatte er noch ein wenig Zuversicht gespürt. Auch wenn die schauerliche Fratze, die die Mündung des Horns verzierte, alles andere als vertrauenserweckend auf ihn wirkte. Warum nur baute man ein derart hässliches Musikinstrument? Und vermochte er überhaupt genug Luft in das Seelenhorn zu geben, wo ihn die Rippen nach Faustos Tritten so schmerzten, dass er kaum atmen konnte? Jetzt, umringt von zwei Söldnern mit Lanzen und zwei Adlerkriegern mit Schleudern, die ihn vor den Bestien beschützen sollten, war diese Zuversicht vollkommen verflogen. Andacht war in den Tempel zurückgekehrt und kümmerte sich darum, dass die Flüchtenden den Anweisungen folgten.

Gleich neben Staubner und seinen Beschützern befand sich der lockere Korridor aus Kämpfern, der vom offenen Tor in der Tempelmauer zur Pyramide führte. Zügig schritten die Bewohner der inneren Viertel aus, manche mit sorgenvollen Gesichtern, in anderen spiegelte sich Unverstand und Missmut, den Wohlstand hinter sich lassen zu müssen. Am Tor drängten Söldner eine Familie an die Seite, die es nicht hatten lassen können, ihre Besitztümer auf einen Wagen zu laden und mitzunehmen. Für sie endete die Flucht genau in diesem Augenblick. Weder Geschrei noch Protest nutzte. Fausto blieb in seinem Befehl unerbittlich. Bestimmt zum fünften Mal in den letzten Minuten lockerte Staubner die Schultern. Das Seelenhorn war nicht sonderlich schwer, eher unhandlich. Mit der Zunge befeuchtete er die Lippen. Vielleicht kamen die Bestien gar nicht. Vielleicht blieben sie einfach, wo sie …

Der erste Schrei schien weit weg. Irgendwo hinter dem Tor. Doch er war angsterfüllt genug, um Staubners Gedanken zu unterbrechen. Innerhalb von Sekunden wurde der Schrei von anderen aufgenommen, von vielen. Sehr vielen. Oben auf der Mauer brach Hektik aus. Die Söldner machten sich bereit. Kommandorufe ertönten. Auch die vier Kämpfer an seiner Seite packten ihre Waffen fester. Staubner spürte die Panik in der Menge, bevor sie sich durch das offene Tor wälzte und die Menschen erfasste, die sich bereits im Korridor befanden. Viele rannten los, stießen rücksichtlos andere beiseite, um die Sicherheit des Tempels so schnell wie möglich zu erreichen. Habseligkeiten fielen ebenso wie Alte, Frauen und Kinder zu Boden. Staubner sah zu und konnte doch nichts unternehmen. Als würde es helfen, hob er das Seelenhorn an und summte hinein. Nach wenigen Takten brach er ab.

Jemand rief den Befehl, das Tor zu verschließen. Rumpelnd setzte es sich kurz danach in Bewegung. Mehr und mehr schob sich die steinerne Platte seitwärts und schnitt den Strom aus Flüchtenden zusehends ab. *Das war so nicht abgesprochen*, dachte Staubner entsetzt. Es waren längst nicht alle innerhalb der Tempelmauern. Nicht einmal die aus den inneren Vierteln. Gerade, als er gegen den Befehl protestieren wollte, erschien die erste Bestie auf der Mauerkrone. Sie besaß keine Flügel und war allem Anschein nach schlicht an der Mauer hochgeklettert. Ihr Kiefer zermalmte einen Krieger, der Schweif fegte weitere beiseite. Ein Stück weiter links zog sich eine zweite Bestie auf den Wehrgang, daneben noch eine. Darüber, deutlich sichtbar am wolkenfreien Himmel, flogen ebenfalls welche. Staubner zählte mindestens vier von ihnen. Sie waren groß, sehr groß.

Jemand stieß ihn an. Erschrocken wandte Staubner den Blick von den Bestien ab und drehte sich zur Seite. Der Söldner neben ihm deutete ungeduldig auf das Seelenhorn. Summen, er musste hineinsummen. Staubner holte tief Luft. Der Ton hallte laut und leicht misstönend aus der Schallöffnung. In der Aufregung des Augenblicks hatte er mit zu viel Druck begonnen. So überlagerte der schaurige Klang des Seelenhorns die reine Melodie der alten Weise. Er nahm sich etwas zurück. Sogleich wurde es besser, auch wenn seine Hände und die Stimmbänder zitterten. Gespannt sah er zur Mauerkrone. Die Bestie direkt vor ihnen hielt inne und schüttelte den Schädel. Wenn das reptilienartige Wesen eine menschliche Regung zeigen würde, dann würde Staubner sie wohl *irritiert* nennen. Doch als die erste Speerspitze ihre Haut durchdrang, kollerte sie erbost, schnappte nach der Waffe und zerbiss sie. Ebenso den Mann, der sie gehalten hatte. Die Bestien, die weiter weg wüteten, ignorierten Staubners Summen vollständig.

Es funktionierte nicht! Nicht so, wie es sollte! Dabei stand er immer noch nah genug an der Mauer, um die verschiedenartige Färbung auf der ledrigen Haut der Bestie auszumachen. Trotzdem schüttelte die Bestie den beruhigenden Einfluss einfach so ab. Sowohl Andacht als auch er hatten mit einer viel größeren Reichweite gerechnet. Wie sollte er so eine Hilfe sein?

»Wir müssen näher heran«, rief er seinen Beschützern zu. Staubner ging vorwärts, doch die Söldner wichen nicht vor ihm aus. Stattdessen traten sie ihm in den Weg. Schon wollte er sich an ihnen vorbeidrängen, da gab es einen Knall, der ihrer aller Köpfe zum Tor herumrucken ließ. Staub rieselte vom Mauerwerk herab, die gewaltige Torplatte zitterte. Etwas Großes musste sich dagegen geworfen haben. Ein weiterer Schlag traf es von der anderen Seite. Wieder erzitterte das Tor, stärker als zuvor. Würde es halten? Auf der Mauerkrone sirrten die Schleudern der Adlerkrieger. Ihr Ziel schien genau vor der Mauer zu liegen.

Der nächste Ansturm zerbrach die Platte in zwei Hälften. Die Teile fielen nicht aus der Aufhängung und versperrten weiterhin das Tor. Allerdings zog sich nun ein breiter, gezackter Riss vertikal hindurch. Söldner wie Adlerkrieger lösten den Korridor auf und formierten sich vor dem Tor. Was immer auch dort durchbrechen mochte, sie würden versuchen, es aufzuhalten. Fast bildete sich Staubner ein, ein violettes Auge spähe durch den Spalt. Stattdessen schoben sich Krallen hindurch, kratzten links und rechts am Stein, fanden Halt und rissen ihn dann mit aller Gewalt auseinander. Knirschend löste sich die eine

Hälfte der Torplatte aus der Aufhängung. Träge kippte sie nach innen. Weißer Kies spritzte auf, als sie auf dem Boden aufschlug. Staubner wich zurück, stolperte über seine eigenen Füße und fiel auf den Rücken. Das Seelenhorn entglitt seiner Hand. Durch das Loch schob sich eine Bestie. Massig wie mehrere Ochsen, der Schädel knochig, breit und flach. Wie geschaffen, um eine Mauer zu durchbrechen.

Unaufhaltsam walzte die Bestie vorwärts und griff an. Die erste Reihe der Kämpfer kam kaum dazu, mit ihren Waffen bemerkenswerte Treffer zu landen. Die Bestie schlug, zerbiss, zerfetzte. Einer seiner Bewacher zog ihn hoch und wollte ihn vom Kampfplatz wegzerren. Eine Stimme neben ihm brüllte: »Rückzug, Rückzug!« Doch Staubner schüttelte den Griff ab, kaum dass er auf den Füßen stand. Er summte, ohne bewusst darüber nachzudenken oder es zu erzwingen. Wie von selbst trug sich die Melodie. Dieses Mal hörte er es sogar selbst. Er folgte ihr, ging dabei auf die tobende Bestie zu, immer näher heran, bis er neben der Söldnerformation stand. Jetzt reagierte das Wesen. Es kollerte aus tiefster Brust, seine violetten Pupillen bekamen einen glasigen Glanz. Lefzen zogen sich von den Fängen zurück und verdeckten sie wieder. Es stand still, wartete ab. Ein Adlerkrieger nutzte seine Chance, stürmte vor und rammte der Bestie den Obsidianspeer in den Hals. Ihr Brüllen dröhnte voller Schmerz und Leid. Die Bestie schnaufte gurgelnd, wankte und brach tot zusammen.

Einige der Kämpfer jubelten, vor allem die Adlerkrieger, die ihren Helden beglückwünschten. Die meisten der Söldner blieben still und richteten ihre Blicke auf das unverschlossene Tor. Für wenige Sekunden blieb die Öffnung leer. Dann erschienen dort weitere Bestien. Mehr, als Staubner auf Anhieb zu zählen vermochte. Sie drängten heran und preschten hindurch. Als wollten sie den Tod ihres Artgenossen rächen, stürmten sie mitten in die Speere der Verteidiger. Staubner erwischte ein Hieb mit dem Schwanz quer vor die Brust. Er rollte rückwärts und blieb nach Luft ringend mehrere Meter entfernt von den Kämpfen liegen. Zwei Hände fassten ihn unter den Achseln und zogen ihn weg.

»Du kannst hier nichts mehr ausrichten. Wir brauchen dich jetzt im Tempel.«

Verdutzt drehte Staubner den Kopf und sah hinter sich.

»An … dacht?«, rang er nach Atemluft.

Es war der Priester, der ihn gerade aus der Gefahrenzone brachte. Was machte Andacht hier? Er sollte doch im Tempel sein.

»Kannst du laufen?«

»Ja … Ja, denke schon.«

Staubner rappelte sich auf. Seite an Seite rannten sie auf die Tempelpyramide zu. Auf den ersten Metern stach das Atmen in Staubner Lunge. Doch nach und nach ließ der Schmerz nach und flachte zu einem dumpfen Druck ab. Ein großer Teil der Flüchtlinge hatte die Strecke vom Tor bereits zurückgelegt. Diejenigen, die gestürzt oder verletzt waren, versuchten ihr Möglichstes, um hinterherzukommen. Vor dem Eingang zum Tempel drängelten sie sich, um hineinzugelangen.

»Was machst du hier, Andacht?«

»Dich retten, was sonst.«

»Aber …«

»Ich habe von oben aus gesehen, dass das Seelenhorn nicht funktioniert. Deshalb hab ich Fausto drum gebeten.«

»Er hat zugestimmt?« Ungläubig wich Staubner einem Mann aus, der am Boden lag und seine Habseligkeiten zusammenraffte.

»Wie sonst wäre ich aus dem Tempel gekommen?«, sagte Andacht. Vor dem Pulk aus Leuten wandte er sich nach rechts und lief an der Tempelwand entlang. An einer schmalen Tür hielt er an und hämmerte dreimal mit der Faust dagegen. Sofort wurde sie von innen geöffnet. Staubner drehte sich zu den Flüchtlingen um.

»Was ist mit ihnen? Sollten wir ihnen nicht helfen?«

»Dafür ist es zu spät«, sagte Andacht. Staubner hörte das Bedauern über diese harte Entscheidung in seinen Worten.

»Jeden Augenblick ruft Fausto seine Männer zurück. Die Söldner werden die Tempelmauer aufgeben. Es sind einfach zu viele Bestien.«

Damit schlüpfte Andacht ins Innere. Ein paar Atemzüge später folgte ihm Staubner. Die Schreie der Sterbenden ließ er hinter sich zurück.

Ungeduldig starrte Staubner zum Türsturz herüber und die Reliefgesichter daran starrten zurück. Ohne Andacht anzusehen wusste er, dass es dem Priester nicht anders ging. Es mussten doch noch mehr kommen. Mehr Flüchtlinge. Mehr Überlebende.

»Autsch. Würde es dir etwas ausmachen, dich auf den Verband zu konzentrieren?«

Staubner wandte den Blick von der Tür und zurück auf das, was er gerade tat. Irgendwo vor der Tempelpyramide war der Priester einer Bestie in die Quere gekommen. Sie hatte ihn nachweislich nicht getötet, doch eine Kralle hatte sich durch seinen Arm gezogen. Das war Staubner bei ihrer Flucht gar nicht aufgefallen. Die Wunde blutete noch immer. Sorgfältiger als vorher legte er die Bandage an, die er aus einem Stück Stoff gefertigt hatte. Dabei hielt Staubner sich selbst kaum noch auf den Beinen.

»Entschuldige. Ich kann einfach nicht glauben, dass wir die Letzten sind.«

»Ich weiß«, seufzte Andacht auf. »Das ist sehr schwer auszuhalten.«

Die winzige Kammer mit dem seltsamen Hebel darin hatte sich bereits seit einer ganzen Weile nicht mehr geöffnet. Alles in Staubner wehrte sich gegen die einzige Bedeutung dieser Tatsache. Oben in der Tempelpyramide gab es niemanden mehr, der den Weg nach unten antreten würde. Sie hatten es alle gehört. Wie die Bestien eingedrungen waren. Wie sie ein Blutbad unter den Menschen angerichtet hatten, während Andacht und er die Letzten aus der Kammer geholt hatten. Und nach einem Moment der Stille hatte das Schaben und Kratzen begonnen. Die Bestien gruben sich durch die Ebenen nach unten. Wo ihr Ziel lag, musste Staubner nicht erraten. Wie lange sie wohl brauchen würden? Vermutlich war es eher kurz als lang.

Einzig diejenigen, die mit Staubner und Andacht in dieser Kaverne ausharrten, zählten zu den Überlebenden der Flucht. Viele waren es nicht. Ein paar hundert vielleicht, schätzte Staubner, die sich im Schein weniger Lampen zusammenscharten. Das waren alle, die es aus der Stadt geschafft hatten. Von zigtausend. Bei der Verhandlung mit dem Söldnerfürsten hatte Andacht auch erwirkt, dass die Obersten der Priesterkaste freigelassen wurden. Doch die Priester des Rates hatten zu sehr an den Folgen der Folter gelitten. Wenigstens diejenigen, die sie noch lebend in den Zellen angetroffen hatten. Sie durften gehen, aber keiner von ihnen hatte es versucht. Jetzt blieb nur eine gemischte Gruppe aus Bewohnern der Stadt, einfachen Priestern, Adlerkriegern und Söldnern. Kaum einer war von Blessuren verschont geblieben. Unter den Söldnern und Kriegern fanden sich die am schwersten Verletzten. Sie hatten die Menschen und den Tempel so lange es ging gegen die Bestien verteidigt. Ziemlich vergeblich, wie es sich herausgestellt hatte. Gut möglich, dass ein Teil von den Verletzten den Gebirgspass nicht zu Gesicht bekam. Doch warum befahl der Söldnerfürst nicht endlich ihren Aufbruch? Er musste doch wissen, dass an diesem Ort zu verweilen ihr aller Tod bedeutete. Die Bestien würden sich nicht darauf beschränken, den direkten Weg zu ihnen zu nehmen. Es gab andere. Alte Tunnel und selbst gegrabene. Es war keine Frage, *ob* die Bestien die Jagd auf sie weiter fortführen würden. Sondern wann.

Fausto stand mit seinen Offizieren Torce und Andras abseits von den übrigen. Sie sprachen nicht miteinander, wirkten jedoch auch nicht sonderlich beunruhigt. Roger, der Mundschenk des Söldnerfürsten, goss Wein in mehrere Becher und verteilte sie unter ihnen. Dafür hatte der Söldnerfürst also gesorgt. Dass er sein kostbares Nass zur Verfügung hatte. Staubner schnaubte. Als Fausto in aller Seelenruhe einen tiefen Zug nahm, hielt er es nicht länger aus. Er verknotete den letzten Streifen des Stoffes an Andachts Arm, tat es beinahe zu fest, dass der Priester scharf die Luft einsog, und stapfte dann auf die Gruppe der Söldner zu.

»Was soll das hier werden?«, ging er Fausto ohne jede Vorwarnung an. Mir war nicht bewusst, dass wir genügend Zeit dafür haben, es uns gut gehen zu lassen.«

Fausto nahm einen weiteren Schluck, bevor er sich Staubner zuwandte. Die Köpfe seiner Offiziere drehten sich ebenfalls zu ihm um. »Wir warten«, erklärte der Söldnerfürst in aller Ruhe.

»Worauf? Dass die Bestien uns dann auch hier angreifen? Wo wir ihnen nicht mehr weglaufen können? Die werden kommen. Das weißt du.«

»Ist dein Priester bereit, Schattenhaut? Er führt uns doch in die richtige Richtung? Es ist mir im Übrigen wirklich ein Rätsel, warum er dich als seinen Gefährten auserkoren hat. Eine Schattenhaut. Weiß er nicht, wie ihr seid?«

Hinter der Wand, in der sich die bewegliche Kammer verbarg, polterte es vernehmlich. Ein paar der Flüchtlinge schrien erschrocken auf. War es ein Felsbrocken gewesen, der den Laut verursacht hatte? Oder eine der Bestien?

»Es gibt nur einen Weg aus der Kaverne.«

Staubner unterließ es, auf das nachtschwarze Loch auf der anderen Seite der Höhle zu zeigen. Sie alle wussten Bescheid. Die vier Krieger, die es bewachten, und alle anderen auch. Gleich hinter dem Loch gabelte sich der Weg. Rechter Hand führte er zu den alten Gängen, die Staubner und Andacht zusammen durchquert hatten. Die waren auf der Karte verzeichnet. Viele davon waren aufgrund der Erdbeben verschüttet. Der zur linken Hand neigte sich stetig abwärts. Das war der, den der Priester als den ihren festgelegt hatte. Der Söldnerfürst hatte vor einiger Zeit ein paar seiner Männer zur Erkundung ausgeschickt. Doch ob diese alle zurückgekehrt waren, wusste Staubner nicht zu sagen. Seine Aufmerksamkeit hatte der beweglichen Kammer und der Verletzung Andachts gegolten.

»Er hat dir das nächste Teilstück erklärt. Vor einer halben Ewigkeit!«

»Und ich vertraue darauf, dass er auch die anderen Abschnitte findet«, sagte Fausto.

Wieder rumpelte es hinter der beweglichen Kammer. Dieses Mal war sich Staubner sicher, dass es kein Fels war. Die Bestien hatten den Schacht erreicht. Sofort wichen die Flüchtlinge von ihm zurück und drängten in ihre Richtung. Einige der verletzten Krieger nahmen eine Verteidigungsposition ein, während die übrigen einen zügigen Abmarsch vorbereiteten.

»Was ist nun, Fausto? Willst du immer noch warten? Wir werden sterben!«

Der Söldnerfürst trank den Becher in einem tiefen Zug leer und reichte ihn dem Mundschenk. Roger verstaute das Gefäß zusammen mit der Weinflasche wortlos in einem Beutel. Am Ausgang richteten die Wächter plötzlich ihre Speere in die Dunkelheit. Sofort wandte sich Faustos Aufmerksamkeit von Staubner ab. Erst fürchtete Staubner, eine Bestie würde durch die Öffnung im Felsen stürmen, doch nach einem Augenblick entspannten sich die Wächter wieder. Fünf Söldner, verdreckt und sichtlich angeschlagen, zeigten sich. Sie mussten zu einem der Erkundungstrupps gehören. Allerdings war sich Staubner sicher, dass diese nur aus jeweils drei Leuten bestanden hatten. Auf ihrem Rücken trugen Söldner geschnürte Säcke, deren Stoff sichtlich ausgebeult war. Einer der Männer reckte einen Daumen nach oben.

»Sag deinem Priester Bescheid, Kusanterabschaum«, sagte Fausto, »er soll herkommen.« Dann rief er in die Höhle. »Es geht los, Leute! Alle aufstellen, wie wir es besprochen haben. Die Adlerkrieger ans Ende, Söldner nach vorn, alle anderen in die Mitte!«

Die Kammer im Hintergrund der Höhle bekam hörbar einen Spalt. Die Geräusche von Krallen, die durch Gestein rissen, lagen wie eine schauerliche Melodie über dem Aufbruch der Flüchtlinge. Staubner überließ den Söldnern die Anweisungen. Zügig kehrte er dorthin zurück, wo Andacht mit besorgter Miene wartete.

»Fausto will dich an der Spitze der Kolonne sehen. Damit du ihm den Weg weist.«

Der Priester nickte. So war es abgemacht. Immerhin war er der Einzige, der den Weg abwärts wusste. Trotzdem wirkte er auf Staubner recht unglücklich.

»Was hältst du davon? Diese Söldner, wo kamen die plötzlich her?«, fragte Andacht.

»Beim Nomaden, ich habe keinen Schimmer. Sie scheinen einen harten Weg zurückgelegt zu haben. Ob sie einer Bestie begegnet sind?«

»Sie sehen nicht aus wie eine der Patrouillen, die Fausto ausgesandt hat. Ihre Kleidung ist voller Blut. Irgendetwas muss für den Fürsten unentbehrlich genug gewesen sein, dass er ihr und unser aller Leben für diesen Auftrag riskierte. Dabei brauchen wir sie hier.«

Einen Moment dachte Staubner über die Worte des Priesters nach. Aber gab es gerade Wichtigeres, um das sie sich kümmern mussten. Zum Beispiel die Leute herauszubringen, bevor die Bestien über sie hereinbrachen.

»Wer blickt bei Fausto schon durch«, zuckte Staubner mit den Achseln. »Sehen wir zu, dass wir so viele wie möglich in Sicherheit bringen. Bleib am Leben, Andacht, hörst du?«

»Du auch, Staubner«, sagte Andacht.

Staubner reichte dem Priester die Hand, drehte sich weg und näherte sich der beweglichen Kammer, deren Riss sich zunehmend verbreiterte. Fast schon meinte er, eine Kralle durch die schmale Öffnung blitzen zu sehen.

»Wo willst du hin, Kusanterabschaum?«

Die Stimme Andras von Kranzgilt drang schneidend an Staubners Ohr, doch er verspürte keine Lust, auf die Frage einzugehen. Erst, als eine Klingenspitze unangenehm seinen Nacken ritzte, blieb er stehen. Fiel den Söldnern wirklich nichts Besseres ein, als jemandem ein Schwert an den Hals zu halten?

»Das siehst du doch. Ich kann dort helfen.«

»Es sieht eher danach aus, als wolltest du dich mal wieder verpissen. Das ist es doch, Schattenhaut, nicht wahr?«

Staubner hob die Hände neben den Kopf, drehte sich aber nicht um. Er wollte keinen tieferen Schnitt riskieren oder Andras provozieren. »Du täuschst dich. Ich will die Bestien aufhalten. Damit sie niemanden töten.«

Andras stieß einen verächtlichen Schnaufer aus. »So wie am Tor? Ich habe gesehen, wie du kläglich gescheitert bist, Kusanterdreck. Wegen dir sind gute Männer gestorben. Gern würde ich dich das büßen lassen. Aber Fausto will dich an seiner Seite sehen.«

»Und die Leute am Ende der Kolonne? Die Adlerkrieger haben keine Chance, sie gegen die Bestien zu verteidigen. Das ist Mord, wenn wir sie sich selbst überlassen.«

Die Klingenspitze drückte schärfer gegen seinen Nacken. Sicher blutete er bereits. Unwillkürlich wich er einen Schritt nach vorne aus, doch Andras hielt den Abstand bei.

»Das ist deren Problem, nicht deins. Du wirst bei uns gebraucht.« Das letzte Wort spie Andras mit unüberhörbarem Abscheu aus. Ein Kusanter, auf den er angewiesen war. »Jetzt dreh dich um und komm mit. Oder soll ich Fausto berichten, wie du unglücklich in mein Schwert gestürzt bist?«

»Damit du dann anschließend unglücklich in seins fällst? So etwas passiert, hörte ich, wenn man seine Befehle nicht ausführt.«

Andras gab ein unwilliges Knurren von sich. Die Schwertspitze verschwand. Dafür erhielt Staubner einen deftigen Hieb gegen den Hinterkopf.

»Du solltest mich nicht wütend machen, Kusanter. Wirklich nicht. Jetzt scher dich nach vorne.«

Andras packte ihn am Kragen und zerrte ihn herum. Ohne weiteren Widerstand stolperte Staubner vorwärts. Trotzdem warf er noch einen letzten Blick auf die Adlerkrieger, die sich bemühten, den Flüchtigen zu helfen und gleichzeitig die Kammer im Auge zu behalten. Die Steinwand bröckelte. Jeden Augenblick mochten die Bestien durchbrechen. Wer würde sie dann noch aufhalten?

Der Söldnerfürst quittierte Staubners Ankunft nur mit einem ungeduldigen Blick, während ihn Andras an die Position schubste, an der er zu sein hatte.

»So schnell sieht man sich wieder«, sagte er zu Andacht, der über seine Ankunft nicht gerade unglücklich wirkte, und sei es nur, damit er nicht gänzlich allein blieb. »Scheint, als möchte Fausto mich lieber in seiner und deiner Nähe haben. Auch wenn er dafür andere opfern muss.«

»Er ist ein erbarmungsloser Anführer«, sagte Andacht leise, so dass es der Söldnerfürst nicht hören konnte. »Es war einfältig zu glauben, er kümmere sich um uns. Mein Handel war wohl doch nicht so gut, wie ich gedacht habe.«

»Immerhin nimmt er sie mit. Auch wenn das nur ein schwacher Trost ist.«

Der Söldnerfürst brüllte das Kommando zum Aufbruch. Direkt vor Staubner und Andacht liefen acht Söldner mit Lanzen los. Sie waren zu ihrem Schutz abgestellt worden. Sollte eine Bestie auftauchen, würden sie sich ihr entgegenstellen. Eine weitere Gruppe aus Söldnern, Fausto, seinen Offizieren und dem Mundschenk Roger hielt sich genau hinter ihnen. Erst danach kamen die Überlebenden der Stadt des ewigen Himmels. Sie erwartete eine ungewisse Zukunft ohne Heimat. Den ersten Abschnitt legten sie in hohem Tempo zurück. Die Kämpfer an der Spitze waren den Weg bereits gegangen. Sie waren Teil einer der Patrouillen gewesen. Erst an der nächsten Gabelung hielten sie an, damit Andacht Zeit hatte, sich zu orientieren. Wieder gab es zwei Optionen, beide führten darüber hinaus zu Beginn in die gleiche Richtung. Andacht wirkte unsicher.

»Was ist los, Priester?«, fragte Fausto ungeduldig.

»Auf diese Stelle hat mich die Oberste nicht hingewiesen. Vielleicht hat sie es vergessen.« Andachts Kopf drehte sich hin und her.

»Dann entscheide du dich für einen.«

»Und wenn es falsch ist?«

»Trägst du die Konsequenz und führst uns alle in den Untergang.«

»Das hilft«, mischte sich Staubner ein, »mehr Druck. Warum hältst du ihm nicht gleich deinen Dolch an die Kehle?«

In diesem Moment wünschte er sich, er hätte damals, als die Oberste Segen ihn durch die Gänge geführt hatte, seine Augenbinde wenigstens ein bisschen gelupft. So fühlte er sich recht nutzlos. Wenn er doch nur irgendwie helfen könnte. Hinter ihnen stauten sich die Flüchtlinge in dem engen Gang. Bestimmt hatten noch nicht alle die Höhle bei der beweglichen Kammer verlassen. Andererseits, war es nicht doch besser, bliebe seine Hilfe nicht erforderlich?

»Entscheide dich«, drängte Fausto erneut.

In der Ferne krachte und polterte etwas. Es rollte aus der Richtung über sie hinweg, aus der sie gekommen waren. Die Schreie, die dem Geräusch folgten, erschienen ihm seltsam entrückt. Gleichzeitig jagten sie Staubner eine Gänsehaut über den Nacken. Es hatte begonnen. Die Bestien waren durchgebrochen.

»Jetzt, Priester!«, brüllte Fausto. In ihren Rücken hielten seine Söldner mit gezogenen Schwertern die Flüchtlinge davon ab, weiter vorzudrängen. Noch ließen die sich davon aufhalten.

Andacht zuckte sichtlich zusammen. »Den rechten!«

»Bist du sicher?«, fragte Staubner.

»Nein. Aber für Sicherheit ist keine Zeit.«

Dicht aneinandergedrängt liefen sie los. Alle legten nun deutlich mehr Geschwindigkeit vor. Niemand von ihnen wusste, wie viele Bestien hinter ihnen her sein würden. Dass es nur eine war, davon ging nicht einmal Staubner aus. Der nächste Abstieg erwies sich als natürliche Wendeltreppe, nur dass ihr die Stufen fehlten. Wäre sie steiler gewesen, hätten sie auf ihr herunterrutschen können. Den anderen Gang, der wie durch den Stein gegraben aussah, ignorierten sie aus gutem Grund. Staubner hoffte inständig, dass dort heraus keine der Bestien auftauchen zu sehen. Dass der Kampflärm in ihrem Rücken immer näherkam, beunruhigte ihn schon genug.

»Das stimmt mit der Beschreibung Segens überein!«, rief Andacht, sichtlich erleichtert. »Wir sind richtig!«

Auch Staubner erinnerte sich an die Passage, nur eben hinauf, nicht herunter. Damals hatte er ebenfalls den Eindruck gehabt, eine ganze Weile im Kreis zu gehen. Vorsichtig beugte er sich nach unten, um einen Blick zu riskieren. Die Treppe reichte weit hinunter und verschwand schließlich in völliger Lichtlosigkeit. Sie zu begehen, brachte sie dem Fuß des Plateaus vermutlich ein ordentliches Stück näher. Kurz überlegte er, die Fackel, die ihm Andras irgendwann in die Hand gedrückt hatte, fallen zu lassen. Da trat Fausto neben ihn.

»Das ist nicht der Weg, den ich und meine Männer heraufgekommen sind. Priester, ich verlange, dass du mich so schnell wie möglich zu meinen übrigen Einheiten führst.«

»Wir müssen hier entlang«, beharrte Andacht auf die Richtung. »Dass es der gleiche ist, wie bei deiner Ankunft, habe ich nicht versprochen. Trotzdem bringt er uns zum Pass.«

Der Söldnerfürst zog die Augenbrauen zusammen und stimmte schließlich mit einem unwilligen Grunzen zu. Mit einem Wink schickte er die Lanzenträger vorwärts. Staubner, Andacht und die anderen folgten ihnen. Alle atmeten mittlerweile schwer, selbst die routinierten Söldner. Runde um Runde ging es abwärts. Allerdings blieb der Weg so schmal, dass niemals alle auf einmal den Abstieg angehen konnten. Zwangsläufig staute es sich bereits am oberen Ende. Das war ein Nadelöhr, wie es Fausto auch an der beweglichen Kammer kritisiert hatte. Sich vorzustellen, was passierte, wenn die Bestien dort auf die Menschen trafen, war für Staubner ein unerträglicher Gedanke. Er ließ sich zurückfallen, bis Fausto ihn eingeholt hatte.

»Du musst ein paar Krieger hinaufschicken.«

»Wozu? Das schwächt nur unsere Verteidigungskraft.«

»Und was glaubst du, wie lange wir uns hier …«

»Bestie!«

Der Ruf kam von einem der Lanzenträger. Sofort hielten er und seine Kameraden an, die Lanzen nach vorne gereckt. Hinter ihnen stoppte der gesamte Zug. Weitere Söldner drängten sich zwischen ihnen vorbei, um die beiden an der Spitze zu unterstützen. Angestrengt versuchte Staubner, etwas zu erkennen. Noch immer hatten sie das Ende des Wendelganges nicht erreicht. Aber nach dem violetten Augenpaar zu urteilen, das nur wenige Meter unter ihnen in der Dunkelheit glomm, dürfte es bis zum Grund nicht mehr allzu weit sein. Die Bestie kollerte tief, ging aber noch nicht zum Angriff über. Womöglich versuchte sie erst noch, den Gegner einzuschätzen.

»Schattenhaut, nach vorne!«, befahl Fausto ihm.

Staubner verschränkte die Arme vor der Brust und blieb, wo er war.

»Was wird das, Kusanterabschaum? Hast du mich nicht verstanden? Oder muss ich meinem Befehl mehr Nachdruck verleihen?«

Auch Andacht schaltete sich ein. »Staubner, wir kommen nicht an ihr vorbei, ohne dass es Tote gibt. Das kannst du nicht wollen.«

»So wie die, die da oben den Bestien zum Opfer fallen, beim Nomaden?«, schimpfte Staubner plötzlich los. »Er soll ein paar Männer zur Unterstützung schicken. Vorher unternehme ich nichts.«

»Ich werde keinen meiner Söldner opfern, um …«

»Wie du willst. Dann sehen wir mal, wie lange du gegen die Bestie vor unserer Nase durchhältst. Wenn ich mir die Augen so betrachte, ist es eine sehr große.«

»Das wird auch dein Tod sein, Schattenhaut.«

Staubner zuckte ungerührt mit den Achseln. Natürlich wollte er nicht zum Nomaden gehen, zerfetzt von Klauen und Fängen. Aber andererseits war das vielleicht die einzige Möglichkeit, den Söldnerfürsten dazu zu bewegen, mehr Einsatz zur Rettung der Flüchtlinge zu zeigen. Zum ersten Mal saß er am längeren Hebel. Für einen fürchterlichen Preis. Denn während er sich querstellte, starben die Menschen am Ende der Kolonne. Ihm war klar, dass Geschwindigkeit der Schlüssel zum Überleben war. Andererseits, was blieb ihm sonst für eine Möglichkeit?

»Vielleicht werfe ich dich der Bestie einfach zum Fraß vor und töte sie, während sie mit dir beschäftigt ist. Was dann?«

»Dann solltest du den Nomaden bitten, dir keine weiteren von den Viechern vor die Füße laufen zu lassen.«

Staubner blieb unerbittlich, denn er sah, wie es in dem Söldnerfürsten kochte. Schließlich gab Fausto nach. Wieder einmal. Torce war der Auserkorene, der mit einer überschaubaren Zahl an Bewaffneten den Rückweg antrat. Der Blick, den er vor seinem Abzug Staubner zuwarf, bedurfte keines weiteren Wortes. Wegen eines Kusanters ging er auf ein Himmelfahrtskommando.

»Gut verhandelt«, flüsterte Andacht ihm zu.

»Ich habe vom Besten gelernt«, gab Staubner zurück.

Fausto, der die Bemerkungen nicht überhört hatte, versetzte Staubner einen Stoß gegen die Schulter.

»Treibt es nicht zu weit, sonst überdenke ich mein Wort, das ich euch beiden gab. Priester, wohin geht es, wenn wir unten sind?«

»Nach links. Irgendwo dort müsste wieder ein Tunnel sein, der eine ganze Weile geradeaus und nach unten führt. Keine Abzweigungen. Dann sind wir beinahe am Ziel.«

»Worauf wartest du noch, Schattenhaut? Summe mir die Bestie in den Schlaf.«

»Es wird mir ein Vergnügen sein, Fürst Fausto.«

Staubner deutete eine Verbeugung an und bewegte sich vorsichtig abwärts. Die Speerträger wichen ihm aus und folgten ihm dann. Nach und nach schälte sich die Bestie aus den Schatten. Sie kollerte, wich jedoch nicht zurück. Die Fackel warf ein unstetes Bild. Zu wenig zeigte sie von der Umgebung. Dennoch war es offensichtlich, dass die Kreatur vor nicht allzu langer Zeit geschlüpft sein mochte. Für die Söldner war sie überhaupt kein ernst zu nehmender Gegner. Ohne sich dessen bewusst gewesen zu sein, hatte er Fausto über den Tisch gezogen. Die Wut, die der Anführer der Söldner darüber empfinden würde, malte sich Staubner besser nicht aus. Trotzdem blieb die Bestie für ihn allein immer noch gefährlich. Wie von selbst stieg die Melodie in seine Kehle, suchte sich brummend einen Weg aus Staubners Mund in die Gehöröffnungen der Bestie. Sogleich stellte sich die Wirkung ein. Lider fielen über die violetten Pupillen, der Kopf senkte sich pendelnd. Als er die Söldner eilig herannahen hörte, machte er Platz für ihr tödliches Handwerk. Kaum fanden die Speerspitzen ihre Beute, schwieg Staubner wieder.

Haltlos rollte er über den Felsboden. Der Stoß war so unerwartet und heftig erfolgt, dass Staubner nicht einmal dazu gekommen war, die Arme schützend um seinen Kopf zu legen. Er stieß sich den Kopf blutig, die Arme und die Knie ebenso. Gerade war er doch noch neben Andacht hergegangen. Dann hatte ihn etwas mit der Wucht eines hüttengroßen Felsbrockens gerammt. Keuchend und hustend blieb er schließlich liegen. Was war bloß passiert? Warum schmerzte sein Hals so schlimm? Mühsam versuchte er, sich zu orientieren. Wo war die Fackel? Sie lag nicht mehr in seiner Hand. Lichter tanzten vor seinen Augen, einige Meter von ihm entfernt. Erst jetzt drang das Geschrei an seine Ohren. Das Fauchen. Das Sterben von Menschen. Über ihm kollerte es bedrohlich. Langsam hob er den Kopf, bis er in ein paar violette Augen starrte. Sehr, sehr große Augen, wie er erschrocken feststellte. Die Bestie ragte über ihm auf. Trotz der Dunkelheit sah er überdeutlich, wie sie ihre Klaue hob, um zuzuschlagen.

Jemand brüllte einen Schlachtruf. Eine Klinge blitzte auf und trennte der Bestie einige Glieder ihrer Pranke ab. Fauchend wich sie zurück, doch Staubners Retter schwang sein Schwert ungestüm hin und her.

»Hoch mit dir, Schattenhaut! Das Vieh bleibt nicht lange auf Abstand!«

Das war Fausto. Der elende, verfluchte Söldnerfürst Fausto. Ächzend rollte sich Staubner seitwärts und brachte die Arme unter seinen Körper. Er musste auf die Beine kommen. Weg von der tobenden Bestie. Taumelnd brachte er Raum zwischen sich und dem Kampf.

»Mach schon!«, rief Fausto, der langsam, aber sicher in Bedrängnis kam.

Summen, er musste summen. Staubner hörte die alte Melodie in seinem Verstand. Doch aus seiner Kehle kam ausnahmslos Gekrächze.

Es tat weh und fühlte sich an, als hätte er Glassplitter verschluckt. Wieso funktionierte es nicht?

»Ich ... ich kann nicht ... summen«, hustete er hervor, so laut es ging.

Fausto stieß einen Schrei aus, startete einen letzten Angriff gegen die Bestie, die erneut zurückwich, dann drehte er auf den Fersen um und spurtete auf ihn zu. Mit der linken Hand griff er nach Staubner und riss ihn mit sich.

»Lauf!«

Sie hetzten vorwärts. Staubner wagte nicht, sich umzudrehen, aus Furcht, die Bestie in ihren Rücken zu entdecken und auch davor zu stolpern und zu stürzen. Überall um sie herum waren Söldner in Kämpfe verwickelt. Flüchtlinge der Stadt des ewigen Himmels rannten oder lagen am Boden, die Fänge der Bestien in ihren Leibern versenkt. Selbst Adlerkrieger glaubte er zu bemerken, die sich mit aller Kraft gegen die Übermacht zur Wehr setzten. Ihre Gegner kamen von allen Seiten. Im Laufen klaubte Fausto eine herumliegende Fackel auf. Die Flammen fauchten, als er sie hin und her schwang.

»Hierher! Formieren! Alle Zivilisten in den Tunnel! Sofort!«

Der Befehl schallte weithin hörbar. Söldner wie Adlerkrieger gehorchten und zogen sich zurück, sofern die Bestien es zuließen. Mehr als nur einen der Kämpfer sah Staubner sterben. Die Flüchtlinge hetzten orientierungslos durch das wogende Chaos und versuchten, es lebend heraus zu schaffen. Staubner drehte den Kopf zurück und sah die Öffnung im Felsen. Ihr Ausweg, an dem Andacht bereits stand und mit aufgerissenen Augen auf die Kämpfe stierte.

»Beim Nomaden, Schattenhaut, warum tust du nichts?«, brüllte ihn Fausto an.

»Es geht nicht. Mein Hals«, krächzte er erneut und tastete vorsichtig den Bereich unter dem Kopf ab. Da war Blut und Schmerz.

»Verdammt. Ich wusste es. Verlasse dich nie auf Kusanterabschaum«, schnauzte Fausto. »Verschwinde. Nimm den Priester gleich mit. Und helft allen, die ich euch hinterherschicke. Wir versuchen, die Bestien so lange es geht aufzuhalten.«

Fassungslos sah Staubner den Söldnerfürsten an. Hatte er das richtig verstanden? Unschlüssig sah er zwischen Fausto, den Kämpfen und dem Priester hin und her.

»Beweg dich, Schattenhaut!«

Noch eine Aufforderung brauchte er nicht. Sofort kreiselte er herum und lief zu Andacht herüber. Unter dem Kommando des Söldnerfürsten bildeten die Kämpfer einen Bogen vor ihnen. In der ersten Reihe standen die Speerkämpfer, dahinter stellten sich die Adlerkrieger mit ihren Schleudern auf. Andere lotsten die Flüchtlinge an der Kampflinie vorbei. Dennoch wirkten sie viel zu wenige in Anbetracht der Schar der Gegner. Fausto hatte Fackeln in die Tiefe der Kaverne werfen lassen, um die Bewegungen der Bestien besser einschätzen zu können. Selbst von Staubners Position aus war zu erkennen, wie viele sich allein in dem Halbdunkel herumschlichen. Über die, die er noch nicht sah, mochte er gar nicht erst nachdenken. Oder über die regungslosen Körper, die zwischen den Pranken der Kreaturen auf dem Boden lagen. Der Nomade gewährte ihnen im Augenblick eine kurze Verschnaufpause. Womöglich irritierte die neue Aufstellung der Krieger die Bestien. Lange würde das sicherlich nicht anhalten.

»Was ist mit dir passiert?«. Andacht sog erschrocken den Atem ein, als er das Blut an Staubners Hals sah.

»Eine Bestie«, krächzte er und deutete auf seine Kehle. »Kann nicht … summen.«

»Bei Sula. Dann sind wir alle ihrer Gnade ausgeliefert.«

»Willst du dich beklagen? Oder etwas unternehmen?« Staubner nickte dorthin, wo die ersten Flüchtlinge aus der Stadt um die Verteidigungslinie herumliefen. »Schaffen wir sie raus.«

Beide winkten mit den Armen, riefen und taten ihr Möglichstes, um die Fliehenden auf den Ausgang aufmerksam zu machen. Einen nach dem anderen drückten sie in den Tunnel.

»Folgt einfach dem Tunnel, immer geradeaus«, rief Andacht jedem zu.

»Was, wenn es nicht mehr stimmt?«, fragte Staubner. Die Bestien und die Erdbeben hatten vieles verändert. Warum nicht auch das?

»Dann sind wir so oder so verloren.«

Staubner hörte den Söldnerfürsten einen Befehl rufen. Schon rückten die Bestien wieder vor. Der Todesschrei des ersten gefallenen Kriegers dieses Angriffes ließ Staubner zusammenzucken. Die Luft schien getränkt von Geschrei, Waffengeklirr und dem Kollern der Bestien. Noch hielten die Söldner die Reihen. Doch ihre Gegner waren cleverer als bloße Tiere. Es war, als seien sie für den Kampf geboren. Sie testeten Taktiken aus, wechselten von brachialen Angriffen zu vorsichtigen Vorstößen, prüften die Standhaftigkeit der Flanken. Eigentlich war es purer Instinkt, dass Staubner nach oben sah. Eine Bewegung in der Dunkelheit musste ihn aufmerksam gemacht haben.

»Fausto! Achtung!«

»Was?«

»Über euch! Sie klettern an den Wänden entlang!«

Auch Fausto nahm nun die Bestien wahr. Sofort befahl er den Kämpfern, sich in den Tunnel zurückzuziehen. Dort hatten sie eine bessere Chance, sich zu verteidigen. Mehr als eine oder zwei der Kreaturen vermochten nicht gleichzeitig hineinzukommen. Die Lanzen der Söldner sollten auch das eine Weile verhindern. Als der Söldnerfürst neben Staubner trat, fasste dieser Fausto am Ellenbogen.

»Sind dort hinten noch mehr Überlebende? Dann müssen wir auf sie warten!«

Mit dem Ärmel wischte sich Fausto Schweiß und Blut aus dem Gesicht. »Da ist niemand mehr. Wir sind die Letzten. Du hast deinen Willen bekommen, Schattenhaut. Das Leben meiner Männer gegen das der Städter. Ich hoffe, du bist zufrieden mit deinem Werk.« Damit drückte sich Fausto an Staubner vorbei und widmete sich wieder der Gegenwehr.

»Das ist nicht das, was ich gewollt habe«, flüsterte er dem Anführer der Söldner hinterher. »Nicht das.«

Dann drehte er sich um und versuchte, an den Anfang der Flüchtlingsgruppe zu gelangen. Dicht zusammen standen sie im Tunnel, Angst sprach aus ihren Gesichtern. Die meisten waren dem Tunnel ein Stück weit gefolgt und dann stehen geblieben. Sie wagten sich nicht weiter vorwärts. Alle übrigen stauten sich dahinter, da sie nicht an den Zaudernden vorbeikamen. Zusammen mit Andacht setzte sich Staubner an die Spitze der Gruppe. Dort hob er die Hände an den Mund und versuchte, das Getöse der Schlacht zu übertönen.

»Herhören, Leute!«, krächzte er so laut und schmerzfrei es ging. »Hey!«

Die vordersten Köpfe drehten sich zu ihm um, dann weitere, bis schließlich alle, die ihn sehen konnten, ihm ihre Aufmerksamkeit schenkten. Staubner stupste Andacht mit dem Ellenbogen an.

»Dein Volk. Besser, *du* sprichst mit ihnen. Mich nehmen sie vielleicht nicht ernst.«

Der Priester warf ihm einen mehrdeutigen Blick zu, den Staubner nicht so recht einzuschätzen wusste. Ohne weitere Erklärung ergriff Andacht schließlich das Wort.

»Große Verluste haben wir zu beklagen. Die Stadt des ewigen Himmels ist verloren. Unsere Heimat ist fort. Viele unserer Freunde, unserer Verwandten haben ihr Leben gelassen. All das gleicht der Verheerung, die wir einst erlitten haben. Doch ist Sulas Gnade allgegenwärtig, ihr Strahlen reicht bis in die Dunkelheit, in der wir uns befinden. Sie wird uns an einen neuen, sicheren Ort geleiten, wie sie es bereits schon einmal getan hat. Vertraut darauf! Nehmt all euren Mut, all eure Hoffnung und preist ihr Wirken! Das wohlwollende Antlitz Sulas möge ewig auf uns ruhen!«

Nur vereinzelt reagierten die Überlebenden auf den rituellen Gruß der Göttin. Mehr war in Anbetracht der Lage nicht zu erwarten. Unsicher flüsterten sie miteinander und zeigten auf Andacht, als wüssten sie nicht, wer der Priester sei, der zu ihnen gesprochen hatte. Er war kein Oberster und die meisten hatten ihn auf der Flucht zum ersten Mal wahrgenommen. Niemand zeigte jedoch Anstalten, die Flucht fortzusetzen.

»Sag ihnen deinen Namen«, flüsterte Staubner dem Priester zu. »Sie brauchen etwas Vertrautes, an dem sie sich festhalten können.«

»Sie sollen auf Sula vertrauen«, gab Andacht zurück. »Nicht auf mich.«

»Vergiss deine eigenen Zweifel. Jetzt mach schon!«

Er sah, wie Andacht mit sich rang. Dann, als die Überlebenden begannen, den Fokus auf den Priester zu verlieren, holte er tief Luft und fasste sich erneut ein Herz.

»Mein Name ist Andacht. Ich diente unter der Obersten Segen. Sie sorgte sich vor allem anderen um das Wohl unserer Stadt und ihrer Bewohner. Für diesen Dienst gab sie ihr Leben. Nun ist es an mir, mich zu sorgen. Darum, dass unser aller Leben erhalten bleibt. Auch das der fremden Kämpfer, die in diesem Moment für uns gegen die Bestien streiten. Sie brauchen Raum, um zurückweichen zu können. Folgt mir ohne Furcht. Ich führe euch hinaus in Sulas Licht!«

Andacht wartete dieses Mal nicht auf eine Reaktion, sondern eilte zielstrebig los. Sie mussten ihm jetzt einfach folgen. Vielleicht traute er sich auch einfach nicht nachzusehen, ob sie es taten. Das erledigte Staubner für ihn.

»Sie bewegen sich.«

»Wirklich?«

»Glaube es ruhig. Der erste Teil der Rede, da dachte ich … O Mann, Leute begeistern ist nicht seine Stärke. Aber dann hattest du sie.« Er grinste zufrieden vor sich. »Wie weit ist es noch?«

»Nur noch ein Stück. So hat Segen es mir beschrieben.«

Der Tunnel führte schnurgerade vorwärts. Langsam, aber stetig veränderte sich das Umgebungslicht. Dunkelheit wich einem düsteren, klammen Grau, das Staubner sofort an das Innere der Wolke erinnerte. Auch dort hatte es Bestien auf der Jagd gegeben. Das Bild von Rinnes zerstörtem Haus und des geflügelten Schattens stieg in ihm auf. So abgelenkt übersah er um Haaresbreite das Hindernis, das plötzlich vor ihm auftauchte. Erst dachte Staubner an ein stacheliges Gestrüpp, das den Tunnel versperrte. Irritiert starrte er die Eisenspitze nur Zentimeter vor seiner Brust an. Dann erkannte er schließlich die sorgfältige Konstruktion aus Speeren. Das war eine Barriere, um mehr als nur Menschen abzuhalten.

»Wir sind da«, sagte Andacht neben ihm. »Dahinter findet sich der Gebirgspass. Der Priester schritt das Hindernis ab. Es füllte den Tunnel vollständig aus, ohne eine Lücke zu zeigen. Er rüttelte versuchsweise an einem Speer.

»Wenn uns die Bestien hier hereindrängen, war alles umsonst. Wie kommen wir daran vorbei?«

Staubner schwieg. Er hatte die Schatten bemerkt, die sich hinter der Barriere bewegten. Drei traten vorwärts, geladene Armbrüste in den Händen.

»Wer will das wissen?«

Den Gebirgspass ohne Grimos Augenbinde zu beschreiten war ein seltsames Gefühl für Staubner. Weniger deswegen, weil das Gebirge um ihn herum plötzlich ein anderes oder weil es weniger arschkalt als auf dem Hinweg war. Das war es nicht. Ganz im Gegenteil. Staubner schlang die Arme um sich und versuchte, irgendwie Wärme in seinen Körper zu reiben. Vielleicht war es seltsam, weil er seine Umgebung nun mit anderen Augen betrachtete. Eine ungewohnte Verbundenheit mit allem durchströmte ihn. Mit dem Priester Andacht, der vor ihm lief, mit dem Boden unter den Füßen, auf dem ihm niemand vorschrieb, wo er zu bleiben oder zu gehen hatte, sogar mit den Überlebenden der Stadt des ewigen Himmels. Selbst einen Zwillingsstachler hätte er in diesem Moment liebgewinnen mögen, wenn dieser ihn bloß für sein Gelege missbrauchen wollte. Beim Nomaden, ob das wirklich so gesund war?

Bevor er das Reich des Toten Königs betreten hatte, war er unabhängig gewesen. Ohne wirkliche Heimat – und Kusant zählte er nur bedingt zu einer solchen –, ohne Verantwortung und Familie. Oder Freunden. Er warf einen erneuten Blick auf den Priester. Andacht half gerade einer Frau aus der Stadt auf, die gestolpert und gestürzt war. Gemahlin des Auges nannte er sie, bevor er sich vor ihr verbeugte. Auch ihn betrachteten die Überlebenden mit anderen Augen. Sie suchten sicher einen Anführer. Jemanden, der sie und ihre Sorgen verstand, denn auf sie kam eine ungewisse Zukunft zu. Andacht hatte sich als jemand gezeigt, der sie nicht allein gelassen hatte in der Stunde der Not. In welcher Provinz mochten die Überlebenden wohl eine neue Heimat finden? Staubner konnte sich keinen Freiherrn vorstellen, der freiwillig eine Gruppe von Habenichtsen bei sich aufnahm und durchfütterte.

Den kleinen Talkessel, der wie ein ausgetrockneter Gebirgsfluss aussah, erreichte der Zug aus Menschen nach elend langen Stunden. Erschöpft setzte sich Staubner in den Windschatten des ersten abgelegenen Steins, der sich ihm anbot, und zog die Beine an. Sein Hals und seine Kehle kratzen schmerzhaft. Andacht hatte die Wunde verbunden, aber es würde noch eine Weile dauern, bis er wieder unbeschwert sprechen konnte. Er hatte so sehr die Nase voll vom Gebirge. Dabei standen ihnen noch mindestens drei weitere bevor, bis sie die Hafenstadt Rosander erreichen würden. Etwas Schlaf würde ihnen allen guttun, bevor sie die letzte Etappe angingen.

Die Überlebenden der Stadt blieben unter sich. Deutlich abseits von den Söldnern lagerten sie, deren Zahl, seit sich die gescheiterten Eroberer mit dem Haupttrupp vom Gebirgspass vereinigt hatten, sie einschüchtern musste. Von den Adlerkriegern hatten es nur die wenigsten hierhergeschafft. Zu wenige, um die ihren zu beschützen. Unter ihnen wanderte Andacht von Grüppchen zu Grüppchen, sprach Worte des Trostes oder reichte eine helfende Hand. Staubner kam nicht umhin, den Priester für sein Durchhaltevermögen zu bewundern. In Anbetracht der vergangenen Stunden wäre eine Pause mehr als verdient gewesen. Die Wachen an der Speerbarriere hatte er kurzerhand überzeugt, sie alle durchzulassen und Verstärkung für den Söldnerfürsten zu entsenden. Ohne Faustos Rückhalt hatte er für die Überlebenden einen Ort zum Ausruhen erfochten, ihnen Lebensmittel und Wasser besorgt und anschließend geholfen, die verwundeten Söldner zu versorgen.

Der Kampf gegen die Bestien war bis zur Barriere getragen worden. Erst dort endete er. Zerschlagen und blutend hatten sich die Krieger hinter den Speerwall gerettet. Als hätten sie eine unsichtbare Grenze erreicht, die sie nicht überschreiten würden, zogen sich die Kreaturen in den Tunnel zurück. Es war beinahe so, als hätten sie genau das, was sie wollten. Der Gebirgspass mit all den Menschen darauf interessierte sich nicht weiter. Trotzdem befahl Fausto, den Wall noch zu verstärken und nach Möglichkeiten zu suchen, den Zugang dauerhaft zu verschließen. Allerdings bezweifelte Staubner, dass das ausreichen würde, um die Bestien für immer auf dem Plateau einzuschließen. Irgendwer würde sich ihrer annehmen müssen, und zwar bald. Bevor die Kreaturen so zahlreich waren, dass sie die Provinzen überschwemmen würden. Staubner schloss die Augen und legte den Kopf auf den Knien ab. Möge der Nomade das bloß verhindern.

»Mein Angebot steht noch, Bursche, ha, ha, ha. Ich sagte ja, ich kann jemanden wie dich gebrauchen. Gut geschlagen hast du dich.«

Erstaunt öffnete Staubner die Augen. Er hatte nicht mitbekommen, dass sich ihm jemand genähert hatte. Neben ihm, an dem Stein, den er sich als Windschutz auserkoren hatte, lehnte der Karawanenführer Grimo. Der Riese mit dem dunklen Vollbart und dem Säbel an der Hüfte grinste breit. Seine Zähne blitzten im Licht der untergehenden Sonne.

»Du? Ich schwöre beim Nomaden, ich habe niemandem vom geheimen Gebirgspass erzählt. Wirf mich bitte nicht in den Abgrund.« Abwehrend hob Staubner die Hände.

Grimo brach in schallendes Gelächter aus und hielt sich den Bauch. Der Säbel schepperte dabei gegen den Stein. »Du hast nichts von deinem Humor verloren. Das gefällt mir.«

»Warum bist du dann hier? Ich denke, die Lieferungen zum Plateau sind eine ganze Weile nicht mehr vonnöten. Deine Handelspartner suchen sich gerade ein neues Zuhause.« Staubner deutete auf die Gruppe Überlebender aus der Stadt des ewigen Himmels.

»Schlauer Bursche. Ich sehe, ich habe zurecht auf dich gesetzt. Das zu sehen hat meinen Weg gelohnt.«

Grimo kniff ein Auge zu. Das nahm ihm nicht im Mindesten den Irrsinn, über den Staubner schon bei ihrer ersten Begegnung nicht hatte hinwegsehen können, aber es verlieh ihm immerhin einen sympathischen Zug.

»Wieder eine Wette? Ich nehme an, du hast gewonnen. Und verloren.«

Erneut lachte Grimo. »So ist es, Bursche.«

»Mein Name ist …«

»Ah, ah, den muss ich nicht wissen«, unterbrach ihn der Karawanenführer. Doch Staubner ließ sich dieses Mal nicht davon beeindrucken.

»Wenn ich für dich arbeiten soll, will ich nicht mit Bursche angeredet werden. Ich heiße Staubner.«

»Staubner also. Ha, ha, ha. In Ordnung. Allerdings gibt es noch jemanden, der dir eine Anstellung anbieten will. Vielleicht ist dir das ja lieber. Zu deinem Schaden wäre es jedenfalls nicht. Zumindest nicht am Anfang.«

Der Riese wippte mit dem Kopf in Richtung der Söldner. Dort drehte sich gerade Fausto, der Söldnerfürst, zu ihnen um. Den Ausdruck der Überraschung in seinem Gesicht vermochte er nicht zu unterdrücken. Offensichtlich hatte er die Ankunft Grimos ebenso wenig bemerkt wie Staubner. Er erteilte seinen Offizieren noch ein paar Anweisungen, dann kam er herüber. Staubner hatte ihn bei anderen Gelegenheiten schon weitaus besser gelaunt gesehen. Mit vor der Brust verschränkten Armen baute er sich vor Grimo auf, der den Söldnerfürsten mit einem breiten Lächeln und in völliger Ruhe erwartete.

»Du hast mich hintergangen!« Faustos Stimme klang hart und kalt. »Den Weg zu einer neuen Heimat hast du mir versprochen. Stattdessen stehe ich mit nichts da, außer mit weiteren Verlusten. Nenne mir nur einen Grund, warum ich dich nicht sofort töten lassen sollte.«

»Oh, mein Bester. Wenn ich es recht betrachte, hast du doch einen guten Gewinn gemacht. Fünf von ihnen sind beträchtlich. Mit ihnen wirst du mehr erhalten, als dir die Stadt über der Wolke hätte jemals geben können. Und die hatte ich dir nie versprochen. Ha, ha.«

Verwirrt runzelte Staubner die Stirn. Fünf von was?

»Fausto, was meint er damit? Wovon zum Nomaden spricht er?«

Der Söldnerfürst bedachte Staubner mit einem strengen Blick. »Die Entschädigung für meine Verluste. Fünf Eier. Sie werden mir gute Dienste leisten, um Schmalbrücken zurückzuerobern.«

Entsetzt schnappte Staubner nach Luft. »Bist du völlig vom Nomaden verlassen? Du hast doch gesehen, was allein eine der Bestien anrichten kann, wenn sie ausgewachsen ist. Du kannst sie nicht einfach mitnehmen und auf die Provinzen loslassen. Das musst du doch begreifen!«

»Genau deshalb wollte ich mit dir sprechen. Ich brauche jemanden, der sich mit ihnen auskennt. Der sie beruhigen und trainieren kann. Sobald das da verheilt ist.« Fausto wies mit der Hand auf Staubners Hals. »Deine alte Schuld wäre vergessen. Du wärst willkommen bei den Eisenbrüdern.«

»Ich? Der Abschaum von Kusant? Das würde niemals funktionieren.«

»Du schlägst mein Angebot also aus?«

»Ich habe ein besseres.«

»Wenn du es dir anders überlegst …«

»Werde ich nicht.«

»Schade. Wirklich. Dann werde ich mir wohl eine andere Methode überlegen müssen. Unsere Rechnung bleibt offen. Vergiss das nicht. Das hier ist noch nicht vorbei.«

Der Söldnerfürst ging zwei, drei Schritte rückwärts, dann drehte er sich um und kehrte zu seinen Kämpfern zurück. Diese verluden soeben die Stofftaschen, die die seltsame Patrouille getragen hatte, auf einen Wagen. Jetzt wusste Staubner, was ihr Auftrag gewesen war, den sie anscheinend erfolgreich erledigt hatten. Andacht hätte dem Söldnerfürsten nie die Karte der geheimen Tunnel geben dürfen. Machte sich Fausto eigentlich keine Gedanken darüber, wo die Bestien hergekommen waren? Ob sie vielleicht jemanden gehörten? Oder noch wichtiger, wie man sie davon abhielt, sich vom Plateau aus durch alle Provinzen zu fressen. Überaus unzufrieden wandte er sich an Grimo. Was für eine Alternative besaß er schon, außer wieder zurück in sein altes Leben zu gehen? Eines, dass er sich nicht einmal mehr vorstellen mochte.

»Du hast es gehört. Ich bin dein Mann. Sofern du mir versprichst, mich nicht bei der erstbesten Gelegenheit umzubringen.«

»Wer wäre ich, dir das zuzusagen, Staubner? Ha, ha, ha. Grimo macht keine Versprechungen.«

Staubner seufzte tief und zuckte mit den Achseln. »Das ist immerhin ehrlich. Wann geht es los?«

»Sobald du dich von deinem Freund verabschiedet hast«, zwinkerte ihm Grimo zu. »Du findest mich genau an dieser Stelle. Aber lass dir nicht zu viel Zeit, hörst du? Ich habe einen engen Zeitplan und die Karawane kann nicht ewig warten. Nicht mal auf einen wie dich.«

Stöhnend erhob sich Staubner. Der Wind biss unangenehm. An diese Kälte würde er sich nie gewöhnen. »Keine Sorge, ich kann es kaum erwarten, mit dir auf eine weitere romantische Spazierfahrt zu gehen.«

»Ha, ha, ha. Du wirst es nicht bereuen. Es warten göttliche Abenteuer auf dich.«

»Natürlich. Was auch sonst.«

Staubner wanderte zu den Überlebenden des Plateaus herüber. Dort erwartete ihn Andacht mit neugierigen Augen.

»Wer ist dein Freund dort?«

Flüchtig drehte sich Staubner um und betrachtete den Riesen, der ihn selbst über die zurückgelegte Entfernung hin angrinste. »Das ist der Verrückte, der mich überhaupt erst hierhergebracht hat. Er hat mir Arbeit angeboten und ich gedenke, sie anzunehmen. Etwas Sinnvolles tun. Wie sieht es mit dir aus. Was wirst du tun?«

Andacht überlegte einen Moment, bevor er antwortete.

»Sie werden meine Hilfe brauchen, um sich zurechtzufinden. Die letzten Sula-Gläubigen. Ich weiß zu wenig über deine Welt, aber es ist mehr, als sie wissen. Sie dürfen den Glauben nicht verlieren. Es wird sie aufrecht halten.«

»So wie du?« Sofort bemerkte Staubner den schuldbewussten Zug um die Augen des Priesters. »Entschuldige, das war nicht nett.«

»Du hast aber recht damit. Sobald meine Aufgabe bei ihnen erfüllt ist, mache ich mich auf die Suche.«

»Nach deiner Göttin?«

»Vielleicht. Oder dem Nomaden. Irgendeinen Gott wird es in der Verheerung schon geben, an den ich glauben kann, meinst du nicht?«

»Du könntest an dich glauben. Das erscheint mir sinnvoller. Götter sind trügerisch. Man kann sich nicht auf sie verlassen. Da ist man bei sich selbst wohl besser aufgehoben.«

»Möglich.«

Gemeinsam betrachteten sie das Plateau, das sich weiter hinter ihnen, am anderen Ende des Passes in seine Wolke hüllte. Ein winziger, geflügelter Schatten drehte Kreise darüber.

»Jemand wird sich um die Bestien kümmern müssen. Und ein Auge auf Fausto halten. Er beabsichtigt, sie zu seinen Waffen zu machen.«

»Das werde ich versuchen. Vielleicht findet sich jemand, der mir zuhören wird«, sagte Andacht. Freundschaftlich legte er eine Hand auf Staubners Schulter. »Ich wünsche dir eine gute Reise, Kusanter. Möge das Antlitz Sulas stets deinen Weg beleuchten.«

»Und der Nomade behüte dich, Oberster Andacht.«

Andacht reichte Staubner die Hand und er nahm sie voller Herzlichkeit. Mit einem letzten Blick zum Plateau drehte Staubner sich um und kehrte zu Grimo zurück, dessen Grinsen nicht eine Spur schmaler geworden war.

ENDE

Danksagung

Wenn Du dieses Buch bis hierher gelesen hast, dann ist es tatsächlich vollbracht. Ein langjähriges Projekt ist damit ein für alle Mal fertiggestellt. Beginnend mit der ersten Idee zu der Welt der Chimären, die bereits in einer vorangegangenen Geschichte ihren Anfang fand. Über die Agentur- und Verlagssuche bis hin zu dem Moment, in dem das Wort „Ende" auch das Ende dieses Buches kennzeichnet. Gut, nicht gänzlich. Immerhin gibt es noch diese Danksagung. Aber der Roman, der ist auf den vorangegangenen Seiten zu Ende erzählt worden. In der Hoffnung meinerseits (so wie jede Autorin und jeder Autor sicherlich empfindet), dass die Geschichte mit ihren Figuren unterhalten, vielleicht Andersartigkeit geboten, bunte Bilder im Kopf gemalt und natürlich, irgendwie insgesamt auch gefallen hat.

Da ein Roman wie dieser nie nur das Werk einer einzelnen Person ist, mag ich an dieser Stelle nicht auf das verzichten, was eben dringend hierhergehört: meine herzlichsten Dank an alle Beteiligten.

Was wäre eine Erzählung ohne TestleserInnen, die mir mit hilfreichen wie ausführlichen Lese- und Kommentierwiederholungen geholfen haben, die Welt der Chimären runder, noch erlebbarer zu machen. Vorneweg, die unermüdliche Fabienne Siegmund, die mit Vertrauen und Lob nicht geizen wollte, trotz aller Ermahnungen, und dabei selbst genug zu tun hatte. Kassandra (ihr Nachname wird auf ewig ein Geheimnis bleiben, ich versprach es), deren Fazite unter jeder Szene nahezu legendär wurden. Für mich jedenfalls. Elena Ernst, die ich schmählich nach den ersten hundert Seiten mit keiner weiteren Zeile bedachte (Asche auf mein Haupt ob der eigentlich unverzeihlichen Schusseligkeit meinerseits, mit dem Wunsch, die Nennung in der Danksagung mache wenigstens ein bisschen davon wieder gut).

Genauso gilt mein Dank der Edition-Roter-Drache-Familie, die mich liebevoll und herzlich aufnahm und nebenbei den Verleger bequatschte, Gleiches zu tun. Womit wir schon beim eben genannten, Holger Kliemannel, angekommen sind, der dieses Buch ermöglichte und mit Zuversicht und totaler Tiefentspannung trotz aller Verzögerungen das Ziel des Druckens nie aus den Augen verlor. Der selbst in exakt diesem Moment noch Geduld zeigt. Danke, bist tatsächlich ein großartiger, bester Verleger.

Zusammen verpassten der wunderbare Holger Much mit seinem märchenhaften Cover und Dagmar Lueke mit der Karte vom Plateau dem Toten König ein sagenhaftes Gesicht.

Keinen geringeren Anteil am Dank besitzen: Tom Orgel und Tommy Krappweis für den steten Austausch über alles, was das Autorenleben eben mit sich bringt; Christian von Aster für die nötige Portion kulturellen Wahnsinns, auf die ich nicht verzichten mag; Markus Heitz für jeden spendablen Rat und Augenblick der Unterstützung; Bernhard Hennen für himself und noch mehr für sein unfassbar liebenswürdiges Gemüt (ich finde, jeder sollte einen einzig wahren Bernhard haben dürfen), sowie Niclas Schmoll von Literatur Agency Michael Meller und Markus Michalek von AVA international, die mich anspornten, dem Toten König weitaus mehr zuzumuten, als ich mir damals vorzustellen mochte.

Eine besondere Nennung in dieser Danksagung habe ich mir für Anke aufbewahrt. Ihr wohlwollend kritischer Blick auf ein ihr fremdes Genre und ihr unendlich großes Herz haben maßgeblich die Schicksale von Staubner und Tau, Andacht und Segen erträglicher gemacht (so sehr auch für mich). Zusammen mit mir hat sie in unzähligen Seele und Herz erweiternden Gesprächen düstere Wolkenklippen umschifft und plateauhohe Knacknüsse aufgebrochen, und das alles mit einer unvergleichlichen Leichtigkeit (diese Adjektive sind allein für dich ☺). Liebe ist die Antwort auf alles. Immer.

3000!

Der Autor

Der Mönchengladbacher Autor Carsten Steenbergen wurde 1973 in Düsseldorf geboren. Er ist Diplomverwaltungsfachwirt und arbeitet als Softwarebetreuer und Programmierer. Tolkiens *Der Herr der Ringe* brachte ihn früh zur Phantastik, insbesondere zur Fantasy, aber auch das Interesse an Historischem und Kriminalgeschichten spiegelt sich in seinen Abenteuern wider. Neben dem Broterwerb verfasst er Dialogbücher für Hörspiele, Kurzgeschichten und Romane aus der ganzen Bandbreite der Genres Phantastik, Thriller und Skurriles.

Fräulein SpiegeL

Nirgendland

578 Seiten, 14,8 x 21 cm, Broschur

ISBN 978-3-946425-82-3

17.95 EUR

Der Sternenlichtschatten trennt die Zeitalter voneinander. Er ist vorübergezogen, aber das Weltgesetz schweigt noch immer: Es ist weder Dunkel noch Licht geworden in der Welt. Statt dessen ist das Zwielicht heraufgezogen, und die Welt beginnt zu zerfallen. Umso mächtiger sind nun die geworden, die den Lauf der verwirrten Sterne neu zu fügen suchen: die Sternenspieler. Sie verknüpfen sterbliche Geschicke unwiderruflich und auf immer miteinander.

Dann reicht es manchmal aus, wenn zwei Wege sich wie zufällig nur streifen, damit etwas überspringt.

Dann werfen Namen plötzlich lange Schatten.

Dann sind wahnsinnige Orakel hellsichtige Berater.

Dann können alte Schulden aufgewogen werden – nur nicht von gleicher Hand: Es muss das gleiche Blut sein.

Und der Faden, der alles vereinigt, gibt sich nur im Schein eines einzelnen Irrlichts zu erkennen.

In dieser Welt, in der die Zerstörung immer schneller um sich greift, sucht Jeónathar nach seinem Vater. Er weiß nicht viel von ihm – nur, dass er allein Jeó zu seinem Zweiten Namen verhelfen kann. Also bricht Jeó auf, und sehr bald begreift er, dass diese Suche ihn mitten hinein führt in eine unergründliche Geschichte von Liebe und Verrat, von Versprechen, Flüchen und vom Schicksal, zu dem sich alle diese Fäden kreuzen – und dass er in dieser Geschichte eine viel größere Rolle spielt, als er jemals geglaubt hätte.

Swantje Niemanm

Drúdir

Masken & Spiegel

368 Seiten, 14,8 x 21 cm, Broschur

ISBN 978-3-946425-61-8

16.00 EUR

„Glaubst du, dass die Toten zurückkehren, um die Lebenden heimzusuchen?"
Emaldas Antwort bestand aus dem tapferen Versuch eines spöttischen Lachens.
„Du hast recht, das tun sie nicht. Dafür haben sie mich."

Nach einem teuer erkauften Triumph versucht Drúdir vergeblich, wieder in seinem alten Leben heimisch zu werden. Als sich auch noch herausstellt, dass er bei seinen zwergischen Landsleuten im Norden nicht länger sicher ist, reist er ins Herz des Kontinents, um dort Jathrades Elytti zu finden – den Mann, von dem er Kontrolle über seine nekromantischen Fähigkeiten zu lernen hofft. Doch in Ch'Ashvaenta, der Stadt, in der die Menschen ihre Gesichter hinter prachtvollen Masken und ihre Vergangenheit hinter Lügen und Auslassungen verbergen, ist nichts wie erwartet.

Als Drúdir ankommt, ist Jathrades Elytti tot – womöglich ermordet. Auf der Suche nach dem Mörder lässt sich Jathrades' Tochter, die junge Maskenmacherin Nodia, mit gefährlichen Verbündeten ein. Ehe die beiden es sich versehen, haben Nodia und Drúdir sich in ein Netz aus Lügen, Rache und Verdächtigungen verstrickt, aus dem sie sich nur befreien können, wenn sie herausfinden, welches Geheimnis Jathrades fünfzehn Jahre lang so sorgsam gehütet hat.